금화사몽유록金華寺夢遊錄

역주자 신해진(申海鎭)

　　경북 의성 출생
　　고려대학교 국어국문학과 및 동대학원 석·박사과정 졸업(문학박사)
　　현재 전남대학교 인문대학 국어국문학과 교수
　　BK21플러스 지역어 기반 문화가치 창출 인재양성 사업단장

　　저역서　『한국 고전소설의 이해』(공저, 박이정, 2012)
　　　　　　『한국 고소설의 이해』(공저, 박이정, 2008)
　　　　　　『조선후기 몽유록』(역락, 2008)
　　　　　　『역주 내성지』(보고사, 2007)
　　　　　　『조선중기 몽유록의 연구』(박이정, 1998)
　　　　　　이외 다수의 저역서와 논문

금화사몽유록 金華寺夢遊錄

　　초판 발행　2015년 4월 13일

　　원저자　미상
　　역주자　신해진
　　펴낸이　이대현
　　편　집　권분옥
　　펴낸곳　도서출판 역락
　　주　소　서울시 서초구 동광로 46길 6-6 문창빌딩 2층
　　전　화　02-3409-2060(편집부), 2058(영업부)
　　팩　스　02-3409-2059
　　등　록　1999년 4월 19일 제303-2002-000014호
　　이메일　youkrack@hanmail.net

　　정　가　26,000원
　　ISBN　979-11-5686-194-2　93810

국립중앙도서관 소장 한문필사본과 국문활자본의 역주서

금화사몽유록 金華寺夢遊錄

원저자 미상
申海鎭 역주

역락

▌머리말

 이 책은 선본(先本)이자 선본(善本)으로 알려진 국립중앙도서관 소장 한
문필사본 <금화사몽유록(金華寺夢遊錄)>(청구기호 : 한古朝48-175)을 주석하
고 번역한 것이며, 국한자병기 활자본 <금산ᄉ몽유록(金山寺夢遊錄)>(청구
기호 : 3634-2-21(2))을 역시 주석하고 현대역한 것이다. 이 두 작품은 제명
(題名)이 다르지만 동일계열의 이본임은 이미 알려져 있는 사실이다.

 17세기 중반에 창작된 것으로 추정되고 있는 작자 미상의 <금화사몽
유록>은 <금산사몽유록>, <금화사기(金華寺記)>, <금산사창업연회록(金
山寺創業宴會錄)> 등 다양한 제명으로 전하는 작품이다. 현재도 계속 발굴
되고 있는데 지금까지 59종의 한문필사본과 25종의 국문필사본, 그리고
6종의 국한자병기 활자본이 발굴되었다고 한다. 이와 같은 이본들의 존
재는 상당한 인기를 누리며 유통되었음을 보여주는 것이자, 다양한 독자
층에 의해 독서되고 전파되면서 꾸준히 변주되어 그 계열을 달리한 작품
임을 알 수 있게 한다.

 한문필사본은 주로 한문 소양이 있는 계층에 의해 읽혔을 것이고, 활
자본은 대량출판을 위한 것으로 국문 소양이 있는 계층에 의해 읽혔을
것인바, 그 향유층이 상이할 것임은 자명하다 할 것이다. 상이한 향유층
의 관심, 상업적 출판 목적에 따라 두 이본 사이에는 서사내용의 출입이
분명코 있을 것이어서, 한문필사본은 구체적으로 작품양상이 어떠하며,

활자본은 한문필사본을 어떠한 측면에서 변개하였는지 살펴볼 필요성에 따라 이 책이 기획되었다.

한문필사본 <금화사몽유록>은 표제에 '금화사몽유록(金花寺夢遊錄)'이라 되어 있지만, 본문 처음에 '금화사몽유록(金華寺夢遊錄)'이라 쓰여 있다. 총 35면으로 매면 12행, 매행 24~25자의 해서체이다. 반면, 국한자 병기 활자본 <금산ᄉ몽유록>은 1915년 회동서관에 의해 출판되었는데, <삼사긔(三士記)>와 합철되어 있다. 합철본은 총 74면인데, <금산ᄉ몽유록>은 59면이다.

한문필사본과 활자본을 정밀하게 주석해 보니, 표현 어구들 가운데 중국의 여러 문헌들에서 인용된 것들이 제법 많음을 확인할 수 있었다. 그 전거는 이 책의 주석을 통해 구체적으로 확인하면 될 것이지만, 역사서로 ≪삼국지(三國志)≫, ≪화양국지(華陽國志)≫, ≪사기(史記)≫, ≪한서(漢書)≫, ≪후한서(後漢書)≫, ≪구당서(舊唐書)≫, ≪송사(宋史)≫, 그리고 북송(北宋)의 사마광(司馬光, 1019~1086)이 편찬한 ≪자치통감(資治通鑑)≫ 및 이를 간추린 강지(江贄)의 ≪통감절요(通鑑節要)≫ 등이었다. 이것들은 대부분 한두 곳에서 인용되었는데 반해, ≪통감절요≫의 어구들은 인용된 곳이 상당하였다. 이는 조선시대에 와서 주자학이 절대적으로 숭봉(崇奉)됨에 따라 ≪자치통감≫은 정통론에 어긋난다 하여 점차 소외되었고, 대신 주자(朱子)가 높이 평가했던 ≪통감절요≫가 존중되었던 경향을 그대로 반영한 것이라 하겠다. <금화사몽유록>은 중국의 역대 창업 군주들의 연회에 여러 제왕들과 그들의 신하를 불러 모아 역사적 품평을 하는 작품인데, 그러한 경향은 품평의 관점이 어떠할 것인지 예측케 하는 것이다.

또 개인저술로는 제갈량(諸葛亮)의 <전출사표(前出師表)>와 <후출사표(後出師表)>, 가의(賈誼)의 <과진론(過秦論)>, 왕포(王褒)의 <성주득현신송(聖

主得賢臣頌)〉, 나관중(羅貫中)의 《삼국지연의(三國志演義)》, 명나라 구우(瞿佑)가 지은 《전등신화(剪燈新話)》의 〈수궁경회록(水宮慶會錄)〉과 〈수문사인전(修文舍人傳)〉 등이었다. 주목되는 것은 몽유록 작품이 전기소설집(傳奇小說集)인 《전등신화》에서 인용한 어구들이 제법 있는 점이고, 특히 〈수궁경회록〉을 전거로 삼은 어구들이 많다는 점이다.

중국 문헌만이 아니라 조선의 문헌도 전거로 삼았으니, 바로 《계곡선생만필(谿谷先生漫筆)》 권1의 〈공성신퇴지호걸(功成身退之豪傑)〉이다. 곧, "韓世忠, 起自卒伍, 爲中興名將, 致位王侯, 旣釋兵, 杜門謝客, 時跨驢携酒, 從一二奚童, 縱游西湖以自樂. 卒免秦檜之害, 可謂智矣."인데, 〈금화사몽유록〉에서는 "韓世忠, 起自卒伍, 爲中興名將, 致仕王侯, 旣釋兵, 杜門謝客, 時跨驢携酒, 徒二三孩童, 從遊西湖以自樂."으로 되어 있는바, 장유(張維, 1587~1638)의 글을 옆에 놓고서 보며 그대로 베꼈다고 할 수밖에 없을 것이다. 그런데 계곡집(谿谷集)은 원집(原集) 34권과 만필(漫筆) 2권의 18책으로 구성되었는데, 장유의 아들 장선징(張善澂)이 1643년에 목판으로 간행한 것이다.

그렇다면 〈금화사몽유록〉의 창작시기에 대해 재고할 필요가 있다. 19세기 김제성(金濟性, 1803~1894)에 의해 창작된 〈왕회전(王會傳)〉의 발문에 '〈금화사몽유록〉이 명나라 숭정(崇禎) 기묘년간(己卯年間)에 창작되었다.'는 기록을 준신하여 1639년을 창작 연대로 보는가 하면, 화이관(華夷觀)이 반영되어 있고 17세기 전·중반기에 지어진 작품들과 합철(合綴)되어 있는 점을 고려할 때 명나라 마지막 황제인 숭정제(崇禎帝) 재위기간(1628~1644)이 끝나는 1644년 이전의 어느 시기로 보기도 한다. 그렇지만 〈금화사몽유록〉의 작자가 장유와 교류한 인물이라면 창작시기에 대한 현재의 논의가 어느 정도 신빙성이 있겠지만, 그렇지 않다면 무리한 추정이 될 수밖에 없을 것이다.

한편, 한문필사본과 활자본 사이의 변개 양상을 살펴보면 다음과 같다. 소하(蕭何)의 노래는 한문필사본이 독자적인 것인 반면, 활자본에서는 다른 이본들의 것과 동일하였다. 그리고 등장인물에 있어서 활자본에서는 한문필사본의 그것보다 그 수를 꽤 많이 생략하였는데, 이에 대해서는 활자본의 주석에 일일이 대조하여 밝혀 놓았으니 참조하기 바란다. 다만, 활자본에서는 한문필사본의 두호(杜鎬) 대신에 두연(杜衍)을, 왕량(王梁)·두무(杜茂) 대신에 탁무(卓茂)를, 그리고 이문충(李文忠)을 새롭게 등장시키고 있다. 등장인물의 이름을 필사함에 있어서 한문필사본은 오자가 상당한 반면, 활자본은 바로잡아 오자가 거의 없다. 그리하여 이 책에서는 한문필사본의 잘못된 이름을 그대로 노출하고 괄호를 통해 바로잡았는바, 그 오류의 실상을 살펴볼 수 있을 것이다. 그리고 시대적 배경이 한문필사본에서는 원(元)나라 순제(順帝) 지정(至正) 말년으로 되어 있는 반면, 활자본에서는 청(淸)나라 성조(聖祖) 강희(康熙) 말년으로 되어 있다. 그리고 한문필사본에 있는 대목이 활자본에서는 빠진 것이 있는데, 청기(靑旗) 아래에 모인 둘째 부류, 백기(白旗) 아래에 모인 둘째 부류, 통쾌했던 일을 이야기하는 진시황과 조조의 대목, 항우의 열 가지 죄목 등이다. 끝으로, 활자본에서 한문필사본보다 축약한 부분이 많지만 주목되는 점은 진승(陳勝)에 대한 기술이 축약된 것이다. 두 이본의 보다 구체적인 변개 양상은 김정녀의 「〈금화사몽유록〉 국문본의 유통양상과 수용층위」(『우리문학연구』 38, 우리문학회, 2013)의 42~44면을 참조하면 좋을 것이다.

활자본은 원문이 끊어 읽기가 제대로 되어 있지 않을 뿐만 아니라 한문문장의 번역투로 되어 있어 가독력이 많이 떨어진다. 그리하여 이 책에서는 강제로 문장과 문단을 나누어 끊었고, 이에 기반한 현대역은 가독력을 높이는 방향으로 윤문하였다. 주석 작업에 있어서 한문필사본에서 주석한 것은 되풀이하지 않았다.

이제, 이 책을 상재하면서 <금화사몽유록>에 대한 심도 있는 논의의 장에 기여하기를 바랄 뿐이다. 나름대로 최선을 다하고자 했지만, 여전히 부족할 터이라 대방가의 질정을 청한다.

국사(菊史) 인권환(印權煥) 선생님의 동문수학한 사이인 후배 김정녀 박사가 쓴 논문 「<금화사몽유록(金華寺夢遊錄)>의 양식적 특징과 그 의미」(『고소설연구』13, 한국고소설학회, 2002)를 이 책에 함께 수록하게 되어 기쁘기 그지없다. 아울러 편집을 맡아 수고해 주신 역락 가족들의 노고에도 심심한 고마움을 표한다.

2015년 4월 빛고을 용봉골에서
무등산을 바라보며 신해진

▍차례

■■■■
일러두기

이 책은 다음과 같은 요령으로 엮었다.

1. 번역은 직역을 원칙으로 하되, 가급적 원전의 뜻을 해치지 않는 범위 내에서 호흡을 간결하게 하고, 더러는 의역을 통해 자연스럽게 풀고자 했다.
2. 이 역주서 발간하는데 있어서 다음의 자료는 직접적으로 많은 도움을 입은 것이다.
   金華寺夢遊錄, 『몽유소설』, 한석수 역주, 도서출판 개신, 2003, 54~121면.
   金華寺夢遊錄, 『교감본 한국한문소설 몽유록』, 장효현 외 4인, 고려대학교 민족문화연구소, 2007, 225~332면.
   『역주 通鑑節要』1~9, 성백효 역주, 전통문화연구회, 2006~2009.
3. 원문은 저본을 충실히 옮기는 것을 위주로 하였으나, 활자로 옮길 수 없는 古體字는 今體字로 바꾸었다.
4. 원문표기는 띄어쓰기를 하고 句讀를 달되, 그 구두에는 쉼표(,), 마침표(.), 느낌표(!), 의문표(?), 홑따옴표(' '), 겹따옴표(" "), 가운데점(·) 등을 사용했다.
5. 주석은 원문에 번호를 붙이고 하단에 각주함을 원칙으로 했다. 독자들이 사전을 찾지 않고도 읽을 수 있도록 비교적 상세한 註를 달았다.
6. 주석 작업을 하면서 많은 문헌과 자료들을 참고하였으나 지면관계상 일일이 밝히지 않음을 양해바라며, 관계된 기관과 여러분들께 진심으로 감사드린다.
7. 이 책에 사용한 주요 부호는 다음과 같다.
   1) ( ) : 同音同義 한자를 표기함.
   2) [ ] : 異音同義, 出典, 교정 등을 표기함.
   3) " " : 직접적인 대화를 나타냄.
   4) ' ' : 간단한 인용이나 재인용, 또는 강조나 간접화법을 나타냄.
   5) < > : 편명, 작품명, 누락 부분의 보충 등을 나타냄.
   6) 「 」 : 시, 제문, 서간, 관문, 논문명 등을 나타냄.
   7) ≪ ≫ : 문집, 작품집 등을 나타냄.
   8) 『 』 : 단행본, 논문집 등을 나타냄.

한문필사본 〈금화사몽유록〉

역문

금화사몽유록

원(元)나라 순제(順帝)의 지정(至正) 말년에 성생(成生)이라는 사람이 있었으니, 이름은 허(虛)요 자는 탄(誕)으로 산동성(山東省)의 선비였다.

성품이 기경(機警)하고 총명한데다 널리 배워 식견도 넓었으며, 그 기질이 뛰어난데다 용맹스럽고 호방하여 거리낌이 없었다. 마침내 산천을 돌아볼 뜻을 세우고, 아침에는 태산(泰山)의 남쪽을 유람하고 저녁에는 동정호(洞庭湖)를 유람하니 온 천하의 먼 곳에 이르기까지 발자취를 두루 남겼다. 그리하여 외몽고(外蒙古)의 북쪽과 남월(南越)의 남쪽이 죄다 눈에 들어왔고, 해 지는 서쪽과 해 돋는 동쪽은 가슴 속을 확 트이게 하였다. 이러한 까닭에 스스로를 천지간(天地間)의 한 존재에 불과하다고 여겼다.

갑술년(1334)에 금릉(金陵)을 향하다가 금산(錦山)에 들어갔는데, 때는 9월이요 계절은 늦가을이었다. 가을바람이 으스스하게 불고 날씨가 매우 쌀쌀하였다. 산에 가득한 나무들은 모두 푸른빛을 띠었으나 온 들판의 기장과 벼들은 모두 누런빛을 띠고 있었다. 물과 산을 찾아다니느라 깊이 들어온 줄도 모르다가 해가 서편 고개로 지고 달이 동산에서 떠오르고서야, 나아가려니 갈 곳이 없고 되돌아가려니 돌아갈 곳이 없었다. 그리하여 높은 봉우리를 배회하다가 깊은 골짜기에서 헤매고 있었는데, 서쪽으로 무산(巫山)의 협곡에서 원숭이 소리가 들리고 남쪽으로 형산(衡山)의 양지에서 기러기가 보였다. 밤이 깊어 삼경(三更)이 지나자 온갖 소리가 모두 잦아지고 갖가지 동물들도 꼼짝하지 않았다. 수많은 봉우리엔 흰 구름이 일어나고 온갖 골짜기엔 안개가 퍼지더니 달빛은 하늘에 일렁이고 뭇 별들은 하늘에 총총하였다.

산에 오르고 골짜기에 들어선지라 좌우를 살펴보아도 투숙할 만한 곳을 종잡을 수가 없었다. 이에 바위 위에서 쉬었는데, 정신이 뼛속까지 시리도록 맑더니 나는 듯 몸이 가벼워지며 신선(神仙)이 되는 것 같았다. 오랫동안 깊이 생각에 잠겼다가 다시 앞으로 몇 리를 가니, 기화요초(琪花瑤草)가 앞뒤에서 어리비치고 푸른 대나무와 소나무가 좌우에 빽빽이 늘어서 있었으며, 푸른 물 흐르는 맑은 시냇가에 커다란 집이 덩그렇게 서 있고 누각도 우뚝하였다. 눈을 들어 바라보니 큰 글씨로 그 현판에 '금화사(金華寺)'라 하였는데, 붉은 기와와 채색 난간은 은하수 끝에 닿아 있는 듯하였고, 수놓은 문과 무늬 있는 들창은 북두성(北斗星)과 견우성(牽牛星) 사이에서 빛났다. 그 덩그렇게 서있는 모양은 노공왕(魯恭王)의 영광전(靈光殿) 같고 그 아름다움은 한(漢 : 魏의 오기인 듯)나라 경복전(慶福殿) 같으니, 진실로 이른바 수정궁(水晶宮)이었다.

성생은 시장기가 자못 심하고 고단하여 선방(禪房)에 드러누웠다가 설핏 잠든 사이에 벽제하는 소리가 멀리서부터 점점 가까이 들려왔다. 잠시 후 문밖에서는 천군만마(千軍萬馬)가 땅을 흔들 듯이 함성을 지르고 징소리와 북소리가 하늘을 뒤흔들 듯이 울리는데, 앞에는 깃발과 무기가 늘어섰고 뒤에는 발병부(發兵符)와 표범깃발이 어지러이 휘날렸으며 가운데는 네 개의 황금교자(黃金轎子)가 차례로 거동하였다. 첫 번째 황금교자 위에는 콧마루가 높이 솟은 얼굴에 아름다운 수염을 드리운 자가 앉았으니, 바로 한(漢)나라 고조(高祖)였다. 두 번째 황금교자 위에는 용과 봉황처럼 준수한 자질에 하늘의 태양 같은 의표(儀表)를 갖춘 자가 앉았으니, 바로 당(唐)나라 태종(太宗)이었다. 세 번째 황금교자 위에는 호랑이와 용의 의표를 지니고 모난 얼굴에 큰 귀를 가진 자가 앉았으니, 바로 송(宋)나라 태종(太宗)이었다. 네 번째 황금교자 위에는 하늘로부터 타고난 위엄이 엄숙하고 빼어난 풍채가 사람을 놀라게 하는 자가 앉았으니, 바로 명(明)나라 태조(太祖)였다.

모두 머리에 조천관(朝天冠)을 썼고 붉은 비단의 예복을 입었으며 금으로 장식한 허리띠를 하고 옥홀(玉笏)을 들었는데, 백옥으로 된 의자에 기대어 앉았다. 홀로 명나라 태조만 읍양(揖讓)의 예를 갖추고 자리를 사양하며 말했다.

"이 자리는 천하를 통일한 군주(君主)들의 자리입니다. 그런데 과인은 그렇지가 않습니다. 위로는 역대 제왕이 계시며 여러 나라들이 갈라져서 왕(王)을 칭하고 황제(皇帝)를 칭한 것이 비일비재하니 어찌 감히 편안하게 자리에 앉을 수 있겠습니까?"

한나라 고조가 미소를 띠며 말했다.

"명태조(明太祖)의 말은 그릇되었습니다. 하늘의 밝은 명을 받들어 원흉(元兇)을 없애고 난을 평정하여 질서를 회복한 것이 그대가 아니면 누구겠습니까? 바라건대 겸손하게 사양치 말고, 천 년의 아름다운 모임을 이루는 것이 어떠하겠습니까?"

명나라 태조는 어찌할 수 없어서 자리에 앉았다. 앉기를 마치자, 문무(文武) 여러 신하들은 각기 동서(東西)로 나뉘어 앉았다.

한(漢)나라의 지모 있는 신하는 장량(張良)·소하(蕭何)·진평(陳平)·역이기(酈食其)·육고(陸賈)·수하(隨何)·숙손통(叔孫通)이며, 무신으로는 한신(韓信)·경포(黥布)·조참(曺參)·팽월(彭越)·왕릉(王陵)·주발(周勃)·번쾌(樊噲)·관영(灌嬰)·기신(紀信)·주개(周介 : 周苛 오기)·장창(張倉 : 張蒼 오기)·

장이(張耳)였다. 당(唐)나라의 지모 있는 신하는 위징(魏徵)·장손무기(長孫無忌)·왕규(王珪)·방현령(房玄齡)·두여회(杜如晦)·배적(裵寂)·유문정(劉文靜)·저수량(褚遂良)·우세남(虞世南)·봉덕이(封德彝)·대조(戴曺 : 戴冑 오기)이며, 무신으로는 이정(李靖)·울지경덕(蔚遲敬德 : 尉遲敬德 오기)·이적(李勣)·진숙보(陳叔寶 : 秦叔寶 오기)·은개산(殷開山)·굴돌통(屈突通)·설인귀(薛仁貴)였다. 송(宋)나라의 지모 있는 신하는 조보(趙普)·범질(范質)·두호(杜鎬)·왕우(王佑 : 王祐 오기)·장제현(張齊賢)·뇌양(雷驤 : 雷德驤 오기)·이방(李昉)·도곡(陶穀)·송기(宋琪)이며, 무신으로는 조빈(曹彬)·석수신(石守信)·묘훈(苗訓)·이한초(李漢超)·왕전빈(王全斌)·전약수(錢若水)였다. 명(明)나라의 지모 있는 신하는 유기(劉基)·이선장(李善長)·서휘조(徐暉祖 : 徐輝祖 오기)·진운룡(秦雲龍)·송렴(宋濂)·황자징(黃自徵 : 黃子澄 오기)이며, 무신으로는 서달(徐達)·상우춘(常遇春)·호대해(胡大海)·화운룡(花雲龍 : 華雲龍 오기)·이문충(李聞忠 : 李文忠 오기)·유통해(兪通海)·탕화(蕩花 : 湯和 오기)·모영(毛穎 : 沐英 오기)·한성정(韓成正 : 韓成 오기)·경청(敬靑 : 景淸 오기)이었다. 사람사람마다 용맹스럽고 건장하였으며, 한 사람 한 사람이 영웅이었다.

어전(御殿)의 명을 전하며 소리쳐 장량·위징·조보·유기를 불렀다.

"전지(傳旨)가 있으니 즉시 들어오시오."

네 신하들은 앞으로 달려 나아가 몸을 굽혀 절하고서 곁에 모시고 서 있으니, 한나라 고조가 말했다.

"하(夏)·은(殷)·주(周) 삼대 이후로 왕의 풍화(風化)가 땅에 떨어져 바른 음악소리가 아득하였고, 오대(五代)와 칠웅(七雄)의 시대에는 아침이면 싸우고 저녁이면 싸움을 멈추면서 온 세상이 물 끓듯 해 군웅(群雄)들이 한꺼번에 나란히 일어났습니다. 과인이 나라를 일으킬 때에 이르러서는, 어느 때 당(唐)이 일어나고 어느 때 송(宋)이 일어나며 어느 때 명(明)이 일어날 것을 어찌 알았겠습니까? 오늘 경치가 정히 좋고 임금과 신하가 서로 모였으니, 이 또한 예삿일이 아닌지라 헛되이 보낼 수는 없습니다."

즉시 시신(侍臣)들로 하여금 대청 위에서 연회를 베풀게 하였는데, 등불과 촛불이 휘황하였고 그 차림새가 엄숙하였으며, 여러 음악이 번갈아 연주되었고 술잔들이 오갔으며, 춤추는 소맷자락이 향기로운 바람에 나부꼈고 피리소리가 푸른 하늘에까지 울려 퍼졌다. 술이 몇 차례 돌자, 한나라 고조가 근심에 싸여 길게 탄식하며 말했다.

"짧은 칼 한 자루를 쥐고서 포의(布衣)로 풍성(豊城)과 패현(沛縣)에서 떨치고 일어나 한 사람의 백성도 조그마한 땅도 없이 여러 신하들의 충렬(忠烈)에만 다행히 힘입어 끝내 대업을 이루었으니, 누가 과인의 고생한 마음을 알겠습니까? 당태종(唐太宗)은 한 번 싸워 관중(關中)을 평정하였고, 송태종(宋太宗)은 하룻밤에 천하를 취하였습니다. 그렇지만 명태조(明太祖)는 공업이 오히려 우리 세 사람보다 뛰어납니다."

송나라 태종이 한나라 고조에게 물었다.

"한고조(漢高祖)는 관중에 들어가 추호도 범하지 않고 삼조(三條)의 법을 지켰는데, 이는 무슨 뜻입니까?"

한나라 고조가 대답했다.

"진(秦)나라의 여아(呂兒 : 진시황)는 형벌을 가혹하게 엄하여 백성들을 모질게 해치니, 천하 사람들은 명철한 군주를 바라는 것이 큰 가뭄에 비가 오기를 고대하는 것과 같았고 오랜 홍수에 맑은 해를 생각하는 것과 같았습니다. 이러한 까닭에 나는 어진 일을 베풀어 은혜를 펴고 덕 있는 정사(政事)를 펴 물불 같은 재난 속에서 백성들을 건져내어 거꾸로 매달린 것 같은 다급함을 구제하였습니다."

당나라 태종이 말했다.

"사람됨이 활달하고 타고난 도량이 커서 어진 사람에게 책임을 맡기고 재능 있는 사람을 등용하여 각기 그 마음을 다하게 하였으니, 비록 주(周)나라의 문왕(文王)과 무왕(武王)이라 할지라도 어찌 한고조(漢高祖)보다 밝았다고 이르겠습니까? 이러한 까닭에 진(秦)나라를 멸망케 하고 항우(項羽)를 격파할 수 있었으니, 한 번 융복(戎服 : 갑옷)을 입자 천하가 평정되었다고 한 말은 옳다고 하지 않겠습니까?"

한나라 고조가 말했다.

"과인의 더러운 행위와 누추한 공으로 감히 삼대(三代)의 성군(聖君)을 바라겠습니까? 한(漢)나라의 400년 토대를 창시할 수 있었던 것은 실로 여러 신하들의 힘이지 과인의 능력이 아닙니다. 장량(張良)은 군막 속에서 전략을 세웠고 진평(陳平)은 계책을 세웠으며, 소하(蕭何)는 근본을 견고하게 세웠고 수하(隨何)는 형세를 알았으며, 육고(陸賈)는 도(道)로써 그 치란(治亂)을 말하였고 역이기(酈食其)는 그 이기고 지는 것을 논했으며, 장창(張蒼 : 張蒼 오기)은 율령을 정하였고 숙손통(叔孫通)은 예절과 의식을 제정하여 과인의 마음을 열어주었습니다. 한신(韓信)은 싸우면 반드시 이기고 치면 반드시 취하였고 조참(曹參)은 정벌을 잘하였으며, 관영(灌嬰)은 용병을 잘하였고 경포(黥布)와 번쾌(樊噲)는 만 명의 장수라도 당하지 못할 용맹함을 지녔으며, 기신(紀信)과 주개(周介 : 周苛 오기)는 오래도록 빛날 불멸의 전공이 있었고 팽월(彭越)은 나중에 위세를 도왔으며, 장이(張耳)는 무기를 주조하여 과인의 위엄을 받들었습니다. 원컨대 여러분들의 유능한 신하에 대해 듣고 싶습니다."

당나라 태종이 말했다.

"과인도 또한 여러 신하들의 힘을 입었습니다. 장손무기(長孫無忌)는 충성을 다하였고 위징(魏徵)은 직간하기를 잘했으며, 두여회(杜如晦)는 일 처리함에 결단력이 좋았고 저수량(褚遂良)은 백성을 애휼하며 나라를 걱정하면서 과인의 미치지 못하는 것을 보필하였습니다. 은개산(殷開山)과 설인귀(薛仁貴)는 적과 맞서서 죽고사는 것을 돌보지 않았고 진숙보(陳叔宝 : 秦叔寶 오기)와 울지공(蔚遲恭 : 尉遲恭 오기, 尉遲敬德)은 용맹스러움이 남보다 뛰어났으며, 이정(李靖)은 병법에 밝았고 봉덕이(封德彝)는 국사에 힘썼으며, 방현령(房玄齡)과 굴돌통(屈突通)은 지혜가 넉넉하여 꾀가 많았고 유문정(劉文靜)과 이적(李勣)은 두루 서적을 보아 깊이 알아서 과인의 위엄을 도왔습니다."

송나라 태종이 말했다.

"조보(趙普)는 지모가 남음이 있고 조빈(曹彬)은 용맹과 지략을 다 갖추었으며, 석수신(石守信)은 위풍이 늠름하였고 묘훈(苗訓)은 뛰어난 기상이 당당하였으며, 이방(李昉)과 범질(范質)은 그 문장으로써 도와주었고 왕전빈(王全斌)과 이한초(李漢超)는 밖으로 도둑의 무리를 물리쳤습니다. 비록 인재들이 있었다 하더라도 과인은 밖에 앉아서 코를 골며 자고 있었으니, 이것이 어찌 창업이라 할 수 있겠습니까?"

한나라 고조가 말했다.

"헌원(軒轅 : 黃帝) 때에도 치우(蚩尤)의 난이 있었고 요순(堯舜) 때에도 네 명의 흉악한 무리가 있었으니, 간신과 역적들은 예부터 오늘에 이르기까지 있지 않은 때가 없었습니다. 비하건대 이와 같은 무리는 뱁새가 불과 나뭇가지 하나에 둥우리를 튼 것과 같고, 교활한 토끼가 그래도 세 개의 구멍을 감추어놓고 근근이 생명을 유지하는 것과 같으니, 어찌 마음에 둘 것이 있겠습니까?"

이어서 명나라 태조에게 여러 신하들에 대해 물으니, 대답했다.

"공업(功業)을 다 이루지 못해 재주와 지혜를 미처 다 시험하지 못했지만 옛사람들과 같을 것이니, 유기(劉基)와 서달(徐達)은 장량(張良)과 이정(李靖)의 지혜와 모략에 방불하고 화운룡(花雲龍 : 華雲龍 오기)과 한성정(韓成正 : 韓成 오기)은 바로 주개(周介 : 周苛 오기)와 기신(紀信)의 충성스러움과 흡사하며, 이선장(李善長)과 상우춘(常遇春)은 조빈(曹彬)과 울지공(蔚遲恭 : 尉遲恭 오기, 尉遲敬德)의 뛰어난 용맹에 견줄 것이고 모영(毛穎 : 沐英 오기)과 호대해(胡大海)는 번쾌(樊噲)와 설인귀(薛仁貴)의 용맹스럽고 장렬함에 견줄 것입니다. 이 밖의 문무(文武) 신하들도 견줄 만한 사람이 많습니다."

당나라 태종이 말했다.

"이 같은 성대한 연회는 고금에 보지 못하였으니, 원컨대 나라를 중흥시킨 군주들을 청하여 함께 즐기는 것이 어떠하겠습니까?"

세 황제가 말했다.

"심히 우리들의 마음에 합당합니다."

한나라 고조는 즉시 수하(隨何)를 보내어 광무제(光武帝)와 소열제(昭烈帝)를 청하고, 당나라 태종은 배적(裵寂)을 보내어 숙종(肅宗)을 청하고, 송나라 태종은 이방(李昉)을 보내어 고종(高宗)을 청하였더니, 이윽고 문밖에 수레와 말들이 늘어서는 소리가 들리며 문지기가 분주히 들어와 고하여 말했다.

"네 분의 임금이 도착하셨습니다."

그 첫째는 광무제(光武帝)였는데, 좌우에서 모시는 신하가 등우(鄧禹)·오한(吳漢)·가복(賈復)·왕량(王梁)·두무(杜茂)·마원(馬援)·구순(寇恂)·경엄(耿弇)·장궁(臧宮)·마무(馬武)·풍이(馮異)·왕패(王霸)·비융(邳肜)·조기(銚期) 등이었다. 그 둘째는 소열제(昭烈帝)였는데, 앞뒤에서 모시는 신하가 제갈량(諸葛亮)·관우(關羽)·장비(張飛)·조운(趙雲)·마초(馬超)·황충(黃忠)·방덕(龐德 : 龐統 오기)·법정(法正)·강유(姜維)·장완(蔣琬)·비위(費禕)·허정(許靖) 등이었다. 그 셋째는 당나라 숙종(肅宗)이었는데, 좌우에서 모시는 신하가 이필(李珌 : 李泌 오기)·곽자의(郭子儀)·이광필(李光弼)·뇌만춘(雷萬春)·남제운(南齊雲 : 南霽雲 오기)·장순(張巡)·허원(許遠) 등이었다. 그 넷째는 송나라 고종(高宗)이었는데, 앞뒤에서 모시는 신하가 악비(岳

飛) · 장준(張浚) · 조정(趙鼎) · 진덕수(眞德秀) · 한세충(韓世忠) 등이었다. 사람들은 사나운 호랑이 같았고 그들이 타고 온 말은 독기를 품은 용 같았다. 곧바로 법당(法堂)으로 들어와 천천히 예를 표하며 정을 폈고, 마친 뒤에 동쪽 누각으로 나아가 자리를 정하였다.

장량(張良)이 나아와 아뢰었다.

"여러 신하들이 어지러이 뒤섞여서 그 서열이 있지 아니하니, 바라건대 장수와 재상, 그리고 충의, 지모, 용력 있는 자를 다섯줄로 나누어 늘어서도록 한다면 온화하고 점잖게 주선하는 행동이 거의 질서정연하게 모여 있는 모습일 것입니다."

좌중(座中)이 모두 말했다.

"지당한 말입니다."

즉시 번쾌(樊噲)로 하여금 오장(五丈)의 깃발을 남쪽 누각 위에 세우게 하고, 세 번 북을 울리며 세 번 소리쳤다.

"재상(宰相)의 재주를 가진 사람은 모두 홍색 깃발 아래로 가고, 장수의 재주를 가진 사람은 흑색 깃발 아래로 가고, 충의를 품은 선비는 황색 깃발 아래로 가고, 용력이 있는 선비는 백색 깃발 아래로 가고, 지모를 쌓은 사람은 청색 깃발 아래로 가시오."

여러 사람들은 서로 보며 아무 말 없고 끝내 나오지 않았다. 또 북을 울리며 또 소리쳤다.

"황제의 명을 어기고 늦출 수가 없으니 받들어 좇아서 속히 행하시오."

위징(魏徵)이 급히 나와 말했다.

"예나 지금이나 장수와 재상들이 비록 장수나 재상이 될 만한 재주가 있을망정 스스로를 천거하게 하는 것은 예로 신하를 대우하는 것이 아닙니다. 공평하고 정직한 선비를 가려서 뭇 신하들의 우열을 판단하여 결정토록 하는 것이 좋겠습니다."

한나라 고조가 말했다.

"누가 이 소임을 담당하겠는가?"

위징이 대답했다.

"신하를 아는데 군주만한 분이 없으니, 하물며 성스러운 군주들의 성
대한 연회에서이겠습니까?"

한나라 고조가 세 황제를 돌아보며 말했다.

"이 말은 일리가 있으니, 우리 각자가 그 소임을 잘할 수 있는 사람을
천거합시다."

당나라 태종이 말했다.

"과인의 마음에는 소하(蕭何)가 마땅합니다."

송나라 태종이 말했다.

"과인의 마음에는 이정(李靖)이 마땅합니다."

명나라 태조가 말했다.

"한갓 지혜와 한갓 재능을 지닌 사람이야 어느 시대인들 없었겠습니
까? 반드시 소부(巢父)의 은둔, 이윤(伊尹)의 어짊, 백이(伯夷)의 절개, 용방
(龍逄)의 충절은 있습니다. 나라를 경륜하며 임금을 돕는데 주공(周公)과
같고, 나아가서는 장수가 되고 들어와서는 재상이 되는데 태공(太公)과 같
은 사람이어야만 이 소임을 할 수 있을 것입니다. 예전에 듣건대, 서촉(西
蜀)의 제갈량(諸葛亮)이 가슴속에 온 천하를 잘 다스리는 재주를 품었고 뱃
속에 나라를 안정되게 할 책략을 품었다고 하니, 혹여 이 사람이 아니라
면 맡길 수 없습니다."

조보(趙普)가 간하여 아뢰었다.

"비록 삼대(三代)의 인물이나 천하를 통일한 공이 있지 않으니, 이 소임
에 합당치 않습니다."

송나라 태종이 급히 말했다.

"지모야 사람에게 있지만 나라의 흥망은 하늘에 달렸거늘, 반드시 경(卿)의 말과 같다면 자사(子思)와 맹자(孟子)가 도리어 소진(蘇秦)과 장의(張儀)만 못하단 말인가? 공명(孔明 : 제갈량)의 도호(道號)는 와룡(臥龍)인데, 세속을 떠나 남양(南陽)에 살며 무릎을 끌어안고 휘파람을 길게 불면서 몸은 은거하고 마음은 뜬 구름과 같았어도 진실로 그 이름을 온전히 할 뿐 널리 알려지는 것을 구하지 아니하였으니, 허유(許由)의 짝이요 수경(水鏡 : 司馬徽)의 벗이었다. 초려(草廬 : 초가집)에서 나올 때에는 병사가 1,000명도 채 안되고 장수도 10명이 못되었으나 박망파(博望坡)에서 주둔지를 불태우고 백하(白河)의 물을 이용하여 조맹덕(曹孟德 : 조조)으로 하여금 간담이 몇 번이나 찢어지게 하였다. 일찍이 송곳 하나 꽂을 만한 조그마한 땅조차도 없었으나 천하를 솥발 모양처럼 삼국(三國)으로 정립한 형세를 이루었고, 여섯 번이나 기산(祁山)에 오르니 사마중달(司馬仲達 : 司馬懿)이 혼비백산하였고, 맹획(孟獲)을 일곱 번이나 사로잡았다가 놓아주어 남만(南蠻)의 사람들을 마음으로부터 복종케 하였다. 그러나 하늘이 돕지 아니하여 오장(五丈)에서 별이 떨어졌으니, 승패로 영웅을 논하는 것은 옳지 않다. 티가 있다고 해서 백옥(白玉)을 버려야겠는가?"

즉시 명하여 공명(孔明 : 제갈량)을 나오게 하니, 그 사람의 풍채와 태도가 남보다 월등히 뛰어났고 행동거지가 시원하였다. 눈은 고금의 영웅을 가볍게 보는 듯하고, 가슴속은 천지조화의 재주를 은근히 품은 듯하며, 표연(飄然)하기가 신선과도 같았다.

명나라 태조가 말했다.

"여러 나라의 뭇 신하들 사이에 서열이 있지 아니하니, 경은 고하를 판단하여 차례를 정하라."

공명이 사양하며 말했다.

"신의 변변치 못한 재주로 어찌 이처럼 중대한 소임을 감당하겠습니까? 감히 명을 받들지 못하겠습니다."

명나라 태조가 말했다.

"경은 사양하지 말고 이에 조속히 소임을 맡도록 하라."

공명이 여러 번 공손히 사양하였지만 황제들이 끝내 듣지 아니하니, 공명은 사은례(謝恩禮)를 마치고 그 앉는 차례를 정하려 할 즈음, 사자(使者)가 갑자기 아뢰었다.

"진(秦)나라 시황제(始皇帝), 진(晉)나라 무제(武帝), 수(隋)나라 문제(文帝), 초(楚)나라 패왕(霸王)의 격서(檄書)가 도착했습니다."

그러자 공명이 나아가 그 글을 전상(殿上)에 올리니, 한나라 고조가 눈살을 찌푸리며 말했다.

"이는 우리들의 마음에 맞는 무리들이 아니니, 물리치는 것이 어떠하겠습니까?"

송나라 태종이 말했다.

"가는 자를 붙잡지 말고 오는 자를 막지 말지니, 따라서 잘 대우하는 것만 못합니다."

공명이 말했다.

"신에게 한 계교가 있사오니 시황제로 하여금 동루(東樓)로 가게 하고 백왕(伯王 : 패왕)으로 하여금 서루(西樓)로 가게 한다면, 자연 조용할 것입니다."

한나라 고조가 말했다.

"그 계교가 매우 기묘하도다."

그리고는 마침내 왕희지(王羲之)를 불러 깃발에 크게 써서 문 밖에 세우게 하였으니, 그 방문(榜文)은 이러하다.

「나라를 다시 일으켜 세운 중흥주(中興主)는 동루로 가고, 패권을 잡은

왕들은 서루로 가되, 나라를 세운 창업주가 아니면 법당(法堂)에 들어오지 못하리라.」

이윽고 진시황이 섬리마(纖離馬)를 타고 이르렀는데, 태아검(太阿劒)을 차고 취봉(翠鳳)을 장식한 깃발을 세우고 영타(靈鼉)로 만든 북을 두드리니 호령이 엄정하였고 위풍이 늠름하였다. 좌측에는 이사(李斯)·모초(茅焦)·왕전(王剪 : 王翦)이 있었고, 우측에는 몽염(蒙恬)·장한(章邯)·왕분(王賁)이 있었다. 진(晉)나라 무제(武帝)가 황금 수레를 탔는데, 백옥홀(白玉笏)을 쥐었고 붉은 비단 우산이 나부꼈고 채색한 북을 울리니 의관은 영롱하였고 아름다운 빛이 찬란하게 빛났다. 좌측에는 장화(張華)·위관(衛瓘)·산도(山濤)·왕준(王濬)이 있었고, 우측에는 등애(鄧艾)·종회(鍾會)·양우(羊祜 : 羊祜 오기)·두예(杜預)가 있었다. 수(隋)나라 문제(文帝)가 백옥(白玉)의 수레를 타고 왔는데, 머리에는 자금관(紫金冠)을 썼고 깃발들이 어지러이 나부꼈고 칼과 창이 나열하니 기상이 늠름하였고 문채(文彩 : 예의 법도)가 갖추어져 훌륭하였다. 좌측에는 왕통(王通)·소위(蘇威)·고경(高熲)이 있었고, 우측에는 이조(李澡 : 李諤 오기)·한금호(韓擒虎)·하약필(賀若弼)이 있었다.

진(秦)나라 시황이 바로 법당으로 들어가려 하자, 공명이 앞을 가로막으며 간(諫)하였다.

"이곳은 창업주(創業主)의 연회이니 나라를 세운 군주가 아니면 법당에 들어갈 수 없습니다."

진나라 시황이 이 말을 듣고 노하여 말했다.

"과인이 온 천하를 나의 영토로 만들어 그 위세가 온 세상에 떨쳤거늘, 어찌 창업을 이루지 못하였다 하는가?"

공명이 말했다.

"예전에 듣건대, 폐하께서 고업(古業)을 계승하고 전인(前人 : 商鞅)이 남긴 계책을 따라 동주(東周)와 서주(西周)를 병탄하고 여섯 나라를 멸망시켰다고 하니, 공업이 비록 크다 하나 이치로써 의논할진댄 중흥(中興)의 군주에 해당되기 때문이지, 소신(小臣)이 어찌 감히 막겠습니까?"

이사(李斯)가 말했다.

"공명의 말이 옳습니다. 전하께서는 창업의 공을 선왕(先王)께 돌리고 중흥주(中興主)로 자처하십시오."

진나라 시황이 밖으로 그 분함을 드러내지 않고 참으며 동루로 갔다.

항우(項羽)가 오추마(烏騅馬)에서 내리는데 손에는 쇠로 만든 채찍을 들었고, 용기와 지략은 하늘을 뒤흔들 만했으며, 굳센 기운은 해를 뚫을 만했다. 성을 내며 들어오는데, 좌측에는 범증(范增)·종리매(鍾離昧)·용저(龍且)가 있었고, 우측에는 주란(周闌 : 周蘭 오기)·환초(桓楚)·항장(項莊)이 있었다. 항우가 물었다.

"이 연회를 주관하는 사람이 누구인가?"

공명이 대답했다.

"한(漢)나라 고조(高祖)께서 당나라, 송나라, 명나라 세 분의 창업주(創業主)를 위하여 태평연(太平宴)을 베푸셨습니다. 뜻밖에 대왕께서 오시니 다행입니다."

항우가 하늘을 우러러 탄식하며 말했다.

"하늘과 땅이 뒤집히기도 하고 해와 달이 차고 이지러지기도 하지만, 유계(劉季 : 유방)는 도리어 주인이 되고 항우(項羽)는 부질없이 손님이 될 줄을 어찌 알았으랴?"

그리고는 즉시 법당으로 향하니, 공명이 앞을 가로막으며 말했다.

"대왕께서는 창업하신 공이 없으시니, 이 자리에는 참여하실 수가 없습니다."

항우가 크게 노하며 말했다.

"나는 유계(劉季) 보기를 어린아이 보듯 하였을 뿐이다. 당시 호걸들이

나의 위풍을 보고는 목을 움츠리고 쥐새끼처럼 숨었으며, 후세의 영웅들
도 나의 명성을 듣고는 몸이 떨리고 간담이 서늘하였거늘, 누가 감히 나
를 막는단 말이냐?"

공명이 범증(范增)을 돌아보며 말했다.

"제(齊)나라 환공(桓公)이 일찍이 채구(蔡丘 : 葵丘 오기)에서 회맹(會盟)할
때 한 번 얼굴빛을 바꾸자 배반한 나라가 아홉이었고, 한 사람의 밑에서
몸을 굽혔다가 만승(萬乘 : 천자)의 윗자리에서 자신의 뜻을 펼친 사람은
탕왕(湯王)과 무왕(武王)이었습니다. 그러니 혈기로써 뭇 사람들의 시비를
단정하는 것은 제가 생각하기에 대왕께서 취할 일이 아닙니다."

항우가 한참 동안 잠자코 있다가 말했다.

"차라리 닭 부리가 될지언정 소꼬리는 되지 않는다 하였으니, 내가 서
루의 주인이 되어 다시 홍문연(鴻門宴)을 베풀리라."

이에 서루로 나아가 자리를 정하였다.

공명이 오른손으로 깃털 부채를 흔들고 왼손으로 상아홀을 잡고는 한
가운데 서서 말했다.

"이 가운데 혹 나라를 어지럽히고 반역을 도모한 자가 있거든 모두 떠
나가시오."

이에 왕망(王莽)과 동탁(董卓)의 무리에서 떠나간 자가 10여 명이었다.
공명이 하늘을 우러러 맹서하며 말했다.

"제가 비록 재주도 없고 아는 것도 없지만 황제의 명을 받들어 영웅들
의 우열을 분별하여 늘어서게 하려는데 혹 조금이라도 개인적인 혐의가
있다면 황천후토(皇天后土)는 모두 훤히 아실 것입니다."

이럴 즈음에 홀연히 어떤 사람이 와서 보고했다.

"한무제(漢武帝)는 흉노에게 원수를 갚은 전공이 있고, 당헌종(唐憲宗)은
호서(湖西 : 淮西 오기)를 정벌한 전공이 있고, 진원제(晉元帝)는 강좌(江左 :

양자강 하류의 동남 지역)를 평정한 공업이 있고, 송신종(宋神宗)은 삼대(三代)의 이상을 회복하려는 기풍이 있었으니, 이 연회에 참여하기를 바라나이다."

또 문밖에 있던 무수히 많은 여러 신하들도 크게 부르짖었다.

"성을 공격하여 땅을 빼앗고 천하를 호령한 자가 어찌 참석치 못한단 말입니까?"

이들은 바로 진승(陳勝)·조조(曹操：曹操)·원소(袁紹)·손책(孫策)·이밀(李密) 등이었다.

한나라 고조가 말했다.

"진승(陳勝)은 시골에서 거병한 지 10일 안에 왕을 칭하였고, 조조(曹操)는 대란을 말끔히 베어내고 천하를 나누어 그 여덟을 차지하였으며, 손책(孫策)은 강동(江東)에 할거하여 온 천하를 호시탐탐 엿보았으니, 이 세 사람은 호걸스런 선비라고 할 수 있을 것이다."

이밀(李密)이 목소리를 높여 크게 소리쳤다.

"도깨비불처럼 숲속에 엎드려 있었던 진승(陳勝), 나라를 어지럽히고 군주를 죽였던 조조(曹操), 단창필부(單槍匹夫)로 혼자 전쟁터에 뛰어들었던 손책(孫策)을 어찌 영웅이라고 일컫겠습니까? 그러나 우리는 여러 대에 걸친 공후(公侯)의 집안 출신이고 한때 맹주(盟主)였으니 어찌 영웅이라고 하지 않겠습니까?"

경청(敬青：景清 오기)이 말했다.

"원소(袁紹)는 여러 가지 의심이 뱃속에 가득차고 온갖 비난이 가슴속을 메워서 충언(忠言)을 받아들이지 아니하며 어진 선비를 알아보지 못했습니다. 이밀(李密)은 지식이 얕고 짧아 군대가 패한 뒤 관중(關中)에 들어가서도 태사(台司)로서 보아주기를 바랐으니 금궁옥시(金弓玉矢)와 토우와마(土牛瓦馬)처럼 겉모습은 그럴듯했지만 실제로는 별 쓸모없는 짓이었다고 말할 수 있을지언정 감히 저 세 사람에게 견줄 수 있겠습니까?"

이밀과 원소는 모두 벌컥 화를 내며 떠나갔다.

이에 문을 열고 네 제왕에게 들어오기를 청하니, 첫째는 한(漢)나라 무제(武帝)였는데 호위하는 신하는 동중서(董仲舒 : 董仲舒 오기)·곽광(霍光)·급암(汲黯)·동방삭(東方朔)·한안국(韓安國)·곽거병(霍去病)·위청(衛靑)·이광(李廣) 등이었다. 둘째는 당(唐)나라 헌종(憲宗)이었는데 호위하는 신하는 한유(韓愈)·육지(陸贄)·배도(裵度) 등이었다. 셋째는 진(晉)나라 원제(元帝)였는데 호위하는 신하는 주의(周顗)·왕도(王導)·도간(陶侃)·유곤(劉琨) 등이었다. 넷째는 송(宋)나라 신종(神宗)이었는데 호위하는 신하는 명도선생(明道先生)·범중엄(范仲淹)·구양수(歐陽修)·왕안석(王安石) 등이었다. 이들모두는 동루로 갔다. 그 다음은 진왕(陳王 : 陳勝)과 위공(魏公 : 曹操)이었는데 적을 칠 때 따랐던 자들 가운데 문무(文武) 신하로는 곽가(郭嘉)·순욱(荀彧)·장료(張遼)·허저(許褚)·주유(周瑜)·노숙(魯肅)·여몽(呂蒙)·황개(黃盖)·육손(陸遜) 등이었다. 이들은 모두 서루로 갔다.

공명이 말했다.

"한(漢)나라 고조 때의 장량(張良)은 숙녀와 같은 곱상한 얼굴이었지만 장부의 마음이었는지라, 황석공(黃石公)에게 신을 주워 신게 한 뒤에 이교(圯橋) 위에서 병법을 배우고 사구(沙丘 : 下邳)로 몸을 숨겼다가 서쪽으로 염한(炎漢 : 한나라)에 귀순하여 진(秦)나라를 멸하고 항우도 패배시키매 만호후(萬戶侯)로 봉해졌습니다. 제왕(帝王)의 스승이 되었으면서도 능히 벽곡하는 일을 일삼아 적송자(赤松子)를 좇아 놀겠다며 물러났으니, 이는 범려(范蠡)의 무리라 할 것입니다.

당(唐)나라 태종 때의 위징(魏徵)은 자신의 임금이 요임금과 순임금만 못한 것을 부끄러워하여 임금에게 간쟁(諫諍)하는 것을 자기의 소임으로 삼았으니, 이는 비간(比干)의 무리라 할 것입니다.

송(宋)나라 태종 때의 조빈(曹彬 : 曹彬 오기)은 강남(江南)으로 내려갔다가 성하(城下)에 이르러 분향한 뒤 서약하기를 절대 포악하게 약탈하지 말며 한 사람도 함부로 죽이지 않아야 한다 하였고 승리하여 돌아오는 날에 행장들이 단출하였으니, 이는 여상(呂尚)의 무리라 할 것입니다.

명(明)나라 태조 때의 유기(劉基)는 멀리 금릉(金陵 : 남경)의 기운을 보고 십년 뒤의 일을 알아서 군왕들이 백대의 후를 살필 수 있도록 했으니, 이는 이윤(伊尹)의 무리라 할 것입니다.

진(秦)나라 시황 때의 모초(茅焦)는 태후(太后)가 폐해지는 것을 보고 기름 끓는 가마솥에 나아가면서도 충간하여 죽기를 마치 고향집에 돌아가듯이 하였으니, 이는 용방(龍逄)의 무리라 할 것입니다.

한(漢)나라 무제 때의 동방삭(東方朔)은 3년 동안 글을 읽으매 바다도 뒤엎고 강물도 뒤집는 언변과, 자연을 즐기며 시를 읊조리는 음풍영월(吟風咏月)의 재능까지 배우고 익혔으니, 이는 한 시대의 어진 선비라 할 것입니다.

후한(後漢) 광무제 때의 등우(鄧禹)는 채찍을 들고 후한에 귀순하매 군사를 거느리고 정벌에 몰두하여 개국의 으뜸 공신이 되었으니, 이는 만고(萬古)의 영웅이라 할 것입니다.

촉한(蜀漢) 소열제 때의 방통(龐統)은 여러 날 동안 수행해야 할 공사(公事)를 짧은 시간에 결정하여 천하를 삼분(三分)하는 기이한 계책을 한 마디 말로 정하였으니, 이는 천추(千秋)의 지모 있는 사람이라 할 것입니다.

진(晉)나라 무제 때의 장화(張華)는 바둑판을 치우고 오(吳)나라를 정벌할 계획을 정하여 끝내 대업을 이루었으니, 이는 백세(百世)의 호걸이라 할 것입니다.

진(晉)나라 원제 때의 주의(周顗)는 충의가 마음속에서 솟구쳐 왕돈(王敦)을 크게 꾸짖다가 죽었으니, 이는 만고(萬古)의 강개한 선비라 할 것입니다.

수(隋)나라 문제 때의 왕통(王通)은 대궐에 나아가 12조 계책[策十二條]을 올렸지만 채택되지 않아 향리로 돌아와 마침내 하분(河汾)에서 가르침을 베풀었는데 제자들 가운데 먼 데서 온 사람들이 매우 많았습니다. 여러 차례 조정에서 불렀으나 나오지 않고 말하기를, '변변찮은 누추한 초가이나마 족히 비바람을 가리기에는 충분하고, 얼마 되지 않은 밭이나마 밥을 끓여 먹기에는 충분하다.' 하였는데 글 읽는 것을 업으로 삼기에 충분하고, 거문고를 뜯으며 노래하는 것도 스스로 즐기기에 충분하였으니, 이는 숨어사는 선비라 할 것입니다.

당(唐)나라 숙종 때의 이비(李泌)는 어려서부터 지혜가 뛰어나 그 명성이 당시 널리 전해졌으며, 포의지교를 맺고 임금을 섬겨서 마침내 중흥(中興)을 이루었지만, 이윽고 높은 벼슬자리를 사양하여 영양(穎陽)에 숨어 살며 이름을 보전하였으니, 이는 기미(機微)를 아는 선비라 할 것입니다.

당(唐)나라 헌종 때의 한유(韓愈)는 학식이 하해(河海)와 같고 마음가짐이 송백(松栢) 같아서 천자께 소장을 올리고 아뢰는 사이에 매우 간곡하였으니, 이는 군자의 풍도라 할 것입니다.

송(宋)나라 신종 때의 정자(程子)는 공자(孔子)와 맹자(孟子)의 학문 계통을 이었으니, 이는 성현(聖賢)의 선비라 할 것입니다."

이와 같이 고하에 맞춰 늘어세우기를 마치자, 홍기(紅旗)를 들고 소하(蕭何)에게 읍하며 말했다.

"그대는 지도를 가지고 지세를 알아보며 관중(關中)을 잘 다스려 나라의 근본을 공고히 하고 한신(韓信)을 쫓아가서 데려와 사방을 평정하였습니다. 곽광(霍光)은 주공(周公)이 성왕(成王)을 업고 정사(政事)를 돌본 도리를 따라 어린 임금 소제(昭帝)를 보필하였고, 이윤(伊尹)이 태갑(太甲)을 폐한 일을 듣고서 선제(宣帝)를 세우고 창읍왕(昌邑王)을 폐위시켰습니다. 장손무기(長孫無忌)는 삼척검(三尺劒)을 잡고 동분서주하며 신하로서의 충성을 다하여 마침내 대업을 이루었습니다. 방현령(房玄齡)은 열심히 나라를 받들고 아는 것을 행하지 않음이 없었습니다. 이들은 마땅히 첫째가 될 것입니다.

조참(曹參 : 曹參)은 옛 제도를 그대로 따랐습니다. 왕규(王珪)는 탁류를 밀어 보내고 청류를 끌어 올렸으니, 악을 미워하고 선을 좋아했습니다. 장완(蔣琬)은 번다한 일에 임해도 홀로 자적하였습니다. 이들은 마땅히 둘째가 될 것입니다.

두여회(杜如晦)는 일을 결단함이 물 흐르듯 했습니다. 대조(戴冑 : 戴冑 오기)는 충성스럽고 청렴하고 공평하고 곧아서 매번 임금의 뜻을 거슬려가며 직간(直諫)을 하여 법을 집행했는데, 그의 말이 솟아나는 샘물 같았습니다. 범증(范增)은 그 군주를 만나지 못하여 자기의 뜻을 제대로 펴지 못했는데, 일을 도모하고 정책을 펴려 해도 임금이 그 계책을 써주지 않고, 진정을 펼쳐 보여도 임금이 그 신실함을 옳게 알아주지 않았으니, 비유컨대 봉황이 마음대로 날지 못하고 가시나무에 깃드는 것과 준마가 마음대로 솟구치지 못하고 소금 실은 수레를 끄는 것과 같았습니다. 이들은 마땅히 셋째가 될 것입니다."

그리고 흑기(黑旗)를 들고 한신(韓信)에게 읍하며 말했다.

"그대는 암군(暗君)을 배반하고 명군(明君)에게 투항하여 삼진(三秦)을 멸하고 관중(關中)을 평정시켰으니, 앞장서서 큰 계책을 세워 천하를 평정하였습니다. 마원(馬援)은 변방의 전쟁으로 인한 먼지를 죄다 쓸어버렸지만, 죽어서 시체가 말가죽에 싸여 돌아왔습니다. 서달(徐達)은 일찍이 손무(孫武)와 오기(吳起)의 모략이 있었고 오확(烏獲)의 용맹이 있었습니다. 이들은 마땅히 첫째가 될 것입니다.

팽월(彭越)은 초(楚)나라를 배반하고 한(漢)나라로 귀순하여 초나라를 멸하는 공훈을 세워 벼슬이 공후(公侯)에 이르렀습니다. 풍이(馮夷 : 馮異 오기)는 왕망(王莽)을 참대(斬臺 : 漸臺 오기)에서 죽여 한나라의 사직을 회복하였습니다. 왕전(王翦 : 王剪 오기)은 백발을 날리면서 정벌에 몰두하였는데 늙었어도 기력이 더욱 왕성하였습니다. 이들은 마땅히 둘째가 될 것입니다.

곽자의(郭子儀)는 재주와 덕이 장수와 재상을 겸비하였는데 위험을 무릅쓰고 동쪽으로 안사(安史 : 안록산과 사사명)의 반란군들을 토벌하여 도로 이경(二京 : 낙양과 장안)을 회복하고 지존(至尊 : 唐肅宗)을 맞이하였으니, 충의와 정성은 밝은 해를 우러러 꿰뚫었고, 도량은 매우 넓어 포용하지 않는 것이 없었습니다. 모영(毛穎 : 沐英 오기)은 말끔히 운남(雲南)을 평정하였습니다. 장한(章邯)은 초나라 군대와 아홉 번 싸웠습니다. 이들은 마땅히 셋째가 될 것입니다."

이어서 황기(黃旗)를 들고 기신(紀信)에게 읍하며 말했다.

"그대는 충성스런 마음이 북받쳐 한고조(漢高祖)를 자처하여 초(楚)나라를 속이고 죽고사는 것을 돌보지 아니하였습니다. 장순(張巡)은 적과 맞닥뜨려 전쟁을 치르면서 기묘한 계책을 자유자재로 내는 것이 무궁하였는데, 호령이 분명하면서도 상벌이 믿을 만했으며 병사들과 함께 동고동락하였지만 형세가 궁하여 성이 함몰될 지경에 이르자 사나운 귀신이 되어 반란군을 죽일 것이라고 맹세하고는 끝내 두 마음을 품지 않았습니다. 관공(關公 : 관우)은 문(文)으로 ≪춘추좌씨전(春秋左氏傳)≫을 읽고 무(武)로는 청룡언월도(靑龍偃月刀)를 휘둘렀는데, 유황숙(劉皇叔 : 劉備, 昭烈帝)과 의형제를 맺고 생사를 함께하겠다고 맹세하고는 임금을 생각하고 나라에 보답하는 충성과, 산을 뽑고 바다를 뛰어넘는 용맹으로 (조조가 준) 황금을 봉쇄하고 관인(官印)을 걸어두어 사양한 뒤 홀로 천리 길을 달아나서 그 위세로 천하를 진동하며 조조의 칠군(七軍)을 수몰시켰습니다. 이들은 마땅히 첫째가 될 것입니다.

허원(許遠)은 힘이 다하고 성이 고립되어 그 형세가 쌓아올린 계란 같았지만 몸은 죽었어도 충성심만은 지켰습니다. 악비(岳飛)는 등에 진충보국(盡忠報國)이라는 네 글자를 문신하였으니 나라를 회복시키는 데에 뜻을 두고 나라의 치욕을 씻기로 맹세한 것입니다. 방소요(方召堯 : 方孝孺 오기)는 입이 찢기는데도 자신의 구족(九族)들을 돌보지 않았습니다. 이들은 마땅히 둘째가 될 것입니다.

황자징(黃自徵 : 黃子澄 오기)은 한결같은 마음이 변치 아니하여 몸이 찢겨 죽을 때까지 나라에 보답하였습니다. 주란(周闌 : 周蘭 오기)과 환초(桓楚)는 사방에 온통 적들이 둘러싸자 강동(江東)의 젊은이들이 뿔뿔이 흩어진 자가 그 수효를 알 수 없었는데도 끝까지 배반할 마음을 두지 않고 난군(亂軍) 속에서 죽었습니다. 이들은 마땅히 셋째가 될 것입니다.”

청기(靑旗)를 들고 진평(陳平)에게 읍하며 말했다.

“그대는 얼굴이 준수하고 키가 8척이나 되었는데 여섯 가지의 기묘한 계책을 내어 천하를 통일하였습니다. 이정(李靖)은 문무의 재주를 겸비하여 전쟁터에 나가서는 명장이 되고 조정에 들어와서는 명재상이 되었습니다. 주유(周瑜)는 기개가 조조의 위나라를 삼키고자 하였고 재능은 오나라를 패자(覇者)가 되게 할 수 있었는데, 처음에는 날개조차 드리우지 못하다가 나중에는 날개를 떨칠 수 있어 오림(烏林)에서 적을 격파하고 적벽(赤壁)에서 적군을 무찔렀으니, 그 공적이 높고 높으며 명성이 빛나고 빛났습니다. 이들은 마땅히 첫째가 될 것입니다.

육손(陸遜)은 용병술이 사마양저(司馬穰苴)에 방불하였고 지모는 손무(孫武)와 오기(吳起)처럼 헤아릴 수 없었습니다. 곽가(郭嘉)는 적과 자신의 처지를 아는 데에 능했습니다. 등애(鄧艾)는 서촉(西蜀)을 평정하는데 지대한 공을 세웠습니다. 이들은 마땅히 둘째가 될 것입니다.

두예(杜預)는 오회(吳會)를 평정하여 공이 산과 바다를 뒤덮었습니다. 한세충(韓世忠)은 군졸(軍卒)에서 출발하여 중흥을 이룩한 명장이 되었고 왕후(王侯)에 올랐다가, 일단 군대에 관한 일을 그만둔 뒤에는 문을 닫아걸고 빈객을 사절하며 가끔 나귀를 타고 술병을 손에 든 채로 아이종 두세 명을 데리고 서호(西湖)를 노닐면서 스스로 즐겼습니다. 한금호(韓擒虎)는 백만 군사를 거느리고서 동쪽으로 창해(滄海)에 접하고 서쪽으로 파촉(巴蜀)을 막았는데, 오악(五岳)을 진동시키며 범처럼 노려보았고 만 리를 달렸으니, 응양장(鷹揚將)이 되었습니다. 이들은 마땅히 셋째가 될 것입니다."

백기(白旗)를 들고 조운(趙雲)에게 읍하며 말했다.

"그대는 장판(長板)에서 어린 임금 유선(劉禪)을 보호하였고 한수(漢水)에서 황충(黃忠)을 구하였으니, 매우 뛰어난 용맹이었고 세상을 뒤덮을 만한 공이었습니다. 경엄(耿弇)은 몸소 대장군이 되어 오로지 사방을 정벌하였는데, 400여 성을 무찌르고 수천 리 땅을 빼앗았습니다. 장비(張飛)는 성품이 맹렬한 불같고 용맹이 날랜 호랑이 같았으니, 천하를 흘겨보고 우주를 질타하며 많은 군사 중에서 적장을 베는 것이 마치 주머니에서 물건을 취하듯 하였습니다. 울지공(蔚遲恭 : 尉遲恭 오기, 尉遲敬德)은 날랜 용맹이 군중에서 으뜸으로 뛰어나 수많은 전쟁에서 공을 세웠습니다. 이들은 마땅히 첫째가 될 것입니다.

번쾌(樊噲)는 방패를 쥐고 곧바로 관문(關門)으로 들어가 홍문연(鴻門宴)의 장막을 들추고 섰는데, 그 노여움으로 머리카락이 관(冠)을 찔렀고 눈을 부릅떠서 눈초리가 다 찢어졌으니, 항우(項羽) 보기를 어린 아이 보듯 하였고 군사 보기를 개미새끼 보듯 하였습니다. 탕화(蕩花 : 湯和 오기)는 웅대한 지략으로 군사들을 모았고, 그 날랜 용맹은 삼군(三軍) 중에서 으뜸이었습니다. 가복(賈復)은 얼굴이 천신(天神) 같았고 용맹이 날랜 송골매 같았습니다. 호대해(胡大海)는 먼저 채석(采石)에 올랐습니다. 이들은 마땅히 둘째가 될 것입니다.

경포(黥布)는 용맹이 천지를 뒤흔들었고 공이 우주를 뒤덮었습니다. 오한(吳漢)은 날랜 용맹이 무리 가운데 뛰어났고 웅대한 지략도 세상에서 으뜸이었습니다. 마초(馬超)는 보전(步戰)의 훌륭한 장수였습니다. 허저(許褚)는 소의 뿔을 뽑고 넘어뜨려 죽이는 힘을 지니고 있어서 호왕(虎王)이라 불렸습니다. 황충(黃忠)은 활을 쏘면 백발백중이었습니다. 이들은 마땅히 셋째가 될 것입니다.”

이하 문무(文武)의 여러 신하는 여기에 이루 다 기록할 수 없다.

곁에 있던 한 사람이 눈물을 뿌리고 소리쳐 말했다.

“선생님은 어찌 제자를 알아보지 못하십니까? 제가 종회(鍾會)에게 투항한 것은 죽기를 두려워하여 살기를 탐한 것이 아니라 한(漢)나라 황실을 회복하고자 함이었으니, 만약 그와 같은 원통한 일이 없었다면 서촉(西蜀) 땅이 사마소(司馬昭)의 손에 들어가지 않았을 것이고 후주(後主 : 劉禪)의 수레가 허도(許都)의 먼지를 밟지 않았을 것입니다. 하늘이 돕지 않으심으로 인하여 죽었어도 원혼(寃魂)이 되었습니다만, 오늘 선생님이 저의 충성을 헤아리지 않으시니 이 마음을 어디에 하소연하겠습니까?”

공명이 말했다.

“슬프다, 백약(伯約 : 강유의 자)이여! 내 어찌 그대의 충심을 알지 못하겠는가? 끝내 일이 성공하지 못하여 천년토록 적에게 투항했다는 이름만을 남겼으니, 도리어 절개를 지켜 의롭게 죽은 것만 못하구나.”

강유(姜維)가 <이 말을 듣고> 크게 탄식할 따름이었다.

신하들의 고하를 분별한 것이 이미 정하여지니, 좌중이 모두 칭찬하기를 그치지 않았다. 당나라 태종이 말했다.

“홀로 누리는 즐거움과 더불어 누리는 즐거움 중 어느 것을 세상 사람들이 즐기겠습니까?

“홀로 누리는 즐거움은 더불어 누리는 즐거움만 못하다는 것은 옛 성현(聖賢)의 가르침입니다. 동루(東樓)와 서루(西樓)에 청하여 즐기는 것이 어떠하겠습니까?"

세 황제들도 말했다.

"그 말이 좋습니다."

즉시 사자(使者)를 동루와 서루에 보내어 여러 군왕들을 연회에 초대하였다. 얼마 안 되어 모두 와서 동서로 나뉘어 자리를 정하였다. 가까운 신하 한 사람씩 각자의 군왕 곁에서 모시고 섰는데, 진승(陳勝)·조조(曹操 : 曹操)·손책(孫策)이 말석에 참예하였으니 마치 용이 구름바다에 서려 있는 것과 같았고 호랑이가 깊은 산중에 걸터 앉아있는 듯하였다. 예법에 맞는 몸가짐이 매우 엄숙하였고 칼과 패옥소리가 쟁강쟁강 울렸으며, 뜰 앞에서는 오검무(五劍舞)가 추어졌고 당상(堂上)에서는 칠현금(七絃琴)이 연주되었다.

술이 얼큰히 취하자, 한나라 고조가 복받쳐 슬픈 듯 말했다.

"천지(天地)는 무궁하나 인생(人生)은 유한하여 흥망성쇠(興亡盛衰)가 돌고 도는 것은 해와 달이 서쪽으로 지는 것과 같고 강물과 바다가 동쪽으로 흐르는 것과 같으니, 어찌 능히 길이길이 부귀의 즐거움을 누릴 수 있겠는가? 어진 이가 길이길이 그 왕업을 잘 지켰다면 삼대(三代)가 어찌 요순(堯舜)의 뒤를 이었겠으며, 용기 있는 자가 오래도록 그 형세(形勢)를 잘 유지했다면 치우(蚩尤)가 어찌 탁록(涿鹿)에서 사로잡혔겠는가? 나라의 성쇠와 사람의 수명은 모두 천명에 달려 있도다. 세상의 민심은 자주 뒤바뀌고 세월은 유수와 같이 빨리 흐르니 천고(千古)의 흥망은 한 움큼의 거친 흙과 같도다."

자리에 가득한 사람들이 모두 슬퍼하였는데, 홀로 서편자리에 있던 한 군왕이 눈을 둥그렇게 부릅뜨고 호랑이처럼 거친 수염을 하고서 목소리를 높여 소리쳤다.

"홍문연(鴻門宴)에서 옥결(玉玦)을 든 범증(范增)의 계책을 쓰지 않았다가 해하(垓下)에서 도리어 호랑이 새끼를 키운 후환을 만났으니, 비록 저승의 원혼일랑 되었지만 오강(吳江 : 烏江 오기)에서 자결한 한을 잊기가 어렵도다."

동편 자리에 있던 한 제왕이 말했다.

"내가 한마디 할 것이니 여러 황제들은 귀담아 들어주십시오. 과인(寡人)이 꾼 꿈에 청의동자(靑衣童子)와 홍의동자(紅衣童子)가 해를 두고 다투었습니다. 조금 후에 청의동자가 땅에 쓰러져 뻣뻣이 누워 있고, 홍의동자가 해를 받들고 가버렸습니다. 이제 홍의를 보니 고조(高祖 : 유방)와 방불하고, 청의는 백왕(伯王 : 覇王 항우)과 비슷합니다. 또 동요(童謠)에 이르기를, '하늘이 장차 사람을 주벌하여 이기는 것은 모두 타고난 운수 때문이니 실로 사람의 힘으로 할 수 있는 것이 아니라네.' 하였습니다. 옥결(玉玦)은 헛되이 지략 있는 신하의 손에서 수고하였고, 보검(寶劍)은 헛되이 군사들로 하여금 힘을 쓰게 했습니다."

한나라 고조가 말했다.

"흥망승패(興亡勝敗)는 우선 제쳐놓아 말하지 말고, 통쾌했던 일을 이야기하여 다스리는 도리를 확실히 하는 것이 어떠하겠습니까?"

진나라 시황이 말했다.

"진(秦)나라에는 세 가지의 통쾌했던 일이 있었습니다. 왕전(王翦 : 王剪) 등을 보내어 육국(六國)의 군주를 사로잡아 들여 아방궁(阿房宮)의 계단 밑에 무릎을 꿇어앉혔고, 천하의 병기를 거두어들여 청동 사람을 만들어 창합문(閶闔門) 밖에 세웠으니, 이것이 첫째의 통쾌했던 일입니다.

서시(西市 : 徐市 오기) 등을 어린 남녀 아이들과 함께 보내어 바다로 들어가서 삼신산(三神山)의 불사약을 구하도록 하였고, 안기생(安期生)과 함께 구계(胸溪 : 胸界 오기)에서 놀았으며, 회계산(會稽山)의 정상에서 공적을 돌에 새기고 낭야대(琅琊臺)를 실컷 둘러보았으니, 이것이 둘째의 통쾌했던 일입니다.

몽염(蒙恬) 등으로 하여금 30만의 대군을 이끌고 만리장성(萬里長城)을 쌓아 변방을 지키도록 하자, 오랑캐가 감히 남쪽으로 내려와 말을 기르지 못하였고 오랑캐 군사들은 감히 활을 당겨 원수를 갚지 못하였으니, 이것이 셋째의 통쾌했던 일입니다."

한나라 고조가 말했다.

"죽을 고비에서 겨우 살아나 백번 싸워 백번 지다가 해하(垓下)의 전투에서 겨우 천하를 얻었으니, 어찌 통쾌했던 일이 있겠습니까? 다만 경포(黥布)를 물리친 후에 고향으로 돌아와 마을의 장로들을 만나 함께 즐겼을 때, 큰 바람이 일고 구름이 날려 바로 과인(寡人)의 기상과 같았는지라 일어나 춤추고 노래지었으니, 이것이 첫째의 통쾌했던 일입니다.

낙양(洛陽)의 남궁(南宮)에서 태공(太公 : 한고조의 부친)에게 장수를 비는 뜻으로 술을 바치니, 상황(上皇 : 한고조의 부친)께서 기뻐하며 말하시기를, '옛날 네가 밭 갈았을 때에 어찌 오늘날 이와 같이 될 줄을 알았겠느냐? 자식이 없었던들 어찌 누릴 수 있겠느냐?' 하셨으니, 이것이 둘째의 통쾌했던 일입니다."

명나라 태조가 눈물을 머금고 슬픈 빛을 지으니, 한나라 고조가 말했다.

"대장부가 어찌하여 아녀자와 같은 모습을 보입니까?"

명나라 태조가 눈물을 뿌리며 대답했다.

"과인(寡人)은 부모님을 모두 여읜 고애자(孤哀子)로서 이 세상을 살아가며 한나라 황제처럼 통쾌한 곳이 있기를 바라지만, 어찌 부모님께 장수를 비는 뜻으로 술잔을 올리는 즐거움을 누릴 수 있었겠습니까? 사람의 마음이 목석이 아닌 바에야 어찌 슬프지 않겠습니까?"

한나라 고조가 말했다.

"이것이야말로 효성이 지극한 것입니다."

이윽고 당나라와 송나라 황제에게 물으며 말했다.

"각기 통쾌했던 일을 이야기 합시다."

당나라 태종이 말했다.

"만국(萬國)이 회동할 때에 사방에서 모두 왔는데, 돌궐(突厥)이 춤을 추었고 토번(吐蕃)이 노래를 불렀으며, 월상(越裳)·교지(交趾)가 앵무새를 바쳤고 대완(大宛)·서역(西域)은 준마를 바쳤으니, 이것이 첫째의 통쾌했던 일입니다.

위징(魏徵)과 어진 정치를 논하였고 이적(李勣)으로 하여금 장성(長城)을 쌓게 하였는데, 해마다 풍년이 들고 백성들이 화락하여 세 변방이 편안해졌으니, 이것이 둘째의 통쾌했던 일입니다.

여러 신하와 친척들과 능연각(凌烟閣)에서 술잔치를 베풀었는데, 상황(上皇 : 당태종의 부친)께서 친히 비파(琵琶)를 타셨고 과인(寡人)이 일어나 춤을 추었으며 신하들이 장수를 비는 뜻으로 술잔을 받들어 올렸으니, 이것이 셋째의 통쾌했던 일입니다."

송나라 태종이 말했다.

"천하를 미처 통일해보지 못하였으니 어찌 통쾌했던 일이 있었겠습니까? 새 궁실을 짓고 담장도 말쑥하게 했는데, 구문(九門)을 활짝 열면 사방으로 통하고 여덟 창호를 열면 오방으로 통하였는지라 눈 아래로 막힘이 없어 마음이 환하게 터졌으니, 이것도 한 가지 통쾌했던 일입니다."

한나라 고조가 말했다.

"여러 군왕들은 모두 통쾌했던 일이 없었습니까?"

조조가 말했다.

"신에게도 한 가지 통쾌했던 일이 있으니, 욕되지만 감히 아뢸까 합니

다. 황건적(黃巾賊)을 격파하였고 여포(呂布)를 사로잡았으며, 장노(張魯)·
장수(張繡)를 굴복시켰고 원소(袁紹)·원술(袁術)도 멸했습니다. 유종(劉琮)을
항복시키며 남으로 장강(長江)에 이르니, 전투함이 천리를 이었고 깃발이
만리나 휘날렸습니다. 이교(二喬)가 흘겨보는 것이 눈에 들어왔고 오월(吳
越 : 東吳)이 손바닥 위에서 보였는지라, 동쪽으로 하구(夏口)를 바라보고
서쪽으로 무창(武昌)을 바라보매 엄청난 물결은 펼쳐 놓은 흰 명주와 같았
고 밝은 달은 거울과 같았거늘, 까막까치가 남쪽으로 날아갈 때에 창을
비껴들고 시(詩 : 단가행)를 지었으니, 이것이 한 가지 통쾌했던 일입니다."

한나라 고조가 말했다.

"우선 이것은 그만둡시다. 듣자니 슬픈 감회를 이기지 못하겠습니다."

그리고서 명나라 태조를 돌아보며 말했다.

"나라는 당우(唐虞 : 요순)시대의 나라가 아니고 사람은 요순(堯舜)이 아
니니, 어찌 지극히 선하고 지극히 아름다울 수 있겠습니까? 좌중의 황제
와 군왕은 몇 사람이며, 그 득실은 얼마나 됩니까? 당시의 간신(諫臣)들은
군왕이 미치지 못한 바를 보필하기가 어렵고, 후세의 사관(史官)들은 그
백대(百代)의 시비를 기록하기가 어려웠으나, 한나라, 당나라, 송나라는 모
두 역사기록 속에 있습니다. 그러니 들어본들 무슨 소용이 있겠습니까?
그러나 명태조(明太祖)는 나라의 권좌를 누리며 왕위에 있는 것이 필시 매
우 길고 오랠 것입니다. 착한 행실을 좋아하고 악한 행실을 징계하여 그
시비를 분명히 한다면, 후세에 모범이 될지 모르니 또한 어떻겠습니까?"

명나라 태조가 사양하며 말했다.

"옛 성현의 말씀에 이르기를, '내가 사람을 대하면서 누구를 비난하고
누구를 칭송했나?' 하셨으니, 성인의 마음으로도 오히려 이와 같은데 하
물며 평범한 재주를 가지고서 함부로 다른 사람을 비방하고 칭찬할 수
있겠습니까?"

한나라 고조가 말했다.

"부디 고집스럽게 사양하지 말고 한번만이라도 웃을 수 있도록 하는 것이 좌중의 바람입니다."

명나라가 태조가 말했다.

"그렇다면 먼저 기상을 살펴보고, 뒤에 시비를 논하겠습니다."

두루 살피기를 마치고 나서 말했다.

"북풍이 세차게 불고 파도가 거세게 용솟음치는 것은 진시황(秦始皇)의 기상입니다. 뙤약볕이 뜨겁게 내리쬐고 천둥이 천지를 진동하는 것은 광무제(光武帝)의 기상입니다. 하늘이 끝없이 넓고 가을의 찬 서리가 살을 에는 듯한 것은 한무제(漢武帝)의 기상입니다. 맑은 바람이 솔솔 불고 밝은 달이 휘영청 비치는 것은 당태종(唐太宗)의 기상입니다. 동쪽에서 해가 떠오르고 서쪽에서 비가 부슬부슬 내리는 것은 수문제(隋文帝)의 기상입니다. 가없이 넓고 큰 장강(長江)이 혹 물결치고 혹 졸졸 흐르는 것은 소열제(昭烈帝)의 기상입니다. 새벽 하늘빛이 창창하고 샛별이 깜박이는 것은 당헌종(唐憲宗)의 기상입니다. 곤륜산(崑崙山)의 백옥, 여수(麗水)의 황금 같은 것은 명태조(明太祖)의 기상입니다. 악와(渥洼)의 준마, 단구(丹丘)의 봉황새는 송신종(宋神宗)의 기상입니다. 세찬 바람에 소낙비 오고 천지가 진동하는 것은 패왕(覇王 : 항우)의 기상입니다. 살쾡이가 가시덤불 속에 숨고 양이 자욱한 안개 속에 감추는 것은 위공(魏公 : 조조)의 기상입니다."

한나라 고조가 크게 웃으며 말했다.

"진실로 이른바 마음을 밝혀주는 보배로운 거울[明心寶鑑]이라 할 만합니다만, 유독 과인의 기상만을 말하지 아니한 것은 무엇 때문입니까?"

명나라 태조가 말했다.

"용이 비를 얻으니 변화가 무궁한데 한고조의 도량은 이에 견줄 수 있기 때문입니다. 만일 시비를 논할진댄, 진시황(秦始皇)은 웅걸한 재능과 원대한 지략으로 6대에 걸쳐 선조가 남긴 공적을 떨치며 긴 채찍을 휘두르면서 천하를 통치하였는데, 온 세상을 자기 집으로 삼고 효산(崤山)과 함곡관(函谷關)을 궁궐로 삼은 뒤, 스스로 관중(關中)의 견고함은 철옹성의 천 리이니 자자손손들이 제왕을 계승할 만한 만세의 기업(基業)이라고 여겼습니다. 그러나 두 세대도 미치지 못하고서 망하였으니 무엇 때문이겠습니까? 호화롭게 궁궐을 지으면서 백성들의 재력을 탕진했고, 헛되이 만리장성을 쌓으면서 인명을 해쳤기 때문인데, 과인도 옳지 않다고 생각합니다. 시서(詩書)는 성현의 행적이 저술되어 있거늘 그것을 모두 불살랐고, 선비들은 공자와 맹자의 도덕을 익혔거늘 그들을 모두 구덩이에 묻어버렸습니다. 태자(太子)는 나라의 근본인데도 장자 부소(扶蘇)를 쫓아냈다가 속임수로 호해(胡亥)를 세우게 했으니, 이야말로 빨리 망할 수밖에 없는 기미였습니다."

진시황이 탄식하여 말했다.

"명태조(明太祖)가 과인의 죄악을 말씀한 것은 진실로 달게 받는 바입니다. 그러나 과인이 만일 궁중에 있었다면 조고(趙高)가 모반을 일으키지 못했을 것이며, 장한(章邯)이 어찌 초나라에게 항복할 수 있었겠습니까? 후회가 막급이나 탄식한들 무슨 소용이 있겠습니까? 이렇게 말해도 그 결과는 마찬가지일 것입니다."

명나라 태조가 말했다.

"한고조(漢高祖)는 관대한 정치의 길을 열어서 천하의 뛰어난 인재들을 맞이하고 그들의 간언(諫言) 따르기를 물 흐르듯 하여 <항우에게 죽은 의제(義帝)를 위해> 삼군(三軍)에게 소복(素服)을 입도록 하였으며, 진(秦)나라의 가혹한 법을 폐지하고 약법삼장(約法三章)을 선포하였으니, 대략 탕무(湯武)와 같았습니다. 그러나 다만 흠결인 것은 선비를 가벼이 보고 함부로 업신여긴 것인데, 이런 까닭으로 옛 예법이 회복되지 않고 옛 음악이 지어지지 않은 것이 이로부터 시작되었습니다.

한무제(漢武帝)는 모든 병력을 기울여 전쟁을 일삼았고, 백성에게 가혹하게 하면서 귀신을 지나치게 섬겼기 때문에, 나라 안의 재력이 텅 비었습니다. 만약 <추풍사(秋風辭)>에서 일어난 후회와, 윤대(輪臺)에 내려진 조서(詔書)가 아니었었다면 진(秦)나라를 망하게 했던 전철이 이어졌을 것입니다.

후한(後漢)의 광무제(光武帝)는 국가가 장차 어지러워지는 것을 분개하고 종묘사직이 기울어 위태로워지는 것을 염려하였는데, 영웅을 맞아들이고 민심을 기쁘게 하는데 힘써서 왕망(王莽)을 쓸어 없애고 한(漢)나라 왕실을 부흥시켰습니다. 시작부터 뜻을 가지고 있었지만 보필했던 재상들도 그러한 사람은 아니었으니, 애석하기가 이루 말할 수 있겠습니까?

촉한(蜀漢)의 소열제(昭烈帝)는 도원결의(桃源結義 : 의형제 맺음)하고 삼고초려(三顧草廬)하여 임금과 신하가 서로 어진 사람을 만났으니, 마치 훨훨 기러기 날개가 순풍을 만나 하늘을 나는 듯했고, 호쾌하게 거대한 고기가 넓은 바다에서 노는 듯했습니다. 아깝게도 창업을 반도 못 이룬 채 중도에 세상을 떠나셨으니 어찌 천명이 아니겠습니까?

당태종(唐太宗)은 집안을 일으켜 나라를 만들었는데, 전쟁을 끝내고 문치를 닦으면서 정신을 가다듬고 좋은 정치를 하려 하여 몸소 태평시대를 이루었고 영특한 군주로 일컬어졌습니다. 그러나 군왕이 지녀야 할 덕으로써 논할진댄 소자왕(巢刺王)의 비(妃)를 부인으로 들인 것은 그 잘못이 몹시 심하여 온 천하에 수치심을 남겼고 백세토록 침을 뱉게 하였습니다.

송태조(宋太祖)는 일찍이 학문을 하지 않았지만 만년에야 독서하기를 좋아하였는데 궁중에서 가죽 채찍으로 매질하는 것이 행해지지 않도록 하였고, 꾸짖으며 욕하는 것이 공경(公卿)들에게 미치지 않도록 하였기 때문에, 신하들이 훌륭한 일을 할 수 있어서 군주에게 충성하고 나라를 사랑하는 마음이 크게 일어났습니다. 덕행과 효행이 있는 선비들을 천거하여 예의(禮儀)와 염치(廉恥)의 기풍을 높이게 하고, 궁궐문을 크게 열어 조금이라도 간사하거나 굽음이 있으면 사람들이 모두 보게 하였으니, 이른바 넓고 공평한 도라 할 것입니다.

진무제(晉武帝)는 부왕(父王)이 이룩해 놓은 왕업(王業)을 이어받아 천하를 통일하였으나, 사치할 마음이 바야흐로 싹터서 놀이와 향락에 빠져 나랏일을 태만히 하고는 항상 양이 끄는 수레를 타고 가다가 양이 제 마음대로 머문 곳에서 향락을 일삼았으니, 음탕하게 즐기는 것이 이보다 심한 것이 없었습니다.

진원제(晉元帝)는 난리를 겪은 뒤에 즉위하였는데 안으로는 계책을 세울 기둥 같은 인재가 없고 밖으로는 나라를 바로잡을 주춧돌 같은 인물이 없었지만, 명민하고 결단력이 있었기 때문에 약한 형세로써 강한 자를 제압하여 역모를 꾀하는 자들을 죽였으니, 대업을 회복한 것이었습니다.

수문제(隋文帝)는 천성이 엄숙하여 명령하면 행해지고 금지하면 중지되었으며, 나랏일에 부지런하고 검소함에 힘썼습니다. 그러나 시기하고 가혹하게 살피며 아첨하는 말을 믿고 잘 받아들여서 충성스럽고 어진 신하들을 해쳤으며, 심지어는 아들 형제들도 모두 원수와 적처럼 여겼으니, 이것이 모두 그의 단점입니다.

당숙종(唐肅宗)은 한 때의 편안함만을 탐내고 그 영구적인 폐해를 생각지 못하여 눈과 귀의 즐거움을 다하였고 음악과 기예의 공교로움을 지극히 했는데, 귀비(貴妃)를 지나치게 사랑하고 안으로 강포한 적도들을 키워 끝내는 임금의 수레를 피난가게 하였으니, 백성들이 도탄에 빠짐이 이때보다 더 심한 적이 있지 않았습니다.

송신종(宋神宗)은 마음을 다해 훌륭한 정치하기를 도모하여 위로 당우

(唐虞 : 요순)를 사모할 새, 정자(程子)는 옛일을 상고하여 학문을 바로 세우고 여혜경(呂惠卿)은 신법(新法)을 창안하니 인물을 등용하고 버리는 사이에 국가의 안위가 달려 있었습니다. 그런데 어진 선비들을 푸대접하고 간신배들에게 마음 쏟아서 안정을 위태롭게 하고 다스려짐을 혼란스럽게 하여 천하 사람들로 하여금 소란스러워 즐겁게 살아가려는 마음을 잃게 하였으니, 감히 요순(堯舜)과 같은 다스림을 바라겠습니까? 그것을 따른 적이 없습니다.

남송의 고종(高宗)은 간사한 자들을 신임하고 충성스러운 어진 선비를 쫓아내었으며, 진회(秦檜)가 악비(岳飛)를 교살하였지만 마치 못 들은 것처럼 하였습니다.

남송의 가사도(賈似道)는 끝내 나라를 망쳤는데도 <군주가> 충성스럽다고 여겼으니, 어찌 다시 삼대(三代)와 같은 훌륭한 다스림을 바라겠습니까?

당헌종(唐憲宗)은 신하들의 충간(忠諫)을 듣고서 변방의 반란을 평정하여 끝내 통일을 이루었습니다.

진왕(陳王 : 진승)은 가난한 집안의 자식이고 농노(農奴)의 천한 사람으로 병사들의 행렬에 끼어 있었고 밭둑길에서 비천한 몸을 일으켜 지치고 흩어진 군졸들을 이끌고 수백 명의 무리들을 거느리고서 <진나라를 공격할 적에> 나무를 베어 무기를 만들고 대나무에 높이 걸어 깃대로 삼으니 천하에서 구름같이 모여들어 호응하고 식량을 짊어지고 그림자처럼 따랐습니다. 만약 육국(六國)의 후손을 세우라는 말을 들었다면 권좌가 누구의 수중에 있었을지는 알지 못했을 것입니다.

위공(魏公 : 조조)은 치세(治世) 때의 유능한 신하요 난세(亂世) 때의 간사한 영웅으로 전권을 쥐고 제 마음대로 명령을 내리며 천하를 호령하니 사방이 다 굴복하였는데, 그 위세를 두려워한 것이지 그 본심은 아니었

습니다. 안으로는 측근들이 조정에 가득한 위세에 의존하였고 밖으로는
왕성한 기개를 지닌 간웅(奸雄)들의 세력을 맞이하였는데, 외람되이 임금
의 은총을 차지하게 되자 방자하게도 미치고 패역한 짓을 행하여 천자를
위협하고 제재하며 국모(國母 : 獻帝의 伏皇后)를 시해하였으니, 남산(南山)의
대나무를 모조리 베어 죽간을 만든다 해도 그 죄악을 다 쓸 수가 없었고
동해(東海)의 바닷물을 터놓는다 해도 그 죄악을 다 씻기가 어려웠습니다.

<손책(孫策)은> 오랑캐를 토벌했을 때에 나이가 겨우 20세이었고 용감
함이 온 천하에 으뜸이었는데, 호랑이처럼 강동에 할거하여 소백왕(少泊
王 : 소패왕)이라 불렸지만 보통사람의 손에 죽었으니 애석합니다.

오계(五季 : 五代)에 이르기까지 재앙과 난리가 서로 계속되어 전쟁이 그
치지 않았으니, 명색은 군신간이나 실상은 원수와 적이었습니다. 세상이
나빠져서 이에 이르러 파괴되고 혼란함이 지극하였습니다. 어찌 이루 다
말할 수 있겠습니까?"

항우(項羽)가 큰소리로 떠들어댔다.

"고금제왕(古今諸王)의 시비를 논하는데 내 어찌 참예치 못하겠습니까?"

명나라 태조가 밉게 보고 말했다.

"억지로라도 듣고자 하면 무슨 어려움이 있겠습니까? 다만 말하면 부
끄러울 뿐 들어도 아무런 이익이 없을 것입니다."

항우가 말했다.

"그래도 그 말을 듣고 싶습니다."

이에 명나라 태조가 말했다.

"관중(關中)의 약속을 등진 것이 그 첫 번째요, 경자관군(卿子冠軍 : 송의)
을 교살한 것이 그 두 번째요, 제(齊)나라를 구한 다음 회왕(懷王)에게 보
고하지 않고 제멋대로 제후(諸侯)들을 겁박한 것이 그 세 번째요, 함양궁
(咸陽宮)을 불태우고 여산총(驪山塚 : 진시황의 묘)을 파헤친 것이 그 네 번째

요, 진(秦)나라 항복한 왕 자영(子嬰)을 살해한 것이 그 다섯 번째요, 진(秦)나라 항복한 젊은이 20만 명을 생매장한 것이 그 여섯 번째요, 제장(諸將)들을 좋은 땅에 왕 노릇 시키고 옛 군주를 내쫓은 것이 그 일곱 번째요, 스스로는 팽성(彭城) 땅에 도읍하면서 한(韓)나라와 양(梁)나라 땅을 빼앗은 것이 그 여덟 번째요, 몰래 의제(義帝)를 강남에서 시해한 것이 그 아홉 번째요, 정사를 펼침이 공평하지 못하고 맹약을 주관함이 신의가 없어서 천하에 용납되지 못하여 대역무도(大逆無道)한 죄를 저지른 것이 그 열 번째입니다. 한서(漢書)에 이르기를 '충성스런 말이 귀에 거슬리나 행실에는 이로우며 독한 약이 입에는 쓰나 병에는 이롭다.' 했으니, 행여 솔직히 말한 것을 괴이하게 생각지 말아주십시오."

항우가 말없이 잠잠하더니 얼굴에 부끄러워하는 기색이 가득하였다. 명나라 태조가 자리를 뜨며 말했다.

"보잘것없는 재주와 어리석은 말로써 망령되이 시비(是非)를 논하였으니, 마음에 편안하지가 않습니다."

자리에 가득한 사람들이 칭찬하기를 그치지 아니하며 말했다.

"공명(孔明)이 여러 신하들을 말한 것과 명태조(明太祖)가 여러 군왕들을 논한 것이 비록 임기응변이 있었다 할지라도 가볍고 무거움과 길고 짧음을 헤아려 말한 것으로 도저히 이보다 나을 수가 없을 것입니다."

명나라 태조가 말했다.

"과인이 도읍을 정하고자 하는데 어느 곳이 좋을지 모르겠습니다."

한나라 고조가 말했다.

"산은 곤륜산(崑崙山)을 으뜸으로 치고 물은 황하(黃河)를 으뜸으로 치니 사해(四海)의 안에는 요(堯)임금·순(舜)임금·우(禹)임금·탕(湯)임금·문왕(文王)·무왕(武王)과 진(秦)나라·한(漢)나라가 도읍을 정하였고 사해의 밖에는 남만(南蠻)·북적(北狄)·동이(東夷)·서융(西戎)이 나라를 세웠습니다.

옹주(雍州)·예주(豫州)·서주(徐州)·연주(兗州) 네 고을로 장안(長安)을 삼았고, 형주(荊州)·익주(益州)·청주(靑州)·양주(楊州 : 梁州 오기) 네 지방으로 금릉(金陵)을 삼았던 것은 용이 서리고 범이 걸터앉아 있는 듯해 산세가 웅장한데다 땅이 기름져서 온갖 물산이 나는 곳이기 때문이니 진실로 제왕의 도읍이라 할 만합니다. 대개 삼대(三代)의 이전에는 제왕(帝王)이 하북(河北)에서 많이 나왔고 삼대 이후에는 제왕이 하남(河南)에 많이 거주하였지만 강남(江南)만은 아무 것도 없는 빈 땅이 있을지니, 한고조는 뜻이 금릉(金陵)에 있지 않습니까?"

명나라 태조가 사례하며 말했다.

"삼가 가르쳐 주신 말씀을 받아들이고 싶습니다."

한나라 고조가 다섯줄에 늘어앉아 있는, 장수의 재주를 가진 사람, 재상의 재주를 가진 사람, 충의를 품은 선비, 지모를 쌓은 사람, 용력이 있는 선비들로 하여금 일어나 춤추고 노래하게 하니, 첫 번째 무리는 장량(張良)·소하(蕭何)·한신(韓信)·진평(陳平)·기신(紀信)이요, 두 번째 무리는 마원(馬援)·가복(賈復)·제갈량(諸葛亮)·관우(關羽)·조운(趙運)이요, 세 번째 무리는 이정(李靖)·장손무기(長孫無忌)·장순(張巡)·허원(許遠)·서달(徐達) 등이었는데, 풍채와 골격이 매우 뛰어났고 기개와 도량이 커서 작은 일에 구애받지 않았다.

장량(張良)이 낭랑한 목소리로 읊으니, 그 노래는 다음과 같다.

황석공에게 병법 배우고	受學黃石兮
한고조를 찾아가 도울새,	來攀赤帝
진나라 멸하고 항우도 이기니	滅嬴倒項兮
몸은 한고조의 책사가 되었네.	身爲帝師
5대에 걸친 조상의 원수를 갚았고	五世之讐報矣
신하로서의 지위는 정점에 올랐네.	人臣之位極矣

공업을 이루고는 스스로 물러나서	功成身退
영화를 사양하고 벼슬을 하직하여,	辭榮避位
둥글고 둥글게 빛나는 달	團團之月
높고도 높이 나는 학을 벗 삼아,	昂昂之鶴
적송자를 뒤따라 즐기며	從遊赤松
만고의 자취를 구름산에 붙였도다.	萬古雲山

소하(蕭何)가 기뻐하며 읊으니, 그 노래는 다음과 같다.

지도를 취하여 요새와 호구를 알게 하고	取地圖而阨口兮
근본을 굳건히 세우고 군량을 보냈으며,	固樹本而給餽餉
중도에 한신을 뒤좇아 가서는	追韓信於中途
대장군 봉하게 하니 장수로 으뜸이었네.	歡封印兮將擅
전장에서 싸운 공로가 없으면서도	無汗馬之戰攻
외람되이 재상 되어 정사를 보살폈거늘,	濫位相而理政
지금에 이르러 무슨 저녁이기에	斯于今也何夕
잔치 자리에서 옛 주군을 모시는고.	侍故主於宴席

한신(韓信)이 근심에 잠겨 읊으니, 그 노래는 다음과 같다.

홍문에서 한왕에게 귀의하기로 생각함에	思歸漢於鴻門
금인을 차고 대장군을 제수 받았도다.	佩金印兮金壇
관중을 평정하고 삼진을 격파하니	定關中兮破三秦
연나라 조나라 뭇 영웅들이 움츠렸으며,	燕趙望風群雄縮頸
장한을 일기군으로 목 베었고	斬章邯於一旗
항우까지 해하에서 멸했었네.	滅項王於垓下
높이 나는 새 다 잡으면 좋은 활이 감춰지고	高鳥盡兮良弓藏
교활한 토끼 죽으면 사냥개가 삶겨질지라도,	狡兔死兮獵狗烹

몸이 아녀자의 손에 죽은 것은 　　　　　　殞身兒女之手
천추에 잊기 어려운 한이로다. 　　　　　　千秋難忘之恨

진평(陳平)이 기뻐하며 읊으니, 그 노래는 다음과 같다.

똑똑한 새는 나무를 가려서 깃들고 　　　　良禽擇木而栖
어진 신하는 임금을 택하여 섬기매, 　　　賢臣擇主而事
암군을 버리고 명군에게 투항하여 　　　　棄暗投明
공업을 세워서 이름을 크게 떨쳤네. 　　　功成名遂
범증을 목후이관이란 말로 이간질하였고 　間范增於沐猴
어진 임금을 백등에서 구하였도다. 　　　　救聖主於白登
오늘 밤은 무슨 저녁이기에 　　　　　　　今夕何夕
임금과 신하가 함께 즐기는고. 　　　　　　君臣同樂

기신(紀信)이 수심에 잠겨 다음과 같이 노래했다.

형양에서 위태하고 다급했을 적에 　　　　榮陽危急兮
군대의 대오가 당황하여 허둥대는 데다 　軍五蒼遑
계략이 출중한 신하들이 침묵하니 　　　　謀臣緘口兮
용맹한 군사들까지 활을 버리는지라, 　　勇士抛弓
죽음의 문턱에 이른 임금을 구하려고 　　救君於濱死之際
나라에 보답하는 충성으로 항우를 속였네. 誑楚於報國之忠
관용방을 좇아 함께 노니나니 　　　　　　從龍逢而同遊
천년토록 역사에 드리우리라. 　　　　　　垂竹綿於千秋

마원(馬援)이 의기가 북받쳐 슬퍼하며 다음과 같이 노래했다.

머리 희어지도록 변방에서 　　　　　　　白首邊庭

변경의 오랑캐를 쓸어 없애다가,   掃蕩藩籬
말가죽에 시체가 싸여 돌아오는 것이   馬革裹尸而歸
평소에 이루려는 소원이었거늘,   平生所願
율무 때문에 몸을 그르친 한은   薏苡陋身之恨
영원히 견디기가 어렵구나.   千秋難消

가복(賈復)이 큰 소리를 지르며 다음과 같이 읊었다.

남아로 태어나 세상 살아가다가   男兒處世兮
나라에 보답하고자 몸을 바치니,   許身報國
도화에 얼굴은 그려져 색칠되고   圖畫丹青兮
금석에 이름은 쓰이어 영원하네.   書名金石
날도 이미 좋고 때도 좋으나   日旣吉而辰良兮
다시 기약해 계속 즐기기가 어려우니,   難再期而續遊
연회에서 옛 주군을 모시고   侍舊主宴會兮
같이 노래하고 춤추며 즐거움 다하세.   共歌舞而極樂

제갈량(諸葛亮)이 몹시 분개하며 읊으니, 그 노래는 다음과 같다.

몸을 낮추어 세 번이나 왕림하심에 감동하여   感屈駕而三顧兮
풍진세상에서 부려지는 것을 허락하고는,   許驅馳於風塵
나라가 위태한 지경에 명령을 받들었고   奉命於危亂之間
위급존망의 순간에 임무를 받았었네.   受任於顚沛之際
두 편의 애절한 표문에는   兩章哀表
충성스런 말임이 뚜렷하였고,   歷歷忠言
여섯 번이나 기산에 올라서는   六出祈山
부지런히 나라에 보답하였네.   孜孜報國
노둔한 재주를 다하여   庶竭駑鈍

간악한 흉당 제거할 마음을 품었고,　　　　懷除奸兇

몸과 마음을 다 바치어　　　　　　　　　鞠躬盡瘁

다시 한나라 왕실을 일으키려 했었네.　　　興復漢室

하늘의 뜻이 돌보지 아니하매　　　　　　天意未弔

흉악한 무리를 없애지 못하고,　　　　　凶徒不掃

가을바람 부는 오장원에서 죽었으니　　　秋風五丈原

천년의 한이 유유하네.　　　　　　　　千載恨悠悠

관공(關公 : 관우)이 몹시 슬퍼하며 다음과 같이 노래했다.

도원에서 유황숙과 의형제를 맺었으니,　　桃源結義劉皇叔

업하에서 어찌 조아만 축에 끼였겠는가.　鄴下豈數曹阿瞞

눈을 들어 산하를 보고　　　　　　　　擧目山河

천지를 흘겨보노라니,　　　　　　　　睥睨天地

마음은 오나라 위나라 삼키고　　　　　心吞吳魏

뜻은 한나라 왕실의 회복에 두었네.　　　志復炎祚

간교한 계책에 잘못 빠져　　　　　　　誤陷奸謀

제귀현에서 실패로 돌아갔으니,　　　　稊歸跌蹉

저승에서 천 년 뒤에도　　　　　　　　九原千秋

그 한스러움은 잊히지 않네.　　　　　此恨綿綿

조운(趙雲)이 북받쳐 원통해 하며 읊으니, 그 노래는 다음과 같다.

한나라 왕실이 어지러워질 즈음　　　　漢室將亂兮

뭇 영웅들이 벌떼처럼 일어나자,　　　　群雄蜂起

몸은 선봉에 서는 직책을 떠맡았고　　　身爲先鋒之職

뜻은 나라에 보답하는 마음에 두었네.　　志在報國之誠

손권은 강성하였고　　　　　　　　　孫權強盛

조조는 횡행하였거늘,　　　　　　　　　曺操橫行

두 강적을 미처 소멸하지 못했으니　　　　兩賊未滅

천고에 여한으로 남겼네.　　　　　　　　千古遺恨

장검을 어루만지며 노래 부르나니　　　　撫長而作歌

평소에 지녔던 충성과 울분을 토했네.　　吐本生之忠憤

이정(李靖)이 명랑하게 읊으니, 그 노래는 다음과 같다.

한 자루 칼로 전란을 평정하여　　　　　　一劒定風塵

높은 명성이 천년을 전하거늘,　　　　　　高名垂千載

오늘 빛나는 연회에 참여하여　　　　　　今日華筵

다시 성스런 군주를 모셨도다.　　　　　　更侍聖王

장손무기(長孫無忌)가 호방하게 읊으니, 그 노래는 다음과 같다.

용의 비늘을 그러잡고　　　　　　　　　攀龍鱗

봉황의 날개를 붙좇으니,　　　　　　　　拊鳳翼

명성이 당시에 진동하고　　　　　　　　聲振當時

이름은 후세에 전해졌네.　　　　　　　　垂名後世

장순(張巡)이 눈물 뿌리며 읊으니, 그 노래는 다음과 같다.

위기일발의 고립된 성에는　　　　　　　一髮孤城

달무리가 겹겹이 에워싸는데,　　　　　　重圍月暈

밖으로는 구원병이 없었고　　　　　　　外無援兵

안으로는 군량이 없었으니,　　　　　　　內無粮草

새장 속에 갇힌 새와 같고　　　　　　　籠中之鳥

그물 속에 걸린 고기와 같았는지라,　　　網裡之魚

| 나라에 미처 보답하지 못하고 | 未報國家 |
| 속절없이 절의를 지키다 죽었네. | 空死義節 |

허원(許遠)이 눈물을 머금고 다음과 같이 노래했다.

적병이 성에 바싹 다가오니	賊兵逼城
위태롭기가 쌓아올린 계란 같았는데,	危如疊卵
즉묵성처럼 소에 용무늬를 그리지도 못하고	卽墨未畫龍文牛
진양성이 오히려 삼판수에 잠기듯 하여,	晉陽猶沉三板水
이 한 몸 죽어 절개를 지켰으니	身死守節
충성은 밝은 해를 꿰뚫었으리라.	忠貫白日

서달(徐達)이 소리를 높여 다음과 같이 노래했다.

대장부가 이 세상을 살아감은	丈夫處世兮
공명을 이루려 함일세.	立功名
공명을 이룸은	立功名兮
세상이 맑아지는 것일세.	四海淸
세상이 맑아짐은	四海淸兮
천하가 태평해지는 것일세.	天下太平
천하가 태평함은	天下太平兮
내가 장차 취하려는 것일세.	吾將醉矣
내가 장차 취하려 함은	吾將醉矣兮
타고난 명을 누리는 것일세.	終天地之年

노래하기를 마치니, 한나라 고조가 즉시 명하여 술을 내리며 말했다. "밖에 얼마간의 좋은 술과 한 마리의 산 돼지가 있으니, 각각 특별히

하사하노라."

한나라 무제(武帝)가 말했다.

"과인의 신하 동방삭(東方朔)은 <황정경(黃庭經)>을 잘못 읽어 인간 세상에 유배를 왔지만, 신선의 풍채와 도인의 골격을 지니고 있습니다. 일전에 과인을 만나서 고금성현의 품계에 알맞은 직무를 논함에 하나도 착오가 없었으니, 그로 하여금 신하들에게 직무를 부여케 하는 것이 어떻겠습니까?"

한나라 고조가 즉시 들어올 것을 명하니, 그 사람은 눈썹에 강산의 빼어난 정기가 모이고 가슴속에 세상을 구할 만한 재주를 품어 표표히 사람 가운데 신선과 같았는데, 탑전(榻前)으로 급히 나아와 알현하였다. 한나라 고조가 말했다.

"말을 듣자니 경이 신하들의 품계에 알맞은 직무를 정할 수 있다고 하는데, 맞느냐?"

동방삭(東方朔)이 몸을 구부려 겸손히 사양하여 말했다.

"중서(中書)벼슬을 하며 붓을 잡고 있는 사람들로 소하(蕭何)·조참(曹參)·병길(丙吉)·위상(魏相)의 무리와, 병사를 이끌고 변방에 나아간 자들로 한신(韓信)·팽월(彭越)·위청(衛靑)·곽거병(霍去病)의 무리가 늘어 서있습니다. 아름다운 옥을 버리고 다듬지 않은 돌멩이를 취하는 격입니다. 그러나 저로 하여금 직무를 부여하라 하심은 비유컨대, 모기에게 산을 짊어지라고 하는 것과, 사마귀에게 수레의 통로를 막으라고 하는 것과 같습니다."

한나라 무제(武帝)가 말했다.

"무엇 때문에 사양하는가?"

동방삭(東方朔)이 대답했다.

"진실로 겸손한 것이 아니라 본마음입니다. 신(臣)의 어리석은 견해로는 공명(孔明)으로 좌승상(左丞相)을 삼고, 소하(蕭何)로 우승상(右丞相)을 삼고, 범중엄(范仲淹)으로 좌복야(左僕射)를 삼고, 서달(徐達)로 대사마(大司馬)를 삼고, 조빈(曹彬)으로 대장군(大將軍)을 삼고, 한신(韓信)으로 도원수(道元帥)를 삼고, 이정(李靖)으로 부원수(副元帥)를 삼고, 운장(雲長 : 관우)으로 집금오(執金吾)를 삼고, 범증(范增)으로 경조윤(京兆尹)을 삼고, 방통(龐統)으로 관찰사(觀察使)를 삼고, 팽월(彭越)로 절도사(節度使)를 삼고, 동중서(董仲舒)로 어사대부(御史大夫)를 삼고, 위징(魏徵)으로 간의대부(諫議大夫)를 삼고, 진평(陳平)으로 상서령(尙書令)을 삼고, 등우(鄧禹)로 중서령(中書令)을 삼고, 저수량(褚遂良)으로 정위(廷尉)를 삼고, 이선장(李善長)으로 도위(都尉)를 삼고, 법정(法正)으로 사도(司徒)를 삼고, 한유(韓愈)로 사공(司空)을 삼고, 조보(趙普)로 대사농(大司農)을 삼고, 산도(山濤)로 대홍려(大鴻臚)를 삼고, 장제현(張濟賢 : 張齊賢 오기)으로 공부시랑(工部侍郎)을 삼고, 방현령(房玄齡)으로 이부시랑(吏部侍郎)을 삼고, 장비(張飛)로 좌선봉(左先鋒)을 삼고, 조운(趙雲)으로 우선봉(右先鋒)을 삼고, 유기(劉基)로 태사(太史)를 삼고, 장완(蔣琬)으로 장사(長史)를 삼고, 정자(程子)로 태학사(太學士)를 삼고, 육고(陸賈)로 한림(翰林)을 삼고, 급암(汲黯)으로 박사(博士)를 삼고, 범질(范質)로 사인(舍人)을 삼고, 모초(茅焦)로 주서(奏書)를 삼고, 이사(李斯)로 사례(司隸)를 삼고, 풍이(馮異)로 주부(主簿)를 삼고, 장창(張倉 : 張蒼 오기)으로 시중(侍中)을 삼고, 장궁(臧宮 : 藏宮 오기)으로 교위(校尉)를 삼고, 묘훈(苗訓)으로 상시(尙侍 : 常侍 오기)를 삼고, 곽가(郭嘉)로 감군(監軍)을 삼고, 순욱(荀彧)으로 참군(參軍)을 삼고, 두무(杜茂)로 좨주(祭酒)를 삼고, 이방(李昉 : 李昉 오기)으로 종사(從事)를 삼고, 비위(費褘)로 내사(內史)를 삼고, 탕화(蕩花 : 湯和 오기)로 형주자사(荊州刺史)를 삼고, 왕전빈(王全斌)으로 익주자사(益州刺史)를 삼고, 석수신(石守信)으로 예주자사(豫州刺史)를 삼고, 곽자의(郭子儀)로 연주자사(兗州刺史)를 삼고, 호대해(胡大海)로 옹주자사(雍州刺史)를 삼고, 장손무기(長孫無忌)로 병주자사(幷州

刺史)를 삼고, 상우춘(常遇春)으로 양주자사(楊州刺史)를 삼고, 진숙보(陳叔寶 : 秦叔寶 오기)로 항주자사(杭州刺史)를 삼고, 구순(寇恂)으로 서주자사(徐州刺史)를 삼고, 마초(馬超)로 백호장군(白虎將軍)을 삼고, 설인귀(薛仁貴)로 용양장군(龍驤將軍)을 삼고, 경엄(耿弇)으로 무위장군(武衛將軍)을 삼고, 울지공(蔚遲恭 : 尉遲恭 오기, 尉遲敬德)으로 충별장군(忠別將軍)을 삼고, 악비(岳飛)로 호위장군(虎衛將軍)을 삼고, 번쾌(樊噲)로 용양장군(龍驤將軍)을 삼고, 위청(衛靑)으로 파로장군(破虜將軍)을 삼고, 장한(章邯)으로 정서장군(征西將軍)를 삼고, 가복(賈復)으로 진북장군(鎭北將軍)을 삼고, 곽거병(霍去病)으로 토로장군(討虜將軍)을 삼고, 이한초(李漢超)로 표기장군(票騎將軍)을 삼고, 용저(龍且)로 상호군(上護軍)을 삼고, 왕량(王梁)으로 양위장군(揚威將軍)을 삼고, 경포(黥布)로 진위장군(振威將軍)을 삼고, 한세남(韓世南 : 虞世南 오기)으로 평남장군(平南將軍)을 삼고, 몽염(蒙恬)으로 정동장군(定東將軍)을 삼고, 왕전(王翦)으로 절충장군(折衝將軍)을 삼고, 허저(許褚)로 강후(絳侯)를 삼고, 주발(周勃)로 충후(忠侯)를 삼고, 기신(紀信)으로 평정후(平定侯)를 삼고, 역이기(酈食其)로 정순후(貞順侯)를 삼고, 허원(許遠)으로 문신후(文信侯)를 삼고, 노숙(魯肅)으로 달성후(達成侯)를 삼고, 육손(陸遜)으로 회남후(淮南侯)를 삼으십시오."

지위 고하에 맞춰 직무 부여하기를 마치자, 자리에 있던 모든 사람들이 크게 웃으며 말했다.

"직무에 합당합니다."

한나라 고조가 말했다.

"원컨대 시(詩) 한 수를 지어 이 일을 기록할 수 있다면 후세에 남겨 전할 수 있을뿐더러 또한 한 가지 좋은 일일 것입니다. 다만 시를 지을 만한 사람이 없는 것이 한스럽습니다."

송나라 태종이 말했다.

"한유(韓愈)가 여기에 있는데 어찌 글을 지을 만한 사람이 없다고 하십니까?"

한나라 고조가 말했다.

"생각이 거기까지 미치지 못했습니다."

즉시 근시(近侍)에게 회계운손(會稽雲孫 : 종이), 청송연자(靑松烟子 : 먹), 청계처사(淸溪處士 : 端溪處士 오기, 벼루), 중산모(中山毛 : 붓)를 가져와 퇴지(退之 : 한유의 자)의 앞에 벌여 놓도록 했다. 퇴지가 머리 숙여 어명을 듣고 단숨에 써내려갔는데, 문장이 더 손댈 데가 없었다. 그 시는 다음과 같다.

황제의 공적은 오제를 능가하였고	聖功邁五帝
도덕은 삼황 겸하였도다.	道德兼三皇
위엄은 사해에 떨쳤으며	威靈振四海
교화는 만방에 퍼졌도다.	敎化遍萬方
용이 일어나자 상서로운 구름이 피어나고	龍興致祥雲
범이 울부짖자 맹렬한 바람이 일어나네.	虎嘯起烈風
밝고 밝으신 황제 용탑 위에 계시고	明明龍榻上
화목한 신하들 반열 가운데 있도다.	穆穆鵷班中
나무가 울창한 금화사에	鬱鬱金華寺
어엿하고 번듯한 영웅의 무리요.	當當英雄徒
금술동이에는 천일주요	金樽千日酒
옥쟁반에는 만년도이라.	玉盤萬年桃
당에 올라 제후들의 옥백 예물 조회 하고	登堂朝玉帛
연회 베풀자 벼슬아치 모였네,	設宴會衣冠
상서로운 안개가 아름다운 난간을 휘감고	祥烟遶畫欄
영롱한 구름이 구슬발에 엉기어 있네.	彩雲凝朱箔
향긋한 바람 따라 춤추는 여자들 들어오고	香風引舞袖
맑은 노래에는 절묘한 곡조가 따르네.	淸歌隨妙曲
깃발들은 하늘을 가리고	旌旗蔽紫微

칼과 창들은 하얗게 빛나네.	劒戟耀白是
가을바람 붉은 단풍에 불고	金風吹赤葉
옥 같은 이슬이 흰 달을 적시네.	玉露滴皓月
왕자진이 옥퉁소를 불고	子晋吹玉簫
상령의 비가 거문고를 타네.	靈妃彈琴瑟
아름다운 계절은 구월의 가을이고	佳節屬九秋
좋은 때는 달이 있는 한밤중이어라.	良辰月三更
오늘 네 가지 아름다움이 갖추어지고	今日四味俱
연회엔 어진 군주와 신하들이 함께하였네.	此筵二難幷
풍경은 아직도 예전 그대로이나	物色尙依舊
세상사 이제는 이미 그 모습 아니네.	世事今已非
갑자기 옛 왕조의 일들을 기록하려니	忽然記前朝
흥이 다하고 도리어 슬픔이 생기네.	興盡還生悲
옛 나라는 누구의 나라가 되었던고	故國誰氏家
대명국은 밝은 빛을 드날리리라.	大明揚輝光
세상 인정 뒤집어지는 것이 많으니	人情多翻覆
흥망은 출렁이는 파도와 같네.	興亡若波瀾
좋은 술에 몹시 취할 만도 하니	美酒宜酩酊
즐거운 일이 떠나지 않는구나.	樂事稱盤桓
미천한 신하가 공경히 술을 올려 축수하니	微臣敬獻壽
임금들께서는 즐거움을 영원히 누리소서.	聖主永得歡
진정을 펴 보이는 글월을 올리노니	披腹呈琅玕
영원히 천년토록 이 세상에 전하소서.	千秋傳世間

시(詩)가 완성되어 바치니, 좌중에서 크게 칭찬함이 그치지 않았다.

갑자기 한 사자(使者)가 선전포고하는 편지를 가져왔다. 그 글에 대략 이르기를, 「나라를 세운 공업이 많이 있거늘 이 화려한 연회에 초청받지 못했으니, 내가 남동쪽 오랑캐들을 거느리고 금산(錦山)에서 그 죄를 묻겠다.」고 하였으니, 말이 몹시 패악하고 거만하였다.

송나라 태종이 두려워 떨면서 말했다.

"좋은 일에는 나쁜 일들이 많이 따르고 아름다운 기약은 막히기 쉽다고 하더니, 바로 이를 두고 하는 말인가 봅니다. 저들과 싸우는 것은 화친(和親)하는 것만 못합니다."

진시황이 벌컥 성을 내며 말했다.

"개미처럼 모인 무리들로 오합지졸이니, 무엇을 두려워하겠습니까?"

이윽고 산 너머에서 흙먼지가 날려 하늘을 가리고 북소리가 땅을 진동하더니, 철기병(鐵騎兵) 수천 명이 산과 들을 온통 뒤덮으며 오고 있었다. 제일 앞에 선 한 사람이 청총마(靑驄馬)를 타고 용천검(龍泉劍)을 비껴들었는데 위풍이 의젓하고 당당하며 호령함이 매우 엄하니, 바로 대원수(大元帥) 원(元)나라 태조황제(太祖皇帝)였다. 왼편의 선봉장은 좌현왕(左賢王)이요, 오른편의 선봉장은 우현왕(右賢王)이요, 중군장(中軍將)에는 호한야선우(呼韓邪單于)이었으며, 그 나머지 장교(將校)로는 돌궐(突厥)·거란(契丹)·모돈(冒頓)·힐리가한(頡利可汗)·말갈(靺鞨) 등으로 그 수를 이루다 헤아릴 수가 없었다. 한나라 고조가 말했다.

"누가 적을 막을 수 있겠습니까?"

진시황이 크게 노하여 무제(武帝)와 함께 군사 백만을 일으키고 장수(將帥) 수천 명에게 명하여 분연히 나아갔다. 왼쪽에는 진시황(秦始皇)이 서고 오른쪽에는 한무제(漢武帝)가 서서 좌우의 날개에서 공격하니, 흉노(匈奴)가 풍문만 듣고도 사방으로 도망하였다. 병사들은 칼에 피 한 방울 묻히지 않고 승리하고는 승전가(勝戰歌)를 부르며 돌아오니, 자리에 있던 모든 사람들이 크게 기뻐할 따름이었다. 날이 곧 밝아지려 하자 꿩이 시끄럽게 울어대니, 여러 황제들도 크게 취하여 비틀거리며 부축하고 돌아갔다.

성생이 갑자기 놀라 깨어나니, 한바탕 꿈이었다. 즉시 산길을 걸어 돌아오는데 새벽이슬이 온 동네에 가득하여 가까운 곳조차도 분별할 수 없었다. 차가운 바람이 쓸쓸히 불어 모래와 돌을 날리니 황망하게도 한바탕 살기(殺氣)가 천지사방에 퍼지는 것 같았다. 인하여 집에 돌아와서 그 대강을 기록하였다고 하였다.

5월에 이동(里洞) 성헌초인(性軒草人) 쓰다♣

한문필사본 〈금화사몽유록〉

원문과 주석

金華寺夢遊錄

至正[1]末, 有成生者, 名虛, 字誕, 山東[2]儒士也。性機[3]通敏, 博學多聞, 氣質超邁, 任俠[4]放薄。遂有志於山川, 朝遊泰山[5]之陽, 暮遊洞庭[6]之浪, 四海八荒[7], 足將遍焉。於是, 北漠[8]之北, 南越[9]之南, 盡入於眼底, 昧谷[10]之西, 暘谷[11]之東, 豁然[12]於胸中矣。是故, 自謂天地間一物也。

歲在甲戌[13], 向金陵[14]入錦山, 時維九月, 序屬三秋。金風[15]蕭瑟, 玉宇[16]崢嶸[17]。滿山草木, 盡是綠烟之光, 遍野黍稻, 皆有黃雲之色。訪水尋山, 不覺

---

1) 至正(지정) : 元나라 順帝(1333-1367)의 연호(1341-1367). 이전의 연호는 '元統, 至元'이라고 하였다.
2) 山東(산동) : 山東省. 중국 黃河의 하류, 太行山 동쪽의 黃海와 渤海의 연안에 있는 省. 省都는 濟南이다.
3) 機(기) : 機警. 눈치가 빠르고 민첩함.
4) 任俠(임협) : 호방하고 의협심이 강한 사람. 용맹스럽고 호방함.
5) 泰山(태산) : 山東省에 있는 산으로 五嶽의 하나.
6) 洞庭(동정) : 洞庭湖. 湖南省 북부에 있는 중국 최대의 호수. 長江으로 흘러드는데, 호수가에 岳陽樓가 있고 瀟湘八景이 부근에 있으며 주변에서 유명한 귤이 생산된다.
7) 八荒(팔황) : 八方의 끝. 또는 먼 곳.
8) 北漠(북막) : 고비 사막 북쪽의 땅.(漠北) 곧 외몽고.
9) 南越(남월) : 漢高祖가 趙佗를 봉한 나라. 지금의 廣東·廣西 두 성의 땅을 영유하였다.
10) 昧谷(매곡) : 해가 지는 곳.
11) 暘谷(양곡) : 해가 돋는 곳.
12) 豁然(활연) : 눈앞을 가로막은 것이 없이 환하게 터진 모양.
13) 甲戌(갑술) : 元나라 順帝와 연관시키면 1334년이나, 이때의 연호가 元統이므로 至正末이라는 서두 부분의 언술과 일치되지 않음.
14) 金陵(금릉) : 지금의 南京 부근 江蘇省 안의 地名.
15) 金風(금풍) : 가을바람(＝秋風). 金은 五行說에서 가을이다.
16) 玉宇(옥우) : 옥으로 장식한 집으로, 天帝가 있는 곳을 이름. 곧 '하늘'을 일컫는 말이나, 여기서는 '날씨'를 가리킨다.
17) 崢嶸(쟁영) : 추위가 매우 심한 모양.

深入, 日落西嶺, 月出東岳, 進無所抵, 退反不還。徘徊於高頂之上, 彷徨於深谷之中, 西聞猿於巫峽18), 南見鴈於衡陽19)。夜深三更20)之後, 萬籟俱沉, 群動寂然。千峰白雲, 萬壑烟霧, 金波21)動於九天22), 衆星羅於三淸23)。

上山入谷, 左眄右顧, 莫知所投焉。乃憩於岩上, 神淸骨冷, 飄然24)羽化25)。沉吟良久, 更前數里, 則琪花瑤草26), 掩暎於前後, 翠竹蒼松, 森列於左右, 淸溪碧流之上, 厦屋渠渠27), 樓閣巍巍。仰見大書, 其榜曰金華寺, 朱甍彩欄, 縹緲於雲漢之際, 繡戶紋窓, 照輝於斗牛28)之間。巋然若魯靈光29), 美哉如漢慶福30), 眞所謂水晶宮31)也。

生飢餒頗甚, 困臥禪室, 忽假寐之時, 警蹕32)之聲, 自遠漸近。少頃門外, 千軍萬馬, 動地而呼, 金鼓之聲, 震天而鳴, 旌旗釰戟, 羅列于前, 牙璋33)豹纛34),

---

18) 巫峽(무협) : 三峽의 하나. 四川省 巫山縣의 동쪽에 있는 巫山 가까이에 흐르는 시내를 이른다.
19) 衡陽(형양) : 衡山의 남쪽. 형산은 五嶽의 하나로, 湖南省 衡山縣에 있다.
20) 三更(삼경) : 한밤중. 하룻밤을 다섯으로 나눈 셋째의 시각으로, 밤 11시부터 새벽 1시까지의 시간이다.(丙夜, 三鼓)
21) 金波(금파) : 달빛. 달빛에 비쳐 금빛으로 빛나는 물결을 이른다.
22) 九天(구천) : 가장 높은 하늘.
23) 三淸(삼청) : 道敎에서 玉淸·上淸·太淸의 三天을 이름.
24) 飄然(표연) : 바람에 가볍게 날리는 모양.
25) 羽化(우화) : 번데기가 날개 있는 벌레로 변함. 轉하여 신선이 됨을 비유하여 이르는 말.
26) 琪花瑤草(기화요초) : 仙境에 있다고 하는 곱고 아름다운 꽃과 풀.
27) 厦屋渠渠(하옥거거) : 집이 깊숙하고 넓은 모양. ≪시경≫<秦風·權輿>의 "임금이 나에게 준 큰 집이 넓고 깊숙하다.(於我乎, 夏屋渠渠.)"가 참고가 된다.
28) 斗牛(두우) : 二十八宿 중의 北斗星과 牽牛星.
29) 魯靈光(노영광) : 魯靈光殿. 漢나라 景帝의 아들인 魯恭王이 山東省 曲阜縣의 동쪽에 세운 궁전의 명칭이다. 노공왕이 궁전을 많이 지었으나 모두 허물어지고 영광전만이 남아 우뚝 솟아 있었다는 고사가 있는데, 홀로 남아있다는 뜻이다.
30) 巋然若魯靈光, 美哉如漢慶福(귀연약오영광, 미재여한경복) : 明나라 瞿佑가 지은 ≪剪燈新話≫<水宮慶會錄>의 "巋然若魯靈光, 美哉如漢景福."이라는 표현이 있음. ≪文選≫에 있는 何晏의 <景福殿賦>에 따르면, 魏明帝 曹叡가 景福殿을 창건하고 賦를 지으라는 명을 내려, 그 명을 받아 이 <경복전부>를 지은 것으로 되어 있다. 따라서 '漢慶福'은 '魏景福'이어야 할 듯하다.
31) 水晶宮(수정궁) : 중국의 奇書 ≪述異記≫에 나오는, 수정으로 꾸몄다는 화려한 궁전.
32) 警蹕(경필) : 辟除. 지위가 높은 사람이 행차할 때, 驅從 別陪가 잡인의 통행을 금하던 일.
33) 牙璋(아장) : 發兵符. 군사를 일으키는데 필요한 징표이다.

紛紜於後, 中有四黃金轎, 次第而幸。第一轎上, 隆準[35]龍顏, 美鬚髯, 是漢高祖[36]。第二橋上, 龍鳳之姿[37], 天日之表[38], 是唐太宗[39]。第三轎上, 虎儀龍表, 方面大耳, 是宋太宗[40]。第四轎上, 天威嚴肅, 神彩動人, 是明太祖[41]也。

頂着朝天冠, 御絳紗袍[42], 金帶玉笏, 據白玉榻而坐。獨有明帝, 揖讓而辭曰 : "此座, 統一天下之主坐矣。寡人則不然。上有帝陽王, 列國派分, 稱王稱帝者, 非一非再, 而何敢晏然據此乎?" 漢皇微笑曰 : "明帝之言, 差矣。受天明命, 殲厥大憝[43], 拔亂反正者, 非君而誰也? 幸勿謙讓, 以成千載之佳會, 爲何如哉?" 明帝不得已就座。坐畢, 文武諸臣, 各分東西而坐。

漢代謀臣, 則張良[44] · 蕭何[45] · 陳平[46] · 酈食其[47] · 陸賈[48] · 隨何[49] · 叔

---

34) 纛(독) : 쇠꼬리로 장식한 큰 旗. 軍中 또는 天子의 車駕의 왼쪽에 세운다.

35) 隆準(융준) : 높이 솟은 콧마루.

36) 漢高祖(한고조) : 劉邦. 楚나라 懷王의 命을 받고 項羽와 길을 나누어 秦나라를 공략하여 먼저 關中에 들어갔다. 그 후 項羽와 다투기 무릇 5년, 마침내 국내를 통일하고 漢朝를 세워, 長安에 도읍하였다.

37) 龍鳳之姿(용봉지자) : 용과 봉황처럼 준수한 자질. 곧, 帝王의 모습.

38) 天日之表(천일지표) : 四海에 군림할 相. 곧 천자의 人相.

39) 唐太宗(당태종) : 李世民. 隋나라 말기의 난에 아버지인 高祖 李淵을 도와 천하를 통일하고 3省 6部와 租庸調 등의 여러 제도를 정비, 外征을 행하여 나라의 기초를 쌓았다.

40) 宋太宗(송태종) : 趙匡儀. 晉王에 봉해졌을 때 太祖의 創業을 도운 공이 있어 賢君으로 불렸다.

41) 明太祖(명태조) : 朱元璋. 諡號는 高皇帝. 홍건적에서 두각을 나타내어 각지 군웅들을 굴복시키고 명나라를 세웠다. 동시에 북벌군을 일으켜 원나라를 몽골로 몰아내고 중국의 통일을 완성, 漢族 왕조를 회복시킴과 아울러 중앙집권적 독재체제의 확립을 꾀하였다.

42) 絳紗袍(강사포) : 임금이 신하들로부터 하례를 받을 때 입던 붉은빛의 예복.

43) 大憝(대대) : 원흉. 《서경》의 〈虞書 · 康誥〉의 集傳에서 "무릇 매우 악한 사람으로 사람을 죽이고 사람을 다치게 하면 담을 뚫고 넘어가 도둑질하고 음란하고 방탕하여 무릇 죄가 가히 용서받을 수 없는 자를 대하는 것이라.(所以待夫元惡大憝, 殺人傷人, 穿窬淫放, 凡罪之不可宥者也.)"고 한 데서 나오는 말이다.

44) 張良(장량) : 前漢 創業의 功臣. 蕭何와 韓信과 함께 한나라 三傑. 漢高祖 劉邦의 謀臣이 되어 秦나라를 멸망시키고 楚나라를 평정하여 漢業을 세웠다.

45) 蕭何(소하) : 前漢의 정치가. 漢 高祖 劉邦의 功臣. 韓信 · 張良과 더불어 한나라 三傑. 한나라 유방과 초나라 항우의 싸움에서는 관중에 머물러 있으면서 고조를 위하여 양식과 군병의 보급을 확보했으므로, 고조가 즉위할 때에 논공행상에서 으뜸가는 공신이라 하여 鄭侯로 봉해지고 식읍 7,000호를 하사받았으며, 그 일족 수십 명도 각각 식읍을 받았다. 秦나라의 법률 · 제도 · 문물의 취사에 힘쓰고 한나라 왕조 경영의 기틀을 세웠다. 漢나라의 律令 '律九章'을 만들었다.

孫通50), 武臣, 則韓信51)·黥布52)·曹參53)·彭越54)·王陵55)·周勃56)·樊
噲57)·灌嬰58)·紀信59)·周介60)·張倉61)·張耳62)。唐家謀臣, 則魏徵63)·

---

46) 陳平(진평) : 前漢 초기의 공신. 지모가 뛰어나 項羽의 신하였다가 高祖 劉邦에게 투항하
여 여섯 가지의 묘책을 써 楚나라 승상 范增을 물리친 공을 세웠다. 惠帝 때 좌승상이
되고, 呂氏의 난 때는 周勃과 함께 평정하였다. 文帝 때 승상이 되었다.

47) 酈食其(역이기) : 漢初의 策士. 高祖를 위하여 齊에 가서 遊說하여 70여성을 항복받았는데,
후에 韓信의 대병이 齊를 공략하였으므로 大怒한 齊王 田廣에게 죽임을 당했다.

48) 陸賈(육고) : 漢初의 학자. 초나라 사람. 高祖의 說客으로서 南越王 趙佗를 설득시켜 천하
통일에 공이 커 벼슬이 太中大夫에 이르렀다. 칙명을 받들어 新語 12편을 지었다.

49) 隨何(수하) : 前漢 초기의 정치가. 漢高祖의 辯士로서 공을 많이 세운 文臣. 楚漢 쟁패시
고조의 謁者로 당시 項羽의 부하였던 英布를 설득하여 초나라를 배반하고 한나라에 망명
하게 하였다. 한나라가 창건되자 그 공으로 護軍中尉가 되었다.

50) 叔孫通(숙손통) : 前漢의 유생. 한나라의 高祖를 섬겨 儀禮를 제정하였고 그 공로로 만년
에는 太子太傅가 되었다.

51) 韓信(한신) : 前漢의 武將. 張良·蕭何와 더불어 한나라 三傑. 高祖 劉邦을 따라 趙·魏·
燕·齊를 멸망시키고 항우를 공격하여 큰 공을 세웠다. 한의 통일 후 楚王이 되었으나,
유방이 그의 세력을 염려하여 淮陰侯로 임명하기도 했다. 후에 呂后에게 피살되었다. 이
때 그는 '狡兎死走狗烹'이라는 명언을 남겼다.

52) 黥布(경포) : 項王 때의 장수. 원래 이름은 英布인데, 형벌을 받아 얼굴에 문신을 했기 때
문에 '黥'으로 고쳤다. 項羽를 따라 咸谷關을 칠 때 군사의 선봉장을 맡았지만, 隨何의
설득으로 유방에게 귀의한 인물이다.

53) 曹參(조참) : 西漢의 개국공신. 漢高祖 유방을 蕭何와 함께 보필하여 천하를 평정하고 平陽
侯로 封侯되었다. 이때 선정을 베풀어 賢相으로 불렸다. 惠帝 때 소하의 뒤를 이어 재상
이 되어 소하가 만든 約法을 그대로 시행하였다.

54) 彭越(팽월) : 前漢 創業 초기의 武將. 처음엔 項羽 밑에 있었으나 뒤에 漢高祖 유방을 쫓아
楚나라를 垓下에서 멸하는데 많은 공을 세웠으므로 梁王으로 봉해졌다. 뒤에 참소를 입
어 三族과 함께 誅殺당하였다.

55) 王陵(왕릉) : 漢高祖 劉邦의 장수. 項羽가 왕릉의 어머니를 인질로 삼자, 왕릉의 모친이 몰
래 왕릉에게 사람을 보내 유방을 배반하지 말 것을 당부하고 자결하였다. 한나라가 건
국되자 安國侯에 봉해졌고, 우승상이 되었다.

56) 周勃(주발) : 漢高祖 劉邦의 武將. 高祖를 따라 통일의 공을 세우고 惠帝와 文帝를 섬겨 승
상에 올라 絳侯에 봉해졌다. 呂后 死後에는 그 일족의 난을 평정하여 漢室의 안녕을 도모
하였다.

57) 樊噲(번쾌) : 漢高祖 劉邦의 武將. 젊어서 屠狗業을 했다고 한다. 項羽가 鴻門宴에서 한고조
유방을 맞아 잔치할 때 范增이 유방을 모살코자 하니 번쾌가 기지를 발휘하여 유방을
구하였다. 이때 번쾌가 노하여 머리카락이 뻗어 위로 올라가고 눈자위가 다 찢어질 듯
부릅뜨며 항우를 노려보았다 한다. 뒤에 舞陽侯로 봉함을 받았다.

58) 灌嬰(관영) : 漢高祖 劉邦의 신하. 젊었을 때는 비단이나 명주를 파는 일로 업을 삼았다.
장군으로 齊를 평정하고, 項籍을 죽였으며, 潁陰侯에 봉해졌다. 呂后가 죽은 뒤 周勃, 陳平
등과 함께 여씨 일족을 주살했다. 文帝를 옹립한 뒤 太尉가 되었다가 얼마 후 주발을 대

長孫無忌64) · 王珪65) · 房玄齡66) · 杜如晦67) · 裵寂68) · 劉文靜69) · 褚遂
良70) · 虞世南71) · 封德彛72) · 戴冑73), 武臣, 則李靖74) · 蔚遲敬德75) · 李

신해 丞相에 올랐다.

59) 紀信(기신) : 漢高祖 劉邦의 장수. 고조가 항우의 군사에게 포위당했을 때 高祖의 수레를
타고 자신이 고조인 양 초나라 군사를 속여 고조를 도망치게 한 후 자신은 잡혀 죽었다.

60) 周介(주개) : 周苛의 오기. 周苛는 劉邦을 따라 內史가 되고, 御史大夫로 옮겼다. 楚漢전쟁
때 魏豹, 樅公과 함께 滎陽을 지켰다. 초나라가 형양을 포위하자 위표가 일찍이 한나라에
배반했다면서 먼저 그를 살해했다. 나중에 項羽가 형양을 함락하자 포로로 잡혔다. 항우
가 항복을 권하면서 上將軍으로 임명하겠다고 제안했지만 항복하지 않다가 烹死되었다.

61) 張倉(장창) : 張蒼의 오기. 張蒼은 劉邦의 거사에 참가하여 한나라가 들어서자 常山守가
되었고, 北平侯에 봉해졌다. 文帝 때는 승상으로 10여 년 재직했다.

62) 張耳(장이) : 秦末 漢初의 群雄의 한 사람. 陳勝 · 吳廣이 擧兵하자 陳餘와 더불어 趙나라로
가서 그 정승이 되었는데, 장이가 秦軍에게 포위되었을 때 陳餘가 구원을 거절하고 또
진나라가 망한 후 진여가 제나라 군사를 끌어들여 조나라를 공략했으므로, 장이는 漢高
祖에게 귀속하여 韓信과 군사를 합하여 井徑에서 진여를 쳐 베어 죽였다.

63) 魏徵(위징) : 唐나라 太宗 때의 名臣. 諫議大夫 · 祕書監이 되고 鄭國公에 봉해졌다. 시류에
아부하지 않고, 자신을 돌보지 않으며, 마음에서 우러나오는 진실한 말로 황제에게 200
여 차례 직간했다 하여 후세에 忠諫의 대표적 인물로 꼽는다.

64) 長孫無忌(장손무기) : 唐나라 초기의 정치가. 唐高祖 李淵이 기병했을 때 太宗을 따라 변방
정벌 사업에 가담했고, 玄武門의 정변을 평정하여 趙國公에 봉해졌다. 高宗때 황후를 武
昭儀로 올려놓으려 하자 이를 반대하다 黔州로 유배당하여 그곳에서 목매 자살했다.

65) 王珪(왕규) : 당나라 본디 태자인 李建成의 洗馬로 있으면서 태자를 섬기던 인물이었는데,
太宗이 형 이건성을 죽이고 황제에 오른 뒤에 魏徵과 함께 태종에게 등용되어 큰 공을
세운 인물이다. 太宗 때에 諫議大夫가 되어 禮部尚書에 이르렀다.

66) 房玄齡(방현령) : 唐나라 정치가. 太宗이 즉위하자 15년 동안 재상의 자리에서 杜如晦와
함께 태종의 貞觀之治를 도왔다.

67) 杜如晦(두여회) : 唐나라 정치가. 房玄齡과 함께 李世民을 보좌하여 태종으로 옹립했으며,
당나라의 법률과 인사 제도를 정비해 貞觀之治를 구축하였다.

68) 裵寂(배적) : 唐나라 高祖 때의 신하. 어려서부터 高祖와 친하여, 당나라의 건국에 공로가
많았다. 뒤에 尚書左僕射가 되었고 魏國公에 봉해졌다.

69) 劉文靜(유문정) : 唐나라 太宗 때의 인물. 隋말에는 晉陽의 현령으로 있다가 唐태종과 함
께 기병하여 천하를 통일하는데 공이 있었다. 그는 자신의 재주와 공훈이 裵寂의 아래에
있다고 여겼다.

70) 褚遂良(저수량) : 唐나라 초기의 정치가 · 서예가. 太宗이 중용하였으나 직간함으로 그를
꺼리었다. 高宗이 황후를 폐하고 武昭儀를 세우매 극간하다가 내쫓김을 당하고 울분으
로 죽었다.

71) 虞世南(우세남) : 唐 초기의 명신. 煬帝는 그의 지나치게 바름을 꺼려 중용하지 않았으나,
太宗은 그를 중용하였고 德行 · 忠直 · 博學 · 文詞 · 書翰에 능하다 하여 五絶이라 칭송하
였다. 書家로도 유명하다.

72) 封德彛(봉덕이) : 封倫의 자. 처음에 隋나라를 섬겨 內史舍人이 되었는데, 몰래 虞世基를

勣[76]·陳叔寶[77]·殷開山[78]·屈突通[79]·薛仁貴[80]。宋邦謀臣，則趙普[81]·
范質[82]·杜鎬[83]·王佑[84]·張齊賢[85]·雷驤[86]·李昉[87]·陶穀[88]·宋琪[89]，

위하여 吏事를 직접 맡아 처리하였고, 宇文化及의 난에는 봉덕이를 시켜서 수나라 황제
의 죄를 하나하나 꼽으며 문책하게 하였다. 우문화급이 죽자 당나라에 항복하였으며, 태
종 때는 여러 차례 직책을 옮겨 상서복야가 되기까지 충성을 다하였다.

73) 戴曺(대조) : 戴胄의 오기. 수나라 말에 門下錄事의 벼슬을 할 때 越王의 직위를 빼앗으려
는 王世充에게 항의했지만 받아들여지지 않고 鄭州長史로 쫓겨났다. 당나라에 들어 귀순
하여 秦王府士曹參軍이 되었다. 태종이 즉위한 뒤 兵部郎中에 올랐고, 여러 차례 황제 앞
에서 강력하게 간언하여 황제가 더욱 존중했다. 尙書右丞과 尙書左丞을 거처 民部尙書 겸
檢校太子左庶子가 되었고, 다음 해 조정에 참여하면서 郡公의 爵을 받았다. 太宗이 洛陽宮
을 복원하려 하자, 상소를 올려 간언한 바 있다.

74) 李靖(이정) : 唐나라 초기의 명장. 太宗을 섬기고 隋나라 말기의 群雄討伐에 힘썼다. 그
뒤, 突厥·吐谷渾을 정벌하여 공적이 컸다.

75) 蔚遲敬德(울지경덕) : 尉遲敬德의 오기. 경덕은 尉遲恭의 자. 唐나라 초기의 大臣이자 名將.
淩煙閣 24공신 중 한 사람으로 천성이 순박하고 충성스러우며 중후한 모습으로 용감무
쌍했다. 일생동안 전쟁터를 누비고 다녔고, 玄武門의 정변 때에 李世民을 도왔다. 벼슬은
涇州道行軍總管, 右武侯大將軍, 襄州都督, 同州刺史, 宣州刺史, 鄜州都督, 夏州都督, 開府儀同
三司 등을 역임했고, 鄂國公으로 봉해졌다.

76) 李勣(이적) : 唐나라 초기의 무장. 본성은 徐씨이나 軍功으로 李씨 성을 하사받았다. 李靖
과 함께 太宗을 도와 唐의 국내 통일을 위해 힘썼다. 태종 때 英國公에 봉해지고, 고종
때 司空에 올랐다. 東突厥을 정복하고 668년 고구려를 멸망시켰다.

77) 陳叔寶(진숙보) : 秦叔寶의 오기. 秦瓊의 자. 隋末唐初 시기의 名將. 처음에 수나라 장수였
고, 來護兒, 張須陀, 裴仁基의 막하에 있었다. 후에 배인기가 瓦崗의 李密에게 투항하고,
또 다시 王世充에게 투항하였는데, 왕세충의 인간됨이 사악한 것을 알고, 최후에 程咬金
등과 함께 당나라에 투항하였다. 李世民을 따라 전쟁터를 다니면서 큰 공을 세웠다. 벼
슬은 左武衛大將軍에 이르렀고, 翼國公, 胡國公에 봉해졌다.

78) 殷開山(은개산) : 당나라 태종 때의 사람. 唐高祖가 기병할 때에 大將軍으로 불렀으며, 태
종을 쫓아 薛仁杲를 정벌하고 또 王世充을 토벌하는데 공이 있었다.

79) 屈突通(굴돌통) : 唐나라 초기의 정치가. 唐高祖가 기병했을 때 河東을 지키고 있다가 당
고조에게 크게 패해 사로잡혔다. 태종을 쫓아 薛仁杲를 정벌하고 또 王世充을 토벌하는
데 공이 있었다.

80) 薛仁貴(설인귀) : 당나라 고종 때의 장군. 668년 羅唐 연합군에 고구려가 망한 후에 당이
평양에 安東都護府를 설치하자 그는 檢校安東都護가 되어 부임했다.

81) 趙普(조보) : 宋나라 건국 공신·재상. 太祖 추대에 공이 있어 정승이 되어 創業期의 內外
政治에 참여하였으며, 태종 때에도 政丞과 太師를 지냈다. 처음에는 학문이 어두웠으나
太祖의 권고를 받은 뒤부터는 그의 손에서 책이 떠나지 않았다 한다.

82) 范質(범질) : 宋나라 태조 때의 사람. 당나라 말기에 진사가 되었고 知制誥를 지냈다. 송
태조 때에는 侍中에 오르고 魯國公에 봉해졌다. 청렴하기로 이름났다.

83) 杜鎬(두호) : 宋 태종 때의 사람. 어려서부터 학문을 좋아해 經史에 정통했다. 太宗 때 明
經으로 천거되고, 千乘主簿에 올랐다. 右諫議大夫와 龍圖閣直學士에 올랐고, 禮部侍郎 등을

武臣, 則曹彬90)・石守信91)・苗訓92)・李漢超93)・王全斌94)・錢若水95)。明
邦謀臣, 則劉基96)・李善長97)・徐暉祖98)・秦雲龍・宋濂99)・黃自徵100), 武

지냈다. 博聞强記하고 역사 연구에 치중하여 나이 쉰이 넘었는데도 매일 經史 수십 권을
검토했다. 성격이 온화하고 청렴 소탈하여 선비들의 추중을 받았다.

84) 王佑(왕우) : 王祐의 오기. 송나라 太宗 때 병부시랑을 지냈다.

85) 張齊賢(장제현) : 송나라 태조가 洛陽에 행차했을 때, 布衣로 와서 보고 열 가지 대책을
올리기도 하였다. 宋 眞宗 때 兵部尙書・中書門下平章事를 거쳐 司空에 이르렀다.

86) 雷驤(뇌양) : 雷德驤의 오기. 송나라 초의 判大理寺. 太祖의 노여움을 사서 商州司戶參軍으
로 좌천되었다가 秘書丞이 되었고, 太宗 때에는 戶部侍郞이 되었다.

87) 李昉(이방) : 북송의 사학자・문학가. 973년 ≪五代史≫의 편찬에 참여하였고, 송에 귀의
하여 태종 즉위 후 戶部侍郞이 되어 ≪太祖實錄≫을 편찬하였다.

88) 陶穀(도곡) : 송나라 태조 때 사람. 禮部・刑部・戶部 삼부의 尙書를 역임하였다. 처음에
태조가 受禪할 때에 禪文을 미처 준비하지 못했었는데, 도곡이 곁에 있다가 품 안에서
선문을 꺼내 올리며, "벌써 만들어 놓았다."고 말하므로 태조가 그를 좋지 않게 여기지
않았다.

89) 宋琪(송기) : 宋나라 太宗 때의 인물. 문학에 재능이 있었으며, 右僕射에 올랐다가 죽었다.

90) 曹彬(조빈) : 宋나라 太宗 때의 인물. 太祖를 도와 천하를 평정하고 魯國公에 封爵되어 將
相을 겸하였다. 南唐을 정벌하고 金陵을 함락시켰지만 함부로 사람을 죽이지는 않았다.
귀환하여 樞密使와 檢校太尉, 忠武軍節度使를 역임했다. 태종이 즉위하자 同平章事가 더해
졌다. 죽은 뒤 齊陽郡王에 追封되었다.

91) 石守信(석수신) : 北宋의 開國將軍. 周나라에서는 洪州防禦使의 수령을 지냈고, 宋太祖 趙匡
胤이 즉위할 때에 歸德軍節度使가 되어 李筠, 李重進의 난을 토평하고 鄆州를 진압했다.

92) 苗訓(묘훈) : 宋나라 太祖 때 사람. 하늘을 보고 점을 치는 것을 잘 하였다. 後周 말엽 북
쪽을 정벌할 때, 하늘의 별을 보고 송나라 태조가 천자가 될 것이라 예언하였다. 관직은
檢校工部尙書까지 올랐다.

93) 李漢超(이한초) : 宋나라 초에 關南兵馬都監이 되었고, 太宗 때에는 應州觀察使가 되었다.

94) 王全斌(왕전빈) : 宋 太祖 때 忠武府節度使로서 군사 6만 명을 거느리고 후촉을 공격하여
패배시켰다. 그러나 촉을 멸한 후 탐욕에 젖어 태조 趙匡胤의 지시를 어기고 백성의 재
물을 빼앗았다.

95) 錢若水(전약수) : 宋나라 太宗 때 진사가 되어, 秘書丞에 발탁되고 史館을 맡았다. 知制誥
와 翰林學士, 知審官院을 역임했으며, 右諫議大夫로 同知樞密院事를 겸했다. 眞宗이 즉위하
자 工部侍郞에 올랐다. 幷代經略使가 되어 幷州의 일을 맡았다. 담론을 잘 했고, 재물을
가볍게 여겨 베풀기를 좋아했으며, 가는 곳마다 선정으로 칭송을 들었다.

96) 劉基(유기) : 元末 明初의 유학자・정치가. 천문・병법에 능했다. 明나라 太祖를 도와 中原
을 얻어 誠意伯이 되었다.

97) 李善長(이선장) : 明나라 왕조의 창업공신. 1354년 明太祖 朱元璋의 봉기에 참여하였으며
"인의를 행하고 약탈과 살육을 금하여 민심을 얻을 것"을 주장하여 주원장의 신임을 받
았다. 주원장이 제위에 오른 후 그는 太子少師에 임명되었다. 1387년 左丞 胡惟庸의 모반
사건에 연루되어 탄핵을 받은 후 스스로 목숨을 끊었다.

98) 徐暉祖(서휘조) : 徐輝祖의 오기. 원래 이름은 允恭이다. 大將 徐達의 장남이다. 키가 8척5

臣, 則徐達[101]・常遇春[102]・胡大海[103]・花雲龍[104]・李聞忠[105]・兪通海[106]・蕩花[107]・毛穎[108]・韓成正[109]・敬靑[110]。人人勇健, 箇箇英雄。

촌이었고, 얼굴은 冠玉 같았다. 비범하였고, 才氣가 있었다. 공을 세워서 衛署左軍都督府事를 지냈다. 명나라 태조의 손자인 惠帝에게 신임을 받았지만, 태조의 넷째 아들인 成祖가 즉위하자 武臣들이 모두 귀부하였으나 그만은 홀로 굴하지 않다가 削爵당하고 私第로 돌아와 있다가 졸하였다.

99) 宋濂(송렴) : 明나라의 유학자. 太祖가 세력을 잡은 후에 부름을 받고 南京으로 가서 왕세자의 스승이 되고, 1369년 ≪元史≫ 편수의 총재를 지낸 뒤, 동년 翰林學士에 임명되었다. 이후, 태조의 고문으로 신임이 두터웠고, 68세에 致仕하였다. 71세 때 그의 손자가 죄를 지었기 때문에 그도 四川省으로 귀양 가서 그곳에서 병사하였다.

100) 黃自徵(황자징) : 黃子澄의 오기. 본명은 黃湜. 明나라 때의 大臣. 벼슬은 修撰, 侍讀東宮, 太學東卿, 翰林學士 등을 역임했다. 齊泰와 더불어 국정에 참여하여 惠帝 朱允炆에게 藩鎭의 세력을 약화시키자고 주장했던 정치인이다. 建文 원년에 燕王이 군대를 일으켜서 남경을 함락시킬 때 끝까지 저항하여 죽임을 당했다.

101) 徐達(서달) : 처음에는 郭子興의 副將이었다가, 후에 太祖가 돌아갈 때에 戰功이 있어 大將軍이 되었다. 벼슬이 中書右丞相이 되었으며 魏國公에 책봉되었다.

102) 常遇春(상우춘) : 明나라 太祖를 섬겨 軍功을 세웠고, 벼슬이 平章軍國重事에 이르렀다.

103) 胡大海(호대해) : 키가 크고 얼굴이 검었으며 지혜와 힘이 남보다 뛰어났다. 태조를 쫓아 강을 건너 諸將의 땅을 빼앗았다. 僉樞密院事에 올랐다. 후에 苗軍에게 살해되었으나, 越國公에 追封되었다.

104) 花雲龍(화운룡) : 華雲龍의 오기. 明나라 開國功臣. 元나라 말에 무리를 모아 韭山에 있다가 朱元璋을 따라 거병했다. 남북을 오가면서 정벌에 나서 都督同知에 오르고 燕王의 左相을 겸했다. 淮安侯에 봉해졌다. 일찍이 北平의 변방 지역에 병사를 배치해 수비할 것을 요청하여 허락을 받았다. 北元을 공격해 上都 大石崖까지 이르렀다. 나중에 元相 脫脫의 집에 있으면서 원나라 궁궐의 물건을 사용하다가 소환을 받고 오는 도중에 죽었다.

105) 李聞忠(이문충) : 李文忠의 오기. 明나라 太祖 朱元璋의 외조카이자 양자. 양자가 된 후에 친히 군사들을 이끌고, 池州를 지원 나갔다가 天完軍을 물리치는데 큰 공을 세웠다. 그 공로로 浙江行省平章事가 되었다. 명나라가 건립된 후에도 여러 차례 원정을 나가서 원나라 잔여 세력을 제거하는 데 앞장서서 曹國公에 봉해지고, 大都督府(최고의 군사기구)를 주재하고, 國子監을 주관하게 하였다. 그러나 직언을 하다 주원장의 눈에 거슬려 독살 당했다.

106) 兪通海(유통해) : 明나라 開國功臣. 河間郡公 兪廷玉의 장남으로, 처음에는 巢湖 일대에서 도적질을 했다가 뒤에 朱元璋에게 투항했다. 水戰에 뛰어나서 鄱陽湖 大戰 중에 주원장을 구원한 일이 있다. 벼슬은 中書省平章政事를 지냈다. 뒤에 平江의 전투에서 화살을 맞아 사망했다.

107) 蕩花(탕화) : 湯和의 오기. 明나라 開國功臣. 1352년에 郭子興의 봉기군에 참가하여 千戶가 되었고, 朱元璋을 따라 長江을 건너 集慶을 점령하는데 공을 세워 統軍元帥, 征南將軍 등을 지냈다.

108) 毛穎(모영) : 沐英의 오기. 明나라 開國功臣. 朱元璋의 養子로 1356년 당시 12살이었던 목

殿上傳呼張良·魏徵·趙普·劉基, 曰："有旨卽入來." 四臣趨進鞠躬, 倚
立111)於側, 漢皇曰："三代之下, 王風委地, 正聲微茫, 五季112)七雄113)之時,
朝鬪暮息, 四海沸蕩, 群雄竝起。至於寡人創業之時, 豈知何日爲唐, 何日爲宋,
何日爲明也? 今日風景正好, 君臣相會, 此亦勝事, 不可虛度也." 卽命侍臣, 設
宴於堂上, 燈燭輝煌, 威儀嚴恪, 衆樂迭奏, 觥籌交錯114), 舞袖飄拂乎香風, 管
音交徹于靑天。酒至數巡, 漢皇愀然長歎曰："尺釰布衣115), 屈起豊沛116), 無
一民寸土, 幸賴群臣之忠烈, 終成大業, 誰知寡人之辛苦之心? 唐皇一戰定關
中117), 宋皇一夜取天下。然明皇之功業, 猶勝於吾三人矣."

영은 주원장을 따라 전쟁에 참여했다. 帳前都尉로 鎭江 방어에 참여했다. 그 뒤에 등유
를 따라 吐蕃을 토벌하였고, 征南將軍 傅友德을 따라 雲南 토벌에 공을 세우고 그곳에
10년 동안 머물면서 각 부족들을 안무하였다. 양모인 馬皇後가 사망하자 비통한 나머
지 피를 토했다. 또 태자 朱標가 사망하자 큰 충격을 받고 병환에 걸렸고, 2개월 후에
병사했다. 주원장은 매우 비통해하면서 그를 黔寧王으로 추봉하였다.

109) 韓成正(한성정) : '韓成'의 오기. 明나라 開國功臣. 朱元璋을 따라 徐, 泗의 전투에서 전공
을 세웠고, 벼슬은 帳前總制, 親兵左副指揮使, 司宿衛 등을 지냈다. 사후에 高陽郡侯로 봉
해졌다.
110) 敬靑(경청) : 景淸의 오기. 고려 후기 명나라의 문신. 명나라에서 과거에 응시하여 3등에
급제하였다. 급제 후에는 建文帝를 섬겼으며, 관직은 左僉都御使에 이르렀다. 燕王 朱棣
가 그의 조카인 건문제를 몰아내고 천자가 되자, 경청은 복수하려 하였던 것을 연왕에
게 털어놓았고, 연왕은 솔직함에 감탄하며 관직을 유지하게 해 주었지만, 계속해서 복
수하려는 마음을 품고서 칼을 품고 조회에 참석하였다가 붙잡혀 죽임을 당하였다.
111) 倚立(의립) : 侍立의 오기.
112) 五季(오계) : 春秋五覇. 곧 齊桓公, 晉文公, 楚莊王, 吳王 闔閭, 越王 勾踐 등 春秋五代이다.
113) 七雄(칠웅) : 戰國七雄. 전국시대부터 秦나라의 始皇帝가 중국을 통일할 때까지 멸망하지
않고 살아남은 일곱 나라 곧, 秦·趙·魏·韓·齊·燕·楚 등을 가리킨다.
114) 觥籌交錯(굉주교착) : 술잔과 산가지가 뒤섞인다는 뜻으로, 성대한 술잔치를 이르는 말.
115) 尺釰布衣(척검포의) : 漢高祖 劉邦이 일찍이 泗上 亭長으로 한 자루 칼을 쥐고 일어나서
關中에 들어가 秦나라를 멸한 것을 염두에 둔 표현임. ≪사기≫<高祖本紀>에 의하면,
유방이 천하를 통일한 뒤에 "내가 포의의 신분으로 일어나서 석 자의 칼을 쥐고 천하
를 차지하였으니, 이것이 하늘의 명이 아니고 무엇이겠는가.(吾以布衣提三尺劍取天下, 此
非天命乎?)" 하였다고 한다.
116) 豊沛(풍패) : 豊城과 沛縣. 풍성은 龍泉과 太阿의 두 명검이 있었던 지방이며, 패현은 漢
高祖의 고향이다.
117) 關中(관중) : 중국 북부의 陝西省 渭水 분지 일대의 호칭. 函谷關·武關·散關·蕭關의
네 관 안에 위치하는 데서 나온 이름이다. 周의 鎬京, 秦의 咸陽, 漢·隋·唐의 長安이
었다.

宋皇問於漢皇曰："帝入關中, 秋毫無犯, 約法三章118), 此何意也?" 答曰：
"嬴家呂兒119), 刑罰嚴酷, 殘害百姓, 天下120)思明主, 若大旱之望雲霓121), 久潦
以思天日122)。是故, 吾施仁惠, 布德政, 拯民於水火之中, 以救倒懸之急也." 唐
皇曰："豁達大度123), 任賢使能, 各盡其心, 雖周之文武, 何喩於漢帝哉? 是以
剪嬴倒項124), 一戎衣以定天下125), 不其然乎?" 漢皇曰："寡人穢德陋功, 敢望
三代乎? 創開漢室四百年基業者, 實群臣之力也, 非寡人之能也. 張良運籌帷
幄126), 陳平仗計策, 蕭何固樹根本, 隨何知形勢, 陸賈道其治亂, 酈食其論其勝

---

118) 約法三章(약법삼장)：漢高祖가 秦나라를 멸한 후 咸陽지방의 유력자들에게 약속한 3條
의 법. 곧, '사람을 죽인 자는 죽이고, 남을 상해하거나 절도한 자는 벌하며, 그 밖의 秦
의 모든 법은 폐한다.'는 내용이다.

119) 嬴家呂兒(영가여아)：嬴은 秦나라 왕의 姓이므로 嬴家는 진나라를 일컫고, 呂兒는 莊襄王
에게 바쳐진 呂不韋의 애첩이 낳은 자식이라는 것을 일컫는데 곧 秦始皇을 말함. 여불
위는 전국시대 말기 秦나라의 宰相이다. 여불위는 趙나라에 볼모로 잡혀 있던 子楚에게
임신한 사실을 숨기고 자신의 애첩을 주었는데, 자초가 훗날 莊襄王이 되었고 태어난
아들이 바로 秦始皇이었다. 장양왕의 태자 책봉에 공이 있어 相國으로 임명되었다. 군
사권과 인사권을 농단하여 한때 진나라를 嬴氏가 아닌 呂氏의 나라로 만든다는 비난까
지 들었다. 진시황이 장성한 후에는 점차 실권을 잃어가다가 결정적으로 황태후의 밀
통사건에 연루되어 모든 봉호와 작록을 삭탈당하고 진시황에게 계속 겁박당하면서 쫓
겨 다닌 끝에 자결했다.

120) 天下(천하)：원문에는 없으나 다른 판본에서도 天下란 어구가 대신하고 있을 뿐만 아니
라 이 구절을 인용한 羅貫中의 ≪三國志演義≫에서도 天下로 되어 있음.

121) 若大旱之望雲霓(약대한지망운예)：≪맹자≫<梁惠王章句 下>의 "백성들이 고대하기를
큰 가뭄에 운예를 고대하듯 하였다.(民望之, 若大旱之望雲霓也.)"에서 나오는 말. 雲霓는
구름과 무지개로 곧, 비가 올 징조이다.

122) 若大旱之望雲霓, 久潦以思天日(약대한지망운예, 구로이사천일)：羅貫中의 ≪三國志演義≫
22회 <조조가 군대를 나누어서 원소를 대항하다(曹公分兵拒袁紹)>에 나오는 구절. 곧,
"天下仰之, 若大旱而望雲霓, 似久潦以思天日."이다.

123) 豁達大度(활달대도)：활달하고 큰 도량. ≪사기≫<高祖本紀>에서 "뜻은 활달하고 항상
큰 도량이 있었다.(豁達大度)"라고 하여 漢高祖를 칭찬한 말.

124) 剪嬴倒項(전영도항)：漢高祖가 秦나라를 멸망케 하고 項羽를 垓下에서 격파한 것을 일컬
음.

125) 一戎衣以定天下(일융의이정천하)：≪서경≫<武成篇>의 "武王이 한번 융의를 입으니 천
하가 평정되었다.(一戎衣, 天下大定.)"에서 나오는 말. 杜甫의 <重經昭陵>에도 "한고조처
럼 석 자 검을 잡아 풍진을 헤쳤고, 한번 융의를 입어 사직을 안정시켰다.(風塵三尺劍,
社稷一戎衣.)"라고 하여 '一戎衣'가 나온다. 이로써 당태종의 말에 무왕이 인용된 사정을
헤아리게 된다.

126) 運籌帷幄(운주유악)：군막 속에서 전략을 세움. ≪漢書≫<高帝紀>에 "군막 안에서 계

敗, 張倉定律令, 叔孫通制禮義[127], 開寡人之心。韓信戰必勝功[128]必取[129], 曹參善征伐, 灌嬰善用兵, 黥布·樊噲万夫不當之勇, 紀信·周介千秋不朽之功, 彭越後助威勢, 張耳鑄兵器, 翼寡人之威。願聞諸君之能也."

唐皇曰 : "寡人亦賴群臣之力。長孫無忌竭忠誠, 魏徵好直諫, 杜如晦臨事善斷, 褚遂良愛民憂國, 以輔寡人之不逮。殷開山·薛仁貴臨敵忘死, 陳叔宝·蔚遲恭[130]驍勇絶倫, 李靖曉於兵法, 封德彝務於國事, 房玄岭·屈突通足智多謀, 劉文靜·李勣廣覽深知, 以助寡人之威嚴." 宋皇曰 : "趙普知有餘, 曹彬勇略雙全, 石守信威超外制[131]風凜凜, 苗訓英氣堂堂, 李昉·范質以助文彩, 王全斌·李漢超外制群盗。雖有人才, 寡人坐外, 有齁鼻之睡, 是何創業也?" 漢皇曰 : "軒轅[132]之時, 有蚩尤[133]之亂, 堯舜[134]之時, 有四凶[135]之徒, 奸臣反賊, 自古及今, 無不有也。譬如此輩, 鷦鷯尙存一枝[136], 狡兎猶藏三穴[137], 何足介意?" 因問明皇之群臣, 答曰 : "功業未成, 才智未試, 然如古之人, 則劉基·徐

책을 세워 천리 밖에서 승리를 결정짓는 것으로 말하면, 나는 장량보다 못하다.(夫運籌帷幄之中, 決勝千里之外, 吾不如子房。)"라고 한고조의 말을 인용한 것임.

127) 禮義(예의) : 禮儀.

128) 功(공) : 攻의 오기.

129) 戰必勝功必取(전필승공필취) : 漢高祖가 된 劉邦이 천하를 얻게 된 내력을 高起와 王陵과 문답하는 가운데 韓信의 공을 지칭한 말이다. 곧, "백만의 무리를 이어 싸우면 반드시 이기고 치면 반드시 취한다.(連百萬之衆, 戰必勝攻必取。)"에서 인용한 것이다.

130) 蔚遲恭(울지공) : 蔚遲敬德.

131) 超外制(초외제) : 불필요한 글자로, 잘못 필사한 것임.

132) 軒轅(헌원) : 軒轅氏. 중국 전설상인 임금인 黃帝의 이름. 그가 헌원의 언덕에서 낳았기 때문이다.

133) 蚩尤(치우) : 고대 제후의 이름. 軒轅氏는 세상이 어지러워져 각지의 제후들을 정벌하였는데, 치우가 굴복하지 않고 난을 일으키자 涿鹿의 전투에서 誅伐하였다.

134) 堯舜(요순) : 중국 고대 전설상의 聖帝인 唐堯 요임금과 虞舜 순임금.

135) 四凶(사흉) : 堯임금 때의 4명의 악인. 곧 共工·驩兜·三苗·鯀이다. 공공은 窮奇, 환두는 渾敦, 삼묘는 饕餮, 곤은 檮杌이라고도 한다. 후에 순임금에 의해 유배되었다.

136) 鷦鷯尙存一枝(초료상존일지) : ≪장자≫<逍遙遊>의 "뱁새가 깊은 숲 속에 들어가 둥우리를 틀 때면 그저 나뭇가지 하나에 불과할 따름이다.(鷦鷯巢於深林, 不過一枝。)"는 구절을 염두에 둔 표현.

137) 狡兎猶藏三穴(교토유장삼혈) : 몸을 의탁한 곳이 세 곳이면서도 근근이 생명을 유지함을 비유.

達彷彿張良・李靖之智謀, 花雲龍・韓成正似周介・紀信之忠誠, 李善長・常遇春比於曹彬・蔚遲恭之雄猛, 毛穎・胡大海比於樊噲・薛仁貴之勇烈。此外文武, 足比者多矣."

唐皇曰:"如此勝宴, 古今未見, 願請中興之主, 同樂若何?" 三帝曰:"甚合於心矣." 漢皇卽遣隨何, 請光武138)・昭烈139), 唐皇遣裵寂, 請肅宗140), 宋皇遣李昉, 請高宗141), 俄頃門外, 有車馬騈闐之聲, 闇者142)奔入告曰:"四君至矣."

其一光武, 左右侍衛之臣, 鄧禹143)・吳漢144)・賈復145)・王梁146)・杜茂147)・馬援148)・寇恂149)・耿弇150)・藏宮151)・馬武152)・馮異153)・王

---

138) 光武(광무) : 後漢의 초대 황제인 光武帝. 본명은 劉秀. 漢室의 일족으로 22년에 南陽에서 군사를 일으켜 王莽의 군대를 무찌르고 한나라를 다시 일으켰다. 洛陽에 도읍했다.

139) 昭烈(소열) : 蜀漢의 초대 황제인 昭烈帝. 본명은 劉備. 자는 玄德. 前漢 景帝의 후예로, 184년 關羽, 張飛와 의형제를 맺고 황건적 토벌에 참가하였으며 이후 여러 호족 사이를 전전하다가 諸葛亮을 얻고, 孫權과 동맹을 맺어 赤壁 싸움에서 남하하는 曹操의 세력을 격퇴시켰다. 이후 荊州와 익주를 얻고 漢中王이 되었으며, 2년 후 蜀을 세워 첫 황제가 되었으나 형주와 관우를 잃자, 그 원수를 갚으려고 대군을 일으켜 吳와 싸우다 이릉 전투가 패배로 끝나고, 白帝城에서 제갈량에게 아들 劉禪을 부탁한 후 병사하였다.

140) 肅宗(숙종) : 唐나라 제7대 황제. 玄宗의 셋째 아들. 이름은 李亨. 태자로 있을 때 安祿山의 亂이 일어나 현종이 蜀나라로 달아나자 영무로 돌아와 황제에 즉위하여 郭子儀에게 명하여 양경을 수복시켰다.

141) 高宗(고종) : 南宋의 초대 황제. 본명은 趙構. 徽宗의 아홉째 아들로 欽宗의 아우이다. 1127년에 徽宗과 欽宗이 金나라로 끌려간 후에 南京 應天府에서 즉위했다. 남쪽으로 도피하여 臨安을 도읍으로 정하고 金과의 和議를 맺었다. 경제개발을 추구하여 남송의 기초를 구축하였다.

142) 闇者(혼자) : 문지기.

143) 鄧禹(등우) : 後漢의 군사가. 雲台28將 중에 한 사람. 後漢 창업기의 명신으로, 光武를 도와서 천하를 평정하여 벼슬이 大司徒에 이르렀고 高密侯로 봉해졌다.

144) 吳漢(오한) : 後漢의 開國名將이자 군사가. 蜀을 정벌할 때 公孫述과 8번 싸워 다 이겼고, 북쪽 匈奴를 쳤다. 苗曾과 謝躬을 참살하고, 銅馬, 靑犢 등의 농민군을 평정하여 유수가 後漢을 건립하는 데에 큰 공을 세웠다. 관직은 大司馬였고 廣平侯에 봉해졌다.

145) 賈復(가복) : 後漢 光武帝 때의 무장. 배우기를 좋아해 尙書를 익혔다. 光武를 쫓아 靑犢을 물리치고, 관직은 左將軍・都護將軍에 이르렀으며, 膠東侯에 봉해졌다.

146) 王梁(왕량) : 後漢 光武帝 때의 무장. 처음에 劉秀의 偏將軍이 되어 河北을 평정하고, 野王令에 임명되어 남쪽으로는 洛陽에 대항하면서 북쪽으로 天井關을 지켰다. 光武가 즉위하자 大司空이 되고, 武强侯에 봉해졌다.

覇154)・邳肜155)・銚期156)等。 其二昭列, 前後侍衛之臣, 諸葛亮157)・關

羽158)・張飛159)・趙雲160)・馬超161)・黃忠162)・龐德163)・法正164)・姜

---

147) 杜茂(두무) : 後漢 光武帝 때의 무장. 劉秀가 河北을 평정할 때에 투항하여, 五校의 농민
    군을 소탕하고, 유수가 後漢 왕조를 건립하는데 보좌했다. 벼슬은 中堅將軍, 大將軍, 驃
    騎大將軍 등을 지냈고, 參蘧鄉侯로 봉해졌다.
148) 馬援(마원) : 後漢의 武將・政治家. 처음에는 隗囂를 따르다가 광무제에게 仕官하여 伏波
    將軍이 되었으며, 이때 羌族을 평정, 交趾난을 진압하고 흉노를 쳐서 공을 세워, 세상에
    서는 馬伏波라 일컫는다. 일찍이 馬革裹屍로 맹세하여 匈奴와 烏桓에 출정했다. 新息侯
    로 봉해졌다.
149) 寇恂(구순) : 後漢의 정치가. 耿弇과 함께 劉秀에게 투항하여 偏將軍으로 임명되고 承義侯
    로 봉해졌다. 光武帝 때 河內・汝南 太守를 지내고 鄉校를 세워 지방자제를 교육했다.
    그 후로 執金吾가 되었고, 雍奴侯로 봉해졌다.
150) 耿弇(경엄) : 後漢의 開國名將. 光武帝를 좇아 大將軍이 되어 銅馬, 高湖, 赤眉, 青犢 등의
    諸賊을 격파했다. 광무제가 즉위하자 建威大將을 제수받고 好時侯에 봉해졌다.
151) 臧宮(장궁) : 後漢의 무장. 光武帝를 도와 후한을 세우고 나라의 기반을 다지는데 많은
    공적을 남겼다. 광무제 즉위 후에 侍中, 騎都尉가 되었고 成安侯에 봉해져 군대를 이끌
    고 代鄉・鐘武・竹里을 공격하여 모두 함락시켰다. 公孫述의 蜀지방을 평정한 후 광무
    제로부터 廣漢太守 직을 제수 받았다.
152) 馬武(마무) : 後漢 초기의 무장. 劉秀에게 투항하여, 그를 따라 사방을 평정하는데 큰 공
    을 세웠다. 유수가 황제가 된 이후에 捕虜將軍이 되었고, 楊虛侯에 봉해졌다.
153) 馮異(풍이) : 後漢 光武帝의 공신. 본래 왕망 정권 때에 潁川郡掾을 지냈으나, 후에 劉秀
    에게 귀순하여 赤眉를 물리치고, 關中을 평정할 때 큰 공을 세웠다. 孟津將軍이 되어 陽
    夏侯로 추봉되었으며, 언제나 홀로 樹下로 물러나 공을 논하지 않기 때문에 大樹將軍이
    라 일컬었다.
154) 王霸(왕패) : 後漢의 名將. 성품이 법률을 좋아하여 처음에는 監獄官이 되었다가 光武帝
    가 潁陽을 지날 때에 투항하였다. 광무제를 따라 王尋과 王邑을 공격할 때에 공을 세웠
    다. 大司馬가 되었고, 그 후에 功曹令史, 偏將軍, 討虜將軍, 上穀太守 등을 역임하고, 淮陵
    侯로 봉해졌다.
155) 邳肜(비융) : 後漢의 무장. 애초에 王莽을 위해 和成郡의 卒正을 지냈는데 광무제가 河
    北을 평정하러 下曲陽에 이르렀을 때 城을 바치고 항복하여 다시 태수가 되었다. 왕망의
    邯鄲을 평정한 후 無義侯에 봉해졌다가 다시 靈壽侯로 봉해지고 大司公의 일을 보았다.
156) 銚期(조기) : 後漢의 무장. 馮異의 권유로 劉秀에게 투항하여 河北을 평정하고, 王郎, 銅
    馬, 青犢 등 民軍을 소멸시키고 魏郡을 잘 수비하여 後漢을 건립하는 데 혁혁한 공로를
    세웠다. 벼슬은 偏將軍, 虎牙大將軍, 魏郡太守, 太中大夫, 衛尉 등을 지내고, 安成侯로 봉
    해졌다.
157) 諸葛亮(제갈량) : 蜀漢의 宰相. 隆中에 은거하고 있을 때 劉備의 三顧草廬에 못 이겨 出仕
    한 후 劉備를 보좌하여 천하 三分之計를 제시했고, 荊州와 益州를 취하고 蜀漢을 세우는
    데 큰 공헌을 했다. 또 南蠻을 평정하고 北伐을 주도했다. 유비가 죽은 뒤, 遺詔를 받들
    어 後主인 劉禪을 보필하다가 魏나라의 司馬懿와 五丈原에서 대전중 陳中에서 죽었다.
    그가 지은 <出師表>는 名文으로 유명하다.

維165)・蔣琬166)・費禕167)・許靖168)等。 其三唐肅宗, 左右侍衛之臣, 李

---

158) 關羽(관우) : 蜀漢의 勇將. 용모가 魁偉하고 긴 수염이 났다. 張飛와 함께 劉備를 도와서
　　 공이 크며, 뒷날 荊州를 지키다가 呂蒙의 장수 馬忠에게 피살되었다. 민간에 신앙이 두
　　 터워 각처에 關王墓가 있다.

159) 張飛(장비) : 蜀漢의 勇將. 자는 翼德. 關羽와 함께 劉備를 도와 戰功을 세웠으며, 吳나
　　 라를 치고자 출병했다가 부하한테 피살되었다.

160) 趙雲(조운) : 蜀漢의 武將. 劉備가 曹操에게 쫓겨 처자를 버리고 남으로 도망할 적에 騎將
　　 이 되어 그들을 보호하여 난을 면하게 하니, 유비가 '子龍一身都是膽'이라 평했다.

161) 馬超(마초) : 蜀漢의 武將. 伏波將軍 馬援의 후예로 馬騰의 아들이다. 官渡의 전투 후에 司
　　 隸校尉 鍾繇를 도와 平陽에서 袁氏와 南匈奴의 연합군을 격파했다. 뒤에 曹操에게 대항
　　 하였고, 劉備에게 투항하였다. 유비가 成都를 함락시킬 때와 漢中의 전투에 참여하여
　　 공을 세웠다. 유비가 漢中王 때에 左將軍이 되었고, 유비가 촉한의 황제가 되었을 때에
　　 는 驃騎將軍이 되고 斄鄕侯로 봉해졌다.

162) 黃忠(황충) : 蜀漢의 武將. 본래 劉表의 부하로 中郎將을 지냈는데, 후에 劉備에게 투항했
　　 다. 더불어 유비를 도와 益州의 劉璋을 공격하기도 했다. 定軍山에서 曹操의 부하인 夏
　　 侯淵을 참수하여 征西將軍이 되었고, 그 후에 後將軍, 關內侯로 봉해졌다. 關羽, 張飛, 馬
　　 超, 趙雲과 더불어 촉한의 '五虎將軍'으로 일컬어진다.

163) 龐德(방덕) : 龐統의 오기. 방통은 劉備의 策士. 諸葛亮과 동시에 軍師中郎將이 되었다. 유
　　 비가 益州를 취할 때에 계책을 내어 큰 공을 세웠다. 雒縣을 포위 공격할 때에 불행하
　　 게 화살을 맞고 죽었다. 關內侯로 추증되었다. 방덕은 원래 馬超 휘하의 장수였으나 曹
　　 操에게 투항하여 그를 섬긴 뒤에는 신의를 지켜 절개를 굽히지 않았으며, 樊城에서 關
　　 羽와 싸우다가 사로잡혀 목숨을 잃었다.

164) 法正(법정) : 蜀漢의 謀士. 본래 劉璋의 부하였다가 劉備에게 투항했다. 뒤에 유비가 漢中
　　 을 취할 때에 曹操의 대장군 夏侯淵을 참수하는 계책을 냈다. 유비가 漢中王이 된 후에
　　 尙書令, 護軍將軍이 되었다.

165) 姜維(강유) : 蜀漢의 무장. 諸葛亮에 의해 중용되었다. 제갈량이 죽은 후에 그 유지를 받
　　 들어 북벌을 추진하여 두 차례 큰 승리를 거두었다. 뒤에 魏나라 司馬昭가 蜀漢을 공격
　　 하자 劍閣에서 방어하였다. 이때 위나라 鍾會와 鄧艾가 본격적으로 成都의 劉禪이 항복
　　 하게 되었고, 강유도 항복하게 되었다. 그러나 강유는 종회에게 귀순하여 그를 추켜세
　　 우며 劉禪이 항복한 후에도 蜀漢의 중흥을 시도하지만 실패 후 위나라 군에게 피살되
　　 었다.

166) 蔣琬(장완) : 蜀漢의 臣僚. 유비가 익주를 차지했을 때 형주서좌로 있었으며 광도현을 다
　　 스리는 임무를 맡았지만 술만 마시고 방탕하자 劉備가 격노하여 장완을 죽이려고 하였
　　 다. 하지만 諸葛亮이 장완의 재능을 인정하여 가벼운 처벌만 받게 하였다. 이후 제갈량
　　 의 정책을 도와 남반정벌에 종군하였고 제갈량이 북방정벌을 나설 때 후방을 지키는
　　 역할을 맡아 물자를 공급했다. 제갈량이 사망하자 유언에 따라 후임이 되어 大司馬에
　　 올랐다.

167) 費禕(비위) : 蜀漢의 文臣. 諸葛亮에게 크게 신임을 받았으며, 後主 때 黃門侍郎을 거쳐 尙
　　 書令이 되었다.

168) 許靖(허정) : 蜀漢의 정치가. 董卓을 제거하려는 모의가 발각되어 揚州로 피신하였다가

珌[169] · 郭子儀[170] · 李光弼[171] · 雷萬春 · 南齊雲[172] · 張巡[173] · 許遠[174]等.
其四宋高宗, 前後侍衛之臣, 岳飛[175] · 張浚[176] · 趙鼎[177] · 眞德秀[178] · 韓世

劉備에게 귀의하여 廣漢太守가 되었다. 유비가 漢中王에 오를 당시 鎭軍將軍을 맡았다가
그 뒤에는 太傅로 봉해졌다.

169) 李珌(이필) : 李泌의 오기. 唐나라의 名臣. 嵩山에서 施政方略에 대해 上書하여 玄宗에게
인정을 받아 待詔翰林이 되었으나, 楊國忠의 시기로 인해 은거했다. 安祿山의 난 때 肅宗
의 부름을 받고 군사에 관한 자문을 하였으나 또 다시 李輔國 등의 무고로 衡嶽으로 은
거해야 했다. 代宗이 즉위한 뒤에 翰林學士가 되었지만 또 다시 元載, 常袞의 배척을 받
아 外官으로 나갔다가 뒤에 宰相이 되었고, 鄴縣候에 봉해졌다.

170) 郭子儀(곽자의) : 唐나라의 名將. 별명은 郭令公, 郭汾陽이다. 玄宗 때에 朔方節度右兵馬使
가 되어 安祿山의 난이 일어나자 토벌에 활약하여 河北의 10여 군을 탈환하고 도읍 洛
陽과 長安을 회복하였다. 두 수도를 수복한 후 조정에 들어오니, 당 숙종은 "비록 나의
국가이지만, 실은 卿이 다시 만들었다."고 한다. 또 代宗 때에 回紇과 손잡고 吐蕃을 정
벌하고 장안을 회복하니 代國公에 봉해진다. 벼슬이 太尉 中書令에 이르고, 汾陽郡王에
봉해졌다.

171) 李光弼(이광필) : 唐나라 肅宗 때의 節度使. 郭子儀의 추천으로 河東節度副使가 되었고, 安
祿山과 史思明의 亂을 평정하고 代宗 때에 臨淮郡王에 봉함을 받았다.

172) 南齊雲(남제운) : 南霽雲의 오기. 唐나라의 충신. 騎射에 능했다. 安祿山의 亂 때 張巡을
따라 睢陽을 수비하다가 성이 함락되자 함께 잡혀 절개를 굽히지 않고 죽었다. 이때 적
장 尹子奇의 눈을 화살로 맞추었다고 한다.

173) 張巡(장순) : 唐나라의 충신. 安祿山이 반란을 일으키자 그는 眞源縣令으로서 상관의 항
복 명령을 거부하고 義兵을 일으켜 전공을 세웠으나, 許遠과 함께 江淮의 睢陽城을 수
비하다가 戰死하였다.

174) 許遠(허원) : 唐나라의 충신. 敬宗의 曾孫. 安祿山의 난이 일어나자 玄宗이 睢陽太守 겸 防
禦使로 불렀다. 張巡의 병력과 합세하여 안록산의 난을 방어했으나 수개월 동안 포위되
어 식량이 다 떨어져 성이 함락되자 張巡과 함께 전사했다.

175) 岳蜚(악비) : 南宋의 충신. 金軍을 격파하여 벼슬이 太尉에 이르렀다. 당시 조정에 금나
라와의 和議가 일어나 이에 반대하다가 秦檜의 참소를 당하여 옥중에서 살해당했다. 孝
宗 때 鄂王에 봉하고 諡號를 武穆이라 하였다가 뒤에 忠武로 고쳤다.

176) 張浚(장준) : 南宋의 大臣. 金軍이 남침하자 吳門에서 軍馬를 관리했다. 苗劉의 變 때 呂頤
浩, 韓世忠 등과 약속하여 復辟에 공을 세워 知樞密院事에 올랐다. 尙書右僕射 등을 지냈
다. 주전론을 내세워 秦檜가 권력을 잡자 20여 년 동안 배척당했다.

177) 趙鼎(조정) : 南宋 초기의 賢臣. 高宗 때 右司諫과 殿中侍御史를 지내면서 전투하고 수비
하며 도피하는 세 가지 대책을 진술하고 御使中丞이 되었다. 張俊과 함께 부흥을 꾀했
으나 후에 秦檜의 화의에 반대하여 潮州로 貶謫되어 안치되었다가 吉陽軍으로 옮겨져
곡기를 끊고 죽었다.

178) 眞德秀(진덕수) : 南宋의 經學者. 慶元 때의 進士로서 벼슬이 參知政事에 이르렀으며 강직
하기로 유명했다. 朱子學派의 학자로서 학자들이 西山先生이라 일컬으며 저서에 ≪大學
衍義≫, ≪讀書記≫, ≪文章正宗≫, ≪西山甲乙稿≫, ≪西山文集≫ 등이 있다.

忠[179]。人似猛虎, 馬如毒龍。直入法堂, 舒禮伸情, 畢去東樓, 坐定。

張良出班奏曰："群臣雜錯, 未有班行[180], 願使將相, 忠智勇略[181]者, 分列五行, 則雍容周旋[182], 庶有次第之緝貌矣。" 座中皆曰："至哉言乎!" 卽令樊噲持五丈旗幟, 樹南樓上, 三鼓三呼曰："抱將相之才者, 皆出紅旗下, 佩將才者, 皆去黑旗下, 懷忠義之士, 皆趨黃旗下, 有勇力之士者, 皆趨白旗下, 蘊智謀之人, 皆就靑旗下[183]。" 衆人相顧無語, 終不出來。又鼓又呼曰："皇命不可違緩, 奉擧速行。" 魏徵趨出曰："古今將相, 雖有將相之才, 使其自薦者, 非禮待臣也。可擇公平正直之士, 以褒貶[184]衆臣之優劣, 可也。"

漢皇曰："誰當此任也?" 對曰："知臣莫如主, 況聖主之盛宴乎?" 漢皇顧謂三帝曰："此言有理, 各薦能任之人。" 唐皇曰："寡人之心, 蕭何宜當。" 宋皇曰："寡人心, 李靖宜當也。" 明皇曰："一智一能, 何代無之? 必有巢父[185]之隱, 伊尹[186]之賢, 伯夷[187]之節, 龍逢[188]之忠。經邦輔主如周公[189], 出將入相如太

---

179) 韓世忠(한세충)：南宋 건국초의 무장. 北宋이 망하자 사병을 거느리고 高宗에게 달려가 남쪽의 苗傅·劉正彦의 난을 평정하고 兀朮을 격파하여 자못 권세를 떨쳤으나 秦檜의 책략으로 병권을 빼앗긴 후 西湖에 은거하여 스스로 淸凉居士라 일컬었다.

180) 班行(반행)：품계나 서열에 의해 행렬을 지어 서는 것.

181) 忠智勇略(충지용략)：뒤이어 번쾌가 다섯 깃발 아래로 모이도록 하는 기준을 고려하면 장서각본처럼 忠義智勇이라야 할 듯함.

182) 雍容周旋(옹용주선)：일이 화락하고 조용하게 처리되도록 두루 힘을 씀.

183) 有勇力之士者, 皆趨白旗下, 蘊智謀之人, 皆就靑旗下：『교감본 한국한문소설 몽유록』(장효현 외 4인, 고려대학교 민족문화연구소, 2007)의 255면에 따라 보충한 것임.

184) 褒貶(포폄)：옳고 그름이나 착하고 악함을 판단하여 결정하는 것.

185) 巢父(소부)：堯임금 때의 高士. 산속에 숨어 世利를 돌아보지 않고 나무 위에 집을 지어 거기서 잤다는 데서 이른다. 요임금이 천하를 讓與하여도 받지 아니하였다.

186) 伊尹(이윤)：湯王을 보좌하여 殷나라의 건국에 공을 세운 어진 재상. 처음에 이윤이 탕왕을 만날 길이 없자 탕왕의 처인 有莘氏 집의 요리사가 된 뒤, 솥과 도마를 등에 지고 탕왕을 만나 음식으로써 천하의 도리를 비유해 설명했다는 전설이 있다.

187) 伯夷(백이)：殷나라 孤竹君의 아들. 武王이 은나라를 치자 이를 간하였으며, 무왕이 천하를 손안에 넣으매 아우인 叔齊와 함께 周나라의 곡식 먹기를 부끄러이 여겨 首陽山으로 도망가서 采薇하고 살다가 마침내 굶어 죽었다.

188) 龍逢(용방)：夏나라의 賢臣 關龍逢. 桀王을 간하다가 피살되었다.

189) 周公(주공)：周나라 文王의 아들이자 武王의 아우로, 이름은 旦이고 시호는 元. 문왕과 무왕을 도와 紂를 치고, 成王을 도와 왕실의 기초를 세우고 제도와 예악을 정하여, 주나라의 문화 발전에 이바지한 바가 크다.

公190)者, 方可爲此任也。 前聞, 西蜀諸葛亮, 胸藏經天緯地191)之才, 腹隱安邦

定國192)之謀, 倘非此人, 不可任也." 趙普諫曰:"雖是三代上人物, 未有統一之

功, 不當此任也." 宋皇遽言曰:"智謀在人, 興亡在天, 必如卿言, 子思193)·孟

子194)還不如蘇秦195)·張儀196)乎? 孔明197)道號臥龍, 高臥南陽198), 抱膝長嘯,

身將少微199), 心如浮雲, 苟全姓名, 不求聞達, 許由200)之儔, 水鏡201)之友也。

及出草廬之時, 兵不滿千, 將不有十, 博望202)燒屯, 白河203)用水, 使曹孟德204),

---

190) 太公(태공) : 周初의 賢臣 呂尙을 이름. 文王과 武王을 도와 殷나라를 치고 周나라를 세운
   공으로 齊나라에 봉해졌다. 무왕은 그를 높여 師尙父라 했다. 도읍을 榮丘에 두었는데,
   제나라의 시조가 되었다. 兵書 ≪六韜≫는 그가 지은 것이라고 전한다.

191) 經天緯地(경천위지) : 온 천하를 경륜하여 다스림.

192) 安邦定國(안방정국) : 국가를 안정시키고 공고하게 함.

193) 子思(자사) : 魯나라 학자. 공자의 손자이며, 평생을 고향인 노나라에서 살면서 曾子에
   게서 학문을 배워 儒學 연구와 전승에 힘썼다. 맹자는 그의 제자이다. 四書의 하나인
   ≪중용≫을 저술하여 天人合一의 사상을 주장했다.

194) 孟子(맹자) : 孔子의 손자인 子思의 門人으로서 학문을 닦았다. 학문을 대성한 뒤 齊, 梁
   등, 宋의 諸侯를 유세하면서 왕도의 이상을 실현하려고 힘썼으며, 齊의 稷下의 여러 학
   자와 논쟁했다. 만년에는 제자 교육에 힘썼다. 성선설을 주장했으며, 孔子의 孝悌를 확
   장하여 父子, 君臣, 夫婦, 長幼, 朋友의 오륜으로 발전시켰다.

195) 蘇秦(소진) : 전국시대 鬼谷子의 제자. 秦나라에게 대항하기 위해 六國合縱을 주장하여
   진나라로 하여금 15년 동안 函谷關에서 나오지 못하게 만들었다.

196) 張儀(장의) : 전국시대 魏나라의 謀士. 蘇秦과 함께 鬼谷子를 사사하면서 縱橫術을 배웠
   다. 연횡책을 주창하면서, 魏·趙·韓나라 등 동서로 잇닿은 6국을 설득, 진나라를 중
   심으로 하는 동맹관계를 맺게 하였다.

197) 孔明(공명) : 蜀漢의 諸葛亮의 자. 최고의 전략가로 劉備의 三顧草廬에 감격, 그를 도와
   吳와 연합하여 曹操의 魏 군사를 대파하고 巴蜀을 얻어 蜀漢國을 세웠다. 유비 死後 武
   鄕候로서 남방의 蠻族을 평정하고, 魏나라 司馬懿와의 대전 중 病死하였다.

198) 南陽(남양) : 중국의 河南省에 있음. 漢水의 지류 白河에 연해 옛날부터 교통의 요지이다.

199) 少微(소미) : 少微星. 處士를 일컫는데, 즉 벼슬에 나아가지 않고 은거하는 덕망이 높은
   선비를 뜻한다. 이 별이 빛나면 처사가 세상에 나오고 빛을 잃으면 처사가 죽는다고
   한다.

200) 許由(허유) : 堯임금이 천하를 그에게 讓與하려 했으나, 거절하고 箕山으로 숨은 高士.

201) 水鏡(수경) : 거울같이 사물을 거짓 없이 그대로 비친다는 뜻. 後漢의 司馬徽가 인물을
   잘 알아보므로 사람들이 水鏡先生이라 불렀다고 한다. 後漢 말기의 隱士이자 학자이다.
   龐德公, 黃承彦, 徐庶, 崔州平, 石廣元, 孟公威, 諸葛亮 등과 친밀하게 교유했다. 劉備가 그
   를 방문했을 때에 천하대사를 묻자 그는 제갈량과 龐統을 추천해 주었다.

202) 博望(박망) : 博望坡. <三國志演義>에 제갈량이 隆中에서 나와 劉備의 군사가 된 후 博望
   坡에서 曹操의 군사를 火攻으로 무찔렀다는 이야기가 나오는데, 이를 인용한 것이지만

肝膽幾裂。曾無立錐之地[205], 而以成鼎峙之勢[206], 六出祈山[207], 仲達[208]褫魄, 七擒孟獲[209], 南人服心[210]。昊天不佑, 五丈[211]星殞, 不可以勝敗論英雄也, 以匿瑕[212], 棄白玉乎?"

卽命孔明出來, 其人風度絶倫, 擧止蕭洒。目下傲視古今英雄, 胸中暗抱天地造化之才, 飄然若神仙也。帝曰 : "未有諸國群臣之班列, 卿褒貶高下, 分定次第." 孔明辭謝曰 : "以臣之庸才, 何敢當如此重大之任也? 不敢奉命." 帝曰 : "卿其勿辭, 斯速行公[213]." 孔明屢次拜謝, 帝終不聽, 孔明謝恩畢, 欲定坐次之際, 忽報曰 : "秦始皇[214]・晉武帝[215]・隋文帝[216]・楚覇王[217]之檄書, 至矣."

실제가 아니라 허구이다.

203) 白河(백하) : 중국 河南省 南陽의 新野에 있는 강 이름.

204) 孟德(맹덕) : 後漢 曹操의 자. 권모술수에 능하고 詩文에 뛰어난 武將으로, 黃巾의 난을 평정하고 獻帝를 옹립하여 실권을 쥐고 華北을 통일하였다. 赤壁싸움에서 孫權・劉備 연합군에게 크게 패하여, 중국 천하는 3분되었다. 獻帝 때 魏王으로 봉함을 받았다. 그의 아들 조가 제위에 올라 武帝라 追尊하였다.

205) 立錐之地(입추지지) : 송곳 하나 세울 만한 아주 좁은 땅.

206) 鼎峙之勢(정치지세) : 세 세력이 솥발과 같이 벌여선 형세.(鼎峙足之勢)

207) 祈山(기산) : 祁山의 오기. 祁山은 甘肅城 西和縣의 東北에 있는 산으로, 諸葛亮이 魏나라 司馬懿를 치기 위해 여섯 번이나 갔다고 하는 산. 제갈량이 여섯 번째 기산으로 나아가 사마의 3부자와 위나라 군사를 上方谷이라는 골짜기로 유인하여 지뢰와 화공으로 몰살시키려 할 즈음 홀연 소나기가 동이로 붓듯 하자, 제갈량이 謀事는 在人이요 成事는 在天이로구나 하며 탄식했다는 고사가 있다.

208) 仲達(중달) : 三國時代의 魏나라 名將 司馬懿의 字. 曹操를 비롯한 4대를 보필하면서 책략이 뛰어나 蜀漢 諸葛亮의 군사를 막았으며, 文帝 때 승상에 올라 孫子 司馬炎이 제위를 찬탈할 기초를 닦았다.

209) 七擒孟獲(칠금맹획) : 七縱七擒. 제갈량이 맹획을 일곱 번 놓아주고 일곱 번 사로잡았다는 데서 유래된 고사로, 상대방을 마음대로 다룬다는 뜻. 孟獲은 南蠻의 왕으로 劉備가 죽은 뒤 雍闓와 함께 촉나라에 반기를 들었다가 諸葛亮이 南征하자 일곱 번 붙잡혔다가 일곱 번 풀려난 뒤 항복하여 心腹이 되었다. 정사 ≪삼국지≫에는 나오지 않는 허구일 뿐이라고 한다.

210) 服心(복심) : 心服. 마음으로 굴복시킴.

211) 五丈(오장) : 蜀漢의 諸葛亮이 魏나라 司馬懿와 대전하여 戰歿한 古戰場.(五丈原)

212) 匿瑕(익하) : 아름다운 玉에도 티가 있음.(瑾瑜匿瑕) 어질고 덕이 있는 사람이라도 과실이 없는 법은 없으므로 그 과실을 허용한다는 뜻이다.

213) 行公(행공) : 공무를 집행하다는 뜻이나, 여기서는 '소임을 맡다'는 의미임.

214) 秦始皇(진시황) : 秦나라 제1대 황제. 莊襄王의 아들. 이름은 政. B.C 221년에 천하를 통일하였다. 郡縣制에 의한 중앙집권을 확립하고, 焚書坑儒에 의한 사상통제, 도량형・화

孔明進達于座上, 高皇顰蹙而言曰 : "此非情之類也, 却之何如?" 宋皇曰 : "去者莫追, 來者莫拒, 不如因善遇之." 孔明曰 : "臣有一計, 使始皇去東樓, 令伯王去西樓, 則自然從容矣." 帝曰 : "其計甚妙." 遂招王羲之[218], 大書于旗, 立於門外, 其榜曰 :「中興者去東樓, 伯王去西樓, 非創業之主, 不入法堂.」

頃之, 始皇來纖離馬[219], 服太阿劍[220], 建翠鳳[221]旗, 擊靈鼉之鼓[222], 號令嚴整, 威風凜凜。左李斯[223]・茅焦[224]・王剪[225], 右蒙恬[226]・章邯[227]・王

폐의 통일, 만리장성의 증축, 阿房宮의 축조 등으로 위세를 떨쳤다.

215) 晉武帝(진무제) : 司馬炎. 晉王을 세습 받았고, 수개월 후에 魏元帝 曹奐을 핍박하여 나라를 선양받고, 洛陽에 도읍을 정했다. 후에 吳를 멸하여 천하를 통일하였다.

216) 隋文帝(수문제) : 隋나라의 초대 황제. 본명은 楊堅. 581년 北周 靜帝의 帝位를 물려받아 즉위, 589년 南朝의 陳을 멸하여 천하를 통일했다. 律令・관제의 정비, 科擧의 창설 등 통일제국의 기초를 다졌다.

217) 楚覇王(초패왕) : 秦末의 項籍. 자는 羽. 陳勝과 吳廣이 거병하자 숙부 項梁과 吳中에서 병사를 일으켜 진군을 격파하고 스스로 서초패왕이라 일컫었던 인물이다. 그는 숙부 項梁이 군사를 일으키고 왕실의 후예인 熊心을 찾아 懷王으로 삼으니, 그 자신도 따르면서 회왕을 義帝로 높이기까지 하여 황제로 옹립하였다. 그러나 순간이었다. 그는 왕실의 호위부대인 卿子冠軍을 일망타진하고 의제를 시해하고 말았다. 이런 이유로 인심을 잃은 항우는 漢高祖에게 垓下에서 대패하여 죽었다.

218) 王羲之(왕희지) : 東晉의 文人이며 書家. 벼슬이 右軍將軍에 이르러 王右軍으로 불리었다. 그의 楷書・行書・草書의 삼체는 힘차고 전아하여 일찍부터 書聖으로 추앙되었다. 雄勁하게 귀족적인 서체로 완성하여 고금에 으뜸이었다.

219) 纖離馬(섬리마) : 옛날 준마의 이름. ≪荀子≫<性惡>에 "驊騮, 騹驥, 纖離, 綠耳는 모두 좋은 말이다.(驊騮・騹驥・纖離・綠耳, 此皆古之良馬也.)"라고 하였다.

220) 太阿劍(태아검) : 옛날 寶劍의 이름. 춘추시대 歐冶子와 干將이 만들었다고 한다.

221) 翠鳳(취봉) : 물총새와 봉황. 천자의 기를 꾸미는 장식.

222) 靈鼉之鼓(영타지고) : 악어가죽으로 메운 훌륭한 북. 纖離馬~靈鼉之鼓는 李斯의 <諫逐客書>에서 인용되었다.

223) 李斯(이사) : 秦나라의 정치가. 韓非子와 함께 荀子의 문하로, 法家思想에 의한 중앙집권 정치를 주장하였다. 始皇帝의 丞相으로서 郡縣制의 설치, 문자・도량형의 통일 등, 통일제국의 확립에 공헌하였다. 시황제의 사후, 2世 황제를 옹립하고 권력을 발휘했으나 趙高의 참소로 실각하여 처형되었다.

224) 茅焦(모초) : 秦始皇이 태후를 雍땅에 폐하려고 하자 죽음을 각오하고 힘써 諫함. 그는 '임금의 잘못을 신하가 말리지 않는 것도 죄이고, 신하의 충언을 임금이 따르지 않는 것도 잘못'이라고 설득했다.

225) 王剪(왕전) : 王翦으로도 표기됨. 秦始皇을 도와 趙・燕・薊 등 6국을 평정한 명장. 아들인 王賁과 함께 始皇帝의 천하통일에 크게 기여하였으며, 白起, 廉頗, 李牧 등과 함께 전국시대 4대 명장으로 꼽힌다. 王翦이 큰 공을 세워 武成侯로 봉해진데다 그의 아들인

貢228)。晉武帝乘黃金輿，執白玉珪，飄紅羅傘盖，鳴畵彩鼙鼓229)，衣冠玲瓏，光輝燦爛。左張華230)，衛瓘231)・山濤232)・王濬233)，右鄧艾234)・鍾會235)・

王賁도 魏, 燕, 齊 지역의 합병에 큰 공을 세워, 이들 父子는 蒙武, 蒙恬 부자와 함께 시황제의 천하통일에 가장 큰 軍功을 세운 인물들로 꼽힌다. 손자인 王離도 秦의 武將으로 활약했지만, 鉅鹿 전투에서 項羽에게 패하여 사로잡혔다.

226) 蒙恬(몽염) : 秦나라 때의 장군. 군사 30만을 거느리고 나아가서 匈奴를 무찌르고 長城을 쌓았다. 북쪽 변경 上郡에 병사를 주둔시키고 경비하는 총사령관으로 있자, 흉노가 두려워 얼씬도 하지 못했다. 그 후에 진시황이 죽자 趙高와 승상 李斯가 짜고 胡亥를 황제로 내세우고, 몽염 형제에게 사약을 내려 죽였다.

227) 章邯(장한) : 秦나라의 名將. 陳勝과 吳廣이 일으킨 농민 반란을 진압하는데 큰 공을 세웠지만, 환관 趙高의 박해를 받고 楚나라의 項羽에게 항복하여 雍王으로 봉함을 받았다가 후에 漢나라의 장군 韓信에게 패하여 피살되었다.

228) 王賁(왕분) : 秦나라의 名將. 王翦의 아들이며, 아버지와 함께 始皇帝의 천하통일에 큰 공을 세웠다.

229) 鼙鼓(비고) : 기병이 말 위에서 적이 쳐들어올 때 신호로 치는 북.

230) 張華(장화) : 晉 武帝의 博物君子. 어려서 고아로 빈한하게 성장했으나 성품이 강직했다. 일찍이 <鷦鷯賦>를 지은 것을 阮籍이 보고 칭찬함으로써 세상에 알려지게 되었다. 王濬과 杜預가 吳나라를 쳐야 한다는 글을 武帝에게 올렸을 때, 무제와 바둑을 두고 있던 장화가 바둑판을 치우고 吳나라를 멸할 계책을 진언하여 오나라를 평정하고 난 후 廣武縣侯에 봉해졌다. 후에 越王 司馬倫과 孫秀에 의해 살해되었다. 다방면의 학식을 쌓아 讖緯・方術 등에도 밝았으며, 陸機・陸云・束晳・陳壽・左思 등을 힘써 발탁했다.

231) 衛瓘(위관) : 西晉의 대신. 젊어서부터 벼슬에 나아가 魏나라 말에 尙書郎을 지내다가 廷尉卿에 올라 鄧艾와 鍾會의 군대를 몰아 촉나라를 정벌했다. 촉나라가 멸망하고 종회가 촉에서 반란을 일으키자 이를 토벌했고, 등애를 살해했다. 서진에 들어 司空에 올랐다. 武帝가 그의 아들 衛宣에게 繁昌公主를 시집보냈다. 내외직을 두루 거쳐 尙書令과 太保의 벼슬에 올랐다. 惠帝가 즉위하자 元康 원년 汝南王 司馬亮이 정치를 보좌했는데 賈后에게 살해당했다.

232) 山濤(산도) : 西晉의 학자・정치가. 竹林七賢의 한 사람. 司馬師가 집정한 후에 郎中, 尙書吏部郎이 되었다. 司馬炎이 서진의 황제가 되었을 때에 大鴻臚, 侍中, 吏部尙書, 太子少傅 등을 역임했다. 뒤에 여러 차례 관직을 거절하고 은거하였다.

233) 王濬(왕준) : 西晉의 征東將軍. 생각이 개방적이고 큰 뜻을 품어 羊祜의 인정을 받았다. 巴郡太守에 오르고, 두 번 益州刺史를 지냈다. 중론을 물리치고 吳나라를 멸망시킬 것을 주장하여 龍讓將軍으로 황명을 받들어 오나라를 침공했다. 오나라 사람들이 설치해 놓은, 강을 횡단하는 쇠사슬을 불태워 끊은 뒤 바로 建康을 탈취하니, 오나라의 군주 孫皓가 항복했다.

234) 鄧艾(등애) : 魏나라 名將. 司馬懿의 인정을 받아 尙書郎이 되고, 鎭西將軍으로서 鍾會와 더불어 蜀漢을 공격하여 成都를 함락시키고 촉한을 멸하는데 지대한 공을 세웠다. 후에 종회의 모함과 司馬昭의 시기로 인하여 압송되고, 최후에는 아들인 鄧忠과 함께 武將 田續에게 살해당했다.

235) 鍾會(종회) : 魏나라 名將. 鍾繇의 막내아들. 司馬師가 毌丘儉과 文欽의 반란을 토벌할 당

羊祜[236)]·杜預[237)]。隋文帝乘白玉輦，頂紫金冠，旌旗紛紜，劍戟羅列，氣像凜凜，文彩彬彬。左王通[238)]·蘇威[239)]·高熲[240)]，右李澡[241)]·韓擒虎[242)]·賀

시 참모로 참가하여 기밀 사무를 담당하였고 사마사가 죽은 후에는 司馬昭를 섬기며 작전 짜는 일을 담당하였고 鎭西將軍으로 임명되었다. 鄧艾, 諸葛緖와 함께 蜀을 점령하기 위해 출진하여 공을 세웠다. 그러나 등애를 모함하여 가둔 다음 촉나라에서 반란을 일으켰다가 胡烈 등 부하 장수들에 의하여 죽임을 당했다.

236) 羊祜(양우) : 羊祜의 오기. 西晉의 전략가. 여동생 羊徽瑜는 당대 최고 실력자인 西晉 司馬師의 아내였고, 외할아버지는 당대의 명사이자 대학자였던 蔡邕이었다. 魏나라 말엽에 相國의 從事官이 되어 荀彧과 같이 나라의 기밀에 관한 일을 관장하였고, 晉나라가 들어서자 鉅平侯에 봉해지고 都督荊州諸軍事로 10년간 나가는 등 위·진 두 왕조를 거치면서 중서시랑·급사중·황문랑·비서감·중령군·위장군·거기장군 등과 같은 요직을 두루 거쳤다. 그는 당시 정세를 면밀하게 분석한 끝에 오나라를 정벌하고 중국을 통일하는 원대한 방략을 제시했다. 그의 방략은 삼국시대를 종결짓는 커다란 그림을 그리는데 초점이 모아져 있었다. 그러나 반대파에 의해 좌절되었고, 그는 자신의 계획이 실천되는 것을 보지 못한 채 세상을 떠났다. 하지만 그가 죽은 지 2년 뒤, 진은 오나라를 평정했다. 그리하여 晉武帝에 의해 시중·태부로 추증되었다.

237) 杜預(두예) : 西晋의 정치가이자 학자. 司馬氏가 魏 왕조를 찬탈하여 나라를 세우자 부친은 이에 반대하여 유배형을 받았다. 두예는 司馬師의 누이동생과 결혼하여 주요 요직을 역임하였다. 河南尹·秦州刺史 등을 역임하고 鎭南大將軍이 되었다. 유일하게 삼국시대의 명맥을 유지하고 있던 吳나라를 공격하여 평정하였으며 뛰어난 군사전략가로서 실력을 발휘하였다. 그 공으로 武帝 司馬炎의 신임을 받았으며 형주를 총괄하는 직위에 봉해졌다. 4년간의 임기를 마치고 수도 낙양으로 돌아오다 사망하였다. ≪春秋左氏經傳集解≫를 지었다.

238) 王通(왕통) : 隋나라 사상가. 唐나라 王勃의 조부이다. 어렸을 때부터 명철하였고, 배우기를 좋아하여 널리 書詩易禮를 익히고 儒家를 講學하였다. 文帝에게 太平十二策을 올렸으나 채택되지 않았는데, 煬帝로부터는 부름을 받았으나 응하지 않은 채 河汾에 거쳐하며 후진들을 가르칠 뿐이었다. 문하에서는 당나라의 명신 魏徵·房玄齡 등이 배출되었다.

239) 蘇威(소위) : 隋나라 宰相. 周에서 처음 벼슬을 시작하여 隋文帝 때는 太子少保가 되었고, 煬帝 때는 尙書右僕寺를 지냈다.

240) 高熲(고경) : 隋나라 宰相. 楊堅이 北周의 대승상으로 있을 때 상부사록이 되었고, 尉遲迥의 반란이 일어나자 평장사가 되어 반란을 평정하였다. 양견이 隋나라를 세우자, 고경은 개국 1등공신과 함께 조정의 가장 높은 벼슬인 상서좌복야 겸 납언을 맡았다. 煬帝 楊廣이 진나라를 치러 출병하자, 원수장사로 출병하여 진을 무너뜨리고 천하통일을 달성하였다.

241) 李澡(이조) : 李諤의 오기. 隋文帝 때의 문장가. 比部와 考功의 二曹侍郎을 지냈고, 南和伯에 봉해졌다. 治書侍御史가 되었고 通州刺史로 나아갔다.

242) 韓擒虎(한금호) : 隋나라 장수. 용모가 웅장하고 어려서부터 강개해서 膽略으로 일컬어졌다. 성품이 책을 좋아해서 經史百家의 큰 뜻을 통달했다. 隋文帝가 강남을 병탄하고자 할 때, 그의 文武 재주를 아껴 특별히 廬州總管으로 삼아 陳나라 평정하는 임무를 맡겼다. 이에 先鋒이 되어 정병 오백을 거느려 바로 金陵을 취하고 陳後主를 사로잡아 돌아

若弼[243]）。

　始皇卽入法堂, 孔明拒前諫曰：“是創業之宴, 非創業之主, 不入法堂.” 始皇
怒曰：“寡人幷呑[244]）八荒, 威振四海, 何不鴻業乎?” 孔明曰：“前聞, 陛下蒙古
業, 引遺策[245]）, 呑二周, 滅六國, 功業雖大, 以四理[246]）論之, 則當爲中興, 小臣
何敢拒乎?” 李斯曰：“孔明之言, 是矣! 殿下功歸先生[247]）, 自處中興.” 始皇隱
忍, 而去東樓。

　項羽坐下烏騅[248]）, 手中鐵鞭, 勇略掀天, 壯氣貫日。忽然而來, 左范增[249]）·
鍾離昧[250]）·龍且[251]）, 右周蘭[252]）·桓楚[253]）·項莊[254]）。問曰：“主宴者是誰?”

왔다.
243）賀若弼(하약필)：隋나라 文帝 때 장수. 양자강을 건너가 陳나라를 쳐서 천하를 통일하
　　였다.
244）幷呑(병탄)：남의 재물이나 영토를 한데 아울러서 제 것으로 만드는 것.
245）引遺策(인유책)：因遺策의 오기. 유책은 前人이 남긴 계책을 일컫는 것으로, 商鞅의 新法
　　을 말한다.
246）四理(사리)：事理의 오기.
247）先生(선생)：先王의 오기.
248）烏騅(오추)：검은 털에 흰 털이 섞인 말.(烏騅馬) 項羽가 탔다는 駿馬이다.
249）范增(범증)：楚나라 책사. 楚나라의 項羽를 따라 奇計로써 전공을 세웠다. 鴻門의 宴에서
　　劉邦을 죽이려고 하였으나 뜻을 이루지 못하고, 후에 항우에게 의심을 받아 彭城으로
　　도피하였으나 그곳에서 병을 얻어 죽었다.
250）鍾離昧(종리매)：項羽 휘하의 대장군. 지략과 병법에 뛰어나 劉邦에게 큰 상처를 입혔다.
　　마지막까지 항우의 곁을 지켰고 항우가 죽자 楚王 韓信에게 의탁하였다가 사망하였다.
251）龍且(용저)：西楚霸王 項羽의 猛將. 본래 桓楚의 부하였으나, 항우에게 투항하여 그의 부
　　장이 되어 진나라와 전쟁에서 3만의 군대로 20만 대군을 대파하는 등 맹활약을 하였
　　으며, 楚漢 전쟁 중에는 九江省을 공략하여 黥布를 대파하기도 하였다. 한나라의 韓信에
　　게 공격을 받고 있던 제나라에 20만 대군 지원병으로 가다가 한신의 水攻에 걸려 지원
　　군 대부분이 수장당하고 한나라 맹장 曹參에게 죽임을 당했다.
252）周蘭(주란)：周蘭의 오기. 西楚의 장수. 項羽가 봉기했을 때부터 함께 했다. 나중에 항우
　　가 패퇴하였을 때 다른 장수들은 모두 항우 곁을 떠났지만 주란과 桓楚만이 끝까지 남
　　아 항우를 보좌하였다. 항우가 烏江으로 가는 것을 보고 자결했다.
253）桓楚(환초)：西楚의 장수. 원래 산적패였지만 龍且와 함께 項梁에게 투항하였다. 주로
　　용저와 함께 활동하며 項羽가 關中을 평정하는데 일조하였으며, 훗날 항우가 垓下에서
　　대패하고 烏江에서 자결할 때까지 함께 하였다.
254）項莊(항장)：楚나라 사람으로 秦나라 말기의 武將. 西楚霸王 項羽의 사촌동생. 진나라가
　　망한 뒤 鴻門宴에서 范增이 劉邦을 죽이라고 명령하자 劍舞를 추면서 죽이려고 했다.
　　그러나 項伯이 함께 춤을 추면서 몸으로 막아 유방이 달아나도록 도왔다.

孔明對曰︰"漢皇爲唐宋明三創業之主, 設太平宴也。不意大王來臨, 是所幸也." 項王仰天歎曰︰"天地飜覆, 日月盈虧, 豈知劉季[255])反爲主人, 項羽空爲客子乎?" 直向法堂, 孔明當前曰︰"大王未有創業之功, 不得參與此席矣." 項王大怒曰︰"吾觀劉季如嬰兒耳, 當時豪傑, 見吾之威風, 縮經[256])鼠竄, 後世英雄, 聞吾之名聲, 身戰膽寒, 誰敢拒乎?" 孔明顧謂范增曰︰"齊桓公[257])曾盟於蔡丘[258]), 一有變色, 叛者九國[259]), 屈於一人之下, 伸於萬乘[260]之上者, 湯武[261]是也[262])。以血氣之斷衆人之是非, 窃爲大王不取也." 項王默然良久曰︰"寧爲鷄口, 無爲牛後, 吾爲西樓之主人, 更設鴻門宴[263])也." 去西樓坐定。

---

255) 劉季(유계)︰漢高祖 劉邦의 자.
256) 縮經(축경)︰縮頸의 오기.
257) 桓公(환공)︰齊나라 군주. 鮑叔牙의 진언으로 공자 糾의 신하였던 管仲을 재상으로 기용한 뒤 제후와 종종 會盟하여 신뢰를 얻었으며, 특히 葵丘의 회맹을 계기로 霸者의 자리를 확고히 하여 春秋五霸의 한 사람이 되었다. 만년에 관중의 유언을 무시하고 예전에 추방했던 신하를 재등용하여 그들에게 권력을 빼앗김으로써 그가 죽은 후 내란이 일어났다.
258) 蔡丘(채구)︰葵丘의 오기.
259) 齊桓公曾盟於蔡丘, 一有變色, 叛者九國(제환공회맹어채구, 일유변색, 반자구국)︰≪春秋公羊傳≫<僖公>의 "葵丘之會, 桓公震而矜之, 叛者九國. 震之者何?"와 顔眞卿이 쓴 <爭座衛稿>의 "제나라 환공의 성업으로 근왕을 편언하면 여러 차례 제후들을 규합하여 천하를 통일하였으나, 규구의 회합에 교만한 태도가 있다 하여 반란을 일으킨 것이 9개 나라나 되었다.(以齊桓公盛業, 片言勤王, 則九合諸侯, 一匡天下, 葵丘之會, 微有振矜, 而叛者九國.)"는 구절이 참고가 됨.
260) 萬乘(만승)︰만대의 兵車라는 뜻으로, 천자 또는 천자의 자리를 이르는 말. 중국 주나라 때에 천자가 병거 일만 채를 直隷 지방에서 출동시켰던 데서 유래한다.
261) 湯武(탕무)︰殷나라 탕왕과 周나라 무왕. 탕왕은 夏나라 桀王의 신하였다가 폭군 걸왕을 내쫓고 殷나라 세웠으며, 무왕도 은나라 紂王의 신하였다가 폭군 주왕을 내쫓고 周나라를 세웠다.
262) 屈於一人之下, 伸於萬乘之上者, 湯武是也(굴어일인지하, 신어만승지상자, 탕무시야)︰東晋의 常璩가 편찬한 ≪華陽國志≫의 "능히 한 사람 아래에 굴복하여 만승의 윗자리에서 펼 수 있는 사람은 탕왕과 무왕이 그러했다. 원컨대 대왕이 한중의 왕이 되어 그 백성을 기름으로써 현인을 오게 하고 파촉을 수용하여 삼진을 돌이켜 평정하면 천하를 가히 도모할 것이다.(大能屈於一人之下, 則伸於萬乘之上者, 湯·武是也. 願大王王漢中, 撫其民以致賢人. 收用巴蜀, 還定三秦, 天下可圖也.)"에서 인용됨. 항우가 천하를 나누며 한나라를 고립시키자 漢王 劉邦이 항우를 공격하려 할 때 周勃, 灌嬰, 樊噲 등이 동조했지만, 蕭何는 이와 같이 말하며 만류하였다고 한다.
263) 鴻門宴(홍문연)︰鴻門之會. 陝西省 臨潼縣의 鴻門에서 漢高祖 劉邦과 楚王 項羽가 베푼 잔

孔明右手擔²⁶⁴⁾羽扇, 左手執象笏, 立于中央曰 : "此中或有亂國悖逆者, 皆去." 王莽²⁶⁵⁾董卓²⁶⁶⁾輩, 去者十數人。孔明仰天誓曰 : "孔明不才無識, 奉皇命, 分列英雄優劣, 或有一分之私嫌, 則皇天后土, 共所明鑑."

如此之際, 忽一人報曰 : "漢武帝²⁶⁷⁾有報讎之功, 唐憲宗²⁶⁸⁾有湖西²⁶⁹⁾之功, 晉元帝²⁷⁰⁾有江左之業, 宋神宗²⁷¹⁾有三代之風, 願參此宴." 又有群臣, 在門外無數, 大呼曰 : "攻城畧地, 號令天下者, 何不預席乎?" 是陳勝²⁷²⁾・曹操²⁷³⁾・袁

치. 항우가 范增의 권유로 유방을 죽이고자 하였으나 張良이 計策을 잘 써서 劉邦이 樊噲를 데리고 무사히 도망한 역사상 유명한 會合이다.

264) 擔(담) : 搖의 오기인 듯.

265) 王莽(왕망) : 前漢 말기의 정치가. 스스로 옹립한 平帝를 독살하고 제위를 빼앗아 국호를 新으로 명명했다. 한나라 劉秀에게 피살되어 멸망했다.

266) 董卓(동탁) : 後漢의 정치가. 靈帝가 죽자 병사를 이끌고 入朝하여 小帝를 폐하고 獻帝를 옹립하면서 정권을 잡았다. 袁紹 등이 기병하여 동탁을 토벌하려 하자, 헌제를 끼고 長安으로 천도하여 스스로 太師가 되어 흉포가 날로 심했다. 司徒 王允이 몰래 동탁의 장군 呂布로 하여금 그를 살해하게 했다.

267) 漢武帝(한무제) : 前漢 제7대 임금 劉徹. 중앙집권을 강화하기 위해 지방에 刺史를 임명하여 제후들의 세력을 약화시켰고, 百家를 축출하고 儒術을 존숭했고, 널리 인재를 등용하였다. 또한 대외적으로 四夷를 정벌했는데, 특히 흉노를 격파하고 서역과의 실크로드를 확보하는 등 중국의 영토를 확대시켰다.

268) 唐憲宗(당헌종) : 당나라 제11대 황제 李純. 安史의 난 이후 藩鎭(지방군벌)의 세력이 거세어져 중앙의 위령이 미치지 않는 상태를 바로잡는데 힘쓰고, 직할 禁軍을 강화하였으며, 裵度 등 재정가를 재상으로 삼아 兩稅法에 바탕을 둔 봉건제 지향적 경제정책을 추진하는 등 당나라 중흥의 英主로 일컬어진다. 後嗣 다툼으로 환관 陳弘志 등에게 암살되었다. 특히, 그의 치세 때는 韓愈・柳宗元・白樂天 등의 문인들이 활약하였다.

269) 湖西(호서) : 淮西의 오기. 唐憲宗이 李愬를 시켜 淮西의 吳元濟를 칠 때에는 반대론이 많았으나, 그것을 물리치고 재상 裵度의 토벌론을 좇아 3년 만에 토평했다.

270) 晉元帝(진원제) : 東晉의 초대황제 司馬睿. 吳의 지방 호족과 華北에서 온 士族을 회유하여 세력 확보에 노력하였는데, 西晉의 마지막 황제인 愍帝가 끝내 이민족의 칼에 죽자 동진을 세우고 제위에 올랐다. 그의 정권은 王導를 비롯한 명족 세력에 좌우되었다.

271) 宋神宗(송신종) : 北宋의 제6대 황제 趙頊. 三代의 이상을 회복한다는 기치 아래 王安石의 新法을 채용하고, 제도・교육・과학 등을 개혁을 강력히 추진하여 부국강병책을 실시했으나, 이후 新法과 舊法을 둘러싼 전쟁이 반복되는 원인이 되었다.

272) 陳勝(진승) : 秦나라 말기의 농민 반란 지도자. 원래 신분이 비천하여 남에게 고용되어 농사에 종사했다. 진시황제가 죽은 뒤 漁陽으로 수자리를 갔을 때 屯長이었다. 蘄縣 大澤鄕에 왔을 때 폭우를 만나 정해진 기한까지 도착할 수 없을 것이 분명해져 참수형을 다하게 되자 동료 吳廣과 함께 戍卒 9백 명을 유인해 반란을 일으켜 지휘자를 살해하고, 스스로 장군이 되었다. 진나라의 학정에 시달리던 여러 군현들이 모두 호응했다.

90　금화사몽유록金華寺夢遊錄

紹274) · 孫策275) · 李密276)等。漢皇曰："勝起壟畝, 十日之內, 稱王, 操艾
夷277)大亂, 分天下有其八, 策割據江東, 虎視四海, 此三者, 可謂豪俊之士也."

陳땅에 주둔하면서 왕을 칭하고 張楚라 불렀다. 周文에게 주력군을 이끌고 서쪽으로 秦
나라를 공격하게 했지만 秦나라의 장군 章邯이 陳을 포위하자 城父로 퇴각했다가 御者
莊賈에게 살해당했다.
273) 曹操(조조) : 삼국시대 魏나라의 시조 曹操.
274) 袁紹(원소) : 後漢末의 群雄. 4대에 걸쳐 三公의 지위에 오른 명문귀족 출신으로 靈帝가
   죽자 대장군 何進의 명을 받아, 曹操와 함께 강력한 군대를 편성하였다. 董卓을 중심으
   로 환관들을 일소하려 하였으나, 사전에 계획이 누설되어 하진이 살해되었지만 독자적
   으로 환관 2,000여 명을 살해하였다. 그러나 동탁이 먼저 수도 洛陽에 들어가 獻帝를
   옹립하고 정권을 장악하였다. 동탁 토벌군의 맹주가 되었는데, 동탁이 낙양성을 소각
   하고 長安으로 천도함으로써 그는 허베이를 중심으로 강력한 세력을 구축하였다. 한편,
   曹操와는 처음에 제휴하였으나 반목하게 되었고, 조조가 許昌縣을 중심으로 세력을 확
   장하여 두 세력은 華北지역을 양분하고 서로 견제하였다. 그러나 官渡戰鬪에서 조조의
   군대에 패함으로써 형세가 기울었으며, 패전 후 병을 얻어 사망하였다.
275) 孫策(손책) : 後漢末의 武將. 吳나라 孫權의 형. 그의 아버지 孫堅의 死後 남은 병사를 몰
   고 袁術 휘하에서 수많은 공적을 세워 마침내 江東의 땅을 평정하였다. 그러나 원술이
   제위에 오르려 하자 격렬하게 비난하였다. 曹操는 이를 알고 손책과 손을 잡는 편이 이
   롭다고 판단해 그를 토역장군 吳侯에 봉하고 혼인관계를 맺었다. 조조와 袁紹가 관도
   에서 대치하고 있을 때 손책은 許都에 있는 한나라 獻帝를 맞아들이려 했으나 실행에
   옮기기 전 자객의 칼을 맞고 죽었다. 이때 나이가 26세이었다.
276) 李密(이밀) : 隋나라 말기의 무장. 4대에 걸쳐 三公의 지위에 오른 명문귀족 출신. 隋나
   라 말기 어지러운 틈을 타 그는 반란군 가운데 최강의 무력을 자랑한 瓦崗軍의 수령이
   되어 스스로 魏公을 칭했던 인물이다. 원래 와강군은 翟讓이 죄를 짓고 달아나 고향 인
   근의 와강에서 봉기한 반란군인데, 이밀이 적양을 살해하고 와강군을 장악했다. 이후
   그는 여러 차례 와강군을 이끌고 수나라 군사를 격파했다. 그러나 막대한 곡물을 저장
   하고 있는 낙양 동쪽의 洛口倉을 지나치게 중시한 나머지 이곳을 수비하는데 지나친
   공을 들였다. 곡창에 미련을 두면서 서쪽으로 關中을 점령하지 않고 사면으로 적을 막
   으면서 군사를 주둔시키고 또 견고한 성을 공격한 것은 전략상에서 가장 큰 실수였지
   만, 다만 隋煬帝를 시해한 여세를 몰아 북상하던 宇文及을 제압한 것은 높이 평가할
   만하다고 한다. 李密은 할 수 없이 잔여 군사 2만 명을 거느리고 서쪽으로 關中에 들어
   가 李淵에게 항복하였다. 얼마 안 되어 唐을 떠나 다시 일어나려다가 唐나라 장군 盛彦
   師에게 죽었다.
277) 艾夷(애이) : 芟夷의 오기인 듯. ≪통감절요≫ 권22 <後漢記 · 孝獻皇帝上>의 "제갈량이
   손권에게 유세하여 말하기를, '해내가 크게 어지러움에 장군께서는 강동에서 병사를 일
   으키고, 유예주는 한남에서 무리를 거두어 조조와 더불어 천하를 함께 다투더니, 이제
   조조가 대란을 말끔히 베어내어 대략 이미 평정하였습니다. 드디어 형주를 깨뜨림에
   위엄이 사해에 진동하니, 영웅이 무를 사용할 땅이 없어졌습니다. 그러므로 유예주가
   도망하여 여기에 이르렀으니, 원컨대 장군은 힘을 헤아려 처신하십시오. 만약 오월의
   무리로 중국과 저울을 겨루려 한다면, 일찍 절교하는 것만 못하고, 만약 능하지 못하다

李密²⁷⁸⁾高聲大呼曰："鬼大²⁷⁹⁾伏林陳勝, 亂臣賊子²⁸⁰⁾曹操, 單鎗²⁸¹⁾匹夫孫策, 何謂英雄? 吾累代公侯, 一時盟主, 何不爲英雄?" 敬靑²⁸²⁾曰："袁紹群疑滿腹, 衆難塞胸²⁸³⁾, 不采忠言, 不知賢士. 李密知識淺短, 兵敗入關, 乃望以台司²⁸⁴⁾見處, 可謂金弓玉矢²⁸⁵⁾, 土牛瓦馬²⁸⁶⁾, 敢比於彼三人哉?" 密·紹, 皆憤然而去。

於是, 開門請入, 第一漢武帝, 侍衛之臣, 董仲舒²⁸⁷⁾·霍光²⁸⁸⁾·汲黯²⁸⁹⁾·東方朔²⁹⁰⁾·韓安國²⁹¹⁾·霍去病²⁹²⁾·衛靑²⁹³⁾·李廣²⁹⁴⁾等。第二唐憲宗, 侍

면 어찌 북면하여 그들을 섬기지 않습니까?'라고 하였다.(亮說權曰：'海內大亂, 將軍起兵江東, 劉豫州收衆漢南, 與曹操幷爭天下, 今操芟夷大難, 略已平矣. 遂破荊州, 威震四海, 英雄無用武之地. 故豫州遁逃至此, 願將軍量力而處之. 若能以吳越之衆, 與中國抗衡, 不如早與之絶, 若不能, 何不北面而事之?')"에서 나오는 말.

278) 李密(이밀)：문맥상 袁紹·李密이어야 함.

279) 鬼大(귀대)：鬼火의 오기. 도깨비불.

280) 亂臣賊子(난신적자)：나라를 어지럽게 하고 군주를 죽이는 惡人.

281) 單鎗(단쟁)：單槍의 오기.

282) 敬靑(경청)：景淸의 오기.

283) 群疑滿腹, 衆難塞胸(군의만복, 중난색흉)：諸葛亮의 <後出師表>에 나오는 구절.

284) 台司(태사)：三公을 이름.

285) 金弓玉矢(금궁옥시)：금으로 만든 활과 옥으로 깎은 화살이라는 뜻으로, 활은 몸체가 강해야 하고 화살은 단단하고 곧아야 하는데 그렇지 못한 것을 일컫는 말. 겉모습은 그럴듯하지만 실제로는 별 쓸모가 없음을 비유한 말이다.

286) 土牛瓦馬(토우와마)：土牛木馬. 흙으로 만든 소와 나무로 만든 말이라는 뜻으로, 외관만은 좋으나 실속이 없는 것을 비유한 말.

287) 董仲舒(동중서)：董仲舒. 前漢 때의 유학자. 武帝가 즉위하여 크게 인재를 구하므로 賢良對策을 올려 인정을 받았다. 전한의 새로운 문교정책에 참여했다. 五經博士를 두게 되고, 국가 문교의 중심이 儒家에 통일된 것은 그의 영향이 크다.

288) 霍光(곽광)：前漢의 권신. 霍去病의 이복 아우이자, 漢昭帝 황후 上官氏의 외조부, 漢宣帝 황후 霍成君의 부친이기도 하다. 漢武帝, 漢昭帝, 漢宣帝 등 삼대 황제를 섬기면서 昌邑王을 폐위시키는데 주도적인 역할을 하였다. 외모가 준수한데 특히 수염이 멋있어서 당시 사람들이 伊尹과 비교하여 '伊霍'이라고 일컬었다고 한다.

289) 汲黯(급암)：漢武帝 때의 諫臣. 종종 直諫을 잘하여 武帝로부터 '옛날 社稷의 신하에 가깝다'라는 말을 들었다. 匈奴와 화친을 주장했고, 후에 작은 죄를 지어 파직되었다.

290) 東方朔(동방삭)：前漢의 文人. 벼슬은 常侍郎·太中大夫를 지냈다. 諧謔·辯舌·直諫으로 이름이 났다. 속설에 西王母의 복숭아를 훔쳐 먹어 장수하였으므로 '三千甲子東方朔'이라고 이른다. 당시 그의 박식함은 소문이 날 만큼 유명했는데, 세상의 것에 대해 모르는 바가 없었다고 한다. 동방삭에게 어떤 어려운 질문을 해도 척척 대답을 했다고 하니 그의 박식함이 어느 정도였는지 짐작할 수 있다. 그랬기 때문에 武帝는 자신의 상담

衛之臣, 韓愈295)·陸贄296)·裵度297)等。第三晋元帝, 侍衛之臣, 周顗298)·

王導299)·陶侃300)·劉琨301)等。第四宋神宗, 侍衛之臣, 明道先生302)·范仲

역으로 그를 중용했다. 하지만 그의 언변은 아주 현란해서, 충언을 하는가 하면 험담도
하고, 직접적으로 이야기할 때도 있지만 대충 얼버무릴 때도 있었다. 그래서 듣는 상대
를 현혹시켜 누구도 그의 진의를 이해할 수 없었다고 한다.

291) 韓安國(한안국) : 前漢의 사람. 梁孝王을 섬겨 中大夫가 되었다. 吳楚가 반란을 일으키자
군사를 이끌고 吳兵을 격파해 명성을 얻었다. 武帝 때 北地都尉와 大農令을 지냈다. 御史
大夫에 올랐는데, 사람됨이 忠厚하고 지략이 있으면서도 재물에 대한 욕심이 상당했는
데, 그가 추천한 사람들은 모두 廉士였다. 匈奴가 대거 침입하자 材官將軍으로 漁陽에
주둔했지만 패하자 右北平으로 옮겨 주둔했는데, 울화병으로 피를 토한 뒤 죽었다.

292) 霍去病(곽거병) : 前漢 武帝 때의 名將. 名將 衛靑의 생질이기도 한 그는 말 타고 활쏘기
에 능했다. 병법은 옛 것에 연연하지 않고 용맹하고 신속하게 작전을 펼쳤다. 처음에 8
백 명의 기병을 거느리고 적진 수백 리를 진격한 적도 있었다. 두 차례의 흉노와의 전
투에서 승리하고 祁連山 일대를 점령하여 흉노를 사막 이북으로 도망가게 만들었다.

293) 衛靑(위청) : 前漢 武帝 때의 名將. 車騎將軍으로 군대를 거느리고 匈奴를 격파하고 關內
侯에 올랐다. 다시 병사를 雲中으로 출병하여 河套지구를 수복하고 長平侯에 봉해졌다.
大將軍으로 霍去病과 함께 대군을 이끌고 漠北으로 나가 흉노의 주력을 궤멸시켰다. 이
후 7차례에 걸쳐 흉노를 정벌하여 더 이상 한나라의 위협이 되지 못하도록 했다.

294) 李廣(이광) : 前漢의 名將. 漢나라 文帝 때 匈奴를 물리친 공으로 中郞이 되었다. 景帝 때
에 북부 변방과 七郡의 太守를 지냈다. 武帝가 즉위한 후에 未央宮의 衛尉가 되었고, 그
후에 驍騎將軍, 右北平郡太守, 前將軍 등을 역임했다. 흉노가 두려워하는 장수로 '飛將軍'
으로 일컬어졌다. 漠北의 전투에 참여했으나 사막에서 길을 잃고 참전을 하지 못해 부
끄러워 자살했다.

295) 韓愈(한유) : 唐代의 문인·정치가. 자는 退之. 호는 昌黎. 唐宋 8대가의 한 사람으로, 四
六騈儷文을 비판해 古文을 주장하였다. 유교를 존중하고 시에 뛰어났다.

296) 陸贄(육지) : 唐나라 학자. 덕종 때 한림학사가 되어 신임이 두터웠다. 성품이 충성되고
유학을 존중하였으며 문장에 뛰어나, 그의 奏議는 후세에까지 존중되었다. 간신 裴延齡
의 잘못을 極諫하다가 내쫓김을 당하였다.

297) 裵度(배도) : 唐나라 大臣. 憲宗 때 司封員外郞과 中書舍人, 御史中丞을 지냈고, 藩鎭을 없
앨 것을 강력하게 주장했다. 당나라 군대가 蔡를 토벌한 뒤 군대를 行營하는 일을 감시
했다. 살해된 재상 武元衡을 대신하여 中書侍郞과 同中書門下平章事가 되었다. 얼마 뒤
군대를 이끌고 힘껏 싸워 吳元濟를 생포했다. 穆宗 때 여러 차례 出鎭入相하면서 천하의
중용을 받았다. 절도사를 억압하고, 宦官에 대해서도 강경책을 취하여 헌종과 목종, 敬
宗, 문종의 4조에 걸쳐 활약했다.

298) 周顗(주의) : 東晉의 大臣. 西晉에서 安東將軍을 지냈던 周浚의 아들이다. 벼슬은 荊州刺
史, 尙書左僕射를 지냈다. 忠를을 잘하여 조정에서 중용되었는데, 천성이 너그럽고 인자
하여 존중을 받았다. 王敦이 난을 일으키매 王導가 闕下에서 죄를 기다리자, 그는 왕도
를 구하기 위해 왕돈을 크게 꾸짖어 그에 의해 죽임을 당했다.

299) 王導(왕도) : 東晋의 재상. 西晉 말 司馬睿가 琅邪王이 되었을 때 安東司馬로 옮기고 군사
적 전략 수립에 참여했다. 사마예에게 권해 建康으로 근거지를 옮기도록 했다. 洛陽이

淹303)・歐陽修304)・王安石305)等。皆去東樓。其次, 陳王306)・魏公307), 討

무너지자 남북의 사족들을 연합시켜 사마예를 옹립해 동진 왕조를 건립하는데 공을 세
웠다. 丞相이 되었다. 나중에 堂兄 王敦이 병권을 장악하자 長江 상류를 지켰다. 明帝가
즉위하자 遺詔를 받들어 정치를 보좌했다. 成帝가 즉위하자 庚亮과 함께 幼主를 보필했
다. 蘇峻이 반란을 일으키고 진나라 군대가 패배하자 궁에 들어가 황제를 시위했다.

300) 陶侃(도간) : 東晉의 名將. 출신이 한미하여 처음에는 縣의 관리로 시작했으나 뒤에 郡守
가 되었으며, 武昌太守가 되었다. 張昌과 陳敏, 杜弢 등을 격파하고 荊州刺史에 올라 武
昌에 주둔했다. 王敦의 시기를 심하게 받아 廣州刺史로 좌천되었는데, 일이 없으면 아
침저녁으로 벽돌을 들면서 운동을 했다. 왕돈이 패한 뒤 형주로 돌아왔다. 蘇峻이 반란
을 일으키자 京都의 수비를 하면서 소준의 목을 베고 建康을 수복했다. 그의 증손은 저
명한 전원시인인 陶淵明이다.

301) 劉琨(유곤) : 西晉 때의 시인. 젊어서부터 志氣를 품어 祖逖과 벗하면서 세상에 쓰이기를
바랐다. 처음에 司隷從事가 되었다. 晉惠帝 때 御駕를 맞은 공으로 廣武侯에 봉해졌다.
懷帝 때 幷州刺史가 되고, 振威將軍이 더해졌다. 愍帝가 즉위하자 대장군에 임명되어 幷
州의 군사를 통솔했다. 元帝가 칭제하자 사람을 보내 즉위를 권하면서 太尉로 옮겼다.
진나라 조정을 위해 유민들을 돌보는 한편 홀로 河를 지키면서 劉聰과 石勒에게 항거했
다. 석륵에게 패한 뒤 鮮卑貴族 幽州刺史 段匹磾에게로 달아났다. 단필제가 그를 꺼려
결국 살해당했다.

302) 明道先生(명도선생) : 北宋 유학자 程顥. 동생 程頤와 함께 二程子로 알려졌다. 仁宗 때
진사가 되었다. 鄂縣과 上元의 主簿에 올랐다. 神宗 때 太子中允과 監察御史裏行에 올랐
다. 여러 차례 신종이 불러서 보자 그 때마다 마음을 바르게 하고 욕심을 억누르며 어
진 이를 발탁하고 인재를 기를 것을 강조했다. 나중에 著作佐郎이 되었지만, 王安石의
新法과 뜻이 맞지 않자 자청하여 簽書鎭寧軍判官으로 나갔다가 扶溝知縣으로 옮겼다. 哲
宗이 즉위하자 불러 宗正丞이 되었는데, 나가기 전에 죽었다.

303) 范仲淹(범중엄) : 北宋 때의 정치가・학자. 인종 때 郭皇后의 폐립문제를 놓고 찬성파 呂
夷簡과 대립하다가 지방으로 쫓겨났다. 饒州와 潤州, 越州의 知州를 맡았다. 그 뒤 歐陽
修와 韓琦 등과 함께 여이간 일파를 비판했으며, 스스로 군자의 붕당이라고 자칭하여
慶曆黨議를 불러일으켰다. 參政知事가 되어 개혁하여야 할 정치상의 10개조를 상소하였
으나 반대파 때문에 실패하였다.

304) 歐陽修(구양수) : 宋나라 학자. 과거에 급제하여 慶曆 이후 翰林院侍讀學士・樞密府使・參
知政事 등을 역임하였는데 그 동안 누차 群小輩의 참소를 입어 罷黜당하였으나 志氣가
自若하였다. 羣書에 널리 통하고 詩文으로 천하에 이름을 날려 唐宋八大家의 한 사람으
로 꼽힌다.

305) 王安石(왕안석) : 북송의 정치가・학자. 부국강병을 위한 신법을 제정, 실시하였다. 그러
나 反변법파의 맹렬한 공격으로 파직되었다. 다시 재상에 복귀하였지만 또 사직하고
말았다. 그 후, 江寧에 은거하며, 오로지 학술 연구와 시작에 몰두하다가, 신종 사후 보
수당의 司馬光이 집정하면서 변법을 모두 폐지하기에 이르자, 울분을 참지 못하여 병
사하였다. 당송팔대가의 한 사람이다.

306) 陳王(진왕) : 陳勝을 이름.

307) 魏公(위공) : 曹操를 이름.

虜從者, 文武臣, 郭嘉308) · 荀彧309) · 張遼310) · 許褚311) · 周瑜312) · 魯肅313) · 呂蒙314) · 黃盖315) · 陸遜316)等。皆去西樓。

308) 郭嘉(곽가) : 魏나라 사람. 어려서부터 遠量이 있었고 籌略에 통달했다. 曹操가 천하의 일을 논했으며, 여러 번 조조가 정벌하는데 쫓아서 공이 있기도 했다. 과단성이 있어 조조의 큰 신임을 받았다. 조조는 그를 두고 "오직 곽가만이 나의 뜻을 잘 안다.(唯奉孝 爲能知孤意)"고 말했다.

309) 荀彧(순욱) : 北魏의 책략가. 부친 荀緄과 숙부 荀爽도 모두 명망이 높은 명문가 출신이다. 어려서부터 황제를 보좌할 재목으로 여겨졌으며 가족과 함께 기주로 이동하여 원소에게 큰 대접을 받았으나 袁紹가 인물이 아님을 인지하고 曹操의 휘하에 들어가 그의 책사가 된다. 이후 陶謙 정벌에 나선 조조를 대신하여 도성을 지키던 중 반란이 발생하였으나 도성을 잘 지켜냈으며 조조 귀환 후 濮陽의 呂布를 격퇴하였다. 순욱은 조조로 하여금 쫓기는 몸이 된 後漢의 황제 獻帝를 받아들이도록 조언하였으며 조조는 한나라의 대장군으로 승진하고 순욱은 시중, 상서령으로 승진되었다. 이 일로 조조는 천하 쟁취의 기반을 쌓게 되었다.

310) 張遼(장료) : 北魏의 맹장. 呂布 밑에 있었는데, 하비에서의 전투로 여포가 曹操에 패하자 조조에게 항복하였다. 귀순 직후 中郞將에 임명되었고, 袁譚과 함께 종군한 袁尙 토벌에서는 별군만으로 요동의 유의와 싸워 승리하였으며 蕩寇將軍으로 승진하였다. 합비 주둔 시에는 吳나라 孫權의 공격을 받았으나 수적 열세에도 손권을 궁지에 몰아 조조의 치하를 받고 征東將軍으로 임명되었다.

311) 許褚(허저) : 삼국시대 魏나라 장수. 曹操에게 돌아가서 都尉가 되었다. 張繡 토벌에 성공한 후 校尉로 승진하였으며 이후 조조를 암살하려는 서타 등의 음모에서 조조를 구하였다. 호랑이처럼 힘이 센 반면 미련함이 있어 虎癡라는 별명으로 불렸다. 韓遂와 馬超를 동관에서 토벌할 때 마초가 기습하여오자 조조를 배에 태워 빗발치는 화살을 피하고 배를 손으로 저어 조조를 구하였다. 마초와의 항전에서 승리하고 武衛中郞將이 되었다. 明帝 때 牟平侯로 封해졌다.

312) 周瑜(주유) : 삼국시대 때 吳나라의 名臣. 처음 孫堅을 섬기다가 손견이 죽은 후 孫策을 섬겨 揚子江 하류 지방을 평정하는데 큰 공을 세웠다. 손책과 함께 荊州의 많은 지역을 점령하였는데 橋公(三國志演義에서는 喬公)의 두 딸을 포로로 생포하였다. 이들은 절세의 미인으로 언니 大橋(三國志演義에서는 大喬)는 손책의 아내가 되었고 동생 小橋(三國志演義에서는 小喬)는 주유의 아내가 되었다. 손책이 사망하자 그의 동생 孫權이 등극하였고 주유는 손권을 충실하게 보필하였다. 魏의 曹操가 華北을 평정하고 荊州로 진격해 오자, 魯肅 등과 함께 抗戰을 주장하며 講和論者들에 맞섰다. 손권을 설득하여 군사 3만을 주면 조조를 격파하겠다고 장담하였다. 마침내 손권을 설득하여 오나라 大都督으로 군사를 이끌고 참전하여 赤壁大戰에서 火攻으로 魏軍을 대파하였다.

313) 魯肅(노숙) : 吳나라의 정치인. 선비의 가정에서 태어났고, 어려서 부친을 여의고 조모의 손에서 성장했다. 체격이 크고 성격이 호방하며 독서를 좋아했으며 활쏘기에 능했다. 당시 천하가 크게 어지러워지고 분란이 끊이지 않자 周瑜가 魯肅에게 양식을 청하였는데, 흔쾌히 도와주었다. 노숙은 孫權에게 강동의 전략을 마련해 주었다. 曹操의 대군이 남하하자 노숙과 주유는 결사항전을 할 것을 주장하고 유비와 연합하여 赤壁에서 조조의 군대를 물리쳤다.

孔明曰: "高皇朝張良, 淑女之面, 丈夫之心, 納履[317]黃石公[318], 受學圯上[319], 逃身沙丘[320], 西歸炎漢[321], 滅秦取項, 封萬戶侯。爲帝子師, 從能辟穀道[322], 引從遊赤松子[323], 是范蠡[324]之友也。太宗廟魏徵, 恥君不及堯舜, 以諫諍爲己任, 是比干[325]之徒也。宋太宗朝曹彬, 下江南至城下, 焚香約誓, 切勿

---

314) 呂蒙(여몽) : 吳나라의 명장. 젊었을 때에는 자형인 鄧當에게 의탁했으나, 뒤에 孫策의 장수가 되었다. 벼슬은 別部司馬, 偏將軍, 虎威將軍, 南郡太守, 漢昌太守 등을 역임했다. 皖城을 공격하여 점령하고 濡須의 전투에서 방어를 잘하였으며, 지혜로 長沙, 零陵, 桂陽 등 三郡을 취했고, 關羽가 지켰던 荊州를 탈취하였다.

315) 黃盖(황개) : 吳나라의 명장. 孫堅이 의병을 일으켰을 때부터 손견을 좇았는데, 손견이 南山의 산적과 북방의 董卓을 격파할 때 別部司馬였다. 손견이 죽자, 황개는 孫策과 孫權을 계속해서 섬겼다.

316) 陸遜(육손) : 吳나라의 정치가. 孫權의 형인 長沙桓王 孫策의 사위였다. 처음에 孫權의 막부에서 일해 偏將軍과 右部督에 올랐다. 어린 나이로 뛰어난 지략을 지녀 呂蒙과 함께 公安을 함락하고 關羽를 사로잡아 죽였다. 뒷날 劉備가 복수를 위해 군사를 동원했을 때도 老將들의 반대를 물리치고 침착하게 작전을 짜 촉의 40여 진지를 불살라 승리를 이끌었는데, 모두 그의 智謀에서 나왔다.

317) 納履(납리) : 博浪沙에서 진시황을 죽이려다 실패한 뒤 은둔하던 張良이 圯橋에서 황석공이 다리 밑에 떨어뜨린 신을 주워다가 그에게 신게 하고 兵書를 받은 故事.

318) 黃石公(황석공) : 秦나라 말기에 圯上에서 張良에게 兵書를 수여했다고 하는 노인.

319) 圯上(이상) : 圯橋의 위. 이교는 江蘇省에 있던 다리로, 張良이 黃石公에게 太公의 병법을 받은 곳이다.

320) 沙丘(사구) : 下邳를 가리킴. 張良과 范發이 博浪沙에서 韓나라를 멸망시킨 진시황을 죽이려다 실패한 뒤에 이곳에서 성과 이름을 바꾸고 은둔했다. 그 후에 劉邦의 참모가 되어 漢나라 건국의 일등공신이 되고 留侯에 봉해졌다.

321) 炎漢(염한) : 劉邦이 세운 漢朝. 火德으로 天子가 되었으므로 이른다.

322) 辟穀道(벽곡도) : 火食은 아니하고 生食만 하는 일.

323) 赤松子(적송자) : 神農氏 때의 雨師. 곤륜산에 들어가 신선이 되었다고 한다. 爲帝子師~引從遊赤松子는 ≪사기≫<留侯世家>의 "이제 세 치의 혀로써 제왕의 스승이 되어 만호에 봉해졌고 지위가 열후에 올랐으니, 이는 포의의 영광이 극에 이르렀다. 나는 이에 만족할 뿐이고, 다만 원하는 바는 인간의 일을 버리고 적송자를 따라 노니는 것이다. (今以三寸舌爲帝者師, 封萬戶, 位列侯, 此布衣之极, 于良足矣. 愿棄人間事, 欲從赤松子游耳.)" 고 한 장량의 말을 염두에 둔 표현이다.

324) 范蠡(범려) : 춘추시대의 楚나라 사람. 越王 勾踐을 도와서 吳나라를 멸망시키어 會稽의 치욕을 씻어 주었다. 그 후엔 벼슬을 버리고 陶에 숨어 살면서 큰 富豪가 되매 세인들이 陶朱公이라 불렀다.

325) 比干(비간) : 殷代의 사람. 紂王의 숙부인데 주왕의 惡政을 간하다가 피살되었다. "신하는 죽더라도 임금께 忠諫해야 한다"며 비간이 계속 紂王에게 諫言하자, 주왕은 화를 내며 "聖人의 심장에는 구멍이 일곱 개나 있다고 들었다"라며 비간의 忠心이 진짜인지를 확인하겠다며 그를 해부하여 심장을 꺼내도록 하였는데, 비간은 꺼내 보였다는 고사가

暴掠, 一不妄殺[326], 凱還之日, 行李[327]蕭然, 是呂尙[328]之儔也。明太祖朝劉基, 望見金陵之氣, 知十年之後, 君鑑百代之後[329], 是伊尹之徒也. 始皇朝茅焦, 見廢[330], 就油鼎而諫, 視死如歸, 是龍逄[331]之侶也。武帝朝東方朔, 讀書三年, 學得倒海翻江之辨[332]・吟風咏月之才, 是一代賢士也。光武朝鄧禹, 杖策歸漢[333], 將兵專征, 爲開國元勳, 是萬古之英雄也。昭烈朝龐統, 百日公事, 片時而斷[334], 三分奇計[335], 一言而定, 是千秋智謀之人也。晋武帝朝張華, 推枰而定取吳之計, 終成大業, 是百世豪傑之士也。晋元帝朝周顗, 忠義內激, 大罵王敦[336]而死, 是萬古慷慨之士[337]也。隋文帝朝王通, 詣闕獻策十二條, 見斥還

있다.

326) 切勿暴掠, 一不妄殺(절물폭략, 일불망상) : ≪宋史紀事本末≫<平江南>의 "帝誡彬曰 : 南之事, 一以委卿, 切勿暴掠生民."과 "彬曰 : 某之疾非藥石所能愈, 惟須諸君誠心自誓, 以克城之日, 不妄殺一人."을 염두에 둔 표현.

327) 行李(행리) : 使者. 李는 理로, 行事를 맡아본다는 뜻이다.

328) 呂尙(여상) : 周初의 賢臣. 본성은 姜이나, 선조가 呂國에 봉함을 받아 呂氏 성을 따랐다. 姜太公 또는 太公望이라 불리기도 하였다. 文王이 渭水가에 은거하던 그를 만나 군사로 삼았으며, 뒤에 武王을 도와 殷나라를 쳐 없애고 천하를 평정하였다. 사실 은나라를 공격할 때 은의 병사들은 이미 사기가 떨어져 무기를 거꾸로 들고 응전했다고 전한다. 그 공으로 齊나라에 봉함을 받아 그 시조가 되었다.

329) 望見金陵之氣, 知十年之後, 君鑑百代之後(망견금릉지기, 지십년지후, 군감백대지후) : 劉基가 朱元璋과 함께 西湖의 異象을 보며 "此天子氣也, 應在金陵, 十年後, 有王者起其下, 我當輔之."라고 했다는 말을 염두에 둔 표현임.

330) 見廢(견폐) : 見廢 뒤에 太后가 생략되었음.

331) 龍逄(용방) : 夏나라 傑王을 간하다가 죽음을 당한 인물.

332) 辨(변) : 辯의 오기.

333) 杖策歸漢(장책귀한) : 後漢의 광무제 劉秀는 자신이 黃河 이북 땅을 평정하러 떠났다는 말을 듣고 찾아온 鄧禹에게 그 이유를 물으니, "다만 明公의 위엄과 덕망이 사해에 더해지기를 바랄 뿐입니다. 저는 작은 힘이나마 바쳐 공명을 죽백에 드리우고자 합니다. (但願明公威德加於四海. 禹得效其尺寸, 垂功名於竹帛矣.)"고 한 것을 염두에 둔 표현임.

334) 片時而斷(편시이단) : 劉備가 益州를 취할 때에 龐統이 계책을 내어 큰 공을 세운 것을 일컬음.

335) 三分奇計(삼분기계) : 천하를 三分하여 서로 대립하게 하는 기이한 계책.

336) 王敦(왕돈) : 東晋의 사람. 王導의 從兄이자 晋武帝의 사위다. 琅邪王 司馬睿(元帝)가 처음에 江東을 지켰는데, 왕도와 함께 그를 도왔다. 杜弢의 반란을 진압하고 鎭東大將軍에 올랐다. 서진이 망하고 동진이 들어설 무렵 동진 정권을 지지한 덕에 征南大將軍과 荊州牧에 올라 兵權을 장악했다. 원제가 왕씨의 세력을 제거하려고 들자 武昌의 난을 일으켰다. 建康을 공격하여 習協과 周顗, 戴淵 등을 살해했다.

鄕, 遂教授於河汾之間, 弟子自遠至者, 甚衆。 累微不起曰：‘弊廬足以庇風雨, 薄田足以具饘粥。’338) 讀書足以爲業, 長嘯撫瑟足以自樂. 是隱逸之士也。唐肅宗朝李泌, 自幼穎敏, 著聞當世, 白衣事君, 終成中興, 因辭台職, 逸居穎陽, 以保姓名, 是知機之士也。唐憲宗朝韓愈, 學如河海, 心似松栢, 勤勤懇懇339), 於章奏340)之間, 是君子之風也。宋神宗朝程子341), 承孔孟之道統, 是聖賢之士也。

班列已畢, 持紅旗, 揖蕭何曰："取地圖知形勢, 治關中固根本, 追韓信342)定四方。霍光, 以周公負成王343)之道, 輔幼主344), 聞伊尹廢太甲345)之事, 迎宣帝廢昌邑346)。長孫無忌, 杖三尺劍, 東鬪西突, 以盡犬馬之忠347), 終成大業。房玄齡, 孜孜奉國, 知無不爲348)。當爲第一。曹參, 一遵舊制349)。王珪, 激濁

---

337) 慷慨之士(강개지사)：세상의 紊亂과 不義에 대해서 분을 품고 탄식하는 사람.
338) 弊廬足以庇風雨, 薄田足以具饘粥(폐려족이비풍우, 박전족이구전죽)：≪隋書≫의 "王通教授河汾間, 曰：‘通有先人之敝廬, 足以蔽風雨, 薄田足以具饘粥.’"이라는 구절을 염두에 둔 표현임.
339) 勤勤懇懇(근근간간)：매우 간곡함.
340) 章奏(장주)：천자에게 올리는 上書.
341) 程子(정자)：중국 宋나라의 유학자 程顥·程頤 형제에 대한 존칭. 二程子라고도 한다.
342) 追韓信(추한신)：한신이 중용되지 않는 것에 불만을 품고 도망을 치자 장량이 급히 뒤쫓아 가서 다시 데리고 와서 漢高祖 劉邦에게 예의를 극진히 하여 대장에 임명토록 한 고사를 말함.
343) 周公負成王(주공부성왕)：周武王이 죽고 아들 成王이 즉위하였으나 아직 어려서 政事를 볼 수 없었기 때문에 그의 삼촌인 周公이 성왕을 등에 업고 정사를 보필하였다는 고사를 일컬음.
344) 幼主(유주)：前漢 8대의 황제인 昭帝 劉弗陵을 가리킴.
345) 伊尹廢太甲(이윤폐태갑)：태갑은 湯王의 손자이며 太丁의 아들인데, 제위한 후 향락을 즐기고 백성을 학대하는 등 조정이 혼란스러워져 이윤이 아무리 애를 써도 되지 않자 桐宮으로 내쫓고 자신이 정사를 대행한 것을 일컬음.
346) 迎宣帝廢昌邑(영선제폐창읍)：昭帝가 서거한 뒤에 昌邑王 劉賀가 황제로 즉위했지만 소제의 제사 중에 無禮를 범했다 하여 재위 27일 만에 곽광의 손에 의하여 쫓겨났으며, 宣帝가 즉위하였고 곽광의 딸을 황후로 맞아들이도록 한 것을 일컬음.
347) 犬馬之忠(견마지충)：신하가 군주에게 다하는 충성심.
348) 孜孜奉國, 知無不爲(자자봉국, 지무불위)：≪舊唐書≫<王珪傳>에 나오는 구절.
349) 一遵舊制(일준구제)：蕭規曹隨를 일컬음. 蕭何가 제정한 법규를 따른다는 뜻으로, 예전부터 사람들이 쓰던 제도를 그대로 따르거나 이어나가는 것을 이르는 말. 소하는 漢나라의 법령과 제도를 제정했고, 曹參은 모든 정책과 법령을 그대로 따라 집행했다는 데

揚清, 嫉惡好善350)。 蔣琬, 臨蘩351)獨閑352)。 當爲第二。 杜如晦, 剖決如流。 戴冑, 忠淸恭直, 每犯顏353)執法, 言如勇泉。 范增, 不得其主, 未展其意, 圖事揆策, 則君不用其謀, 陳見悃誠, 則上不知其信354), 譬如鳳凰棲荊棘, 龍駒355)困塩車。 當爲第三."

持黑旗, 揖韓信曰: "叛暗投明356), 滅三秦357), 定關中358), 首建大謀, 削平四海。 馬援, 蕩掃邊塵359), 死爲裹革而歸。 徐達, 有孫·吳360)之謀略, 烏

서 유래하였다.

350) 激濁揚淸, 嫉惡好善(격탁양청, 질악호선) : ≪舊唐書≫<王珪傳>에 나오는 구절. ≪고려사절요≫ 권35 <恭讓王 二>에 의하면 左代言 李詹이 올린 '九規' 가운데 일곱 번째의 "태종에게는 많은 신하들 중에서 마음과 힘을 다하여 아는 것을 행하지 않음이 없는 房玄齡이 있으며, 帷幄에서 계획을 세워 앉아서 사직을 편안하게 한 杜如晦가 있었으며, 번거롭고 바쁜 사무를 처리한 戴冑가 있었으며, 간하는 일로써 자기 임무를 삼은 것은 魏徵이 있었으며, 濁流를 배제하고 청류를 들추어 올려 악을 원수처럼 미워한 王珪가 있었습니다.(群臣之罄竭心力, 知無不爲, 如玄齡者有之, 轉籌帷幄, 坐安社稷, 如如晦者有之, 處繁理劇, 如戴胄者有之, 以諫諍爲己任, 如魏徵者有之, 激濁揚淸, 嫉惡如讎, 如王珪者有之矣.)" 구절도 참고가 된다.
351) 臨蘩(임번) : 臨繁의 오기.
352) 臨繁獨閑(임번독한) : ≪삼국지≫<蜀書 14·蔣琬傳>의 "(장완은) 본래 슬픈 안색이 없었고, 또한 기쁜 기색도 없이 마음으로 행동거지를 지킴이 평소와 같았다. 이로부터 衆望이 점차 복종했다.(旣無戚容, 又無喜色, 神守擧止, 有如平日, 由是衆望漸服.)"는 구절이 참고가 됨.
353) 犯顏(범안) : 임금이 싫어하는 안색을 하는데도 불구하고 直諫함.
354) 圖事揆策, 則君不用其謀, 陳見悃誠, 則上不然其信(도사규책, 즉군불용기모, 진견곤성, 즉상불연기신) : ≪통감절요≫<漢紀·中宗孝宣皇帝上>에 나오는 구절.
355) 龍駒(용구) : 준마. 재주나 지혜가 아주 뛰어나 장래가 촉망되는 아이의 뜻으로도 쓰인다.
356) 叛暗投明(반암투명) : 棄暗投明. 暗君을 버리고 明君에게 투항함.
357) 三秦(삼진) : 雍·塞·翟의 세 나라. 項羽가 秦나라를 멸하고 그 영토를 3등분으로 나누어 진나라의 降將 章邯·司馬欣·董翳를 왕으로 封하였으므로 이른다.
358) 叛暗投明~定關中(반암투명~정관중) : 韓信이 훌륭한 지략으로 司馬欣·董翳를 항복시키고 雍王 章邯을 자살하게 한 것을 일컬음.
359) 邊塵(변진) : 본래 변방의 들판에서 군대의 동원으로 인해 일어나는 먼지를 말하는 바, 전쟁을 비유하는 말.
360) 孫吳(손오) : 孫武와 吳起. 두 사람이 함께 兵法의 시조로 불림. 손무는 춘추시대의 병법가. 齊나라 사람으로서 吳나라 왕 闔閭 밑에서 군사를 양성해 楚나라를 쳐부수고 齊나라·晉나라를 눌러 오왕의 패업을 도왔다. ≪孫子≫ 13권을 저술하여 병법가의 鼻祖로 일컬어진다. 오기는 戰國시대의 병법가. 衛나라 사람으로서, 楚나라의 정승이 되어 부

獲361)之勇猛。當爲第一。彭越, 反楚歸漢, 立功樹勳, 位至公侯。馮夷362), 殪王莽於斬臺363), 恢復漢祚。王翦364), 白首專征, 老當益壯。當爲第二。郭子儀, 才德兼任將相, 蹈危履險, 東討逆賊365), 克復二京366), 以迎至尊, 忠義精誠, 仰貫白日, 度量宏達, 無所不包。毛穎, 淸平雲南。章邯, 九戰楚兵367)。當爲第三."

持黃旗, 揖紀信曰 : "忠心激, 處黃屋左纛368), 誑楚忘死369)。張巡, 臨敵應

국강병책을 써서 공을 세웠으나, 귀족의 원한을 사 죽음을 당하였다. 그가 지은 ≪吳子≫ 6편은 ≪孫子≫와 더불어 고대의 2대 병법서로 불린다. 특히 자기 부하로 있는 군사의 종기를 빨아서 고쳤다는 고사로 유명하다.

361) 烏獲(오확) : 秦나라 武王의 신하. 烏獲之力이라는 성어가 생길 정도로 힘이 매우 세다. 그런데 바로 앞의 孫吳와 대응하기 위해서는 烏孟이어야 할 듯하다 勇士 烏獲과 孟賁의 병칭이다. 오확은 전국시대 秦나라 武王 때의 勇士인데, 千鈞의 무게를 들어 올릴 수 있는 장사로 무왕의 총애를 받았다. 맹분은 역시 秦나라 武王 때의 勇士인데, 소의 생뿔을 잡아 뽑아낼 수 있었으며, 땅에서는 맹수와 마주쳐도 두려워하지 않는 용기를 지녔고, 물속에서는 蛟龍과의 싸움도 피하지 않았다고 한 인물로 夏育과 이름을 나란히 했다. 孟說이라고도 한다. ≪전국책≫<韓策篇>에 "맹분 · 오확 같은 용사로 하여금 복종하지 않는 약한 나라를 치는 것은 몇 천 근 무게를 새알 위에다 싣는 것과 같으니 반드시 요행은 없을 것이다.(夫戰孟賁烏獲之士, 以攻不服之弱國, 無以異於墮千鈞之重, 集於鳥卵之上, 必無幸矣。)"고 하였다.

362) 馮夷(풍이) : 馮異의 오기.

363) 斬臺(참대) : 漸臺의 오기. 漢나라의 武帝가 세운 누대. 陝西省 長安縣에 있는 건장궁의 太液에 자리잡고 있다. 昆陽大戰에서 劉秀의 한나라에게 쫓긴 왕망은 군사 몇몇을 데리고 궁 안에 있는 漸臺로 올라갔지만, 겹겹이 에워싼 漢軍은 점대 위에 있는 왕망의 군사들이 화살을 전부 다 쏘자 함성을 지르며 올라가 왕망의 목을 베었다.

364) 王翦(왕전) : 王剪으로도 표기됨.

365) 逆賊(역적) : 安史를 가리킴. 곧 安祿山과 史思明으로 이른바 安史의 亂을 일컫는다.

366) 二京(이경) : 洛陽과 長安을 가리킴.

367) 九戰楚兵(구전초병) : ≪西漢演義≫제24회 <項羽殺嬰屠咸陽>에서 張良의 말인 "不然! 大王威振, 天下莫敵, 力能扛鼎, 勢能拔山, 九戰章邯, 力降子弟。"가 참고가 됨.

368) 黃屋左纛(황옥좌독) : 황옥과 좌도. '黃屋'은 노란 비단으로 짠 천자의 수레 덮개, 전하여 천자의 존칭. '左纛'는 쇠꼬리로 만든, 수레의 왼편 위에 세운 기. 따라서 천자의 수레를 일컫는데, 여기서는 漢高祖의 수레를 말한다.

369) 處黃屋左纛, 誑楚忘死(처황옥좌독 광초망사) : 漢高祖 劉邦이 楚覇王 項羽의 군사에게 포위당했을 때, 紀信이 高祖의 수레를 타고 자신이 고조인 양 楚나라 군사를 속여 고조를 도망치게 한 후 자신은 잡혀 죽었다는 고사를 일컫는다. ≪사기≫<高祖紀>에 "장군 기신이 천자의 수레를 타고 漢王인 체하여 초나라를 속였다.(將軍紀信乃乘王駕, 詐爲漢王, 誑楚。)"라 나온다. 忘死는 忘死生으로 죽고사는 것을 돌보지 아니하다는 뜻이다.

變, 出奇無窮, 號令明, 賞罰信, 與士卒, 同甘苦寒暑370), 至於勢困城陷, 誓爲厲鬼殺賊371), 終不二心。關公372), 文讀春秋左氏傳, 武使靑龍偃月刀373), 義結皇叔374), 誓同生死, 懷君報國之忠, 拔山如海375)之勇, 封掛金印376), 獨行千里, 威振華夏377), 水淹七軍378)。當爲第一。許遠, 力盡孤城, 勢如疊卵, 身死存忠。岳飛379), 背涅四字380), 志存恢復, 誓雪國恥。方召堯381), 裂口, 不顧九

---

370) 臨敵應變, 出奇無窮, 號令明, 賞罰信, 與士卒, 同甘苦寒暑(임적응변, 출기무궁, 호령명, 상벌신, 여사졸, 동감고한서) : ≪자치통감≫<唐紀 36>의 "臨敵應變, 出奇無窮, 號令明, 賞罰信, 與衆共甘苦寒暑, 故下爭效死力云."에서 인용한 것임.

371) 誓爲厲鬼殺賊(세위여귀살적) : ≪자치통감≫<唐紀 36>의 "살아서는 이미 폐하께 보답할 수가 없고 죽어서는 사나운 귀신이 되어 반란군을 죽일 것이다.(生旣無以報陛下, 死當爲厲鬼以殺賊!)"에서 인용한 것임.

372) 關公(관공) : 關羽를 가리킴.

373) 靑龍偃月刀(청룡언월도) : 칼날 부분이 반월형이며, 칼에 용이 새겨져 있고 긴 손잡이를 가진 大刀인데, 관우가 사용한 것임.

374) 皇叔(황숙) : 삼국시대 蜀漢 초대 황제인 劉皇叔. 자는 玄德. 諡號는 昭烈帝.

375) 拔山如海(발산여해) : 拔山超海의 오기인 듯. 산을 빼고 바다를 뛰어넘을 만함.

376) 封掛金印(봉괘금인) : 封金掛印이란 표현이 주로 사용됨. 曹操에게 사로잡혔을 때, 관우는 조조가 귀순시키기 위해 준 황금을 봉쇄하고 관인을 걸어두었다는 것으로, 포상과 관직을 사양했다는 의미이다. 許都에서 劉備의 두 부인과 머물고 있던 관우는 유비가 河北에 있다는 것을 알고 조조가 준 재물을 봉하고 인끈은 걸어놓고 두 부인을 모시고 길을 떠난 것을 일컫는다. ≪三國志演義≫<第二十七回 美髥公千里走單騎 漢壽侯五關斬六將>의 "운장이 금은을 봉쇄하고 관인을 걸어두었다니, 재물도 그 마음을 흔드는데 부족하고 벼슬도 그 뜻을 바꾸는데 부족했소. 이런 사람을 내가 매우 존경하오.(雲長封金掛印, 財賄不足以動其心, 爵祿不足以移其志, 此等人吾深敬之.)"라는 구절이 참고가 된다.

377) 華夏(화하) : 華는 화려함이고, 夏는 대국이라는 뜻이니, 중국본토의 誇稱. 곧, 천하를 가리킨다.

378) 七軍(칠군) : ≪삼국지≫<趙儼傳>의 "태조(曹操)가 형주를 정벌할 때, 조엄으로 장릉태수를 영솔하게 하다가, 도독호군으로 옮겨 우금, 장료, 장합, 주령, 이전, 노초, 풍해의 칠군을 호군하게 했다.(太祖征荊州, 以儼領章陵太守, 徙都督護軍, 護于禁・張遼・張郃・朱靈・李典・路招・馮楷七軍.)"고 하였듯, 조조의 군대를 가리킴. 관우는 번성에서 曹仁을 공격하자 조조가 于禁을 보내어 돕도록 했지만 수몰당했다.

379) 岳飛(악비) : 南宋의 忠臣이자 武將. 농민에서 입신하여 군벌의 우두머리가 되었고, 金軍을 격파하여 공을 세워 벼슬이 太尉에 이르렀다. 당시 조정에 金나라와의 和議가 일어나 이에 반대하며 주전론을 펴다가 주화파 재상 秦檜한테 참소를 당하여 옥중에서 살해당하였다. 후세에 구국의 영웅으로 악왕묘에 모셔졌다.

380) 四字(사자) : 盡忠報國을 말함.

381) 方召堯(방소요) : 方孝孺의 오기. 明나라 대신이자 학자, 문학가, 사상가. 燕王 朱棣가 황위를 찬탈한 뒤, 스스로 周公이 成王을 도운 일에 비교하면서 그에게 卽位詔書를 기초

族。當爲第二。黃自徵, 不悛丹心, 身死報國。周蘭‧桓楚, 十面埋伏[382], 江東[383]子弟離散者, 不知其數, 而終無叛心, 死於亂軍之中。當爲第三."

持靑旗, 揖陳平曰: "面冠玉[384], 身長八尺, 六出奇計, 一統天下。李靖, 才兼文武, 出將入相。周瑜, 氣欲呑魏, 才能伯吳, 始不垂翅, 終能奮翼, 烏林[385]破賊, 赤壁麾兵[386], 功跡巍巍, 聲名烈烈。當爲第一。陸遜, 用兵彷佛穰苴[387], 智謀叵測孫‧吳。郭嘉, 善於知彼知己。鄧艾, 定西蜀, 成大功。當爲第二。杜預, 平定吳會[388], 功盖山海。韓世忠, 起自卒伍, 爲中興名將, 致仕[389]王侯, 旣釋兵, 杜門謝客, 時跨驢携酒, 徒二三孩童, 從遊西湖以自樂[390]。韓擒虎, 率兵百萬, 東接滄海, 西拒巴蜀, 震五岳而虎視[391], 走萬里而鷹揚[392]。當爲第三."

하도록 명하자 붓을 땅에 내던지며 "성왕이 어디에 있는가?"라면서 죽음을 각오하고 거부했다. 연왕은 노하여 그를 磔刑에 처했고, 그의 학생 870여 명과 친족 등 10族이 멸족되었다.

382) 十面埋伏(십면매복) : 겹겹이 둘러싸고 겹겹이 복병을 둔다는 뜻으로, 楚나라와 漢나라 간의 垓下 결전을 묘사한 것.

383) 江東(강동) : 춘추전국시대 吳‧越 지방의 옛 이름. 중국 楊子江 동쪽의 땅이다.

384) 冠玉(관옥) : 관 앞을 꾸미는 옥. 남자의 아름다운 얼굴을 비유한 말. 面如冠玉으로 쓰인다.

385) 烏林(오림) : 赤壁大戰의 전초전에서 曹操의 군이 진을 치고 주둔했던 곳.

386) 麾兵(우병) : 麾兵의 오기.

387) 穰苴(양저) : 司馬穰苴. 춘추시대 齊나라 사람. 본래 성은 田. 일설에는 전국시대 말기 齊 湣王의 장수가 되어 집정했는데, 용병술이 뛰어났지만 나중에 민왕에게 살해당했다고 한다. ≪사기≫에 보면 兵法書를 지었다고 하는데, 그 법을 司馬法이라고 한다.

388) 吳會(오회) : 吳나라의 서울. 오나라 땅이 荊州와 揚州와의 교차 지점에 있어 오회 또는 吳都라 했다.

389) 致仕(치사) : 致位의 오기.

390) 韓世忠~從遊西湖以自樂(한세충~종유서호이자락) : ≪谿谷先生漫筆≫ 권1 <功成身退之豪傑>의 "韓世忠, 起自卒伍, 爲中興名將, 致位王侯, 旣釋兵, 杜門謝客, 時跨驢携酒, 從一二奚童, 縱游西湖以自樂。卒免秦檜之害, 可謂智矣."에서 인용됨.

391) 虎視(호시) : 범처럼 노려봄. 날카로운 眼光으로 形勢를 엿보아 기회를 노림을 이르는 말이다.

392) 鷹揚(응양) : 鷹揚將. 매가 하늘로 솟구치듯 武威를 자랑하는 장수. ≪시경≫<大雅‧大明>의 "이때 太師 尙父가 마치 매가 날 듯하여, 저 무왕 도와서 상나라를 정벌하니, 會戰한 그날 아침 청명했도다.(維師尙父, 時維鷹揚, 涼彼武王, 肆伐大商, 會朝淸明。)"에서 나온 말이다. 尙父는 바로 70세에 文王을 따라 나선 呂尙이다.

持白旗, 揖趙雲曰："護幼主393)於長板394), 救黃忠於漢水, 絶倫之勇, 盖世之功。耿弇, 身爲大將, 專征西方, 屠城四百, 掠地數千。張飛, 性如烈火, 勇若猛虎, 睥睨天地, 叱咤宇宙, 斬將萬軍之中, 如囊中取物。蔚遲恭, 驍勇冠軍, 百戰成功。當爲第一。樊噲, 擁盾卽入, 披帳而立, 怒髮衝冠, 目眥盡裂, 視羽如兒, 視軍如蟻。蕩花, 大略駕群, 驍勇冠三軍。賈復, 顔如天神, 勇如快鶻。胡大海, 先登釆石395)。當爲第二。黥布, 勇掀天地, 功盖宇宙。吳漢, 驍勇超群, 大略冠世。馬超, 步戰六將396)。許褚, 倒拔殺牛, 稱爲虎王。黃忠, 百發百中。當爲第三。" 以下文武, 不可勝紀。

傍有一人, 揮淚而大叫曰："先生不知弟子耶? 吾降鍾會, 非畏死貪生, 欲復漢室, 若無腹痛397), 西蜀之地, 不入司馬398)之<手399)>, 後主400)之興, 不踏許都401)之塵。皇天不佑, 死爲冤魂, 今日先生, 不許忠誠, 則此心何處暴白402)乎?" 孔明曰："噫! 伯約403), 余豈不知汝之忠心乎? 終事不成, 留降名於千秋, 還不如守節死義." 姜維太息而已。

高下已定, 坐間稱讚不已。唐皇曰："獨樂與衆樂, 孰衆樂?" 曰："獨樂不如衆, 此聖賢之訓也。請東 · 西樓, 爲樂如何哉?" 三帝曰："此言善矣." 卽遣使東

---

393) 幼主(유주)：劉備의 어린 아들 劉禪. 207년 유비가 長板에서 曹操에게 쫓겨 달아났을 때 유비의 어린 아들 劉禪을 품에 안고 보호하였다.
394) 長板(장판)：當陽縣에 있는 지명.
395) 釆石(채석)：安徽省 當塗縣 서북쪽에 있는 牛渚山 기슭 북부의 강변.
396) 步戰六將(보전육장)：단가 <짝타령>의 "웃짐 쳐서 西凉名將으로 步戰六將하던 馬孟起로"에 나오는 구절이나 의미 파악하기가 용이하지 않음.『교감본 한국한문소설 몽유록』(장효현 외 4인, 고려대학교 민족문화연구소, 2007)의 282면에 따르면, 사재동본에는 '步戰大將'으로 되어 있다고 하는바, '步戰의 훌륭한 장수'로 해석하였다.
397) 腹痛(복통)：心腹痛. 몹시 원통하고 답답한 것.
398) 司馬(사마)：魏나라 司馬昭. 蜀漢을 멸망시켜 晉王에 봉립되었다.
399) 手(수)：『교감본 한국한문소설 몽유록』(장효현 외 4인, 고려대학교 민족문화연구소, 2007)의 283면에 따라 삽입한 글자임.
400) 後主(후주)：昭烈帝의 어린 아들 劉禪. 제갈량이 정치를 보필할 때는 나라가 잘 다스려졌으나, 그가 죽은 후에 宦官들이 발호하여 나라가 쇠퇴하여지자 魏에게 항복하였다.
401) 許都(허도)：後漢末 獻帝 때의 도읍지였던 河南省 許昌縣.
402) 暴白(폭백)：억울하고 분한 사정을 털어 놓고 말하는 것.
403) 伯約(백약)：삼국시대 蜀나라 姜維의 字.

西樓, 請諸王赴宴會。少頃, 皆至, 分東西坐定。近臣一人, 各侍於側, 陳勝・曹操・孫策, 坐於末席, 依俙龍盤雲海, 彷彿虎踞深山。威儀嚴嚴, 劍珮王將王將),
五劍舞於庭前, 七絃彈於堂上。

　酒半酣, 漢皇慷慨曰: "天地無窮, 人生有恨404), 興亡成敗輪回, 如日月之西傾, 若河海之東流, 豈能長享富貴之樂乎? 賢者長守基業, 則三代豈承唐虞405)之後, 勇者久持形勢, 則蚩尤豈被涿鹿406)之擒乎? 國之長短, 人之壽夭, 是皆天也。飜覆世上, 流水光陰, 千古興亡, 一杯407)荒土。" 滿坐皆凄然, 獨有西邊一王, 圓眸還眼, 倒竪虎鬚408), 高聲大叫曰: "鴻門不用擧玦409)之謀, 垓下410)還遺養虎之患411), 雖作九原之魂, 難忘吳江412)之恨!" 東邊一皇曰: "吾有一言, 諸皇側聽焉。寡人夢見, 靑衣童子與紅衣童子, 爭日鬪鬨。俄而, 靑衣童子僵臥於地, 紅衣童子捧日而去。今見紅衣彷彿高祖, 靑衣依俙伯王。又有童謠413)曰: '天將朱414)勝人, 皆緣天數, 實非人力。' 玉玦虛勞<於415)>謀臣之手, 寶劍

404) 有恨(유한) : 有限의 오기.
405) 唐虞(당우) : 중국의 陶唐氏와 有虞氏. 堯舜時代를 일컫는다.
406) 涿鹿(탁록) : 河北省 涿鹿縣. 黃帝가 蚩尤를 이 곳에서 죽였다 한다.
407) 一杯(일배) : 一盃의 오기.
408) 虎鬚(호수) : 범의 수염처럼 난 사람의 수염. 즉 거친 수염을 이르는 말이다.
409) 玦(결) : 패옥. 고리모양인데 한 쪽이 트인, 허리에 차는 옥. 陝西省 臨潼縣의 鴻門에서 漢高祖 劉邦이 楚나라의 項羽와 회견하였을 때, 한고조가 항우의 신하 范增에게 玉으로 만든 구기(斗) 한 쌍을 선사하였는데, 범증이 칼을 빼어 이것을 깨뜨린 古事가 있다.
410) 垓下(해하) : 漢高祖 劉邦이 B.C. 202년 楚의 항우를 패배시킨 장소. 포위된 項羽는 四面楚歌 속에서 虞美人과 헤어져 자살하였다.
411) 養虎之患(양호지환) : 범을 길러 근심을 남긴다는 데서, 화근을 길러 근심을 산다는 말.
412) 吳江(오강) : 烏江의 오기. 安徽省 和縣 동북에 있는 강. 楚나라 항우가 자결한 곳이라고 한다. 항우가 한의 추격군에 쫓겨 烏江浦에 이르렀을 때 오강의 亭長이 배를 타고 江東으로 가서 재기할 것을 권했으나, 항우는 강동의 젊은이 8천 명을 다 잃었으니 그 부형들을 볼 낯이 없다 하여 거절하고, 백병전을 벌이다가 자결하였다.
413) 동요의 의미는 ≪사기≫<伍子胥傳>의 "사람이 많으면 하늘을 이길 수도 있지만, 하늘의 뜻이 정해지면 능히 사람을 일킬 수 있다.(人衆者勝天, 天定亦能勝人.)"는 구절이 참고가 됨. 곧 사람의 세력이 강하게 될 때는 일시적으로 천리를 이기게 되나, 하늘은 재앙을 내림으로써 강포한 자를 이기고 만다는 것이다.
414) 朱(주) : 誅의 오기인 듯.
415) 於(어) : 『교감본 한국한문소설 몽유록』(장효현 외 4인, 고려대학교 민족문화연구소, 2007)의 283면에 따라 삽입한 글자임.

空費於將士之力也."

漢皇曰 : "興亡勝敗, 姑舍勿論, 說快事, 確治道, 如何?" 始皇曰 : "秦有三快
矣. 遣王翦等, 擒六國416)之君, 跪于阿房宮階下, 收天下之兵, 鑄金人417)立於
閶闔門418)外, 此一快也. 遣西市419)等與童男女入海, 求三神山不死藥, 與安期
生420)同遊朐溪421)中, 銘功會稽422)嶺, 騁望423)琅琊臺424), 此二快也. 遣蒙恬
等, 率兵三十萬, 築長城而守藩籬425), 胡人不敢南下而牧馬, 士不敢彎弓而報
怨426), 此三快也." 高皇曰 : "十生九死427), 百戰百破, 垓下一戰, 僅得天下, 豈
有快乎? 但破黥布之後, 歸鄕會父老同遊之時, 大風揚雲428), 正如寡人之氣象,
起舞作歌, 此一快也. 洛陽南宮, 獻壽429)於太公430), 上皇431)嘉曰432) : '昔年,

416) 六國(육국) : 秦나라의 통일전략에 대항하던 전국시대의 六國 즉 燕, 齊, 楚, 韓, 魏, 趙나
    라가 合從連衡의 외교술을 펼치다가 결국 진에 의해 차례로 멸망하는 나라.
417) 鑄金人(주금인) : 秦나라가 六國을 멸한 뒤에 천하의 병기를 거두어들여 12개의 대형 청
    동인상으로 만든 것을 말함.
418) 閶闔門(창합문) : 天上의 문. 轉하여 대궐문 · 궁문을 이름.
419) 西市(서시) : 徐市의 오기. 秦나라 方士인 徐福. 字는 君房. 시황제의 명을 받아 童男童女
    각 3000명을 거느리고 長生不死藥을 구하러 동해에 들어갔다.
420) 安期生(안기생) : 秦나라의 仙人. 그 당시 이미 천 살이었다고 알려졌으며, 秦始皇이 동
    해에서 그와 이야기를 나눈 후, 훗날 그가 있다는 蓬萊山 아래에 사람을 보내 찾았으나
    찾지 못했다. 漢武帝 때에 李少君이 그를 동해에서 보았던 것으로 전해진다.
421) 朐溪(구계) : 朐界의 오기. 朐縣의 경계. 구현은 縣名으로 진나라 때 州였고, 성은 江蘇省
    東海縣의 남쪽에 있다. ≪사기≫ 권6 <秦始皇本紀>의 "동해 가의 朐界 가운데에 돌을
    세워서 진나라의 동문으로 삼았다.(立石東海上朐界中, 以爲秦東門.)"라고 하였다.
422) 會稽(회계) : 會稽山. 秦始皇이 이곳에서 大禹에게 제사를 지내고 자기의 공적을 돌에 새
    겼다고 함.
423) 騁望(빙망) : 마음 내키는 대로 사방을 둘러봄.
424) 琅琊臺(낭야대) : 山東省에 있는 지명. 진시황은 이곳에 당도하여 方士 徐市의 말을 듣고
    弓弩手와 함께 鮫魚를 잡으러 바다로 나아갔다고 한다.
425) 藩籬(번이) : 울타리. 轉하여 변방.
426) 遣蒙恬等~士不敢彎弓而報怨 : 賈誼의 <過秦論>에 나오는 구절.
427) 十生九死(십생구사) : 위태로운 지경에서 겨우 벗어남.(九死一生)
428) 大風揚雲(대풍양운) : 淮南王 黥布가 모반하자, 한고조가 친히 정벌에 나서 會甄에서 물
    리치고 돌아올 때 고향 沛縣에서 고향마을의 장로들과 술자리를 베풀면서 불렀던 <大
    風歌>를 염두에 둔 표현임. 곧, "큰 바람이 일고 구름이 날리듯, 위세를 천지에 떨치며
    고향으로 돌아왔네. 어찌하면 용맹한 병사를 얻어 사방을 지킬까?(大風起兮雲飛揚, 威加
    海內兮歸故鄕, 安得猛士兮守四方?)"이다.
429) 獻壽(헌수) : 환갑 잔치 등에서, 長壽를 비는 뜻으로 술잔을 올리는 것.(稱觥, 稱觴)

季433)畎田之時, 豈知今日之如此? 何無人子之樂?' 此二快也." 明皇, 有含淚悲
懷之色, 漢皇曰："丈夫, 何爲兒女子之態乎?" 明皇揮淚曰："寡人孤哀, 人生幸
有始皇434)快處, 焉得獻壽之樂乎? 人非木石, 何不悽然乎?" 漢皇曰："此乃孝
誠之至也" 因問唐宋皇曰："各陳快事." 唐皇曰："萬國會同之時, 四方皆來, 突
厥435)起舞, 吐蕃436)作歌, 越裳交趾437)獻鸚鵡, 大宛西域438)貢駿馬, 此一快
也。與魏徵論仁政, 使李勣作長城439), 年豊民和, 三陲晏然, 此二快也。與群臣
諸親, 置酒於凌烟閣440), 上皇441)自彈琵琶, 寡人起舞, 公卿獻壽, 此三快也."
宋皇曰："未統天下, 豈有快? 營造新室, 墙垣蕭洒, 九門442)開而四通, 八戶啓

---

430) 太公(태공)：漢高祖 劉邦의 부친.
431) 上皇(상황)：太公을 올려서 太上皇으로 한 것을 말함.
432) 日(일)：日의 오기.
433) 季(계)：漢高祖 劉邦의 字.
434) 始皇(시황)：漢皇의 오기.
435) 突厥(돌궐)：6세기 중엽부터 약 2세기 동안 몽고고원에서 중앙아시아에 걸쳐 지배했던
     터키계 유목 민족. 6세기 말에 동서로 분열되었다. 몽고고원을 지배한 동돌궐은 630년
     에 唐에 멸망되었다 재건되었으나 8세기 중엽 위구르에 패망하였다. 중앙아시아를 지
     배한 서돌궐은 7세기 중엽 당에 服屬하였다.
436) 吐蕃(토번)：國王 棄宗弄贊이 印度와 통하고 또 唐나라 太宗과 우호관계를 맺어 양국의
     문물을 채용하였으므로 세력이 날로 성하여졌으나 당나라 이후 점점 쇠하여져서 淸나
     라 세종 이래 蕃屬國이 되었다.
437) 越裳交趾(월상교지)：越裳은 交趾의 남방에 있던 나라로 오늘날의 베트남을 가리킴. 交
     趾는 漢나라 때의 郡名으로, 지금의 월남 북부의 통킹·하노이 지방을 가리킨다.
438) 大宛西域(대완서역)：大宛은 한나라 때 중앙아시아의 페르가나 지방에 있던 나라를 가
     리킴. 西域은 중국 서쪽에 있는 여러 나라를 총칭하는데 사용한 호칭이다.
439) 唐太宗이 李勣이 돌궐족과의 전쟁을 승리로 이끌자 '이민족의 침략을 막는 만리장성 같
     다.'며 칭찬했는데, "짐이 지금 이적을 並州에 맡겨서 돌궐이 위엄을 두려워하여 멀리
     숨으며 담을 막아 안정하니 어찌 수천 리 장성을 이기지 못하겠는가? 뒤에 병주가 대
     도독부로 고쳐지며 또한 이적이 장사가 되어 자주 영국공에 봉해졌다.(朕今委任李勣於並
     州, 遂得突厥畏威遠遁, 塞垣安靜, 豈不勝數千里長城耶? 其後並州改置大都督府, 又以勣爲長史,
     累封英國公.)는 구절을 염두에 둔 표현임.
440) 凌烟閣(능연각)：중국 당태종이 24명의 功臣의 초상을 그려 걸게 하였던 곳. 돌궐족을
     격파한 뒤 이곳에서 上皇 李淵과 대신 10여 명을 초대하여 성대한 연회가 베풀어졌다
     고 한다.
441) 上皇(상황)：唐나라 太宗의 아버지 唐高祖 李淵을 가리킴.
442) 九門(구문)：대궐 주위의 아홉 문. 곧 路門, 應門, 雉門, 庫門, 皐門, 城門, 近郊門, 遠郊門,
     關門을 일컫는다.

而五達, 眼底無礙, 心事豁然, 此亦一快也." <漢皇曰443)> : "諸王皆無快事乎?" 曹操曰 : "臣有一快, 冒瀆敢諭。破黃巾444), 擒呂布445), 服張魯446)・張繡447), 滅袁紹・袁術448)。降劉琮449), 南至長江, 鬪艦千里, 旗幟萬里, 二喬450)八脾睨451), 吳越452)掌上覩, 東望夏口453), 西望武昌454), 浩波如練, 明月

---

443) 漢皇曰(한황왈) : 『교감본 한국한문소설 몽유록』(장효현 외 4인, 고려대학교 민족문화연구소, 2007)의 292면에 따라 삽입한 글자임.

444) 黃巾(황건) : 後漢末에 일어난 비적. 황건을 썼던 데서 기인하며, 수령은 張角이었다.

445) 呂布(여포) : 後漢의 사람. 처음에는 丁原을 섬기다가 후에 董卓을 섬겼다. 동탁이 죽임을 당하자 그의 남은 무리를 혁파하고는 袁術에게 귀의했다.

446) 張魯(장노) : 後漢 말기 道士이자 軍閥. 漢中 일대에서 오두미도를 전파하고, 스스로 師君으로 일컬었다. 한중에서 근 30년 동안 軍閥로 활동하다가 뒤에 曹操에게 투항하여 鎭南將軍으로 임명되었고, 閬中侯로 봉해졌다.

447) 張繡(장수) : 後漢 말기의 장수. 후한 말에 마을의 젊은이들을 규합하여 張濟를 따라 정벌에 나서 建忠將軍이 되고, 宣威侯에 봉해졌다. 장제가 죽자 무리를 거느리고 완성에 屯兵하면서 劉表와 합세했다. 그 뒤 曹操에게 투항하여 揚武將軍에 올랐다. 조조가 자신의 숙모를 취하자 원한을 품고 조조의 군대를 습격해 대파했다. 官渡 전투 때 조조와 袁紹 등이 모두 자신을 불러들이려 하자 賈詡의 건의를 따라 다시 조조에게 항복하여 전공으로 세우고 破羌將軍으로 옮겼다. 나중에 烏桓을 공격하다 죽었다.

448) 袁術(원술) : 後漢 말기의 사람. 종형 袁紹와 더불어 당대의 명문거족이었다. 董卓이 집권하여 황제 폐립 계획을 세우고 가담시키려 하자 후환이 두려워 南陽으로 달아나 長沙太守 孫堅의 도움을 받아 그곳에 정착했다. 나중에 동탁을 격파하여 명성을 떨쳤다. 한편으로 원소와 荊州의 劉表가 대립하게 되자, 劉備・曹操도 이에 휘말려 일진일퇴의 공방전을 벌였다. 이런 와중에 패하여 揚州로 근거지를 옮겼고, 끝내는 九江에서 제위에 올랐다. 그러나 2년도 채 못 되어 음탕하고 낭비가 심해졌으며, 腰妾을 수백 명 두는 등 방탕하게 살다가 세력이 쇠진해지자 제위를 원소에게 돌려주고 원소의 아들 袁譚에게 의탁하려 했지만, 유비의 방해로 뜻을 이루지 못했다. 壽春에서 죽었다.

449) 劉琮(유종) : 後漢 말기의 사람. 荊州牧 劉表의 둘째 아들이다. 유표가 병으로 죽자 채부인과 蔡瑁가 형주목을 잇게 했다. 그 해 남하하는 曹操에게 형주를 넘기고, 청주자사의 자리에 임명되지만 조조의 부하 于禁이 유종과 채부인을 청주로 데려갈 때 사살했다.

450) 二喬(이교) : 중국 삼국시대 江東에 있던 喬公의 두 딸. 절세미인으로 언니는 孫策의 아내가 되고 동생은 周瑜의 아내가 되었다. 그런데 杜牧의 <赤壁> 시에 "동풍이 주랑의 편을 들어주지 않았더라면, 동작대 깊은 봄에 두 교씨 여인을 가두었으리.(東風不與周郎便, 銅雀春深鎖二喬.)" 하였다. 따라서 二喬를 통하여 孫權과 周瑜를 연상시키고 있다. 적벽대전 때에 劉備와 손권은 각자 자신의 이익을 위해 서로 연합하여 曹操에게 대항하기로 했는데, 손권은 주유를 대도독으로 삼아 정예군 3만을 거느리고 장강을 거슬러 올라가 夏口에서 유비의 군대와 회합했었다.

451) 八脾睨(팔비예) : 入脾睨의 오기.

452) 吳越(오월) : 吳나라와 越나라를 가리키나, 여기서는 삼국시대의 東吳 지역을 가리킴.

453) 夏口(하구) : 湖北省 武昌縣의 서쪽, 黃鵠山의 위에 있는 城名. 吳나라의 孫權이 축조했던

如鏡, 烏鵲飛南之時, 橫槊賦詩455), 此一快也."

漢皇曰："姑舍是. 聞來, 不勝悲感." 顧謂明皇曰："國非唐虞, 人非堯舜, 豈能盡善盡美456)乎? 座中, 帝王幾人, 得失幾許? 當時諫臣, 難輔君王之不逮, 後世史官, 難記百代之是非, 唐宋及漢457), 皆在史筆之中者矣。聞之何益? 然<帝458)>享國苟位, 必是長久也。好善徵惡459), 使其是非炳然, 不知爲法於後世, 亦何如哉?" 明帝推辭460)曰："先儒有言曰：'吾之於人, 誰毀誰譽?' 以聖人之心, 猶尙如此, 況庸庸之才而輕毀譽哉!"461) 漢皇曰："幸勿堅執固辭, 以助一笑, 坐中之願也." 明皇曰："先察氣像, 後論是非矣."

周覽旣畢, 乃言曰："北風淅瀝, 波濤洶湧, 始皇之氣像也。夏日照耀, 霹靂震動, 光武之氣像也。玉宇寥廓, 秋霜凜烈, 武帝之氣像也。淸風簫簫, 明月皎皎, 太宗之氣像也。東方日出, 西邊雨霏, 文帝之氣像也。浩浩長江, 或波或潺, 照烈462)之氣像也。曉色蒼蒼, 晨星耿耿, 憲宗之氣像也。崑崗白玉463), 麗水黃

성이다.

454) 武昌(무창) : 현재 湖北省에 있는 鄂州.

455) 曹操가 水軍을 赤壁江 위에 결진시켜 놓고 유유히 읊은 <短歌行>을 가리킴. "달 밝으니 별은 드문데, 까막까치는 남으로 날아가네. 나무를 세 겹으로 두르고 있어, 새들이 의지할 가지가 없구나.(月明星稀, 烏鵲南飛. 繞樹三匝, 何枝可依.)"구절이 참고가 된다. 원문에 있는 조조의 말에는 蘇軾의 <赤壁賦>에 나오는 구절이 활용되었다.

456) 盡善盡美(진선진미) : 더할 수 없이 착할 수도 아름다울 수도 있음. ≪논어≫<八佾篇>의 "소악을 이르기를 '지극히 아름답고 또 더할 것이 없이 좋다.' 하였고, 무악을 이르기를 '극진히 아름다우니 더할 것 없이 좋지는 못하다.' 하였다.(子謂韶, '盡美矣, 又盡善也.' 謂武, '盡美矣, 未盡善也.')"에서 나온 말이다.

457) 唐宋及漢(당송급한) : 及漢唐宋이 보다 맞을 듯.

458) 帝(제) : 『교감본 한국한문소설 몽유록』(장효현 외 4인, 고려대학교 민족문화연구소, 2007)의 294면에 따라 삽입한 글자임.

459) 徵惡(징악) : 懲惡의 오기.

460) 推辭(추사) : 남에게 사양하고 자기는 거절함.

461) 吾之於人~況庸庸之才而輕毀譽哉(오지어인~황용용지재이경훼예지재) : ≪삼국지≫ <魏書・王昶傳>의 "공자가 말하기를, '내가 사람을 대하면서 누구를 비난하고 누구를 칭송했나? 만약 칭찬하는 사람이 있었다면 반드시 그 시험해봄이 있었을 것이다.'라고 했다. 성인의 도덕으로도 이와 같은데 하물며 용용지도(庸庸之徒 : 범부)야 어찌 경솔히 다른 사람을 훼예(毀譽 : 남을 비방함과 칭찬함)할 수 있는가.(孔子曰：'吾之於人, 誰毀誰譽? 如有所譽, 必有所試.' 以聖人之德, 猶尙如此, 況庸庸之徒而輕毀譽哉?"에서 인용됨.

462) 照烈(조열) : 昭烈의 오기.

金464), 太祖之氣像也。渥洼465)駿馬, 丹丘466)彩鳳, 神宗之氣像也。疾風暴雨, 天地震動, 覇王之氣像也。狸竄荊榛, 羊隱烟霧, 魏公之氣像也。"

漢皇大笑曰 : "眞所謂明心寶鑑, 獨不言寡人之氣像, 何也?" 明皇曰 : "龍得其雨, 變化無窮, 帝之度量, 與之比也。若論是非, 則始皇, 雄才大略, 奮六世467)之餘烈, 振長策而馭宇內468), 六合爲家, 崤函469)爲宮470), 自以爲關中之固, 金城千里, 子孫帝王, 萬世之業也471)。未及二世而亡, 何哉? 侈營宮室, 殫民財力, 虛築長城, 以傷人力之祟472)也, 寡人以爲不然也。詩書著聖賢之行跡, 雜燒之, 儒生誦孔孟之道德, 盡坑之。太子國本, 放逐扶蘇473), 詐立胡亥474), 此乃速之滅之機也。" 始皇歎曰 : "明帝言寡人之罪惡, 固所甘心。然寡人若在宮中, 趙高475)不能謀逆, 章邯豈能降楚乎? 噬臍莫及476), 歎之何益? 此其果然

---

463) 崑崗白玉(곤강백옥) : 崑崙山에서 나온다는 세상 사람들이 가장 진귀하게 여기는 옥.

464) 麗水黃金(여수황금) : 중국 운남성에 있는 강인 여수에서 나는 금.

465) 渥洼(악와) : 강이름. 黨河의 지류. 基蕭省 安西縣에 있다.

466) 丹丘(단구) : 신선이 사는 곳. 밤도 낮 같이 환하다 한다.

467) 六世(육세) : 秦孝公 이후의 여섯 임금을 가리킴. 곧, 惠文王, 武王, 昭襄王, 孝文王, 莊襄王을 이른다.

468) 奮六世之餘烈, 振長策而馭宇內(분육세지여열, 진장책이어우내) : 賈誼의 <過秦論>에서 인용한 것임.

469) 崤函(효함) : 崤山과 函谷關. 모두 河南省에 있는 험준한 要害地이다.

470) 六合爲家, 崤函爲宮(육합위가, 효함위궁) : 賈誼의 <過秦論>에서 인용한 것임.

471) 自以爲關中之固~萬世之業也 : 賈誼의 <過秦論>에서 인용한 것임.

472) 祟(숭) : 崇의 오기.

473) 扶蘇(부소) : 秦始皇帝의 長子. 여러 차례 時政에 대해 충간을 올렸다. 진시황의 焚書坑儒를 만류하다가 노여움을 사서 황명으로 上郡에 가서 蒙恬의 군대를 감독했다. 진시황이 沙丘에서 죽을 때 옥새를 부소에게 주어 咸陽으로 불러 제위를 잇도록 유언을 남겼다. 그러나 李斯와 趙高가 가짜 조서를 만들어 둘째 아들 胡亥를 옹립하고 그는 상군 군중에서 자살하도록 했다.

474) 胡亥(호해) : 秦始皇帝의 次子. 李斯와 趙高 등에 의해 추대된 제2대 황제로서 二世皇帝라고 한다. 대규모 토목사업을 벌이고 宦官 趙高의 전횡을 방임하여 民心을 잃었으며 秦을 멸망의 길로 몰아넣었다. 결국 그들에 의해 죽임을 당했던 인물이다.

475) 趙高(조고) : 秦나라의 환관. 시황제가 죽은 뒤, 丞相 李斯와 공모하여 둘째 아들인 胡亥를 제2세 황제로 삼았다가 그들을 죽이고 子嬰을 즉위시켜 권력을 휘둘렀으나 자영에게 一族이 살해되었다. 2세 황제에게 말을 바치고는 그것을 사슴이라 하고, 그때의 여러 신하의 반응을 보고 적과 자기편을 판별한 고사는 유명하다.

476) 噬臍莫及(서제막급) : 배꼽을 물어뜯으려 하여도 입이 닿지 아니한다는 뜻으로, 후회하

也."

明皇曰: "高皇, 開寬洪之路, 以迎天下之英俊, 從諫如流, 縞素三軍[477], 除秦苛法, 約法三章, 畧與湯武同。然惟所欠也, 輕士慢罵, 是故, 古禮不復, 古樂不作, 從玆始矣。武帝, 窮兵黷武[478], 虐民事神[479], 而海內虛耗矣。若非起秋風之悔[480], 有輪臺之詔[481], 則續亡秦之轍也。光武, 忿國家之將亂, 憯宗社之傾危, 延攬英雄, 撫悅民心[482], 掃除莽賊[483], 興復漢室。有志於始, 然輔相亦非其人, 可勝惜哉? 昭烈, 結義桃源[484], 屈駕草廬[485], 君臣相得, 翼乎如鴻毛[486]遇順風, 沛若乎如巨魚縱大壑[487]。惜哉! 創業未半, 中道而逝[488], 豈非

여도 이미 늦음을 비유하는 말.
477) 縞素三軍(호소삼군): 劉邦이 項羽의 손에 죽은 義帝를 위해 三軍이 모두 素服을 입도록 하고 發喪하면서 항우를 토죄하겠다고 천하의 제후들에게 포고한 고사를 일컬음.
478) 黷武(독무): 함부로 전쟁을 하여 武德을 더럽힘.
479) 漢武帝가 3년마다 郊祀를 지내 太一神이 至高無上의 지위에 있다는 것을 확실히 한 것을 일컬음.
480) 秋風之悔(추풍지회): 漢武帝가 <秋風辭>를 지을 때의 심정을 이르는 말. <추풍사>는 무제가 河東에서 토지신인 后土를 제사 지내고 汾河에서 가을바람에 발흥하여 지은 것인데, 섬세하고 아름다우면서도 가을을 맞는 인생의 쓸쓸한 심정을 나타내고 있다. 아울러 秦始皇의 정책과 비슷하게 정책을 펴서 사방을 정벌하고 백성들을 괴롭힌 것을 후회하는 내용도 있다.
481) 輪臺之詔(윤대지조): 漢武帝는 평생 西域을 정벌하는데 주력하여 국력이 많이 고갈되었는데, 만년에 이를 깊이 후회하여 마침내 윤대 지역을 포기하면서 아울러 자신을 자책하며 내린 조서를 일컬음.
482) 延攬英雄, 撫悅民心(연람영웅, 무열민심): 鄧禹가 광무제에게 건의했던 말. 광무제는 이 말을 듣고 바로 첫째가는 인물이라고 생각하여 항상 곁에 머물러 있게 했다고 한다. 또한 28명의 장수를 두었는데, 이를 '雲臺 28장'이라고 일컫는다.
483) 莽賊(망적): '王莽'을 가리킴.
484) 結義桃源(결의도원): 의형제를 맺음. ≪三國志演義≫에서 蜀나라의 劉備·關羽·張飛가 의형제 맺은 것을 桃園結義라고 하였다.
485) 屈駕草廬(굴가초려): 三顧草廬. 삼고초려는 蜀漢의 임금 劉備가 諸葛孔明의 집을 세 번 찾은 고사를 가리킨다. 군주나 長上에게 특별한 신임이나 우대를 받는 일을 일컫는 말로 쓰인다.
486) 鴻毛(홍모): 기러기의 털이라는 뜻으로, 매우 가벼운 사물을 비유하여 일컫는 말.
487) 翼乎如鴻毛遇順風, 沛若乎如巨魚縱大壑(익호여홍모우순풍, 패약호여거어종대학): 前漢 王褒가 지은 <聖主得賢臣頌>의 "성스러운 임금은 반드시 훌륭한 신하가 있어야만 공업을 크게 하고, 준수한 인재는 또 밝은 임금을 기다려서 그 덕을 드러내는 것이다. 상하가 모두 그러한 희망을 품고 서로 기뻐하는 가운데 천재일우의 기회를 만나 임금과

天也? 太宗, 化家爲國, 偃武修文[489], 勵精求治, 身致太平, 號爲英主。然以君德論之, 則納巢剌王[490]妃[491], 其謬已甚, 貽四海之羞, 爲百世之唾也[492]。太祖, 未嘗爲學, 晚好讀書, 鞭朴[493]不行於殿陛, 罵辱不及於公卿, 故臣下得以有爲, 而忠君愛國之心, 油然而興矣。使擧德行孝悌之士, 以降禮義廉恥之風, 洞開重門, 少有邪曲, 則人皆見之, 所謂蕩蕩平平之道矣[494]。晉武帝, 承父兄之業, 混一華夏[495], 侈心將萌, 沈於遊宴, 怠於政事, 常乘羊車[496], 恣其所之[497],

신하가 얘기를 나눔에 의심이 없게 되면, 마치 기러기 털이 순풍을 만나서 나는 듯하고 거대한 물고기가 큰 물에서 마음대로 노니는 듯할 것이니, 이와 같이 뜻을 얻는다면 무엇을 금한들 그치지 않겠으며, 무엇을 명한들 행해지지 않겠는가. 교화가 사방에 흘러넘치고 무궁하게 널리 펼쳐져서 먼 오랑캐가 조공을 바치고 온갖 상서가 반드시 이를 것이다.(聖主必待賢臣, 而弘功業, 俊士亦俟明主, 以顯其德. 上下俱欲, 懽然交欣, 千載一會, 論說無疑, 翼乎如鴻毛遇順風, 沛乎若巨魚縱大壑, 其得意如此, 則胡禁不止, 曷令不行? 化溢四表, 橫被無窮, 遐夷貢獻, 萬祥必臻.)"에서 나오는 말.

488) 創業未半, 中道而逝(창업미반, 중도이서): 蜀漢의 승상 諸葛亮이 後主 劉禪에게 올린 <前出師表>의 "선제께서 창업을 반도 못 이룬 채 중도에 붕어하시고, 지금 천하가 셋으로 나누어진 가운데 익주가 피폐하니, 이는 참으로 존망이 달린 위급한 때입니다.(先帝創業未半而中道崩殂, 今天下三分, 益州疲弊, 此誠危急存亡之秋也.)"에서 나오는 말.

489) 偃武修文(언무수문): 무기를 창고에 넣어 두고 학문을 닦아 나라를 태평하게 함.

490) 巢刺王(소자왕): 唐高祖의 셋째아들 李元吉의 封諡號. 唐太宗 李世民의 동생을 가리킨다.

491) 納巢刺王妃(납소자왕비): 唐太宗은 권력투쟁 과정에서 동생 이원길을 화살로 쏘아 죽였는데, 그의 아내인 巢氏를 妃로 맞이했고, 그녀와 사이에서 낳은 자식으로 이원길의 후사를 잇게 한 것을 일컬음.

492) 貽四海之羞, 爲百世之唾也(이사해지수, 위백세지타야): ≪자치통감≫ 권191 <唐紀 7>의 "貽四海之羞, 爲百世之笑乎"를 변용한 것임.

493) 鞭朴(편박): 鞭扑의 오기. 가혹한 형벌의 일종으로 죄인의 신체를 가죽으로 만든 채찍으로 치는 것.

494) 宋太祖의 대목은 ≪통감절요≫<資治通鑑總要通論(潘榮)>의 "夫三年之喪, 自天子, 達於庶人, 文景以後, 能行之者, 惟晉武帝·魏孝文·周高祖數君而已, 此夫子所謂不如諸夏之亡也. 然自晉至隋, 南北之君, 率多不得其死, 盡以國亡族滅, 其故何也? 蓋得之以不仁, 上行而下效. 身爲天子, 死無噍類, 嗚呼哀哉! 至於宋祖, 未嘗爲學, 晚好讀書, 歎曰: '堯舜之世, 四凶之罪, 止於投竄, 何近代法網之密邪?' 於是立法, 鞭扑不行於殿陛, 罵辱不及於公卿, 故臣下得以有爲, 而忠君愛國之心, 油然而興矣. 命曹彬下江南, 則戒以切勿暴掠生民, 故彬至城下, 焚香約誓, 一不妄殺, 凱還之日, 行李蕭然, 遣吳越歸國而使知不留之意. 處將相之間, 則喩以相安之情, 待諸降主以賓禮, 易諸節鎭以儒臣, 使擧德行孝悌之士, 以降禮義廉恥之風, 嗚呼! 人主如是, 亦庶乎其知九經之義哉. 且曰: '洞開重門, 正如我心, 少有邪曲, 人皆見之.' 蕩蕩平平之道, 不外是矣."에서 축약 인용한 것임.

495) 華夏(화하): 중국 본토를 이르는 말.

淫樂莫甚於此也。元帝, 承喪亂之餘, 內無計策之棟樑, 外無匡扶之柱石498), 然明敏有機斷, 故能以弱制強, 誅剪謀逆, 克復大業也499)。文帝, 天性嚴肅, 令行禁止500), 勤於政事, 務於儉素。猜忌苛察, 信受讒言, 損害忠良, 乃至子弟, 皆如仇敵, 此其所短也501)。肅宗, 偸一時之安, 不思永樂之患, 彈耳目之翫, 窮聲技之巧502), 沉愛貴妃, 內育強賊503), 卒使鸞輿播越, 生靈塗炭504), 未有甚於此時者也。神宗, 刻意圖治, 上慕唐虞, 與程子稽古正學, 與惠卿505)創置新法506), 用舍之間, 安危所繫。疎待賢士, 傾心奸臣, 以安撤危, 反治爲亂, 使天下之人, 囂然喪其樂生之心, 敢望堯舜之治乎?507) 末由以也508)。高宗, 信奸匿, 屛逐忠

---

496) 羊車(양거) : 궁중에서 쓰는 화려하게 꾸민 수레. 진무제는 후궁 안에 엄청난 후궁을 두고서 羊車 즉 양이 끄는 마차를 타고 가다가 양이 머문 곳에서 내려 그곳에 있는 후궁의 방으로 들어갔다고 한다.

497) 常乘羊車, 恣其所之(상승양거, 자기소지) : 李瀚의 ≪蒙求≫에 나오는 구절.

498) 內無計策之棟樑, 外無匡扶之柱石(내무계책지동량, 외무광부지질석) : ≪三國志演義≫<曹公分兵拒袁紹>의 "外無匡扶之柱石, 內無伏策之棟樑"을 활용한 것임. 柱石은 柱石의 오기이다.

499) 明敏有機斷~克復大業也(명민유기단~극복대업야) : ≪통감절요≫ 권27 <晉紀·肅宗明皇帝>의 "明敏有機斷. 故能以弱制強, 誅剪逆臣, 克復大業."에서 인용한 것임.

500) 令行禁止(영행금지) : 명령하면 행해지고 금하면 그친다는 뜻으로, 사람들이 법령을 잘 따르고 지킴을 이름.

501) 隋文帝의 대목은 ≪통감절요≫ 권34 <隋紀·高祖文皇帝>의 "高祖性嚴重, 令行禁止, 勤於政事, 每旦聽朝, 日昃忘倦, 雖嗇於財, 至於賞賜有功, 卽無所愛, 將士戰沒, 必加優賞, 仍遣使者, 勞問其家, 愛養百姓, 勸課農桑, 輕徭薄賦. 其自奉養, 務爲儉素 … 猜忍苛察, 信受讒言, 功臣故舊, 無始終保全者, 乃至子弟, 皆如仇敵, 此其所短也."를 축약 변용한 것임.

502) 偸一時之安, 不思永樂之患, 彈耳目之翫, 窮聲技之巧(투일시지안, 불사영락지환, 탄이목지완, 궁성기지교) : ≪통감절요≫ 권42 <唐紀·肅宗>의 "而偸取一時之安, 不思永久之患 … 彈耳目之玩, 窮聲技之巧."을 인용한 것임. 永樂은 永久가 문맥상 보다 합당한 듯하며, 彈은 殫의 오기이다.

503) 強賊(강적) : 安祿山을 가리킴.

504) 沉愛貴妃~生靈塗炭(침애귀비~생령도탄) : 唐玄宗의 사실이 唐肅宗의 사실에 착종되어 있음.

505) 惠卿(혜경) : 呂惠卿. 王安石과 經義에 대해 논하다가 일치하는 점이 많아 교유를 시작했다. 神宗 熙寧 초에 集賢校理가 되고, 判司農寺를 거쳐 新法 운영에 적극 참여했다. 여러 법령들이 그의 손에서 나왔다.

506) 新法(신법) : 宋나라 神宗 때 王安石이 富國強兵策으로서 제정한 법령.

507) 神宗의 대목은 ≪통감절요≫<資治通鑑總要通論(潘榮)>의 "神宗, 刻意圖治, 上慕唐虞 … 反治爲亂, 使天下之人, 囂然喪其樂生之心, 卒之群姦繼進, 釀成靖康之禍, 用人可不謹哉! … 神

賢509), 秦檜510)矯殺岳飛而若不聞也511)。賈似道512), 卒誤邦國, 而以爲忠, 豈復望其有三代之治乎?513) 憲宗, 以君臣514)之功, 削平藩籬, 終建大業。陳王, 繩樞515)之子, 甿隷之人, 蹢足行伍之間, 倔起阡陌之中, 率疲散之卒, 將數百之衆, 斬木爲兵, 揭竿爲旗, 天下雲合而響應, 嬴粮以影從516)。若听六立國517)之後, 則未知鹿518)在誰手矣。魏公, 治世之能臣, 亂世之奸雄519), 專權托命520), 號令天下, 四方咸服, 畏其威勢, 非其本心521)。內倚諸親滿朝之威, 外迎群雄乘風之勢522), 濫叨寵榮, 恣生强逆523), 脅制天子, 戕殺國母524), 罄南山之竹, 書

宗, 慕王道, 程伯子上稽古正學定志之論, 而上之所與謀者, 王安石・呂惠卿・章惇・蔡卞之流, 創置新法, 以擾其民, 用舍之間, 安危所繫."에서 축약 변용한 것임.

508) 末由以也(말유이야) : 末由也已의 오기인 듯. ≪논어≫<子罕篇>의 "비록 그것을 따라가려고 해도 따라갈 길이 없다.(雖欲從之, 末由也已.)"에서 나오는 말.

509) 信奸匿, 屛逐忠賢(신간익, 병축충현) : ≪통감절요≫<資治通鑑總要通論(藩榮)>의 "至於哲宗, 昏庸尤甚, 信任姦慝, 屛逐忠賢."에서 인용한 것임. 宋哲宗의 사실이 宋高宗의 사실에 착종되어 있고, 信奸匿는 信任姦慝의 오기이다.

510) 秦檜(진회) : 南宋 고종 때의 宰相. 岳飛를 誣告하여 죽이고 主戰派를 탄압하여 金나라와 굴욕적인 和約을 체결하였으므로 후세에 대표적인 姦臣으로 꼽힌다.

511) 秦檜矯殺岳飛而若不聞也(진회교살악비이약불문야) : ≪통감절요≫<資治通鑑總要通論(藩榮)>의 "岳飛破虜, 幾還兩宮, 秦檜矯詔, 班師而殺之, 高宗若不聞."에서 축약 변용한 것임.

512) 賈似道(가사도) : 南宋 말기의 재상. 公田法을 실시하고, 理宗・度宗・恭帝의 3대에 걸쳐 정권을 장악하였다. 후에 元軍과 싸워 피살되었다.

513) 賈似道의 대목은 ≪통감절요≫<資治通鑑總要通論(藩榮)>의 "秦檜・韓侂胄・史彌遠・賈似道, 以元凶居首相, 登進同類, 布滿朝廷, 祗爲身謀, 卒以誤國, 而人主方以爲忠, 豈復望其有三代之治乎?"를 축약 변용한 것임.

514) 君臣(군신) : 群臣의 오기.

515) 繩樞(승추) : 새끼로 代用한 문지도리. '貧家'의 형용이다.

516) 陳勝의 대목은 ≪통감절요≫ 권3 <後秦紀・二世皇帝>의 "陳涉, 甕牖繩樞之子, 甿隷之人而遷徙之徒也. 蹢足行伍之間, 倔起阡陌之中, 率罷散之卒, 將數百之衆, 轉而攻秦, 斬木爲兵, 揭竿爲旗, 天下雲合響應, 嬴粮而影從, 山東豪俊, 遂並起而亡秦族矣."를 축약 인용한 것임. 賈誼의 <過秦論>에 나오는 글이다.

517) 六立國(육립국) : 立六國의 오기. 六國의 후손을 세우라는 말은 酈食其가 漢王 유방에게 한 말이다.

518) 鹿(녹) : 권좌의 비유.

519) 治世之能臣, 亂世之奸雄(치세지능신, 난세지간웅) : 汝南人 許劭의 평에서 인용한 것임.

520) 托命(탁명) : 擅命의 오기.

521) 畏其威勢, 非其本心(외기위세, 비기본심) : 吳나라 승상 蔣濟의 평에서 인용한 것임.

522) 內倚諸親滿朝之威, 外迎群雄乘風之勢(내의제친만조지위, 외영군웅승풍지세) : ≪후한서≫

罪無窮, 決東海之水, 流惡難盡525)。 <孫策526)>討虜, 年纔二十, 勇冠四海, 虎
據江東, 號爲少伯王527), 殞身於匹夫之手, 可惜哉! 至於五季528), 禍亂相尋, 戰
爭不息, 名爲群臣529), 實爲仇敵。 世降至此, 乖亂極矣530)。 何足勝言哉?"

項王大叫曰: "論古今帝王是非之中, 吾豈不預乎?" 明皇嫉之曰: "若欲强聞
之, 何難之有哉? 但言之有愧, 听之無益." 項王曰 : "願聞其說." 乃曰: "背關中
之約, 其一也。 矯殺卿子冠軍531), 其二也。 救齊不報, 而擅劫諸侯, 其三也。
燒咸陽宮532), 掘驪山塚533), 其四也。 殺秦降王子嬰534), 其五也。 坑秦降子弟
二十萬, 其六也。 王諸將於善地, 徙逐故主, 其<七535)>也。 自都彭城536)地,

　　　권69 <竇何列傳 59>의 "內倚太後臨朝之威, 外迎群英乘風之勢."에서 활용한 것임. 乘風은
　　　乘風破浪으로 바람의 힘을 타고 거친 물살을 헤쳐 나가는 크고 왕성한 기개를 뜻한다.

523) 濫叨寵榮, 恣生强逆(남도총영, 자생강역): ≪三國志演義≫<董卓議立陳留王>의 "竊惟常侍
　　　張讓·段珪等, 濫叨寵榮, 恣生狂逆."에서 활용한 것임. 强逆은 狂逆의 오기인 듯하다.

524) 脅制天子, 戕殺國母(협제천자, 장살국모): ≪통감절요≫ 권24 <漢紀·昭烈皇帝>에서 나
　　　오는 말. 國母는 伏皇后를 가리키는데, 後漢 獻帝의 황후로써 부친인 伏完을 시켜 조조
　　　를 없애려다 사전에 탄로가 나서 조조에게 죽음을 당한 인물이다. 사전에 탄로 났을
　　　때, 조조는 황제를 압박해 황후를 폐위시키고 궁안으로 華歆를 들여보내 체포하였었다.

525) 罄南山之竹~流惡難盡(경남산지죽~유악난진): ≪통감절요≫ 권34 <隋紀·恭帝>의 "罄
　　　南山之竹, 書罪無窮, 決東海之波, 流惡難盡."에서 인용한 것임.

526) 孫策(손책): 『교감본 한국한문소설 몽유록』(장효현 외 4인, 고려대학교 민족문화연구소,
　　　2007)의 304면에 따라 삽입한 글자임.

527) 號爲少伯王(호위소백왕): ≪三國志演義≫에서 묘사된 것임.

528) 五季(오계): 後梁·後唐·後晉·後漢·後周의 五代를 일컬음.

529) 群臣(군신): 君臣의 오기.

530) 至於五季~乖亂極矣(지어오계~승란극의): ≪통감절요≫<資治通鑑總要通論(潘榮)>의 "至
　　　於五季, 禍亂相尋, 戰爭不息, 名爲君臣, 實爲仇敵。 世降至此, 壞亂極矣."에서 인용한 것임.

531) 卿子冠軍(경자관군): 宋義. 楚懷王의 上將軍인 卿子冠軍이었는데, 그가 진군하지 않은 것
　　　에 불만을 품은 항우에게 기습 살해당하고 멸족까지 당하였다.

532) 燒咸陽宮(소함양궁): 함양은 秦나라의 서울. 함양의 대궐을 초나라의 항우가 불을 놓아
　　　3개월 동안이나 불탄 사실을 이른다.

533) 驪山塚(여산총): 驪山은 陝西省 臨潼縣의 東南인 옛날의 長安 부근의 산. 이곳에 있던 秦
　　　始皇의 墓地를 일컫는다.

534) 子嬰(자영): 秦나라의 제3대이자 마지막 왕. 왕위에 오른 지 46일 만에 劉邦에게 투항
　　　했으나, 뒤이어 咸陽에 입성한 項羽에게 살해되었다.

535) 七(칠): 『교감본 한국한문소설 몽유록』(장효현 외 4인, 고려대학교 민족문화연구소,
　　　2007)의 306면에 따라 삽입한 글자임.

536) 彭城(팽성): 江蘇省에 있는 縣. 춘추시대의 宋나라의 邑.

奪韓梁地, 其八也。陰殺義帝於江南, 其九也。爲政不平, 主約不信, 天下所不
容, 大逆無道罪, 其十也[537]。漢書[538]云: '忠言逆耳, 利於行, 毒藥苦口, 利於
病.' 幸勿口直[539]爲怪." 項王默然, 有面滿羞慙。明皇避席而言曰: "以庸才愚
說, 妄論是非, 於心未安也." 滿座稱讚不已曰: "孔明之言群臣, 明皇之論諸王,
雖有權變, 輕重長短, 猶不足以逾此也."

明皇曰: "寡人, 欲定都邑, 未知何地爲可." 漢皇曰: "山自崑崙[540], 水自黃
河[541], 四海之內, 堯・舜・禹・湯・文・武・秦・漢之都, 四海之外, 南蠻・
北狄[542]・東夷[543]・西戎[544]之國, 雍[545]・豫[546]・徐[547]・兗[548], 四州爲長
安[549]。荊[550]・益[551]・青[552]・楊[553], 四州爲金陵[554], 龍盤虎踞[555], 天府之

---

537) 背關中之約~其十也(배관중지약~기십야) : ≪통감절요≫ 권4 <漢紀・太祖高皇帝>에 나
    오는 項羽의 十罪임. 각주로 처리되어 있는데, 곧 "羽負約, 王我於漢, 罪一。矯殺卿子冠軍,
    罪二。救趙不報, 而擅劫諸侯入關, 罪三。燒秦宮室, 掘始皇塚, 私其財, 罪四。殺秦降王子嬰, 罪
    五。詐坑秦子弟新安二十萬, 罪六。王諸將善地, 而徙逐故主, 罪七。出逐義帝, 自都彭城, 奪韓梁
    地, 罪八。使人陰弑義帝江南, 罪九。爲政不平, 主約不信, 天下所不容, 大逆無道, 罪十."이다.
538) 漢書(한서) : 前漢의 역사를 紀傳體로 기록한 책. 朝鮮傳 등이 있다. 본문에 인용된 '忠言
    逆耳~利於病'은 ≪통감절요≫ 권4 <漢紀・太祖高皇帝>에 있다.
539) 口直(구직) : 口直心快. 솔직하여 숨기는 것이 없음. 마음속에 생각한 대로 말함.
540) 崑崙(곤륜) : 崑崙山. 중국 전설상의 산. 黃河江의 원류로, 玉이 나오며 不死의 선녀, 西王
    母가 산다고 하는 서방의 樂土이다.
541) 黃河(황하) : 중국 서부에서 북부를 크게 굽어 흐르는 큰 강. 揚子江 다음 가는 중국 제2
    의 긴 강이다. 靑海城의 雅合拉達合澤山에서 발원하여 큰 지류를 합치면서 華北 平野를 흘
    러 발해로 흘러든다. 황토를 대량으로 운반하여 물이 황탁하기 때문에 '황하'로 불린다.
542) 南蠻北狄(남만북적) : 남쪽과 북쪽의 오랑캐. 옛날 중국에서 자기나라 남・북쪽 지방에
    사는 미개한 족속들을 얕잡아 이르던 말.
543) 東夷(동이) : 동쪽의 오랑캐라는 뜻으로 四夷의 하나. 옛날에 중국 사람들이 자기들 동
    쪽에 있는 한국・일본・만주 등의 나라나 종족을 멸시하여 일컫던 말.
544) 西戎(서융) : 漢人이 서방 이민족을 얕잡아 일컫던 말.
545) 雍(옹) : 雍州. 禹의 九州의 하나. 陝西省・甘肅省과 靑海省의 일부분에 해당한다.
546) 豫(예) : 豫州. 禹貢의 九州의 하나. 湖北省・山東省의 일부와 河南省 전부에 걸친 지역
    이다.
547) 徐(서) : 徐州. 九州의 하나. 山東・江蘇・安徽 등 여러 省의 일부에 걸친 땅이다.
548) 兗(연) : 兗州. 九州의 하나. 河北省 및 山東省의 일부이다.
549) 長安(장안) : 수도. 중국 陝西省 西安市의 옛 이름. 漢나라・唐나라가 도읍했던 곳이다.
    洛陽에 대하여 '西都' 또는 '上都'라 불렀다.
550) 荊(형) : 荊州. 九州의 하나. 荊山의 남쪽지방으로, 현재의 湖北省・湖南省 및 廣東省 북
    부, 貴州, 四川, 廣西壯族 자치구 동부의 지역이다. 중국 春秋 時代 '楚'나라의 별칭으로

土556), 眞所謂帝王之都。槩三代以前, 帝王多出河北557), 三代以後, 帝王多居河南558), 獨有江南空虛之地, 帝意在於金陵否?" 明皇謝曰:"願受敎矣."

漢皇命將相忠智勇五行之人, 起舞作歌, 第一隊, 張良·蕭何·韓信·陳平·紀信, 第二隊, 馬援·賈復·諸葛亮·關羽·趙雲, 第三隊, 李靖·長孫無忌·張巡·許遠·徐達等, 風骨卓犖559), 氣宇磊落560)。

張良朗朗而吟, 其歌曰:

| 受學黃石兮 | 來攀赤帝561) |
| 滅嬴562)倒項兮 | 身爲帝師 |

쓰이기도 했다.

551) 益(익): 益州. 지금의 四川省의 땅. 唐나라 이후에는 成都府라 개칭하였다.

552) 靑(청): 靑州. 九州의 하나. 지금의 山東省 지방이다.

553) 楊(양): '梁州'의 誤記. 九州의 하나. 현재의 江蘇·安徽 두 省과 江西·浙江·福建 각 성의 일부를 포함한다.

554) 金陵(금릉): 중국 춘추전국시대의 초나라 邑. 현재의 南京에 해당한다.

555) 龍盤虎踞(용반호거): 호랑이가 걸터앉아 있고 용이 서려 있다는 뜻으로, 웅장한 산세를 비유하는 말. 宋나라 때 간행된 역사 지리서 ≪六朝事跡編類≫에서 金陵의 지세를 묘사하며 諸葛亮의 말을 인용하여 "종부는 용이 서린 듯한 모습이고, 석성은 호랑이가 걸터앉아 있는 형상이다.(鐘阜龍盤, 石城虎踞.)"라고 하였다.

556) 天府之土(천부지토): 흙이 매우 기름져 갖가지 물산이 많이 나는 땅. 劉備가 묻는 말에 諸葛亮이 "익주는 험한 요새지이고 비옥한 들이 천 리에 이어져 있어 천부의 땅인데 이곳을 다스리는 유장이 어리석고 무능하며, 장노가 북쪽에 있어 백성이 많고 나라가 부유하나 백성들을 보존하고 구휼할 줄 모르니, 지혜롭고 유능한 선비들이 현명한 군주를 얻을 것을 생각하고 있습니다. 장군은 황실의 후손으로 신의가 사해에 드러났으니, 만약 형주와 익주를 차지하여 산천의 험고함을 확보하고 융족과 월지방을 어루만져 화친하고 손권과 우호를 맺어, 안으로 정치를 닦고 밖으로 시변을 관찰한다면 패업을 이룩할 수 있고 한나라 황실을 부흥시킬 수 있을 것입니다.(益州險塞, 沃野千里, 天府之土, 劉璋闇弱, 張魯在北, 民殷國富, 而不知存恤, 智能之士, 思得明君. 將軍, 旣帝室之胄, 信義著於四海, 若跨有荊·益, 保其嚴阻, 撫和戎·越, 結好孫權, 內修政治, 外觀時變, 則霸業可成, 漢室可興矣.)"고 대답한 데서 나온 말이다.

557) 河北(하북): 중국 黃河江 北方지역의 총칭.

558) 河南(하남): 중국 黃河江 南方지역의 총칭.

559) 卓犖(탁경): 卓犖의 오기.

560) 氣宇磊落(기우뢰락): 뜻이 커서 작은 일에 구애하지 않음.

561) 赤帝(적제): 여름을 맡은 신. '赤帝子'는 漢高祖를 지칭하는데, 한나라는 火德으로 적색을 숭상하였으므로 이를 일컫는다.

五世之讐報563)矣　　　　　人臣之位極矣

功成身退564)　　　　　　　辭榮避位

團團之月　　　　　　　　昂昂之鶴

從遊赤松　　　　　　　　萬古雲山

蕭何欣然而吟, 其歌曰 :

取地圖而阨口565)兮　　　固樹本而給餽餉

追韓信於中途　　　　　　歡封印兮將擅566)

無汗馬之戰攻　　　　　　濫位相而理政

斯于今也何夕　　　　　　侍故主於宴席

---

562) 嬴(영) : 秦나라 王의 姓.

563) 五世之讐(오세지수) : 張良은 韓나라 사람이었는데, 그의 부친과 조부를 비롯해 위로 5세
에 걸쳐 한나라 재상을 지낸 집안 출신. 한나라가 망하자, 장량은 家財를 털어 한나라
를 멸한 秦始皇을 척살할 자객을 구해 한나라의 원수를 갚고자 했던 것을 일컫는다. 조
부는 이름이 姬開地였는데, 장량이 진시황 암살 미수 후 성을 張氏로 바꾸었다.

564) 功成身退(공성신퇴) : 張良이 한나라가 평정된 뒤에 "지금 세 치의 혀를 가지고 임금의
스승이 되었을 뿐만 아니라, 만호에 봉해지고 열후의 지위에 올랐으니, 이는 포의가 누
릴 수 있는 최대의 영광으로서 나에게는 이미 충분하다고 하겠다. 따라서 이제는 인간
세상의 일을 버리고 적송자를 따라 노닐고 싶다.(今以三寸舌, 爲帝者師, 封萬戶, 位列侯,
此布衣之極, 於良足矣. 願棄人間事, 欲從赤松子遊耳.)"라고 하고 물러났던 일을 말한 것임.

565) 阨口(애구) : 阨塞와 戶口. ≪통감절요≫ 권4 <漢紀‧太祖高皇帝>의 "소하는 홀로 먼저
진나라 승상부에 들어가서 지도와 호적을 거두어 보관하였다. 이 때문에 패공은 천하
의 요새와 호구의 많고 적음과 강하고 약한 곳을 자세히 알게 되었다.(蕭何獨先入收秦丞
相府圖籍, 藏之. 以此, 沛公得具知天下阨塞‧戶口多少‧彊弱之處,)"에서 나온다.

566) 追韓信於中途, 歡封印兮將擅(추한신어중도, 탄봉인혜장천) : 月下追韓信이란 고사를 일컫
음. 韓信이 당초 項羽의 군대에서 말단 병사를 노릇을 하다가 劉邦에게 몸을 맡겼지만
역시 군량과 마초를 관리하는 말단직에 머물렀다. 蕭何는 그 사람됨을 알아보고 유방
에게 천거했지만 중용되지 않자 한신이 다른 곳에 의탁하려고 떠났는데, 소하가 이를
알고 달빛을 따라 계속해서 뒤를 쫓아 寒溪라는 시냇가에서 만났으니, 바로 '月下追韓
信'이라는 고사성어가 나오게 된다. 그 뒤에 소하가 다시 유방에게 한신을 적극 천거
하여 대장군에 임명되었다는 고사를 일컫는다.

韓信愀然而吟, 其歌曰:

思歸漢於鴻門　　　　　　佩金印[567]兮金壇[568]

定關中兮破三秦　　　　　燕趙望風[569]群雄縮頸

斬章邯於一旗[570]　　　　滅項王於垓下

高鳥盡兮良弓藏　　　　　狡兔死兮獵狗烹[571]

殞身兒女之手[572]　　　　千秋難忘之恨

陳平欣欣而吟, 其歌曰:

良禽擇木[573]而栖　　　　賢臣擇主而事[574]

棄暗投明　　　　　　　　功成名遂

間范增於沐猴[575]　　　　救聖主於白登[576]

---

567) 金印(금인) : 將軍이 쓰는 황금 도장. 《西漢演義》<會角書築壇拜將>의 "漢王親捧虎符玉
　　 節, 金印寶劍, 授與韓信曰 : '從此, 上至於天, 下至於淵, 盡從將軍節制.'"에서 나온다.
568) 金壇(금단) : 장수를 제수한 단을 말함. 唐나라 楊炯의 <上騎都尉高則神道碑>에 "용맹스
　　 러운 장수가 휘하를 나누어 금단 아래에서 율을 받았다.(猛將分麾, 受律於金壇之下.)"라
　　 고 하였다.
569) 望風(망풍) : 望風奔潰. 멀리서 이를 보고 흩어져 달아남.
570) 一旗(일기) : 一旗軍. 소규모의 병력이라는 의미.
571) 高鳥盡兮良弓藏, 狡兔死兮獵狗烹(고조진혜양궁장, 교토사혜렵구팽) : 劉邦과 項羽의 漢楚
　　 쟁패전에서 鍾離昧의 목을 韓信이 유방에게 갖다 바치면서 한 말.
572) 殞身兒女之手(운신아녀지수) : 陳豨가 일으킨 반란에 가담하였다가 탄로나 劉邦의 부인
　　 呂后에게 죽임 당한 것을 일컬음.
573) 良禽擇木(양금택목) : 똑똑한 새는 나무를 잘 가려서 깃듦. 《춘추좌씨전》 哀公 11년의
　　 "새가 나무를 가려 앉는 법, 나무가 어찌 새를 가리랴.(鳥則擇木, 木豈能擇鳥.)"에서 나오
　　 는 말이다.
574) 良禽擇木而栖, 賢臣擇主而事(양금택목이서, 현신택주이사) : 《三國志演義》에서 李肅이
　　 呂布에게 하는 말로 나온다.
575) 間范增於沐猴(간범증어목후) : 范增은 奇計로 項羽를 도와 제후의 覇者가 되게 한 인물로
　　 亞父로까지 일컬어졌는데, 항우가 그의 충언에도 아랑곳 않은 채 關中을 버리고 彭城으
　　 로 천도하려고 하자, 韓生이 또 간했지만 항우가 묵살하니 沐猴而冠이라 하였다. 이 말
　　 을 들은 항우가 陳平(훗날 유방을 섬김)에게 그 뜻을 묻자 험담이라고 하니, 항우가 한
　　 생을 펄펄 끓는 가마솥에 던졌다는 고사이다. 목후이관은 원숭이가 관을 썼다는 뜻으
　　 로, 의관은 그럴 듯하지만 생각과 행동이 사람답지 못하다는 말이다.

今夕何夕　　　　　　　君臣同樂

紀信愀然而歌曰：577)

　　榮陽578)危急兮　　　　軍五579)蒼遑
　　謀臣緘口兮　　　　　　勇士抛弓
　　救君於濱死之際　　　　訌楚於報國之忠580)
　　從龍逢而同遊　　　　　垂竹綿581)於千秋

馬援慷慨而歌曰：

　　白首邊庭　　　　　　　掃蕩藩籬
　　馬革裹尸而歸　　　　　平生所願
　　薏苡陋身之恨582)　　　千秋難消

---

576) 救聖主於白登(구성주어백등) : 漢高祖가 山西省 白登이란 산에서 7일 동안 흉노에게 포
　　위당했을 때 고조의 부하 陳平이 계책을 내어 흉노에게 미인계를 써서 포위를 해제한
　　고사를 일컬음. 이 계책이 너무도 창피하여 한나라 역사에서는 비밀에 붙이고 있다고
　　한다.
577) 紀信을 錄勳하지 않은 것에 대해 논한 글이 바로 張維의 <漢祖不錄紀信論>인 바, 참고
　　가 됨.
578) 榮陽(영양) : 榮陽의 오기.
579) 軍五(군오) : 軍伍의 오기. 군대의 대오.
580) 訌楚於報國之忠(광초어보국지충) : 漢高祖 劉邦이 榮陽에서 項羽에게 포위당해 위급해졌
　　을 적에, 紀信이 한왕으로 거짓 행세를 하며 항우에게 항복하고 그 틈에 유방을 탈출
　　하게 하였는데, 항우가 그 사실을 알고는 불태워 죽였다는 고사를 일컬음. ≪사기≫에
　　"紀信乘王駕, 許爲漢王訌楚."라 나온다.
581) 竹綿(죽백) : 竹帛의 오기.
582) 薏苡陋身之恨(의이누신지한) : 馬援이 광무제 劉秀의 명을 받들고 남쪽 交趾 땅을 정벌하
　　고 돌아올 때, 율무를 옮겨 심으려고 수레에 싣고 온 것을 광무제의 사위 梁松이 남방
　　의 귀한 구슬을 싣고 돌아왔다고 참소한 고사를 일컬음.

賈復厲聲而謌曰：

男兒處世兮	許身報國
圖畫丹靑583)兮	書名金石
日旣吉而辰良兮	難再期而續遊
侍舊主宴會兮	共歌舞而極樂

諸葛亮慨然而吟, 其歌曰：

感屈駕而三顧584)兮	許驅馳於風塵
奉命於危亂之間	受任於顚沛之際585)
兩章哀表	歷歷忠言
六出祈山586)	孜孜報國
庶竭駑鈍	懷除奸兇
鞠躬盡瘁587)	興復漢室
天意未弔588)	凶徒不掃
秋風五丈原	千載恨悠悠

---

583) 圖畫丹靑(도화단청) : 光武帝가 대업을 이룬 후 그 뒤를 이은 後漢의 明帝가 南宮의 雲臺
에 28장의 초상화를 그리게 했는데, 그 운대 28장에 賈復도 포함된 것을 일컬음. 단청
은 얼굴과 모양을 그리는 것을 일컫는 말인데, 공을 세우면 그의 얼굴을 그려 명예를
영원히 드날렸던 것이다.

584) 屈駕而三顧(굴가이삼고) : 蜀漢의 임금 劉備가 제갈량의 초옥을 세 번이나 방문하여 마
침내 軍師로 삼은 고사에서, 인재를 맞아들이기 위하여 참을성 있게 마음을 씀을 이르
는 말.

585) 奉命於危亂之間, 受任於顚沛之際(봉명어위란지간, 수임어전패지제) : 諸葛亮의 <出師表>
에 나오는 구절. 곧, "군대가 패하였을 때에 임무를 받고, 국가가 위태하고 곤란한 때
에 명령을 받들었네.(受任於敗軍之際, 奉命於危難之間.)"로 되어 있다.

586) 祈山(기산) : 祁山의 오기.

587) 鞠躬盡瘁(국궁진췌) : 鞠躬盡力. 마음과 몸을 다 바쳐 나랏일에 이바지하는 것을 뜻함. 諸
葛亮의 <後出師表>에 "신은 몸과 마음을 다 바쳐 나라에 보답하다가 죽은 뒤에야 그
만둘 결심을 하고 있다.(臣鞠躬盡力, 死而後已.)"라는 말이 나온다.

588) 未弔(미조) : 不弔. 불쌍히 여기지 않음. 돌보지 않음.

關公愴然歌曰：

桃源結義劉皇叔	鄴下589)豈數曹阿瞞590)
擧目山河	睥睨天地
心吞吳魏	志復炎祚591)
誤陷奸謀592)	稊歸593)跌蹉
九原千秋	此限綿綿

趙雲慷慨而吟, 其歌曰：

漢室將亂兮	群雄蜂起
身爲先鋒之職	志在報國之誠
孫權594)强盛	曹榇595)橫行
兩賊未滅	千古遺恨
撫長而作歌	吐本生596)之忠憤

李靖朗然而吟, 其歌曰：

一劒定風塵	高名垂千載
今日華筵	更侍聖王

589) 鄴下(업하) : 삼국시대 때 曹操의 도읍. 지금의 하남성 임장현 서쪽이다.
590) 曹阿瞞(조아만) : 曹操의 어렸을 때의 이름. 曹吉利도 또 다른 아명이다.
591) 炎祚(염조) : 五行家들이 火德으로 왕이 된 劉邦의 漢나라를 가리키는 말.
592) 誤陷奸謀(오함간모) : 관우의 공세에 위협을 느낀 조조가 강남의 영유권을 넘기는 조건
　　으로 손권과 손을 잡고 협공했는데, 관우는 손권의 군대에 붙잡혀 참수된 것을 일컬음.
593) 稊歸(제귀) : 중국 湖北省 稊歸縣. 곧 歸州를 가리킨다.
594) 孫權(손권) : 吳나라의 초대 황제. 孫堅의 아들. 아버지의 원수 黃祖를 물리쳤다. 劉備와
　　더불어 曹操를 赤壁에서 대파하고 魏와 제휴하여 제위에 올랐다. 연호를 黃龍이라하고,
　　도읍을 建業으로 옮겨서, 중국 남방 江蘇 일대를 다스렸다.
595) 曹榇(조수) : 曹操의 오기.
596) 本生(본생) : 平生의 오기.

長孫無忌浩然而吟, 其歌曰：

攀龍鱗　　　　　　　附鳳翼[597]
聲振當時　　　　　　垂名後世

張巡揮淚而吟, 其歌曰：

一髮[598]孤城　　　　重圍月暈
外無援兵　　　　　　內無粮草
籠中之鳥　　　　　　網裡之魚
未報國家　　　　　　空死義節

許遠含淚而歌曰：

賊兵逼城　　　　　　危如壘卵
卽墨[599]未畫龍文牛[600]　晉陽[601]猶沉三板水[602]

---

597) 攀龍鱗, 拊鳳翼(반용린, 부봉익)：拊鳳翼은 附鳳翼의 오기. 용의 비늘을 잡고 봉황의 날
　　개에 붙좇는다는 뜻으로, 세력 있는 사람 또는 창업하는 제왕 편에 서서 공명을 이루
　　는 것을 말함. 漢나라 揚雄이 지은 ≪法言≫<淵騫>의 "용의 비늘을 그러잡고 봉의 날
　　개에 달라붙는다.(攀龍鱗, 附鳳翼.)"에서 나오는 말이다.
598) 一髮(일발)：危機一髮. 머리카락 하나의 길이만큼 위기가 눈앞에 다가왔다는 말.
599) 卽墨(즉묵)：중국 山東省 동부에 있는 도시.
600) 卽墨未畫龍文牛(즉묵미화용문우)：≪통감절요≫ 권1 <周紀·赧王>의 "전단이 즉묵성
　　안에서 얻을 수 있는 소 1,000여 마리를 거두어 붉은 옷을 만들어 다섯 가지 용무늬를
　　그리고 그 뿔에 칼을 묶고 꼬리에 기름 부은 갈대를 묶어 그 끝에 불을 놓게 하고, 성
　　에 뚫어 놓은 몇 십 개의 구멍으로 밤에 소를 풀어 놓고 장사 5000명이 그 뒤를 따르
　　게 하였다.(田單, 乃收城中, 得牛千餘, 爲絳繒衣, 畫以五采龍文, 束兵刃於其角, 而灌脂束葦於
　　其尾, 燒其端, 鑿城數十穴, 夜縱牛, 壯士五千人, 隨其後.)"는 구절을 염두에 둔 표현.
601) 晉陽(진양)：晉陽城. 중국 山西省에 있는 지명. 춘추시대 趙簡子가 尹鐸을 진양태수로 삼
　　아 백성을 잘 다스리게 하였는데, 뒤에 간자의 아들 襄子가 智伯의 공격을 받고 진양으
　　로 피난한바, 지백이 진양성에 물을 대어 성 안이 모두 물에 잠겼으나 윤탁의 善政에
　　감복된 진양 백성들은 배반하지 않고 굳게 뭉쳐 끝내 성을 지켰다는 고사가 있다.
602) 晉陽猶沉三板水(진양유침삼판수)：≪통감절요≫ 권1 <周紀·威烈王>의 "삼가(韓, 魏,

身死守節　　　　　　　　忠貫白日

徐達高聲而歌[603]曰：

丈夫處世兮　　　　　　　立功名
立功名兮　　　　　　　　四海清
四海清兮　　　　　　　　天下太平
天下太平兮　　　　　　　吾將醉矣
吾將醉矣兮　　　　　　　終天地之年

歌罷, 漢皇卽命賜酒曰："在外幾何卮酒一生危, 各別賜之."

武帝曰："寡人之臣, 東方朔, 誤讀黃庭經[604], 謫下人間, 有仙風道骨矣. 前日對寡人, 論古今聖賢, 常當之職[605], 無一錯誤, 令使付職群臣, 何如哉?" 高皇卽命入來, 其人眉攢江山之秀, 胸抱濟世之才, 飄飄如人中仙, 趨謁於榻前. 帝曰："聞道卿言附職, 是耶?" 方朔踽踽, 退遜曰："秉筆中書[606]者, 蕭・曹・丙[607]・魏[608]之徒, 提兵閫外＜者[609]＞, 韓・彭・衛・郭之類, 布列[610]

智)가 온 나라 사람으로 동원하여 진양성을 포위하고 물을 대니, 성이 물에 잠기지 않은 것이 세 판뿐이고 부엌이 오랫동안 물에 잠겨 개구리가 새끼를 쳤으나 백성들은 배반할 뜻이 없었다.(三家以國人, 圍而灌之, 城不浸者三版, 沈竈産鼃, 民無叛意.)"는 구절을 염두에 둔 표현. 板은 너비나 높이가 두 자인 것을 가리킨다. 그런데 한나라와 위나라가 조나라를 공격하다가 배반하여 智伯瑤는 鑿臺 아래서 살해당했으니, 조나라는 무사하였다.

603) ≪三國志演義≫ 45회 ＜三江口曹操折兵, 羣英會蔣幹中計＞에 따르면, 적벽대전 직전 찾아온 蔣幹 앞에서 周瑜가 검무를 추며 부른 노래를 변용한 것임. 곧 "대장부 세상을 삶이여, 공명을 이루려 함일세 / 공명을 이룸이여, 평생의 위로가 되리라 / 평생의 위로가 됨이여, 내 장차 취하리로다 / 취하여 어쩌려는가, 미친 듯 노래 부르리.(丈夫處世兮立功名, 立功名兮慰平生. 慰平生兮吾將醉, 吾將醉兮發狂吟.)"이다.

604) 黃庭經(황정경)：道家의 經文. 魏夫人이 전한 皇帝 內景經, 王羲之가 베껴서 거위와 바꾸었다는 皇帝 外景經, 皇庭 遁甲 緣身經, 皇庭 玉軸經의 네 가지가 있다.

605) 常當之職(상당지직)：相當之職의 오기. 相當職은 품계에 알맞은 벼슬이다.

606) 中書(중서)：궁중에서 천자의 詔命 등을 맡은 벼슬.

607) 丙(병)：丙吉. 漢나라 宣帝 때의 정승. 律令을 배워 처음에는 獄吏가 되고, 나중에 廷尉監에 올랐다. 巫蠱의 옥사 때 크게 활약하여 戾太子의 손자인 劉詢(후에 宣帝)의 목숨을

矣611). 捨美玉, 取頑石也。然使臣附職, 譬如責蚊負山612), 螳螂拒轍613)也."
武帝曰：“何以爲辭乎?” 方朔對＜曰614)＞：“宋非謙讓, 乃爲本心。小臣愚見,
孔明爲左承相, 蕭何爲右承相, 范仲淹爲左僕射, 徐達爲大司馬, 曹彬爲大將軍,
韓信爲道元帥, 李靖爲副元帥, 雲長爲執金吾615), 范增爲京兆尹, 龐統爲觀察
使, 彭越爲節度使, 董仲舒爲御史大夫, 魏徵爲諫議大夫, 陳平爲尙書令, 鄧禹爲
中書令, 褚遂良爲廷尉, 李善長爲都尉, 法正爲司徒, 韓愈爲司空, 趙普爲大司
農, 山濤爲大鴻臚616), 張濟賢617)爲工部侍郎, 房玄齡爲吏部侍郎, 張飛爲左先

구했다. 유순이 제위에 오르자 太子太傅와 御史大夫를 거쳐, 丞相이 되었다. 항상 大義禮
讓을 중히 여겨 길에서 불량배들이 싸우는 것을 단속하는 일은 시장의 직분이므로 재
상이 관여할 바가 아니지만, 수레를 끄는 소가 숨을 헐떡이는 것은 계절의 변화 탓일
지도 모르므로, 陰陽을 가리고 자연의 조화를 꾀하는 것은 재상의 직분이라고 했다. 원
문에 병길과 위상이 늘어 서있는 것으로 기술되어 있으나, 앞부분에 나온 적이 없다.
따라서 착종되어 있는 대목이다.

608) 魏(위) : 魏相. 漢나라 宣帝 때의 정승. 한나라가 흥성한 이래 국가에 유익한 행사와 명
신들이 말한 바를 조리 있게 아뢰어 先朝를 본받을 것을 건의했다. 대개 이런 건의는
받아들여졌다. 陰陽을 모든 일의 근본이라 생각했으며, 정치도 음양에 따라 해야 한다
고 주장했다.

609) 者(자) :『교감본 한국한문소설 몽유록』(장효현 외 4인, 고려대학교 민족문화연구소,
2007)의 319면에 따라 삽입한 글자임.

610) 布列(포열) : 늘어 서있음.

611) 秉筆中書者~布列矣(병필중서자~포열의) : 명나라 瞿佑가 지은 ≪剪燈新話≫＜修文舍人
傳＞의 “지금 대저 인간세상의 위에서 벼슬을 하는 사이에 중서벼슬을 하며 붓을 잡고
있는 자 중에 어찌 소하, 조참, 병길, 위상의 무리들이 다인가? 병사를 이끌고 변방에
나아간 자가 어찌 한신, 팽월, 위청, 곽거병과 같은 부류가 다일까? 궁중의 문관들이
어찌 모두가 반고, 양웅, 동중서, 사마천과 같은 무리들일까?(今夫人世之上, 仕路之間, 秉
筆中書者, 豈盡蕭・曹・丙・魏之徒乎? 提兵闕外者, 豈盡韓・彭・衛・霍之流乎? 館閣摛文
者, 豈皆班・揚・董・馬之輩乎?)”에서 인용한 것임.

612) 蚊負山(문부산) : 蚊負山의 오기. 모기가 산을 진다는 뜻으로, 역량이 적어 重任을 감당
하지 못함을 비유하여 이르는 말.(蚊蚋負山)

613) 螳螂拒轍(당랑거철) : 螳螂車轍. 螳螂車轍은 螳螂怒臂當車轍의 줄인 말. 사마귀가 성을 내
어 발로 수레의 통로를 막는다는 뜻으로, 제 힘은 생각지도 아니하고 大敵을 대항함을
비유하여 이르는 말.

614) 曰(왈) :『교감본 한국한문소설 몽유록』(장효현 외 4인, 고려대학교 민족문화연구소,
2007)의 320면에 따라 삽입한 글자임.

615) 執金吾(집금오) : 중국 한나라 때에 대궐 문을 지켜 非常事를 막는 일을 맡아보던 벼슬.

616) 大鴻臚(대홍려) : 중국 고대왕조의 관명으로 제후들과 이민족들과 사무를 관장한 벼슬.

617) 張濟賢(장제현) : 張齊賢의 오기.

鋒, 趙雲爲右先鋒, 劉基爲太史, 蔣琬爲長史, 程子爲太學士, 陸賈爲翰林, 汲黯爲博士, 范質爲舍人, 茅焦爲奏書, 李斯爲司隷, 馮異爲主簿, 張倉爲侍中, 臧宮爲校尉, 苗訓爲尙侍[618], 郭嘉爲監軍, 荀彧爲參軍, 杜茂爲祭酒, 李肪[619]爲從事, 費褘爲內史, 蕩花爲荊州刺史, 王全斌爲益州刺史, 石守信爲豫州刺史, 郭子儀爲兗州刺史, 胡大海爲雍州刺史, 長孫無忌爲幷州刺史, 常遇春爲楊州刺史, 陳叔寶爲杭州刺史, 寇恂爲徐州刺史, 馬超爲白虎將軍, 薛仁貴爲龍驤將軍, 耿弇爲武衛將軍, 蔚遲恭爲忠別將軍, 岳飛爲虎衛將軍, 樊噲爲龍驤將軍, 衛靑爲破虜將軍, 章邯爲征西將軍, 賈復爲鎭北將軍, 霍去病爲討虜將軍, 李漢超爲票騎將軍, 龍且爲上護軍, 王梁爲揚威將軍, 黥布爲振威將軍, 韓世南爲平南將軍, 蒙恬爲定東將軍, 王翦爲折衝將軍, 許褚爲絳侯, 周勃爲忠侯, 紀信爲平定侯, 酈食其爲貞順侯, 許遠爲文信侯, 魯肅爲達成侯, 陸遜爲淮南侯." 班列已畢, 滿坐大笑曰: "可合於職也."

漢皇曰: "願爲一詩以記之, 遺傳於後世, 抑亦一勝事也. 然但恨無人製作." 宋皇曰: "韓愈在此, 何無製作之人乎?" 漢皇曰: "思之不逮." 卽命近侍[620], 取會稽雲孫[621]·靑松烟子[622]·淸溪處士[623]·中山毛[624], 置退之[625]之前。退

---

618) 尙侍(상시) : 常侍의 오기.

619) 李肪(이방) : 李昉의 오기.

620) 近侍(근시) : 임금을 가까이 모시던 신하.

621) 會稽雲孫(회계운손) : 종이를 의인화 한 말. 韓愈의 <毛穎傳>에서 모영이 會稽 楮先生 등과 가까운 벗으로 삼았다고 한 이후 관습적으로 굳은 것으로 보이는데, 張潮 (1659~?)의 <楮先生傳>에도 저선생이 회계 출신으로 나온다. 반면, 明나라 閔文振의 <楮待制傳>도 종이를 의인화 한 작품이나, 저대제는 剡溪 출신으로 나온다.

622) 靑松烟子(청송연자) : 靑松燕子의 오기인 듯. 먹을 의인화 한 말. 당나라 文嵩의 <松滋侯易玄光傳>에 "현광의 자는 처회로 연 출신이다. 그 선조는 청송자라고 했다.(玄光, 字處晦, 燕人也. 其先號, 靑松子.)"에서 나온다.

623) 淸溪處士(청계처사) : 端溪處士의 오기. 端溪硯은 당나라 초기부터 高要縣 端州에서 나는 端石이 채석되어 이름나기 시작한 벼루인바, 송나라 歐陽脩의 <硯譜>에서 "단석은 단계에서 난다.(端石出端溪.)"고 하였고, 또 청나라 문인 申涵光의 <毛穎後傳>에서 "도홍은 단주로 옮겼다.(陶泓遷於端州.)"고 하였다. 도홍도 벼루의 별칭이다.

624) 中山毛(중산모) : 붓을 의인화 한 말. 韓愈의 <毛穎傳>에서 모영이 中山 사람인데서 유래한다.

625) 退之(퇴지) : 韓愈의 字.

之俯首聽命, 一揮而就, 文不加點. 其詩曰 :

聖功邁五帝626)	道德兼三皇627)628)
威靈振四海	敎化遍萬方
龍興致祥雲	虎嘯起烈風629)
明明龍榻上	穆穆鵷班630)中631)
鬱鬱金華寺	當當632)英雄徒
金樽千日酒	玉盤萬年桃633)
設宴會衣冠	登堂朝玉帛634)

626) 五帝(오제) : 고대 중국의 다섯 聖君. 곧 少昊·顓頊·帝嚳·堯·舜. ≪사기≫에는 소호 대신 黃帝이기도 하다.

627) 三皇(삼황) : 중국 고대 전설에 나오는 세 임금. 곧 天皇氏·地皇氏·人皇氏. 또는, 伏羲 氏·神農氏·燧人氏로 일컫기도 한다.

628) 聖功邁五帝, 道德兼三皇(성공매오제, 도덕겸삼황) : ≪통감절요≫ 권3 <後秦紀·始皇帝> 의 "천하 사람들이 자신더러 聖人이라고 하지 않는데도 스스로 이르기를 '德은 三皇을 겸하고 功은 五帝보다 더하다.' 하여 마침내 칭호를 고쳐 皇帝라고 하였으니, 이는 스스 로 聖人이라고 한 것이다.(天下不以爲聖, 而自以爲德兼三皇, 功過五帝, 乃更號曰皇帝, 則是 自聖矣.)"에서 변용 활용한 것임. 황제를 칭하게 된 유래를 밝히고 있다.

629) 龍興致祥雲, 虎嘯起烈風(용흥치상운, 호소기열풍) : 제왕이 현명한 신하를 씀을 이르는 말. ≪문장궤범≫에는 "虎嘯而風洌, 龍興而致雲."으로 나오는 구절인데, ≪주역≫<乾 卦·文言傳·九五爻>의 "용이 솟구쳐 오르면 구름이 피어나 구름이 용을 좇으며, 호랑 이가 울부짖으면 바람이 일어나 바람이 호랑이를 좇는다.(龍興則致雲, 雲從龍也, 虎嘯則 風生, 風從虎也.)"에서 나오는 말이다.

630) 鵷班(원반) : 조정 관원의 班列. 鵷은 차례 있게 날아다니는 새이기 때문이다.

631) 明明龍榻上, 穆穆鵷班中(명명용탑상, 목목원반중) : ≪서경≫<周書·呂刑>의 "군주는 온 화하고 그윽하게 위에 있고 신하는 밝게 살피며 아래에 있어 사방에 빛나서 덕을 부지 런히 힘쓰지 않음이 없다.(穆穆在上, 明明在下, 灼于四方, 罔不惟德之勤.)"는 구절을 활용 한 것임. 穆穆은 온화하고 그윽한 모양이니 도덕의 표상이고, 上은 임금의 자리이며, 明 明은 밝게 살펴서 단속하는 모양이며, 下는 신하의 자리이다.

632) 當當(당당) : 方正. 어엿하고 번듯함.

633) 金樽千日酒, 玉盤萬年桃(금준천일주, 옥반만년도) : 徐居正의 <七月誕辰賀禮作>에 "처음 연 것은 금빛 항아리의 천일주요, 일제히 바치는 건 옥반의 만년도라.(金甕初開千日酒, 玉盤齊獻萬年桃.)"는 구절이 보임.

634) 設宴會衣冠, 登堂朝玉帛(설연회의관, 등당조옥백) : 명나라 瞿佑가 지은 ≪剪燈新話≫<水 宮慶會錄>의 "登堂朝玉帛, 設宴會衣冠."으로 되어 있을 뿐만 아니라, 『교감본 한국한문 소설 몽유록』(장효현 외 4인, 고려대학교 민족문화연구소, 2007)의 327면에 따르면 다 른 이본들도 <수궁경회록>과 동일함. 따라서 번역은 이 어순에 따라 하였다.

祥烟遶畫欄 　　　　　彩雲凝朱箔[635]

香風引舞袖 　　　　　淸歌隨妙曲[636]

旌旗蔽紫微[637] 　　　劍戟耀白是[638]

金風[639]吹赤葉 　　　玉露滴皓月

子晋[640]吹玉簫 　　　靈妃[641]彈琴瑟

佳節屬九秋 　　　　　良辰月三更[642]

今日四味俱 　　　　　此筵二難幷[643]

物色尙依舊 　　　　　世事今已非

忽然記前朝 　　　　　興盡還生悲

故國誰氏家 　　　　　大明[644]揚輝光

---

635) 祥烟遶畫欄, 彩雲凝朱箔(상연요화란, 채운응주박) : 명나라 瞿佑가 지은 ≪剪燈新話≫<水宮慶會錄>의 “상서로운 안개는 구슬발에 서려 있고, 상서로운 연기는 아름다운 난간을 휘감네.(瑞霧迷珠箔, 祥烟遶畫欄.)”라는 구절을 변용 활용한 것임.

636) 香風引舞袖, 淸歌隨妙曲(향풍인무수, 청가수묘곡) : 李白의 <古風 16・天津三月時>의 “향긋한 바람 따라 조나라 무희들이 들어오고, 맑은 피리소리엔 제나라 노래가 따르네.(香風引趙舞, 淸管隨齊謳.)”를 변용 활용한 것임.

637) 紫微(자미) : 北斗星의 북쪽에 있는 성좌로, 하늘을 이르는 말.

638) 白是(백시) : 白日의 오기인 듯.

639) 金風(금풍) : ‘가을바람’을 달리 이르는 말. 五行에서 가을은 ‘金’에 해당한다.

640) 子晋(자진) : 王子晋. 周나라 靈王의 태자. 王子가 성. 본래 성은 姬였다. 直諫하다가 庶人으로 폐해졌다. 피리를 잘 불었다 하며, 30년 동안 산속에 살다가 후에 白鶴을 타고 緱氏山으로 들어가 신선이 되었다고 한다.

641) 靈妃(영비) : 屈原이 지은 楚辭 <遠遊>의 “상령으로 하여금 비파를 타게 한다.(使湘靈鼓瑟兮)”는 구절이 참고가 됨. 상령은 湘江에서 투신자살한 순임금의 두 妃인 娥皇과 女英의 神을 가리킨다.

642) 三更(삼경) : 한밤중. 하룻밤을 다섯으로 나눈 셋째의 시각. 밤 11시부터 새벽 1시까지의 시간이다.(丙夜, 三鼓)

643) 今日四味俱, 此筵二難幷(금일사미구, 차연이난병) : 四味는 四美의 오기로, 良辰・美景・賞心・樂事를 가리킨다. 중국 남북조시대 謝靈運의 <擬魏太子鄴中詩集序>에서 “천하에 좋은 때[良辰], 아름다운 경치[美景], 보고 즐기는 마음[賞心], 즐거운 일[樂事] 네 가지가 다 갖춰지기 어렵다.(天下良辰・美景, 賞心・樂事, 四者難幷.)” 하였다. 그리고 二難은 어진 주인[賢主]과 아름다운 손님[嘉賓]을 말한다. 唐나라 王勃의 <滕王閣序>에서 “네 가지 아름다움이 갖추어지고, 두 가지 어려운 것도 함께하였으니, 아득히 실눈으로 중천을 바라보기를 다하고 휴일에 즐거운 놀이를 다한다.(四美具, 二難幷, 窮眄於中天, 極娛遊於暇日.)” 하였다. 이 글에서는 어진 군주와 신하란 의미일 것인바, 서로 얻기가 어렵다는 뜻이다.

人情多翻覆　　　　　　興亡若波瀾645)

美酒宜酩酊　　　　　　樂事稱盤桓646)

微臣敬獻壽　　　　　　聖主永得歡

披腹呈琅玕647)　　　　千秋傳世間

詩成進呈, 坐間大讚不已.

忽有一使, 持戰書648)而來至. 其文大槩曰:「多有鴻業之功, 不請勝宴之席, 吾率諸蠻夷649), 問罪錦山.」, 言甚悖慢. 宋皇戰慄650)曰: "好事多魔, 佳期易阻, 正謂此也. 與彼相戰, 不如和親." 始皇憤然<曰651)> : "蟻聚之衆, 烏合之卒, 何足懼哉?" 俄而, 山外飛塵蔽天, 金鼓動地, 鐵騎數千, 滿山遍野而來. 當先一人乘靑驄馬, 橫龍天戟652), 威風凜凜, 號令嚴嚴, 是大元帥元太祖皇帝. 左先鋒左賢王653), 右先鋒右賢王, 中軍呼韓邪單于654), 其餘將校, 突厥655)・契

---

644) 大明(대명) : 중국 명나라가 자기 나라를 스스로 높여 이르던 말.

645) 人情多翻覆, 興亡若波瀾(인정다번복, 흥망약파란) : 唐나라 王維의 <酌酒與裵迪>에서 "그대에게 술 한 잔 권하노니 마음 편히 지내시게. 세상 인정 뒤집어지는 것 출렁이는 파도와 같지.(酌酒與君君自寬, 人情翻覆似波瀾.)"라고 한 것이 참고가 됨.

646) 美酒宜酩酊, 樂事稱盤桓(미주의명정, 낙사칭반환) : 명나라 瞿佑가 지은 ≪剪燈新話≫<水宮慶會錄>의 "이 좋은 때에 취할 만도 하니, 즐거운 일이 떠나지 않네.(良辰宜酩酊, 樂事稱盤桓.)"라는 구절을 변용 활용한 것임. 酩酊은 술이 몹시 취하는 것이고, 盤桓은 머뭇거리며 그 자리를 멀리 떠나지 않는 것이다.

647) 披腹呈琅玕(피복정낭간) : 당나라 韓愈가 지은 시 <齪齪>의 "排雲叫閶闔, 披腹呈琅玕."에서 나오는 말. 披腹은 披腹心과 같은 말로 眞情을 펴 보이는 것이며, 琅玕은 짙은 녹색 또는 청록색의 반투명한 琵翠를 중국식으로 일컫는 말로, 전하여 훌륭한 文詞나 또는 좋은 諫言을 비유하는 말이다.

648) 戰書(전서) : 開戰을 알리는 통지서.

649) 蠻夷(만이) : 옛날 중국인들이 남쪽과 동쪽에 사는 다른 종족을 낮추어 이르던 말.

650) 戰慓(전표) : 戰慄의 오기.

651) 曰(왈) :『교감본 한국한문소설 몽유록』(장효현 외 4인, 고려대학교 민족문화연구소, 2007)의 329면에 따라 삽입한 글자임.

652) 龍天戟(용천극) : 龍泉劍의 오기.

653) 左賢王(좌현왕) : 東漢 말 南匈奴 수령 중의 하나. 흉노의 천자에 해당하는 선우(單于)의 밑에는 左賢王, 右賢王이라는 서열이 있었다.

654) 呼韓邪單于(호한야선우) : 西漢 후기의 흉노 이름은 稽侯珊.

655) 突厥(돌궐) : 6세기 중엽 알타이산맥 부근에서 몽골・중앙아시아에 대제국을 건설한 터

丹656)・冒頓657)・頡利可汗658)・靺鞨659)等輩，不可勝數。漢王曰：“誰敢拒敵？” 始皇大怒，與武帝，發兵百萬，命將千員，憤然而出。左始皇，右武帝，左右翼擊之，匈奴660)望風而走。兵不血刃而勝，凱歌而還，滿坐大悅而已。天色將曉，山鷄661)鳴啁晰662)，諸皇大醉，傾扶而歸663)。

生翻然驚覺，乃南柯一夢664)也。卽下山徑歸，曉露滿洞，咫尺不辨。冷風淅瀝，飛沙揚石，況然如一陣殺氣亘宇宙也。仍歸家而述其大略云云耳。

壬之仲夏665)，里洞性軒草人，膽書

키계의 유목국가. 봉건적 부족사회를 이루고 샤머니즘을 신봉했다. 隋나라 때 동서의 둘로 분열되고, 당나라 때에는 당의 지배를 받다가 回紇이 일어나자 그 속에 휩쓸려 패망했다.

656) 契丹(거란) : 5세기 이래 내몽고의 시라무렌 강 유역에 출현한 수렵 민족. 몽고계로 퉁구스와의 혼혈종이라 한다. 10세기 耶律阿保機가 여러 부족을 통일하고, 뒤에 정복왕조 遼로 발전했다.

657) 冒頓(모돈) : 전한 때 匈奴 선우(單于). 성은 攣鞮氏. 아버지 頭曼을 살해하고 자립하여 선우가 되어 국세가 날로 강성해졌다. 동쪽으로 東胡를 공격하고 서쪽으로 月支를 격파했으며, 남으로는 樓煩과 白羊河南王을 병합하는 등 진나라가 차지했던 흉노의 영토를 거의 모두 수복하고, 아울러 河南의 땅까지 차지하여 병사가 30여만 명에 이르렀다. 전한 초에 때로 남쪽으로 내려와 소요를 일으켰다. 漢高祖 때는 劉邦을 白登山에서 포위했다. 얼마 뒤 한나라와 화친을 맺어 형제의 관계를 약속했다.

658) 頡利可汗(힐리가한) : 돌궐족 일리카간. 성은 阿史那氏, 이름은 咄苾. 啓民可汗의 아들로 東突厥可汗이다. 당나라를 침입하여 尉遲敬德에게 涇陽에서 패했고, 끝내는 당태종 때 李靖에게 대패하여 멸망하였다.

659) 靺鞨(말갈) : 중국 隋唐시대에 東北 지방에서 한반도 북부에 거주한 퉁구스계 諸族의 통칭. 만주족의 선조이다. 勿吉이 붕괴된 후 유력한 7부로 나뉘어지고 粟末靺鞨을 중심으로 渤海를 세웠는데, 黑水靺鞨은 이에 대립하여 나중에 女眞族을 세웠다.

660) 匈奴(흉노) : 秦・漢代에, 몽고고원에서 활약한 유목 기마민족. 기원전 3세기 말에, 冒頓單于가 모든 민족을 통일하여 북아시아 최초의 유목국가를 건설하고 最盛期를 맞이하였으나, 漢나라 武帝가 자주 침공하여 쇠약해져, 기원후 1세기 경 남북으로 분열되었다.

661) 山鷄(산계) : 꿩.

662) 啁晰(조찰) : (새 따위가) 자꾸 지저귀거나 욺. 또 그 소리.

663) 諸皇大醉, 傾扶而歸(제황대취, 경부이귀) : 명나라 瞿佑가 지은 ≪剪燈新話≫<水宮慶會錄>의 “여러 신들이 크게 취하여 비틀거리며 부축하고 나왔다.(諸神大醉, 傾扶而出.)”를 변용 활용한 것임.

664) 南柯一夢(남가일몽) : 꿈과 같이 헛된 한때의 부귀영화를 일컬음. 당나라의 淳于棼이 술에 취하여 홰나무의 남쪽으로 뻗은 가지 밑에서 잠이 들었는데, 大槐安國으로 영접을 받아 20년 동안 영화를 누리는 꿈을 꾸었다는 故事가 있다.

665) 仲夏(중하) : 음력 5월.

국문활자본 〈금산ᄉ몽유록〉

현대역

금산수몽유록

화설(話說). 청나라 강희(康熙) 말년 즈음, 능주(凌州) 땅에 한 이름난 선비가 있었으니, 성씨는 성(成)이요, 이름은 허(虛)요, 자는 탄(誕)이다.

일찍이 산속을 여기저기 돌아다니던 협객(俠客)이었는데, 사람됨이 총명하고 학식이 넓어 폭넓은 재능을 갖추었으며, 그 기질이 걸출한데다 기백도 호방하였다. 마침내 산천을 돌아볼 뜻을 세워 아침에는 태산(泰山)의 남쪽에 노닐고 저녁에는 동정호(洞庭湖)를 배회하여 온 세상을 두루 노닐게 되자, 산천의 경치가 눈앞에 펼쳐져 가슴속이 툭 트이니 스스로 이 세상의 활달한 대장부라고 일컬었다.

어느 날 금릉(金陵)을 떠나 금산(金山)에 올라 유람하였는데, 때는 바야흐로 가을로서 9월 15일이었다. 가을바람이 으스스하게 불고 날씨가 매우 쌀쌀하였다. 산에 가득한 나무들은 모두 서리를 맞아 단풍잎들이 시들어 누런빛을 띠고 있었다. 점점 산을 오르면서 경치를 감상하느라 깊이 들어갔는데, 해는 이미 서편 고개로 지고 달이 동편 하늘에 높이 떠올랐다. 한마디로 앞으로 나아가려고 해도 갈 곳이 없고 되돌아가려고 해도 돌아갈 곳이 없었다. 돌아올 길이 아득하여 높은 봉우리와 험준한 골짜기에서 주저하며 헤매던 즈음에, 듣자니 서쪽으로 무협(巫峽)에서 나는 원숭이의 울음소리가 처량하였고, 남쪽 하늘을 쳐다보니 기러기가 벗들과 무리를 지어 돌아가고 있었다. 때는 바야흐로 밤이 깊어 삼경이 되자 온갖 소리가 모두 잦아지고 천지가 어슴푸레하였는데, 수많은 봉우리엔 오색 안개가 퍼져 있고 시내의 물소리는 졸졸 흘러 구천(九川)에 미쳤으며 별들은 하늘에 총총히 빛났다.

사방을 둘러봐도 의지할 만한 사람이 전혀 없어서 묵을 곳이 없었다. 그리하여 돌벽에 기대어 바위를 베개 삼아 누웠지만 정신이 뼛속까지 시리도록 맑았다. 잠을 이루지 못하고 이리 뒤척이고 저리 뒤척이다가 일어나니 달빛이 비추고 있어서 앞으로 몇 리를 나아갔다. 선경(仙境)에서 나는 꽃과 풀들이 사방에 피어 있고 푸른 소나무와 대나무들이 맑은 시냇가의 암벽에 우거졌는데, 한곳에 누각이 하늘 높이 우뚝하게 솟아 있었다. 자세히 살펴보니 금빛 나는 글자로 현판에 '금산사(金山寺)'라 크게 썼고, 붉은 기와며 채색 난간이 눈부시게 빛나서 구름 밖으로 아득하였다.

성생이 두루 돌아다니며 살피다가 산골집의 문간에 붙어 있는 방에 누었더니, 갑자기 설핏 잠든 사이에 '물렀거라' 하며 주위를 물리치는 소리가 멀리서부터 점점 가까이 들려왔다. 잠시 후에 문밖에서는 천군만마(千軍萬馬)가 땅을 흔들 듯이 오는데, 북소리와 징소리가 산천을 진동하며 깃발과 창칼이 좌우에 빽빽이 늘어섰다. 행차용 병장기와 깃발들이 앞뒤로 어지러이 휘날리는 가운데, 네 개의 황금교자(黃金轎子)가 차례로 거둥하였다. 첫 번째 황금교자 위에 장자(長者) 한 분이 앉았는데, 콧마루가 높이 솟은 얼굴에 아름다운 수염을 드리웠으니, 바로 한(漢)나라 고조(高祖)였다. 두 번째 황금교자 위에 장자(長者) 한 분이 앉았는데, 용과 봉황처럼 준수한 자질에 하늘의 태양 같은 의표(儀表)를 갖추었으니, 바로 당(唐)나라 태종(太宗)이었다. 세 번째 황금교자 위에 장자(長者) 한 분이 앉았는데, 붉은

곤룡포를 입고 모난 얼굴에 입이 컸으니, 바로 송(宋)나라 태조(太祖)이었다. 네 번째 황금교자 위에 장자(長者) 한 분이 앉았는데, 하늘로부터 타고난 위엄이 엄숙하고 빼어난 풍채가 사람을 놀라게 하였으니, 바로 명(明)나라 태조(太祖)였다.

각기 강사포(絳紗袍)를 입고서 금으로 장식한 허리띠를 하고 옥홀(玉笏)을 들었는지라, 광채가 눈부시게 빛났고 차림새가 엄숙하였다. 이윽고 네 분의 태조가 황금교자에서 내렸다. 백옥으로 된 의자에 앉는 것을 정하려 하자, 명나라 태조가 읍양(揖讓)의 예를 갖추고 자리를 사양하며 말했다.

"이 자리는 천하를 통일한 군주(君主)라야 앉을 수 있는 자리입니다. 그런데 과인은 그렇지가 않습니다. 위로는 역대 제왕이 계시며 여러 나라들이 갈라져서 왕(王)을 칭하고 황제(皇帝)를 칭한 것이 비일비재하니, 과인이 어찌 감히 나란히 자리에 앉을 수 있겠습니까?"

한나라 고조가 미소를 띠며 말했다.

"명태조(明太祖)의 말은 그릇되었습니다. 일찍이 하늘의 밝은 명을 받들어 난신적자(亂臣賊子)를 쳐서 없애고 천하를 평정하여 다스린 것이 그대가 아니면 누구겠습니까? 모름지기 겸손하여 사양치 말고, 천 년만의 아름다운 모임을 갖는 것이 어떠하겠습니까?"

명나라 태조가 어찌할 수 없어서 자리에 앉자, 문무(文武) 여러 신하들은 각기 동서(東西)로 나뉘어 앉았다.

한(漢)나라의 문신(文臣)은 장량(張良)·소하(蕭何)·진평(陳平)·역이기(酈食其)·육고(陸賈)·수하(隨何)·숙손통(叔孫通)이며, 무신으로는 한신(韓信)·경포(黥布)·조참(曺參)·팽월(彭越)·왕릉(王陵)·주발(周勃)·번쾌(樊噲)·관영(灌嬰)·기신(紀信)·주가(周苛)·장창(張蒼)·장이(張耳)였다. 당(唐)나라의 문신은 위징(魏徵)·장손무기(長孫無忌)·왕규(王珪)·방현령(房玄齡)·두여회

(杜如晦)·배적(裵寂)·유문정(劉文靜)·저수량(褚遂良)이며, 무신으로는 이정
(李靖)·울지공(尉遲恭)·이세적(李世勣)·진숙보(秦叔寶)·은개산(殷開山)·굴
돌통(屈突通)이었다. 송(宋)나라의 문신은 조보(趙普)·범질(范質)·두연(杜
衍)·왕우(王祐)·장제현(張齊賢)·뇌덕양(雷德驤)·이방(李昉)·도곡(陶穀)이
며, 무신으로는 석수신(石守信)·묘훈(苗訓)·조빈(曹彬)·전약수(錢若水)였다.
명(明)나라의 문신은 유기(劉基)·이선장(李善長)·서휘조(徐輝祖)·황자징(黃
子澄)이며, 무신으로는 서달(徐達)·상우춘(常遇春)·호대해(胡大海)·화운룡
(花雲龍 : 華雲龍　오기)·이문충(李文忠)·유통해(兪通海)·탕화(湯和)·한성(韓
成)이었다. 사람마다 용맹스럽고 건장하였으며, 한 사람 한 사람이 출세
한 영웅이었다.

네 분의 태조가 차례로 옥좌(玉座)에 앉고는 네 대열로 문무의 신하들
이 지위고하를 엄숙히 정한 후에 궁전에서 호령하기를, "장량·위징·조
보·유기는 나아와 어명을 받들어라." 하니, 네 신하들이 부르는 소리에
달려가서 명령에 따라 곁에 모시고 서 있자, 한나라 고조가 말했다.

"하(夏)·은(殷)·주(周) 삼대 이후로 왕의 풍화(風化)가 땅에 떨어져 바르
고 밝은 정치를 잃었고, 오대(五代)와 칠웅(七雄)의 시대에는 전쟁이 사방
에서 일어나 아침이면 싸우고 저녁이면 싸움을 멈추니 온 세상이 물 끓
듯 했습니다. 과인이 나라를 일으킬 때에 이르러서는 사방이 평온하고
백성들이 편안히 생업에 종사하였는데, 당나라와 송나라 그리고 명나라
도 또한 이렇게 나라 다스리기를 하나 같이 하였습니다. 비록 그러하나
오늘 경치가 정히 좋고 임금과 신하가 서로 모였으니, 이 또한 예삿일이
아닌지라 이러한 좋은 모임을 헛되이 보낼 수는 없습니다."

그리하여 근신(近臣)들로 하여금 대청의 중앙에 앉을 자리를 깔아 연회
석을 갖추니 등불과 촛불이 휘황하고 그 차림새가 엄숙하였는데, 풍류의
멋스러움을 말하면서 노래 부르고 춤추며 즐기자 향기가 바람을 타고 코

를 찌르고 풍악소리가 맑게 푸른 하늘에까지 울려 퍼졌다. 술이 제법 무르익었을 때, 한나라 고조가 근심에 싸여 길게 탄식하며 말했다.

"짧은 칼 한 자루를 쥐고서 포의(布衣)로 풍성(豊城)과 패현(沛縣)에서 떨치고 일어나 한 사람의 백성도 조그마한 땅도 손해 끼침이 없이 여러 신하들의 충렬(忠烈)에 힘입어 끝내 대업을 이루었으니, 이를 누가 과인과 더불어 좇았겠습니까? 당태종(唐太宗)은 한 번 싸워 관중(關中)을 평정하였고, 송태조(宋太祖)는 하룻밤에 천하를 취하였습니다. 그렇지만 명태조(明太祖)는 공업이 오히려 우리 세 사람보다 뛰어나다 할 것입니다."

송나라 태조가 한나라 고조에게 물었다.

"한고조(漢高祖)는 관중에 들어가 터럭만큼의 어김도 없이 삼조(三條)의 법을 지켰는데, 무슨 뜻으로 이렇게 하였습니까?"

한나라 고조가 대답하였다.

"진(秦)나라의 아해(兒孩 : 진시황)는 형벌을 혹독하게 하여 백성들을 모질게 해치니, 천하 사람들이 명철한 군주를 바라는 것이 큰 가뭄에 비가 오기를 고대하는 것과 같았습니다. 이러한 까닭에 천하의 군주가 된 자는 어진 일을 베풀어 은혜를 펴고 덕 있는 정사(政事)를 힘써서 백성들을 도탄 속에서 건져내어야 합니다."

당나라 태종이 말했다.

"사람됨이 활달하고 타고난 도량이 커서 어진 사람에게 책임을 맡기고 재능 있는 사람을 등용한 것이야 누가 한고조(漢高祖)를 따르겠습니까?"

한나라 고조가 듣고서 말없이 한참 있다가 말했다.

"과인의 부끄러운 덕으로 어찌 감히 삼대(三代)의 성군(聖君)이 행했던 정치를 바라겠습니까? 한(漢)나라의 400년 토대를 창시할 수 있었던 것은 여러 신하들의 힘을 입은 것이지 과인의 능력이 아닙니다. 장량(張良)은 군막 속에서 전략을 세워 천리 밖의 승리를 결정하였고 소하(蕭何)는 국정을 근본으로 보좌하였으며, 진평(陳平)은 계책을 세웠고 수하(隨何)는 형세를 알아 분수를 정하였으며, 육고(陸賈)는 도로써 난신(亂臣)들을 다스렸고 역이기(酈食其)는 그 이기고 지는 것을 논하여 옳고 그름을 가렸으며, 장창(張倉 : 張蒼 오기)은 율령을 정하였고 숙손통(叔孫通)은 예절과 의식을 제정하였으며, 한신(韓信)은 싸우면 반드시 이기고 치면 반드시 취하였고 조참(曹參)은 정벌을 잘하였으며, 관영(灌嬰)은 용병을 잘하였고 경포(黥布)와 번쾌(樊噲)는 만 명의 장수라도 당하지 못할 용맹함을 지녔으며, 기신(紀信)은 부끄럽지 않게 충성이 있었고 팽월(彭越)은 나중에 위세를 도왔으며, 장이(張耳)는 무기를 잘 만들었는데, 과인의 위엄을 받들었습니다. 원컨대 모든 태조의 여러 신하들 가운데 유능한 신하에 대해 듣고 싶습니다."

당나라 태종이 말했다.

"과인도 또한 여러 신하들의 힘을 입은 공업이었으니, 위징(魏徵)은 직간하기를 잘했고 장손무기(長孫無忌)는 충성을 다하여 보좌하였으며, 두여회(杜如晦)는 일 처리함에 결단력이 좋았고 저수량(褚遂良)은 백성을 애휼하며 나라를 걱정하였는데, 과인의 정사를 도와서 올바른 데로 이끌었습니다. 은개산(殷開山)과 이적(李勣)은 도적과 맞서서 죽고사는 것을 꺼리지 않았고 진숙보(秦叔寶)와 울지공(尉遲恭)은 용맹스러움이 남보다 뛰어났으며, 이정(李靖)은 병법에 익히 밝았고 봉덕이(封德彝)는 국사에 힘썼으며, 방현령(房玄齡)과 굴돌통(屈突通)은 지혜가 넉넉하여 꾀가 많았고 유문정(劉文靜)과 우세남(虞世南) 등은 사람을 잘 알아보는 능력이 뛰어나 과인의 위엄을 도왔으니 아름답다 하지 않겠습니까?"

또 송나라 태조가 말했다.

"조보(趙普)는 지모가 남음이 있고 조빈(曹彬)은 용맹과 지략을 다 갖추었으며, 석수신(石守信)은 위풍이 늠름하였고 묘훈(苗訓)과 두연(杜衍)은 <뛰어난 기상이> 당당하였으며, 범질(范質)과 이방(李昉)은 그 문장으로써 도와주었고 왕전빈(王全斌)과 이한초(李漢超)는 요순이 나라 다스리는 방도를 지극히 하였으니, 어찌 창업한 것이라 아니 할 수 있겠습니까?"

한나라 고조가 말했다.

"헌원(軒轅 : 黃帝) 때에도 치우(蚩尤)의 난이 있었고 요순(堯舜) 때에도 네 명의 흉악한 무리 간신적자(奸臣賊子)가 있었으니, 예부터 오늘에 이르기까지 또한 없지 않았습니다."

이어서 명나라 태조에게 여러 신하들의 능력에 대해 물으니, 대답했다.

"공업(功業)을 다 이루지 못하고 재주와 지혜를 시험하면 옛사람들에게 견줄 것이 못되나, 유기(劉基)와 서달(徐達)은 장량(張良)·이정(李靖)의 지혜와 용맹에 방불하고 화운룡(花雲龍 : 華雲龍 오기)과 한성(韓成)은 기신(紀信)·주가(周苛)의 충성스러움과 흡사하며, 상우춘(常遇春)과 이문충(李文忠)은 조빈(曹彬)·울지공(尉遲恭)의 뛰어난 용맹에 견줄 것이고 이선장(李善長)과 황자징(黃子澄)은 위징(魏徵)·저수량(褚遂良)이 충성을 다하여 나랏일 도운 것에 견줄 것이며, 호대해(胡大海)는 번쾌(樊噲)·진숙보(秦叔寶)의 뛰어난 역량에 견줄 것입니다. 이 밖의 문무(文武) 신하들도 재주가 뛰어나고 지혜가 넉넉하여 꾀가 많음은 이루 다 헤아릴 수가 없습니다."

이윽고 당나라 태종이 말했다.

"이 같은 성대한 연회는 고금에 드물게 보는 것이니, 원컨대 나라를 중흥시킨 군주들을 청하여 함께 즐기는 것은 어떠하겠습니까?"

세 태조가 말했다.

"심히 우리들의 마음에 합당합니다."

한나라 고조는 수하(隨何)를 보내어 광무(光武)와 소열황제(昭烈皇帝)를 청하고, 당나라 태종은 배적(裵寂)을 보내어 숙종(肅宗)을 청하고, 송나라 태조는 이방(李昉)을 보내어 고종(高宗)을 청하였더니, 이윽고 수레와 말들이 길게 늘어서는 소리가 문밖에 야단스럽게 떠들썩한데, 사자(使者)가 분주히 들어와 고하여 말했다.

"네 분의 황제가 도착하셨습니다."

그 첫째는 광무제(光武帝)였는데, 좌우에서 모시는 신하가 등우(鄧禹)·오한(吳漢)·가복(賈復)·탁무(卓茂)·마원(馬援)·구순(寇恂)·경엄(耿弇)·풍이(馮異) 등이었다. 그 둘째는 소열황제(昭烈皇帝)였는데, 좌우에서 모시는 신하가 제갈량(諸葛亮)·방통(龐統)·법정(法正)·강유(姜維)·장완(蔣琬)·허정(許靖)·관공(關公:관우)·장비(張飛)·조운(趙雲)·마초(馬超)·황충(黃忠) 등이었다. 그 셋째는 당나라 숙종황제(肅宗皇帝)였는데, 좌우에서 모시는 신하가 이필(李泌)·곽자의(郭子儀)·이광필(李光弼)·뇌만춘(雷萬春)·남제운(南霽雲)·장순(張巡)·허원(許遠) 등이었다. 그 넷째는 송나라 고종황제(高宗皇帝)였는데, 모시는 신하가 악비(岳飛)·장준(張浚)·조정(趙鼎)·진덕수(眞德秀)·한세충(韓世忠) 등이었다. 사람들은 사나운 호랑이 같았고 그들이 타고 온 말은 비룡(飛龍) 같았다. 곧바로 법당(法堂)에 이르러 예 표하기를 마친 뒤에 동쪽 누각으로 나아가 자리를 정하였다.

장량(張良)이 나아와 아뢰었다.

"여러 신하들이 어지러이 뒤섞여서 그 서열이 있지 아니함은 옳지 못하니, 바라건대 재상과 장수, 그리고 충의, 지모, 용력 있는 자의 지위고하를 정하고 대오(隊伍)로 나누어 늘어서도록 조용하게 주선한다면 위계질서가 있지 않을까 합니다."

좌중(座中)이 모두 말했다.

"그 말이 가장 옳습니다."

그리하여 번쾌(樊噲)로 하여금 오색(五色)의 깃발을 남쪽 누각에 세우게 하니, 북을 세 번 울리고 세 번 호령하였다.

"정승(政丞)의 재주를 가진 사람은 홍색 깃발 아래로 가고, 장수의 재주를 가진 사람은 흑색 깃발 아래로 가고, 충의를 품은 선비는 황색 깃발 아래로 가고, 용력이 있는 선비는 다 백색 깃발 아래로 모두 모이시오."

여러 사람들이 서로 보며 아무 말 없고 끝내 나오지 않았다. 전상(殿上)에서 또 북을 울리며 호령하였다.

"황제의 명을 늦출 수가 없으니 빨리 받들어 행하시오."

위징(魏徵)이 급히 나와 아뢰었다.

"예나 지금이나 장수와 재상 된 자들이 스스로를 천거하게 하는 경우는 없습니다. 시신(侍臣) 중에서 공평하고 정직한 선비를 가려서 뭇 신하들의 우열을 판단하여 결정토록 하는 것이 좋겠습니다."

한나라 고조가 말했다.

"누가 이 소임을 담당하겠는가?"

위징이 대답했다.

"신하를 아는데 군주만한 분이 없습니다."

한나라 고조가 세 황제를 돌아보며 말했다.

"이 말은 매우 일리가 있으니, 우리 각자가 그 소임을 잘할 수 있는 사람을 천거하는 것이 좋겠습니다."

당나라 태종이 말했다.

"과인의 마음에는 이정(李靖)이 마땅합니다."

송나라 태조가 말했다.

"과인의 마음에는 이적(李勣)이 마땅합니다."

명나라 태조가 말했다.

"한갓 재능과 한갓 지혜를 지닌 사람이야 어느 시대인들 없었겠습니까? 반드시 백이(伯夷)의 곧은 절개, 소무(蘇武)의 맑음, 이윤(伊尹)의 어짊, 용방(龍逢)의 충절은 있지만, 나라를 받들고 임금을 돕는데 주공(周公)만한 이는 없으니, 주공 같은 이라야 출장입상(出將入相)할 것입니다. 태공(太公)과 같은 사람이어야만 이 소임을 할 수 있을 것입니다. 그러나 예전에 든

건대, 서촉(西蜀)의 제갈량(諸葛亮)이 가슴속에 천리 밖의 먼 지방에까지 승리를 결정할 수 있는 재주를 품고 뱃속에 나라를 안정되게 할 책략을 품어, 위로는 하늘의 이치를 통달하였고 아래로는 땅의 이치를 달통하였다고 하니, 지금 생각건대 이 사람이 아니라면 이 소임을 감당할 수가 없습니다."

좌중에 있던 사람들이 일제히 소리 질러 말했다.

"명태조(明太祖)의 말이 가장 옳습니다."

조보(趙普)가 간하여 아뢰었다.

"제갈량(諸葛亮)의 지모가 비록 그렇다고는 하나, 소열황제(昭烈皇帝)를 도와서 일찍이 천하를 통일한 공이 있지 않으니, 이 소임에 합당치 않습니다."

송나라 태조가 급히 말했다.

"무릇 지모라 하는 것은 사람에게 있지만 나라의 흥망은 하늘에 달렸거늘, 만일 경(卿)의 말과 같다면 맹자(孟子)와 자사(子思)가 도리어 소진(蘇秦)과 장의(張儀)만 못하단 말인가? 공명(孔明 : 제갈량)의 도호(道號)는 와룡(臥龍)인데, 남양(南陽)에 숨어 살며 양보음(梁甫吟)을 읊으면서 세상사를 뜬구름 같이 덧없는 것으로 여기고 널리 알려지는 것을 구하지 아니하였지만, 소열황제(昭烈皇帝)가 삼고초려(三顧草廬)하니 어찌할 수 없어 산에서 나왔다. 그때에 소열황제에게는 장수가 10명도 되지 못하고 군사가 1000명도 넘지 못하였지만 박망파(博望坡)에서 주둔지를 불태우고 백하(白河)의 물을 막는 것으로서 조맹덕(曹孟德 : 조조)으로 하여금 간담이 자주 무너지게 하였다. 천하를 솥발 모양처럼 삼국(三國)으로 정립한 형세를 이루게 하였고, 여섯 번이나 기산(祁山)에 오르니 사마중달(司馬仲達 : 司馬懿)이 혼비백산하였고, 맹획(孟獲)을 일곱 번이나 사로잡았다가 놓아주어 남만(南蠻)의 사람들을 마음으로부터 복종케 하였으니, 이가 영웅이 아니겠는가?"

그리하여 좌우에 있는 사람으로 하여금 공명(孔明 : 제갈량)을 나오게 하니, 공명이 윤건(綸巾)을 쓰고 도복(道服)을 입고서 전각 앞에 나아와 절하며 뵈었다. 많은 사람들이 모두 눈을 들어 보니, 풍채와 태도가 맑고 빼어났으며 행동거지가 단정하였다. 눈은 고금의 역대(歷代)를 열람한 듯하고 가슴속은 천지조화의 재주를 은근히 품은 듯하니, 많은 사람들이 일제히 소리 지르며 갈채 보내는 것을 마지않았다.

명나라 태조가 말했다.

"경이 모름지기 여러 나라의 뭇 신하들 사이에 서열의 고하를 정하는 것이 어떠하겠는가?"

공명이 사양하며 말했다.

"신의 변변치 못한 재주로 어찌 이러한 중대한 소임을 감당하겠습니까? 감히 명하시는 바를 받들지 못하겠습니다."

명나라 태조가 말했다.

"경은 사양하지 말고 조속히 소임을 맡도록 하라."

공명이 어쩔 수 없이 공경히 명을 받아 올바르게 여러 신하들의 지위 고하를 정하려 할 즈음에, 소졸(小卒)이 아뢰었다.

"진(秦)나라 시황제(始皇帝), 진(晉)나라 무제(武帝), 수(隋)나라 문제(文帝), 초(楚)나라 패왕(覇王)의 글월이 도착했습니다."

좌우의 시신(侍臣)들이 그 글을 받들어 전상(殿上)에서 돌려보게 하니, 한나라 고조는 차례가 되어 다 읽고 난 뒤에 문득 눈살을 찌푸리며 말했다.

"이들은 모두 과인의 마음과 맞지 아니하는 사람들이니, 물리치는 것이 좋을 것입니다."

송나라 태조가 말했다.

"가는 자를 붙잡지 말고 오는 자를 막지 않을지니, 이에 맞이하여 서로 보는 것도 마땅할까 합니다."

이렇듯이 어떻게 할 것인지 결정하지 못하고 있을 즈음에, 공명이 말했다.

"지금 신에게 한 계교가 있사오니, 네 황제로 하여금 동루(東樓)에서 머물게 하고 이쪽과 저쪽에 통하지 못하게 하면 자연 조용하게 할 도리가 있을 듯합니다."

한나라 고조가 그 말을 좇아 마침내 왕희지(王羲之)로 하여금 깃발에 크게 써서 문 밖에 세우게 하였으니, 그 방문(榜文)은 다음과 같이 썼다.

「나라를 다시 일으켜 세운 임금은 동루로 가고, 패권을 잡은 왕들은 서루로 가되, 만일 나라를 세운 창업 군주가 아니면 법당(法堂)에 들어오지 못하리라.」

이윽고 진시황의 수레가 이르렀는데 섬리마(纖離馬)가 끌었으며, 강사포(絳紗袍)를 입고 허리에는 태아검(太阿劍)을 찼으니 호령이 엄정하였고 위풍이 늠름하였다. 좌측에는 이사(李斯)·모초(茅焦)·왕전(王剪 : 王翦)이 모셨고, 우측에는 몽염(蒙恬)·장한(章邯)·왕분(王賁)이 모셨다. 또 진(晉)나라 무제(武帝)가 들어왔는데 황금 수레를 탔으며, 옥수(玉手)에는 백옥홀(白玉笏)을 쥐었으니 의관이 찬란하게 빛났고 기상이 당당하였다. 좌측에는 장화(張華)·산도(山濤)가 있었고, 우측에는 양호(羊祜)·두예(杜預)가 모셨다. 또 수(隋)나라 문제(文帝)가 들어왔는데 백옥(白玉)의 수레를 타고 왔으며, 머리에는 금관(金冠)을 썼고 홍포(紅袍)를 입은 데다 깃발들이 어지러이 나부꼈고 칼과 창이 나열하니 기상이 늠름하였고 문채(文彩 : 예의 법도)가 갖추어져 훌륭하였다. 좌측에는 왕통(王通)·소위(蘇威)가 있었고, 우측에는 한금호(韓擒虎)·하약필(賀若弼)이 모셨다.

진(秦)나라 시황이 바로 법당으로 오르려 하자, 공명이 앞을 가로막으며 간(諫)하였다.

"이곳은 창업주(創業主)의 연회이니 나라를 세운 군주가 아니면 마땅히 법당에 오를 수 없습니다."

진나라 시황이 이 말을 듣고 벌컥 크게 성내며 말했다.

"과인이 온 천하의 어지러움을 쓸어 없앤 위세가 온 세상에 떨쳤거늘, 어찌 창업을 이루지 못하였다 하는가?"

공명이 대답했다.

"폐하께서 여섯 나라를 병탄시킨 공업이 비록 크나 이치로써 의논할진대 중흥(中興)했다 할 수 있어도 창업한 것은 아닐지니, 폐하의 공업이 선왕과 같아서 창업한 것으로 자처하실지라도 소신(小臣)이 어찌 이와 같이 감히 막을 수 있겠습니까?"

이사(李斯)가 말했다.

"공명의 말이 옳으니, 전하께서는 중흥주(中興主)로 자처하시는 것이 옳습니다."

진나라 시황이 그 말을 따라서 동루로 갔다.

또 항우(項羽)가 이르렀는데 오추마(烏騅馬)가 끌었으며, 손에는 쇠로 만든 채찍을 들었으니 용기와 지략이 매우 뛰어났고 무서운 기세가 등등하였다. 성을 내며 들어오는데, 좌측에는 범증(范增)이 있었고, 우측에는 항장(項莊)이 있었다. 좌우에 있는 사람들에게 항우가 물었다.

"오늘 이 잔치는 누가 주관하는가? 잔치를 연 뜻을 알고자 한다."

공명이 대답했다.

"오늘의 잔치는 한(漢)나라 태조(太祖) 고황제(高皇帝)께서 당나라, 송나라, 명나라 세 분의 태조와 함께 창업연(創業宴)을 베푸신 것입니다. 뜻밖에 대왕께서 오시니 다행입니다."

항우가 하늘을 우러러 탄식하며 말했다.

"하늘과 땅이 뒤집히기도 하고 해와 달이 차고 이지러지기도 하는 것이 이 같겠는가? 유계(劉季 : 유방)는 도리어 주인이 되고 항적(項籍 : 항우)은 부질없이 손님이 될 줄을 누가 어찌 기약하였으랴?"

그리고는 즉시 법당으로 오르려 하니, 공명이 앞에 나서서 간하여 말했다.

"대왕께서 힘은 산을 들어 올릴 만하고 기개는 온 세상을 덮을 만한 영웅이시나 끝내 창업하신 공이 없으시니, 이 잔치자리에는 당연히 참여하시지 않는 것이 옳다 하겠습니다."

항우가 크게 노하며 말했다.

"평소에 내가 유계(劉季)를 어린아이처럼 보았을 뿐이다. 당시 호걸들이 나를 대하면 위풍에 두려워하며 간담이 떨리고 마음이 서늘하였으며, 후세의 영웅들도 나의 이름을 듣게 되면 저마다 느끼지 않는 사람이 없었거늘, 지금 누가 감히 나의 길을 막는단 말이냐?"

공명이 범증(范增)을 돌아보며 말했다.

"옛적에 환공(桓公)이 규구(葵丘)에서 회맹(會盟)할 때 대의를 숭상하자 9개의 나라가 한 사람의 밑에서 몸을 굽혔으니, 이는 탕왕(湯王)과 무왕(武王)이 다스리던 방법입니다. 지금 대왕이 혈기로써 뭇 사람들의 시비를 돌아보지 아니 하시나, 그윽이 대왕의 뜻을 따르지 않을 것입니다."

항우가 한참 동안 잠자코 있다가 말했다.

"차라리 닭 부리가 될지언정 소꼬리는 되지 않는다 하였으니, 내가 서루의 주인이 되어 다시 홍문연(鴻門宴)을 베풀리라."

이에 서루로 나아가 자리를 정하였다.

공명이 오른손으로 깃털 부채를 쥐고 왼손으로 상아홀을 잡고는 가운데 서서 말했다.

"이 가운데 혹 나라를 어지럽히고 반역을 도모한 자가 있거든 일찍 나갈 것이지, 여기에 있어도 참여하지 못하리로다."

이에 왕망(王莽)과 동탁(董卓)의 무리에서 수십 명이 얼굴에 멋쩍은 빛을 띠며 물러갔다. 공명이 하늘을 우러러 맹서하며 말했다.

"제가 비록 재주도 없고 아는 것도 없지만 이제 황제의 명을 받들어 고금 영웅들의 고하를 분별하고 늘어서게 하나니 혹 한 사람에게라도 사사로이 좋아하거나 미워하는 감정을 둔다면 몸과 목숨을 보전하지 못할 것입니다. 바라옵건대 황천후토(皇天后土)는 아주 환하고 밝게 비추어 보살펴 주소서."

자리에 나아가 영웅들의 고하를 굽은 데가 없이 분별하여 늘어세우고자 하였다.

홀연히 시중드는 사람이 와서 보고했다.

"한무제(漢武帝)는 흉노에게 원수를 갚은 전공이 있고, 당헌종(唐憲宗)은 회서(淮西)를 정벌한 전공이 있고, 진원제(晉元帝)는 강좌(江左 : 양자강 하류의 동남 지역)를 평정한 공업이 있고, 송신종(宋神宗)은 삼대(三代)의 이상을 회복하려는 기풍이 있었으니, 어찌 이 연회에 참여하지 못하겠습니까? 그 밖의 여러 영웅들이 문밖에서 모여 있는 자가 그 수를 알지 못합니다."

말이 미처 끝나기도 전에 문밖에서 또 크게 불러 말하였다.

"무리를 지어 이리저리로 정벌하며 사방을 호령하면서 천하를 서로 다투어 싸우던 자가 어찌 이 잔치자리에 참여하지 못한단 말입니까?"

본디 이같이 부르짖는 호걸들은 다른 사람이 아니라 바로 진승(陳勝)·조조(曹操)·원소(袁紹)·손책(孫策)·이밀(李密) 등이었다.

한나라 고조가 듣고 말했다.

"이 사람들의 용맹은 천하의 호걸 선비라고 이를 만하리로다."

문득 원소(袁紹)와 이밀(李密) 등이 목소리를 높여 크게 소리쳤다.

"조조(曹操)는 간사한 영웅이고 필부일 뿐이며, 손책(孫策)은 그래도 영웅이라 일컫지만 그러나 오히려 이 잔치자리에 참여하기 어렵다고 해도 괴이할 것이 없거니와, 우리들은 여러 대에 걸친 왕족이며 대대로 장수와 재상의 집안 출신일 뿐만 아니라 또한 잠시라도 맹주(盟主)였으니, 어찌 오늘 이 연회에 참여하지 못한단 말입니까?"

경청(景淸)도 크게 꾸짖으며 말했다.

"원소(袁紹)는 많은 의심이 마음속에 가득하고 충언(忠言)을 받아들이지 아니하며 어진 선비를 알아보지 못했습니다. 이밀(李密)은 지식이 얕고 짧아 사람을 알아 쓰지 못한 까닭에 세력이 모자라고 운이 다하여 군대가 대패하였으니 필부라 할 것이거늘, 어찌 감히 스스로 영웅이라 하며 창업연(創業宴)에 참여하기를 바란단 말입니까?"

이밀과 원소 등이 이 말을 들더니 낯빛이 흙빛처럼 되었고, 날카로운 기세가 꺾여 벌컥 화를 내며 멋쩍은 모습으로 돌아갔다.

이에 전각의 바깥문을 크게 열고 네 제왕이 들어오기를 청하니, 첫째는 한(漢)나라 무제(武帝)였는데 호위하는 신하가 동중서(董仲舒)·급암(汲黯)·동방삭(東方朔) 등이었다. 둘째는 당(唐)나라 헌종(憲宗)이었는데 호위하는 신하가 한유(韓愈)·배도(裵度) 등이었다. 셋째는 진(晉)나라 원제(元帝)였는데 호위하는 신하가 주의(周顗)·왕도(王導)·도간(陶侃)·유곤(劉琨) 등이었다. 넷째는 송(宋)나라 신종(神宗)이었는데 호위하는 신하가 명도선생(明道先生)·범중엄(范仲淹)·구양수(歐陽修)·왕안석(王安石) 등이었다. 차례로 동루에 올라 자리를 정하였고, 진왕(陳王 : 陳勝)과 위공(魏公 : 曹操)은 서루에 올라 자리를 나누어서 앉았는데, 법당(法堂) 이하 동루와 서루에 이르기까지 늘어선 제왕들이 차례로 앉기를 마쳤다.

공명이 법당 중앙에 자리를 정하고서 지위고하를 정하고는 소리를 높여 낭독하였다.

"한(漢)나라의 장량(張良)은 숙녀와 같은 곱상한 얼굴이었지만 장부의 마음이었는지라, 황석공(黃石公)에게 도학(道學)을 배우고 서쪽으로 한나라에 귀순하여 계책을 올려서 진(秦)나라를 멸하고 초(楚)나라도 패배시켰습니다. 세상을 등지고 벽곡하는 일을 일삼아 적송자(赤松子)를 찾아갔으니, 이는 보통사람의 부류는 아닙니다.

당(唐)나라 태종 때의 위징(魏徵)은 자신의 임금에게 요임금과 순임금의 다스림으로써 간쟁(諫諍)하여 신하된 자의 도리를 다하였으니, 이는 충성스럽고 정직한 선비라 할 것입니다.

송(宋)나라 태조 때의 조빈(曹彬)은 강남(江南)으로 내려갔다가 성하(城下)에 이르러 분향한 후 맹서하면서 결코 포학하지 않기로 언약하고는 한 사람도 함부로 죽이지 아니하며 그 성에 이르러 격파하고 승전가를 부르면서 돌아왔으니, 이는 여상(呂尙)의 무리라 할 것입니다.

명(明)나라 태조 때의 유기(劉基)는 금릉(金陵 : 남경)에서 그 기운을 보고 십년 뒤의 일을 알아서 군왕들이 백대의 후를 거울 같이 알고 나라를 도왔으니, 이는 이윤(伊尹)의 무리라 할 것입니다.

진(秦)나라 시황 때의 모초(茅焦)는 태후(太后)가 폐해지는 것을 보고 기름 끓는 가마솥에 나아가면서도 충간하여 죽기를 예사롭게 보았으니, 이는 용방(龍逄)과 비간(比干)의 충성을 부러워하지 아니 할 것입니다.

한(漢)나라 무제 때의 동방삭(東方朔)은 3년 동안 글을 읽으매 자연을 즐기며 시를 읊조리는 음풍영월(吟風咏月)의 재능만 아니라 바다도 뒤엎고 강물도 뒤집는 언변이 생겼으니, 이는 한 시대의 어진 선비라 할 것입니다.

후한(後漢) 광무제 때의 등우(鄧禹)는 막대를 집고 후한에 귀순하매 군사를 거느리고 도적을 쳐 나라를 중흥하게 하였으니, 이는 나라를 위해 세운 가장 큰 공훈자(功勳者)요 만고(萬古)의 영웅이라 할 것입니다.

촉한(蜀漢) 소열제 때의 방통(龐統)은 여러 날 동안 수행해야 할 공사(公事)를 짧은 시간에 처결하여 천하를 삼분(三分)하는 기이한 계책을 한 마디 말로 정하였으니, 이는 지모 있는 선비라 할 것입니다.

진(晉)나라 무제 때의 장화(張華)는 오(吳)나라를 정벌하는 데에 끝내 크나큰 공을 이루었으니, 이는 백세(百世)의 호걸이라 할 것입니다.

진(晉)나라 원제 때의 주의(周顗)는 충의가 마음속에서 솟구쳐 왕돈(王敦)을 크게 꾸짖다가 끝내 죽는데 이르렀으니, 이는 만고(萬古)의 강개한 선비라 할 것입니다.

수(隋)나라 문제 때의 왕통(王通)은 대궐에 나아가 12조 계책[策十二條]을 올렸지만 <채택되지 않아> 벼슬을 버리고 향리로 돌아왔더니, 그 후에 조정에서 여러 차례 불렀으나 끝내 따르지 않고 말하기를, '내 집이 비록 몇 칸 안 되는 작은 초가집이나마 족히 비바람을 가리기에는 충분하고, 하루 정도의 갈이 밭일망정 죽 끓여 먹을 만하다. 글 읽는 것을 업으로 삼아 거문고를 뜯으며 노래하면서 시를 짓고 술을 마시는 것으로 소일하겠다.' 하였으니, 이는 숨어사는 선비라 할 만한 것입니다.

당(唐)나라 숙종 때의 이비(李泌)는 어려서부터 지혜가 매우 뛰어나고 자질이 아름다웠는데 포의지교를 맺고 임금을 섬겨서 마침내 대업(大業)을 이루었지만, 이윽고 높은 벼슬자리를 사양하여 타고난 고향 여양(廬陽)에 돌아와 여생을 조용히 보전하였으니, 이는 기미(機微)와 이치를 아는 선비라 할 것입니다.

당(唐)나라 헌종 때의 한유(韓愈)는 학식이 하해(河海)와 같고 마음가짐이 송백(松栢) 같아서 임금을 잘 도와 올바른 데로 인도하기를 매우 부지런하고 간곡하게 하여 책문(策文)을 써서 바쳤으니, 이는 군자의 풍도가 있다 할 것입니다.

송(宋)나라 신종 때의 정자(程子)는 공자(孔子)와 맹자(孟子), 안자(顔子)와

증자(曾子) 등 성현의 도통을 이었으니, 이는 성현(聖賢)의 선비라 할 것입니다."

이에, 모사(謀士)가 고하에 맞춰 늘어세우기를 마친 후, 홍기(紅旗)를 들고 소하(蕭何)에게 읍하며 말했다.

"소하는 땅을 취하면서 지세를 알아보고 한신(韓信)을 쫓아가서 데려와 사방을 평정하였습니다. 곽광(霍光)은 이윤(伊尹)이 태갑(太甲)을 폐한 것과 주공(周公)이 성왕(成王)을 업고 정사(政事)를 돌본 도리를 따라서 선제(宣帝)를 세우고 창읍왕(昌邑王)을 폐위시켰습니다. 장손무기(長孫無忌)는 삼척검(三尺劍)을 잡고 동분서주하며 신하로서의 충성을 다하여 마침내 대업을 이루었습니다. 왕규(王珪)는 흐리고 어지러운 것을 쓸어 없애었고, 어진 이를 대접하며 착한 이를 좋아하고 악한 일을 하지 않았습니다. 이들은 당당히 첫째가 될 것입니다.

조참(曹參)은 옛 제도를 한결같이 그대로 따랐으며, 번성하고 화려한 것을 싫어하고 조용함을 좋아했습니다. 방현령(房玄齡)은 충성을 다하여 있는 힘을 다 바쳐 나랏일을 보조하였습니다. 이들은 마땅히 둘째가 될 것입니다.

두여회(杜如晦)는 공무를 물 흐르듯 결단했으며, 맑고 충직함에 힘써 나라를 위했습니다. 범증(范增)은 그 군주를 잘못 만나 자기의 뜻을 제대로 펴지 못했는데, 비유컨대 봉황이 <마음대로 날지 못하고> 가시나무에 깃들여지는 것과, 용이 작은 시내에서 괴로운 것과 같았습니다. 이들은 마땅히 셋째가 될 것입니다."

또 흑기(黑旗)를 들고 한신(韓信)에게 읍하며 말했다.

"한신은 암군(暗君)을 배반하고 명군(明君)에게 투항하여서 영웅 항우(項羽)를 격파하고 천하를 평정하였으니 큰 공이 가장 으뜸에 이르렀습니다. 마원(馬援)은 변방을 쓸어버렸고, 죽어서 시체가 말가죽에 싸여 돌아왔습니다. 서달(徐達)은 일찍이 손빈(孫臏)과 오기(吳起)의 모략이 있었고 용맹은 만 명의 사람으로도 당해 낼 수 없는 용맹이 있었습니다. 이들은 마땅히 첫째가 될 것입니다.

팽월(彭越)은 초(楚)나라를 배반하고 한(漢)나라로 귀순하여 공훈을 태산(泰山) 같이 세워 벼슬이 공후(公侯)에 이르렀습니다. 풍이(馮異)는 왕망(王莽)을 죽여 한나라의 사직을 회복하였습니다. 왕전(王翦)은 늙었지만 젊은 장수를 대적하였고, 백발을 흩날리면서 전장에 나아가 오로지 공을 이루며 백만 군중(百萬軍中)을 넘나들었습니다. 이들은 마땅히 둘째가 될 것입니다.

곽자의(郭子儀)는 재주와 덕을 겸비하였는데 동쪽으로 역적(逆賊 : 안록산과 사사명)을 토벌하여 도로 경성(京城 : 낙양과 장안)을 회복하고 지존(至尊 : 唐肅宗)을 맞이하여 옛 임금 자리에 즉위케 하였으며, 운남(雲南)을 평정하였습니다. 장한(章邯)은 아홉 번 싸우면서 초나라 군대를 대파했습니다. 이들은 마땅히 셋째가 될 것입니다."

또 황기(黃旗)를 들고 기신(紀信)에게 읍하며 말했다.

"기신은 충성스런 마음이 가득하여 죽는 것도 돌아보지 않고 임금을 위해 쏟은 정성은 밝은 해에게까지 미쳤습니다. 장순(張巡)은 도적과 맞닥뜨려 임기응변의 책략을 내는 것이 신통하였는데, 호령이 무궁하면서도 상벌이 분명했으며, 형세가 궁하여 성이 함몰될 지경에 이르렀지만 끝내 두 마음을 품지 않았습니다. 관공(關公 : 관우)은 유황숙(劉皇叔 : 劉備, 昭烈帝)과 장익덕(張翼德 : 張飛)으로 의형제를 맺고 생사를 함께하겠다고 맹세하고는 임금의 명을 잘 지키고 나라에 보답하는 충성이 하늘을 꿰뚫어 가득하며, 산을 뽑고 바다를 뛰어넘는 용맹으로 다섯 관문을 지나면서 여섯 장수를 참수하고 홀로 천리 길을 달려서 그 위세로 천하를 진동하였습니다. 그 충의와 용맹은 마땅히 첫째가 될 것입니다.

허원(許遠)은 힘을 다하여 지키다가 성이 고립되어 몸은 죽었어도 충성심만은 변치 아니하였습니다. 악비(岳飛)는 충성스럽고 절개가 곧은 마음을 귀감삼고 나라를 회복시키는 데에 진심을 다하면서 구족(九族)도 돌보지 않았습니다. 이들은 마땅히 둘째가 될 것입니다.

황자징(黃子澄)은 한결같은 마음이 변치 아니하여 몸이 찢겨 죽을 때까지 나라에 보답하였습니다. 주란(周蘭)과 환초(桓楚)는 사방에 온통 적들이 둘러싸자 강동(江東)의 젊은이 8,000명이 일시에 뿔뿔이 흩어지는데도 끝까지 배반할 마음을 두지 않고 난군(亂軍) 속에서 죽었습니다. 이들은 마땅히 셋째가 될 것입니다."

또 청기(靑旗)를 들고 진평(陳平)에게 읍하며 말했다.

"진평은 키가 8척이나 되고 얼굴이 관옥(冠玉) 같았는데 여섯 가지의 기묘한 계책을 내어 천하를 통일한 공이 있습니다. 이정(李靖)은 재주와 덕을 겸비하여 전쟁터에 나가서는 명장이 되고 조정에 들어와서는 명재상이 되어 공을 이루는 것이 드높았고 명성이 빛나고 빛났습니다. 이들은 마땅히 첫째가 될 것입니다.

한세충(韓世忠)은 스스로 오합지졸을 거느리고 동서로 정벌하여 벼슬이 왕후(王侯)에 올랐습니다. 등애(鄧艾)는 서촉(西蜀)을 평정하였습니다. 두예(杜預)는 오나라를 평정하여 공이 산과 바다를 뒤덮었습니다. 이들은 마땅히 셋째가 될 것입니다."

또 백기(白旗)를 들고 조운(趙雲)에게 읍하며 말했다.

"조운은 장판파(長板坡)를 지날 적에 아두(阿斗 : 劉禪)를 품에 품어 보호하였고 황충(黃忠)을 한수(漢水)에서 구하였으니, 매우 뛰어난 용맹이 세상을 뒤덮을 만했습니다. 경엄(耿弇)은 몸소 대장군이 되어 사방을 정벌하였는데, 300여 성을 무찌르고 수천 리 땅을 빼앗았습니다. 장익덕(張翼德 : 장비)은 성품이 맹렬한 불같고 용맹이 날랜 호랑이 같았는데, 천하의 사람들을 어린아이로 보고 질타하는 한 마디가 우주를 흔드는 듯했고, 많은 적군 중에서 적장을 베는 것이 마치 주머니에서 물건을 취하듯 하였으니, 용맹은 만 명의 사람으로도 당해 낼 수 없는 용맹이 있었습니다. 경덕(敬德 : 尉遲敬德, 尉遲恭)은 날랜 용맹이 남보다 뛰어나 백전백승 곧 수많은 전쟁에서 공을 세웠습니다. 이들은 마땅히 첫째가 될 것입니다.

번쾌(樊噲)는 방패를 옆에 끼고 홍문연(鴻門宴)에 도착하여 장막을 들추고 뛰어들었는데, 그 노여움으로 머리카락이 관(冠)을 찔렀고 눈을 부릅떠서 눈초리가 다 찢어졌으니, 항우(項羽) 보기를 어린 아이 보듯 하였고 군사 보기를 개미새끼 보듯 했는지라, 마음속에 뛰어난 지략을 품었고 날랜 용맹이 매우 뛰어났습니다. 가복(賈復)은 얼굴이 천신(天神) 같았고 날랜 용맹이 대붕(大鵬) 같았으며, 도량이 넓고 커서 대해(大海) 같아 끝내 대업을 이루었습니다. 경포(黥布)는 용맹이 귀신같고 능력과 지모가 남보다 뛰어났고 공이 우주를 뒤덮었습니다. 오한(吳漢)은 날랜 용맹이 무리 가운데 뛰어났고 웅대한 지략도 세상을 덮었습니다. 마초(馬超)는 보전(步戰)의 훌륭한 장수였습니다. 황충(黃忠)은 활을 쏘면 백발백중이었습니다. 이들은 마땅히 셋째가 될 것입니다. 이 사람들 이하는 여기에 이루 다 기록할 수가 없습니다."

말을 마치자, 곁에 있던 한 사람이 눈물을 흘리며 소리쳐 말했다.

"선생님은 어찌 소장(小將)을 알아보지 못하십니까? 소장이 죽기를 두려워하지 아니하며 살기를 탐하지 아니하였더니, 서촉(西蜀) 땅을 디디지 못하여 사마의(司馬懿)가 한(漢)나라를 쳤지만 후주(後主 : 劉禪)가 용납지 않아 허도(許都)를 엿보지 못했습니다. 하늘이 돕지 않으심으로 인하여 소장의 몸이 원통하게 죽은 까닭에 원혼(冤魂)이 흩어지지 않았습니다만, 선생님이 소장의 충성을 헤아리지 않으시니 소장의 심사를 장차 어디에 가서 하소연하겠습니까?"

통곡하기를 그치지 아니하니, 공명이 보고 탄식하며 말했다.

"슬프다, 백약(伯約 : 강유의 자)이여! 내 어찌 그대의 충심을 알지 못하겠는가만, 끝내 일이 성공하지 못하여 적에게 투항했으니 후세에 더러운 이름을 오래도록 남겼다 할지라. 이런 까닭에 도리어 절개를 지켜 의롭게 죽은 것만 못하구나. 그래서 여러 영웅들 속에 참예치 못하는 것이니라."

강유(姜維)가 이 말을 듣고 길이 한숨지으며 다시 대답할 말이 없어 물러갔다.

이로써 신하들의 고하가 정하여지니, 좌중이 모두 "좋다."고 하며 무수히 칭찬하기를 그치지 않았다. 문득 당나라 태종이 말했다.

"홀로 누리는 즐거움을 오로지하였지만 생각건대 여러 사람들과 함께 누리는 즐거움을 다하지 못하였으니, 원컨대 동루(東樓)와 서루(西樓)에 손님들을 모두 청하여 잔치를 같이 즐기는 것이 좋을 듯합니다."

온 좌중이 일제히 응낙하였다. 그리하여 동루와 서루의 여러 손님들로 하여금 연회에 참석하도록 하였다. 이윽고 여러 손님들이 모두 법당으로 모이어 동서로 나누고 자리를 정하였다. 가까운 신하 한 사람씩 각자의 군왕 곁에서 모시고 섰는데, 조조(曹操)·손책(孫策)이 말석에 참여하였으니, 마치 용이 구름에 서려있는 것과 같았고 호랑이가 깊은 산중에 앉아 있는 것 같았다. 예법에 맞는 몸가짐이 매우 엄숙하고 칼과 패옥소리가 쟁강쟁강 울리는 가운데 오음(五音)과 육률(六律)을 연주하여 드렸다. 무용수는 화려한 옷소매를 움직여 춤추었고, 뜰 앞에서는 칠현금(七絃琴)이 연주되었고, 당상(堂上)에서는 술잔과 그릇이 어지러이 흩어져 있었으니, 영웅들의 경사스런 연회임을 알지어다.

옥배(玉盃)를 들어 술이 몇 순배 돌자, 한나라 고조가 복받쳐 슬픈 듯 말했다.

"천지(天地)는 무궁하나 인생(人生)은 유한하여 흥망성쇠(興亡盛衰)는 해와 달이 서쪽으로 지는 것과 같고 강물과 바다가 동쪽으로 흐르는 것과 같으니, 어찌 능히 길이길이 공업을 누리며 오래도록 지키겠는가? 가장 좋은 나라라도 그 왕업을 삼대(三代) 누렸나니, 요순(堯舜)의 뒤에 용기 있는 자가 오래 누린다 하여도 불과하기를 누에가 집만 짓다 한평생 다하는 것과 같았도다. 대저 나라의 성쇠와 사람의 수명은 모두 하늘이 정하시는 것이니, 천고(千古)의 흥망은 한잔 술로 거친 흙을 적실 따름이로다."

자리에 가득한 사람들이 이 말을 듣고는 저마다 슬퍼하는 빛을 띠며 탄식함을 마지않았다. 홀로 서편자리에 있던 한 대왕이 목소리를 높여 소리쳤다.

"홍문(鴻門)에서 잔치를 벌이고 옥결(玉玦)을 들어 때를 이루고자 하였더니, 해하(垓下)에서 어찌 호랑이 새끼를 키워 후환을 만날 줄 알았겠는가? 내 비록 저승에 쓰러진 넋이 되었지만 오강(烏江)에서 자결한 한을 지금까지 잊기가 어렵도다."

말을 마치자, 또 동편 자리에 있던 한 제왕이 대답하여 말했다.

"일개 꿈속의 넋으로서 보건대, 옥결(玉玦)은 헛되이 수고했을 뿐이요, 보검(寶劍)은 헛되이 군사들의 힘을 쓰게 했을 따름이로다."

당나라 태종이 말했다.

"흥망(興亡)과 승패(勝敗)는 우선 제쳐놓아 말하지 말고, 다만 통쾌했던 일로만 말하는 것이 어떠하겠습니까?"

한나라 고조가 말했다.

"죽을 고비에서 겨우 살아나 백번 싸워 백번 지다가 해하(垓下)의 한 전투에서 겨우 천하를 얻었으니, 어찌 통쾌했던 일이 아니라 하겠으며, 경포(黥布)를 물리친 후로 고향 풍패(豊沛)에 되돌아와 부모를 모시고 함께 즐겼을 때, 큰 바람이 일고 구름이 한가롭게 피어오르는데 노래 부르고 춤추며 밤낮으로 즐겼으니, 이것도 또한 통쾌했던 일의 하나라 할 것입니다.

대업을 이미 이루어 낙양(洛陽)을 도읍으로 정하고, 남궁(南宮)에서 태공(太公 : 한고조의 부친)을 모시어 태평곡(太平曲)을 연주해 드리며 천일주(千日酒)를 받들어 장수를 비는 뜻으로 술을 바치니, 상황(上皇 : 한고조의 부친)께서 기뻐하며 말하시기를, '내 옛날 밭 갈아 먹었을 때에 어찌 오늘날 이와 같이 귀하게 될 줄을 뜻하였겠으며, 자식이 없었던들 또한 어찌 이와 같은 즐거움을 누릴 수 있었겠느냐?' 하셨으니, 이것이 통쾌했던 일의 둘째라 할 것입니다."

명나라 태조가 이 말을 듣고 눈물을 머금으며 슬픈 빛을 지으니, 한나라 고조가 말했다.

"대장부가 어찌하여 아녀자와 같은 모습을 보입니까?"

명나라 태조가 눈물을 뿌리며 말했다.

"과인(寡人)은 부모님을 모두 여읜 고애자(孤哀子)로서 이 세상을 살았으니, 한나라 황제처럼 통쾌한 일로 부모님께 장수를 비는 뜻으로 술잔을 올리는 즐거움을 바랄 수 있었겠습니까? 사람의 마음이 목석이 아닌 바에야 어찌 슬프지 않겠습니까?"

한나라 고조가 말했다.

"이것이야말로 효성에 감동함이로다."

이윽고 당나라와 송나라 황제에게 물으며 말했다.

"원컨대 두 분은 통쾌했던 일을 각각 이야기하여 과인으로 하여금 듣게 해주심이 어떠하십니까?"

당나라 태종이 말했다.

"천하를 평정하고 태평한 시절을 맞아 멀리 있는 신하가 와서 조회할 때, 말 잘하는 앵무새와 서역(西域)의 준마를 바치고 토지에서 나는 신기하고 보기 좋은 물건과 옛것을 수없이 모두 바치니, 이것이 첫 번째 통쾌했던 일이라 할 것입니다.

위징(魏徵)과 어진 정치를 논하였고 이적(李勣)으로 하여금 장성(長城)을 쌓게 하였는데, 해마다 풍년이 되고 백성들이 화락하여 태평곡(太平曲)과 격양가(擊壤歌)를 노래하니, 이것이 두 번째 통쾌했던 일입니다.

여러 신하들과 모든 친척들을 모으고 능연각(凌烟閣)에서 술잔치를 베풀었는데, 상황(上皇 : 당태종의 부친)께서 친히 비파(琵琶)를 타셨고, 과인(寡人)이 공경(公卿)으로 하여금 장수를 비는 뜻으로 술을 채운 금옥배(金玉杯)를 받들어 올리게 하였으니, 이것이 세 번째로 통쾌했던 일이라 할 것입니다."

송나라 태조가 말했다.

"과인은 일찍이 천하를 미처 통일해보지 못하였으니 어찌 통쾌했던 일이 있었겠습니까만, 새 궁실을 짓고 담장도 화려하게 쌓았는데, 궁중의 구문(九門)을 세워 한번 활짝 열어젖히면 사방으로 막힘이 없이 통하고, 은으로 장식한 안장을 얹은 흰 말과, 푸른 소가 끄는 일곱 가지 향내 나는 수레들을 쌍쌍이 굴렀으니, 이는 오직 마음을 환하게 터지게 한 것이라 이것만하게 통쾌했던 일이 없었습니다."

한나라 고조가 명나라 태조를 돌아보며 말했다.

"무릇 나라를 다스리는데 당우(唐虞 : 요순)시대의 정치와 요순(堯舜)의 다스림을 본받을진대, 간신(諫臣)들은 군왕의 잘하고 잘하지 못한 것을 기록할 것인바, 한나라·당나라·송나라의 역사가 붓으로 쓰였으니 어찌 그것을 본 후생들의 시비를 면할 수 있겠습니까?"

명나라 태조가 사양하며 말했다.

"고대(古代) 선왕(先王)들의 나라를 다스린 정사(政事)를 누구는 비난하고 누구는 칭송했나니, 모름지기 성인의 마음으로도 오히려 이와 같은 시비를 면치 못하였거늘, 하물며 용렬한 군주이자 우둔한 군주가 어찌 비방하고 칭찬할 수 있겠습니까?"

한나라 고조가 말했다.

"그 같은 말씀일랑 그만하시고 오직 한번만이라도 웃을 수 있는 말씀을 하셔서 좌중의 즐거움을 북돋워주십시오."

명나라가 태조가 말했다.

"그렇다면 먼저 기상을 살펴보고, 뒤에 시비를 논하는 것이 어떠하신지, 여러분들의 의견을 말해 주십시오."

이에, 여럿이 모여서 의논하여 정하니, 명나라 태조가 여러 사람의 기상을 두루 살피고 차례로 말했다.

"북풍이 세차게 불고 파도가 거세게 용솟음치는 것은 진시황(秦始皇)의 기상입니다. 뙤약볕이 뜨겁게 내리쬐고 천둥이 천지를 진동하는 것은 광무제(光武帝)의 기상입니다. 하늘이 끝없이 넓어 고즈넉하고 가을의 찬 서리가 살을 에는 듯한 것은 한무제(漢武帝)의 기상입니다. 가없이 넓고 큰 장강(長江)이 혹 물결치고 혹 졸졸 흐르는 것은 소열제(昭烈帝)의 기상입니다. 맑은 바람이 솔솔 불고 밝은 달이 휘영청 비치는 것은 당태종(唐太宗)의 기상입니다. 새벽 하늘빛이 창창하고 정겨운 사람이 잠 못 이루는 것은 당헌종(唐憲宗)의 기상입니다. 동쪽 하늘에 해가 오르고 서쪽 하늘에 빗발이 내리치는 것은 진무제(晉武帝)의 기상입니다. 곤륜산(崑崙山)의 백옥, 여수(麗水)의 황금 같은 것은 송태조(宋太祖)의 기상입니다. 세찬 바람에 소낙비 오고 천지가 진동하는 것은 팽왕(彭王)의 기상입니다. 꿩이 가시덤불 속에 숨고 고양이가 자욱한 안개 속에 감추는 것은 위공(魏公 : 조조)의 기상입니다. 얼굴은 관옥(冠玉) 같고 마음 씀씀이 떠 흐르는 구름 같은 것은 손책(孫策)의 기상입니다."

한나라 고조가 다 듣고 나서 아주 정색하며 말했다.

"이처럼 말씀하신 것은 진실로 마음을 밝힌 보배로운 거울[明心寶鑑]이라 할 만합니다. 그러합니다만 유독 과인의 기상만을 일찍이 말하지 아니한 것은 무엇 때문입니까?"

명나라 태조가 말했다.

"대저 용이 구름과 비를 얻어 처리하는 것이 변화가 무궁한데, 한고조의 기상이 이와 같으시니 어찌 도량을 쉬 말하겠습니까?"

또 말했다.

"만일 시비를 논할진댄, 진시황(秦始皇)은 웅걸한 재능과 원대한 지략으로 위엄이 사해에 진동하여 육국(六國)을 집어삼키매 철옹성이 천리요 비옥한 들이 3만여 리인지라, 자손들에게 제왕의 자리를 물려주는 것이 무궁한 데 이르기를 바라더니, 삼 세대도 미치지 못하고서 망하였습니다. 궁궐을 호화롭게 지으며 거처와 음식을 극도로 사치하여 백성들의 재력을 탕진했고, 헛되이 만리장성을 쌓으면서 인명을 해친 것이 헤아릴 수가 없었습니다. 이러한 이유로 두 세대 만에 망한 것입니다."

진시황이 탄식하여 말했다.

"명태조(明太祖)가 말씀하신 가운데 과인의 죄악은 진실로 잘못이 없다고 밝히기 어려우나, 그러하지만 과인이 만일 무사히 궁중에 있었다면 조고(趙高)가 어찌 감히 장한(章邯)을 끌어들여 초나라로 보내 항복하게 하였겠습니까? 후회가 막급이나 탄식한들 무슨 소용이 있겠습니까?"

명나라 태조가 말했다.

"말씀을 듣자면 옳지만, 어찌 그렇지 아니하겠습니까?"

또 말했다.

"한고조(漢高祖)는 천하를 얻었는데, 일찍이 천하의 어진 인재들을 맞이하여 그들의 간언(諫言)을 따라서 약법삼장(約法三章)을 지은 넓은 도량이 탕무(湯武)와 같았으나, 그러하지만 다만 흠결인 것은 여후(呂后)의 말을 듣고 받아들여 충성스럽고 어진 신하들을 모두 죽게 한 것입니다. 이런 까닭으로 옛 예법(禮法)이 회복되지 않고 옛 음악이 지어지지 않은 것은 분명하지 아니하다 할 것입니다.

한무제(漢武帝)는 군사 훈련시키기를 너무나 심히 백성에게 가혹하게 하면서 나라 안의 재력을 헛되이 소모하자, 왕망(王莽)이 난리를 일으켜 종사가 위태하였으니 만약 지혜로운 선비들과 보필했던 어진 재상들이 아니었다면 어찌 한(漢)나라 왕실을 회복시켰겠습니까?

촉한(蜀漢)의 소열제(昭烈帝)는 관장(關張)과 함께 도원결의(桃源結義 : 의형제 맺음)하고 삼고초려(三顧草廬)하여 공명(孔明)을 맞이하여 정사(政事)를 다스려 임금과 신하가 서로 어진 사람을 만난 것이었는데, 천하를 통일하고 한(漢)나라 왕실을 부흥하려 하였다가 창업을 아직 반도 못 이룬 채 중도에 세상을 떠나셨으니 어찌 천명이 아니겠습니까?

당태종(唐太宗)은 집안을 일으켜 나라를 만들었고 문무의 재주를 지녀 천하가 태평하도록 하였으니 가히 영웅적 임금이라 할 수 있을 것입니다. 대저 태종이 일찍이 학문을 하지 않았지만 만년에야 독서하기를 좋아하여 문예(文藝)를 힘쓰자, 공경(公卿)들도 모두 문무를 겸비하였습니다. 이런 까닭으로 신하가 임금에게 충성하고 나라를 사랑하는 마음을 다하자 기름 번지듯 흥하였습니다.

진무제(晉武帝)는 부왕(父王)이 이룩해 놓은 왕업(王業)을 이어받아 중화(中華)를 통일하였으니, 나라를 다스리고 천하를 평정하는 도를 다하였다 할 것입니다.

진원제(晉元帝)는 난리를 겪은 뒤에 즉위하였는데 안으로는 계책을 세울 기둥 같은 인재가 없고 밖으로는 나라를 바로잡을 주춧돌 같은 인물이 없었지만, 명민함으로 위엄을 차리면서 약한 형세로써 강한 자를 제압할 수가 있어 역모를 꾀하는 자들을 평정하였으니, 이는 대업을 회복한 것입니다.

수문제(隋文帝)는 천성이 엄숙하여 무거운 형벌로 명령하면 행해지고

잡된 일을 금지하면 중지되었으니, 나랏일에 부지런히 행하며 잘한 것에
는 포상하고 잘못한 것에는 벌을 주는 것에 힘썼지만, 그러나 남을 헐
뜯는 참소를 막지 아니한 까닭에 충성스럽고 어진 신하들을 해쳤으며 심
지어는 아들 형제들도 모두 원수를 맺었으니, 이것이 그에게 단점이 없
다 하지 못할 것입니다.

당현종(唐玄宗)은 한 때의 편안함만을 생각하고 그 영구적인 폐해에 대
해 염려해야 함을 알지 못하여 오직 눈과 귀의 즐거움, 마음과 뜻의 즐거
움을 다하였는데, 아리따운 귀비(貴妃)를 몹시 사랑하고 안으로 강포한 적
도들을 키워 백성들로 하여금 도탄에 빠지게 한 것이 이때보다 더 심한
적이 없었습니다.

송신종(宋神宗)은 뜻을 정하여 훌륭한 정치하기를 도모하였는데, 당우(唐
虞 : 요순)시대의 정치를 본받고자 하여 문학하는 선비의 공경(公卿)들과 함
께 신법(新法)을 창안하면서 국가의 안위에 관련된 계책을 돌아보지 아니
하였으며, 어진 선비들을 푸대접하고 간신배들에게 마음을 쏟고 받아들
여서 안정을 위태롭게 하고 다스려짐을 혼란스럽게 하여 천하 사람들로
하여금 배반할 마음을 두게 하였으니, 요순(堯舜)과 같은 다스림을 어찌
바라겠습니까?

남송의 고종(高宗)은 간사한 자들을 신임하여 중책을 맡기면서도 충성
스러운 어진 선비를 몰라보았는데, 진회(秦檜)가 악비(岳飛)를 교살하였지
만 오히려 알지 못한 것처럼 하였고, 나라를 망치게 할 간신들을 임명하
여 정승을 삼았으니 어찌 다시 삼대(三代)와 같은 훌륭한 다스림을 바라겠
습니까?

당헌종(唐憲宗)은 신하들의 공으로써 변방의 오랑캐들을 평정하여 끝내
통일을 이루었습니다.

진왕(陳王 : 진승)은 왕통을 이어받았으나 밭둑길에서 비천한 몸을 우뚝

일으켜 군졸들 사이에서 횡행하였는데, 지치고 흩어진 군졸 수백 명을 거느리고서 나무를 베어 무기를 만들고 대나무를 깎아 깃대로 만들어 행군한 지 몇 개월 만에 천하 사람들이 명성만을 듣고도 귀순하였지만, 끝내 대업을 이루지 못한 것은 천명을 알지 못한 것입니다.

위공(魏公) 조조(曹操)는 치세(治世) 때의 유능한 신하요 난세(亂世) 때의 간사한 영웅이라 천자를 끼고서 제후들을 호령하니 사방의 오랑캐들이 다 굴복하였는데, 그 위세를 두려워하며 안으로는 측근들과 조정에 가득한 신료들이 모두 그 일을 도왔고 밖으로는 왕성한 기개를 지닌 간웅(奸雄)들의 세력을 맞이하며, 천자를 용납하지 아니하고 왕후(王后 : 獻帝의 伏皇后)를 독살하였으니 남산(南山)의 대나무를 모조리 베어서 죽간을 만들어 그 죄악을 다 기록하려 해도 할 수가 없었고 동해(東海)의 바닷물을 터놓고 그 죄악을 다 씻으려 해도 죄다 씻지 못할지니 어찌 이루 다 기록할 수 있겠습니까?"

말을 마치자, 항우(項羽)가 큰소리로 부르짖었다.

"이제 고금제왕(古今諸王)의 시비를 논하는데 내 어찌 참예치 못하겠습니까? 원컨대 그 뜻이 어떠한지 듣고 싶습니다."

명나라 태조가 천천히 말했다.

"이렇듯이 강요하나, 어찌 옛 사람의 말을 즐겨 말할까만 무릇 인심을 얻은 자는 흥하고 인심을 잃은 자는 망한다고 하였나니, 대왕은 그렇지가 못하여 열 가지 죄를 지었거늘 그 내력을 듣는다면 부끄러움이 없지 아니할 것입니다. 말을 할수록 아무런 소용이 없을 것입니다."

패왕(覇王 : 항우)이 이 말을 듣고 고개를 숙이고 말없이 잠잠하며 부끄러워하는 기색이 얼굴에 가득하였다. 명나라 태조가 이에 자리를 뜨며 말했다.

"과인이 보잘것없는 재주와 어리석은 말로써 망령되이 제왕들의 지난 일들에 대해 시비(是非)를 논하였으니, 마음에 편하지 않음이 헤아릴 수가 없습니다."

자리에 있던 사람들이 칭찬하기를 그치지 아니하며 말했다.

"공명(孔明)이 여러 신하들의 지위고하를 정한 것과 명태조(明太祖)가 여러 군왕들의 시비를 논한 것이 가볍고 무거움과 길고 짧음이 서로 부합하니 족히 정론(正論)이라 할 것입니다."

명나라 태조가 말했다.

"과인이 도읍할 터를 정하고자 하는데, 잘 알지 못하니 어느 곳이 좋다고 여기십니까?"

한나라 고조가 말했다.

"산은 곤륜산(崑崙山)을 으뜸으로 치고 물은 황하(黃河)를 으뜸으로 치니 사해(四海)의 안에는 요(堯)임금·순(舜)임금·우(禹)임금·탕(湯)임금·문왕(文王)·무왕(武王)과 진(秦)나라·한(漢)나라가 도읍을 정하였고 사해의 밖에는 동서남북이 모두 중국에 속하지 않은 땅이었습니다. 옹주(雍州)·예주(豫州)·서주(徐州)·양주(楊州) 네 고을로 장안(長安)을 삼았고, 형주(荊州)·익주(益州)·양주(梁州)·청주(靑州)는 다 금릉(金陵)땅으로 삼았던 것은 용이 서리고 범이 걸터앉아 있던 듯하고 땅이 기름져서 온갖 물산이 나는 곳이기 때문이니 진실로 제왕의 도읍할 땅이라 할 만합니다. 대개 삼대(三代) 이전에는 제왕(帝王)이 하북(河北)에서 많이 나왔고 삼대 이후에는 제왕이 하남(河南)에 많이 거주하였지만 강남(江南)만은 아무 것도 없는 빈 땅이 있을지니, 한고조의 뜻으로는 금릉(金陵)이 어떠하다고 생각하십니까?"

명나라 태조가 사례하며 말했다.

"삼가 가르쳐 주신 말씀을 받아들이고 싶습니다."

한나라 고조가 이에 지략이 있고, 충성이 있으며 강직한 사람들로 하여금 춤추고 노래를 하게 하니, 첫 번째 무리는 장량(張良)·소하(蕭何)·

진평(陳平)·제갈량(諸葛亮)이요, 두 번째 무리는 한신(韓信)·이정(李靖)·조빈(曹彬)·서달(徐達)이요, 세 번째 무리는 기신(紀信)·한성(韓成)·장순(張巡)·허원(許遠)이요, 네 번째 무리는 번쾌(樊噲)·마원(馬援)·관공(關公)·조운(趙雲)이요, 다섯 번째 무리는 급암(汲黯)·장손무기(長孫無忌)·악비(岳飛)·위징(魏徵)이었는데, 여러 사람들 모두 풍채와 골격이 매우 뛰어났고 기질이 비범하였다.

장량(張良)이 이에 목소리를 낭랑히 하여 읊으니, 그 노래는 다음과 같다.

황석공에게 수학함이여
한고조를 도왔도다.
진나라 멸하고 항우도 쳐 이김이여
몸이 한고조의 모사가 되었도다.
벼슬이 공후에 이름이여
신하로서의 지위는 정점에 올랐도다.
공업을 이루고는 스스로 물러남이여
영화를 사양하고 벼슬을 하직하도다.
적송자를 뒤따라 늙음이여
자취를 운산에 붙였도다.

또 소하(蕭何)가 기뻐하며 나아와 노래를 읊으니, 그 노래는 다음과 같다.

난세에 출생함이여
밝은 임금에게 귀순하여 병부와 인신을 띠었도다.
몸이 공업을 이루어 천년토록 전함이여
영화로운 일은 일장춘몽이 되었도다.
다시 금일 잔치자리에 모심이여
또한 환락이 정점에 달하였도다.

또 진평(陳平)이 기뻐하며 나아와 노래를 읊으니, 그 노래는 다음과 같다.

똑똑한 새는 나무를 가려서 깃들고
어진 신하는 임금을 택하여 보좌하도다.
성군의 혜택을 입음이여
훈공이 가볍지 아니하도다.
오늘 밤은 무슨 저녁이기에
임금과 신하가 이같이 함께 즐기는고.

제갈량(諸葛亮)이 또 노래를 분개하며 읊으니, 그 노래는 다음과 같다.

성군의 삼고초려하심에 감동함이여
몸이 풍진세상에서 부려지는 것을 허락하였도다.
충성스런 말을 뚜렷하게 들으심이여
여섯 번이나 기산에 올랐도다.
부지런히 나라에 보답하고자 함이여
하늘의 뜻이 뜻과 같지 못하도다.
흉악한 무리를 없애지 못함이여
무궁한 원한이 천추에 사라지지 못하리로다.

한신(韓信)이 또한 놀라서 노래를 읊으니, 그 노래는 다음과 같다.

한나라로 귀의함이여
허리에 금인을 찼도다.
앉고 서고 전진하고 후퇴함이여
관중을 평정하였도다.
삼진을 격파함이여

뭇 영웅들이 명성만 듣고 귀순하도다.
장한을 한 칼로 목 벰이여
항우까지 해하에서 멸하였도다.
몸이 아녀자의 손에 죽음이여
원한이 천추에 잊기 어렵도다.

이정(李靖)이 또 명랑하게 노래를 읊으니, 그 노래는 다음과 같다.

한 덩이 쇠로써 풍진을 쓸어버림이여
높은 명성이 천년을 드리웠도다.
오늘 빛나는 연회에 참여함이여
오직 성스런 군주를 모셨도다.

조빈(曹彬)이 또 노래를 읊으니, 그 노래는 다음과 같다.

남아로 태어나 세상 살아감이여
몸을 바쳐 임금에게 보답하였도다.
으뜸으로 크나큰 공을 세움이여
이름은 죽백에 쓰이어 영원하도다.
오늘 경사스런 날임이여
옛 주군을 모셨도다.
연회 다시 기약하기가 어려움이여
함께 모두 노래하고 춤추니 평생의 즐거움 다하도다.

서달(徐達)이 노래를 이어 읊으니, 그 노래는 다음과 같다.

대장부가 난세에 태어남이여
공명을 이루어 이름이 빛나도다.

세상이 맑아짐이여
천하가 태평하도다.
내 장차 취하고 취함이여
평소의 일을 스스로 알리로다.

기신(紀信)이 수심에 잠겨 노래를 읊으니, 그 노래는 다음과 같다.

형양을 급히 공격함이여
임금과 신하가 다급하였도다.
계략이 출중한 신하들이 침묵함이여
용맹한 군사들까지 활을 버렸도다.
초나라를 속임이여
임금을 죽음의 문턱에서 구하였도다.
용방을 좇아 함께 높이여
이름이 죽백에 드리워 빛남이 혁혁하도다.

한성(韓成)이 쓸쓸하게 노래를 읊으니, 그 노래는 다음과 같다.

적군의 기세가 드셈이여
임금을 빈 땅에서 구하였도다.
내 몸을 강물에 던져 물고기 뱃속에 장사지냄이여
하염없는 혼령은 흩어지지 아니하고 하염없이 맴돌았도다.
오늘 잔치자리에서 임금을 마주함이여
또한 슬프고 기쁘도다.

장순(張巡)이 눈물 뿌리며 노래를 읊으니, 그 노래는 다음과 같다.

위기일발의 고립된 성이여

달무리가 겹겹이 에워쌌도다.
밖으로는 구원병이 없음이여
안으로는 한 자루의 군량도 없도다.
새장 속에 갇힌 새와 같은 몸이여
그물 속에 걸린 고기와 같았도다.
나라의 은혜를 미처 보답하지 못함이여
몸이 죽으니 절의가 속절없도다.

허원(許遠)이 눈물을 머금고 노래를 읊으니, 그 노래는 다음과 같다.

적병이 성에 바싹 다가옴이여
위태롭기가 쌓아올린 계란 같았도다.
진양성이 삼판수에 잠김이여
이 한 몸 죽었으니
절개를 지킴이 밝은 해를 꿰뚫었도다.

번쾌(樊噲)가 목소리를 높여 노래를 읊으니, 그 노래는 다음과 같다.

홍문연에 옥결을 들었노라니 위급함이 경각에 달렸고
칼을 빼어 춤을 추니 위태함이 헤아릴 수 없도다.
칼을 허리에 차고 방패를 옆에 끼고 장막을 들추고 들어감이여,
눈을 부릅떠서 눈초리가 다 찢어졌고 머리카락이 곤두섰도다.
항우 보기를 맹호가 어린아이 보는 것 같이 하니
뉘 아니 두려워하였겠는가, 늙은 용을 구하여 한나라에 돌아왔도다.

마원(馬援)이 의기가 북받쳐 노래를 읊으니, 그 노래는 다음과 같다.

흰 머리카락 흩날리며

변경의 오랑캐를 쓸어 없앰이여
말가죽에 시체가 싸여 돌아왔도다.
평소에 이루려는 소원이 속절없음이여
몸을 그르친 한스러움은
영원히 잊기가 어렵도다.

관공(關公)이 몹시 서운하고 섭섭해 하며 노래를 읊으니, 그 노래는 다음과 같다.

세 사람이 도원결의함이여
생사를 함께하겠다고 맹세하였도다.
한나라 왕실을 받들어 통일하려 함이여
간사한 무리에게 희생당하였도다.
모든 일이 뜻과 같지 아니함이여
원한이 구천에 사무쳤도다.

조운(趙雲)이 탄식하며 노래를 읊으니, 그 노래는 다음과 같다.

한나라 왕실이 어지러워지려 함이여
뭇 영웅들이 벌떼처럼 일어났도다.
황숙(皇叔) 유비를 도움이여
몸은 선봉이 되었도다.
아두(阿斗) 유선을 장판교에서 보호함이여
조조의 백만 대군을 물리쳤도다.

급암(汲黯)이 서글프게 한숨 쉬며 노래를 읊으니, 그 노래는 다음과 같다.

면전에서 임금에게 직간하고 쟁론하기를 좋아함이여

회읍(淮邑)에서 일생을 마쳤도다.
궁궐에 마음 기울이지 못하고 잘못을 충언하지 못함이여
가슴속에 품은 한은 영원토록 없어지지 않으리로다.

악비(岳飛)가 슬퍼하며 노래를 읊으니, 그 노래는 다음과 같다.

안으로는 간신의 무리가 있음이여
밖으로는 외적에 대한 근심이 컸도다.
충의를 마음대로 다하지 못함이여
나라가 기울어져 무너졌도다.
진회(秦檜)를 씹어 먹지 못함이여
평생에 남아 있는 원한은 사라지지 않았도다.

위징(魏徵)이 낭랑하게 노래를 읊으니, 그 노래는 다음과 같다.

몸을 바르게 세워 나라에 보답함이여
세상은 아무런 탈이나 걱정이 없었도다.
충성을 다하여 있는 힘을 다 바침이여
이름이 영원히 죽백에 드리웠도다.
능연각(凌烟閣)에 모꼬지가 파함이여
한단지몽(邯鄲之夢)을 얻었도다.
주군을 따라 연회에 참여함이여
태평연회에 참여하였도다.

장손무기(長孫無忌)가 호방하게 노래를 읊으니, 그 노래는 다음과 같다.

용의 비늘을 그러잡고 봉황의 날개를 붙좇으니,
이름이 세상에 진동하고 또한 후세에 전해졌도다.

여러 사람들이 모두 노래 읊기를 마치자, 자리에 가득했던 사람들이 아름답게 여기어 칭찬하기를 마지않았다.

한나라 고조가 또 말했다.

"한 사람을 택하여 여러 신하들의 상당직(相當職 : 품계에 알맞은 벼슬)을 정하게 하는 것이 어떠하겠는가?"

좌중은 모두 아무런 말이 없었거늘, 한나라 문제(文帝)가 크게 기뻐하며 말했다.

"과인의 신하 동방삭(東方朔)은 <황정경(黃庭經)>을 읽고 인간 세상에 잘못 유배를 왔지만, 신선의 풍채와 도인의 골격을 지니고 있으며 재주와 그릇이 남보다 뛰어나니, 마땅히 이 사람으로 여러 신하들의 상당직을 정하도록 하는 것이 좋을 것 같습니다."

한나라 고조가 그 말을 듣고 부르라 하니, 문제가 즉시 동방삭으로 하여금 나오게 하였다. 모두 보건대, 그 사람은 눈썹에 강산의 빼어난 정기가 모이고 가슴속에 세상을 구할 만한 재주를 품고 있었다. 한나라 고조가 말했다.

"말을 듣자니 경의 재주가 비상하다 하니, 여러 신하들의 상당직을 정하겠는가?"

동방삭(東方朔)이 몸을 구부려 겸손히 사양하여 말했다.

"붓을 잡고 고하를 정할 수 있는 사람들로 소하(蕭何) · 위징(魏徵)이 있고, 성문 밖에 군사를 일으킬 자로 한신(韓信) · 팽월(彭越)의 무리가 있는지라, 아름다운 옥을 버리고 돌멩이를 취하는 격입니다. 그러나 신(臣)으로 하여금 여러 신하들의 상당직을 정하라 하심은 비유컨대, 모기에게 산을 짊어지라고 하는 것과, 사마귀에게 수레의 통로를 막으라고 하는 것과 같습니다."

그리고 또 대답했다.

"신(臣)의 어리석은 견해를 이를진댄, 제갈량(諸葛亮)으로 좌승상(左承相)을 삼고, 소하(蕭何)로 우승상(右承相)을 삼고, 범중엄(范仲淹)으로 좌복야(左僕射)를 삼고, 구양수(歐陽脩)로 우복야(右僕射)를 삼고, 장량(張良)으로 태사(太師)를 삼고, 곽광(霍光)으로 태위(太尉)를 삼고, 이광(李廣)으로 태부(太傅)를 삼고, 서달(徐達)로 대사마(大司馬)를 삼고, 조빈(曺彬)으로 대장군(大將軍)을 삼고, 한신(韓信)으로 도원수(道元帥)를 삼고, 이정(李靖)으로 부원수(副元帥)를 삼고, 관공(關公 : 관우)으로 집금오(執金吾)를 삼고, 범증(范增)으로 경조윤(京兆尹)을 삼고, 방통(龐統)으로 관찰사(觀察使)를 삼고, 팽월(彭越)로 절도사(節度使)를 삼고, 동중서(董仲舒)로 어사대부(御史大夫)를 삼고, 위징(魏徵)으로 간의대부(諫議大夫)를 삼고, 진평(陳平)으로 상서령(尙書令)을 삼고, 등우(鄧禹)로 중서령(中書令)을 삼고, 저수량(褚遂良)으로 정위(廷尉)를 삼고, 이선장(李善長)으로 도위(都尉)를 삼고, 법정(法正)으로 사도(司徒)를 삼고, 한유(韓愈)로 사공(司空)을 삼고, 조보(趙普)로 대사농(大司農)을 삼고, 산도(山濤)로 대홍려(大鴻臚)를 삼고, 장제현(張齊賢)으로 공부시랑(工部侍郎)을 삼고, 방현령(房玄齡)으로 이부시랑(吏部侍郎)을 삼고, 두여회(杜如晦)로 호부시랑(戶部侍郎)을 삼고, 유기(劉基)로 태사(太史)를 삼고, 장완(蔣琬)으로 장사(長史)를 삼고, 정자(程子)로 태학사(太學士)를 삼고, 육고(陸賈)로 한림(翰林)을 삼고, 급암(汲黯)으로 박사(博士)를 삼고, 범질(范質)로 사인(舍人)을 삼고, 모수(毛遂)로 주서(奏書)를 삼고, 이사(李斯)로 사예(司隸)를 삼고, 풍이(馮異)로 주부(主簿)를 삼고, 장창(張蒼)으로 시중(侍中)을 삼고, 묘훈(苗訓)으로 자의(諮議)를 삼고, 탁무(卓茂)로 좨주(祭酒)를 삼고, 비위(費禕)로 내사(內史)를 삼고, 장비(張飛)로 좌선봉(左先鋒)을 삼고, 조운(趙雲)으로 우선봉(右先鋒)을 삼고, 왕전빈(王全斌)으로 익주자사(益州刺史)를 삼고, 석수신(石守信)으로 예주자사(豫州刺史)를 삼고, 곽자의(郭子儀)로 연주자사(兗州刺史)를 삼고, 호대해(胡大海)로 옹주자사(雍州刺史)를 삼고, 장손무기(長孫無忌)로 병주자사(幷州刺史)를 삼고,

상우춘(常遇春)으로 양주자사(楊州刺史)를 삼고, 진숙보(秦叔寶)로 항주자사(杭州刺史)를 삼고, 마원(馬援)으로 청주자사(青州刺史)를 삼고, 구순(寇恂)으로 양주자사(梁州刺史)를 삼고, 황충(黃忠)으로 기주자사(冀州刺史)를 삼고, 마초(馬超)로 서주자사(徐州刺史)를 삼고, 번쾌(樊噲)로 호위장군(虎衛將軍)을 삼고, 경엄(耿弇)으로 용양장군(龍驤將軍)을 삼고, 경덕(敬德 : 尉遲敬德 또는 尉遲恭)으로 무위장군(武衛將軍)을 삼고, 악비(岳飛)로 충열장군(忠烈將軍)을 삼고, 경포(黥布)로 양무장군(揚武將軍)을 삼고, 가복(賈復)으로 절충장군(折衝將軍)을 삼고, 왕전(王翦)으로 정동장군(征東將軍)을 삼고, 장한(章邯)으로 정서장군(征西將軍)를 삼고, 위청(衛青)으로 진북장군(鎭北將軍)을 삼고, 몽염(蒙恬)으로 평남장군(平南將軍)을 삼고, 용져(龍且)로 상호군(上護軍)을 삼고, 왕량(王梁)으로 부호군(副護軍)을 삼고, 곽거병(霍去病)으로 토로장군(討虜將軍)을 삼고, 은개산(殷開山)으로 진무장군(振武將軍)을 삼고, 환초(桓楚)로 표기장군(驃騎將軍)을 삼고, 주발(周勃)로 강후(絳侯)를 삼고, 기신(紀信)으로 충후(忠侯)를 삼고, 역이기(酈食其)로 양평후(陽平侯)를 삼고, 허원(許遠)으로 정순후(貞順侯)를 삼음이 마땅할까 하나이다.”

이에 여러 신하들의 상당직을 정하는 것이 마치자, 자리에 있던 모든 사람들이 크게 웃으며 말했다.

“이 말이 상당직에 무던히 합당합니다.”

한나라 고조가 또 말했다.

“이러한 연회는 천년에 드문 기이한 모임이라 하리니, 원컨대 한번 이 사실을 시(詩)로 지어 아름다운 성대한 모임을 기록하여서 영원히 후세에 전하도록 함이 또한 훌륭한 일이라 하겠으나, 다만 능히 시를 지을 만한 사람이 없는 것이 한스럽습니다.”

송나라 태조가 그 말을 듣고서 대답했다.

“한유(韓愈)가 여기에 있는데 어찌 글을 지을 만한 사람이 없다고 하십니까?"

그리고는 즉시 근시(近侍)에게 명하여 한 필의 비단과 백옥연(白玉硯)을 내오며 산호필(珊瑚筆)을 가져다가 한유의 앞에 벌여 놓도록 하고 시를 짓도록 하였다. 한유가 머리 숙여 어명을 듣고 산호필을 들어 벼루에 먹을 묻혀 단숨에 써내려갔는데, 문장이 더 손댈 데가 없었다. 그 시는 다음과 같다.

이룩한 공적은 오제(五帝)를 능가하였고
도덕은 삼황(三皇) 모두를 아울렀도다.
위엄과 호령은 사해에 떨쳤고
교화는 만방에 퍼졌도다.
용이 일어나자 상서로운 구름이 피어나고
범이 울부짖자 맹렬한 바람이 일어나도다.
용탑 위를 밝게 살피며 단속하고
반열 가운데를 온화하게 그윽이 보시누나.
나무가 울창한 금산사에
어엿하고 훌륭한 영웅들이 모였도다.
깃발들은 하늘을 가리고
칼과 창들은 햇빛에 빛나도다.
왕자진(王子晉)이 옥퉁소를 불고
장영(張英)이 거문고를 타도다.
향긋한 바람은 춤추는 사람을 인도하고
맑은 노래는 절묘한 곡조가 따르도다.
아름다운 계절은 구월의 가을이고
좋은 때는 달이 있는 한밤중이로다.
오늘 네 가지 아름다움이 갖추어지고
이 연회엔 어진 군주와 신하들이 함께하도다.

풍경은 아직도 예전 그대로이나
세상사 이제는 이미 그 모습 아니도다.
갑자기 옛 왕조의 일들을 기록하려니
흥이 다하고 도리어 슬픔이 생기도다.
옛 나라는 누구의 나라가 되었던고
대명국은 밝은 빛을 드날리도다.
세상 인정 뒤집어지는 것이 많으니
흥망이 출렁이는 파도와 같도다.
미천한 신하가 감히 술을 올려 축수하니
영원히 천년토록 이 세상에 전하리로다.

한유가 시(詩) 짓기를 마치고 시를 적은 비단을 받들어 좌중으로 나아가 바치니, 이때에 여러 황제들이 돌려 보기를 다하고 몹시 기뻐해 마지 않으면서 한유를 맞이하여 지은 시에 대해 칭찬하였다.

갑자기 한 사자(使者)가 보고하기를, "사신이 선전포고하는 편지를 가져 왔나이다." 하는지라, 좌중이 크게 이상하게 생각하여 그 사신을 부르라 하였다. 이윽고 한 군사(軍士)가 들어와서 글월을 받들어 드렸는데, 편지를 떼어 보니 그 글에 대략 이르기를, 「내 일찍이 나라를 세운 공업이 있거늘, 어찌 이 같은 연회에 참여하지 못할 수가 있단 말인가? 이제 백만 의 군대를 거느리고 나아가 그 무례함을 묻고자 하나니, 수많은 장부들 로도 당할 수가 없는 용맹이 있는 장사(壯士)가 있거든 빨리 나아와 한번 자웅을 겨루어 보자.」고 하였다. 네 황제가 돌려가며 읽기를 다하였는데, 말이 몹시 패악하고 거만하였을 뿐만 아니라 글의 내용도 가장 아름답지 못하였다.

송나라 태조가 불쾌한 표정을 지으며 말했다.

"예로부터 말하기를, 좋은 일에는 나쁜 일들이 많이 따르고 아름다운 기약은 막히기 쉽다고 하더니, 바로 이를 두고 하는 말인가 봅니다."

이처럼 말하면서 가장 즐거워하지 아니하자, 진시황이 벌컥 성을 내며 말했다.

"이 무리는 비유컨대 개미처럼 모인 무리들로 오합지졸이니, 무엇을 두려워하겠습니까?"

이처럼 말하며 터럭만큼이라도 어렵게 여겨 꺼리는 빛이 없었다. 이윽고 흙먼지가 날려 하늘을 가리고 함성소리가 땅을 진동하면서 천병만마(千兵萬馬)의 대군이 산과 들을 온통 뒤덮고 비바람이 몰려오는 것과 같이 오고 있었다. 좌중이 이때를 당하여 비록 군막 안에서 계책을 세워 천리 밖에서 승리를 결정짓는 책사(策士)들과, 힘이 산을 들어 올릴 만하고 기개가 온 세상을 덮을 만하며 수많은 적군 중에서 적장을 베는 것이 마치 주머니에서 물건을 취하듯 하는 영웅들이 모였지만, 그러나 잔치의 흥취가 끓어오르던 중에 갑자기 변고를 만났는지라 어찌할 겨를이 없어 처리를 잘못함이 없지 아니하여 서로 말없이 얼굴만 물끄러미 바라보기만 할 뿐 갈피를 잡지 못하였다.

적진의 대원수[爲首大將]가 청총마(靑驄馬)를 타고 용천검(龍泉劒)을 비껴 들었는데 위풍이 의젓하고 당당하며 호령함이 매우 엄하니, 이는 바로 원(元)나라 태조황제(太祖皇帝)였다. 왼편의 선봉장은 좌현왕(左賢王)이요, 오른편의 선봉장은 우현왕(右賢王)이요, 그 나머지 장교(將校)들이 앞뒤에서 옹위하였으니, 이는 모두 오합지졸로 어중이떠중이와 같은 무리들이 들어오는데 그 수를 이루다 헤아릴 수가 없었다. 한나라 고조가 크게 노하여 말했다.

"변변치 못하고 하찮은 적들이 어찌 감히 이같이 창궐한단 말인가?"

좌우를 돌아보며 또 말했다.

"누가 나아가서 저 도적을 쳐 물리치겠는가?"

말이 미처 끝나지도 않았는데, 진시황(秦始皇)과 한무제(漢武帝)가 불끈 성이 나서 나오며 말했다.

"우리 두 사람이 본래 거느렸던 장졸로 나아가 격파하고 돌아오겠습니다."

즉시 장수(將帥) 백여 명과 군사 삼만 명을 징발하여 나아갔다. 왼쪽에는 진시황(秦始皇)이 오른쪽에는 한무제(漢武帝)가 각기 장수와 군졸들을 거느리고 한 마디의 호령으로 좌우의 날개에서 협공하여 마구 쳐들어가니, 원(元)나라 태조(太祖)가 거느린 장수와 군졸들이 비록 용맹하고 흉포하더라도 어찌 진시황의 하늘을 찌를 듯한 사기와 한무제의 산악과 같은 우뚝한 기세에 맞설 수가 있겠는가. 서로 한번 겨루어 보지도 않고 사방으로 도망하여 일시에 물이 퍼져나가듯 하였는데, 금산(金山)의 대군이 병장기에 피 한 방울 묻히지 아니하여 한번 출전한 수고를 허비치 않고 승전가(勝戰歌)를 부르며 돌아왔다.

이때에 자리에 가득했던 임금과 신하들이 이 승전보를 듣고 저마다 기뻐하지 않은 이가 없어서 다시 법당에 연회를 베풀고 풍악을 갖추어 크게 즐겼는데, 산과 바다에서 나는 진귀하고 맛있는 것들이 갖추어졌고 잔과 쟁반이 어지럽게 흩어져 있었다. 이렇듯이 즐거움을 다하자, 어느덧 해가 동쪽에서 떠오르려 하고 꿩이 시끄럽게 울어대는 즈음에 제왕들이 각기 돌아가니 수레와 말들이 길게 늘어선 소리가 오래오래 끊기지 아니하였다.

가을바람이 쓸쓸히 불어 낙엽 떨어지는 소리에 문득 놀라 깨어나니, 남가일몽(南柯一夢) 곧 한바탕 꿈이었다. 꿈속에 있었던 일을 다시 생각하니, 연회를 베풀던 모습이 눈앞에 완연하고 풍악소리가 귓가에 쟁쟁하다. 그리하여 붓을 들고 세세히 기록하여 후세에 전하노라. ♣

국문활자본 〈금산ᄉ몽유록〉

원문과 주석

金山寺夢遊錄

【1】화셜(話說) 쳥(淸)나라 강희(康熙) 말년(末年)1)에 능쥬(凌州)따에 일위명
ᄉ(一位名士)ㅣ 잇스니, 셩(姓)은 셩(成)이오, 명(名)은 허(虛)요, ᄌ(字)난 탄(誕)
이니.

일직이 산즁(山中)에 오유(遨遊)ᄒ난 협긱(俠客)으로, ᄉ름됨이 총민(聰敏)ᄒ
고 박학다ᄌ(博學多才)ᄒ며, 긔질(氣質)이 쥰(俊邁)ᄒ고 호긔방탕(豪氣放蕩)홈으
로。 드디여 뜻을 산수간(山水間)에 두어 아참에난 틱산지양(泰山之陽)에 놀
고 졔역에난 동졍지호(洞庭之湖)에 비회(徘徊)ᄒ야 ᄉ히팔황(四海八荒2))을 도
라 놀ᄉᆡ, 산쳔경긔(山川景槩)가 안젼(眼前)에 버린 듯ᄒ미 흉검(胸襟3))이 활연
(豁然)ᄒ야 셰계샹(世界上)에 활달(濶達)ᄒᆫ 장부(丈夫)로 ᄌ칭(自稱)ᄒ더라.

일일(一日)은 금능(金陵)을 ᄯᅥ나 금산(金山)으로 올나 유산(遊山4))홀ᄉᆡ, ᄯᅢ
가 바야흐로 츄구월망간(秋九月望間)이라. 금풍(金風)은 소슬(蕭瑟)ᄒ고 옥우
(玉宇)난 징영(崢嶸)ᄒ야, 만산수목(滿山樹木)에 샹풍(霜楓5))이 빗겻난듸 황운
지식(黃雲之色)이 둘넛더라. 졈졈(漸漸) 힝(行)ᄒ며 경긔(景槩)를 탐(貪)ᄒ야
깁히 드러가미 힛빗이 임의 셔령(西嶺)에 ᄯᅥ러지고 월광(月光)이 동텬(東天)
에 놉하쓰미 가위(可謂) 진퇴유곡(進退維谷)이라. 도라올 길이 망연(茫然)ᄒ

---

1) 작품의 시대적 배경이 한문필사본에서는 '元나라 順帝의 至正(1341~1367) 말년'으로 되
   어 있는 것인데 '淸나라 聖祖의 康熙(1662~1722) 말년'으로 변개되어 있음. 명나라 태조
   와 그의 개국신하들이 등장하는 것을 고려한 것이 아닌가 한다.
2) 四海八荒(사해팔황) : 온 세상.
3) 흉검(胸襟) : '흉금'의 오기.
4) 遊山(유산) : 유람.
5) 霜楓(상풍) : 서리 맞은 단풍잎.

야 고봉준령(高峰峻嶺)에셔 졍(正)히 쥬져(躊躇)ᄒ며 방황(彷徨)홀 지음에, 드른즉 셔(西)흐로 무협간(巫峽間)에 잔납의 우름소【2】리 쳐량(凄凉)ᄒ고 남텬(南天)를 쳠앙(瞻仰)컨디 기러기 무리지어 벗을 불너 도라가니. 씨난 바야흐로 삼경(三更)에 밋첫난지라, 만뢰구젹(萬籟俱寂)ᄒ고 텬디(天地)가 막연(漠然)ᄒᄂ데, 만학쳔봉(萬壑千峰)에 오싴연무(五色烟霧)ㅣ 잠겨잇고 시니에 물소리난 잔완(潺湲)ᄒ야 구쳔(九川6))에 ᄉ못치며 셩광(星光)이 만텬(滿天)ᄒᄂ데.

ᄉ고무친(四顧無親)ᄒ야 머무러 잇슬 곳이 업셔. 이에 셕벽(石壁)를 의지(依支)ᄒ야 셕침(石枕)를 베고 누으미 신쳥골닝(身淸骨冷7))ᄒ야. 잠을 이루지 못ᄒ고 젼젼묵묵(轉轉默默)ᄒ다가 이러나 월광(月光)를 씌여 압흐로 나아가 수리(數里)에 이르러난. 긔화(奇花8))와 요쵸(瑤草)가 젼후좌우(前後左右)에 둘너 잇고 창송(蒼松)과 록쥭(綠竹)은 쳥류벽상(淸流壁上)에 욱어졋난 디, 일좌(一座) 누각(樓閣)이 공즁(空中)에 외외(巍巍)ᄒ얏난지라. 즈셰(仔細)히 살펴보니 금ᄌ(金字)로 현판(懸板)에 크게 써스되 금산ᄉ(金山寺)라 ᄒ얏스니, 불근 기와며 화동(畵棟)과 쥬란(朱欄)이 찬란(燦爛)ᄒ야 운외(雲外)에 표묘(標渺)ᄒ지라.

싱(生)이 두루 도라 살피다가 산실월랑(山室月廊9))에 누엇더니 홀련(忽然) ᄉ몽비몽간(似夢非夢間)에 드른즉 문득 경필지셩(警蹕之聲)이 먼디로 좃ᄎ 졈졈(漸漸) 갓가히 들니며. 잠간(暫間) 시이에 문외(門外)에 쳔병만마(千兵萬馬)가 싸흘 움작여 오며 금고(金鼓)와 은징(銀鉦)은 산쳔(山川)이 진동(震動)ᄒ며 졍긔(旌旗)와 검극(劍戟)【3】은 좌우(左右)에 슴렬(森列10))ᄒ고. 의장(儀仗)과 표긔(標旗)며 둑(纛)이 젼후(前後)에 분운(紛紜)ᄒ 가온디, ᄉ좌(四座) 황금

6) 九川(구천) : 중국의 九州에 흐르는 큰 하천. 곧 揚子江·黃河·漢水·濟水·淮水·渭水·洛水·弱水·黑水이다.
7) 身淸骨冷(신청골냉) : '神淸骨冷'의 오기. 정신이 뼛속까지 시리도록 맑음.
8) 奇花(기화) : 琪花의 오기.
9) 月廊(월랑) : 대문의 양쪽이나 문간에 붙어 있는 방.
10) 森列(삼렬) : 촘촘히 늘어서 있음.

교즈(黃金轎子)ㅣ 츠례로 힝(行)하야 오니。 졔일교상(第一轎上)에난 일위장즈(一位長者11))ㅣ 좌(坐)ㅎ얏스되, 륭준룡안(隆準龍顔)에 슈염(鬚髯)이 미려(美麗)ㅎ니, 이난 한고됴(漢高祖)요。 졔이교상(第二轎上)에난 일위장즈(一位長者)ㅣ 좌(坐)ㅎ얏스되, 룡봉지즈(龍鳳之姿)요 텬일지표(天日之表)ㅣ 니, 이난 당틱종(唐太宗)이오。 졔숨교상(第三轎上)에난 일위장즈(一位長者)ㅣ 좌(坐)ㅎ얏스되, 홍의룡포(紅衣龍袍)에 얼골이 모지고 입이 크니, 이난 송틱조(宋太祖12))요。 뎨ᄉ교상(第四轎上)에난 일위장즈(一位長者)ㅣ 좌(坐)ㅎ얏스되, 텬위엄숙(天威嚴肅)ㅎ고 신치동인(神彩動人)ㅎ니, 이난 명틱조(明太祖)ㅣ 러라。

각각(各各) 강ᄉ지포(絳紗之袍13))를 착(着)ㅎ고 금디옥홀(金帶玉笏)를 츠렷스니 광치찬란(光彩燦爛)ㅎ고 위의(威儀) 씩씩ㅎ더라。 이에, ᄉ위(四位) 틱조(太祖)ㅣ 교즈(轎子)를 너려。 빅옥 탑상(白玉榻上)에 좌(坐)를 졍(定)할신, 명틱조(明太祖)ㅣ 문득 읍양이ᄉ왈(揖讓而辭曰) : "이 탑(榻)은 오직 통일텬하지쥬(統一天下之主)라야 좌(坐)홀지라。 과인(寡人)은 오직 불연(不然)ㅎ야。 우흐로 력디졔왕(歷代帝王)이 계시며 렬국(列國)에 칭왕층뎨(稱王稱帝)혼 즈(者)ㅣ 비일비지(非一非再)ㅎᄂ니, 과인(寡人)이 엇지 감(敢)히 엄연(儼然14))이 이 지리에 나아가리오?" 한고조(漢高祖)ㅣ 미소왈(微笑曰) : "명졔지언(明帝之言)이 그르도다。 일직이 텬명(天命)을 바다 난신젹즈(亂臣賊子15))를 토멸(討滅)ㅎ고 텬하(天下)를 평치(平治)혼 즈(者)【4】ㅣ 그디가 아니고 뉘리오? 모름작이 겸양(謙讓)치 말고 천지(天載)에 아름다온 긔회(奇會)를 이루게 홈이 엇더ㅎ요?" 명틱조(明太祖)ㅣ 부득이(不得已) 좌(座)에 나아가니, 문무졔신(文武諸臣)

---

11) 長者(장자) : 덕망이 뛰어나고 노성한 사람.
12) 한문필사본에는 '宋太宗'으로 되어 있음. 이하 동일하다.
13) 絳紗之袍(강사지포) : 絳紗袍。 예전에, 임금이 신하들로부터 조문이나 축하를 받는 의식 때에 입던 붉은빛의 예복을 이르던 말.
14) 儼然(엄연) : 가지런함.
15) 亂臣賊子(난신적자) : 나라를 어지럽히는 신하와 어버이에게 불효하는 자식이라는 뜻으로 나라를 어지럽히는 불충한 무리를 비유적으로 이르는 말.

이 각각(各各) 동셔(東西)로 분(分)ᄒ야 좌(坐)홀시。

한(漢)나라 문신(文臣)에난 장량(張良)·소하(蕭何)·진평(陳平)·력익기(酈食其)[16]·륙가(陸賈)[17]·수하(隨何)·숙손통(叔孫通)이요, 무신(武臣)에난 한신(韓信)·경포(黥布)·조참(曹參)·핑월(彭越)·왕능(王陵)·쥬발(周勃)·번쾌(樊噲)·관영(灌嬰)·긔신(紀信)·쥬가(周苟)·장창(張蒼)·장이(張耳)요。당(唐)나라 문신(文臣)에난 위징(魏徵)·장손무긔(長孫無忌)·왕규(王珪)·방현령(房玄齡)·두여회(杜如晦)·비젹(裵寂)·유문졍(劉文靜)·져수량(褚遂良)[18] 등(等)이요, 무신(武臣)은 리졍(李靖)·울지공(尉遲恭)·리셰젹(李世勣)·진숙보(秦叔寶)·은기산(殷開山)·굴돌통(屈突通)[19]이요。송(宋)나라 문신(文臣)은 됴보(趙普)·범질(范質)·두연(杜衍[20])·왕우(王祐)·장졔현(張齊賢)·뢰덕양(雷德讓)·리방(李昉)·도곡(陶穀)[21]이요, 무신(武臣)은 셕수신(石守信)·묘훈(苗訓)·죠빈(曹彬)·전약수(錢若水)[22]요。명(明)나라 문신(文臣)은 류긔(劉基)·리션장(李善長)·셔휘죠(徐輝祖)·황자증(黃子澄)[23]이요, 무신(武臣)은 셔달(徐達)·샹우츈(常遇春)·호더희(胡大海)·화운룡(花雲龍)[24]·리문츙(李文忠)·뉴통히(兪通海)·탕화(湯和)·한셩(韓成)[25]이니。인인(人人)이 용건(勇健)ᄒ고 기기(個個)히 츌셰(出世)ᄒᆫ 영

---

16) 력익기(酈食其): '력이기'의 오기.
17) 륙가(陸賈): '륙고'의 오기.
18) 한문필사본에는 虞世南·封德彝·戴胄가 더 있음.
19) 한문필사본에는 薛仁貴가 더 있음.
20) 杜衍(두연): 北宋의 문신. 進土 갑과를 거쳐 吏部侍郞樞密使가 되어 富弼, 范仲淹 등과 함께 폐정을 개혁했다. 同中書門下平章事를 거쳐 太子少傅로 致仕했다. 祁國公에 봉해졌다. 獄訟 심리를 잘했고, 특히 관리의 부정을 용납하지 않는 청렴한 정치가로 이름이 났다. 한편, 국립중앙도서관 한문필사본에는 '杜鎬'로 되어 있다.
21) 한문필사본에는 宋琪가 더 있음.
22) 한문필사본에는 曹彬·石守信·苗訓·李漢超·王全斌·錢若水의 순으로 되어 있어, 李漢超·王全斌이 더 있음.
23) 황자증(黃子澄): '황자징'의 오기. 한문필사본에는 劉基·李善長·徐輝祖·秦雲龍·宋濂·黃子澄으로 되어 있어, 秦雲龍·宋濂이 더 있다.
24) 화운룡(花雲龍): 華雲龍의 오기.
25) 한문필사본에는 湯和·毛穎(沐英 오기)·韓成正(韓成 오기)·敬靑(景淸 오기)의 순으로 되어 있어, 沐英·景淸이 더 있음.

웅(英雄)이러라.

ㅅ위(四位) 틱조(太祖)] 츠례로 젼좌(殿座26))ᄒ며 ㅅ딕(四隊) 문무졔신(文武
諸臣)이 반렬(班列)를 졔졔(濟濟27))히 졍(定)ᄒ 후(後) 젼샹(殿上)에셔 호령(號令)
ᄒ되 : "쟝량(張良)·위징(魏徵)·됴보(趙普)·류긔(劉基)난 나아와 명(命)을 밧
ㅈ오라." ᄒ니, ㅅ인(四人)이 츄챵(趨唱)ᄒ야 응명시립(應命侍立)ᄒ온딕, 한고
조(漢高祖)] 왈(曰) : "ㅅ딕지하(三代之下)에 왕풍(王風)이 위미(委靡)ᄒ고 졍
명【5】지치(正明之治)를 이럿슴으로, 오계칠웅지시(五季七雄之時)에 간쾌(干
戈)28)가 ㅅ방(四方)으로 이러나 아참에 싸호고 져녁에 쉬며 ㅅ히(四海) 요란
(擾亂)ᄒ더니. 과인(寡人)이 창업(創業)홀 쩌에 이르르난 ㅅ방(四方)이 안졍(安
靜)ᄒ고 인민(人民)이 안업(安業)ᄒ얏스니, 당(唐)나라와 송(宋)나라와 명(明)나
라이 ㅅ한 이럿트시 치국(治國)ᄒ기를 일톄(一體)로 ᄒ지라. 수연(雖然)이나
오날날 풍경(風景)이 졍(正)히 조코 군신(君臣)이 셔로 모도엿스니, 이 ㅅ한
승시라 가(可)히 이러ᄒ 긔회(奇會)를 허송(虛送)치 못ᄒ리로다." ᄒ고, 이에
근시(近侍)로 ᄒ야금 즁당(中堂)에 포진(鋪陳29))을 비셜(排設)ᄒ고 연셕(宴席)
을 갓초니, 등쵹(燈燭)이 휘황(輝煌)ᄒ고 위의(威儀) 엄슉(嚴肅)ᄒ딕 풍류(風流)
를 진쥬(陳奏)ᄒ며 쳥가묘무(淸歌妙舞)로 질기니 향풍(香風)이 쵹비(觸鼻)ᄒ고
관현지셩(管絃之聲)이 요량(嘹喨30))ᄒ야 쳥텬(靑天)에 ㅅ못더라. 쥬지반감(酒
至半酣)에 한고조(漢高祖)] 추연쟝탄(愀然長歎) 왈(曰) : "쳑금(尺劍)31)과 포의
(布衣)로 풍픽(豊沛)에셔 이러나 일민촌토(一民寸土)라도 히(害)로이 홈이 업
고 군신(群臣)의 츙렬(忠烈)을 힘입어 맛참닉 딕업(大業)을 이루니, 이난 뉘
과인(寡人)으로 더부러 좃침이며? 당틱종(唐太宗)은 한번 ㅅ홈에 관즁(關中)

---

26) 殿座(젼좌) : 임금이 옥좌에 나와 앉음.
27) 濟濟(졔졔) : 엄슉하고 장함.
28) 간쾌(干戈) : '간과'의 오기. 전쟁 또는 병란.
29) 鋪陳(포진) : 잔치 같은 때에 앉을 자리를 마련하여 깖.
30) 嘹喨(요량) : 맑고 깨끗함.
31) 쳑금(尺劍) : '쳑검'의 오기.

을 졍(定)ᄒ얏고, 송티조(宋太祖)난 일야(一夜)에 텬하(天下)를 취(取)ᄒ얏스나。 그러ᄒ나 명티조(明太祖)난 공업(功業)이 우리 솜인(三人)에셔 승(勝)ᄒ다 ᄒ리로다."

송티조(宋太祖)ㅣ 한고조(漢高祖)다려 【6】문왈(問曰) : "고조(高祖)ㅣ 관(關)에 들미 추호(秋毫)를 부범(不犯)ᄒ고 약법ᄉ장(約法三章)32)을 지엿스니, 무슴 뜻으로 이럿틋 ᄒ얏난요?" 한고조(漢高祖)ㅣ 디답ᄒ야 왈(曰) : "영가아희(嬴家兒孩) 형벌(刑罰)을 혹독(酷毒)히 ᄒ야 빅셩(百姓)을 잔히(殘害)ᄒ니, 텬하인민(天下人民)이 명군(明君) 바라기를 큰 가뭄에 운예(雲霓)갓치 바란지라。 시이(是以)로 텬하지쥬(天下之主)가 된 ᄌ는 어진 일을 베푸러 은혜(恩惠)로 폐히고 덕(德)된 졍ᄉ(政事)를 힘써 빅셩(百姓)을 도탄지즁(塗炭之中)에 건질 것이로라。" 당티종(唐太宗) 왈(曰) : "활달디도(闊達大度)ᄒ고 이현ᄉ릉(愛賢使能)홈은 뉘 한고조(漢高祖)를 싸로리오?" 한고조(漢高祖)ㅣ 쳥파(聽罷)에 침음(沈吟)ᄒ다가 왈(曰) : "과인(寡人)의 예덕(穢德)으로써 엇지 솜디지치(三代之治)를 감당(勘當)ᄒ리오? 한실(漢室) ᄉ빅년(四百年) 긔업(基業)를 창긔(創開)홈은 군신(群臣)의 힘을 입은 바요 과인(寡人)의 능(能)홈이 아니로라。 장량(張良)은 운쥬유악(運籌帷幄)ᄒ야 결승쳔리지외(決勝千里之外)ᄒ고 소하(蕭何)난 국졍(國政)을 근본(根本)으로 보좌(補佐)ᄒ고, 진평(陳平)은 묘칙(妙策)를 드리오고 수하(隨何)난 형셰(形勢)를 아라 분슈(分數)를 졍(定)ᄒ고, 륙가(陸賈)33)난 도(道)로써 난신(亂臣)를 다스리고 력익기(酈食其)34)난 그 승픽(勝敗)를 논판(論辦)ᄒ고, 장창(張倉)35)은 률령(律令)을 졍(定)ᄒ고 숙손통(叔孫通)은 례의(禮義)를 짓고, 한신(韓信)은 젼필승공필취(戰必勝攻必取)ᄒ며 조참(曹參)은 졍벌(征伐)를 잘ᄒ고, 관영(灌嬰)은 용병(用兵)을 잘ᄒ며 경포(黥布)와 번

---

32) 약법ᄉ장(約法三章) : '약법삼장'의 오기.
33) 륙가(陸賈) : '육고'의 오기.
34) 력익기(酈食其) : '역이기'의 오기.
35) 張倉(장창) : 張蒼의 오기.

쾌(樊噲)난 만부부당지용(萬夫不當之勇)이 잇【7】고, 긔신(紀信)36)은 쳔츄(千秋)에 붓그럼이 업시 츙셩(忠誠)되고 펑월(彭越)은 후셰(後世)에 위엄(威嚴)이 잇고, 쟝이(張耳)난 병긔(兵器)를 잘 조셩(造成)ᄒ야 써 과인(寡人)의 위엄(威嚴)을 도앗ᄂᆞ니. 원(願)컨더 모든 틱조(太祖)의 졔신지즁(諸臣之中)에 능(能)ᄒ니를 듯고져 ᄒᆞ이다."

당틱종(唐太宗) 왈(曰) : "과인(寡人)도 쏘한 군신(群臣)의 힘을 입은 공(功)이니, 위징(魏徵)은 직간(直諫)키를 잘ᄒ고 쟝손무긔(長孫無忌)난 갈츙보좌(竭忠輔佐)ᄒ고37), 두여회(杜如晦)난 일을 임(臨)ᄒ야 결단(決斷)ᄒ기를 잘ᄒ고 져수량(褚遂良)은 빅셩(百姓)을 이휼(愛恤)ᄒ고 나라를 근심ᄒ야 써 과인(寡人)의 졍ᄉ(政事)를 보익(補翼)ᄒ고. 은긔산(殷開山)·리젹(李勣)38)은 도적(盜賊)를 디(對)ᄒ미 죽기를 긔탄(忌憚)치 아니ᄒ고 진숙보(秦叔寶)·울지공(尉遲恭)은 효용(驍勇)이 졀륜(絶倫)ᄒ고, 리졍(李靖)은 병법(兵法)를 익이 통(通)ᄒ고 봉덕이(封德彛)난 국ᄉ(國事)를 심쓰고, 방현령(房玄齡)·굴돌통(屈突通)은 지족다모(智足多謀)ᄒ며 류문졍(劉文靜)·우셰남(虞世南)39) 등(等)이 지감(知鑑)이 너르며 써 과인(寡人)의 위엄(威嚴)을 도앗ᄂᆞ니 아리땁지 아니리요?" 쏘 송틱조(宋太祖)ㅣ 가로더 : "됴보(趙普)난 지모(智謀)ㅣ 유여(有餘)ᄒ고 조번(曹彬)40)은 용약(勇略)이 쌍젼(雙全)ᄒ고, 셕수신(石守信)은 위풍(威風)이 늠늠(凜凜)ᄒ고 묘훈(苗訓)·두연(杜衍)41)은 당당(堂堂)ᄒ고, 범질(范質)·리방(李昉)42)은 써 문치(文彩)를 돕고 왕전빈(王全斌)·리한초(李漢超)난 요슌(堯舜)의 치국(治國)홈을 지극(至極)히 ᄒ니, 엇지 써 창업(創業)ᄒ온 비라 아니 ᄒ리

---

36) 한문필사본에는 周介(周苛 오기)가 더 있음.
37) 한문필사본에는 長孫無忌, 魏徵 순으로 되어 있음.
38) 한문필사본에는 '리젹(李勣)' 대신 薛仁貴로 되어 있음.
39) 한문필사본에는 '우셰남(虞世南)' 대신 李勣으로 되어 있음.
40) 조번(曹彬) : '조빈'의 오기.
41) 두연(杜衍) : 한문필사본에는 없음.
42) 범질(范質)·리방(李昉) : 한문필사본에는 李昉·范質 순으로 되어 있음.

요?" 한고조(漢高祖) | 왈(曰) : "헌원지【8】시(軒轅之時)에도 치우지난(蚩尤之
難)이 잇고 당요지시(唐堯之時)에도 스흉지도(四凶之徒)의 간신적天(奸臣賊子)
| 잇셧느니 天고급금(自古及今)에 쏘한 업지 아니 ᄒ도다." ᄒ며 인(因)ᄒ
야 명틴조(明太祖)다려 군신(群臣)의 능(能)홈을 무르니, 답왈(答曰) : "공업(功
業)을 이루지 못ᄒ고 지조(才操)와 지혜(智慧)를 시험(試驗)ᄒ면 고인(古人)의
게 비(比)치 못ᄒ나, 그러ᄒ나 뉴긔(劉基)·셔달(徐達)은 장량(張良)·리졍(李
靖)의 지용(智勇)과 방불(彷彿)ᄒ고 화운룡(花雲龍)[43]·한셩(韓成)은 긔신·쥬
가지츙(紀信·周苛之忠)을 당(當)ᄒ고, 상운츈(常運春)·리문츙(李文忠)[44]은 죠
빈(曹彬)·울지공(尉遲恭)의 용밍(勇猛)에 비(比)홀 것이요 리션장(李善長)·황
天징(黃子澄)은 위징(魏徵)·져수량(褚遂良)의 어지게 보국(輔國)홈에 비(比)홀
것이요[45], 호디히(胡大海)난 번쾌(樊噲)·진숙보(秦叔寶)[46]의 용력(勇力)에 비
(比)홀 것이요。이외(以外)에 문무졔신(文武諸臣)의 지조(才操) | 과인(過人)ᄒ
며 지족다모(智足多謀)홈은 불가승수(不可勝數) | 라." ᄒ더라。

　이윽고 당틴종(唐太宗)이 가로디 : "이갓튼 셩연(盛宴)은 고금(古今)에 드
문 비니, 원(願)컨디 즁흥지쥬(中興之主)로 동락(同樂)홈이 쏘한 엇더ᄒ니잇
고?" 셰 틴조(太祖) | 가로디 : "심합즁심(甚合中心)이로소이다." 한고조(漢高
祖) | 슈하(隨何)를 보니여 광무(光武)와 소렬황졔(昭烈皇帝)를 쳥(請)ᄒ라 ᄒ
고, 당틴종(唐太宗)은 비젹(裵寂)를 보니여 숙종(肅宗)을 쳥(請)ᄒ라 ᄒ고, 송

---

43) 화운룡(花雲龍) : '華雲龍'의 오기.
44) 리문츙(李文忠) : 명나라 開國名將.明太祖 朱元璋의 생질이다. 12세에 모친 曹國長公主가
　 별세하고, 부친 李貞帶도 전란 중 사망했다. 그 후에 滁州에 있던 외숙 주원장을 만났는
　 데 주원장이 이문충을 보고 매우 기뻐하며 자신의 養子로 삼았다. 19세에 친히 군사들
　 을 이끌고, 池州를 지원 나갔다가 天完軍을 물리치는데 큰 공을 세웠다. 그 공로로 榮祿
　 大夫 浙江行省平章事가 되었다. 명나라가 건립된 후에도 여러 차례 원정을 나가서 원나
　 라 잔여 세력을 제거하는 데 앞장서서 曹國公에 봉해지고, 大都督府(최고의 군사기구)를
　 주재하고, 國子監을 주관하게 하였다. 한문필사본에는 李善長으로 되어 있다.
45) 리션장(李善長)·황天징(黃子澄)은 위징(魏徵)·져수량(褚遂良)의 어지게 보국(輔國)홈에 비
　 (比)홀 것이요 : 한문필사본에는 없음. 단지 李善長은 앞에서 李文忠 대신 나온다.
46) 진숙보(秦叔寶) : 한문필사본에는 薛仁貴로 나옴.

팅조(宋太祖)난 리방(李昉)을 보니여 고종(高宗)를 쳥(請)ᄒ얏더니, 이윽고 긔마병젼지셩(騎馬駢闐[47]之聲)이 문외(門外)에 들네며 ᄉᄌ(使者)ᅵ 분【9】쥬(奔走)히 드러와 고왈(告曰) : "ᄉ위(四位) 황졔(皇帝) 이에 이르셧나이다." ᄒ더니。

　졔일(第一)은 광무황졔(光武皇帝)니 좌우(左右) 시죵지신(侍從之臣)은 등우(鄧禹)·오한(吳漢)·가복(賈復)·탁무(卓茂[48])·마원(馬援)·구순(寇恂)·경감(耿弇)[49]·풍이(馮異)[50] 등(等)이요。 졔이(第二)난 소렬황졔(昭烈皇帝)니 좌우(左右) 시죵지신(侍從之臣)은　졔갈량(諸葛亮)·방통(龐統)·법졍(法正)·강유(姜維)·장완(蔣琬)·허졍(許靖)·관공(關公)·장비(張飛)·조운(趙雲)·마초(馬超)·황츙(黃忠)[51] 등(等)이요。 졔슴(第三)은 당숙종황졔(唐肅宗皇帝)니 좌우(左右) 시죵지신(侍從之臣)은　리필(李泌)·곽ᄌ의(郭子儀)·리광필(李光弼)·뇌만츈(雷萬春)·남졔운(南霽雲)·장순(張巡)·허원(許遠) 등(等)이요。 졔사(第四)난 송고종황졔(宋高宗皇帝)니 시죵지신(侍從之臣)은 악비(岳飛)·장군(張浚[52])·조졍(趙鼎)·신덕슈(眞德秀[53])·한셰츙(韓世忠) 등(等)이니。 ᄉ롬은 밍호(猛虎) 갓고 말은 비룡(飛龍) 갓더라。 곳 법당(法堂)에 이르러 예필후(禮畢後) 동누(東樓)에 좌(座)를 졍(定)ᄒ미。

---

47) 駢闐(변젼) : 사람이나 수레 따위가 길게 늘어섬.

48) 卓茂(탁무) : 後漢 때의 사람. 前漢 元帝 때 長安에서 박사 江生을 사사하여 ≪시경≫과 ≪예기≫ 및 曆算 등을 배웠다. 通儒로 불렸다. 처음에 丞相府吏로 불렸다가 나중에 儒術로 천거를 받아 侍郞과 給事黃門을 거쳐 密令으로 옮겼다. 劉玄 更始政權 때 侍中祭酒가 되었는데, 연로함을 이유로 사직하고 귀향했다. 光武帝가 즉위하자 太傅가 되고, 褒德侯에 봉해졌다. 한문필사본에는 王梁·杜茂로 되어 있다.

49) 경감(耿弇) : '경엄'의 오기.

50) 풍이(馮異) : 한문필사본에는 藏宮·馬武·馮異·王霸·邳肜·銚期로 되어 있어, 藏宮·馬武·王霸·邳肜·銚期가 더 있음.

51) 한문필사본에는 諸葛亮·關羽·張飛·趙雲·馬超·黃忠·龐德(龐統 오기)·法正·姜維·蔣琬·費褘·許靖 순으로 되어 있어, 費褘가 더 있음.

52) 장군(張浚) : '장준'의 오기.

53) 신덕슈(眞德秀) : '진덕수'의 오기.

장양(張良)이 츌반쥬왈(出班奏曰) : "군신(群臣)이 조잡(稠雜)ᄒ야 반렬(班列)를 힝(行)지 못홈이 불가(不可)ᄒ오니, 원(願)컨더 상장(相將)으로 써 츙지용약즈(忠智勇略者)를 반렬(班列)을 정(定)ᄒ고 항오(行伍)를 차린 후(後) 옹용쥬션(雍容周旋)이 추셔(次序)가 잇슬가 ᄒᄂ이다." 좌즁(座中)이 모다 가로더 : "추언(此言)이 가장 션(善)타." ᄒ고. 이에 번쾌(樊噲)로 ᄒ야금 오식긔(五色旗)를 남루하(南樓下)에 세우고 북 세 번를 울이며 세 번 호령(號令)ᄒ여 왈(曰) : "정승지지(政丞之材)난 홍긔하(紅旗下)로 가고, 장수지지(將帥之材)난 흑긔하(黑旗下)로 가고, 츙의지지(忠義之材)난 황긔하(黃旗下)로 가고, 용역(勇力) 잇는 즈(者)난 다 빅긔하(白旗下)로 모뒤라."54) ᄒ니 【10】 즁인(衆人)이 셔로 보며 아모 말을 못ᄒ고 맛참니 나아오지 아니ᄒ난지라. 전상(殿上)에서 쏘 북를 울이며 호령(號令)ᄒ야 왈(曰) : "황명(皇命)를 가(可)히 지완(遲緩)치 못홀지니 빨니 밧드러 힝(行)ᄒ라." ᄒ니, 위징(魏徵)이 츄츌쥬(趨出奏) 왈(曰) : "고금(古今)으로 장상(將相)된 즈(者) ㅣ 스스로 쳔거(薦擧)ᄒ 즈(者) ㅣ 업슨지라. 시신즁(侍臣中)에 가(可)히 공평(公平)이 퇵(擇)홀 것이요 정긱지ᄉ(正直之士)55)를 포폄(襃貶)홀진더 즁신지즁(衆臣之中)에 우렬(優劣)를 정(定)ᄒ게 홈이 가(可)홀가 ᄒᄂ이다."

한고조(漢高祖) 가로더 : "뉘 이 소임(所任)을 가(可)히 당(當)홀고?" 위징(魏徵)이 더왈(對曰) : "지신(知臣)은 막여쥬(莫如主)로소이다." 한고조(漢高祖) ㅣ 숨제(三帝)를 도라보며 이로더 : "추언(此言)이 심(甚)히 유리(有理)ᄒ니, 각각(各各) 그 소임(所任)에 능(能)ᄒ 니를 쳔거(薦擧)홈이 좃토다." 당티종(唐太宗) 왈(曰) : "과인지심(寡人之心)에난 리정(李靖)이 맛당홀가 ᄒᄂ이다."56) 송티조(宋太祖) ㅣ 왈(曰) : "과인지심(寡人之心)에난 리적(李勣)이 맛당홀가 ᄒ

---

54) 한문필사본에는 "抱將相之才者, 皆出紅旗下, 佩將才者, 皆去黑旗下, 懷忠義之士, 皆趨黃旗下."로 되어 있어, "용역(勇力) 잇는 즈(者)난 다 빅긔하(白旗下)로 모뒤라."가 없음.
55) 정긱지ᄉ(正直之士) : '정직지사'의 오기.
56) 한문필사본에는 '寡人之心, 蕭何宜當.'으로 되어 있어, 李靖 대신 蕭何로 되어 있음.

느이다."[57] 명티조(明太祖)] 왈(曰) : "한갓 능(能)ᄒ며 한갓 지모지슷(智謀之
士)난 하더무지(何代無之)리오? 반다시 빅이(伯夷)의 직졀(直節)과 소무(蘇武[58])
의 말금과 이뉸(伊尹)의 어짐과 용방(龍逄)의 츙졀(忠節)이며, 나라을 밧들고
인군(人君)를 돕기난 쥬공(周公)만ᄒ 니 업느니 쥬공(周公) 갓튼 이라야 가
(可)히 츌장입상(出將入相)홀 것이요。 티공(太公) 갓흔 즛(者)] 라야 가(可)히
맛당하다 ᄒ리로다。 그러ᄒᄂ【11】 젼일(前日)에 드르니 셔쵹(西蜀) 졔갈량
(諸葛亮)이 흉즁(胸中)에 졀승쳔리지지(決勝千里之才)[59]를 쟝(藏)ᄒ고 복즁(腹
中)에 안방졍국(安邦定國)홀 ᄭᅴ를 품어스며, 샹통텬문(上通天文)ᄒ고 하달디
리(下達地理)ᄒᄂ지라, 이제 싱각(生覺)건디 츳인(此人)이 아니면 가(可)히 이
소임(所任)를 감당(勘當)치 못홀가 ᄒᄂ니다。" 좌즁(座中)이 뎨셩왈(齊聲曰) :
"명티조(明太祖)의 말이 가장 올타。" ᄒ더니。 조보(趙普)] 나아와 간(諫)ᄒ
야 왈(曰) : "졔갈량(諸葛亮)의 지모(智謀)] 비록 여츳(如此)ᄒ오나 쇼렬황졔
(昭烈皇帝)를 도으미 일직이 통일(統一)ᄒᆫ 공(功)이 업느니 가(可)히 이 쇼임
(所任)에 합당(合當)치 아니홀가 ᄒᄂ이다。" 송티조(宋太祖)] 거언왈(遽言
曰) : "무릇 지모(智謀)라 ᄒ난 것은 스롭의게 잇고 흥망(興亡)은 지텬ᄒᆫ지
라, 만일(萬一) 경(卿)의 말 갓틀진딘 밍즛(孟子)와 즛스(子思)] 도로혀 쇼진
・장의(蘇秦・張儀)만 갓지 못ᄒ리로다。 공명(孔明)의 도(道)ᄒ난 와룡(臥龍)
이니, 남양(南陽)에 놉피 누어 양보음(梁甫吟[60])을 을푸면셔 셰ᄉ(世事)를 부
운(浮雲) 갓치 역여 불구문달(不求聞達)ᄒ더니, 쇼렬황졔(昭烈皇帝) 숨고초려
(三顧草廬)ᄒ미 이에 부득이(不得已) 산(山)에 나올시。 그 ᄯᅵ에 쇼렬황뎨(昭烈

---

57) 한문필사본에는 '寡人心, 李靖宜當也.'으로 되어 있어. 李勣 대신 李靖으로 되어 있음.
58) 蘇武(소무) : 문맥상 巢父의 오기인 듯. 한문필사본에도 '소부'로 되어 있다.
59) 졀승쳔리지지(決勝千里之才) : '결승쳔리지재'의 오기. 천리 밖의 싸움에서도 이기도록 결
    단할 수 있는 재주.
60) 梁甫吟(양보음) : 諸葛亮이 南陽의 隆中에서 은거할 때 부르던 노래. 齊나라의 太山 기슭에
    있는 梁甫山 지방을 노래했는데, 어진 사람이 세상에서 박해받음을 탄식하고 제나라의
    晏平仲이 모략으로 세 선비를 죽인 二桃殺三士 고사를 언급했다.

皇帝(황제)의 장수(將帥)] 열에 ᄎᆞ지 못ᄒᆞ고 군ᄉᆞ(軍士)가 쳔(千)에 넘지 못ᄒᆞ엿스되 방망(博望)61)에 쇼둔(燒鈍)ᄒᆞ며 빅하(白河)에 옹슈(壅水62))ᄒᆞ여 밍덕(孟德)으로 ᄒᆞ야금 간담(肝膽)이 ᄌᆞ로 무여지게 ᄒᆞ미. 졍죡지셰(鼎足之勢)를 이루어 육츌긔산(六出祁山)ᄒᆞᆯ 제, ᄉᆞ마즁달(司馬仲達)【12】이 혼비빅산(魂飛魄散)ᄒᆞ고 칠금밍확(七擒孟獲)ᄒᆞᆯ제 남인(南人)이 항복(降伏)ᄒᆞ엿ᄂᆞ니, 이가 영웅(英雄)이 아니리오?" ᄒᆞ고. 이에 좌우(左右)로 ᄒᆞ야금 공명(孔明)을 나아오라 ᄒᆞ미, 공명(孔明)이 윤건도복(綸巾道服)으로 젼젼(殿前)에 나아와 비현(拜見)ᄒᆞ니. 즁인(衆人)이 모다 눈를 드러 보미 풍도(風度)] 쳥슈(淸秀)하고 거지단아(擧止端雅)ᄒᆞ여. 안하(眼下)에 고금역디(古今歷代)를 열남(閱覽)하는 듯ᄒᆞ며 흉즁(胸中)에 텬지조화(天地造化)를 장(藏)ᄒᆞᆫ 듯ᄒᆞ니, 즁인(衆人)이 졔셩갈ᄎᆡ(齊聲喝釆)홈을 마지아니하더라. 명티조(明太祖)] 왈(曰) : "경(卿)은 모름이 졔국군신(諸國群臣)의 반렬고하(班列高下)를 졍(定)홈이 엇더ᄒᆞ요?" 공명(孔明)이 ᄉᆞᄉᆞ(謝辭) 왈(曰) : "신(臣)의 용열(庸劣)ᄒᆞᆫ 지질(才質)노 엇지 이러ᄒᆞᆫ 즁디(重大)ᄒᆞᆫ 소임(所任)을 곰당(勘當)ᄒᆞ리잇고? 시러금 명명(明命63))ᄒᆞ시난 바를 봉힝(奉行)치 못ᄒᆞ리로소이다." 명티조(明太祖)] 왈(曰) : "경(卿)은 ᄉᆞ양(辭讓)치 말고 ᄉᆞ속(斯速)히 힝공(行公)ᄒᆞ라." 공명(孔明)이 ᄒᆞᆯ일업셔 비ᄉᆞ슈명(拜謝受命)ᄒᆞ고 졍(正)히 군신(群臣)의 반렬(班列)를 졍(定)ᄒᆞ려 ᄒᆞᆯ 지음에.

소졸(小卒)이 보(報)ᄒᆞ되 : "진시황졔(秦始皇帝)와 진무졔(晉武帝)와 수문졔(隋文帝)와 초픽왕(楚覇王)의 글월이 이르럿다." ᄒᆞ미. 좌우시신(左右侍臣)이 그 글을 밧드러 젼상(殿上)에 윤감(輪鑑)ᄒᆞ니, 한고조(漢高祖)] ᄎᆞ려로 남필

---

61) 방망(博望) : '박망'의 오기.
62) 壅水(옹수) : 물을 막음. ≪맹자≫<告子章句 下>의 "물이 거꾸로 흐르는 것은 아래로 흐르는 것을 막아 물이 거꾸로 흐르게 한 것이다. 지금 물을 막아 남을 해치니 홍수의 재해와 다른 게 없다는 것이다.(水逆行者, 下流壅塞, 故水逆流, 今乃壅水以害人, 則與洪水之災無異矣.)"에서 나온 말이다.
63) 明命(명명) : 임금의 명령.

(覽畢)에 문득 빈축(嚬蹙) 왈(曰) : "이난 다 과인(寡人)과 졍의(情意)가 합(合)지 아니훈 스룸이니 물니침이 가ㅎ도다." 숑틱죠(宋太祖) ㅣ 왈(曰) : "거ᄌ(去者) 를 【13】쫏지 아니코 너ᄌ(來者)를 막지 안일지니 이에 마져 셔로 봄이 맛 당홀가 ㅎ여이다." 이럿틋 ㅎ며 의논(議論)를 결(決)치 못ㅎ거늘, 공명(孔明) 이 고왈(告曰) : "이졔 신(臣)의게 훈 계교(計較) ㅣ 잇ㅅ오니, 이졔 사황(四皇) 으로 ㅎ야금 동누(東樓)에 유(留)ㅎ게 ㅎ고 피ᄎ(彼此)에 통셥(通涉)지 아니ㅎ 면 ᄌ연(自然) 죵용(從容)홀 도리(道理)가 잇슬 듯ㅎ노이다." 한고죠(漢高祖) ㅣ 그 말을 좃ᄎ 드듸여 왕희지(王羲之)를 명(命)ㅎ여 긔(旗) 아리 크게 써 문밧 게 셰우니 기방(其榜)에 갈왓스되 : 「즁흥(重興)훈 왕ᄌ(王者)난 동누(東樓)로 가고 픠왕ᄌ(霸王者)난 셔누(西樓)로 가되 만일(萬一) 창업지쥬(創業之主)가 아 니여든 시러금 법당(法堂)에 드러오지 못ㅎ리라.」ㅎ니라.

이윽고 시황(始皇)의 거마(車馬) ㅣ 이르니 좌하(坐下)에 셤이마(纖離馬)를 타고, 강ᄉ지포(絳紗之袍)를 입고 허리에 틱아검(太阿劍)을 ᄎ스니 호령(號令) 이 엄숙(嚴肅)ㅎ고 위풍(威風)이 늠늠(凜凜)ㅎ며. 좌(左)에난 리ᄉ(李斯)·모초 (茅焦)·왕젼(王翦)이 뫼셧고, 우(右)에는 몽염(蒙恬)·쟝감(章邯)64)·왕분(王賁) 이 뫼셔쓰며. 또 진무졔(晉武帝) 드러오니 황금연(黃金輦)를 타고, 옥슈(玉 手)에 빅옥홀(白玉笏)을 쥐엿스니 의관(衣冠)이 찬란(燦爛)ㅎ며 긔상(氣像)이 당당(堂堂)ㅎ여. 좌(左)에는 쟝화(張華)·산도(山濤)요65), 우(右)에난 양호(羊 祜)·두예(杜預) 뫼셔스며66). 또 수문데(隋文帝) 드러오니 유연(玉輦)67)을 타 고, 금관(金冠)과 홍포(紅袍)를 착(着)ㅎ엿스며 졍긔(旌旗) 분운(紛紜)ㅎ고 검극 (劍戟)이 나【14】렬(羅列)ㅎ여 긔상(氣像)이 늠늠(凜凜)ㅎ고 문치빈빈(文彩彬彬)

---

64) 쟝감(章邯) : '쟝한'의 오기.
65) 한문필사본에는 左張華·衛瓘·山濤·王濬으로 되어 있어, 衛瓘·王濬이 더 있음.
66) 한문필사본에는 右鄧艾·鍾會·羊祜(羊祐 오기)·杜預로 되어 있어, 鄧艾·鍾會가 더 있음.
67) 유연(玉輦) : '옥연'의 오기.

ᄒᆞ니. 좌(左)에난 왕통(王通)·소위(蕭威)요68), 우(右)에난 한금호(韓擒虎)·하약필(賀若弼)이 뫼셧더라69).

시황(始皇)이 바로 법당(法堂)으로 오르려 ᄒᆞ거늘, 공명(孔明)이 압흐로 나아가 간(諫)ᄒᆞ여 왈(曰) : "이난 창업지연(創業之宴)이니 창업지쥬(創業之主)가 아니면 맛당히 법당(法堂)에 오르지 못ᄒᆞ리이다." 시황(始皇)이 말을 듯고 발련더로(勃然大怒) 왈(曰) : "과인(寡人)이 팔황(八荒)을 소쳥(掃淸)ᄒᆞ민 위진ᄉᆞ히(威振四海)ᄒᆞᆫ지라, 엇지 크게 창업(創業)을 이루지 못ᄒᆞ엿다 ᄒᆞ리요?" 공명(孔明)이 디왈(對曰) : "폐하(陛下)ㅣ 륙국(六國)을 병탄(幷呑)ᄒᆞᆫ 공업(功業)이 비록 크나 ᄉᆞ리(事理)로써 의논(議論)ᄒᆞᆯ진더 즁흥(中興)70)ᄒᆞ다 ᄒᆞᆯ 것이요 창업(創業)ᄒᆞᆫ 바는 아니니. 폐하(陛下)의 공업(功業)이 션왕(先王)과 갓틀진댄 창업(創業)을 ᄌᆞ쳐(自處)ᄒᆞ실지라도 소신(小臣)이 엇지 여ᄎᆞ(如此)히 거졀(拒絶)ᄒᆞ오리잇가?" 리ᄉᆞ(李斯)ㅣ 고왈(告曰) : "공명지언(孔明之言)이 올흐니, 즁흥지쥬(中興之主)로 ᄌᆞ당(自當)ᄒᆞ심이 가(可)ᄒᆞᆯ가 ᄒᆞᄂᆞ이다." 시황(始皇)이 그 말을 좃ᄎᆞ 동누(東樓)로 가니.

ᄯᅩ 항왕(項王)이 이를시 오초마(烏騅馬)를 타고, 손에 쳘편(鐵鞭)을 드러스니 용역(勇力)이 졀륜(絶倫)ᄒᆞ고 살긔(殺氣) 등등(騰騰)ᄒᆞ며. 분연(忿然)이 드러오니, 좌(左)에난 범증(范增)71)이요, 우(右)에난 항장(項莊)72)이라. 좌우(左右)다러 문왈(問曰) : "오날날 잔치난 뉘 쥬장(主張)ᄒᆞᆫ요? 그 ᄯᅳᆺ을 알고져 ᄒᆞ노라." 공명(孔明)이 니다라 답왈(答曰) : "오날【15】 잔치난 한틱조(漢太祖) 고황졔(高皇帝)계옵셔 당·숑·명(唐·宋·明) 습틱죠(三太祖)로 더부러 창업지연(創業之宴)을 베푸신 비라. 불의(不意)에 디왕(大王)이 이에 리(來)림73)

---

68) 한문필사본에는 左王通·蘇威·高熲으로 되어 있어, 高熲이 더 있음.
69) 한문필사본에는 右李淵·韓擒虎·賀若弼로 되어 있어, 李淵이 더 있음.
70) 즁흥(中興) : '중흥'의 오기.
71) 한문필사본에는 左范增·鍾離昧·龍且로 되어 있어, 鍾離昧·龍且가 더 있음.
72) 한문필사본에는 右周蘭·桓楚·項莊으로 되어 있어, 周蘭·桓楚가 더 있음.

ᄒ시니 다힝(多幸)ᄒ도소이다.” ᄒ니. 항왕(項王)이 앙텬탄(仰天歎) 왈(曰) :
“텬지(天地)의 번복(翻覆)되난 것과 일월(日月)의 둥글고 이지러지난 것이
이와 갓트리요? 유계(劉季)난 도로혀 쥬인(主人)이 되고 항젹(項籍)은 속졀업
시 손이 될 쥴을 누가 엇지 긔필(期必)ᄒ엿스리요?” ᄒ며, 즉시(卽時) 법당
(法堂)으로 오르려 ᄒ거늘, 공명(孔明)이 당젼(當前)ᄒ야 간(諫)ᄒ야 가로디 :
“디왕(大王)이 비록 역발산(力拔山)ᄒ며 긔기셰(氣盖世)ᄒ난 영웅(英雄)이시나
맛참너 창업(創業)ᄒ신 공(功)이 업ᄂ니, 시러금 이 연석(宴席)에난 당연(當
然)히 참예(參與)치 못홈이 가(可)ᄒ다 ᄒ리로소이다.” 항왕(項王)이 디로(大
怒)ᄒ여 왈(曰) : “평일(平日)에 너가 뉴계(劉季) 보기를 어린 아희(兒孩) 갓치
하엿스며. 당시(當時) 호걸(豪傑)드리 나를 디(對)ᄒ미 위풍(威風)에 두려홈
이 담(膽)이 떨이고 마음이 셔늘ᄒ엿스며, 후셰(後世)에 영웅(英雄)들도 나의
셩명(姓名)을 듯게 되면 져마다 늣기지 아니 리 업셧ᄂ니, 이졔 뉘 감(敢)
히 나의 거취(去就)를 거졀(拒絶)ᄒ리요?” 공명(孔明)이 범증(范增)을 보고 일너 가
로디 : “옛젹에 환공(桓公)이 규구(葵邱)에 회밍(會盟)홀 졔 디의(大義)를 슝
상(崇尙)ᄒ미 아홉 나라히 일인지하(一人之下)에 굴(屈)ᄒ엿스니, 이【16】난
탕무지도(湯武之道)라. 이졔 디왕(大王)이 혈긔지분(血氣之忿)으로써 중인(衆
人)의 시비(是非)를 도라보지 아니시니, 그윽이 디왕(大王)의 뜻을 취(取)치
아니ᄒ리로소이다.” 항왕(項王)이 묵연양구(默然良久)에 왈(曰) : “영위계구(寧
爲鷄口)연졍 무위우후(無爲牛後)라 ᄒ니, 너 셔루(西樓)에 쥬인(主人)이 되여
다시 홍문연(鴻門宴)을 베풀이라.” ᄒ고, 이에 셔편누(西便樓)로 나아가 좌
(坐)를 졍(定)ᄒ니라.

공명(孔明)이 우슈(右手)에 우션(羽扇)를 쥐고 좌수(左手)에 상아홀(象牙笏)
을 잡고 중앙(中央)에 잇셔 말를 펴 왈(曰) : “이 즁(中)에 혹(或) 픠역(悖逆)ᄒ

---

73) 리(來)림 : ‘래림(來臨)’의 오기.

며 난상(亂上)혼 지(者) 잇거든 일직이 나아가고, 이에 잇셔 참예(參與)치 못
ᄒ리라." ᄒ더. 왕망(王莽)과 동탁(董卓)의 무리 슈십인(數十人)이 얼골에 참
식(慙色)를 ᄭ이고 믈너가난지라. 공명(孔明)이 하날를 우러러 밍셔(盟誓)ᄒ여
왈(曰) : "졔갈량(諸葛亮)의 부지무식(不才無識)홈으로 이졔 황명(皇命)을 밧드
러 고금영웅(古今英雄)의 우렬(優劣)를 분별(分別)ᄒᄂ니 혹(或) 일인(一人)의게
라도 ᄉ정(私情)이나 ᄉ혐(私嫌)을 둘진ᄃ 가(可)히 신명(身命)을 보젼(保全)치
못홀지라. 복망(伏望) 황텬후토(皇天后土)난 명명(明明)히 소감(昭鑒)ᄒ소셔."
ᄒ고 졍(正)히 취좌분렬(就座分列)코져 ᄒ더니.

홀련(忽然) 시ᄌ(侍者) ㅣ 보왈(報曰) : "한무졔(漢武帝)난 보슈지공(報讎之功)
이 잇고, 당현종(唐憲宗)은 희셔지공(淮西之功)74)이 잇고, 진원졔(晉元帝)난 강
좌지공(江左之功)이 잇고, 송신종(宋神宗)은 숨ᄃ지풍(三代之風)이 잇스니, 엇
지 이 연셕(宴席)에 참예(參與)치 못ᄒ【17】리오?" ᄒ며, "ᄯ 그 외(外)에 여
러 영웅(英雄)드리 문(門)밧게 뫼여 잇난 ᄌ(者) ㅣ 그 슈(數)를 아지 못ᄒᄂ
이다." 말이 맛지 못ᄒ여 문(門)밧게셔 ᄯ 크게 불너 가로ᄃ : "무리를 모
뒤여 동졍셔벌(東征西伐)ᄒ며 ᄉ희(四海)를 호령(號令)ᄒ고 텬하(天下)를 징투
(爭鬪)ᄒ든 ᄌ(者) ㅣ 엇지 이 연셕(宴席)에 참예(參與)치 못ᄒ리오?" ᄒ니, 원
리(原來) 이갓치 부르난 호걸(豪傑)드른 다른 ᄉ롭이 아니라 진승(陳勝)·조
조(曹操)·원소(袁紹)·손칙(孫策)·리밀(李密) 등(等)이러라. 한고조(漢高祖) ㅣ
듯고 이로ᄃ : "ᄎ인(此人) 등(等)의 용밍(勇猛)이 텬하(天下)에 호걸지ᄉ(豪傑
之士) ㅣ 라 칭(稱)홀만 ᄒ리로다." ᄒ더니. 문득 원소(袁紹)와 리밀(李密)75)
등(等)이 고셩디호(高聲大呼) 왈(曰) : "조조(曹操)난 간웅필부(奸雄匹夫)요, 손
칙(孫策)은 도로혀 영웅(英雄)이라 일커르나76), 그러ᄒᄂ 오히려 이 연셕(宴

---

74) 희셔지공(淮西之功) : '회서지공'의 오기.
75) 한문필사본에는 李密만 있음. 결국 袁紹가 없다.
76) 한문필사본에는 '鬼大伏林陳勝, 亂臣賊子曹操, 單鎗匹夫孫策'으로 되어 있어, 진승에 대한
    기술이 더 있음.

席)에 참예(參與)ᄒ기 어렵다 ᄒ기 용혹무괴(容或無怪[77])언이와, 우리 등(等)
은 누디왕친(累代王親)이며 셰셰장상(世世將相)일 ᄲᆞᆫ 아니라 ᄯᅩ한 잠시(暫時)
라도 밍쥬(盟主)가 되엿ᄂᆞ니, 엇지 오날 이 연회(宴會)에 참예(參與)를 못ᄒ
리오?" 경쳥(景淸)이 디질(大叱) 왈(曰) : "원소(袁紹)난 의심(疑心)이 만복(滿腹)
ᄒ여 츙언(忠言)를 치랍(採納[78])지 아니ᄒ며 현ᄉ(賢士)를 용랍(容納)지 못ᄒ
엿고. 리밀(李密)은 지식(智識)이 쳔박(淺薄)ᄒ여 ᄉᆞ롬을 아라 쓰지 아니홈
으로 셰핍운쇠(勢逼運衰)ᄒ여 군ᄉ(軍士)를 디픽(大敗)ᄒ엿스니 가위필부(可謂
匹夫)라 ᄒ리니, 엇지 감(敢)히 영웅(英雄)으【18】로 ᄌᆞ칭(自稱)ᄒ여 창업지연
(創業之宴)에 참예(參與)ᄒ기를 바라난요?" 원소(袁紹)와 리밀(李密) 등(等)이
이 말을 듯더니 면식(面色)이 여토(如土)ᄒ며 예긔최찰(銳氣摧挫)ᄒ여 분연(忿
然)히 참식(慚色)를 씌고 도라가니라.

이에 원문(轅門)를 크게 열고 ᄉᆞ위졔왕(四位帝王)을 쳥(請)홀시, 제일(第一)
은 한무졔(漢武帝)니, 시종지신(侍從之臣)은 동즁셔(董仲舒)・급암(汲黯)・동방
삭(東方朔)[79]이요. 뎨이(第二)난 당헌종(唐憲宗)이니, 시종지신(侍從之臣)은 한
유(韓愈)・비도(裵度)[80] 등(等)이요. 뎨슴(第三)은 진원뎨(晉元帝)니, 시종지신
(侍從之臣)은 쥬(周)기[81]・왕도(王導)・도간(陶侃)・뉴곤[82] 등이요. 뎨ᄉ(第四)
난 송신이(宋神宗)[83]니, 시종지신(侍從之臣)은 명도션싱(明道先生)・범즁엄(范
仲淹)・구양수(歐陽脩)・왕안셕(王安石) 등(等)이러라. ᄎᆞ례로 동구(東樓)에 올
나 좌(坐)를 졍(定)ᄒ고, 진왕(陳王)과 위공(魏公)[84]은 셔루(西樓)에 올나 분좌

---

77) 容或無怪(용혹무괴) : 혹시 그런 일이 있더라도 괴이할 것이 없음.
78) 採納(채납) : 의견을 받아들임.
79) 한문필사본에는 董仲舒(董仲舒 오기)・霍光・汲黯・東方朔・韓安國・霍去病・衛靑・李廣
으로 되어 있어, 霍光・韓安國・霍去病・衛靑・李廣이 더 있음.
80) 한문필사본에는 韓愈・陸贄・裵度로 되어 있어, 陸贄가 더 있음.
81) 쥬(周)기 : 주의(周顗)의 오기.
82) 뉴곤 : 유곤(劉琨)의 오기.
83) 송신이(宋神宗) : '송신종'의 오기.
84) 한문필사본에는 진왕과 위공에 따랐던 郭嘉・荀彧・張遼・許褚・周瑜・魯肅・呂蒙・

(分坐)후민 법당(法堂) 이하(以下) 동셔루(東西樓)에 군렬뎨왕(群列帝王)이 추례로 분좌(分坐)후기를 맛치니.

공명(孔明)이 당즁(堂中)에 좌(坐)를 졍(定)후고 이에 반렬(班列)을 졍(定)홀시 고셩낭독(高聲朗讀) 왈(曰) : "한조장냥(漢朝張良)은 슉녀(淑女)의 얼골이요 장뷔(丈夫)의 마음이라 황셕공(黃石公)의게 도학(道學)을 비화 셔(西)흐로 한(漢)나라에 도라와 계칙(計策)을 드러 진(秦)을 멸(滅)후고 초(楚)를 파(破)후민. 셰상(世上)를 하직(下直)후고 벽곡(辟穀)을 일숨아 젹송조(赤松子)를 추조가니, 이난 범인(凡人)의 뉴가 아니요.【19】당투종(唐太宗)의 위징(魏徵)은 인군(人君)를 요순지치(堯舜之治)로써 간징(諫爭)후여 신조(臣子)의 도리(道理)를 다후니, 이난 츙직지스(忠直之士)요. 송터조(宋太祖)의 조빈(曹彬)은 강남(江南)으로 니려가 셩하(城下)에 이르러 분향(焚香)혼 후(後) 밍셔(盟誓)후야 포학(暴虐)지 아니키로 언약(言約)후고 일인(一人)도 죽이지 아니후며 급기셩(及其城)을 파(破)후민 기가(凱歌)를 불너 도라오니, 이난 여상(呂尙)의 유(類)요. 명터조(明太祖)의 뉴긔(劉基)난 금능(金陵)에 셔 긔운(氣運)를 보고 십년지후(十年之後)를 아라 빅셰후스(百世後事)를 거울갓치 알고 써 나라를 도으니, 이난 이윤(伊尹)의 무리요. 진시황(秦始皇)의 모초(茅焦)난 터후(太后)를 폐(廢)홈을 보고 기름 가마에 나아감으로 극간(極諫)후여 죽기를 시약심상(視若尋常85))후니, 이난 용방(龍逄)·비간(比干)의 츙셩(忠誠)을 부러 아니 홀 것이오. 한무데(漢武帝)의 동방삭(東方朔)은 숨년(三年)을 글을 일것스니 음풍영월지지(吟風咏月之才)가 아니라 바다를 거듯치며 강한(江漢)을 번뒤치난86) 구변(口辯)이 잇스니, 이난 일터지현스(一代之賢士)요.【20】광무조(光武朝)에 등우(鄧禹)난 막디를 집고 한(漢)나라에 도라오민 군스(軍士)를 거나

黃盖·陸遜等으로 되어 있어, 모두 더 있는 것임.
85) 視若尋常(시약심상) : 흥분되거나 충동을 일으키지 아니하고 심상하게 봄.
86) 번뒤치난 : 번드치다. 물건을 한 번에 뒤집다.

려 도젹(盜賊)을 치고 나라를 즁흥(中興)ᄒ니, 이난 위국원훈(爲國元勳)이요 만고영웅(萬古英雄)이며. 소렬조(昭烈朝)에 방통(龐統)은 빅일공ᄉ(百日公事)를 편시(片時)에 쳐결(處決)ᄒ고 숨분지셰(三分之勢)를 한 말에 졍(定)ᄒ니, 이난 지모지ᄉ(智謀之士)요。 진무뎨조(晉武帝朝)에 장화(張華)난 오(吳)나라를 취(取)ᄒ미 맛참니 디공(大功)을 이루니, 이난 빅셰(百世)에 호걸(豪傑)이요. 진원뎨조(晉元帝朝)에 쥬긔(周顗)[87]난 츙의지심(忠義之心)이 만복(滿腹)ᄒ야 왕돈(王敦)을 디미(大罵)ᄒ고 맛참니 죽기에 이르니, 이난 만셰(万世)에 강긔지ᄉ(慷慨之士)요. 수문뎨조(隋文帝朝)에 왕통(王通)은 디궐(大闕)에 나아가 열두 조건(條件)으로 써 드리고 벼슬을 바리고 향니(鄉里)에 도라왓더니 그 후(後)에 조졍(朝廷)에셔 여러 번 부르되 맛참니 응명(應命)치 아니ᄒ여 왈(日): '늬집이 비록 수간모옥(數間茅屋)이나 죡(足)히 풍우(風雨)를 가리고, 일일(一日) 경젼(耕田)은 가(可)히 써 죽식(粥食)를 갓츌 것이【21】요. 글노써 업(業)을 숨고 거문고를 ᄌ탄ᄌ가(自彈自歌)ᄒ여 시쥬(詩酒)로 소견(消遣)ᄒ겟노라.' ᄒ니, 이난 가위(可謂) 은일지ᄉ(隱逸之士)라 홀 것이요. 당슉종조(唐肅宗朝)에 리필(李泌)[88]은 어려셔붓터 영민ᄌ미(英邁姿美)ᄒ여 빅의(白衣)로 ᄉ군(事君)ᄒ야 맛참니 디업(大業)을 이루고 벼슬을 ᄉ양(辭讓)ᄒ여 번토여양(本土廬陽)[89]으로 도라와 써 여년(餘年)를 종요(從要)로이 보젼(保全)ᄒ니, 이난 긔틀과 이치(理致)를 아난 션비라 홀 것이요. 당현종조(唐憲宗朝)에 한유(韓愈)난 학식(學識)이 하희(河海) 갓고 마음 가지기를 송빅(松柏) 갓치 ᄒ야 보도(輔導)ᄒ기를 근근간간(勤勤懇懇)ᄒ야 칙문(策文)을 써 밧치니, 이난 군ᄌ(君子)의 풍도(風度)ㅣ 잇고. 송신종조(宋神宗朝)에 졍ᄌ(程子)난 공밍안즁(孔孟顏曾)의 셩현지도통(聖賢之道統)을 이으니, 이난 셩현지ᄉ(聖賢之士)라 ᄒ리로다."

---

87) 쥬긔(周顗) : '주의'의 오기.
88) 리필(李泌) : '이비'의 오기.
89) 번토여양(本土廬陽) : '본토여양'의 오기. 本土는 타고난 고향을 일컫는다. 한문필사본에는 潁陽으로 되어 있다.

이에 모스(謀士)의 반렬(班列)를 다 정(定)호 후(後)에 홍긔(紅旗)를 가져 소하(蕭何)의게 읍(揖)호여 왈(曰) : "소하(蕭何)난 싸흘 취(取)호미 형셰(形勢)를 알고 한신(韓信)를 싸라 스방(四方)을 정(定)호고. 곽광(霍光)은 이윤(伊尹)의 티갑(太甲)을 폐(廢)호 바와 쥬공(周公)이 셩왕(成王)을 업든 일을 효칙(效則)호여 션제(宣帝)를 맛고【22】창음장손(昌邑長孫)을 폐(廢)호여90). 숨쳑검(三尺劍)을 잡고 동츙셔돌(東衝西突)호여 견마지츙(犬馬之忠)으로 써 맛참니 디업(大業)을 이루고. 왕규(王珪)91)난 탁난(濁亂)호 것을 쓰러 바리고 어진 이를 디졉(待接)호며 착호 이를 조하호고 악(惡)호 일를 아니호니. 당당(堂堂)히 졔일(第一)이 될 것이요. 조참(曹參)은 옛일를 한갈갓치 준힝(遵行)호며 번화(繁華)호 것을 슬히 역여 종요(從要)로옴을 조하호고. 방현령(房玄齡)92)은 진츙갈력(盡忠竭力)호여 국스(國事)를 보조(補助)호니. 맛당히 졔이(第二)가 될 것이요. 두여회(杜如晦)난 공스(公事)를 물 흐르듯 결단(決斷)호며, 말꼬 츙직(忠直)홈을 힘써 나라를 위(位)호고. 범징(范增)93)은 그 쥬인(主人)을 잘못 만나 그 뜻을 펴지 못호니 비(譬)컨디 봉황(鳳凰)이 가시남무에 길드림 갓고 용(龍)이 즈근 시니에 곤(困)홈 갓흐니. 맛당히 졔숨(第三)이 되리라." 호고.

쏘 흑긔(黑旗)를 드러 한신(韓信)의게 읍(揖)호여 왈(曰) : "한신(韓信)은 어두운 디를 바리고 발근 디로 나아와 영웅항우(英雄項羽)를 파(破)호고 스히(四海)를 삭평(削平)호니【23】큰 공(功)이 졔일(第一) 읏듬에 이르고. 마원(馬援)은 변방(邊方)을 쓰러 바리고 몸을 죽어 말가죽에 싼 도라오고. 셔달(徐達)은 일직이 손빈(孫臏94)과 오긔(吳起)의 모략(謀略)이 잇고 용역(勇力)이 만

90) 창음장손(昌邑長孫)을 폐(廢)호여 : '창음(昌邑)을 폐(廢)호여 장손(長孫)'의 착종. 창음은 '창읍'의 오기이고, 장손은 '장손무기'의 잘못이다.
91) 한문필사본에는 房玄齡으로 되어 있음.
92) 한문필사본에는 蔣琬으로 되어 있고, 바로 앞에 王珪가 기술되어 있음.
93) 한문필사본에는 바로 앞에 戴曹(戴胄 오기)가 기술되어 있음.
94) 孫臏(손빈) : 중국 전국시대 齊나라 병법가. 孫武의 후손. 鬼谷선생에게 신비한 병법을 배

부부당지용(萬夫不當之勇)이 잇스니。당위졔일(當爲第一)이요。펑월(彭越)은 초(楚)나라를 비반(背反)ᄒ고 한(漢)나라에 도라와 공훈(功勳)를 틱산(泰山) 갓치 셰우고 벼슬이 왕후(王侯)에 이르럿고。풍이(馮異)난 왕망(王莽)을 업 시ᄒ야 써 한조ᄉ직(漢朝社稷)을 회복(恢復)ᄒ고。왕젼(王翦)은 늘것스나 소 년쟝ᄉ(少年壯士)를 딕젹(對敵)ᄒ고 빅슈(白鬚)를 훗날이고 젼쟝(戰場)에 나아 가 오로지 공(功)을 이루고 빅만군즁(百萬軍中)에 횡힝(橫行)ᄒ엿스니。당위 졔이(當爲第二)라 홀 것이요。곽즈의(郭子儀)난 지덕(才德)이 겸비(兼備)ᄒ여 동(東)으로 역젹(逆賊)을 치고 다시 경셩(京城)을 회복(回復)ᄒ여 써 지존(至 尊)을 마져 옛 위(位)에 즉위(卽位)ᄒ시게 ᄒ며, 운람(雲南)을 평졍(平定)ᄒ 고【24】쟝감(章邯)95)은 아홉 번 쏘화 초병(楚兵)을 딕파(大破)ᄒ니。당위졔 숨(當爲第三)이라。"ᄒ고。

ᄯ 황긔(黃旗)를 둘너 긔신(紀信)의게 읍(揖)ᄒ여 왈(曰) : "긔신(紀信)은 츙 심(忠心)이 가득ᄒ여 죽기를 도라보지 아니ᄒ고 인군(人君)을 위(爲)ᄒ야 정 셩(精誠)을 쓰미 빅일(白日)에 ᄉ못고。장순(張巡)을 도젹(盜賊)은 임(臨)ᄒ야 응변(應變)을 긔특(奇特)이 ᄒ야 써 호령(號令)이 무궁(無窮)ᄒ며 상벌(賞罰)이 분명(分明)ᄒ며, 형셰(形勢) 궁(窮)홈을 당(當)ᄒ야 셩(城)이 함몰(陷沒)ᄒ되 맛 참ᄂ 이심(二心)을 두지 아니ᄒ엿고。관공(關公)은 뉴황슉(劉皇叔)과 쟝익덕 (張翼德)으로 더부러 결의(結義)ᄒ야 ᄉ싱(死生)을 한가지로 밍셔(盟誓)ᄒ고 군명(君命)를 슌슈(順守)ᄒ며 나라를 갑흘 츙심(忠心)이 텬일(天日)을 관영(貫 盈)ᄒ며 산(山)를 쎼히고 바다를 ᄯᅱ난 용밍(勇猛)를 가져 오관(五關)를 지 날 젹에 육쟝(六將)를 베히고96) 쳔리(千里)를 독힝(獨行)ᄒ여 위진즁하(威振中

위 魏나라 군사를 桂陵에서 크게 이기고, 趙나라를 도와 위나라 군사를 재차 河南大樑에 서 격파하여 명성이 높았다.
95) 쟝감(章邯) : '장한'의 오기. 한문필사본에는 바로 앞에 毛穎(沐英 오기)이 더 기술되어 있다.
96) 오관(五關)를 지날 젹에 육쟝(六將)를 베히고 : 關羽가 袁紹 밑에 있던 劉備를 만나기 위

夏(하)혼지라。그 츙의(忠義)와 용밍(勇猛)이 당위졔일(當爲第一)이요。허원(許遠)은 힘을 다흐여 직히다가 셩이 외로와 몸이 쥭기에 이르나 맛참너 츙심(忠心)을 【25】변(變)치 아니흐엿고。악비(岳飛)[97]난 츙의지심(忠義之心)으로 번(本)[98]을 슴고 나라를 회복(回復)기를 혈심(血心)으로 흐미 구족(九族)도 도라보지 아니흐니。당위졔이(當爲第二)요。황ᄌ징(黃子澄)은 단심(丹心)을 곳치지 ᄋ니흐여 몸을 쥭어 나라를 갑푸며。쥬란(周蘭)과 한초(桓楚)난 십면미복(十面埋伏)에 강동ᄌ졔(江東子第) 팔쳔인(八千人)이 일시(一時)에 이산(離散)흐되 맛참너 반심(反心)을 두지 ᄋ니흐고 몸을 만군(萬軍)[99] 즁(中)에 쥭으니。당위졔숨(當爲第三)이로다。"

쏘 쳥긔(靑旗)를 불너 진평(陳平)의게 읍(揖)흐여 왈(曰) : "진평(陳平)은 신장(身長)이 팔쳑(八尺)이요 면여관옥(面如冠玉)흐며 뉵츌긔계(六出奇計)하여 써 통일텬하(統一天下)흔 공(功)이 잇고。리졍(李靖)[100]은 ᄌ덕(才德)이 겸비(兼備)흐미 츌장입상(出將入相)흐여 셩공(成功)홈이 최외(崔巍)흐며 셩명(聲名)이 열열(烈烈)흐니。당위졔일(當爲第一)[101]이요。한셰츙(韓世忠)은 스스로 오합지즁(烏合之衆)을 거라려 동졍셔벌(東征西伐)흐매 위(位)가 왕후(王侯)에 이르고。【26】등익(鄧艾)는 셔쵹(西蜀)을 평졍(平定)흐고。두예(杜預)는 오(吳)를 토평(討平)흐매 공(功)이 산희(山海) 갓흐니。당위졔숨(當爲第三)[102]이로다。"

쏘 빅긔(白旗)를 가져 됴운(趙雲)의게 읍(揖)흐야 왈(曰) : "됴운(趙雲)은 장판파(長坂坡)를 지날 젹에 ᄋ두(阿斗)를 품에 품고 황츙(黃忠)을 한수(漢水)에

해 그를 가로막는 다섯 관문의 장수 여섯을 벤 것을 말함. 곧, 東嶺關의 孔秀, 洛陽關의 韓福과 孟坦, 汜水關의 卞喜, 榮陽關의 王植, 滑州關의 秦琪이다.
97) 한문필사본에는 바로 다음에 方召堯(方孝孺 오기)가 더 기술되어 있음.
98) 번(本) : '본'의 오기.
99) 만군(萬軍) : 亂軍의 오기.
100) 한문필사본에는 바로 다음에 周瑜가 더 기술되어 있음.
101) 다음의 둘째 부류가 빠졌는데, 한문필사본에는 둘째 부류로 陸遜・郭嘉・鄧艾를 더 기술되어 있음.
102) 한문필사본에는 셋째 부류를 杜預・韓世忠・韓擒虎로 되어 있음.

구완(救援)ᄒ니 졀눈지용(絶倫之勇)이 긔셰(盖世)ᄒ고。 경감(耿弇)103)은 몸이 디장(大將)이 되야 ᄉ방(四方)을 졍벌(征伐)ᄒ매 ᄉᆞᆷ빅여셩(三百餘城)을 뭇지르고 수쳔리(數千里) ᄯᅡ흘 어덧스며。 장익덕(張翼德)은 셩품(性稟)이 붓는 불갓고 용밍(勇猛)이 날닌 범 갓흐니, 텬하(天下) ᄉᆞ롬을 황구쇼아(黃口小兒104) 갓치 보아 질타일셩(叱咤一聲)에 우쥬(宇宙)를 흔들 듯ᄒ며, 빅만군즁(百萬軍中)에 샹쟝(上將)105)의 머리을 낭즁츄물(囊中取物) 갓치 ᄒ니 이는 만부부당지용(萬夫不當之勇)이요。 경덕(敬德)은 효용(驍勇)이 과인(過人)ᄒ야 빅젼빅승(百戰百勝)하니。 당위졔일(當爲第一)106)이요。 【27】 번쾌(樊噲)ᄂᆞᆫ 방픿(防牌)를 엽희 씨고 홍문(鴻門)에 이를시 장막(帳幕)을 들고 돌립(突入)ᄒ매 노발(怒髮)이 츙관(衝冠)ᄒ고 목ᄌᆞ(目眦)ㅣ 진열(盡裂)ᄒ야 항우(項羽) 보기를 녕아(嬰兒) 갓치 ᄒ고 군ᄉᆞ(軍士) 보기를 기음이 보듯 ᄒ매 흉즁(胸中)에 디략(大略)을 품엇고 날닙이 졀눈(絶倫)ᄒ고。 가복(賈復)은 낫치 텬신(天神) 갓고 날닙은 디붕(大鵬) 갓흐며 활달(濶達)흠이 디희(大海) 갓타여 맛참ᄂᆡ 디업(大業)을 일윗고。 경포(鯨布)ᄂᆞᆫ 용밍(勇猛)이 귀신(鬼神) 갓고 지략(才略)이 과인(過人)ᄒ야 공기우쥬(功盖宇宙)ᄒ고。 오한(吳漢)은 효용(驍勇)흠이 출유(出類)ᄒ며 디략(大略)이 긔셰(盖世)ᄒ고。 마초(馬超)ᄂᆞᆫ 보젼륙장(步戰六將)107)ᄒ고。 황츙(黃忠)은 빅발빅즁(百發百中)ᄒ니。 당위졔숨(當爲第三)108)이라。 ᄎᆞ인(此人) 등(等) 이하(以下)ᄂᆞᆫ 가(可)히 이긔여 긔록(記錄)지 못ᄒ리로소이다。"

말을 맛치며, 곗희 한 ᄉᆞ롬이 눈물을 드리오고 크게 불너 왈(曰) : "션싱(先生)이 엇지 소장(小將)을 ᄋᆞ지 못ᄒ시ᄂᆞ요? 소장(小將)이 죽기를 두

---

103) 경감(耿弇) : '경엄'의 오기.
104) 黃口小兒(황구소아) : 부리가 노란 새 새끼라는 뜻으로, 어린아이를 이르는 말.
105) 샹쟝(上將) : 적장(賊將)의 오기.
106) 다음의 둘째 부류가 빠졌는데, 한문필사본에는 둘째 부류를 樊噲·蕩花(湯和 오기)·賈復·胡大海로 되어 있음.
107) 보젼륙장(步戰六將) : 보전대장(步戰大將)의 오기인 듯.
108) 한문필사본에는 黥布·吳漢·馬超·許褚·黃忠으로 되어 있어, 許褚가 더 있음.

려【28】아니ᄒ며 슬기를 탐(貪)치 아니ᄒ엿더니 셔쵹(西蜀) 싸홀 드듸지 아니ᄒ야 스마의(司馬懿) 한(漢)나라를 치되 후쥬(後主)ㅣ 용납(容納)지 못홈으로 허도(許都)를 엿보지 못혼지라. 황텬(皇天)이 불우(不佑)ᄒ심으로 소장(小將)의 몸이 원통(寃痛)이 죽은 고(故)로 원혼(寃魂)이 훗터지지 안인지라, 션싱(先生)이 소장(小將)의 츙셩(忠誠)을 일컷지 아니ᄒ시니, 소장(小將)의 심사(心事)를 장찻 어듸 가셔 폭빅(暴白)ᄒ리오." ᄒ고 통곡(痛哭)ᄒ기를 마지 아니ᄒ거늘 공명(孔明)이 보고 탄식(歎息)ᄒ야 가로듸 : "슬푸다, 빅약(伯約)이여! 너 엇지 그듸의 츙심(忠心)을 아지 못ᄒ리오마는 사불종경(事不從經)109)ᄒ고 도젹(盜賊)의게 항복(降伏)ᄒ엿스니 후셰(後世)에 유취만년(遺臭萬年110))홀지라. 시고(是故)로 도로혀 수절사의(守節死義)홈과 다른지라. 그러홈으로 여러 녕웅(英雄)에 참예(參與)치 못홈이니라." 강유(姜維)ㅣ 이 말을 듯고 기리 한슘 지며 다시 듸답(對答)홀 말이 업셔 물너 나가니라.

이에 군신(群臣)의 고하(高下)를 졍(定)ᄒ매 좌즁(座中)이 모다 가로듸 : "션(善)타." ᄒ며 무수(無數) 칭찬(稱讚)ᄒ기를 마지아니ᄒ더니. 문득 당튀종(唐太宗)이 가로듸 : "우리 홀노 질김을 오로지ᄒ엿스나 싱각(生覺)건듸 여러 사롬과 홈게 질김을 다ᄒ지 못ᄒ엿느니, 원(願)컨듸 동셔루(東西樓)에 즁빈(衆賓)을 모다 쳥(請)ᄒ야 잔치【29】를 갓치 질김이 죠흘듯 ᄒ노이다."

일좌(一座)가 일졔(一齊)히 응녹(應諾)ᄒ고. 이에 양루(兩樓) 졔빈(諸賓)으로 부연(赴宴)ᄒ기를 지휘(指揮)ᄒ니라. 이윽고 즁빈(衆賓)이 모다 법당(法堂)으로 모뒤여 동셔(東西)로 좌(座)를 졍(定)홀식. 각각(各各) 근시(近侍) 한 사롬식이 군왕(君王)의 겻헤 시립(侍立)ᄒ엿는듸, 죠죠(曹操)와 손칙(孫策)111)은 말셕(末席)에 참예(參與)ᄒ엿스니 의희(依俙112))이 용(龍)이 구름에 오르고 범이

---

109) 사불종경(事不從經) : 종사불성(終事不成)의 오기.
110) 遺臭萬年(유취만년) : 더러운 이름을 천추에 남김.
111) 한문필사본에는 陳勝·曹操·孫策으로 되어 있어, 陳勝이 더 있음.
112) 依俙(의희) : 비슷함.(彷佛)

심산(深山)에 웅거(雄據)홈 갓흐나. 위의(威儀) 엄숙(嚴肅)ᄒ고 픽검(佩劍)이 징징(鏳鏳)혼 즁(中) 오음(五音)과 뉵률(六律)113)을 알외며114). 치슈(彩袖)을 움작여 츔츄고 졍젼(庭前)에 칠형금(七絃琴)을 농(弄)ᄒ고 당상(堂上)에 비반(杯盤)이 낭ᄌ(浪藉)ᄒ니, 가위(可謂) 군웅(群雄)의 경연(慶宴)임을 알이러라.

이에 옥비(玉盃)를 드러 슐이 두어 슌(巡)에 지느미, 한고죠(漢高祖) ㅣ 츄연강기(愀然慷慨)ᄒ야 왈(曰) : "텬디(天地)ᄂᆞᆫ 무궁(無窮)ᄒ되 인싱(人生)은 유한(有限)ᄒ야 흥픽(興敗)와 셩ᄉ쇠(盛衰)ᄂᆞᆫ 일월(日月)이 셔(西)흐로 기우러짐 갓고 강희지슈(江海之水) ㅣ 동유(東流)홈과 갓흔지라, 엇지 능(能)히 길게 공업(功業)을 누리며 오리 직히리오? 가장 착흔 나라이야 긔업(基業)를 숨디(三代)를 누럿느니, 당우지후(唐虞之後)에 용밍(勇猛) 잇는 ᄌ(者) ㅣ 가장 오릭흔다 ᄒ되 불과(不過)ᄒ여 누에가 집을 이룸과 갓흠이라. 디져(大抵) 국지장단(國之長短)과 인지슈요(人之壽夭) ㅣ 모다 하날이 졍(定)ᄒ신 비니, 쳔고흥망(千古興亡)은 한 잔 슐【30】노 거친 흙을 보낼 ᄯᄛᆷ이로다." 만좌(滿座)가 ᄎᆞ언(此言)을 드르미 져마다 쳐연(凄然)흔 빗츨 쯰여 탄식(歎息)홈을 마지아니ᄒ더니, 홀련(忽然) 셔편(西便) ᄌᆞ리에서 일위디왕(一位大王)이 디호(大呼) 왈(曰) : "홍문(鴻門)에 잔치를 버리고 옥결(玉玦)를 드러 쯰를 이루고져 ᄒ엿더니 ᄒᆡ하(垓下)에 엇지 범을 길너 후환(後患)을 씻칠 줄 아라스리오? 니 비록 구쳔지하(九泉之下)에 쓰러진 넉시 되엿스나 오강(烏江)의 한(恨)를 지금(至今)ᄭᅠ지 잇기 어렵도다." 말을 맛치며, ᄯᅩ 동편(東便) ᄌᆞ리에서 일위졔왕(一位帝王)이 디답(對答)ᄒ여 가로디 : "일기몽혼(一個夢魂)으로 보건디, 옥결(玉玦)를 헛(虛)되히 슈고(酬苦)홀 쑨이요, 보검(寶劍)은 공연(空然)이 장ᄉ(壯士)의 힘을 허비(虛費)홀 ᄯᄛᆷ이로다."

---

113) 오음(五音)과 뉵률(六律) : 옛날 중국 음악의 다섯 가지 음과 여섯 가지 율. 곧 음악을 이르는 말이다.

114) 알외며 : 알외다. 윗사람 앞에서 풍악을 연주하여 드림.

당티종(唐太宗)[115]이 이로디 : "홍망(興亡)과 승픽(勝敗)는 물논(勿論)ᄒ고, 다만 쾌(快)ᄒ 일로만 말슴홈이 엇더ᄒ요?" 한고조(漢高祖)[116]] 가로디 : "십셩구ᄉ(十生九死)ᄒ고 빅젼빅픽(百戰百敗)ᄒ다가 ᄒ하(垓下) 한 ᄊ홈에 겨우 텬하(天下)를 어더스니, 엇지 쾌(快)ᄒ 일이 아니라 ᄒ며, 경포(鯨布)를 파(破)ᄒ 후(後)에 고향(故鄕) 풍픽(豊沛)에 도라와 부모(父母)를 모뒤고 흠게 유희(遊嬉)홀 ᄶ에 디풍(大風)은 빗기 날이고 구름은 한가(閑暇)히 피여오르는디 청가묘무(淸歌妙舞)로 쥬야(晝夜)를 질기니, 이도 ᄯ호 쾌(快)ᄒ 일이 하나히라 홀 것이요. 긔업(基業)을 임의 이루【31】고 낙양(洛陽)을 졍(定)ᄒ민 남궁(南宮)에 티공(太公)을 모시고 티평곡(太平曲)을 알외며 쳔일쥬(千日酒)를 밧드러 헌수(獻壽)홀시 상황(上皇)이 희열(喜悅)ᄒᄉ 가로스디 : '니 옛날에 밧을 가라 먹을 젹에 엇지 오날날 여ᄎ(如此)히 귀(貴)홀 쥴을 ᄯᆺᄒ엿스며, ᄌ식(子息)이 업셧든들 ᄯ호 엇지 여ᄎ지낙(如此之樂)을 보리오?' ᄒ시니, 이는 쾌(快)ᄒ 일이 둘이라 ᄒ리로다."

명티조(明太祖)] 이 말을 듯더니 눈물을 먹음고 슬푼 빗이 잇거늘, 한고조(漢高祖)] 가로디 : "디장부(大丈夫)] 엇지 아녀ᄌ(兒女子)의 티(態)를 짓는요?" 명티조(明太祖)] 휘루(揮淚)ᄒ며 왈(曰) : "과인(寡人)의 외로운 인싱(人生)이여 한황(漢皇)의 쾌(快)ᄒ 일노 시러금 현수(獻壽)의 질거옴을 바라리오? 사름의 마음이 목셕(木石)이 아니여든 엇지 쳐연(凄然)치 아니리오?" 한고조(漢高祖)] 가로디 : "이는 효셩(孝誠)에 감동(感動)홈이로다." ᄒ며. 인(因)야 당숑황졔(唐宋皇帝)를 향(向)ᄒ야 무러 왈(曰) : "원(願)컨디 이위(二位)는 쾌(快)ᄒ 일을 각각(各各) 베푸러 과인으로 ᄒ야금 듯게 ᄒ심이 엇더ᄒ요?" 당티종(唐太宗)이 가로디 : "텬하(天下)를 디졍(大定)ᄒ고 티평(太平)ᄒ 시졀(時節)을 당(當)ᄒ야 멀니 잇는 신하(臣下)] 와셔 죠회(朝會)홀시, 말잘ᄒ는 잉무

115) 한문필사본에는 漢皇으로 되어 있음. 곧 漢高祖이다.
116) 한문필사본에는 바로 앞에 秦始皇이 말하는 대목이 있음.

(鸚鵡)시와 셔역(西域)에 쥰마(駿馬)를 밧치며 토지(土地)의 소산(所産)으로 완호지물(玩好之物)과 옛것을 수(數)업시 모다 밧치니 이【32】는 한 가지 쾌(快)한 일이라 홀 것이오。 위증(魏徵)으로 더부러 어진 정사(政事)를 의논(議論)ᄒ며 리젹(李勣)으로 ᄒ야금 장셩(長城)을 지을시, 히마다 풍년(豊年)이 되고 빅셩(百姓)이 화락(和樂)ᄒ야 틱평곡(太平曲)과 격양가(擊壤歌)를 노러ᄒ니, 이ᄂᆞᆫ 쾌(快)한 일이 둘이요。 군신(群臣)으로 더부러 모든 친쳑(親戚)을 모흐고 능연각상(凌烟閣上)에 잔치를 베풀고, 상황(上皇)이 스사로 비파(琵琶)를 타시며 과인이 공경(公卿)으로 ᄒ야 금옥빅(金玉杯)에 슐을 밧드러 현수(獻壽)ᄒ니, 이ᄂᆞᆫ 세 가지 쾌(快)ᄒᆫ 일이라 ᄒ리로다。" 송틱죠(宋太祖) ᅵ 가로디 : "과인(寡人)은 일직이 텬하(天下)를 통일(統一)치 못ᄒ엿스니 엇지 쾌(快)ᄒ다 ᄒ리오마는, 시로이 궁실(宮室)을 짓고 장원(墻垣)을 화려(華麗)ᄒ게 쌋고, 궁중(宮中)에 구문(九門)을 세워 한 번 열치미 사통오달(四通五達)ᄒ며, 은안빅마(銀鞍白馬117))와 쳥우칠향거(靑牛七香車)를 쌍쌍(雙雙)이 구을이니, 이ᄂᆞᆫ 오직 활연(豁然)홈이 이만 쾌(快)ᄒᆫ 일이 업더이다。" ᄒ거늘。 ★118)

한고죠(漢高祖) ᅵ 쏘 명틱죠(明太祖)를 도라보며 가로디 : "무릇 나라를 다사리민 당우지치(唐虞之治)와 요슌지치(堯舜之治)를 효칙(效則)홀지라 간징지신(諫爭之臣)이 군왕(君王)의 션불션(善不善)을 긔록(記錄)홀시 당(唐)나라와 숑(宋)나라와 한(漢)나라의 사긔(史記)를 붓스로 쓰나니 엇지 후싱(後生)의 보는 즛(者)로 ᄒ야금 시비(是非)를 면(免)ᄒ다 ᄒ리오。"【33】명틱죠(明太祖) ᅵ 가로디 : "고딕(古代) 션왕(先王)의 치국(治國)ᄒ신 정ᄉ(政事)를 누구난 훼방(毁謗)ᄒ고 누구는 길엿느니, 모름직이 셩인(聖人)의 셩덕(盛德)으로도 여ᄎ(如此)ᄒᆫ 시비(是非)를 면(免)치 못ᄒ셔거든, 하믈며 용군암쥬(庸君闇主)의

---

117) 銀鞍白馬(은안백마) : 은으로 장식한 안장과 하얀 말.
118) 한문필사본에는 漢高祖가 여러 群王들에게 통쾌했던 일을 말하게 하자 曹操가 통쾌했던 일을 이야기하는 대목이 있음.

위인(爲人)이야 엇지 족가ㅎ리오?" 한고조(漢高祖) l 가로디 : "이와 갓흔 셜화(說話)는 아직 말으시고 오직 한 번 웃술 만한 말노써 베푸러 좌즁(座中)의 질거옴을 도으리잇가?" 명티조(明太祖) l 가로디 : "그럴진디 먼져 그 긔상(氣像)를 살피고 후(後)에 시비(是非)를 평논(評論)홈이 엇더ㅎ신지 좌간(座間)에 졈의(僉議[119])를 바라느이다."

이에 공의(公議)ㅎ기를 졍(定)ㅎ미 먼져 명티조(明太祖) l 말슴을 너여 여러 스롭의 긔상(氣像)를 ᄎ례로 일커르니 가로디 : "북풍(北風)이 졀역(浙瀝)ᄒ데 파도(波濤)가 흉흉홈은 시(始)황의 그상(氣像)이요. 하일(夏日)이 됴휘(照輝)ㅎ고 벽역(霹靂)이 진동(震動)홈은 광무(光武)의 긔상(氣像)이요. 옥우(玉宇) 요락(寥落)ᄒ디 후상(秋霜[120])이 늠렬(凜烈)홈은 무졔(武帝)의 긔상(氣像)이요. 호호장강(浩浩長江)에 물결이 혹 흉용ᄒ며 혹 잔잔(潺潺)홈은 소렬(昭烈)의 긔상(氣像)이요. 쳥풍(淸風)은 소소(簫簫)ᄒ고 명월(明月)은 교교(皎皎)홈은 당티종(唐太宗)의 긔상(氣像)이요. 시벽 빗이 창창(蒼蒼)ᄒ디 졍인(情人)이 경경(耿耿)홈은 현종(玄宗)의 긔【34】상(氣像)이요. 동방(東方)에 날이 오르고 셔텬(西天)에 빗발이 침은 진문졔(晉武帝[121])의 긔상(氣像)이요. 곤산빅옥(崑山白玉)이오 여수황금(麗水黃金)은 송티조(宋太祖)의 긔상(氣像)이요. 질풍폭우(疾風暴雨)에 텬지진동(天地震動)홈은 펑왕(彭王)의 긔상(氣像)이요. 찡이 가시나무에 숨고 고양이가 연무즁(烟霧中)에 감츈 것은 위공(魏公)의 긔상이요. 면뫼관옥(面貌冠玉) 갓고 마음이 부운(浮雲) 갓홈은 손칙(孫策)의 긔상(氣像)이로다."[122]

---

119) 僉議(첨의) : 여러 사람의 의논.
120) 후상(秋霜) : '추상'의 오기.
121) 진문졔(晉武帝) : '진무제'의 오기.
122) 始皇·光武·武帝·昭烈·唐太宗·玄宗·晉武帝·宋太祖·彭王·魏公·孫策 순으로 그 기상을 평했는데, 한문필사본에는 始皇(진시황)·光武(광무제)·武帝(한무제)·太宗(당태종)·文帝(수문제)·照烈(소열제)·憲宗(당헌종)·太祖(명태조)·神宗(송신종)·霸王(항우)·魏公(조조) 순으로 그 기상을 평했음.

한고조(漢高祖)ㅣ 듯기를 다ᄒ고 혼연(渾然)이 정식(正色)ᄒ여 왈(曰) : "이에 이른 바ᄂᆞᆫ 진실노 명심보감(明心寶鑑)이라 ᄒ리로다. 그러ᄒ나 홀노 과인(寡人)의 긔상(氣像)은 일직이 이르지 아니홈은 엇짐이요?" 명틱조(明太祖)ㅣ 가로ᄃᆡ : "디져(大抵) 용(龍)이 운우(雲雨)를 어더 가음알미[123] 변화(變化)ㅣ 무궁(無窮)ᄒ지라, 졔(帝)의 긔상(氣像)이 이와 갓흐시니 엇지 써 그 도량(度量)를 용이(容易)히 일커르리오?" ᄒ고 ᄯᅩ 가로ᄃᆡ : "만일(萬一) 시비(是非)를 논란(論難)홀진ᄃᆡ, 시황(始皇)의 웅지ᄃᆡ략(雄才大略)으로 위진ᄉᆞ히(威震四海)ᄒ여 육국(六國)를 병탄(幷吞)ᄒ미 금셩(金城)이 쳔리(千里)요 옥야(沃野)가 ᄉᆞᆷ만여리(三萬餘里)라 ᄌᆞ손(子孫)의게 뎨왕(帝王)을 젼위(傳位)ᄒ기를 젼지무궁(傳至無窮)이라 원(願)ᄒ더니, 삼세(三世)를 이루지 못ᄒ여 맛(亡)ᄒ엿ᄂᆞ니. 이ᄂᆞᆫ 궁실(宮室)를 화려(華麗)히 ᄒ며 거쳐(居處)와 음[35]식(飮食)를 궁ᄉᆞ극치(窮奢極侈)[124]ᄒ미 빅셩(百姓)의 지력(財力)를 탕갈(蕩竭)ᄒ고 헛되이 만리장셩(萬里長城)를 싼흐미 인명(人命)를 상히(傷害)홈이 불가승수(不可勝數)ㅣ라. 이런 고(故)로 이셰(二世)에 망(亡)홈이로다." 시황(始皇)이 탄왈(歎曰) : "명황(明皇)의 말슴이여 과인(寡人)의 죄(罪)악이 진실노 발명(發明)ᄒ기 어려오나 그러ᄒ나 과인(寡人)이 만일(萬一) 무ᄉᆞ(無事)히 궁중(宮中)에 잇셔든들 조고(趙高)가 엇지 감(敢)히 장감(章邯)[125]를 뫼ᄒ여 써 초(楚)나라에 보ᄂᆡ여 항복(降伏)ᄒ게 ᄒ엿스리오? 후회(後悔)ᄒ나 막급(莫及)이요 탄식(歎息)ᄒ나 무익(無益)ᄒ리로다."

명틱조(明太祖)ㅣ 가로ᄃᆡ : "말슴인즉 올흔지라 엇지 그럿치 아니리오?" ᄒ고. ᄯᅩ 가로ᄃᆡ : "한고조(漢高祖)ᄂᆞᆫ 텬하(天下)를 어드미, 일직 현ᄉᆞ(賢士)를 마져 간(諫)ᄒᄂᆞᆫ 말을 좃고 약법ᄉᆞᆷ쟝(約法三章)을 지으며 널분 도량(度量)

---

123) 가음알미 : 가말다. 맡아서 재량껏 처리하다.
124) 窮奢極侈(궁사극치) : 사치가 극도에 달함.
125) 장감(章邯) : '장한'의 오기.

이 탕무(湯武)로 더부러 갓흠이 잇스나, 그러흐나 다만 부족(不足)흔 일이 잇는 것은 여후(呂后)의 말를 쳥납(聽納)흐여 츙냥지신(忠良之臣)를 모다 쥬륙(誅戮)를 밧게 흐니。이런 고(故)로 옛날 예법(禮法)를 회복(回復)지 못흐며 옛날 예악(禮樂)를 짓지 못흐미 불명(不明)흐다 홀 것이요。 또 무졔(武帝)는 군ᄉ(軍士) 조련(操演)126) 흐기를 너모 심(甚)히 홈으로 빅셩(百姓)을 잔학(殘虐)흐며 히너(海內) 헛되이 모【36】손(耗損)홈미, 왕망(王莽)이 작난(作亂)흐여 종ᄉ(宗社)가 위티(危殆)홀너니 만약 지ᄉ(智士)와 보필(輔弼)의 현상(賢相)이 아니런들 엇지 한실(漢室)를 회복(回復)흐엿스며。 소렬황졔(昭烈皇帝)127)는 관장(關張)으로 더부러 도원(桃園)에 결의(結義)흐고 습고초려(三顧草廬)흐야 공명(孔明)을 마져 정ᄉ(政事)를 다스리미 군신(君臣)이 상득(相得)흐니, 텬하(天下)를 통일(統一)흐고 한실(漢室)를 흥복(興復)흐려 흐엿다가 창업(創業)를 미반(未半)에 즁도(中途)에 셰상(世上)를 바리니, 이 엇지 텬도(天道)가 아니시리오? 당티종(唐太宗)은 화가위국(化家爲國)흐니 문무지ᄌ(文武之才)를 셥엽(涉獵)흐여 텬하(天下)가 티평(泰平)홈을 이루엇스니 가(可)히 영웅(英雄)의 인군(人君)이라 흐리로다。 디져(大抵) 티종(太宗)이 일직 문학(文學)를 비호지 못흐엿다가 가장 늣게야 독셔(讀書)흐기를 조하흐여 문예(文藝)를 힘쓰미, 공경(公卿)이 모다 일쳬(一體)로 문무(文武)가 가진지라。 시고(是故)로 신하(臣下)가 츙군이국지심(忠君愛國之心)를 다흐기로 기름 번지듯 흥(興)흐엿고。 진무졔(晉武帝)128)는 부형(父兄)의 긔업(基業)을 이어 혼일화하(混一華夏)흐엿스니, 가(可)히 치국평텬하지도(治國平天下之道)를 다흐엿다 홀 것이요。【37】원졔(元帝)는 상난지여(喪亂之餘)를 이엇스미 안으로 양동지신(棟樑之臣)129)의 계칙(計策)이 업고 밧그로 광부(匡扶)흐는 쥬셕지신(柱石之神)이 업

---

126) 조련(操演) : 操鍊의 오기.
127) 한문필사본에는 바로 앞에 後漢의 光武帝가 기술되어 있음.
128) 한문필사본에는 바로 앞에 宋太祖가 기술되어 있음.
129) 양동지신(棟樑之臣) : '동량지신'의 오기.

스나, 발교 민첩(敏捷)호여 틀거지130)를 추리며 약능제강(弱能制强)홈이 잇셔 역모(逆謀)호는 도젹(盜賊)를 샥평(削平)호니, 이는 디업(大業)를 극복홈이요。 수문제(隋文帝)는 텬품(天稟)이 엄즁(嚴重)홈으로 즁눌(重律)과 엄영(嚴令)이 힝(行)호여 잡(雜)된 일를 검(禁)호야 긋치고 졍스(政事)를 부지런이 힝(行)호며 상벌(賞罰)를 힘쓰나, 그러호나 참소(讒訴)를 막지 아니혼 고(故)로 튱낭(忠良)를 손히(損害)호미 즈제(子弟)와 친쳑(親戚)이 모다 원수(寃讐)를 미지니 이는 단쳐(短處)가 업다 호지 못홀 것이요。 당현종(唐玄宗)131)은 일시(一時) 평안(平安)홈을 싱각(生覺)호고 면 염여(念慮)를 아지 못호며 오직 이목지소호(耳目之所好)와 심지지소락(心志之所樂)를 다홀시 공교로온 귀비(貴妃)를 스랑호며 침혹(沈惑)호여 안으로 강젹(强賊)를 길너 싱영(生靈)으로 도탄(塗炭)에 들게 호니 참혹(慘酷)홈이 잇써에셔 심(甚)홈이 업고。 송신종(宋神宗)은 뜻을 졍(定)호여 치국(治國)호기를 도모(圖謀)홀시, 당우지치(唐虞之治)를 본(本)밧고즈 호여 문학지스(文學之士)의 공경(公卿)으로 더부러 시 범(法)132)를 창치(創置)호미, 안위(安危)의 계칙(計策)를 도라보지 아니호고 현스(賢士)【38】를 소디(疎待)호며 간신(奸臣)의게 마음을 기우려 용납(容納)호여 편안(便安)홈으로 써 위티(危殆)호게 호며 다스림으로 써 어지로옵게 호미 텬하지인(天下之人)이 모다 반심(反心)을 두어스니 요슌지치(堯舜之治)를 엇지 바라리오? 송고종(宋高宗)은 간신(奸臣)를 미더 즁임(重任)를 맛기며 튱낭(忠良)를 몰나보미 진회(秦檜)가 악비(岳飛)를 교살(絞殺)호엿스되 오히려 아지 못호고 오국지신(誤國之臣)를 비(拜)호여 졍승(政丞)을 숨으니 엇지 숨디지치(三代之治)를 바라리오? 당헌종(唐憲宗)은 군신(群臣)의 공(功)으로 써 변리(邊夷)를 샥평(削平)호여 맛참니 디업(大業)을 이루엇고。 진왕(陳王)은 승통

---

130) 틀거지 : 듬직하고 위엄이 있는 겉모양.
131) 한문필사본에는 唐玄宗 대신 唐肅宗이 기술되어 있음.
132) 범(法) : '법'의 오기.

(承統)를 이어스나 천믹지즁(阡陌之中)에서 굴긔(屈起)ᄒ야 항오지간(行伍之間)에 횡힝(橫行)홀시 피폐(瘦疲)혼 장졸수빅지즁(將卒數百之衆)를 거나리고 나무를 베혀 말을 민들며133) 디를 싹가 졍긔(旌旗)를 민다라 힝진(行陣)혼 지 수월지간(數月之間)에 텬하(天下) 스롬이 망풍귀순(望風歸順)ᄒ엿스나, 맛참ᄂᆡ 디업(大業)을 이루지 못홈은 텬슈(天數)를 아지 못홈이오.【39】위공(魏公)134) 조죠(曹操)ᄂᆞᆫ 치셰지능신(治世之能臣)이요 난셰지간웅(亂世之奸雄)이라 협텬ᄌᆞ이령졔후(挾天子以令諸候)ᄒ니 스리합복(四夷咸服)135)ᄒ여, 그 위셰(威勢)를 두려ᄒ며 안으로 모든 결에와 조졍(朝廷)에 만조쳔료(滿朝千僚) ㅣ 모다 그 업(業)를 돕고 밧그로 군웅(群雄)의 승풍지셰(乘風之勢)를 마지며, 텬ᄌᆞ(天子)를 용납(容納)지 아니ᄒ고 황후(皇后)를 독살(毒殺)ᄒ엿스니 남산지쥭(南山之竹)를 베혀 그 죄(罪)를 긔록(記錄)ᄒ여도 오히려 무궁(無窮)ᄒ고 동히지수(東海之水)를 기우려 그 죄악(罪惡)를 씻을지라도 능(能)히 진(盡)치 못홀지라 엇지 다 이긔여 긔록(記錄)ᄒ리오.”

말을 맛치며, 항왕(項王)이 크게 부르지져 왈(曰) : “이졔 고금졔왕(古今帝王)의 시비(是非)를 노란(論難)ᄒᄂᆞᆫ 즁(中)에 너 엇지 참예(參與)치 못ᄒ리오? 원(願)컨디 그 뜻을 드러지이다.” 명티죠(明太祖) ㅣ 날호여136) 가로디 : “이럿트시 강복(强迫)ᄒ나, 엇지 고인(古人)의 말을 질겨 의논(議論)ᄒ리오마는 무릇 득인(得人)혼 ᄌᆞ(者)ᄂᆞᆫ 흥(興)ᄒ고 실인(失人)혼 ᄌᆞ(者)ᄂᆞᆫ 망(亡)ᄒᄂᆞ니137), 디왕(大王)은 부련(不然)ᄒ여 십죄(十罪)를 지엇ᄂᆞ니 그 너력(來歷)를 들을진디 붓그러옴이 업지 아니 홀 것이오. 말을 홀스록 유익(有益)홈이 업슬가 ᄒ노라.” ★138) 퍼왕(覇王)이 ᄎᆞ언(此言)을 듯고 져수묵연(低首默然)

---

133) 나무를 베혀 말을 민들며 : 한문필사본에 의하면 ‘斬木爲兵’인바, 나무를 베어 무기를 만들다는 의미임.
134) 한문필사본에는 바로 다음에 孫策이 기술되어 있음.
135) 스리합복(四夷咸服) : ‘사이함복’의 오기.
136) 날호여 : 천천히. 늘어지게.
137) ≪사기≫<商君列傳>의 ‘得人者興, 失人者崩.’ 구절을 일컬음.

호며 붓그러온 빗이 낫에 가득호더라. 명틱조(明太祖) ┃ 이에 【40】피셕

(避席) 스왈(辭曰) : "과인(寡人) 갓흔 용진(庸才)로 써 어리셕고 망영되이 졔

왕(帝王)의 지닌 일를 논란(論難)호니 어심(於心)에 미안(未安)홈이 칭양(量

測)139)치 못호리로다." 좌즁(座中)이 칭스(稱謝) 왈(曰) : "공명(孔明)의 군신(群

臣)를 우렬지즁(優劣之中)에 졍(定)홈과 명황(明皇)의 졔왕(帝王)의 시비(是非)

를 논란(論難)홈이 경즁(輕重)과 장단(長短)이 마지니 족(足)히 써 졍논(正論)

이라 호리로다."

　명틱조(明太祖) ┃ 가로디 : "과인이 조읍(都邑)140)터를 졍(定)코져 호느니,

아지 못게라 어니 곳이 가(可)호다 호리오?" 한고조(漢高祖) ┃ 가로디 : "산

(山)은 곤륜산(崑崙山)으로 조종(祖宗)을 호고 물은 황하슈(黃河水)로 조종(祖

宗)이 되엿스며 스히지니(四海之內)에 요슌(堯舜)·우탕(禹湯)·문무(文武)와

진(秦)나라 한(漢)나라히 도읍(都邑)를 졍(定)호엿고 스히지외(四海之外)에는

동셔남북(東西南北)이 모다 즁국(中國)에 속(屬)지 아니혼 싸히라. 옹쥬(雍

州)·예쥬(豫州)·셔쥬(徐州)·양주(楊州) 네 고을로 장안(長安)를 숨고, 형쥬

(荊州)·익쥬(益州)·양쥬(梁州)·쳥쥬(青州)는 다 금능(金陵) 싸히니 용반호거

(龍盤虎踞)요 텬부지토(天府之土) ┃ 니 진소위(眞所謂) 졔왕(帝王)의 도읍(都邑)홀

싸히라. 디기(大槪) 숨디지젼(三代之前)에는 졔왕(帝王)이 하복(河北)에셔 만

히 나고 숨디이후(三代以後)에는 졔왕(帝王)이 하람(河南)141)에셔 만히 거(居)

호엿스미 홀노 강남허공지지(江南虛空之地)를 두엇스니 오직 졔(帝)의 뜻에

는 금능(金陵)이 엇더호다 호시는요?" 명틱조(明太祖) ┃ 스왈(謝曰) : "근구교

의(謹受敎意)리이다."

　한고조(漢高祖) ┃ 【41】이에 지략(智略) 잇고 츙셩(忠誠)되며 강직지인(强直

---

138) 한문필사본에는 明太祖가 項羽에 대해 평한 것이 기술되어 있음.

139) 칭양(量測) : 측량(測量)의 오기.

140) 조읍(都邑) : '도읍'의 오기.

141) 하람(河南) : '하남'의 오기.

之人)를 명(命)ᄒ여 춤추이고 노러를 지으라 ᄒ니 졔일(第一)¹⁴²⁾은 장낭(張良)
・소하(蕭何)・진평(陳平)・졔갈량(諸葛亮)이요, 졔이(第二)¹⁴³⁾는 한신(韓信)・리
졍(李靖)・조빈(曹彬)・셔달(徐達)이요, 졔숨(第三)¹⁴⁴⁾은 긔신(紀信)・한셩(韓成)
・장순(張巡)・허원(許遠)이요, 졔ᄉ(第四)는 번쾌(樊噲)・마원(馬援)・관공(關公)
・조운(趙雲)이요, 졔오(第五)¹⁴⁵⁾는 굽암(汲黯)¹⁴⁶⁾・장손무긔(長孫無忌)・악비(岳
飛)・위징(魏徵)이니. 졔인(諸人)이 모다 품골(品骨)이 탁월(卓越)ᄒ고 긔질(氣
質)이 비범(非凡)ᄒ더라.

장낭(張良)이 이에 소러를 낭낭(朗朗)히 ᄒ여 노러¹⁴⁷⁾를 을푸니, 갈와스
되 : "황셕공(黃石公)의게 수학(受學)홈이여, 한고조(漢高祖)를 도왓도다. 진
(秦)을 멸(滅)ᄒ고 항우(項羽)를 쳐 익임여, 몸이 졔왕(帝王)의 모ᄉ(謀士) ᅵ
되엿도다. 벼슬이 공후(公侯)에 이름이여, 인신지위(人臣之位)가 극(極)ᄒ도
다. 공경신퇴(功成身退)홈이여, 영화(榮華)를 ᄉ양(辭讓)ᄒ고 벼슬을 하직(下
直)ᄒ도다. 젹송ᄌ(赤松子)를 ᄶᆞ라 늘금이여 ᄌ최【42】를 운산(雲山)에 붓치
엿도다." ᄒ여더라.

ᄯᅩ 소하(蕭何) ᅵ 흔흔(欣欣)이 나아와 노러¹⁴⁸⁾를 을푸니, 기가(其歌)에 갈
와스되 : "난셰(亂世)에 츌싱(出生)홈이여, 발근 인군(人君)의게 도라와 병부
(兵符)와 인신(印信)를 씌엿도다. 몸이 공업(功業)을 이루어 쳔ᄃᆡ(千代)에 젼
(傳)홈이여, 영화(榮華)의 일이 일장츈몽(一場春夢)이 되엿도다. 다시 금일(今
日) 연셕(宴席)에 뫼심이여, ᄯᅩ한 환낙(歡樂)이 극(極)ᄒ도다." ᄒ엿더라.

---

142) 한문필사본에는 張良・蕭何・韓信・陳平・紀信으로 되어 있음.
143) 한문필사본에는 馬援・賈復・諸葛亮・關羽・趙雲으로 되어 있음.
144) 한문필사본에는 李靖・長孫無忌・張巡・許遠・徐達로 되어 있음.
145) 한문필사본에는 네 번째와 다섯 번째의 무리가 없음.
146) 굽암(汲黯) : '급암'의 오기.
147) 한문필사본의 9구와 10구가 생략됨.
148) 한문필사본과는 전혀 다르나, 『교감본 한국한문소설 몽유록』(장효현 외 4인, 고려대학
     교 민족문화연구소, 2007)의 3106에 따르면, 강남대본, 강전섭본, 대한본, 사재동본, 장
     서각본, 천리대본과 동일한 내용임.

쏘 진평(陳平)이 혼연(渾然)이 나아와 노릭[149]를 을푸니, 갈와스되 : "어진 금죠(禽鳥)는 나무를 갈히여 길드리고, 어진 신하(臣下)는 명쥬(明主)를 퇵(擇)ᄒ여 보좌(輔佐)ᄒ난도다. 셩쥬(聖主)의 혜퇵(惠澤)를 목욕(沐浴)ᄒ임이여, 훈공(勳功)이 가비얍지 아니ᄒ도다. 금셕(今夕)이 하셕(何夕)이완딕, 군신(君臣)이 이갓치 동낙(同樂)ᄒ눈고." ᄒ엿더라.

제갈량(諸葛亮)이 쏘 노릭[150]를 기연(慨然)이 을푸니, 기가(其歌)에 갈와스되 : "셩쥬(聖主)의 숨고초려(三顧草廬)ᄒ심을 감동(感動)ᄒ임이여, 몸를 풍진(風塵) 가온디 허(許)ᄒ엿도다. 튱언(忠言)를 역【43】역(歷歷)히 드르심이여, 뉵출긔산(六出祁出)[151]를 하엿도다. 근근ᄌᄌ(勤勤孜孜)ᄒ여 나라를 갑고ᄌ ᄒ임이여, 텬의(天意)가 뜻과 갓지 못ᄒ시도다. 흉(凶)ᄒ 무리를 소쳥(掃淸)치 못ᄒ임이여, 무궁(無窮)ᄒ 원한(寃恨)이 쳔츄(千秋)에 민멸(泯滅)치 못ᄒ리로다." ᄒ엿더라.

한신(韓信)이 쏘한 악연(愕然)이 노릭[152]를 을푸니, 기가(其歌)에 갈와스되 : "한(漢)나라로 도라옴이여, 요하(腰下)에 금인(金印)을 빗기엿도다. 좌작진퇴(坐作進退)를 ᄒ임이여, 관즁(關中)를 정(定)ᄒ엿도다. 숨진(三秦)를 파(破)ᄒ임이여, 군웅(群雄)이 망풍귀순(望風歸順)ᄒ눈도다. 장감(章邯)[153]를 한 칼노 벼힘이여, 항우(項羽)를 힉하(垓下)에 멸(滅)ᄒ엿도다. 몸이 아녀ᄌ(兒女子)의 손에 살힉(殺害)를 입음이여, 원한(寃恨)이 쳔츄(千秋)에 잇기 어렵도다." ᄒ엿더라.

리졍(李靖)이 쏘 낭연(朗然)이 노릭를 을푸니, 기가(其歌)에 왈 : "한 덩이 쇠로써 풍진(風塵)를 쓰러바림이여, 놉흔 일홈이 쳔츄(千秋)에 드리웟도

---

149) 한문필사본과 일부의 내용이 다름.
150) 한문필사본과 일부의 내용이 다름.
151) 뉵출긔산(六出祁出) : 六出祁山의 오기.
152) 한문필사본과 일부의 내용이 다름.
153) 장감(章邯) : '장한'의 오기.

다. 금일(今日) 빗는 연셕(宴席)에 참예(參與)홈이여, 오직 셩쥬(聖主)를 뫼셧도다." ᄒᆞ엿더라.

【44】조빈(曹彬)이 ᄯᅩ 노릐154)를 을푸니, 기가(其歌)에 왈(曰) : "남ᄋᆞ인셰(男兒人世)에 쳐(處)홈이여, 몸을 허(許)ᄒᆞ여 인군(人君)를 갑도다。 읏듬으로 디공(大功)를 셰움이여, 일홈를 쥭빅(竹帛)에 드리윗도라. 오날이 양신(良辰)임이여, 옛 인군(人君)를 뫼셧도다. 연셕(宴席)이 두 번을 긔약(期約)기 어려움이여, 함게 모도여 노릐ᄒᆞ고 춤추니 평싱(平生)에 극진(極盡)ᄒᆞᆫ 낙(樂)이로다." ᄒᆞ엿더라。

셔달(徐達)이 노릐를 이어 을푸니, 기가(其歌)에 왈(曰) : "디장부(大丈夫) | 난셰(亂世)에 남이여, 공명(功名)을 일워 일홈이 빗나도다。 ᄉᆞ히(四海)를 말킴이여, 텬하(天下)가 티평(泰平)ᄒᆞ도다。 니 장찿 취(醉)ᄒᆞ고 취(醉)홈이여, 평싱(平生)에 일을 스스로 알이로다." ᄒᆞ엿더라。

긔신(紀信)이 추연(愀然)이 노릐를 을푸니, 기가(其歌)에 갈와스되 : "형양(榮陽)를 급(急)히 침이여, 군신(君臣)이 창황(倉皇)ᄒᆞ엿도다. 모신(謀臣)이 함구(緘口)홈이여, 용ᄉᆞ(勇士) | 활를 달【45】희도다. 초(楚)나라를 속임이여, 인군(人君)를 수화지즁(水火之中)에 구(救)ᄒᆞ엿도다. 용방(龍逄)를 좃ᄎᆞ 함게 놀미여, 명수쥭빅(名垂竹帛)ᄒᆞ여 빗남이 혁혁(赫赫)ᄒᆞ도다." ᄒᆞ엿더라.

한셩(韓成)이 쳐연(凄然)이 노릐155)를 을푸니, 기가(其歌)에 왈(曰) : "젹병(賊兵)의 형셰(形勢) 큼이여, 인군(人君)를 뷘 ᄯᅡ에 구(救)ᄒᆞ엿도다. 니 몸을 강즁(江中)에 더져 어복(魚腹)에 장(葬)홈이여, 유유(悠悠)ᄒᆞᆫ 혼(魂)이 훗터지지 아니ᄒᆞ엿도다. 이졔 연셕(宴席)를 디(對)홈이여, ᄯᅩ한 슬푸고 깃부도다." ᄒᆞ엿더라.

장순(張巡)이 눈물를 드리오고 노릐를 을푸니, 기가(其歌)에 가로되 : "터

---

154) 한문필사본에는 없음.
155) 한문필사본에는 없음.

럭 갓흔 외로온 셩(城)이여, 거듭 달빗이 빗치엿도다. 밧그로 완급지병(援急之兵)이 업슴이여, 안흐로 한 즈로 양식(粮食)이 업도다. 농즁(籠中)에 갓친 시 몸이여, 그물에 걸인 고기로다. 나라 은혜(恩惠)를 갑지 못홈이여, 몸이 죽으민 졀의(節義)가 속졀업도다." 호엿더라.

허원(許遠)이 함누(含淚)호고 노리를 을푸니 기가(其歌)에 왈(曰) : "【46】젹병(賊兵)이 셩(城)를 핍박(逼迫)홈이여, 형셰(形勢) 누란(累卵)과 갓도다. 진양(晉陽)에 숨란지쥬(三難之主)¹⁵⁶) ㅣ 잠김이여, 몸이 죽어스니 수졀(守節)홈이 빅일(白日)을 츙관(充貫)호리로다." 호엿더라.

번쾌(樊噲) 고셩(高聲)호여 노리¹⁵⁷)를 을푸니, 기가(其歌)에 갈와스되 : "홍운(鴻門)¹⁵⁸)에 옥결(玉玦)를 들미 급(急)홈이 수유(湏臾)¹⁵⁹)에 잇고. 칼를 쎄혀 춤을 추니 위티(危殆)홈이 칭양(測量)¹⁶⁰)업도다. 칼를 허리에 씌고 방픠(防牌)를 엽헤 씻고 장(帳)를 거드치고 드러감이여, 목즈진렬(目眥盡裂)호고 두발(頭髮)이 상지(上指)호엿도다¹⁶¹). 항우(項羽) 보기를 밍호(猛虎)가 어린아히봄 갓치 호미, 뉘 아니 두려호리오? 노룡(老龍)를 구(救)호야 한(漢)에 도라오도다." 호엿더라.

마원(馬援)이 강기히 노리를 을푸니, 기가(其歌)에 갈와스되 : "빅수(白鬚)를 헷날이고 변진(邊鎭)를 탕소(蕩掃)홈이여 죽엄을 말가죽에 쏜히여 도라오도다 평싱(平生) 소원(所願)이 속졀업슴이여 몸을 그릇친 한(恨)은 쳔츄(千秋)에 잇기가 어렵도다." 호엿더라.

【47】관공(關公)이 창연(悵然)이 노리¹⁶²)를 을푸니, 기가(其歌)에 왈(曰) :

---

156) 숨란지쥬(三難之主) : 한문필사본에 따르면 삼판지수(三板之水)의 오기인 듯.
157) 한문필사본에는 없음.
158) 홍운(鴻門) : '홍문'의 오기.
159) 수유(湏臾) : 須臾의 오기.
160) 칭양(測量) : '측량'의 오기.
161) 頭髮上指. 몹시 노하는 모습의 형용. 노여움 때문에 두발이 곤두서는 것이다.
162) 한문필사본과 일부의 내용이 다름.

"슴인(三人)이 도원(桃園)에 결의(結義)홈이여, 스싱(死生)을 한가지로 ᄒ려 밍셔(盟誓)ᄒ엿도다. 한실(漢室)을 밧드러 통일(統一)ᄒ려 홈이여, 간당(奸黨)의 작열(作孽)163)홈이 되엿도다. 범사(凡事)ㅣ 뜻과 갓지 아니홈이여, 원한(寃恨)이 구쳔(九泉)에 사못쳣도다." ᄒ엿더라.

조운(趙雲)이 탄식(歎息)ᄒ며 노릭를 을푸니, 기가(其歌)에 갈와스되 : "한실(漢室)이 장찻 어지러움이여, 여러 영웅(英雄)이 별갓치 이난도다 황숙(皇叔)를 도음이여, 몸이 션봉(先鋒)이 되엿도다. 아두(阿斗)를 장판교(長坂橋)에셔 보호(保護)홈이여, 조조(曹操)의 빅만디병(百萬大兵)을 물니치도다." ᄒ엿더라.

급암(汲黯)이 우연(喟然)164)이 노릭165)를 을푸니, 기가(其歌)에 왈(曰) : "면절정징(面折廷爭)ᄒ기을 조하홈이여, 회읍(淮邑166))에서 맛참니 종신(終身)ᄒ엿도다. 금달(禁闥)을 기웁지 못ᄒ고 실덕(失德)ᄒ난 과실(過失)을 츙언(忠言)으로 써 쳥납(聽納)게 못홈이여167), 흉즁지한(胸中之恨)이 쳔츄(千秋)에 【48】민멸(泯滅)치 못ᄒ리로다." ᄒ엿더라.

악비(岳飛) 츄연(愀然)이 노릭168)를 을푸니, 기가(其歌)에 갈왓스되 : "안으로 간신(奸臣)의 무리 잇슴이여, 밧그로 젹국(敵國)의 근심이 크도다. 츙의(忠義)를 임의(任意)로 써 배푸지 못홈이여, 나라집이 경퇴(傾頹)ᄒ도다. 진회(秦檜)의 고기를 먹지 못홈이여, 평싱(平生)에 유한(遺恨)이 사라지지 ᄋ니ᄒ엿도다." ᄒ엿더라.

---

163) 작열(作孽) : '작얼'의 오기.
164) 우연(喟然) : '위연'의 오기.
165) 한문필사본에는 없음.
166) 淮邑(회읍) : 汲黯이 태수로 임명되어 선정을 베풀다가 죽은 淮陽을 일컬음.
167) 汲黯이 淮陽太守에 제수되자, "신이 지금 병이 들어 軍事를 맡아 다스릴 힘이 없습니다. 신은 그저 中郞으로서 禁闥을 드나들며 폐하의 잘못이 있으면 그를 도와드리는 것이 소원이옵니다." 하였으나, 武帝는 받아들이지 않았다는 고사를 염두에 둔 표현임.
168) 한문필사본에는 없음.

위징(魏徵)이 낭연(朗然)이 노러[169]를 을푸니, 기가(其歌)에 왈(曰) : "입신보국(立身報國)홈이여, 사히(四海) 안령(安寧)ᄒ도다. 진츙갈력(盡忠竭力)홈이여, 명수듁빅(名垂竹帛)ᄒ리로다. 능연각(凌烟閣)에 못고지를 파(罷)홈이여, 한단(邯鄲)에 쑴를 어덧도다. 인군(人君)를 ᄯ라 부연(赴宴)홈이여, 틱평연희(泰平宴會)에 참예(參與)ᄒ도다." ᄒ엿더라.

장손무긔(長孫無忌) 호연(浩然)이 노러를 을푸니, 기가(其歌)에 갈와스되 : "용인(龍鱗)를 밧들고 봉익(鳳翼)를 붓드니, 일홈이 사히(四海)에 진동(震動)ᄒ고 ᄯ한 후셰(後世)에 드리윗【49】도다." ᄒ엿더라.

이에 여러 사람이 모다 노러 읍기를 파(罷)ᄒ민, 만좌(滿座)ㅣ 찬상(讚賞)ᄒ기를 마지 ᄋ니ᄒ더니.

한고조(漢高祖)ㅣ ᄯ 가로디 : "가(可)히 일인(一人)을 틱(擇)ᄒ여 써 군신(群臣)의 상당직(相當職[170])을 정(定)ᄒ게 홈이 엇더ᄒ니잇고?" 좌즁(座中)이 다 묵묵(默默)ᄒ거늘, 한문뎨(漢文帝)[171] 디희(大喜)ᄒ여 왈(曰) : "과인(寡人)의 신하(臣下)에 동박삭(東方朔)이 일직 황졍경(黃庭經)를 익더니 그릇 인간(人間)에 젹강(謫降)ᄒᆞᆫ 고(故)로 션풍도골(仙風道骨)이 잇스며 지긔과인(才器過人)ᄒᆞᆫ지라, 맛당히 이 사롬으로 ᄒ야금 군신(群臣)의 상당직(相當職)을 정(定)ᄒ도록 홈이 가(可)ᄒᆞᆯ가 ᄒᆞᄂᆞ니다." 한고조(漢高祖)ㅣ 그 말을 좃ᄎ 부르라 ᄒ니, 문뎨(文帝) 즉시(卽時) 동방삭(東方朔)를 명(命)ᄒ여 나오매. 모다 보건디, 그 사람이 눈섭에 강산졍긔(江山精氣)를 쯰엿고 흉즁(胸中)에 데셰지지(濟世之才)를 품엇더라. 한고조(漢高祖)ㅣ 가로디 : "드르니 경(卿)의 지조(才操)ㅣ 비상(非常)ᄒ다 ᄒ니, 군신(群臣)의 상당직(相當職)을 정(定)ᄒᆞᆯ손야?" 동방삭(東方朔)이 국츅퇴손(跼蹐退遜)ᄒ야 가로디 : "붓을 잡고 고하(高下)를 정(定)

---

169) 한문필사본에는 없음.
170) 相當職(상당직) : 품계에 알맞은 벼슬.
171) 한문필사본에는 漢文帝 대신 漢武帝로 되어 있음.

흥기는 쇼하(蕭何)와 위징(魏徵)이 잇습고172), 곤이외(閫以外)에 군사(軍士)를
이를킬 즈(者)난 한신(韓信)과 펑월(彭越)의 유(類)ㅣ 잇난지라173), 미옥(美
玉)을 노시고 완석(頑石)【50】을 취(取)ᄒ시도쇼이다. 연(然)이나 신(臣)으로
군신(群臣)의 직(職)를 정(定)ᄒ랴 ᄒ심이 비(譬)컨디 교응(鮫龍)이 틱산(泰山)
을 지고 일회 슐웨를 멍에홈과 갓도쇼이다.174)" ᄒ고. 이에 디(對)왈:
"신(臣)의 어린 쇼견(所見)으로 일을진디 졔갈량(諸葛亮)으로 좌승상(左丞相)
을 ᄒ이시고, 쇼하(蕭何)로 우승상(右丞相)을 ᄒ이시고, 범즁엄(范仲淹)으로
좌복야(左僕射)를 ᄒ이시고, 구양수(歐陽脩)로 우복야(右僕射)을 ᄒ이시고, 장
냥(張良)으로 틱사(太師)를 ᄒ이시고, 곽광(霍光)으로 틱위(太尉)을 ᄒ이시고,
리광(李廣)으로 틱부(太傅)을 ᄒ이시고, 셔달(徐達)노 디사마(大司馬)를 ᄒ이
시고, 조빈(曹彬)으로 디장군(大將軍)을 ᄒ이시고, 한신(韓信)으로 도원슈(都元
帥)를 ᄒ이시고, 리정(李靖)으로 부원슈(副元帥)를 ᄒ이시고, 관공(關公)으로
집금오(執金吾)를 ᄒ이시고, 범징(范增)175)으로 경조윤(京兆尹)을 ᄒ이시고,
방통(龐統)으로 관찰사(觀察使)를 ᄒ이시고, 펑월(彭越)노 졀도사(節度使)를 ᄒ
이시고, 동즁셔(董仲舒)로 어사디부(御史大夫)를 ᄒ이시고, 위징(魏徵)으로 간
의대부(諫議大夫)를 ᄒ이시고, 진평(陳平)으로 샹셔령(尙書令)을 ᄒ이시고, 등
우(鄧禹)로 즁셔령(中書令)을 ᄒ이시고, 져슈량(褚遂良)으로 졍위(廷尉)를 ᄒ이
시고, 리션장(李善長)으로 도위(都尉)를 ᄒ이시고, 법정(法正)으로 사도(司徒)
을 ᄒ이시고, 한유(韓愈)로 사공(司空)을 ᄒ이시고, 조보(趙普)로 대사롱(大司
農)을【51】 ᄒ이시고, 산도(山濤)로 대홍노(大鴻臚)176)를 ᄒ이시고, 장뎨현(張

---

172) 한문필사본에는 蕭(소하) · 曹(조참) · 丙(병길) · 魏(위징)로 되어 있음.
173) 한문필사본에는 韓(한신) · 彭(팽월) · 衛(위청) · 郭(곽거병)으로 되어 있음.
174) 비(譬)컨디 교응(鮫龍)이 틱산(泰山)을 지고 일회 슐웨를 멍에홈과 갓도쇼이다 : 한문필
　　 사본에 의하면 '譬如責蚊負山, 蟷蜋拒轍'로 되어 있는바, 이에 따라 윤문했음.
175) 범징(范增) : '범증'의 오기.
176) 대홍노(大鴻臚) : '대홍려'의 오기.

齊賢)으로 공부시랑(工部侍郎)을 ᄒᆞ이시고, 방현령(房玄齡)으로 리부시랑(吏部
侍郎)을 ᄒᆞ이시고, 두여회(杜如晦)로 호부시랑(戶部侍郎)을 ᄒᆞ이시고, 뉴긔(劉
基)로 틱사(太史)를 ᄒᆞ이시고, 쟝완(蔣琬)으로 쟝사(長史)를 ᄒᆞ이시고, 졍ᄌᆞ(程
子)로 틱학사(太學士)를 ᄒᆞ이시고, 육가(陸賈)[177]로 함림(翰林)[178]을 ᄒᆞ이시고,
급암(汲黯)으로 박사(博士)를 ᄒᆞ이시고, 범질(范質)노 사인(舍人)을 ᄒᆞ이시고,
모슈(毛遂)로 쥬셔(注書)를 ᄒᆞ이시고, 리사(李斯)로 사예(司藝)를 ᄒᆞ이시고, 풍
이(馮異)로 쥬부(主簿)를 ᄒᆞ이시고, 쟝창(張蒼)으로 시즁(侍中)을 ᄒᆞ이시고, 묘
훈(苗訓)으로 ᄌᆞ의(諮議)를 ᄒᆞ이시고, 탁무(卓茂)로 졔쥬(祭酒)을 ᄒᆞ이시고, 비
위(費褘)로 너사(內史)를 ᄒᆞ이시고, 쟝비(張飛)로 좌션봉(左先鋒)을 ᄒᆞ이시고,
됴운(趙雲)으로 우션봉(右先鋒)을 ᄒᆞ이시고, 왕젼빈(王全斌)으로 익쥬자사(益
州刺史)을 ᄒᆞ이시고, 셕수신(石守信)으로 예쥬자사(豫州刺史)를 ᄒᆞ이시고, 곽
자의(郭子儀)로 년쥬자사(兗州刺史)를 ᄒᆞ이시고, 호더회(胡大海)로 옹쥬자사(雍
州刺史)를 ᄒᆞ이시고, 쟝손무긔(長孫無忌)로 병쥬자사(并州刺史)를 ᄒᆞ이시고,
상우츈(常遇春)으로 양쥬자사(揚州刺史)를 ᄒᆞ이시고, 진숙보(秦叔寶)로 항쥬자
사(杭州刺史)를 ᄒᆞ이시고, 마원(馬援)으로 쳥쥬자사(青州刺史)를 ᄒᆞ이시고, 구
슌(寇恂)으로 양쥬자사(梁州刺史)를 ᄒᆞ이시고, 황츙(黃忠)으로 긔쥬자사(冀州
刺史)를 ᄒᆞ이시고, 마초(馬超)로 서쥬자사(徐州刺史)【52】를 ᄒᆞ이시고, 번쾌(樊
噲)로 호위장군(虎衛將軍)을 ᄒᆞ이시고, 경감(耿弇)[179]으로 용양장군(龍驤將軍)
을 ᄒᆞ이시고, 경덕(敬德)으로 무위장군(武衛將軍)를 ᄒᆞ이시고, 악비(岳飛)로
츙열장군(忠烈將軍)을 ᄒᆞ이시고, 경포(黥布)로 양무장군(揚武將軍)을 ᄒᆞ이시
고, 가복(賈復)으로 졀츙장군(折衝將軍)을 ᄒᆞ이시고, 왕젼(王翦)으로 졍동장군
(征東將軍)을 ᄒᆞ이시고, 쟝감(章邯)[180]으로 졍셔장군(征西將軍)를 ᄒᆞ이시고, 위

---

177) 육가(陸賈) : '육고'의 오기.
178) 함림(翰林) : '한림'의 오기.
179) 경감(耿弇) : '경엄'의 오기.
180) 쟝감(章邯) : '쟝한'의 오기.

정(衛靑)[181]으로 진북장군(鎭北將軍)을 ᄒ이시고, 몽염(蒙恬)으로 평남장군(平南將軍)를 ᄒ이시고, 용져(龍且)로 샹호군(上護軍)를 ᄒ이시고, 왕량(王梁)으로 부호군(副護軍)을 ᄒ이시고, 곽거병(霍去病)으로 토로쟝군(討虜將軍)를 ᄒ이시고, 은긔손(殷開山)으로 진무쟝군(振武將軍)을 ᄒ이시고, 한초(桓楚)[182]로 포긔쟝군(驃騎將軍)[183]을 ᄒ이시고, 쥬발(周勃)노 강후(絳侯)를 ᄒ이시고, 긔신(紀信)으로 츙후(忠侯)를 ᄒ이시고, 역익긔(酈食其)[184]로 양평후(陽平侯)를 ᄒ이시고, 허원(許遠)으로 졍순후(貞順侯)를 ᄒ이심이 맛당ᄒᆯ가 ᄒᄂ이다.” 이에 군신(群臣)의 샹당직(相當職)을 졍(定)하기를 맛치매, 만좌(滿座)ㅣ 듯고 디쇼(大笑)ᄒ여 왈(曰) : “차론(此論)이 가합(可合)ᄒ다.”[185] ᄒ더라.

한고조(漢高祖)ㅣ 쏘 가로더 : “이러ᄒᆫ 년회(宴會)난 가(可)히 쳔지(千載)에 드문 긔회(奇會)라 ᄒ리니, 원(願)컨더 한 번 이 사실(事實)를 가져 시(詩)를 지어 써 ᄋ름다온 셩사(盛事)를 긔록(記錄)ᄒ야 씻쳐 쳔츄(千秋) 후셰(後世)에 젼(傳)ᄒ【53】도록 홈이 쏘한 미사(美事)라 ᄒ깃스나, 다만 한(恨)ᄒᄂ는 바난 능(能)히 지를 사ᄅᆷ이 업슬가 ᄒ나이다.” 숑틱조(宋太祖)ㅣ 쳥파(聽罷)에 혼연(渾然)이 디왈(對曰) : “한유(韓愈)가 이에 잇거늘 엇지 글 지을 사ᄅᆷ이 업다 ᄒ시ᄂ잇가?” ᄒ고 즉시(卽時) 근시(近侍)를 명(命)ᄒ여 한 필(匹) 깁과 빅옥지연(白玉之硯)을 나오며 산호필(珊瑚筆)를 취(取)ᄒ여 한유(韓愈)의 압혜 버리고 시(詩)를 짓기를 명(命)ᄒ니. 한유(韓愈)ㅣ 부수쳥명(俯首聽命)ᄒ고 산호필(珊瑚筆)을 드러 용연(龍硯)에 먹을 뭇쳐 일필휘지(一筆揮之)ᄒ미 문불가졈(文不加點)이라. 그 시(詩)[186]에 갈와스되 :

181) 위졍(衛靑) : ‘위청’의 오기.
182) 한초(桓楚) : ‘환초’의 오기.
183) 포긔쟝군(驃騎將軍) : ‘표기장군’의 오기.
184) 역익긔(酈食其) : ‘역이기’의 오기.
185) 한문필사본과 많은 부분이 다름.
186) 한문필사본과 일부의 내용이 다름.

성공(成功)은 과오상(過五常)호고   일운 공은 오제에 지나고
도덕(道德)은 겸숨황(兼三皇)이라   도덕은 숨황을 겸호도다
위령(威令)은 진사히(振四海)호고   위엄과 호령은 사히에 썰치고
교화(敎化)는 편만방(遍萬邦)이라   교화는 만방에 둘넛도다
용흥(龍興) 치샹운(致祥雲)이요   용이 일미 샹셔의 구름를 이루고
호소(虎嘯) 긔렬풍(起烈風)이라   범이 수파람호미 밍열훈 바람이
                               이는도다

【54】명명(明明) 용탑샹(龍榻上)이요   발고발근 용탑 우요
묵묵(默默)[187] 완반즁(鵷班中)이라   묵묵혼 반열 가온디로다
울울(蔚蔚) 금산사(金山寺)에   울울혼 금산사에
제제(濟濟) 취영웅(聚英雄)이라   제제히 영웅이 모뒤엿도다
정긔(旌旗)는 톄즈미(逮紫微)[188]요   정긔는 즈미를 가리오고
검극(劍戟)은 요빅일(耀白日)이라   검극은 빅일를 바이난도다
즈진(子眞)[189]은 취옥소(吹玉簫)호고   즈진의 옥소를 불고
쟝영(張英)은 탄금슬(彈琴瑟)이라   쟝영의 거문고를 타도다
향풍(香風)은 인무수(引舞袖)요   향긔로온 바람은 무수를 인도호고
쳥가(淸歌)난 슈묘곡(隨妙曲)이라   말근 노리난 묘호 곡조를 쏘루도다
가절(佳節)은 속구츄(屬九秋)요   ㅇ름다온 절은 구츄에 붓쳣고
【55】냥신(良辰)에 월숨경(月三更)이라   어진 쩌난 달이 숨경이로다
금일(今日) 사미구(四美具)호고   오날날에 사미가 가츄엇고
차연(此宴)이 이란병(二難幷)이라   이 연석은 두 번 ㅇ오루기 어렵도다
물식(物色)은 샹의구(尙依舊)훈 데   물식은 오히려 의구훈데
차사(此事) 금이비(今已非)라   이 일이 이데 임의 그릇되도다
홀련(忽然) 긔젼죠(記前朝)호니   홀련이 젼조 일를 긔록호니

---

187) 묵묵(默默) : 한문필사본에 의하면 '穆穆'으로 되어 있는바, 이것이 문맥상 보다 합당한
     어구인 듯.
188) 톄즈미(逮紫微) : 폐자미(蔽紫微)의 오기.
189) 즈진(子眞) : 子晉의 오기.

홍진(興盡)에 환싱비(還生悲)라 　　홍이 진ᄒᆞ미 도리여 슬픔이 나도다
고국(故國)이 슈시가(誰是家)오 　　옛 나라가 이 뉘 집인고
딩명(大明) 양광휘(揚光輝)라 　　딩명이 광휘를 빗기도다
인졍(人情)이 다번복(多翻覆)ᄒᆞ니 　　사ᄅᆞᆷ의 ᄯᅳᆺ이 만히 번복ᄒᆞ니
홍망(興亡)이 약파란(若波瀾)이라 　　홍망이 물결 갓도다
【56】미신(微臣)이 감현수(敢獻壽)ᄒᆞ니 　　미신이 감히 현수ᄒᆞ니
쳔츄젼(千秋傳)에 셰간(世間)이라190) 　　쳔츄에 셰간에 젼ᄒᆞ리로다

한유(韓愈)ㅣ 이에 글를 쓰기를 맛치미 깁을 밧드러 나ᄋᆞ가 좌즁(座中)에 진졍(進呈)ᄒᆞ온딩, 이ᄯᅥ에 데황(諸皇)이 돌여 보기를 다ᄒᆞ고 불승대열(不勝大悅)ᄒᆞ야 한유(韓愈)를 딩(對)ᄒᆞ야 작시(作詩)홈을 칭찬(稱讚)ᄒᆞ더니.

문득 시ᄌᆞ(侍者)ㅣ 보(報)ᄒᆞ되 : "사신(使臣)이 젼셔(書)를 가져왓나이다." ᄒᆞ거늘, 좌즁(座中)이 크게 의괴(疑怪)ᄒᆞ여 그 사신(使臣)를 부르라 ᄒᆞ니. 이윽ᄒᆞ여 한 군ᄉᆞ(軍士)ㅣ 드러와 글월를 밧드러 드리거늘, 이에 ᄶᅥ여 보니 그 글에 갈와스되 「닉 일즉이 홍업지공(興業之功)이 잇ᄂᆞ니, 엇지 이 갓흔 연셕(宴席)에 가(可)히 참예(參與)치 못ᄒᆞ리오? 이졔 빅만지즁(百萬之衆)을 거나리고 나아가 그 무례(無禮)홈을 뭇고져 ᄒᆞᄂᆞ, 모롬이 만부부당지용(萬夫不當之勇)이 잇ᄂᆞᆫ 장사(壯士)ㅣ 잇거든 ᄲᆞᆯ니 나아와 ᄌᆞ웅을 결ᄒᆞ게 ᄒᆞ라.」 ᄒᆞ엿더라. 사위(四位) 황졔(皇帝) 윤감(輪鑒)ᄒᆞ시기를 다ᄒᆞ미, 말ᄉᆞᆷ이 퓌만(悖慢)ᄒᆞ고 사의(辭意) 가장 불미(不美)ᄒᆞ지라.

송틱조(宋太祖)ㅣ【57】빈츅(顰蹙191))ᄒᆞ여 가로딩 : "예로붓터 이르기를 조흔 일에 마(魔)가 잇고 아름다온 긔약(期約)에 막히기 쉽다 ᄒᆞ엿ᄂᆞ니, 졍(正)히 이를 이름이로다." ᄒᆞ고 가장 질겨 아니ᄒᆞ거늘, 진시황(秦始皇)이 분연(忿然)히 가로딩 : "이 무리ᄂᆞᆫ 비(譬)컨딩 기암이와 갓흔 무리요 오합지졸

---

190) 쳔츄젼(千秋傳)에 셰간(世間)이라 : '쳔츄(千秋)에 젼셰간(傳世間)이라'의 오기.
191) 顰蹙(빈츅) : 불쾌한 표정을 지음.

(烏合之卒)이니, 엇지 죡(足)히 두려ᄒ리오?" ᄒ고, 일호(一毫)라도 긔탄(忌憚)
ᄒᄂᆞᆫ 빗이 업더니. 이윽고 씌끌이 창텬(漲天)ᄒ고 함셩(喊聲)이 동지(動地)
ᄒ며 천병만마(千兵萬馬)가 만산편야(滿山遍野)ᄒ여 풍우(風雨) 갓치 모라 드
러오ᄂᆞᆫ지라. 좌즁(座中)이 ᄎ시(此時)를 당(當)ᄒᄆᆡ 비록 운쥬유악지즁(運籌
帷幄之中)ᄒ야 결승천리지외(決勝千里之外)ᄒᄂᆞᆫ 모사(謀士)와 역발산긔기셰(力
拔山氣盖世)ᄒ며 빅만지즁(百万之衆)에 상장(上將)의 머리를 탐낭취믈(探囊取
物)ᄒ듯 ᄒᄂᆞᆫ 영웅(英雄)이 모뒤엿스나, 그러ᄒ나 흥치(興致)가 발발(勃勃)ᄒ
든 즁(中)에 졸련(猝然)이 변(變)를 만나ᄆᆡ 창황실조(倉皇失措)홈이 업지 아니
ᄒ여 면면상고(面面相顧)ᄒ여 두셔(頭緒)를 졍(定)치 못ᄒ니라.

격진(賊陣)에 위슈디장(爲首大將)이 쳥총마를 타고 용텬검(龍泉劍)를 빗겨
스ᄆᆡ 위풍(威風)이 늠늠(凜凜)ᄒ고 호령(號令)이 엄엄(嚴嚴)ᄒ니, 이난 원(元)나
라 티조황졔(太祖皇帝)라. 좌션봉(左先鋒)은 좌현왕(左賢王)이요, 우션봉(右先
鋒)은 우현왕(右賢王)이며, 기여(其餘) 장졸(將卒)이 젼후(前後)로 옹위(擁衛)ᄒ
엿스니, 이난 모다 오합지즁(烏合之衆)이요 어두귀【58】면(魚頭鬼面192))의 무
리와 한가지로 드러오니 그 수(數)를 이로 혜지 못홀너라193). 한고조(漢高
祖)ㅣ 디로(大怒)ᄒ여 가로디 : "요마소젹(幺麼194)小賊)이 언감(焉敢)히 이갓치
창궐(猖獗)ᄒ리오?" 좌우(左右)를 도라보며 ᄯ 가로디 : "뉘 가히 나아가 이
도젹(盜賊)를 쳐 물니칠고?" 언미필(言未畢)에 진시황(秦始皇)과 한무졔(漢武
帝) 분연(忿然)ᄒ여 나오며 가로디 : "우리 양인(兩人)이 번릭(本來)195) 거라
인바 장졸(將卒)로 나아가 파(破)ᄒ고 도라오리이다." ᄒ고 직시(卽時)196)

---

192) 魚頭鬼面(어두귀면) : 물고기 대가리에 귀신 낯짝이라는 말로, 몹시 괴상하게 생긴 얼굴
　　을 말함. 魚頭鬼面之卒은 되먹지 못한 무리들을 일컫는 말이다.
193) 한문필사본에는 中軍呼韓邪單于, 其餘將校, 突厥·契丹·冒頓·頡利可汗·靺鞨等輩, 不可
　　勝數로 되어 있음.
194) 幺麼(요마) : 변변하지 못함.
195) 번릭(本來) : '본래'의 오기.
196) 직시(卽時) : '즉시'의 오기.

장수(將帥) 빅여원(百餘員)과 군ㅅ(軍士) 숨만(三萬)를 조발(調發)ᄒᆞ여 나아ᄀᆞᆯ
시。 좌(左)에난 진시황(秦始皇)이요 우(右)에난 한무졔(漢武帝)니, 각기(各其)
장졸(將卒)를 거나리고 일셩호령(一聲號令)에 좌우(左右)로 협공(夾攻)ᄒᆞ여 짓
쳐 나아가민, 원ᄐᆡ조(元太祖)의 거나린바 장졸(將卒)이 비록 용밍(勇猛)ᄒᆞ고
흉영(匈獰)ᄒᆞ나 엇지 진시황(秦始皇)의 츙텬지긔(衝天之氣)와 한무졔(漢武帝)의
산악지셰(山岳之勢)를 져당(抵當)ᄒᆞ리오? 일합(一合)이 못ᄒᆞ여 ㅅ산분궤(四散
奔潰)ᄒᆞ여 일시(一時)에 물결 혀여지듯 ᄒᆞ민, 금산(金山) 디병(大兵)이 병장기
를 놀이지 아니ᄒᆞ여 한 번 츌젼(出戰)에 수고를 허비(虛費)치 아니ᄒᆞ고 긔
가(凱歌)를 불너 도라오니。

ᄎᆞ시(此時)에 만좌군신(滿座君臣)이 이 쳡보(捷報)를 듯고 져마다 막불히열
(莫不喜悅)ᄒᆞ여 다시 당즁(堂中)에 연셕(宴席)를 베풀고 풍악(風樂)를 갓초와
크게 질길시, 수륙진찬(水陸珍饌)이 갓초고 비반(杯盤)이 낭ᄌᆞ(浪藉)ᄒᆞ【59】
더라。 이럿트시 진환(盡歡)ᄒᆞ민, 어닛덧 날이 부상(扶桑[197])에 오르고져 ᄒᆞ
고 산계(山鷄)가 악악ᄒᆞ난 지음에, 각위(各位) 졔왕(諸王)이 각기(各其) 도라
가니 거마병젼지셩[198]이 유유부졀(悠悠不絶)이러니。 아이오[199]。

츄풍(秋風)이 소슬(蕭瑟)ᄒᆞ디 낙엽지셩(落葉之聲)에 호련(忽然) 경각(驚覺)ᄒᆞ
니, 남가일몽(南柯一夢)이라。 몽즁지ㅅ(夢中之事)를 다시 싱각(生覺)ᄒᆞ민, 셜
연(設宴)ᄒᆞ던 형상(形狀)이 안젼(眼前)에 숨열(森列)ᄒᆞ고 풍악지음(風樂之音)이
이변(耳邊)에 징징ᄒᆞ민。 인(因)ᄒᆞ여 붓을 들고 셰셰(細細)히 긔록(記錄)ᄒᆞ여
후셰(後世)에 젼(傳)ᄒᆞ노라。

---

197) 扶桑(부상) : 해가 뜨는 동방에 있다고 하는 神木을 말함.
198) 거마병젼지셩 : 車馬騈闐之聲. 수레와 말들이 늘어서는 소리.
199) 아이오 : 의미 파악이 안됨.

찾아보기

ㄱ …………

〈金華寺夢遊錄〉의 양식적 특징과 그 의미

김 정 녀

(단국대학교 교양교육대학)

1. 논의의 방향

夢遊錄은 15세기를 기점으로 前代의 문학 양식인 傳奇와 寓言을 소설적 편폭으로 발전시키면서 우리 문학사에 부각된 후[1] 애국계몽기에 이르기까지 꾸준히 창작된 작품군이다. 특히 16세기 후반~17세기 전반에 걸쳐 몽유록은 집중적으로 창작되었는데, 사대부 세력의 정치 상황의 변화 및 임진·병자 양란의 경험을 통한 작자층의 현실 인식의 확대 등이 기폭제가 되어 몽유록은 당대의 정치적·사회적 현실에 민감하게 반응하는 역사적 장르로 정착되어 갔다.[2] 그런데 당대 정치·사회의 변화에 대한 작자층의 현실 인식 및 그 대응 양상을 뚜렷하게 보이던 몽유록은 17세기 중반을 넘어서면서 점차 그 성격에 변모를 보이기 시작한다. 이러한 변모의 모습을 두고 논자들은 몽유록의 주제가 빈곤해지고 한물 간 것으로,[3] 혹은 퇴조한 것으로[4] 이해하기도 하였는데, 활발한 작품 창작

---

1) 장효현(1991 ; 자세한 서지사항은 논문 뒤 참고문헌 목록 참조)은 전대의 기록 서사문학인 傳奇와 寓言(허구적 서사), 傳과 雜錄(경험적 서사)이 복합적으로 발전하여 15·16세기에 이르면 고전 소설의 성립을 보게 되는데, 傳奇系, 寓言系, 그리고 傳奇와 寓言의 복합적 성격인 夢遊錄 유형의 소설이 이 시기 소설사를 이루고 있다고 보았다.
2) 김정녀(1997), 신해진(1998) 참조.

이 이루어지지 않을 뿐만 아니라 작품 수준도 떨어진다는 것이 그 이유였다.

그러나 논자들이 이러한 시각을 보인 이후로 새롭게 발굴, 소개된 조선후기 몽유록 작품이 적지 않으며,[5] 현재 12편의 작품이 이 시기에 창작된 것으로 알려져 있다. 조선전기에 창작된 작품이 10편이라는 점을 감안한다면 결코 뒤지지 않을 만큼의 작품 창작이 이루어졌다고 볼 수 있다. 물론 작품의 수가 작품의 질을 담보하는 것은 아니지만, 조선후기 몽유록 일반에 대한 평가는 각 개별 작품의 의미와 성과를 엄밀히 따져 본 뒤에 내릴 수 있는 것이므로, 개별 작품에 대한 충분한 검토가 이루어지지 않은 채 내려진 조선후기 몽유록에 대한 기존의 평가는 재고의 여지가 있다.

한편 작품의 수량이 좀 더 많아졌다고 하더라도 몽유록의 양식사적 발전에 따른 변화의 궤적을 고려하지 않은 채, 조선전기 몽유록을 바라보던 시각으로 조선후기 몽유록을 바라본다면 이 시기 몽유록에 대한 평가는 수준 미달이라는 예의 그 평가에서 크게 벗어날 수 없을 것이다. 기존 논의에서 조선후기 몽유록에 대한 언급이 없었던 것은 아니지만, 구체적으로 어떤 양식적 변이를 겪으며 전개되었는지, 향유층은 어떤 변모를 겪었는지, 또 그것의 소설사적 의미는 무엇인지 등에 대한 심도 있는 논의가 진행되지 못한 이유도 전대 몽유록의 양식적 특질에 지나치게 견인

---

3) 조동일(1994), 466면.
4) 신재홍(1994), 46면.
5) <황릉몽환기>는 1991년 『한국민족문화대백과사전』에 소개되었으나 학계의 관심을 받지 못하다가 장효현(1995)에 의해 처음 연구가 이루어졌으며, <몽유성회록>은 민긍기(1996)에 의해 소개되었다. <하생몽유록>은 김남기(1998)에 의해 소개되었으며, <왕회전>은 임치균(1999)에 의해 비로소 작품에 대한 연구가 이루어졌다. <만옹몽유록>은 양승민(1998)에 의해 처음 소개되었으며, 김정녀(2000)에 의해 작자와 작품의 창작 동인 및 성격 등이 구체적으로 밝혀졌다.

되어 이 시기 몽유록을 바라보았기 때문이다.

이와 같은 문제의식을 기반으로 조선후기 몽유록을 고찰하고자 할 때 가장 먼저 만나게 되는 작품이 본고에서 살필 <금화사몽유록>[6]이다. <금화사몽유록>은 그간 여러 연구자들의 주목을 받았는데, 주로 작품의 주제적 의미를 탐색하는 차원에서 논의되어 왔다. 병란 이후 淸에 대한 적개심을 寓意的으로 드러낸 것이요, 덕치와 절의를 강조하고 中華思想을 표출한 것이며, 중국의 역대 영웅호걸들을 중심으로 이상적인 王道政治를 구현해 본 작품이라는 점 등이 작품의 의미로 추출되었다.[7] 그리고 연구가 축적되는 동안 작품의 공간적 배경인 金華寺, 혹은 金山寺가 갖는 의미가 세밀하게 고찰되기도 하였고,[8] <王會傳>의 충실한 작품 읽기에 기반하여 <금화사몽유록>의 창작 시기 및 역사적 의미 등이 새롭게 밝혀지기도 하였다.[9] 그러나 조선전기에 창작된 작품들로부터 그 작품적 활력을 증대하여 조선후기 몽유록 작품들에 두루 영향을 미친, 작품의 양식사적 연계성에 대한 논의는 미흡했던 것이 또한 사실이다.[10]

---

6) <금화사몽유록>은 현재 다양한 題名으로 전하고 있는데, 초창기 연구자들에 의해 善本으로 알려진 국립도서관본 <金華寺夢遊錄>의 명칭이 일반적으로 사용되어 왔고, <金山寺夢遊錄>, <金華寺記> 등의 명칭이 몇몇 연구자들에 의해 사용되었다. 그러나 어느 명칭이든 異本간의 유형별 계보 설정이나 先本·善本 확정 등에 대한 논의를 충분히 거친 뒤에 나온 것이 아니기에, 차후 작품명과 관련한 세밀한 논의가 이루어져야 할 것이다. 다만 본고에서는 편의상 연구자들에게 일반적으로 알려져 있는 <金華寺夢遊錄>이란 題名을 통칭으로 사용하기로 한다.

7) <금화사몽유록>에 대한 논의는 김태준(1939)이 『조선소설사』에서 한고조·당태종·송태조·명태조의 창업연에 의(擬)하고 중국 역대 군신과 치란득실을 종횡으로 담론한 희작이라고 논의한 이래, 이명선(1948), 신기형(1960), 박성의(1964), 정주동(1966), 서대석(1975), 정학성(1977), 장효현(1990), 조동일(1994) 등이 작품의 성격에 대해 간략히 언급하였고, 장덕순(1959), 차용주(1979), 유종국(1987), 권우행(1991), 신재홍(1994), 양언석(1996), 정용수(1994, 2000, 2001), 임치균(1999) 등이 이본 비교 및 소개, 작품에 반영된 사상, 창작 시기 문제 등을 다루었다.

8) 권우행(1991). 정용수(2000).

9) 임치균(1999). 정용수(2000, 2001).

10) 신재홍은 몽유소설의 역사적 전개 양상을 살피는 자리에서 <금화사몽유록>은 몽유록의

한편 작품의 창작 시기에 대한 논의로는 작품에 事漢排胡 의식이 드러나 있는 점,11) 국문본에 '청나라 강희 말년'이라 명시되어 있는 점 등을 근거로 병자호란 이후 창작되었을 것이라는 견해도 있고,12) 明이 아직 존속하고 있던 임진란 직후 창작되었다는 견해도 있다.13) 임진란 직후 창작설은 차용주에 의해 거론되었는데, 논자는 그 근거로 明代를 배경으로 등장하는 인물은 초기 인사밖에 나타나지 않는다는 점, 創業主들이 中興主를 초청할 때 명태조는 초청하는 인물이 없다는 점, 명태조가 창업주들을 처음 만났을 때 자신은 아직 천하를 통일하지 못했다고 말하고 또 창업주들이 功臣들을 소개할 때 명태조는 그 재주와 지혜를 아직 시험하지 못하였다고 말하고 있는 점, 그리고 명나라가 지금 현재 전개되고 있음을 시사하는 내용들이 작품 속에 포함되어 있는 점 등을 들고 있다. 유종국 역시 차용주의 의견을 긍정적으로 수용하여 병자호란 이전인지, 이후인지는 정확히 알 수 없지만 <금화사몽유록>은 명조 멸망 이전 後金이 나라를 세워 그 세력을 키워갈 무렵 창작되었으리라는 의견을 개진한 바 있으며,14) 신재홍도 작품의 종결부에 나오는 韓愈의 詩句 가운데 '故國誰代家 大明揚輝光'이라 하여 작품 내적 시간을 명나라가 융성하던 때로 기술하고 있는 점을 근거로 차용주의 의견을 좇고 있다.15)

양식적 성격이 확립된 이후 점차 서사성이 강화되어 가는 과정에서 나온 작품이며, 전쟁 이야기나 좌정 단락의 확대를 통하여 본격적인 서사물로서의 면모를 어느 정도 지니게 되었다고 언급한 바 있다. 그러나 이러한 작품의 면모가 몽유록 양식사 내에서 지니는 의미 등에 대해서는 좀 더 구체적으로 논의되어야 할 것이다. 신재홍(1994), 177~180면.

11) 장덕순(1959), 137면. 정주동(1966), 279면.
12) 양언석(1996), 248면. 논자는 한글본 <금산사몽유록> 冒頭에 '청나라 강희 말년'이란 시간적 배경이 설정되어 있는 것을 근거로 이 작품은 병란 이후 청에 대한 적개심의 울분을 우의한 것이라고 보았다. 그러나 이는 한글본의 경우만을 고려한 것으로 '원나라 지정 말년'으로 시작하고 있는 대다수의 한문본에 대해서는 언급이 없어 아쉽다.
13) 차용주(1979), 136~138면.
14) 유종국(1987), 100~101면.

이 외에 <금화사몽유록>의 이본인 <金華靈會錄>이 실려 있는 『花夢集』의 간기에 근거하여[16] 17세기 전반의 작품으로도 볼 수 있으나 權伏 (1599~1667)의 <姜虜傳>(1630)이 『화몽집』에 수록된 것으로 보아 그 뒤에 필사된 것일 수도 있기에 확언할 수는 없는 형편이다.

최근 임치균은 19세기 金濟性(1803~1894)에 의해 개작된 <王會傳> 跋文의 기록을 준신하여 <금화사몽유록>이 '명나라 숭정 기묘(1639) 연간에' 창작되었다는 견해를 개진한 바 있으며,[17] 정용수 역시 창작 연대와 관련한 <왕회전> 발문의 언급은 작자 김제성의 임의에 의한 것이 아니고, 17세기 자료 『史要聚選』에 보이는 명태조 등극 설화에 근거하였을 것으로 보고, 이 작품의 창작 시기를 1639년으로 확정하고 있다.[18]

작품의 창작 시기와 관련된 위의 여러 논거들은 어느 것 하나 소홀히 넘길 수 없는 것들임이 분명한데, 여기에 하나 더 추가하여 생각해 볼 것은 <금화사몽유록>과 합철되어 전하는 작품들 중 <崔陟傳>, <雲英傳>, <洞仙記>와 같은, 17세기 전·중반기에 산출된 작품들의 題名이 보인다는 사실이다.[19] <최척전>, <운영전>, <동선기> 등은 주지하다시피 애정을 그 소재로 취하고 있는 작품들인데, 이들과 <금화사몽유록>은 소재나 주제 면에서 함께 묶여 읽힐 만한 작품이 아니다. 그럼에도 合寫되어 전한다는 사실은 이들이 비슷한 시기에 창작·향유되었을 가능성을 말해 주는 것이 아닐까 한다.[20]

---

15) 신재홍(1994), 177면.
16) 김춘택(1993), 206면.
17) 임치균(1999), 72~73면.
18) 정용수(2000), 180~189면.
19) 북한 김일성대학 소장본인 『花夢集』에는 <金華靈會錄>이 <周生傳>, <雲英傳>, <英英傳>, <洞仙傳>, <夢遊薘川錄>, <元生夢遊錄>, <皮生夢遊錄>, <姜虜傳> 등과 함께 실려 있으며, 성암고서박물관 소장본인 <金華寺太平宴記>는 <洞仙記>와 합철되어 있다. 또 일본 천리대 소장본인 <金華寺記>는 <崔陟傳>과 합철되어 있으며, <雲英傳>과 합철되어 있는 이본은 한국정신문화연구원 소장본인 <金山寺夢遊錄>과 <金華寺記>이다.

<금화사몽유록>을 둘러싸고 있는 작품 내·외적 상황, 즉 작품에 반영된 華夷觀, 작품의 양식적 특질, 그리고 <왕회전> 발문의 기록, 이본의 유통 상황 등을 고려할 때, 이 작품은 병자호란 이후 明朝 마지막 황제인 崇禎帝 재위 기간(1628~1644)이 끝나는 1644년 이전의 어느 시기에 지어진 것이 아닐까 한다. 그리고 보면 임치균, 정용수 등이 논의한 바와 같이 <왕회전> 발문의 1639년이란 시기가 근거 있는 기록일 가능성이 충분하다고 여겨진다.

2. 전대 몽유록의 지속과 변용

2.1. 전대 몽유록의 창작 관습 수용

<금화사몽유록>은 현재 학계에 보고된 한문본 이본만 해도 30여 종에 이른다.[21] 뿐만 아니라 국문본 이본도 상당하며 활자본으로도 거듭 출판된 것을 보면 이 작품의 인기는 조선후기에만 국한된 것이 아닌, 20세기의 독자들에게도 여전히 호응을 얻었던 것으로 보인다.[22] 그렇다면 교술적이라거나 단순한 지식을 재구성하였을 뿐이라는[23] 부정적인 평가

---

20) 몽유록과 전기소설은 그 향유층이 사계층 문인지식인이라는 점에서, 그리고 그 문체가 서로 닮아 있다는 점에서 함께 묶일 수도 있다. 『花夢集』이 그 단적인 예라 할 것이다. 그러한 점을 감안한다 하더라도 <雲英傳>이나 <崔陟傳>이 17세기 후반 이후 출현한 몽유록 작품들과 함께 묶여 읽힌 것을 현재까지는 보지 못했다. <금화사몽유록>과 합철된 다른 작품들이 문체상의 유사성으로 함께 묶였을 가능성과 함께 비슷한 시기에 창작된 작품들끼리 합사되었을 가능성도 생각해 볼 수 있다.

21) 본고에서는 선행 연구자들에 의해 善本으로 거론되었던 국립도서관 소장의 <金華寺夢遊錄>(김기동 편, 『필사본고전소설전집』 3, 아세아문화사, 1980 影印)을 대상으로 작품을 분석하기로 한다.

22) 『고전소설이본목록』(조희웅, 집문당, 1999)과 「한국한문소설목록」(김홍규 외, 『고소설연구』 9집, 한국고소설학회, 2000)에 따르면, <금화사몽유록> 이본은 한문본 30여 종 국문본 24여 종, 활자본 6여 종이다. 이같은 상당한 양의 이본이 보여 주는 실상은 주로 각종 야사집을 통해 유통된 <원생몽유록>을 제외해 놓고 본다면 몽유록 가운데 가장 많은 인기를 누리며 유통되었다는 사실이다.

속에서도 이토록 폭넓은 인기를 누릴 수 있었던 이유는 무엇인가? 이러한 물음에 대한 해답을 찾기 위해 <금화사몽유록>이 탄탄히 그 역량을 다져온 전대 몽유록의 양식적 전통 위에서 어떤 변모를 보이고 있는지 서사 단락을 따라가면서 살피기로 한다.

작품은 산동의 선비 成虛의 성품을 소개하는 것으로 시작된다. 성품이 사물에 통달하여 민첩하고, 널리 배워 식견이 많으며, 그 기질이 다른 사람보다 뛰어날 뿐만 아니라, 호방하고 활달한 기개를 지녔으며, 산천에 뜻을 두어 아침에는 태산의 남쪽을 노닐고 저녁에는 동정호를 유람하는 등 온 천하를 가슴에 품고 살아가는 인물이 바로 <금화사몽유록>의 몽유자이다.[24] 이러한 성허의 인물 형상화는 이전 시기 몽유록 작품들에서 즐겨 사용하던 인정기술로, 元子虛(<元生夢遊錄>)를 두고 기개와 도량이 매우 크다거나 坡潭子(尹繼善의 <獜川夢遊錄>)를 일컬어 성품이 높고 뛰어난 인물이라고 서술한 것, 그리고 琴生(<琴生異聞錄>)이나 皮生(<皮生冥夢錄>)이 천하의 명산을 두루 역람하여 氣를 배양하려는 뜻을 품은 인물이라고 서술한 것 등과 유사하다.

몽유자의 인정기술에서뿐만 아니라, 몽유자가 몽유 공간에 들어가는 과정을 서술해 놓은 부분도 예의 몽유록들에서 보던 상투적 관행이다. 몽유자 성허는 금릉을 향하여 금산에 들어갔다가 길을 잃고 헤매던 중 금화사라는 절에 이르게 되는데, 그곳에서 설핏 잠이 들어 몽유 공간으로 들어간다.[25] 일반적으로 몽유자가 입몽하기 전 찾은 장소가 몽중 인

---

23) 서대석(1975), 154~155면. 조동일(1994), 466~467면.

24) "至正末, 有成生者, 名虛, 字誕, 山東儒士也. 性機通敏, 博學多聞, 氣質超邁, 任俠放薄. 遂有志於山川, 朝遊泰山之陽, 暮遊洞庭之浪, 四海八荒, 足將遍焉. 於是, 北漠之北, 南越之南, 盡入於眼底, 昧谷之西, 暘谷之東, 豁然於胸中矣. 是故, 自謂天地間一物也." <金華寺夢遊錄>

25) "歲在甲戌, 向金陵, 入錦山, 時維九月, 序屬三秋. 金風蕭瑟, 玉宇峥嶸, 滿山草木, 盡是綠烟之光, 遍野黍稻, 皆有黃雲之色. 訪水尋山, 不覺深入, …(中略)… 沈吟良久, 更前數里, 則琪花瑤草, 掩暎於前後, 翠竹蒼草, 森列於左右. 清溪碧流之上, 厦室渠渠, 樓閣巍巍. 仰見大書, 其榜曰, 金華"

물과 유관한 곳이며, 그 곳에 처해 있는 것이 곧 몽중 인물을 만나는 계기가 된다는 것을 알고 있는 독자라면, 성허가 꿈속에서 만날 인물들이 '금릉', '금화사'와 관계된 역사적 인물임을 예상할 수 있다. 이는 <금생이문록>의 금생이 '금오서원'을 찾고 난 뒤, 善山의 鄕賢들을 꿈속에서 만나고, <달천몽유록>(윤계선)의 파담자가 달천 강가를 거닐며, 시를 읊다가 임진란 탄금대 전투에서 敗死한 신립과 여러 병사들을 만나는 것과 동일한 서술 양태이다.

그런가 하면 <금화사몽유록>의 몽유 공간에서 벌어지는 서사 전개는 종전 몽유록의 서사 구조를 그 기반으로 하고 있다. 창업연을 열기 위해 漢·唐·宋·明의 네 황제와 이들을 모시는 신하들이 등장하고, 창업연의 흥을 돋우기 위해 중흥주와 그들의 신하가 초대되며, 비록 초대를 받지 못했지만 스스로 창업연에 참여코자 온 황제들과 그 신하들이 모두 한 자리에 모여 자신들의 위의와 반열에 알맞은 자리를 배정 받아 앉는다. 그런 뒤 각 황제들의 기상과 시비를 의논하기도 하고, 창업연의 흥취를 고조시키기 위한 시와 노래가 불려지기도 한다. '坐定-討論-詩宴'으로 이어지는 이와 같은 작품의 서사 전개는 몽유록 작품들에서 일반적으로 보이는 양태이다.

아울러 창업연이 마무리될 즈음 창업연 혹은 연회에 참석한 인물들을 찬양하는 頌詩를 읊는 단락을 설정해 놓은 것도 기왕의 몽유록들에서 종종 사용되던 구성 방식이다. 또한 <금화사몽유록>의 작자는 "나라를 어지럽히고 반역을 도모(亂國悖逆)"했던 王莽과 董卓의 무리를 모임에 참석시키지 않고, "충언을 받아들이지 않고 어진 선비를 알아 주지 않던(不采忠言, 不知賢士)" 袁紹와 治者로서의 자질이 부족한 李密 등을 모임에서 쫓

寺. 朱甍彩欄, 縹緲於雲漢之際, 繡戶紋窓, 照輝於斗牛之間. 巋然若魯靈光, 美哉如漢慶福, 眞所謂水晶宮也." <金華寺夢遊錄>

아내는데, 이 부분은 <달천몽유록>(윤계선)에서 李舜臣이 座長으로 있는 모임에 元均이 참여코자 왔다가 오히려 鬼卒들의 기롱거리로 전락하고만 장면이나 <龍門夢遊錄>에서 白士霖이 黃石諸公의 모임에 참여코자 왔다가 柳小君에게 내침을 당하는 장면을 연상시킨다.

한편 몽유 공간에서의 창업연이 무르익어 갈 무렵 酒宴에 초청받지 못했던 원태조가 돌궐, 말갈 등지의 오랑캐들을 이끌고 와 전쟁을 일으키는 단락이 있는데, 작자는 중국 북방을 위협하던 흉노족을 방어하기 위해 만리장성을 쌓았던 秦始皇과 外夷를 쳐 중국의 판도를 넓힌 공이 있는 漢武帝로 하여금 이들을 물리치도록 설정해 놓았다. 신재홍은 漢族을 침범한 이민족에 대한 응징을 전쟁이라는 서사적 줄거리로 결구해 놓은 점에 주목하면서 앞 시기의 몽유록에 비하여 서사적 성격이 확장되었다고 서술한 바 있다.26) 물론 귀 기울일 만한 논의이지만 이 서사 단락 역시 <大觀齋記夢>에서 이미 사용된 바 있는 서사 전개 방식으로 그리 낯선 풍경은 아니다. <대관재기몽>에서는 김시습이 천자인 최치원의 시관에 불만을 토로하며 唐詩風 일변도의 文章王國에 반기를 들고, 이를 몽유자 沈義가 나아가 물리치도록 구성해 놓았다. 이 서사 단락은 沈義(1475~?)가 지니고 있는 詩觀을 더욱 분명히 드러내려는 의도에서 설정된 것인데, <금화사몽유록>에서는 전쟁이라는 서사 단락을 통해 漢族만을 정통 왕조로 인정하겠다는 작가의 정통사상을 명징하게 드러내고 있다.

<금화사몽유록>이 이전 시기 몽유록 작품들이 사용한 바 있는 다양한 서사 전개 방식을 모방하거나 그 축적된 창작 관습들을 재구성하고 있다는 사실은 작자가 몽유록의 서사 전개 방식에 매우 익숙한 사람이었으며, 이를 능숙하게 다룰 줄 아는 사람이었음을 시사해 준다. 그러나

---

26) 신재홍(1994), 179면.

<금화사몽유록>은 이전 시기 몽유록 작품들에서 다져진 양식적 전통을 토대로 창작된 작품이긴 하나, 기왕의 몽유록의 서사 구조를 단순히 계승하는 데서 만족하고 만 작품이 아니라는 데 이 작품의 의의가 있다. 몽유자의 기질, 입몽 과정, 그리고 주요 서사 단락들마저도 전대 몽유록의 창작 관습을 답습하고 있지만, 동시에 몽유록의 유형화된 서사 전개 방식을 과감히 깨뜨리거나 변용하기도 하고, 200여 명에 달하는 수많은 인물들을 등장시켜 서사적 편폭을 대폭 확장·장편화하고 있는 점들은 <금화사몽유록>의 작자가 이룩한 남다른 성과라 할 만하다. 아울러 그 수많은 인물들이 중국의 연의소설을 통해 이미 독자들에게 친숙한 대중적 인물들이라는 점은 이 작품의 대중화를 초래하였으며, 몽유 공간 내에서 몽유자의 역할 소거 내지는 약화, 모임의 성격을 긍정 혹은 부정하는 인물·사건의 중층적 전개 등과 같은 서술 양식의 변모는 독자들의 서사적 욕구에 부응한 결과들로 볼 수 있다.

2.2. 대중적 인물 형상과 서사 전개 방식의 변모

<금화사몽유록>이 전대 몽유록의 유형화된 서사 전개 방식에서 변모를 꾀한 부분은 좌정 단락이다. 이 작품의 좌정은 제왕들의 위차와 신하들의 반열을 정하는 내용으로 구성되어 있는데, 작품 전체 분량의 반 이상을 차지할 정도로 길게 확장되어 있으며, 서사 전개 방식도 기왕의 몽유록들에서 좌정을 처리하던 방식과는 다르다. 조선전기에 창작된 대부분의 작품들의 경우, 좌정 단락이 등장인물을 소개하고 서로의 심회를 이야기하는 場을 마련하는 정도 이상의 의미를 지니지 못한다. 물론 이미 이루어진 좌정에 반론이 제기되거나 재조정이 이루어지는 경우가 없는 것은 아니나, 이 경우에 있어서도 그것이 매우 순조롭게 진행되는 것이 기왕의 몽유록에서 볼 수 있었던 면모이다. 그렇기에 등장인물들 간

의 갈등 요소를 무마시키거나 하나하나 제거해 가면서 자리 정하기를 하고 있는 <금화사몽유록>의 경우, 서사 전개 방식이 매우 낯설면서도 독자의 흥미를 불러일으킨다. 인용문은 創業宴에 초대받지 못했던 秦始皇과 項羽가 창업주로서 모임에 참석코자 등장하는 장면이다.

[1] 秦始皇이 바로 법당으로 들어가려 하자, 공명이 앞을 가로 막으며 諫하였다. "이곳은 創業主의 잔치이니, 나라를 세운 군주가 아니면 법당에 들어갈 수 없습니다." 진시황이 노하여 말했다. "과인이 온 천하를 나의 영토로 만들어 그 위세를 온 세상에 떨쳤거늘, 어찌 창업을 이룬 것이 아니겠는가?" 이에 공명이 대답했다. "예전에 듣건대 폐하께서는 古業에 의지하여 前人이 남긴 계책을 끌어다 東西周를 삼키어 여섯 나라를 멸망시켰습니다. 공업이 비록 크지만, 事理로써 의논한다면 中興의 군주가 되실 만합니다. 소신이 어찌 감히 막겠습니까?" 李斯가 말했다. "공명의 말이 옳습니다. 전하께서는 창업의 功을 先主께 돌리시고 中興之主로 自處하십시오" 진시황이 그 마음을 드러내지 않고 참으며 동루로 갔다.27)

[2] (항우가) 곧장 법당으로 향하니, 공명이 앞을 가로막으려 말했다. "대왕께서는 창업하신 공이 없으시니, 이 자리에는 참여하실 수 없습니다." 항우가 크게 노하여 말했다. "나는 劉季 보기를 어린애로 여길 뿐이다. 당시호걸들은 나의 위풍을 보고 쥐가 바람소리에 놀라 목을 움츠리고 숨는 듯했으며 후세의 영웅들도 나의 명성을 들으면 몸이 떨리고 간담이 서늘했거늘 누가 감히 나를 막는가?" 공명이 범증을 돌아보며 말했다. "齊 桓公이 일찍이 葵丘에서 會盟할 때 한 번 얼굴색을 변하여 반란했던 아홉 나라를 一人之下에 굴복시키고 천자의 나라를 일으키니 湯·武가 이들입니다. 그러나 혈기로 뭇사람들의 옳고 그름을 재단하는 것은 삼가 대왕을 위해서라

---

27) "始皇卽入法堂, 孔明拒前諫曰, 是創業之宴, 非創業之主, 不入法堂. 始皇怒曰, 寡人幷呑八荒, 威振四海, 何不鴻業乎? 孔明曰, 前聞, 陛下蒙古業, 引遺策, 呑二周, 滅六國, 功業雖大, 以四理論之, 則當爲中興, 小臣何敢拒乎? 李斯曰, 孔明之言是矣. 殿下功歸先生[王], 自處中興. 始皇隱忍, 而去東樓." <金華寺夢遊錄>

도 취하지 않겠습니다." 항우가 조용히 한참 동안 있다가 말했다. "차라리 닭 부리가 될지언정 소 꼬리는 되지 말라 하였으니, 내가 서루의 주인이 되어 다시 鴻門宴을 베풀리라." 서루로 나아가 좌정하였다.[28]

　주지하다시피 진시황은 중국을 최초로 통일한 황제였으나, 일반 유자들은 진시황의 포학무도함을 이유로 秦을 정통으로 보지 않았다. 물론 歐陽修와 같이 "夏가 쇠퇴함에 湯王이 대신 왕이 되고, 商이 쇠퇴함에 周가 대신 왕이 되었으며, 周가 쇠퇴함에 秦이 대신 왕이 되었다."(『秦論』)라고 이야기하며, 진시황의 포학은 桀紂의 포학함과 마찬가지이니 진시황 한 사람의 행적 탓으로 진의 정통을 폐기해서는 안 된다고 주장한 이도 있었으나, 이는 儒者들의 호응을 얻은 논의는 아니었다.[29] <금화사몽유록>의 작자 역시 焚書坑儒라는 전무후무한 일을 저지른 진시황에게 창업주의 자리를 내어 주지 않고 있으며, 周를 계승한 나라는 漢王朝임을 명백히 하고 있다.

　또한 한고조의 맞수이자, 기개와 용맹을 널리 떨쳤던 항우 역시 창업주로 인정하지 않고 있는데, 이는 한고조의 정통성을 공고히 하기 위한 장치로 볼 수 있겠다. 단순히 지역적인 통일이 아닌, 春秋大義와 義理가 수반된 통일이어야 정통 왕조로 인정할 수 있다는 작자의 역사의식(정통사상)을 읽어낼 수 있으며, 여기에는 정통성을 갖춘 황제들의 창업연에서 이루어지는 議論들이야말로 正論이라는 의미가 담겨 있다고 할 수 있겠다.

---

28) "(項羽)直向法堂, 孔明當前曰, 大王未有創業之功, 不得參與此席矣. 項王大怒[曰], 吾觀劉季如嬰兒耳, 當時豪傑, 見吾之威風, 縮經[頸]鼠竄, 後世英雄, 聞吾之名聲, 身戰膽寒, 誰敢拒乎? 孔明顧謂范增曰, 齊桓公曾盟於蔡[葵]丘, 一有變色, 叛者九國, 屈於一人之下, 伸於萬乘之上者, 湯武是也. 以血氣之斷, 衆人之是非, 竊爲大王不敢也. 項王默然良久曰, 寧爲鷄口, 無爲牛後. 吾爲西樓之主人, 更設鴻門宴也. 去西樓坐定." <金華寺夢遊錄>
29) 진방명, 이범학 역(1985), 437면.

다음의 경우 역시 작가의 선택과 배제의 기준이 무엇인지를 명확히 보여 주는 한 예이다. 작자는 창업연이 시작된 지 얼마 지나지 않았을 때, "나라를 중흥시킨 제왕들(中興之主)"을 창업연에 초대하는 단락을 설정하였는데, 이때 한고조는 光武帝와 昭烈帝를 초청한다. 광무제를 놓고 보자면, 왕망의 난을 진압하고 후한을 일으킨 제왕이니, 그를 중흥주의 자리에 올려놓은 것이 문제될 것은 없다. 그러나 소열제에 있어서는 논란의 여지가 없지 않다.

史家들이 소열제를 前漢의 高祖와 後漢의 光武帝를 이은 제왕으로 널리 받아들이게 된 것은 朱熹의 『資治通鑑綱目』이 나온 후부터이다.[30] <三國志演義>의 작자 羅貫中도 이러한 영향을 많이 받은 것으로 보이며, 대체로 주자학이 관학으로 자리매김되고 대단히 성행했던 조선의 학문 풍토에서도 陳壽나 司馬光의 역사관보다는 주희의 정통관이 대세였으리라 생각된다. <금화사몽유록>의 작자 역시 주희가 세운 기준에 따라 광무의 뒤를 이어 한을 중흥시킨 이는 소열제임을 명시하고 있다.

그렇다면 당시 蜀과 세력을 겨뤘던 魏나라와 吳나라를 작품에서는 어떻게 형상화하고 있을까. 작자는 이들을 매우 격하시켜 형상화하였다.

크게 소리치기를 "성을 공격하고 땅을 경략하여 천하를 호령했던 자가 어찌 참석치 못하리오?"라고 하니, 바로 진승, 조조, 원소, 손책, 이밀 등이었다. 한고조가 말했다. "진승은 시골에서 거병한 지 십 일만에 왕이라 칭하고, 조조는 난리를 일으켜 천하를 나누어 그 여덟을 차지하고, 손책은 강

---

30) 陳壽는 『三國志』에서 魏나라를 정통으로 간주하여 그 왕조의 역사를 本紀에 기록하고, 蜀나라의 劉氏와 吳나라의 孫氏를 일개 지방 정권의 주인으로 자리매김해서 그 사적을 列傳에 기입했다. 北宋의 司馬光 역시 『資治痛鑑』에서 진수의 사관을 답습하여 위나라의 연호를 써서 삼국시대의 역사를 기술하였다. 이에 반해 南宋의 朱熹는 촉나라 정통론을 주장하였는데, 주희의 『자치통감강목』에서는 선주 유비의 즉위 개원을 "소열황제 장무 원년"으로 기록하고 있다. 진방명, 이범학 역(1985), 433~447면 참조. 야마구치 히사카즈, 전종훈 역(2000), 183~195면 참조.

동에 할거하여 온 천하를 호시탐탐 엿보니, 이 세 사람은 뛰어난 선비라 이를 만하다." …(중략)… 이에 문을 열고 네 제왕이 들어오기를 청하니, 첫 번째는 한무제였는데, …(중략)… 그 다음은 진왕과 위공이었는데, 적을 칠 때 따랐던 자들이 文武 신하인 곽가·순욱·장요·허저·주유·노숙·여몽·황개·육손 등이었다. 모두 서루로 갔다.[31]

작자는 魏의 曹操와 吳의 孫策을 陳勝과 같은 반열에 놓고 다만 '뛰어난 선비' 정도로만 기술하고 있으며, 항우가 있는 西樓로 가도록 한다. 蜀의 劉備를 중흥주로 예우하여 창업연에 초청하던 것에 비하면 이는 지나치게 소홀한 대우라 하지 않을 수 없다. 그러나 한나라 왕실의 황통을 잇는 것은 劉氏여야 한다는 주희의 사관에 비추어 본다면, 천하의 대부분을 현실적으로 영유했던 위나라는 있어서는 안 될 역사의 현실[32]이기에 작자는 조조의 위차를 낮추고, 손책 역시 동일한 이유에서 그 위차를 격하시켜 형상화하고 있다.

그런가 하면 진승의 위차는 의외로 높게 설정되어 있는 듯한데, 이는 진승이 仁義정책을 실시하지 않은 진나라에 항거하여 봉기하였다는 점을[33] 고려한 것으로 보인다. 한고조가 진나라를 공격하고 새로운 왕조를 세운 뒤, 周를 이었다고 천명하였는데, 진승에게 참위의 죄를 묻는다면, 한고조에게도 똑같은 죄가 씌워지기 때문에, 작자는 한고조를 위한 배려에서 진승을 영웅호걸의 반열에 올려놓는다.

이와 같이 애초에 창업연에는 한·당·송·명의 네 황제와 그들이 초

---

31) "大呼曰, 攻城畧地, 號令天下者, 何不預席乎? 是陳勝·曹操·袁紹·孫策·李密等. 漢皇曰, 勝起壟畝, 十日之內, 稱王, 操艾夷大亂, 分天下, [十]有其八, 策割據江東, 虎視四海, 此三者, 可謂豪俊之士也. …(中略)… 於是, 開門請入, 第一漢武帝, …(中略)… 其次, 陣王·魏公, 討虜從者, 文武臣, 郭嘉·荀彧·張遼·許褚·周瑜·魯肅·呂蒙·黃盖·陸遜等. 皆去西樓." <金華寺夢遊錄>
32) 야마구치 히사카즈, 전종훈 역(2000), 192면.
33) 司馬遷, 『史記』, 「陳涉世家」 제18.

대한 네 명의 중흥주들만이 참석하였는데, 작자는 이 모임의 정통성을 드러내기 위해, 문제의 소지가 있는 황제들을 끼워 놓고 있다. 이들은 초대받지 않았는데도 예의 없이 찾아오는 인물들로 형상화되고 있으며, 작자는 이들에게 중흥주 혹은 패왕이라는 낮은 위차를 부여하는 것으로 창업연의 정통성을 확보하고 있다.

한편 제갈공명의 주도로 뭇 신하들도 각자의 반열에 알맞은 위차를 배정 받아 앉게 되는데, 신하들의 좌정 역시 이전 시기 몽유록과 비교해 본다면 그 서사적 편폭이 확장되어 있는 것이 사실이다. 등장인물들 간에 위차가 분명한 경우라면 내부적으로 정돈이 순조롭게 이루어지겠지만, 서로 다른 시대에 태어나 각자의 군주를 모시며 나름의 행적을 쌓은 수많은 인물들이 그에 합당한 반열에 좌정되도록 하기 위해서는 기존의 몽유록에서 사용하던 수법으로는 감당하기 어려운 점이 있었을 것이다. 이에 작자는 '공평하고 정직한 선비(公評正直之士)'인 제갈량을 선출하여 여러 신하들의 우열을 가리는 소임을 맡긴다. 제갈량은 將相(홍기)・將帥(흑기)・忠義(황기)・智謀(청기)・勇略(백기)의 반열을 나누고, 그 위에 장량(한)・위징(당)・조빈(송)・유기(명) 등과 같은 한 나라의 창업과 중흥 등에 공이 있는 신하들의 반열을 따로 두었다. 그리고 오색의 반열에서 또한 신하들의 위차를 삼등분하여 그 높고 낮음을 가렸다. 一例를 들어보기로 한다.

紅旗를 들어 소하에게 읍하며 말했다. "소하 당신은 지도를 취하여 형세를 알고, 關中을 다스려 근본을 완정하게 하였으며, 한신을 따라 사방을 평정하였습니다. 곽광은 주공이 成王을 도운 道를 따라 어린 임금을 돕고 이윤이 太甲을 폐한 일을 좇아 宣帝를 맞이하고 昌邑王을 폐위시켰습니다. 장손무기는 삼척검을 잡고 좌충우돌하며 충성을 다하여 마침내 큰 공을 이루었습니다. 방현령은 부지런히 국사를 받들어 지략이 못하는 것이 없었으니,

마땅히 첫째가 될 것입니다. …(중략)… 범증은 군주를 잘못 만나 그 뜻을 펴지 못했는데, 일을 도모하고 계책을 헤아려도 임금은 그의 지략을 쓰지 않고, 정성과 진심을 펼쳐 보여도 임금이 그의 진실을 알아주지 않았으니, 비유컨대 봉황이 가시나무에 깃들어 있고 훌륭한 망아지가 소금수레를 끄는 것과 같으니, 마땅히 셋째가 될 것입니다."[34]

제갈량은 將相의 재주를 품은 신하들을 한데 모으고, 각 인물들의 행적을 살펴 그 공과 자질로써 위차를 다시 삼등분으로 나누고 있다. 紅旗 아래에 모인 인물들은 대부분이 漢·唐의 신하들인데, 그 중에서도 제갈량은 소하를 으뜸으로 쳤다. 소하는 韓信, 張良, 曹參과 함께 한고조의 창업을 도운 공신이다. 그는 진나라 수도 咸陽에 입성하자 진나라 丞相府와 御史府의 圖籍文書와 법령문서들을 입수하여 漢나라 왕조 경영의 기초를 다졌으며, 고조와 항우와의 싸움에서는 關中에 머물러 있으면서 고조를 위하여 양식과 군병의 보급을 확보했으므로, 고조가 즉위하여 논공행상이 시작되자, 소하는 으뜸 공신으로서 鄼侯에 봉해지고 食邑도 가장 많이 받았다. 뒤에 한신 등의 반란을 평정하고 최고의 相國에 제수된 인물이다.[35] 작자는 소하의 이러한 행적을 높이 평가하여 그 위차를 첫 번째에 두었다.

한편 장상의 신하들 중 마지막에 거론된 범증은 항우의 謀臣으로 '홍문의 연'이나 '형양의 공방'과 같은, 유방을 제거할 계책을 여러 번 항우에게 주달했는데도, 항우가 이를 채납하지 않아 그 뜻을 펼치지 못한 인

---

34) "持紅旗, 揖蕭何曰, 取地圖知形勢, 治關中固根本, 追韓信定四方. 霍光, 以周公負成王之道, 輔幼主, 聞伊尹廢太甲之事, 迎宣帝하昌邑. 長孫無忌, 扶[仗]三尺劍, 東闢西突, 以盡犬馬之忠, 終成大業. 房玄齡, 孜孜奉國, 知無不爲, 當爲第一. …(中略)… 范增, 不得其主, 未展其意, 圖事揆策, 則君不用其謀, 陳見悃誠, 則上不知其信, 譬如鳳凰栖荊棘, 龍駒困塩車, 當爲第三." <金華寺夢遊錄>
35) 司馬遷, 『史記』, 「蕭相國世家」 제23.

물이다.36) 작자는 군주를 잘못 만나 제대로 쓰이지 못한 범증의 재주를 안타까워하며 그를 將相의 말석에 앉히고 있다. 그런데 이 과정에서도 작자는 한고조의 신하에게는 높은 위차를, 항우의 신하에게는 낮은 위차를 부여함으로써 한고조는 높이고, 반대로 항우는 낮추는 서술 태도를 드러내고 있다.

장상의 반열을 시작으로, 將帥, 忠義, 智謀, 勇略을 갖춘 여러 신하들의 위차가 다 정해지자, 제갈량의 후계자였던 姜維가 눈물을 흩뿌리며 자신의 충성을 헤아려 줄 것을 호소한다. 이에 제갈량은 "슬프다, 伯約이여. 내 어찌 그대의 충심을 알지 못하겠는가? 마침내 일이 이루어지지 아니하고, 천추에 적에게 항복한 이름만 남겼으니, 도리어 절개를 지켜 의롭게 죽은 것만 같지 못하구나."37)라고 대답한다. 강유는 제갈량이 늘 곁에 두고 아끼며 자신의 병법을 물려 준 인물이며, 제갈량 死後 魏나라를 정벌하기 위해 아홉 차례나 祈山을 오른 인물이다. 그러나 번번히 성과를 거두지 못하고 沓中에 屯田하던 중 위나라의 鄧艾와 鍾會의 공격으로 촉이 멸망하자 종회에게 항복하고 뒷일을 도모하려다 결국 죽었다. 그런데 중원 회복을 꿈꾸며 7년 동안 여섯 번이나 祈山을 오른 바 있던 제갈량으로서 보자면 강유의 충성을 헤아려 줄 만한데, 제갈량은 강유를 위차에서 제외시켜 버린다. 이는 강유가 종회에게 항복한 치욕스런 일 때문인데, 이 부분은 작가가 신하들의 위차를 세우는 기준이 어디에 있는지를 분명하게 보여줌과 동시에 혹 있을 수 있는 반론의 여지를 없애고, 나아가 신하된 자가 마땅히 지키고 놓지 말아야 하는 것이 무엇인지를 이야기하고 있다 하겠다.

이상으로 <금화사몽유록>의 좌정은 마무리되는데, 여러 세대의 흥망

---

36) 호리 마코토・마나베 쿠레오, 윤길순 역(2000), 53~113면 참조.
37) "噫, 伯約, 余豈不知汝之忠心乎? 終事不成, 留降名於千秋, 還不如守節死義." <金華寺夢遊錄>

성쇠를 거친 제왕들과 신하들의 모임인지라, 논란에 논란을 거듭하면서 좌정이 이루어졌다. 그런데 이 서사 단락은 좌정의 성격만 지니고 있는 것이 아니라, 토론의 성격도 아울러 지니고 있다는 점에서, 이전 시기 몽유록의 좌정 단락을 단순히 확대하여 장편화만 꾀한 것이 아님을 보여준다. 작자는 전체적으로 '좌정-토론-시연'이라는 몽유록의 서사 전개 방식을 유지하면서도 각 서사 단락 내에서 나름의 변모를 시도하며 독자의 흥미를 유발하고 있다.

이어지는 토론 단락의 주된 내용은 창업주들이 東樓와 西樓로 나눠 앉은 여러 제왕들을 法堂으로 청하여 흥망성패, 뭇 제왕들의 쾌사, 각 제왕들의 기상과 시비 등을 이야기하고, 명태조의 도읍할 땅으로 금릉을 추천하는 것 등이다. 좌정 단락과 마찬가지로 서사가 확장되어 있는데, 특별히 주목해 보아야 할 것은 서사 전개 방식과 작자의 서술 태도이다.

이전 시기 몽유록의 토론 단락은 등장인물들이 평소에 품었던 분울한 심회를 토로하거나(<원생몽유록>), 몽유자의 질문에 상좌에 앉은 사람이 답변을 하거나(<금생이문록>), 혹은 각자 자신의 입장에서 주장을 전개해 나가거나(윤계선의 <달천몽유록>, <피생명몽록>), 자신의 처지를 해명하는(황중윤의 <달천몽유록>) 등의 양상으로 전개되었다. 질문과 대답을 하는 가운데, 혹은 각자의 심중을 드러내는 가운데, 일정한 결론에 도달하기도 하고 현실의 제모순이 그대로 노출된 채 토론이 끝나기도 하는 것이 이전 시기 몽유록이 보여 준 서사 전개 방식이었는데, <금화사몽유록>에서는 이러한 제양상이 혼효되어 서사를 전개해 나가는 점이 특징이라 할 수 있겠다. 한고조의 흥망성패에 대한 심회 토로에 항우가 분울한 심사를 드러내고, 이러한 항우의 불편한 마음을 동루에 앉은 한 제왕이 '하늘의 뜻을 사람의 힘으로 어쩌겠느냐'며 무마시킨다. 또한 역대 제왕들은 자신들의 행적을 중심으로 즐거웠던 일들을 이야기하기도 하고, 그런가

하면 명태조가 역대 제왕들의 기상과 시비를 논평하자, 자신의 처지를 해명하는 제왕도 있다. 이전 시기 몽유록들에서 다져진 서사 기법들을 총망라하여 혼합하고 있는 모습이다.

한편 우리는 앞서 작자가 창업주를 자처하던 항우의 위차를 여지없이 깎아 내리던 광경을 목도한 바 있는데, 토론 단락에서도 한고조는 끝없이 높아지고 항우는 한없이 추락하는 형상을 보이고 있다. 제왕들의 쾌사를 듣고 난 뒤, 한고조는 명태조에게 "좌중에 제왕은 몇 사람이며, 득실은 얼마나 되겠는지"를 묻는다. 이에 명태조는 제왕들의 기상과 득실을 일일이 이야기하는데, 다음의 인용문은 작자의 서술 태도를 단적으로 드러내는 부분이다.

[1] 한고조가 크게 웃으며 말했다. "진실로 明心寶鑑이라 할 만하나 유독 과인의 기상을 이르지 아니함은 무엇 때문입니까?" 명태조가 대답했다. "대저 용이 비를 얻으면 변화가 무궁하니 그대의 도량은 이에 비할 만합니다."38)

[2] 항우가 크게 부르짖으며 말했다. "古今 諸王의 시비를 논하는 가운데에 내 어찌 참예치 못하겠습니까?" 명태조가 꺼리면서 말했다. "억지로 듣고자 하면 말하는 것이 무슨 어려움이 있겠습니까? 다만 말하면 그대에게 부끄러움이 있고 들어도 아무 이익이 없을 것입니다." 항우가 말했다. "그래도 그 이야기를 듣고 싶습니다." 이에 명태조가 말했다. "關中의 약속을 등진 것이 첫 번째요, 卿子와 冠軍을 교살한 것이 두 번째요, …(중략)… 강남에서 義帝를 암살한 것이 그 아홉 번째요, 정치를 함에 공평하지 않게 하고 임금의 약속이 미덥지 않으며 천하가 용납하지 않을 大逆無道罪를 저지른 것이 그 열 번째라. 『한서』에 이르기를 '충성스런 말은 귀에 거슬리나

---

38) "漢皇大笑曰, 眞所謂明心寶鑑, 獨不言寡人之氣像, 何也? 明皇曰, 龍得其雨, 變化無窮, 帝之度量, 與之此也." <金華寺夢遊錄>

행하는 데 이로우며, 毒藥은 입에 쓰나 병에는 이롭다' 했으니, 바라건대 말
이 바르다 하여 괴이하게 여기지는 마시오."39)

[1]은 명태조가 진시황을 시작으로 조조에 이르기까지 역대 제왕들의
기상을 일일이 논평하고 난 뒤의 한고조의 반응과 그의 기상을 이야기한
것이고, [2]는 역대 제왕들의 治亂得失을 논평한 뒤 항우의 반응과 그의
죄목을 열거한 것이다. 역대 제왕들의 기상과 시비를 논평하면서 유독
두 인물만을 따로 떼어 거론한 데에는 두 인물을 각각 왕도와 패도의 대
명사로 거론하려는 작자의 의도가 담겨 있다. 한고조의 경우는 그 웅혼
한 기상을 더욱 돋보이도록 하기 위한 의도에서, 그리고 항우의 경우는
그 죄상을 낱낱이 파헤쳐 부끄러움을 느끼게 하려는 의도에서 이와 같이
서술한 것으로 보인다. 여유롭게 웃으며 자신의 기상은 어떠하냐고 묻는
한고조의 얼굴과, 크게 부르짖으며 자신에 대한 논평은 왜 빠뜨리냐며
울그락불그락 하는 항우의 얼굴이 묘하게 교차되도록 만든 작가의 세심
한 손길이 느껴진다.

<금화사몽유록>의 시연 단락은 등장하고 있는 인물의 숫자를 고려해
본다면 의외로 짧은 편이라 하겠다. 이전 시기 몽유록에서는 등장하는
인물들 모두가 시를 읊으면서 자신의 심회를 풀어내고, 몽유자도 그 가
운데 끼어 시를 읊었는데, 이 작품에서는 제왕들은 모두 빠지고, 신하들
가운데도 몇몇만이 시를 읊고 있다. 제왕들이 시를 읊지 않는 것은 앞서
토론 단락에서 각자 快事를 이야기하는 것으로 이미 자신들의 치적과 소
회를 표출한 바 있기 때문인 듯하다. 등장인물들 모두가 한 수씩 시를 읊

---

39) "項王大叫曰, 論古今帝王是非之中, 吾豈不預乎? 明皇嫉地曰, 若欲强聞之, 何難之有哉? 但言之
有愧, 听之無益. 項王曰, 願聞其說. 乃曰, 背關中之約, 其一也. 矯殺卿子冠軍, 其二也. …(中
略)… 陰殺義帝於江南, 其九也. 爲政不平, 主約不信, 天下所不容, 大逆無道罪, 其十也. 漢書云,
忠言逆耳, 利於行, 毒藥苦口, 利於病. 幸勿口直爲怪." <金華寺夢遊錄>

는다면 그 양도 양이려니와 짐짓 지루해질 수도 있기 때문에 작자는 제왕의 시를 제왕의 쾌사로 대신하여 앞으로 돌리고, 신하들 중에서도 몇 몇에게만 그 기회를 부여하고 있다.

한편 등장인물들이 돌아가며 각자의 행적과 소회를 바탕으로 시를 읊은 뒤에는 으레 연회의 의미를 되새기는 頌詩, 혹은 讚詩가 있게 마련인데, 이 작품에서는 송시를 통해 창업연을 정리하기 이전에 군신들의 자질과 위인됨에 따라 알맞은 벼슬을 하사하는 조각 개편 모티프를 설정해 두고 있다. 이 소임은 漢武帝의 신하로 창업연에 참석한 東方朔에게 맡겨졌는데, 흥미롭게도 동방삭이 신하들에게 알맞는 직책을 부여하는 모습은 『太平廣記』에서도 보인다.[40] 시연 단락에 새로운 모티프가 첨가된 것 역시 이 단락의 변모 양상으로 지적될 수 있겠다. 마지막으로 창업연을 기리는 韓愈의 송시가 완성되어 칭찬해 마지않는 것으로 시연 단락은 끝이 난다.

대부분의 작품은 이즈음에서 새벽이 밝아 오는데, <금화사몽유록>에는 마지막 반전이 남아 있다. 바로 원태조가 돌궐, 말갈 등지의 오랑캐들을 이끌고 전쟁을 일으키는 부분이 그것인데, 앞서 서술한 바 있듯이 전쟁을 몽유록의 서사 전개 과정에 끌어들인 것이 그리 낯선 것은 아니지만, 연회가 파할 즈음에 이러한 단락을 설정하여 독자의 흥미를 제고시킨 작가의 구성력을 높이 살 만하다.

지금까지 <금화사몽유록>이 전대 몽유록에서 어느 정도나 방향을 틀어 양식적 변모를 꾀하였는지를 작품의 서사 단락을 중심으로 살펴보았는데, 이와 같은 양상으로 변모하게 된 요인은 17세기 중·후반 이후 소설적 환경의 변화로 말미암은 것이다. 17세기 중·후반이라는 역사적 시

---

40) 東方朔이 역대 인물을 중심으로 조각을 개편하는 내용이 『太平廣記』 卷二百四十五, 「諧謔 類」 東方朔條에 보인다는 점은 차용주에 의해 지적된 바 있다. 차용주(1979), 129면.

간을 통과하면서 우리 소설사는 커다란 변동을 겪게 되는데, 연구자들마다 논의의 대상이 다르고 그 편폭에 있어서도 층차를 보이지만 17세기 중·후반을 기점으로 다음과 같은 소설적 환경의 변화가 일어나고 있음에는 대체로 동의하는 듯하다.

즉, 조선전기 사계층 문인지식인을 중심으로 그들의 정치적·사상적·문화적 경험을 형상화하던 소설이 17세기 중·후반에 이르면 표현 수단이나 내용, 소통 방식 면에서 점차 자기의 틀을 깨고 영역을 확대해 나가기 시작하였으며, 중국 통속소설의 유입과 수용, 상업의 발달 등과 같은 외부적인 요인들이 가세되자, 작자층과 독자층의 확대, 흥미 본위의 통속적 소설 유형의 출현과 같은 소설 환경의 변화가 일어나게 되었다는 점, 그리고 이러한 현상은 18~19세기에 이르면 점점 더 확대되어 상인이나 하층민에 이르기까지 소설 독자층이 확대되었으며 전문 작가의 출현, 소설의 방각화 및 세책가를 통한 유통 등과 같이 소설의 상품화가 본격화되기에 이르렀다는 점 등이 그것이다.[41]

이러한 소설 환경의 변화는 새로운 소설 유형의 출현을 불러오기도 하였고 기존에 있던 소설 유형의 내용적·형식적 변화를 가져오기도 하였다. <금화사몽유록>은 변화한 소설적 환경에 긴밀하게 대응하여 민감한 역사적 사건이나 인물들을 등장시키는 대신 중국 통속 연의소설을 통해 널리 알려진 대중적 인물들을 작품 안에 수용하고, 전대 몽유록의 유형화된 서사 전개 방식을 적절히 변용하여 독자들의 서사적 욕구를 충족시켰다. 이러한 양상은 사계층 문인지식인의 이념과 고뇌를 형상화하며 작자의 현실 인식을 표출하던 전대 몽유록과는 많이 차이를 보이는 것이다.

---

41) 대표적인 논의를 들면 다음과 같다. 조동일(1977). 임형택(1988). 유탁일(1988). 진경환(1992). 김대현(1993). 송진한(1993). 강상순(1997, 1999). 정출헌(1999). 윤재민(1999). 전성운(2000).

이제 장을 나눠 변화한 소설적 환경 속에서 자체의 변화를 모색하며 널리 향유되었던 <금화사몽유록>의 양식사적 의미를 살펴보기로 한다.

3. 〈금화사몽유록〉의 양식사적 의미

17세기 중·후반 이후 진행된 소설사적 전환은 조선전기 소설사를 주도했던 전기·몽유록·우언 소설이 그 자체의 변모를 모색하는 동인이 되었다. 몽유록의 경우, 변화의 조짐은 이미 17세기 전반부터 나타났지만, 양식 자체의 성격에 변화가 일어난 시기는 17세기 중반부터이다. 그리고 그 선두에 <금화사몽유록>이 서 있다.

전술한 바와 같이 몽유록은 17세기 중반을 넘어서면서 다양한 양상으로 변모를 겪게 된다. 사계층 문인지식인을 중심으로 향유되던 몽유록이 조선후기에 이르러 서사적 욕구가 확대된 다양한 계층의 향유층을 만나게 되었으며, 그에 부응하기 위해 중국의 통속소설이 유입, 향유되는 모습과 장편 국문소설 및 한문소설의 출현을 보게 된다. 이러한 소설적 상황 속에서 조선후기 몽유록은 확대된 향유층의 서사적 욕구에 적극적으로 부응하고자 조선후기 새롭게 급부상한 여타 장르의 새로운 형식들을 수용하였는데, 중국 통속 연의소설 등을 통해 독자들과 친숙해진 대중적 인물을 형상화하는 한편 軍談·訟事와 같은 통속적 서사 기법 등을 수용하기도 하고, 다수의 인물들이 중층적 사건을 전개해나가도록 형상화하여 작품의 서사적 편폭을 넓혔다. <金華寺夢遊錄>을 위시하여 그 영향을 받아 창작된 <泗水夢遊錄>,[42] <夢遊盛會錄>,[43] <王會傳>,[44] 그리

---

42) <사수몽유록>의 작자와 창작시기는 명확하지 않다. 이본으로는 이명선의 교주본과 정신문화연구원 소장의 <문성궁몽유록>이 있는데, 모두 국문본이다. 이 작품에는 揚墨老佛과 공자 제자들과의 군담이 네 차례에 걸쳐 반복되는데, 그 와중에 영웅소설에서 흔히 사용되는 관용구가 빈번히 보이고 있으며, 통속적인 서사 전개 방식과 장편화의 경향을

고 그러한 분위기 속에서 번안·유통된 <諸馬武傳>45) 등이 이 계열에 해당한다. 이들은 한문 표기 체계만을 고집하지 않고 국문으로도 작품을 창작하였으며, 단편이 아닌 장편으로 창작되는 등의 변화를 보였다. 특히 <제마무전>의 경우는 방각본으로 유통되기도 하여 몽유록의 향유층이 나 소통되는 양태가 영웅소설이나 장편국문소설 등과 별반 다르지 않았음을 보여 주고 있다.

물론 조선후기 몽유록이 모두 위와 같은 방향으로의 성격 변화를 보이고 있는 것은 아니다. 조선전기 몽유록이 정치·사회·현실에 대한 관심을 드러내던 방식과 마찬가지로, 작자의 현실적 처지와 밀접한 관련을 맺고 있는 민감한 역사적 사건이나 인물을 소재로 삼아 작자의 역사의식 및 현실인식 등을 표출하기도 하고,46) 17세기 중·후반 이후 전개된 몽

띠고 있는 점 등으로 보아 18세기 후반 이후에야 창작된 작품이 아닌가 생각된다. 신재홍(앞의 책, 180~183면) 역시 이 작품을 17C말~19C에 창작된 작품들과 함께 다룬 바 있다.

43) <몽유성회록>은 국문필사본으로 유탁일 소장본과 이가원 소장본이 있다.

44) 임치균(1999)과 정용수(2001)는 <王會傳>이 <금화사몽유록>의 개작이지만, 그 구성 방식에 있어 몽유록 양식을 탈피하였으므로 몽유록 유형에 포함시킬 수 없다는 논의를 개진한 바 있다. 그러나 <왕회전>은 <금화사몽유록>의 서사 내용을 확장·변개하고 새로운 서사를 덧붙여 작자 당대의 역사 인식을 피력하고 있는 작품으로, 창작의 원천이 되는 몽유록의 양식적 전통으로부터 자유로울 수 없다. 이러한 점은 작자가 작품의 후기를 몽유록 양식으로 형상화하고 있는 데서도 확인된다. 필자는 <왕회전> 역시 조선후기 몽유록의 양식사 내에서 논의될 때 그 특질과 위상이 제대로 밝혀질 수 있다고 생각한다.

45) <제마무전>은 『喩世明言』 제31화 <鬧陰司司馬貌斷獄>의 번안 작품이기에, 이 시기에 창작된 몽유록으로 포함시켜 논의할 수 있을지에 대한 논란이 있을 수 있으나, 현존 이본들을 살펴보았을 때, 18세기 후반 이후에야 출현된 것으로 보이고, 번안 과정에서 핵심 서사 단락이 되는 訟事 부분에 새로운 인물들을 대대적으로 추가·부연함으로써 서사를 대폭 확장하고 있어, 조선후기 몽유록의 양식적 기반 위에서 번안이 이루어졌음을 알 수 있다. 따라서 이 작품은 조선후기 몽유록 양식사 내에서 논의되는 것이 마땅하다고 생각한다.

46) 作者 未詳의 <江都夢遊錄>, 金壽民(1734~1811)의 <奈城誌>, 李渭輔(1694~?)의 <河生夢遊錄> 등이 이러한 양상을 보이는 예에 해당한다. <강도몽유록>의 창작 시기에 대해서는 김정녀(1997), 94~95면 참조.

유록의 양식적 변모가 시간적으로 후대로 가면서 다소 양상을 달리하며 나타나기도 하였다. 정치·현실의 문제가 아닌 개인적 관심을 표출한다거나 몽유록의 유형화된 서사 전개 방식에서 완전히 탈피하여 새로운 서술 구조를 발견, 이를 형상화하고 있는 모습이 그것이다.[47]

본고에서 살핀 <금화사몽유록>은 중국 연의소설을 통해 널린 알려진 대중적 인물을 수용, 독자들의 서사적 욕구를 충족시키며 널리 향유되었던 대표적인 작품에 해당한다. <금화사몽유록>이 이룩한 양식적 변모는 조선후기 몽유록들에 두루 영향을 미쳤는데, 특히 <사수몽유록>과 <몽유성회록> 등은 <금화사몽유록>에서 비롯된 몽유록의 대중화·통속화 경향을 더욱 확충하고 있다. <사수몽유록>과 <몽유성회록>은 <금화사몽유록>과 마찬가지로 讀書와 傳聞을 통해 이미 독자들에게 친숙해져 있는 중국의 대중적 인물들을 작품 속에 대거 끌어들이고 있으며, 모임을 구성하고 연회를 베푸는 등의 전체적인 틀 역시 <금화사몽유록>에서 빌려오고 있다. 이 작품들은 <금화사몽유록>을 모방하는 데에서 그치지 않고 軍談이나 訟事와 같이 그 흥미성을 인정받은 통속적 서사 기법들을 서사 전개에 적극 활용하면서 작품의 대중화·통속화 양상을 극대화시키고 있다.

4. 맺음말

<금화사몽유록>은 그간 작품의 창작연대가 명확하지 않다는 이유로 몽유록 양식사 내에서뿐만 아니라, 17세기 소설사 내에서도 작품의 의미를 적극적으로 해석하기를 주저했던 작품 중에 하나이다. 17세기에 창작

---

47) 金冕運(1775~1839)의 <錦山夢遊錄>과 尹致邦(1794~1877)의 <謾翁夢遊錄>이 이러한 양상을 보이는 예에 해당한다.

된 것이 분명한 다른 소설 작품들과 함께 묶여 필사된 이본들이 여러 종 발견되어 그 창작연대를 미루어 짐작할 수 있음에도 불구하고, 17세기 소설사의 다채로운 특성들을 이야기할 때면 으레 제외되었다. 이는 비단 <금화사몽유록>이라는 한 작품에 대한 연구 부진으로 그치는 것이 아니라, 조선후기 몽유록 전체에 대한 연구 부진으로 이어지고, 이는 다시 조선후기 소설사의 구체적인 지형도를 그려 나가는 데서도 똑같은 문제점을 드러내고 만다는 데 문제의 심각성이 있다. 그런데 최근 이 작품의 창작연대를 적극적으로 해석하고자 하는 연구가 이어지고 있고, 꼼꼼한 작품 분석 또한 병행되고 있어 다행스러운 일이라 하지 않을 수 없다. 그러나 이러한 연구의 진전에도 불구하고 여전히 이 작품이 지니고 있는 양식사적 의의에 대해서는 연구가 소략했던 것이 사실이다. 본고에서는 이러한 문제의식을 가지고 <금화사몽유록>의 양식적 특징과 그 의미를 살펴보았다.

이미 여러 선학들에 의해 지적되었던 바와 같이 17세기 소설사는 전환기로 볼 수 있다. 17세기에 이르면 조선전기의 소설사를 주도했던 전기소설, 몽유록, 우언소설들의 편폭 확장이 일어나는데, 이 변모의 과정에는 <삼국지통속연의>로 대표되는 중국의 연의소설, 통속백화소설 등의 유입, 향유층의 확대와 변모, 국문소설의 유행 등과 같은 요인들이 일정한 작용을 하였다. 즉 17세기를 기점으로 하여 소설 환경의 변화가 일어난 셈인데, <금화사몽유록>은 이러한 소설사적 흐름 속에서 나온 작품이다. 살펴 본 바와 같이 독자들에게 익숙한 대중적 인물을 작품 속에 대거 끌어 들이고 몽유록의 유형화된 서사 전개 방식을 적절히 변용하는 한편 장편화를 꾀하여 독자들의 서사적 욕구를 충족시키고 있는데, 이로 보아 이전 시기 몽유록 작품들에서 축적된 양식적 전통을 골고루 이어받아 그 정점을 보인 동시에, 거기에서 방향을 틀어 새로운 작품 세계를 구축했다 이를 만하다. 한편 이러한 <금화사몽유록>의 양식적 변모는 조선후기에 창작된 몇몇 몽유록 작품들에 크고 작은 영향을 주고 있다는 점에서 그 양식사적 의의도 적지 않다.

(『고소설연구』 13, 한국고소설학회, 2002. 6. 169~198면)

참고문헌

<金華寺夢遊錄>. 金起東 編.『筆寫本古典小說全集』3권. 아세아문화사, 1980.

司馬遷.『史記』. 정범진 외 역. 까치, 1997.

金興奎 外.「韓國漢文小說目錄」.『고소설연구』9. 한국고소설학회, 2000.

조희웅.『고전소설 이본목록』. 집문당, 1999.

강상순.「구운몽의 상상적 형식과 욕망에 대한 연구」. 박사학위논문. 고려대대학원, 1999.

권우행.「<금산사기> 연구」. 박사학위논문. 효성여대대학원, 1991.

김남기.「<하생몽유록> 연구」.『한국고전소설과 서사문학』下(양포이상택교수환력기념). 집문당, 1998.

김대현.「17세기 소설사의 한 연구」. 박사학위논문. 성균관대대학원, 1993.

김정녀.「<奈城誌>의 양식적 특징과 그 의미」.『한문학보』5. 우리한문학회, 2001.

김정녀.「<謏翁夢遊錄> 연구」.『고소설연구』9. 한국고소설학회, 2000.

김정녀.「몽유록의 현실 대응 양상과 그 의미」. 석사학위논문. 고려대대학원, 1997.

김춘택.『우리나라 고전소설사』. 한길사, 1993.

김태준.『조선소설사』. 학예사, 1939(김태준 저/박희병 교주.『증보조선소설사』. 한길사, 1990).

민긍기.「<몽유성회록>에 대하여」.『열상고전연구』9. 열상고전연구회, 1996.

박성의.『한국고대소설사』. 일신사, 1964.

서대석.「몽유록의 장르적 성격과 문학사적 의의」.『한국학논집』3. 계명대 한국학연구소, 1975.

송진한.「조선조 연의소설의 연구」. 박사학위논문. 충북대대학원, 1993.

신기형.『한국소설발달사』. 창문사, 1960.

신재홍.『한국몽유소설연구』. 계명문화사, 1994.

신해진.『조선중기 몽유록의 연구』. 박이정, 1998.

야마구치 히사카즈 저/전종훈 역.『사상으로 읽는 삼국지』. 이학사, 2000.

양승민.「인흥군 영과 <취은몽유록>」.『고소설연구』 5. 한국고소설학회, 1998.

양언석.『몽유록소설의 서술유형연구』. 국학자료원, 1996.

유종국.『몽유록소설연구』. 아세아문화사, 1987.

유탁일.「15·6세기 중국소설의 한국 전입과 수용」.『어문교육논집』 10. 부산대, 1988.

윤재민.「조선후기 전기소설의 향방」.『민족문학사연구』 15. 민족문학사연구소, 1999.

이명선.『조선문학사』. 조선문학회, 1948.

임치균.「<王會傳> 연구」.『장서각』 2. 한국정신문화연구원, 1999.

임형택.「17세기 규방소설의 성립과 <창선감의록>」.『동방학지』 57. 연세대 국학연구원, 1988.

장덕순.「몽유록 소고」.『동방학지』 4. 연세대 동방학연구소, 1959.

장효현.「<황릉몽환기>에 대하여」. 전국대회 발표요지. 국어국문학회, 1995. 5. 28.

장효현.「근대 전환기 고전소설 수용의 역사성」.『근대전환기의 언어와 문학』. 고려대 민족문화연구소, 1991.

장효현.「몽유록의 역사적 성격」.『한국고전소설론』. 새문사, 1990.

전성운.「장편 국문소설의 변모와 영웅소설의 형성」. 박사학위논문. 고려대대학원, 2000.

정용수.「<金山寺夢遊錄>계의 창작 배경과 주제 의식」.『고소설연구』 10. 한국고소설학회, 2000.

정용수.「<金華寺慶會錄> 고」.『연민학지』 2. 연민학회, 1994.

정용수.「<王會傳> 연구」.『동양한문학연구』 14. 동양한문학회, 2001.

정주동.『고대소설론』. 형설출판사, 1966(1982 재판).

정출헌.「17세기 국문소설과 한문소설의 대비적 위상」.『고전소설사의 구도와 시각』. 소명출판, 1999.

조동일.「영웅소설 작품구조의 시대적 성격」.『한국소설의 이론』. 지식산업사, 1977.

조동일.『한국문학통사』 3. 지식산업사, 1994.

진경환.「<창선감의록>의 작품구조와 소설사적 위상」. 박사학위논문. 고려대대학원, 1992.

진방명 저/이범학 역.「송대 정통론의 형성과 그 내용」.『중국의 역사인식』 下. 창작과비평사, 1985.

차용주.『몽유록계 구조의 분석적 연구』. 창학사, 1979.

호리 마코토·마나베 쿠레오 저/윤길순 역.『영웅의 역사』 3. 솔출판사, 2000.

[영인] 금화사몽유록(金華寺夢遊錄)

한문필사본 〈금화사몽유록〉
국문활자본 〈금산ᄉ몽유록〉

여기서부터는 影印本을 인쇄한 부분으로 맨 뒷 페이지부터 보십시오.

金山寺夢遊錄

話說淸
화셜쳥나라 강희말년에 능쥬싸에 일위명ᄉᆞㅣ잇스니 셩은 허요 명은 즈ᄌᆞ 탄이니 일작이 산즁에 오유ᄒᆞᆫ 협객으로 ᄉᆞ름되이 총민ᄒᆞ고 박학다지 긔질이 쥰민ᄒᆞ고 호긔방탕홈으로 드ᄐᆡ여 셧을 산수간에 두어 아참에 난 ᄐᆡ산지양에 ᄒᆞᆫ산지양에 놀고 져역에 난 동졍지호에 비회ᄒᆞ야 ᄉᆞ히팔황을 도라놀ᄉᆡ 산천경 안젼에 버린듯ᄒᆞ민 흉검이 활연ᄒᆞ야 셰계상에 활달ᄒᆞ지부로ㅈ 칭ᄒᆞ더라 금 일ㅣ은 금능을ᄯᅥ나 금산으로 올나유산ᄒᆞ시 ᄯᅥ가바야ᄒᆞ로 츄구월망간이라 금 풍은 소슬ᄒᆞ고 옥우난 징영ᄒᆞ야 만산수목에 샹풍이 빗겻난듸 황운지식이 둘 녯더라 졈ㅅ 힝ᄒᆞ며 경기를 탐ᄒᆞ야 깁히드러가민 히빗이 임의셔령에 ᄯᅥ러지 고 월광이 동텬에 놉하쓰민 가위진퇴유곡이라 도라올길이 망연ᄒᆞ야 고봉쥰 령에셔 졍히 쥬져ᄒᆞ며 방황ᄒᆞᆯ지음에 드른즉 셔흐로 무협간에 잔납의 우름소

淒凉 南天 瞻仰
리쳐 량호고 남텬를 쳠앙권디 기러기 무리지어 벗을불너도라가니 씨난 바야호

三更 萬籟俱寂 天地漠然 萬壑千峰 五色烟霧
로 삼경에 밋쳣난지라 만뢰구젹호고 텬디가막연호데 만학쳔봉에 오셕연무ㅣ

潺湲 九川 石壁依支 星光滿天 四顧 身淸
잠겨잇고 시ᄂᆡ에 믈소ᄅᆡ난 잔완호야 구쳔에 소못쳐며 셩광이 만텬호데 ᄉ고

無親 月枕 石枕
무친호야 머무러 잇슬곳이업셔이에 셕벽를의지호야 셕침를베고 누으ᄆᆡ 신쳥

骨冷 韓憁獸獸 月光 身淸
골닝호야 잠을이루지못호고 젼ᄉ묵ᄉ호다가이러나 월광를 씌여압호로나아가

歡里 琪花 瑤草 前後左右 蒼松 綠竹 清流壁上
수리에이르러난 긔화와 요초가 젼후좌우에 둘너잇고 창숑과 록쥭은 쳥류벽상

一座樓閣 空中 縹緲 仔細 金字懸
에 웃어졋난디 일좌루각이 공즁에 외ᄉ향얏난지라 ᄌ셰히살펴보니 금ᄌ로현

金山寺 畫棟 朱欄 燦爛
판에 크게써스되 금산ᄉ라호얏스니 불근기와며 화동과 쥬란이 찬란호야 운

縹緲 生 山室月廊 忽然似夢非夢
외에 표묘호지라 셩이두루도라 살피다가 산실월랑에 누엇더니 홀련ᄉ몽비몽

警蹕之聲 漸漸 間間
잔에 드른즉 문득 경필지셩이 먼듸로좃ᄎ 졈졈 갓가히들너며 잠자ᄉ이에 문

外에 千兵萬馬 金鼓 銀鐸 山川 震動 旌旗 劍戟
외에 쳔병만마가 따흘움작여 오며 금고와운졍은 산쳔이진동호며 졍괴와 검극

은좌우에 ᄉ몃ᄒ고 의장과 표긔며 둑이 젼후에 분운ᄒᆞᆫ 가온ᄃᆡ ᄉ좌황금교ᄌᆞㅣ（左右 森列 儀仗 標旗 纛 前後 紛紜 四座黃金轎子）

초례로 힝ᄒᆞ야오니 뎨일교상에난 일위장ᄌᆞㅣ좌ᄒᆞ얏스되 륙쥰룡안에 슈염이（行 第一榻上 一位長者 坐 隆準龍顏 鬚髯）

미려ᄒᆞ니 이난 한고됴요 뎨이교상에난 일위장ᄌᆞㅣ좌ᄒᆞ얏스되 룡봉지ᄌᆞ요（美麗 漢高祖 第二榻上 一位長者 坐 龍鳳之姿 天）

일지표ㅣ니 이난 당티종이요 뎨ᄉ교상에난 일위장ᄌᆞㅣ좌ᄒᆞ얏스되 각ᄉ강ᄉ지포를（威表 唐太宗 第三榻上 一位長者 坐 各各絳紗之袍）

얼골이 모지고 입이크니 이난 송티됴요 ᄃᆡᄉ교상에난 일위장ᄌᆞㅣ좌ᄒᆞ얏스되 홍의룡포에（宋太祖 第四榻上 一位長者 坐 着 金冠玉 紅衣龍袍）

텬위엄숙ᄒᆞ고 신최동인ᄒᆞ니 이난 명티됴ㅣ러라（天威嚴肅 神彩動人 明太祖）

홀를 초렷스니 광최찬란ᄒᆞ고 위의씨ᄉᆞᄒᆞ더라 이에 ᄉ위티됴ㅣ 교ᄌᆞ를ᄂᆞ려 빅옥탑（笏 光彩爛爛 威儀 四位太祖 轎子 白玉榻）

상에 좌를졍ᄒᆞᆯ시 명티됴ㅣ문득 읍양이ᄉᆞ왕이탑은 오직 통일텬하지쥬라야 좌（上座定 明太祖 揖讓而辭曰 統一天下之主）

홀지라 과인은오직 불연ᄒᆞ야 우흐로 력티졔왕이계시며 멸국에 칭왕ᄒᆞᆫ 쟈ㅣ（寡人 不然 歷代帝王 列國 稱王稱帝者）

비일비ᄌᆡ ᄒᆞ니 과인이엇지 감히 엄연이 ᄉ지리에 나아가리오 한고됴ㅣ미소왈（非一非再 寡人 儼然 漢高祖 微笑曰）

명졔지언이 그르도다 일지이 텬명을바다 난신젹ᄌᆞ를 도멸ᄒᆞ고 텬하를 평치ᄒᆞᆫᄌᆞ（明帝之言 天命 亂臣賊子 剿滅 天下平治者）

ᅵ그ᄃᆡ가아니고 뉘리오모름작이 겸양^{謙讓}치말고 쳔지에아름다온 긔회^{奇會}를이루게ᄒᆞᆷ

이엇더혼요 명ᄐᆡ조^{明太祖}ᅵ부득이^{不得已} 좌^座에나아가니 문무졔신^{文武諸臣}이각ᄉᆞ 동셔로분^{東西分}ᄒᆞ야 좌^坐ᄒᆞᆯ

시 한나라문신^{漢文臣}에난 장량、쇼하、진평、력이긔가、류가、수하、숙손통、^{張良蕭何陳平酈食其陸賈隨何叔孫通}이요 무신^{武臣}에난

한신、경포、조참、핑월、왕능、쥬발、번쾌、관영、^{韓信黥布曹參彭越王陵周勃樊噲灌嬰}杜如晦、쥬가、장이、^{周苛張耳}요 당나라^唐

문신^{文臣}에난 위징、장손무긔、왕규、방현령、두여회、비적、유문졍、져수량、^{魏徵長孫無忌王珪房玄齡杜如晦秘寂劉文靜褚遂良}등이요 무^武

신^臣은 리졍、울지공、리셰젹、진숙보、^{李靖尉遲恭李世勣秦叔寶}은기산、굴돌통、^{殷開山屈突通}이요 송나라문신^{宋文臣}은 됴보、범^{趙普范}

신^臣은 杜甫、王祐、張齊賢 두연、왕우、장졔현、뢰덕양、리방、도곡、^{出典讓李昉陶穀}이요 무신^{武臣}은 셕수신、묘훈、죠빈、젼약^{石守信苗訓曹彬錢若}

수、요 명나라^明 문신^{文臣}은류긔、리션장、셔휘죠、황자중、^{劉基李善長徐輝祖黃子澄}이요 무신^{武臣}은 셔달、샹우츈、^{徐達常遇春}

水^明 胡大海、花雲龍、李文忠、兪通海、湯和、韓成 호ᄐᆡ히、화운룡、리문츙、뉴롱히、탕화、한셩、이니 인ᄉᆞ^{人士}이용건^{勇健}ᄒᆞ고 미ᄉᆞ히출셰^{出世}혼

英雄^{四位太祖}영웅이러라 ᄉ위ᄃᆡ조^{殿座}ᅵ초례로견좌ᄒᆞ며 ᄉᆞ대^{四隊}문무졔신^{文武諸臣}이 반렬^{班列}를졔ᄉᆞ히졍^定ᄒᆞᆫ후^後

殿上^{殿上曉介} 뎐상에셔 호령^{曉介}ᄒᆞ되 장량、위징、됴보、류긔^{張良魏徵趙普劉基}난 나아와 명^命을밧ᄌᆞ오라ᄒᆞ니 ᄉᆞ인^{四人}이

趙唱^{趨唱侍立} 츄챵ᄒᆞ야 응명시립^{應命侍立}ᄒᆞ온ᄃᆡ 한고조^{漢高祖}ᅵ왈 삼ᄃᆡ지하^{三代之下}에 왕풍^{王風}이위미^{委靡}ᄒᆞ고 졍명^{正明}

之治 지치를 이럿슴으로 오(五季七雄之時)계칠웅지시에 干戈 四方 간괘가ᄉ방으로이러나 아참에 싸호고 져녁

에쉬며 ᄉ히요란ᄒ더니(四海擾亂) 괴인(寡人)이창업(創業)ᄒᄡ에이르러난 ᄉ방이안졍ᄒ고(四方安靜) 인민이안(人民安)

엄ᄒ얏스니 당(唐)나라와 송(宋)나라와 명(明)나라이 ᄯ한이럿트시 치국(治國)ᄒ기를 일톄(一體)로ᄒ

지라 수연(雖然)이나 오날ᄉ풍경이졍(風景正)하조코 군신(君臣)이셔로모도엿스니 이ᄯ한승ᄉ(勝事)一라

가히이러ᄒ 긔회(奇會)를허송(送)치못ᄒ리로다ᄒ고 이예군시(近侍)로ᄒ야금 즁당에포진(中室鋪陳)을빅

셜ᄒ고 연셕(宴席)을갓초니 등촉이휘황(燈燭輝煌)ᄒ고 위의엄숙(威儀嚴君)ᄒ딕 풍류를진쥬(風流陳奏)ᄒ며 쳥가묘(淸歌妙)

무로질기니 향풍이촉비(春風觸鼻)ᄒ고 관현지셩(管絃之聲)이요량(嘹喨)ᄒ야 쳥텬(靑天)에ᄉ못더라 쥬지반감(酒至半酣)에

한고조(漢高祖)ㅣ 추연장탄왈쳑금(獃然長歎曰尺劍)과 포의로쿵ᄑᆡ(布衣豊沛)에셔이러나 일민쵼토(一民寸土)라도 히(害)로이흡이

업고 군신의츙렬(群臣忠烈)을함입어 맛참닉되업(大業)을이루니 이난뉘과인(寡人)으로더부러 좃침이

며 당틱종(唐太宗)은한번쏘홈에 관즁을졍(關中定)ᄒ얏고 송틱조(宋太祖)난 일야(一夜)에텬하를취(天下取)ᄒ얏스나

그러ᄒ나 명틱조(明太祖)난 공업(功業)이우리ᄉ인(三人)에셔 승(勝)ᄒ다ᄒ리로다 송틱조(宋太祖)ㅣ한고조(漢高祖)다려

問曰 高祖關

문왈 고조ㅣ 관에 들미 秋毫 不犯 約法三章 추호를 부범ᄒ고 약법ᄉ장을 지엇스니 무슴뜻으로 이럿

天下人民이 明君 듯ᄒ얏난요 漢高祖 日 한고조ㅣ 디답ᄒ야 영가아희형벌을혹독히ᄒ야 빅셩을 잔히ᄒ니

텬하인민이 명군바라기를 큰가뭄에운예 갓치바란지라 시이로텬하지쥬가 된즌

恩惠 愛賢使能 논어진일을베푸러 은혜로폐히고 덕된졍ᄉ를힘써 빅셩을도탄지즁에 건질것이 漢高祖 쳥파

로라 唐太宗曰闊達大度 당튀종왈활달ᄐ도ᄒ고 三代之治 엇지습ᄐ지치를감당ᄒ리오 漢室四百年 한실ᄉ빅년긔

沈吟 침음ᄒ다가왈 과인의예덕으로써 業創開 群臣 업를창기ᄒ홈은 군신의협을입은바요 과인의능홈이아니로라 張良運籌帷幄 장량은운쥬유악ᄒ야

決勝千里之外 결승쳔리지외ᄒ고 蕭何國政 根本補佐 소하난국졍을 근본으로보좌ᄒ고 陳平妙策 진평은묘척를드리오고 隨

何 形勢 分數 하난형세를아라 분슈를졍ᄒ고 陸賈道 륙가난도로 亂臣 난신를다ᄉ리고 韓信戰必勝攻必取 한신은 전필승공필취ᄒ

論辨 律令定 를논판ᄒ고 張蒼 장창은률령을졍ᄒ고 叔孫通禮義 숙손통은례의를짓고 韓信 한신은 전필승공필취ᄒ

며 曹參 征伐 조참은졍벌을잘ᄒ고 灌嬰 用兵 관영은용병을잘ᄒ며 黥布 樊噲 萬夫不當之勇 경포와번쾌난 만부ᄉ당지용이잇

고 (紀信) (千秋) 긔신은 쳔추에 붓그럼이 업시 (忠誠) (彭越) 충셩되고 펑월은 (後世) (威嚴) 후셰에 위엄이 잇고 (張耳) (兵器) 장이 난병과

룰 잘 조셩ᄒ야셔 (造成) (募人) (威儀) 과인의 위엄을 도앗느니 (顧臨) (太祖) (諸臣之中) (能) 원컨듸 모든듸 조의 졔신지즁에 능ᄒ (魏徵) (直諫) 위징은 직간카

룰 잘ᄒ고 (長孫無忌) 장손무긔난 (竭忠輔佐) 갈츙보좌ᄒ고 (杜如晦) (臨) 두여회난 일을 임ᄒ야 (群臣) (政事輔翼) 결단ᄒ기를 잘ᄒ고져

를 듯고져ᄒᄂ이다 (唐太宗曰募人) 당틱죵왈 과인도 ᄯ호한 (群臣) 군신의 혐을 입은 공이니 (決斷) (魏徵) 위징은 지ᄀ잔가

(遼良) (百姓愛恤) 은 빅셩을 의휼ᄒ고 나라를 군심ᄒ야 (恩怕) 과인의 졍ᄉ를 보익ᄒ고 (殷開山李勣) 은ᄃ산 리젹

은 도젹을 티ᄒ고 미 죽기를 긔탄치 아니ᄒ고 (秦叔寶尉遲恭) 진숙보 울지공은 (驍勇絶倫) 효용이 결륜ᄒ고 (李靖) 리졍

(兵法) (封衛鄂國事) 은 병법을 익이룡ᄒ고 봉덕이 난 국ᄉ를 심쓰고 (房玄齡屈突通) 방현령 굴돌통은 (智足多謀) 지족다모ᄒ며 류

(文靜奠世南等) (知鑑) 은 문졍 우셰남등이 지감이 느르며 써 과인의 위엄을 도앗느니 아릿답지 아니ᄒ리요 ᄯ호

(宋太祖ㅣ가로디) 송틱조ㅣ 가로디 (趙普智謀有餘) 묘보난 지모ㅣ 유여ᄒ고 (曹彬勇略雙金) 조번은 용약이 쌍젼ᄒ고 (石守信威風) 셕수신은 위룡

이 늠ᄉㅎ고 (尙訓杜衍) (皇ᄉ) 묘훈 두연은 당ᄉㅎ고 (范質李昉) 범질 리방은 셔 문ᄎ를 돕고 (王金斌李遴趙) 왕견빈 리한초 난

(堯舜) (治國) (至極) 요순의 치국홈을 지극히ᄒ니 엇지셔 창업ᄒ온비라 아니ᄒ리요 (創業) (漢高祖曰) (軒轅之) 한고조ㅣ 왈 헌원지

시에도 치우지 난이 잇고 당요지시에도 스흉지도의 잔신젹ᄌᆞ이 잇셧ᄂᆞ니 ᄌᆞ고급

금에 ᄯᅩ 한 업지 아니ᄒᆞ도다ᄒᆞ며 인ᄒᆞ야 명틱조다려 군신의 능ᄒᆞᆷ을 무르니 답왈 공

업을 이루지 못ᄒᆞ고 지조와 지혜를 시험ᄒᆞ면 고인의게 비치 못ᄒᆞ나 그러ᄒᆞ나 뉴긔

셔달은 장량, 리졍의 지용과 방불ᄒᆞ고 화운룡, 한셩은 긔신, 쥬가지츙을 당ᄒᆞ고 상

운츈, 리문츙은 죠빈, 울지공의 용밍에 비ᄒᆞᆯ 것이요 리션쟝, 황ᄌᆞ징은 위칭, 셔수량의

어지게 보국ᄒᆞᆷ에 비ᄒᆞᆯ 것이요 호틱히 난번쾌, 진숙보의 용력에 비ᄒᆞᆯ 것이요 이외에

문무 제신의 지조ᅵ 과인ᄒᆞ며 지족다모ᄒᆞᆷ은 불가승수ᅵ라ᄒᆞ더라 이윽고 당틱종

이가로틱 이갓든 셩연은 고금에 드문빅니 원컨틱 즁흥지쥬로 동락ᄒᆞᆷ이 ᄯᅩ 한엇더

ᆼ니잇고 셰틱조ᅵ가로틱 심합즁심이로소이다 한고조ᅵ슈하를 보ᄂᆡ여 광무와

소렬창제를 청ᄒᆞ라ᄒᆞ고 당틱종은 비젹를 보ᄂᆡ여 숙종을 청ᄒᆞ라ᄒᆞ고 송틱조난리

방을 보ᄂᆡ여 고종을 청ᄒᆞ얏더니 이윽고 긔마병졋지셩이 문외에 들ᄂᆡ며 ᄉᆞᄌᆞᅵ분

쥬히 드러와 고왈 소위 황제 이에 이르섯나이다 ᄒᆞ더니 제일은 광무황제(第一光武皇帝)니 좌우시종지신(左右侍從之臣)은 등우、오한、가복、탁무、마원、구슌、경감、풍이(鄧禹吳漢賈復卓茂馬援寇恂耿弇馮異) 등이요 제이난 소렬황제(第二昭烈皇帝)니 좌우시종지신(左右侍從之臣)은 제갈량、방룡、법졍、강유、장완、허졍、관공、장비、조운(諸葛亮龐統法正姜維蔣琬許靖關公張飛趙雲) 리필、곽ㅈ의、리(李泌郭子儀李)

마초、황츙(馬超黃忠) 등이요 제삼은 당슉종황제(第三唐肅宗皇帝)니 좌우시종지신(左右侍從之臣)은 리광필、뇌만츈、남제운、장순、허원(李光弼雷萬春南霽雲張巡許遠) 등이요 제ㅅ난 송고종황제(第四宋高宗皇帝)니 시종지신은

광필、뇌만츈、남제운、장순、신덕슈、한셰츙、허원(光弼雷萬春南霽雲張巡眞德秀韓世忠許遠) 등이니 ᄉᆞ룸은 밉호(猛虎) 갓고 말은 비룡(飛龍) 갓더라 곳

악비、장군、조졍、신덕슈、한셰츙(匠飛張浚趙鼎眞德秀韓世忠) 장양(張良)이 출반쥬왈(出班奏曰) 군신(群臣)이 조잡ᄒᆞ(群臣이조잡ᄒᆞ)

법당(法堂)에 이르러 예필후 동누(禮畢後東樓)에 좌를 정ᄒᆞ미(座定) 장양(張良)이 출반쥬왈 군신이 조잡ᄒᆞ니 상장(相將) 장양이

야 반렬(班列)들 힘지 못홈이 불가ᄒᆞ오니(不可ᄒᆞ오니) 원컨티 상상(元컨티上相)으로써 츙지용약자(忠智勇略者)를 반렬(班列)

울졍ᄒᆞ고 항오(行伍)를 차린후 옹용쥬션이(雍容周旋이) 가ᄒᆞ오니(可ᄒᆞ오니) 원컨티 상상(顧元컨티上相)

가로티 초언이 가장 션타 ᄒᆞ고(此言이가장善타ᄒᆞ고) 이에 번쾌로 ᄒᆞ야곰(樊噲로ᄒᆞ야곰) 오석긔를 남루하에 셰우고(五色旗를南樓下에셰우고)

울졍ᄒᆞ고 항오를 차린후(行伍를차린後) 차셔가 잇슬가 ᄒᆞᄂᆞ이다(次序가잇슬가ᄒᆞᄂᆞ이다) 좌즁이 모다(座中이모다)

북셔번을 울이며 셰번호령ᄒᆞ여왈(號令曰) 졍승지지난(政丞之材난) 홍긔하로가고(紅旗下로가고) 장슈지지난(將帥之材난)

흑긔하로가고(黑旗下로가고) 츙의지지난(忠義之材난) 황긔하로가고(黃旗下로가고) 용역잇ᄂᆞᆫ쟈난(勇力者난) 다 빅긔하로 뒤라 ᄒᆞ니(白旗下로뒤라ᄒᆞ니)

衆人이셔로보며 아모말을못ᄒ고 맛참늬나아오지아니ᄒ난지라 殿上에셔 ᄯᅩ북

를운이며 호링ᄒ야 황명을가히지완치못ᄒᆯ거니 ᄡᅡᆯ니밧드러힝ᄒ라ᄒ니 위징

이츄츌슈왈 고금으로쟝상된즈ᅵ 스로젼거흔즈ᅵ업슨지라 시신즁에가히

평이틱ᄒᆯ것이요 졍직지ᄉᆞ를 포폄ᄒ진틱 즁신지즁에 우렬를졍ᄒ게ᄒ미 가ᄒᆯ

가ᄒᆯ늬이다 한고조가로틱 뉘이소임을가히당ᄒᆞ고 위징이틱왈 지신은막여쥬로

소이다 한고조ᅵ슴졔를도라보며이로틱 此言甚有理 各々 그소임에능

ᄒ니를쳔거흠이좃도다 당틱종왕과인지심에난 리졍이맛당ᄒᆞ가ᄒ늬 ᄭᅡ々 그소임에능

틱조ᅵ왈 과인지심에난 리젹이맛당ᄒᆞ가ᄒ늬이다 明太祖曰 한갓능ᄒ며한갓

智謀之士 하틱무지리오 반다시빅이의직졀과 소무의말금과 이뉸의어짐과

자모지ᄉᆞ난 하틱무지리오 반다시빅이의직졀과 소무의말금과 이뉸의어짐과

龍逄忠節 용방의츙졀이며 나라을밧들고 인군을돕기난 쥬공만ᄒ니업느니 쥬공갓튼이라

야 가히츌쟝입상ᄒᆯ것이요 틱공갓흔즈ᅵ라야 가히맛당ᄒᆞ다ᄒ리로다 그러ᄒ느

전일에 드르니 셔촉제갈량이 흉즁에 결승쳔리지 지를 장ᄒ고 부즁에 안방졍국ᄒᆯ 셕을 품어스며 상통텬문ᄒ고 하달디리ᄒᄂᆫ지라 이제 셩각거든 ᄎ인이 아니며 가히이 소임를 감당치 못ᄒᆯ가ᄒᄂᆞ니다 좌즁이 예셩왈 명틱조의 말이 가장 올타ᄒ더니 조보ㅣ 나아와 잔ᄒ야왈 제갈량의 지모ㅣ 비록 여ᄎᆞ호오나 쇼렬황제를 도으미 송틱조ㅣ거 일즉이 통일ᄒᆫ 공이 업ᄂᆞ니 가히이 쇼임에 합당치 아니ᄒᆞᆯ가ᄒᄂᆞ니 이다 급증 연왈 무릇 자모라ᄒᆫ 난것은 스름의 게 잇고 흥망은 져텬ᄒᆫ자라 만일 졍의 말갓튼진 민즈와 즈스ㅣ도로혀 쇼진장의 만 갓지 못ᄒ리로다 공명의 도ᄒᆞ난 와룡이니 남양에 놉피누어 양보음을 々푸면셔 셰소를 부운갓치 역여 불구문달ᄒ더니 쇼렬 황제 습고 초려ᄒ니 이에 부득이 산에 나올ᄉᆡ 그ᄯᅢ에 쇼렬황뎨의 장수ㅣ 열에 추지 못ᄒ고 군ᄉ가 쳔에 넘지 못ᄒ엿스되 방망에 쇼듄ᄒ며 빅하에 옴수ᄒ여 밍덕으 로 ᄒ야금 잔담이 ᄎᆞ로무여지게ᄒᆞ미 졍족지셰를 이루어 육출긔산ᄒᆫ졔 스마즁달

이 혼비빅산ᄒ고 칠금밍확홀제 남인이 항복ᄒ엿ᄂ니 이가 영웅이아니리오ᄒ고

이에좌우로ᄒ야금 공명을나아오라ᄒ미 공명이 윤건노복으로 젼々에나아와 비

현ᄒ니 즁인이모다눈믈을드러보미 풍도ㅣ쳥수하고 거지단아ᄒ여 안하에 고금역

ᄃᆡ를열남하ᄂ듯ᄒ며 흉즁에텬지조화를 장ᄒᄂ듯ᄒ니 즁인이졔셩갈ᄎ혼을 마지

아니하더라 명틱조ㅣ왈 경은모름이 졔국군신의 반렬고하를졍홈이엇더ᄒᆫ요 공

명이 ᄉᆞ왈신의 용열혼지질노 엇지이러혼즁ᄃᆡ혼소임을 ᄀᆞ당ᄒ리잇고 시러

금 명명ᄒ시난바를 봉힝처못ᄒ리로소이다 명틱조ㅣ왈경은ᄉᆞ양치말고 ᄉᆞ속히

힝공ᄒ라 공명이흘일업셔 비ᄉᆞ슈명ᄒ고 졍하군신의반렬를졍ᄒ려홀지음에 소

졸이보ᄒ되 진시황졔와 진무졔와 수문졔와 초픠왕의 글월이ᄉᆞᄅ럿다ᄒ미 좌

우시신이 그글을밧드러 젼상에 윤감ᄒ니 한고조ㅣ초려로 남필에문득빈ᄎᆞᆷ왈이

우리신과 졍의가합지 아니ᄒᆫᄉᆞᄅᆞᆷ이니 믈니침이가ᄒ도다 송틱조ㅣ왈 거즈를

쏫지아니코 니즈를막지안일지니 이에마져셔로봄이 맛당홀가ᄒ여이다 이럿듯 來者

ᄒ며 의논를결치못ᄒ거늘 공명이고왈 이제신의게 ᄒᆫ계피ᅵ잇스오니 이졔사 議論決 孔明告曰 計較 四

황으로ᄒ야금 동누에유ᄒ게ᄒ고 피ᄎ에통셥지아니ᄒ면 ᄌᆞ연종용ᄒᆫ도리가 잇 皇 東樓 彼此通涉 自然從容 道理

슬듯ᄒ노이다 한고죠ᅵ그말을좃ᄎ 드티여왕희지를명ᄒ여 긔아리크게셔서 문밧 漢高祖 王羲之命 旗

계셰우니 기방에갈왓스되 즁흥호ᄂᆞᆫ왕ᄌᆞ난동누로가고 피왕ᄌᆞ난셔누로가되 만일 其榜 頂興 王者東樓 覇王者西樓 始皇의

창업지쥬가아니여든 시러금법당에 드러오지못ᄒᆞ리라ᄒ나니라 이옥고시황의거 創業之主 法堂

마ᅵ이르니 좌하에셤이마ᄅᆞ타고 강스지포를입고 허리에딕아검을ᄎᆞ스니 호령 坐下 鐵龞馬 絳紗之袍 太阿劍 號令

이엄슉ᄒ고 위풍이늠ᄼᄒ며 좌에난리스、모쵸왕견이뫼셧고 우에ᄂᆞᆫ 몽염장감왕 威風凛凛 李斯、茅焦 王翦 衣冠隨王

분이뫼셔쓰며 ᄯᅩ진무졔드러오니 황금연을타고 옥슈에빅옥홀을쥐엿스니 의관 晋武帝 黄金輦 玉手白玉笏

이찬란ᄒ며 긔상이당당ᄒ여 좌에ᄂᆞᆫ 장화산도요 우에난양호、두예뫼셔스며 ᄯᅩ수 氣像堂堂 左張華山濤 右羊祜杜預

문대드러오니 유연을타고 금관과홍포를 착ᄒ엿스며 정긔분운ᄒ고 검극이나 文帝 玉輦 金冠 紅袍 旌旗粉紜 劍戟羅

금산ᄉ몽유록

烈ᄒᆞ여 긔상이능능ᄒᆞ고 문최빈빈ᄒᆞ니 좌에난왕통소위요 우에난ᄒᆞᆷ금호ᄒᆞ약필 烈氣像演々 文彩彬々 左 王通蕭威 右 韓擒虎賀若弼

이외셧더라 시황이바로 법당으로오르려ᄒᆞᆯ거늘 공명이압ᄒᆞ로나아가 간ᄒᆞ여왈 始皇 法堂 法堂 孔明 諫 始皇日

이난창업지연이니 창업지쥬가아니면 맛닥히법당에 오르지못ᄒᆞ리이다 시황이 創業之宴 創業之主 創業

이말을듯고 발련디로왈파인아 팔황을소쳥ᄒᆞ미 위진ᄉ히ᄒᆞᆫ지라 엇지크게챵업 物然大怒日旗人 八荒 捕淸 威振四海

을이루지못ᄒᆞ엿다ᄒᆞ리요 공명이ᄃᆡ왈폐하ㅣ류국을 병탄ᄒᆞᆫ공업이비록크나 孔明 對日陛下 六國 幷呑 功業

리로써 의논ᄒᆞᆯ잔듸 쥬홍ᄒᆞᆯ다ᄒᆞᆯ것이요 창업ᄒᆞᆫ바ᄂᆞᆫ아니니 폐하의공업이션왕과 理 議論 中興 創業 陛下 功業 先王

갓ᄐᆞᆯ진댄 창업을ᄌᆞ쳐ᄒᆞᆯ지라도 소신이엇지 여ᄎᆞ히거졀ᄒᆞ오리잇가 創業 自處 小臣 如此 拒絕

왈공명지언이올ᄒᆞ니 즁흥지쥬로ᄌᆞᆺ당ᄒᆞ심이 가ᄒᆞᆯ가ᄒᆞᄂᆞ이다 시황이 그말을ᄎᆞᆺ 孔明之言 中興之主 自當 何 始皇

츄동누로가니 ᄯᅩ항왕이를시 오초마를타고 손에쳘편을드러스니 용역이졀륜 項王 烏騅馬 左 鐵鞭 勇力絕倫

고 살긔등등ᄒᆞ며 분연이드러오니 우에난항장이라 좌우다 殺氣騰々 忿然 右 項莊 左右

러문왈 오날날잔치난 뉘쥬장ᄒᆞᆫ요 그ᄯᅳᆺ을알고저ᄒᆞ노라 공명이ᄃᆡ답왈 오날 問日 主張 孔明 答日

讚太祖高皇帝
잔쳐난 한틱조고 황졔게읍셔 唐宋明三太祖 당송명슴틱죠로더부러 創業之宴 창업지연을베푸신빅라 不

意 大王 의에틱왕이 이에리림ᄒ시니 多幸 다힝ᄒ도소이다ᄒ니 項王 항왕이앙련탄 월텬지의번복

項籍 되난것과 日月 일월의둥글고 이지러지난것이 이와갓트리요 유계난도로혀 劉季 主人 쥬인이

되고 항젹은속결업시 손이될줄을누가엇지 期必 긔필ᄒ엿스리요ᄒ며 即時法堂으로

오르려ᄒ거늘 孔明 공명이당젼ᄒ야 諫 간ᄒ야가로틱 大王 틱왕이비록역발산ᄒ며 力拔山 氣盖世ᄒ 기기셰ᄒ

난 영웅이시나 맛참틱 創業 창업ᄒ신 功 공이업ᄂᄂ니 項王大怒 항왕이 틱로ᄒ 日乎日 역왈 평일에뉘가 劉季 뉘게보기를 어린아

못홈이가ᄒ다ᄒ리로소이다 宴罷 當然히참예치

孩 히갓치ᄒ엿스며 當時豪傑 당시호걸드리나를 對ᄒᄒ민 威風에두려홈이 膽 담이떨이고 마음이

셔늘ᄒ엿스며 後世英雄 후셰에영웅들도 나의셩명을듯게되면 져마다 姓名 늣기지아니리업셧

느니 이제뉘감ᄒ나의 去就拒絕 거취를거졀ᄒ리요 공명이범징을보고일너가로틱 孔明范增 엿젹에 一人之下屈

桓公葵邱會盟 환공이규구에회밍ᄒᆞᆯ제 大義崇尙 틱의를숭상ᄒ민 아홉나라라ᄒ 일인지하엣굴ᄒ엿스니 이

난탕무지도라이졔 디왕이헐긔지분으로써 즁인의시비를 도라보지아니시니그 〔馮武之道 大王 血氣之怒 衆人 是非〕

大王 육이디왕의ᄯᅳᆺ을 취치아니ᄒᆞ리로소이다 항왕이묵연양구에왈 영위계구연졍무 〔取 項王 默然良久 曰 西便樓 無〕

爲牛後라ᄒᆞ니 뉘셔루에쥬인이되여 다시홍문연을 베풀이라ᄒᆞ고 이에셔편누로 〔坐定 西樓 主人 鴻門宴 西便樓〕

나아가 좌를졍ᄒᆞ니라 공명이우슈에우션를쥐고 좌슈에상아홀을잡고 즁앙에잇 〔日 中或悟道 孔明右手羽扇 左手象牙笏 中央〕

셔말을펴 왈 이즁에혹피역ᄒᆞ며 난상훈지잇거든 일지이나아가고 이에잇셔참예 〔亂上者 歡〕

치못ᄒᆞ리라ᄒᆞᆫ디 왕망과동탁의무리 슈십인이얼골에 참식를씌고 물녀가난지라 〔王莽 董卓 數十人 慚色 皇命〕

孔明 공명이하ᄂᆞᆯ을우러ᄉᆞ 밍셔ᄒᆞ여왈 졔갈량의부졔무식ᄒᆞᆷ으로 이졔황명을 밧드러 〔盟誓 曰 諸葛亮 不才無識 皇命〕

古수英雄 고금영웅의 우렬를분별ᄒᆞ느니 혹일인의게라도 ᄉ졍이나ᄉ혐을둘진댄 가히신 〔優劣 分別 或一人 私情 私嫌 可身〕

命을 보젼치못ᄒᆞᆯ지라 복망황텬후토난 명ᄂᆞ히소감ᄒᆞ소셔ᄒᆞ고 졍히취좌분렬코 〔保全 伏望皇天后土 明々昭鑑 正就座分列〕

命을 홀련시ᄌᆞᆫ보왈 한무졔난보슈지공이잇고 당현종은회셔지공이잇고 〔忽然侍者報曰 漢武帝 報讐之功 唐憲宗 淮西之功〕

저ᄒᆞ더니 진원졔 난강좌지공이잇고 송신종은ᄉ뎌지공이잇스나 엇지이연셕에참예치못ᄒᆞ 〔晉元帝 江左之功 宋神宗 三代之風 宴席 參與〕

리오ᄒᆞ며 ᄯᅩ그외에 外 여러영웅드리 英雄門 者 數 문밧게뫼여잇난ᄌᆞ— 그슈를아지못ᄒᆞ노이다

말이맛지못ᄒᆞ여 문밧게셔 ᄯᅩ크게불녀가로ᄃᆡ 무리를모뒤여 동졍셔벌ᄒᆞ며ᄉ 天下爭關者 東征西伐 原來四

히룰호령ᄒᆞ고 텬하룰졍투ᄒᆞ든ᄌᆞ— 엇지이연셕에 참예치 못ᄒᆞ리오ᄒᆞ니 원리이 海號令 天下爭關者 宴席恭與 原還高

갓치부르난 호걸드른 다른소름이아니라 진승조々원소손칙리밀등이러라 한고 豪傑 此人等勇猛 天下豪傑之士 陳勝曹々袁紹孫策李密等 稱

조—듯고이로ᄃᆡ 초인등의용밍이 텬하에호걸지ᄉ—라 칭홀만ᄒᆞ리로다ᄒᆞ더니 祖 高麗大呼曰 曹操妌雄匹夫 孫策 英雄

문득원소와 리밀등이 고셩ᄐᆡ호왈 조々난잔웅필부요 손칙은도로허 영웅이라일 袁紹 李密等 高聲大呼曰 曹操奸雄匹夫 孫策 容或無狂 英雄等

커르나 그러ᄒᆞᄂᆞ 오히려 이연셕에 참예ᄒᆞ기어렵다ᄒᆞ기 용혹무괴언이와 우리등 宴席恭與 容或無狂

은 누뒤왕천이며 셰々장상일뿐아니라 ᄯᅩ한잠시라도 밍슈가되엿ᄂᆞ니엿지오날 累代王親 世々將相 暫時 盟主

이연회에 참예를못ᄒᆞ리오 경청이되질왈 원소난의심이만복ᄒᆞ여 흉언를쳐랍지 宴會恭與 澄清 大叱曰 袁紹 疑心滿腹 忠言 探納

아니ᄒᆞ며 현ᄉ를용랍지못ᄒᆞ엿고 리밀은지식이쳔박ᄒᆞ여 소름을 아라쓰지아니 賢士容納 李密 智識淺薄

홈으로셔 ᄑᆞᆷ운쇠ᄒᆞ여 군ᄉ를ᄃᆡ피ᄒᆞ엿스니 가위필부라ᄒᆞ리니 엇지감히 영웅으 勢運衰頹 軍士大收 可謂匹夫 散 英雄

로 自稱ᄒ여 창업지연(創業之宴 恭興)에 참예ᄒᆞ기를바라난요 원소(袁紹)와리밀(李密等)등이ᄉᄉ말을듯더니 (忿然 慚色 賴門) 面

色이여토(如土)ᄒᆞ며 (銳氣撞) 예긔최찰ᄒ여 분연히(忿然) 참석(慚色)를ᄯᅴ고 도라가나라 이에원문(賴門)를크게열

고 소위제왕(四位帝王請)을쳥ᄒᆞ올ᄉᆡ 第一은漢武帝니 侍從之臣은한유(韓愈)、비도(裴度等)、 동방삭(東方朔)이요 第

二이난당헌종(唐憲宗)이니 侍從之臣은한유(韓愈)、비도등이요 第三은晉元帝니 侍從之臣은 쥬(周)

디、왕도、도간、뉴곤등이요 대ᄉ난송신(宋神宗)이니 侍從之臣은 명도션싱(明道先生)、범즁엄(范仲淹賦)、구

양슈、왕안셕등이러라 초례로동구에올나 좌를정ᄒᆞ고 진왕(陳王)과위공(魏公)은 셔루(西樓)에올나

東樓 坐定 분좌ᄒᆞ며 法室以下來西樓에 군렬(群列帝王)뎌왕이초례로 分坐ᄒᆞ기를맛치니 공명(孔明室)이당

分坐ᄒᆞ며 班列定 법당(法室以下)이하동서루에 군렬뎌왕이 이에반렬을정ᄒᆞᆯᄉᆡ 고성낭독왈

중에 좌를정ᄒᆞ고 이에반렬을정ᄒᆞᆯᄉᆡ 高聲朗讀日 고성낭독왈

漢朝張良 한조장냥은 淑女 슉녀의얼골이요 장부의마음이라 황셕공(黃石公)의게 道學 도학을비화 西흐로

漢 한나라에도라와 計策 계칙을드러 秦滅 진을멸ᄒᆞᆼ고 楚破 초를파ᄒᆞ며 世上下直 셰상을하직ᄒᆞ고 벽곡

亦松子 젹송ᄌᆞ를추ᄌᆞ가나 凡人 이난범인의뉴가아니요

唐太宗 魏徵
당퇴종의 위징은 人君 堯舜之治 인군를요순지치로써 諫爭 잔징호여 臣子 道理 신즈의 도리를다호니 이난츙 忠

直之士
직지스요

宋太祖 曹彬 송틱조의 조빈은 江南 갓남으로닉려가 城下 셩하에이르러 焚香 後盟誓 분향훈후 밍셔호야 暴虐 포학자아

言約 니게로 언약호고 一人 일인도죽이지아니호며 及其城破 급기셩을파호민 凱歌 기가를불너 도라오

呂尙 類 니 이난여상의유요

明太祖 劉基 명틱조의 뉴긔난 金陵 氣運 금능에셔 긔운을보고 十年之後 십년지후를아라 百世後事 빅셰후스를 거울갓치

알고써 나라를도으니 이난이윤의무리요 伊尹

秦始皇 茅焦 진시황의 모초난 太后 틱후를폐흠을보고 기름가마에 나아감으로 극잔호여 죽기를 極諫

體逢比干 忠誠 시약심상호니 이난용방비간의 츙셩을부러아니흘것이오

漢武帝 東方朔 三年 한무뎨의 동방삭은 솝녕을굴을일것스니 吟風咏月之才 음풍영월지가아니라 바다를거듯

江演 口辯 치며 갓한율빈뒤치난 구변이잇스니 이난일딕지현스요 一代之賢士

光武朝　鄧禹
광무조에 등우난 막티를잡고 한나라에 도라오미 군ㅅ를거나려 도젹을치고나
還　軍士　證賊

中興
라를 즁흥ᄒᆞ니 이난위국원훈이요 만고영웅이며
玛國元勳　萬古英雄

昭烈朝　鸞統
소렬조에 방룡은 빅일공ㅅ를 편시에쳐결ᄒᆞ고 숨분지셰를 한말에졍ᄒᆞ니이난
百日公事　片時處決　三分之勢　定

요
晋武帝朝　張華
진무데조에 장화난 오나라를취ᄒᆞ미 맛참늬 티공을이루니 이난빅셰에호걸이
取　吳　大功　百世豪傑

晋元帝朝　周頡
진원데조에 쥬ᄀᆡ난 츙의지심이 만복ᄒᆞ야 왕돈을티미ᄒᆞ고 맛참늬 죽기에이르
忠義之心滿腹　王敦　大罵

니 이난 만셰에강ᄀᆡ지ᄉᆞ요
万世慷慨之士
隋文帝朝　王通
수문데조에 왕통은 티럴에나아가 열두조건으로써드리고 벼슬을바리고 향ᄂᆞ
大闕　修作　鄕里

에도라왓더니 그후에조졍에셔 여러번부르되 맛참늬응명치아니ᄒᆞ여왈 늬집
後朝廷　應命　曰

이비록 수간모옥이나 족히 풍우를가리고 일ㅅ경견은가히셔 죽식을갓츌것이
數間茅屋　足　風雨　一日耕田可　粥食

요 금노써 엄業을 숨고 거문고를 ᄌ탄ᄌ가自彈自歌ᄒ여 시쥬詩酒로소견消遣ᄒ겟노라ᄒ니 이난가可

위은일지ᄉ라韜晦逸之士ᄒᆯ것이요

당숙종조唐肅宗朝에리필李泌은 어려셔셔붓터 영민英邁夌美ᄒ여 빅의로ᄉ군白衣事君ᄒ야 맛참닉 티업을

이루고 벼슬을ᄉ양辭謀ᄒ여 번도여양本土盛陽으로도라와서 여년徐年을종요從要로이보견保조ᄒ니 이

난긔를과 이치理致를아난 션빅라ᄒᆯ것이요

당헌종조唐憲宗朝에한유韓愈난 학식學識이하ᄒᆡ河海갓고 마음가지기를 송빅松柏갓치ᄒ야 보도輔導ᄒ기를

근근간간勤勤懇懇ᄒ야 최문識文을써밧치니 이난군ᄌ君子의풍도風度ㅣ잇고

송신종조宋神宗朝에 경ᄌ程子난 공밍안중孔孟顔曾의성현지도롱聖賢之道統을이으니 이난셩현지ᄉ라聖賢之士ᄒ리로다

이에모ᄉ謀士의 반멸班列들다졍ᄒᆫ후定後에 홍긔紅旗를가져 소하蕭何의게읍ᄒ여揖曰왈

소하난 ᄯᅡᄒᆞᆯ취取ᄒ미 형셰形勢를알고 한신韓信를ᄯ라 ᄉ방을졍四方定ᄒ고

과광螢光은이윤伊尹의틔갑太甲殿을페ᄒ바와 쥬공周公이셩왕成王을엄든일을 효칙效則ᄒ여 션졔宣帝를맛고

昌邑長孫
창읍장손을폐ᄒᆞ여 三尺劒 습격검을잡고 동충셔돌ᄒᆞ여 犬馬之忠 견마지튱으로써 맛참ᄂᆡ딕 大

엄을이루고

王珪 왕규난탁난흔것을 쓰러바리고 어진이를딕졉ᄒᆞ며 待接 착흔이를조하ᄒᆞ고 악흔일 惡

를아니ᄒᆞ니 당ᄉᆞ하졔일이될것이요 第一

曹參 조참은녯일들 한갈갓치준힝ᄒᆞ며 遵行 번화흔것을슬ᄒᆞ여 繁華 죠요로옴을 조하ᄒᆞ고 從要

房玄齡 방현령은진츙갈력ᄒᆞ여 盡忠竭力 국ㅅ를보조ᄒᆞ니 補助 맛당히졔이가될것이요 第二

杜如晦 두여회난공ㅅ를 公事 물흐르듯결단ᄒᆞ며 決斷 말ᄉᆡ츙직흠을힘써 忠直 나라를위ᄒᆞ고

范增 범증은 그쥬인을잘못만나 主人 그ᄯᅳᆺ을펴지못ᄒᆞ니 譬 비켜딕봉황이가시남무에 鳳凰 길

드림갓고 용이조근시ᄂᆡ에 龍 곤흠갓흐니 困 맛당히졔슴이되리라ᄒᆞ고

ᄯᅩ흠긔를드러 黑旗 한신의게읍ᄒᆞ여왈 韓信 揖曰

韓信 너우운디를바리고 발군틱로나아와 영웅항우를파ᄒᆞ고 英雄項羽 破 ㅅ히를사평ᄒᆞ니 四海 削平

큰공이 第一제일웃듬에이르고

마원(馬援)은 변방(邊方)을 쓰러바리고 몸을죽어 말가죽에 싸도라오고

셔달(徐達)은 일즉이 손빈(孫臏)과 오긔(吳起)의 모략(謀略)이잇고 용력(勇力)이 만부ㅅ당지용(萬夫不當之勇)이잇스니 당위(當爲)

第一제일이요

팽월(彭越)은초나라를 빅반(背反)ᄒ고 한(漢)나라에도라와 공훈(功勳)을뒤 산(泰山)갓치셰우고 벼슬이왕(王)

후(侯)에이르럿고

공이 난왕망을업시ᄒ야써 한조ㅅ직을회복(誤朝社稷 俟復)ᄒ고

왕젼(王翦)은 늘것스나 소년장사(少年壯士)를 뒤젹(對敵)ᄒ고 빅슈(白髮)를 흣날이고 전장(戰場)에 나아가 오로

지 공(功)을이루고 빅만군즁(百萬軍中)에 횡행(橫行)ᄒ엿스니 당위제이(當爲第二)라 할것이요

곽즈의(郭子儀) 난지덕이겸비(才德象備)ᄒ여 동(東)으로역적(逆賊)을치고 다시경셩(京城)을 회복(回復)ᄒ여서 지존(至尊)을

마져 옛위(位)에 즉위(即位)ᄒ시게ᄒ며 운람을 평졍(雲南 平定)ᄒ고

章邯 장감은아홉번싸화 楚兵 大破 초병을티파ᄒ니 當爲第三 당위졔습이라ᄒ고 人君爲 精誠 인군을위ᄒ야 졍셩을쓰미

黃族 揖日 ᄯ도 황긔를둘너 긔신의게읍ᄒ여왈

記信 忠心 긔신은 충심이가득ᄒ여 죽기를도라보지아니ᄒ고

白日 빅일에ᄉ못고

張巡 達賤 臨 應變 奇特 장순을도젹은임ᄒ야 응변을긔특이ᄒ야써 賞罰 分明 상벌이분명ᄒ며

形勢窮 當 城 陷沒 형셰궁흠을당ᄒ야 셩이함몰ᄒ되 二心 맛참늬이심을두지아니ᄒ엿고

關公은 劉皇叔 張翼德 結義 死生 山 관공은 뉴황슉과 장익덕으로더부러 결의ᄒ야 ᄉ성을한가지로 盟誓 君 밍셔ᄒ고 군

命 順守 五關 六將 명을 슌슈ᄒ며 나라를갑흘 忠心 天日 貫盈 츙심이 텬일을관영ᄒ며 산를ᄭ히고 바다를뛰난

勇猛 용밍을가져 오관를지날겨에 육장를베히고 千里 獨行 威振中夏 쳔리를독힝ᄒ여 위진즁하ᄒ지라

忠義 勇猛當爲第一 그츙의와 용밍이당위졔일이요

許遠 허원은 힘을다ᄒ여 직히다가 셩이외로와 몸이죽기에이르나 맛참늬 忠心 충심을

변티아니ᄒ엿고
岳飛忠義之心
악비츙의지심으로 本
번을숨고나라를회복 回復
기를 血心
혈심으로ᄒ미 구족도 도라보 九族 反心

黃子澄 丹心
화ᄌ징은 단심을곳치지아니ᄒ여 몸을죽어나라를 갑푸며
지아니ᄒ니 당위제이요 當爲第二

쥬란과한초난 周蘭桓楚
섬면미복에 十面埋伏
강동ᄌ졔 江東子弟 팔쳔인가 八千人 일시에이산ᄒ되 一時離散 맛참ᄂ반심을 反心

두지으니ᄒ고 몸을만군즁에죽으니 萬軍中
당위제숨이로다 當爲第三

靑旗를불너 진평의게읍ᄒ여왈 陳平 曰
陳平身長八尺
진평은신장이팔쳑이요 而如冠玉
면여관옥ᄒ며 六出奇計
뉵츌긔계ᄒ여셔 統一天下
통일텬하혼 공이잇고 功

李靖은 才德
지덕이겸비ᄒ미 出將入相
츌장입상ᄒ여 忠功
셩공ᄒ미최외ᄒ며 성명이열ᄉᄒ니 당

위제일이요 爲第一
韓世忠은ᄉᄉ로 烏合之衆을거라려
東征西伐ᄒᄆᆡ 위가왕후에이르고 位 王侯

郭艾 西蜀 平定
둥이는 셔쵹을 평졍ㅎ고

杜頭 興 山海 功 當爲第三
두예는 오를 도평ㅎ매 공이 산ㅎ 갓ㅎ니 당위졔 숨이로다

白旗 趙雲 長坂坡 掾曰 阿斗 黃忠 漢水 救援 絕倫之勇
ᄯᅩ 빅기를 가져 됴운의 게 읍ㅎ야 왈
됴운은 장판파를 지날 져에 ᄋᆞ두를 품에 품고
황ᄎᆞᆼ을 한수에 구완ㅎ니 결눈지용

蓋世 大將 四方 征伐 三百餘城 歛千里
이 긔셰ᄒᆞ고
경감은 몸이 되장이 되야 ᄉᆞ방을 졍벌ㅎ매
삼빅여셩을 못지르고 수쳔리ᄭᆞ흘어

耿弇 張翼德 性稟 勇猛 天下 黃口小兒 ᄆᆞᆺᄯᅡ 一聲 宇宙 百萬軍中 上將 囊中取物
덧스며
장익덕은 셩품이 븟는 불갓고 용밍이 날닌 범 갓ㅎ니
텬하 사름을 황구쇼아 갓치
보아 진타일셩에 우쥬 듯흔들 듯ㅎ며 빅만군즁에
상쟝의 머리를 낭즁취물 갓

萬夫不當之勇 敬德 聰勇 過人 百戰百勝 當爲第一
치ᄒᆞ니 이는 만부ㅅ당지용이요
경덕은 효용이 과인ㅎ야 빅젼빅승ㅎ니 당위졔일이요

樊噲 防牌 번쾌ᄂᆫ 빙피를엽히씌고 鴻門 홍문에이를ᄉᆡ 般麻 장막을들고 突入 돌립ᄒᆞ매 怒髮 衝冠 노발이ᄒᆞᆼ관ᄒᆞ고

目眠 盡裂 목ᄌᆞ—젼열ᄒᆞ야 項羽 항우 嬰兒 보기를 녀아 갓치ᄒᆞ고 軍士 군ᄉᆞ 보기를 ᄯᅵ옴이 보듯ᄒᆞ매 胸中 흉중

絶倫 가복은 낫치텬신 갓고 天神 남님은 ᄯᅵ붕갓ᄒᆞ며 大鵬 활달ᄒᆞᆷ이 ᄯᅵ히갓타여 濶達 맛참ᄂᆡᄯᅵ업 大海 大業

大略 에 ᄯᅵ략을 품엇고 남님이 졀눈ᄒᆞ고 을 일웟고

驟布눈 용밍이귀신 갓고 大略 지략이 과인ᄒᆞ야 功盖宇宙 공기 우쥬ᄒᆞ고 驍布 勇猛 鬼神 才略 過人

吳漢은 효용홈이 출유ᄒᆞ며 ᄯᅵ략이 긔셰ᄒᆞ고 오한은 驍勇 出類 大略 盖世

馬超눈 보젼륙장ᄒᆞ고 마초눈 步戰六路

黃忠은 빅발빅즁ᄒᆞ니 당위졔숨이라 黃忠 百發百中 當爲第三 記錄

此人 초인등이하ᄂᆞᆫ가히 이긔여ᄀᆡ록지못ᄒᆞ리로소이다 말을맛치며 ᄀᆡᆺ한ᄉᆞ름이 눈을 日 先生 小將

을드리오고 크게붓너왈 션성이엇지 소장을 으지못ᄒᆞ시ᄂᆞ요 소장이쥭기를두려 小將

아니ᄒᆞ며 슬기ᄅᆞᆯ 탐치아니ᄒᆞ엿더니 셔쵹ᄯᅡ흘 드ᄃᆡ지아니ᄒᆞ야 ᄉᆞ마의 한나라

ᄅᆞᆯ치되 후쥬ᅵ 용납지못홈으로 허도ᄅᆞᆯ엿보지못ᄒᆞ랴 황텬이 불우ᄒᆞᆫ심으로 소

쟝의몸이 원통이죽은고로 원혼이ᄒᆞᆺ더지ᄉᆞ안인지라 션ᄉᆡᆼ이 소쟝의 튱셩을입껏

지아니ᄒᆞ시니 소쟝의심사ᄅᆞᆯ 쟝찻어듸가셔 폭빅ᄒᆞ리오ᄒᆞ고 흥쟉ᄒᆞ기ᄅᆞᆯ마지아

니ᄒᆞ거늘 공명이보고탄식ᄒᆞ야가로ᄃᆡ 슬푸다빅약이여 너엇지그ᄃᆡ의 튱심을아

지못ᄒᆞ리오마ᄂᆞᆫ 사불죵경ᄒᆞ고 도젹의게 항복ᄒᆞ엿스니 후셰에유취만년ᄒᆞᆯ지라

시고로도로혀 수졀사의흠과다ᄅᆞᆫ지라 그러홈으로여 녕웅에ᄎᆞ예쳐 못홈이니

라 강유ᅵ이말을듯고 기리한슘지며 다시ᄃᆡ답ᄒᆞᆯ말이업셔 믈너나가니라 이에

군신의 고하ᄅᆞᆯ정ᄒᆞ매 좌쥬ᅵ모다가로ᄃᆡ 션타ᄒᆞ며 무수칭찬ᄒᆞ기ᄅᆞᆯ마지아니ᄒᆞ

더니 문듯당ᄐᆡ종이가로ᄃᆡ 우리훌노질김을 오ᄒᆡ지ᄒᆞ엿스나 싱각건ᄃᆡ 여러사

름과 흠게질김을 다ᄒᆞ지못ᄒᆞ엿ᄂᆞ니 원컨ᄃᆡ동셔루에 쥬빈을모다쳥ᄒᆞ야 잔치

룰 갓쳐 질겁이 죠흘듯ᄒᆞ노이다 알좌가 일제히 응ᄂᆞᆨᄒᆞ고 이에 양루제빈으로 부 一座 一齊 應跪 兩樓諸賓 趨

연ᄒᆞ기를 지휘ᄒᆞ니라 이윽고 중빈이 모다 법당으로 뒤여 동셔로 좌를 졍ᄒᆞᆯᄉᆡᆨ 指揮 象賓 法堂 東西 定

ᄉᆞ근시 한사름식이 군왕의 겻헤 시립ᄒᆞ엿ᄂᆞᆫ듸 죠죠와 손칙은 말셕에 참예ᄒᆞ엿 侍王 侍立 深山 曹操 孫策 末席

이졍ᄉᆞ흔즁 오흠과 뇌률을 알외며 처슈을움좌여츙츄고 졍젼에 칠형금을 농ᄒᆞ고 鈡鈡 中五音 六律 彩袖 庭前 七絃琴 弄

스니 의희이용이 구름에 오르고 범이 심산에 웅거ᄒᆞᆷ갓ᄒᆞ나 위의엄슉ᄒᆞ고 피검 依俙 龍 雄據 深山 威儀嚴肅 佩劍

당상에 빈반이 낭ᄌᆞᄒᆞ니 가위군웅의 경연임을 알이러라 이에옥비를 드러 슐이 堂上 杯盤 浪藉 可謂群雄 慶宴 玉盃 酒

두어순에 지느미 한고죠ㅣ 츄연강미ᄒᆞ야 왈 텬디 눈무궁ᄒᆞ되 인셩은유ᄒᆞᆫᄒᆞ야 흥 巡 漢高祖 愀然慷慨 曰 天地 無窮 人生 有限 興

피와 셩쇠ᄂᆞᆫ 일월이 셔흐로 기우러잠갓고 강히지수ㅣ 동유ᄒᆞᆷ과 갓흔지라 엇지능 敗 盛衰 日月 西 江海之水 東流

히 길게 공업을 누리며 오릭직히리오 가장 착ᄒᆞ나라이야 긔업을 습딕를 누럿ᄂᆞ니 功業 基業 三代

당우지후에 융ᄆᆡᆫ잇ᄂᆞᆫ 즈ㅣ 가장 오릭ᄒᆞᆫ다ᄒᆞ되 불과ᄒᆞ여 누에가 집을이룸과갓흠 唐虞之後 勇猛 者 不過

이라 뒤져 국지장단과 인지슈ㅣ 모다 하날이 졍ᄒᆞᆫ신빈니 쳔고흥망은 한잔슐 大抵 國之長短 人之壽天 定 千古興亡

노 거친흠을보낸ㅅ드름이로다 만좌가 초언울드르민 져마다쳐연흔빗츨씌여 탄
滿座　此言　凄然　嘆

식흠을마지아니ᄒ더니 홀련셔편ㅈ리에셔 일위디왕이디호왈 홍문에잔치룰버
忽然西便　一位大王　大呼曰　鴻門

리고 옥결을드러 씨룰이루고져ᄒ엿더니 히하에엇지범을길너 후환을씻쳐즐아
玉玦　九泉之下　埃下　後患

라스리오 늬비룩 구쳐진ㅎ하에 넉시되엿스나 오강의한울 지금ㅅ지잇기
九泉之下　烏江恨　至今

어런도다 말을맛치며 ㅼ동편ㅈ리에셔 일위제왕이 디답ᄒ여가로디 일쯰몽호
東便　一位帝王　對答　一個夢魂

으로보건디 옥결룰헛되히 슈고홀ᄲ분이요 보검은공연이 장스의힘을 허비홀ᄯ
玉玦 虛　受苦 勿論　寶劍 空然　壯士　虛費

름이로다 당ㅌ종이이로디 흥망과승피ᄂ눌론ᄒ고 다 만쾌흔일로만 말슴흔이엇
唐太宗　興亡 勝敗 勿論　快

더흔요 한고조ᅵ가로디 십싱구ㅅ흐고 빅젼빅피ᄒ다가 히하한ㅅ홈에겨우 련
漢高祖　十生九死 百戰百敗　埃下　天

하룰어더스니 엇지쾌흔일이아니라ᄒ며 경포룰파흔후에 고향ᄤ피에도라와 부
快　黥布破 後　故鄕敗浦　父

모룰모뒤고 흠게유희흔ᄯᅥ에 디풍은빗기날이고 구름은한가히피여오르는디 청
遊嬉　大風　閒暇　淸

歆妙舞　貴俀
가뎡무로 쥬야룰질기니 이도ᄯᅩ흔 쾌흔일이하나히라홀것이요 긔업울임의이루
快　基業

고 녹양을뎡ᄒᆞ며 남궁에틱공을모시고 틱평곡을알외며
洛陽定　南宮　太公　太平曲

흘셔 상황이희열ᄒᆞ소 가로ᄉᆞ틱 녯날에 방을가라먹을젹에 엇지오날ᄉᆞ여ᄎᆞ 천일쥬를밧드러 현수
上皇　喜悅　子日酒　如此之樂　如此　獻壽

이는 쾌ᄒᆞ일이둘이라ᄒᆞ리로다 명틱조ㅣ이말을듯더니 눈물을먹음고 슬픔빗이
快　明太祖

히 귀ᄒᆞᆫ줄을ᄉᆞᆺᄒᆞ엿스며 ᄌᆞ식이업ᄉᆞ든들 ᄯᅩᄒᆞ엇지 여ᄎᆞ지낙을 보리오ᄒᆞ시니
貴　子息　如此之樂

잇거늘 한고조ㅣ가로ᄃᆡ 딕쟝부ㅣ엇지 이녀ᄌᆞ의틱를짓ᄂᆞᆫ요 명틱조ㅣ취루ᄒᆞ며
漢高祖　大丈夫　明太祖

왈 과인의외로운 인성이여 한황의 쾌ᄒᆞ일노 시러금현수의 질거옴을바라리오
人生　漢皇　快　獻壽

사룸의마음이 목셕이아니여든 엇지쳐연치아니리오 한고조ㅣ가로ᄃᆡ 이눈ᄒᆡ셩
木石　凄然　漢高祖

에감동홈이로다ᄒᆞ며 인ᄒᆞ야 당송황제를향ᄒᆞ야 무러왈 원컨딕 이위는쾌ᄒᆞ일
因　唐宋皇帝　向　日　二位　快

을각ᄉᆞ베푸러 과인으로ᄒᆞ야금 듯게ᄒᆞ심이엇더ᄒᆞ요 당틱종이가로ᄃᆡ 현하틱되
臣下　唐太宗　天下大

졍ᄒᆞ고 틱평훈시졀을당ᄒᆞ야 멀니잇ᄂᆞᆫ신하ㅣ와셔 죠회ᄒᆞ시 말잘ᄒᆞᄂᆞᆫ잉무ᄉᆡ와
定　太平　時節　當　朝會　鸚鵡

셔역에쥰마를밧치며 토지의소산으로 완호지물과 옛것을수업시 모다밧치니 이
西域　駿馬　土地　所産　玩好之物　數

눈한가자 쾌(快)한일이라 ᄒᆞᆯ것이오 위징(魏徵)으로더부러 어진졍사(政事議論)ᄅᆞᆯ의논ᄒᆞ며 리젹(李勣)으로

ᄒᆞ야금 장셩(長城)을지을ᄉᆡ 히마다풍년이되고 빅셩(百姓)이화락(和樂)ᄒᆞ야 틱평곡(太平曲)과 격양가(擊壤歌)를

노릭ᄒᆞ니 이논쾌(快)한일이 둘이요 군신(君臣)으로더부러 모든 친쳑(親戚)을모흐고 늉연각상(凌煙閣上)에

잔치를베풀고 샹황(上皇)이스사로 비파(琵琶)를타시며 과인이공경(公卿)으로ᄒᆞ야 금옥비(金玉杯)에슐

을밧드러헌수(獻壽)ᄒᆞ니 이논셰가지 쾌(快)한일이라ᄒᆞ리로다 숑틱조(宋太祖)ᅵ가로되 과인은일

직이 텬하를통일(天下統一)치 못ᄒᆞ엿스니 엇지쾌(快)ᄒᆞ다ᄒᆞ리오마는 시로이 궁실(宮室)을짓고 장셩

원을화려(華麗)ᄒᆞ게쌋고 궁즁에구문(宮中九門)을셰워 한번열치미 사통오달(四通五達)ᄒᆞ며 은안빅마(銀鞍白馬)와쳥

우쳥향거를쌍쌍(雙雙)이구을이니 이논오직활연(俗然)홈이 이만쾌(快)홈일이 업더이다ᄒᆞ거늘

한고조(漢高祖)ᅵ 또명틱조(明太祖)를도라보며 무릇(無) 나라를다사리미 당우지치(唐虞之治)와 숑지(宋)

치를 효칙(效則)ᄒᆞ지라 잔졍지신(諫爭之臣)이 군왕(君王)의션불션(善不善)을긔록(記錄)ᄒᆞᆯᄉᆡ 당(唐)나라와 숑(宋)나라와한(漢)

나라의 사긔(史記)를붓스로쓰ᄂᆞ니 엇지후셩(後生者)의 보논것으로ᄒᆞ야금 시비를면(是非免)ᄒᆞᆫ다ᄒᆞ리오

明太祖
명ᄐᆡ죠ᅵ가로ᄃᆡ 고ᄃᆡ션왕의 治國 政事 치국ᄒ신정ᄉᆞ를 누구난훼방ᄒ고 毁謗 누구는길엿ᄂᆞ니 庸君闇主 용군암쥬의

聖人盛德 모름직이 성인의셩덕으로도 如此是非 여ᄎᆞ훈시비를면치못ᄒ셔거든 하물며

위인이야 엇시죡 가ᄒᆞ리오 漢高祖 한고죠ᅵ가로ᄃᆡ 이와갓ᄒᆞᆫ 셜화 說話 ᄂᆞᆫ 아직말으시고 오

직ᄒᆞᆫ번 웃슬만ᄒᆞᆫ말노써베푸러 좌즁의 질거옴을도 으리잇가 氣像 座中 명ᄐᆡ죠ᅵ가로ᄃᆡ그 明太祖

럴진ᄃᆡ 먼서 그기상을살피고 後是非評論 후에시비를평논ᄒᆞᆷ이엇더ᄒ신지 좌잔에졈의ᄒᆞ를바 明太祖 氣像

라ᄂᆞ이다 이에공ᄒᆞ기름졍ᄒᆞ미 公議定 먼서명ᄐᆡ죠ᅵ말슴을닛여 여러ᄉᆞ룸의 긔상을 虛問僉議 氣像 明太祖

ᄎᆞ례로 일커르니 가로ᄃᆡ 始 시황의 그상이요 氣像 夏日照輝霹靂震 하일이묘취ᄒ고 벽역이진

北風浙淅 북풍이졀녁ᄒᆞᆫ데 波濤 파도가흉々ᄒᆞᆷ은 始 시황의 그상이요 秋霜凛烈 후상이늠녈ᄒᆞᆷ은 武帝氣像 무제의긔상이요 호

動흠은 光武氣像 광무의긔상이요 玉宇寥落 옥우요락훈ᄃᆡ 후상이늠녈ᄒᆞᆷ은 昭烈氣像 동々ᄒᆞᆷ은 소렬의긔상이요 淸 청풍은 소々ᄒ고명

長江 々 장강에물결이 혹흉용ᄒᆞ며 혹잔々ᄒᆞᆷ은 溫々 溫々ᄒᆞᆷ은 昭烈氣像 소렬의긔상이요 淸 청풍은 소々ᄒ고명 簫々

月皎々 월은교々ᄒᆞᆷ은 唐太宗氣像 당ᄐᆡ종의긔상이요 셔벽빗이 창々훈ᄃᆡ 情人耿々 졍인이 경々ᄒᆞᆷ은 玄宗 현종의긔

像 상이요 동방(東方)에 날이오르고 셔텬(西天)에 빗발이침은 진문졔(晋武帝)의 긔상(氣像)이요 곤산빅옥(崑山白玉)이

오여 황금(魔水黃金)은 송틱조(宋太祖)의 긔상(氣像)이요 질풍폭우(疾風暴雨)에 텬지진동(天地震動)홈은 펑왕(彭王)의 긔상(氣像)이요 면뫼관옥(面如冠玉)

셩이 가시나무에 숨고 고양이가 여무줌(烟霧中)에 감춘것은 위공(鄹公)의 긔상(氣像)이요

갓고 마음이 부운(浮雲)갓흠은 손칙(孫策)의 긔상(氣像)이로다

한고조(漢人)ㅣ 듯기를다ᄒᆞ고 혼연(渾然)이 졍싀(正色)ᄒᆞ여왈(曰) 이에 이른바는 진실노명심보감(銘心寶鑑)이라

갓고 그러ᄒᆞ나 홀노과 인(漢人)의 긔상(氣像)은 일직이ᄉᆞ르지아니ᄒᆞᆷ은 엇짐이오 (大抵龍實雨)

ᄒᆞ리로다 운우를어더 가음알미 변화(變化)ㅣ무궁(無窮)ᄒᆞ지라 졔(帝)의 긔상(氣像)이ᄉ 명틱조(明太祖)와갓

혼시니 엇지ᄉᆞ 그도량(度量容易)를 용이히 일커르리오ᄒᆞᆯ고 ᄯᅩ가로ᄃᆡ (始皇)

만일시비(是非論難)를 논란홀진ᄃᆡ 시황의 웅지되략(雄才大略)으로 진ᄉᆞ를ᄒᆞ여 육국(六國拜쉬)를병탄ᄒᆞ미 (破滅四海)

금셩(金城)이쳔리(千里)요 옥야(沃野)가 숨만여리(三萬餘里)라 ᄌᆞ손(子孫)의게뎨왕(帝王)을견위(傳位)ᄒᆞ기를 젼지무궁(傳至無窮)이라 (宮室華麗 居處飮)

완(頑亡)ᄒᆞᆫ더니 삼셰(三世)를이루지못ᄒᆞ여 맛ᄒᆞ엿ᄂᆞ니 이ᄂᆞᆫ궁실(宮室)를화려(華麗)히ᄒᆞ며 거쳐(居處)와음(飮)

食을 궁ㅅ극치ᄒᆞ미 빅셩의 지력을 탕갈ᄒᆞ고 헛되이 만리장셩를 ᄊᆞᄒᆞ미 인명를

傷히ᄒᆞ미 불가승수ㅣ라 이런고로 이셰에 망ᄒᆞᆷ이로다

始皇이 탄왈 명황의 말ᄉᆞᆷ이 여과인의 죄악이 진실노 발명ᄒᆞ기 어려오나 그러ᄒᆞ나

과인이 만일무ᄉᆞ히 궁즁에 잇셔든들 조고가 엇지 감히 장감를 셰ᄒᆞ며 초나라에

보닉녀 항복ᄒᆞ게 ᄒᆞ엿스리오 후회ᄒᆞ나 막급이요 탄식ᄒᆞ나 무익ᄒᆞ리로다 명틱조

ㅣ 가로ᄃᆡ 말ᄉᆞᆷ이 죽을흔지라 엇지 그럿치아니리오ᄒᆞ고 ᄯᅩ가로ᄃᆡ

한고조ᄂᆞᆫ 텬하를어드미 일즉 현ㅅ를마져 잔ᄒᆞᆫ말을좃고 약법숨쟝을 지으며

널분도량이 탕무로더부러 갓흠이잇스나 그러ᄒᆞ나다만 부족ᄒᆞᆫ일이잇는것은

녀후의말을 쳥납ᄒᆞ여 츙냥지신를모다 쥬륙를밧게ᄒᆞ니 이런고로 헷날예법

를 회복지못ᄒᆞ며 옛날예악를 짓지못ᄒᆞ니 불명ᄒᆞ다ᄒᆞᆯ것이요

ᄯᅩ무제ᄂᆞᆫ 군ㅅ조련ᄒᆞ기를 너모심히ᄒᆞᆷ으로 빅셩을잔학ᄒᆞ며 히닉헛되이 모ᄒᆡ

損 손흠민 王莽 왕망이 作亂 작난ᄒᆞ여 宗社 종ᄉ가 危殆 위틱ᄒᆞ니 智士 輔弼 만약 지ᄉ와 보필의 賢相 현상이 아니런

를 엇지 漢室回復 한실를 회복ᄒᆞ엿스며

昭烈皇帝 소렬황졔 闘張 눈 관장으로 더부러 桃園結義 도원에 결의ᄒᆞ고 三顧草廬 삼고초려ᄒᆞ야 孔明 공명을 마져 政事 졍ᄉ

를 다스리미 君臣 相得 군신이 상득ᄒᆞ니 天下統一 텬하를 통일ᄒᆞ고 漢室興復 한실를 흥복ᄒᆞ엿다가 創

業 未半 업를 미반에 中途 쥼도에 셰상를 바리니 天道 이엇지 텬도가 아니시리오

天下 당틱종은 化家爲國 화가위국ᄒᆞ니 文武之才 문무지ᄌ를 겸엽ᄒᆞ여 天下泰平 텬하가 틱평ᄒᆞᆷ을 이루엇스니 가히

英雄 人君 히영웅의 인군이라 ᄒᆞ리로다 大抵太宗 되져 틱종이 일직 文學 문학를 빗호지 못ᄒᆞ엿다가 가장

讀書 늣게야 독셔ᄒᆞ기를 조하ᄒᆞ여 文藝 문예를 힘쓰미 公卿 공경이 모다 一體 文武 일체로 문무가 가진지

是故 라 시고로 신하가 忠君愛國之心 충군익국지심를 다ᄒᆞ기로 기름번지듯 흥ᄒᆞ엿고 興

晉武帝 진무졔 눈 父兄之基業 부형의 긔업을 이어 混一華夏 혼일화하ᄒᆞ엿스니 可治國平天下之道 가히 치국평텬하지도를 다ᄒᆞ

엿다 ᄒᆞᆯ것이요

元융(喪亂之餘) 원제는 상난지여를이엇스미 안으로양동지신의(棟樑之臣 計策) 계칙이업고 밧그로광부하는(匡扶)

半石之臣 쥬석지신이업스나 발쇠민첩하여(敏捷) 들거지를츠리며 약능제강홈이잇셔(弱能制強) 역모(逆謀)하는

盜賊 削平 도적을삭평하니 이는(大業 剋復) 뒤업를극복홈이오

隋文帝(天禀 嚴重)는 텬품이엄중홈으로 죵뉼과엄영이힝하여(重律 嚴令 行) 잡된일를검하야(雜 禁) 굿치고(故)

政事 졍亽를부지런이힝하며 상벌를힘쓰나(賞罰) 그러하나 참소을막지아니혼고로(讒訴) 춤냥(忠良)

損害를손히하며(損害) 子弟親戚 亽제와친쳑이모다원수를미지니(子弟 親戚) 이는단쳐가언다하지못홀것이오

唐玄宗 당현종은 일시평안홈을(一時平安) 싱각하고(念慮) 면염여를아지못하며 오직이목지소호와(其目之所好)

心志之所樂 심지지소락를다홀시 공교로온귀비를亽랑하며(貴妃 沈惑) 참혹하여안으로 감격를길너(強暱)

生靈 싱영으로(生靈) 도탄에들게하니(塗炭) 참혹홈이잇떠에서(慘酷) 심홈이업고(甚)

宋神宗 송신죵은 뜻을졍하여(定) 치국하기를도모홀시(治國) 당우지치를본밧고(唐虞之治 本) 죠하여 문학지(文學之)

士의 공경으로더부러(公卿) 서법를창치하니(法 創置) 안위의계칙를도라보지아니하고(安危 計策) 현亽(賢士)

踈待

를소티ᄒ며 잔신의게마음을기우려 容納 便安 危殆
용납ᄒ여 편안홈으로ᄡ 위티ᄒ게ᄒ며

奸臣

스림으로ᄡ 어지로옴게ᄒ미 天下之人 反心 堯舜之治를엇
턴하지인이모다 반심을두어스니 요순지치를엇

지바라리오

宋高宗 奸臣 重任 忠良
송고종은 잔신를미더 쥬임를맛기며 충냥를몰나보미 진회가악비를교살ᄒ엿
秦檜 岳飛 綬殺

스되 오히려아지못ᄒ고 誤國之臣 邦政 오국지신를빗ᄒ여 졍승을ᄉᆞᆷ으니 엇지숨티지치를바
三代之治

라리오

唐憲宗 羣臣 功
당헌종은 군신의공으로ᄡ 邊夷 削平 변리를샤평ᄒ여 맛참ᄂᆡ티업을이루엇고
大業

陳王 承統
진왕은 승듕를이어스나 阡陌之中 扁起 천빅지듕에셔굴긔ᄒ야 항오지잔에 횡ᄒᆡᆼᄒᆞᆯ시 피폐훈
行伍之間 橫行 便疲

將卒數百之衆
장졸수빅지듕를거나리고 나무를베혀 말을민들며 티를싸가 졍긔를딘다라 ᄒᆡᆼ
旌旗 雄旗 大業

陳 歡月之間
진흔지 수월지잔에 天下 턴하스롬이 望風歸順 밍풍귀순ᄒ엿스나 맛참ᄂᆡ티업을 이루지못ᄒᆞᆸ
大業

天敷

은턴슈를아지못홈이요

위공조々는 치셰지능신(治世之能臣)이요 난셰지간웅(亂世之奸雄)이라 협텬조이령제후(挾天子以令諸侯)ᄒᆞ니 ᄉᆞ리합복(四表咸服)

ᄒᆞ여 그 위셰(威勢)를 두려ᄒᆞ며 안으로 모든걸에와 조졍에만 조천료(朝廷滿朝千僚)ᅵ모다 그 업(業)를둡

고 밧그로 군웅의 승풍지셰(乘風之勢)를 마지며 텬조(天子)를 용납(容納)지아니ᄒᆞ고 황후(皇后)를 독살(毒殺)ᄒᆞ엿

스니 남산지죽(南山之竹)를 뷔혀 그죄를긔록(罪記錄)ᄒᆞ여도 오히려무궁(無窮)ᄒᆞ고 동ᄒᆡ지수(東海之水)를기우려

그죄악(罪惡)를씻을지라도 능히진(能盡)치못ᄒᆞᆯ지라 엇지다이긔여 긔록(記錄)ᄒᆞ리오

말을맛치며 항왕(項王)이크게부르지져왈 이졔 고금졔왕(日古今帝王)의 시비를노란ᄒᆞ눈즁(是非論難中)에 늬엇

지참예(參與)치못ᄒᆞ리오 원컨틴(顯) 그ᄯᅳᆺ을드러지이다 명틴조(明太祖)ᅵ날호여가로틴

이럿느시 강복ᄒᆞ나엇지 고인(古人)의말을 질거의논(議論)ᄒᆞ리오마는 무릇득인ᄒᆞᆫ쟈눈(得人者興)엇

ᄒᆞ고 실인ᄒᆞᆫ쟈눈(失人者亡)망ᄒᆞ느니 틴왕은부련(大王不然)ᄒᆞ여 십죄(十罪)를지엇느니 그ᄂᆡ력(奏歷)를들을진

틴 붓그러옴이업지아니ᄒᆞᆯ것이요 말을ᄒᆞᆷ소록 유익(有益)홈이업슬가ᄒᆞ노라

픽왕(霸王)이 초언(此言)을듯고 져수묵연(低首默然)ᄒᆞ며 붓그러온빗이 낫에가득ᄒᆞᆫ다라 명틴조(明太祖)ᅵ이에

避席辭曰 裏人 庸才

피셕ᄉ왈 과인이갓혼용지로써 어리셕고망영되이 제왕의지닌일를논란ᄒ니 어심

帝王　論難　於心

未安　量測　座中　稱謝曰孔明　群臣　優劣之中定　足　正論　可

에미안홈이 칭양치못ᄒ리로다 좌즁이칭ᄉ왈공명의 군신를 우렬지즁애졍홈과

明皇　帝王　是非　論難　輕重　長短

명황의제왕의 시비를논란홈이 경즁과 장단이마지니 죡히써졍논이라 ᄒ리로다

明太祖　都邑　定

명튀조ㅣ가로ᄃ 파인이조읍터를 졍코져ᄒᄂ니 아지못게라 어늬곳이가ᄒ다ᄒ

漢高祖　山崑崙山　祖宗　黃河水祖宗　四海之外

리오 한고조ㅣ가로ᄃ 산은곤륜산으로 조종을ᄒ고 물은황하슈로조종이되엿ᄉ

四海之內　堯舜禹湯文武　秦漢　都邑定　四海之外

며 ᄉ히지닌에 요순、우탕、문무와 진나라ᄒ니 도읍를졍ᄒ엿고 ᄉ히지외

中國屬　雍州徐州豫州徐州揚州

에ᄂ 동셔남북이모다 즁국에속지아니ᄒ싸ᄒ라 옹쥬、예쥬、셔쥬、양쥬네고을로

長安　荊州益州梁州靑州　金陵　龍盤虎踞　天府之土　三代

동셔남북이모다 잠안를슘고 형쥬、익쥬、양쥬、쳥쥬ᄂ 다금능싸히니 용반호거요 텬부지토ㅣ니

眞所謂帝王　都邑　大槩三代之前　帝王　河南　三代

진소위졔왕의 도읍흘싸히라 ᄃ기슘ᄃ지젼에ᄂ 졔왕이하복에셔만히나고 슘ᄃ

以後　帝王　河南　居　江南虛空之地

이후에ᄂ 졔왕이하탐에셔 만히거ᄒ엿스미 훌노김남허공지ᄉ를두엇스니 오직

帝　金陵　明太祖　謝曰　謹受敎意　漢高祖ㅣ

금능이엇더ᄒ시ᄂ요 명튀조ㅣᄉ왈 군구교의리이다 한고조ㅣ

이에 지략잇고 충성되며 강직ᄒᆞᆫ 사람을 명ᄒᆞ여 춤추이고 노릭를 지으라ᄒᆞ니 智略 忠誠 強直之人 命

第一은 장냥、소하、진평、졔갈량이요 張良 蕭何 陳平 諸葛亮

제이는 한신、리졍、조빈、셔달이요 第二 韓信 李靖 曹彬 徐達

제삼은 긔신、한셩、장순、허원이요 第三 紀信 韓成 張巡 許遠

제ᄉᆞᆫ 번쾌、마원、관공、조운이요 第四 樊噲 馬援 關公 趙雲

제오는 급암、장손무긔、악비、위징이니 졔인이모다 품골이 탁월ᄒᆞ고 긔질이 第五 汲黯 長孫無忌 岳飛 魏徵 諸人 品骨 卓越 氣質

비범ᄒᆞᆫ더라 非凡

장냥이ᄉᆞ에 소릭를 낭ᄉᆞ히ᄒᆞ여 노릭를 읊프니 갈와스되 張良 朗朗

황셕공의게 수학ᄒᆞᆷ이여 한고조를 도왓도다 진을멸ᄒᆞ고 항우를 쳐익임이여 몸 黃石公 受學 漢高祖 秦滅 項羽 人臣之位

이졔왕의 모ᄉᆞ-되엿도다 벼슬이 공후에이름이여 인신지위가극ᄒᆞ도다 공경 帝王謀士 公侯 人臣之位 功成

신되홈이여 영화를 ᄉᆞ양ᄒᆞ고 벼슬을 하직ᄒᆞ도다 젹송ᄌᆞ를 ᄯᆞ라늘금이여 조최 身退 榮華 辭讓 赤松子

運山에 븟치엿도다ᄒᆞ여더라

顧何 欣欣
ᄯᅩ소하ᅵ흔흔이나아와 노리를을푸니 기가에갈와스되　其歌

亂世 出生 人君
난셰에츌셩ᄒᆞᆷ이여 발군인군의게도라와 병부와인신를씌엿도다　璽符 印信　몸이공업을　功業

千代 傳 榮華 一場春夢
이루어쳔ᄃᆡ에젼ᄒᆞᆷ이여 영화의일이일쟝춘몽이되엿도다 다시금일연셕에 뫼　今日宴席

歡樂極
심이여 ᄯᅩ한환낙이극ᄒᆞᆫ도다ᄒᆞ엿더라

陳平 渾然 禽鳥
ᄯᅩ진평이혼연이나아와 노리를을푸니 갈와스되

어진금조는 나무를 갈ᄒᆞ여길드리고 어진신하는 명쥬를틱ᄒᆞ여 보좌ᄒᆞ난도　臣下 明主 擇 輔佐

聖主 惠澤 沐浴 勸功
다셩쥬의혜틱를 목욕ᄒᆞᆷ이여 훈공이 가비얍지아니ᄒᆞ도다 금셕이 하셕이　今夕 何夕

君臣 同樂
완티군신이 이갓치 동낙ᄒᆞᆫ고ᄒᆞ엿더라

聖主 慨然 其歌 風塵
졔갈량이 ᄯᅩ노리를 미연이을푸니 기가에 갈와스되

諸葛亮 三顧草廬 感勤 許 忠贄 歷
셩쥬의 슴고초려ᄒᆞ심을 감동ᄒᆞᆷ이여 몸를풍진가온티 허ᄒᆞ엿도다 츙언를 역

ᄉᄉ히 드르심이여 뉵출긔산六出祁山을 ᄒ엿도다 凶 근ᄉᄌᄉᄒ여勤ᄉ牧ᄉ 나라를 갑고ᄌ홈이여

텬의天意가 ᄯᅳᆺ파 갓지못ᄒ시도다 흉혼무리를 소쳥치掃消 못홈이여 무궁혼無窮 원한이쳔冤恨千

츄秋에 민멸泯滅치못ᄒ리로다ᄒ엿더라

한신韓信이ᄯᅩ한 악연愕然이 노ᄅᆞ를 을푸니 기가其歌에 갈와스되

讃한나라로도라옴이여 요하腰下에 금인을金印 빗기엿도다

를 졍ᄒ定엿도다 삼진三秦를 파홈이여破 군웅이羣雄 망풍귀순ᄒ눈도다望風歸順 장갑을 한칼노

벽력이여霹靂 항우를項羽 히하에垓下 멸ᄒ엿도다滅 몸이 아녀ᄌ의兒女子 손에 살희를殺害 입음이여

리졍李靖이 ᄯᅩ낭연이朗然이 노ᄅᆡ를 을푸니 기가에其歌 왈

원한寃恨이 쳔츄千秋에 잇기어렵도다ᄒ엿더라

한덩이 쇠로써 풍진을風塵 쓰러 바림이여 늡혼일홈이여 쳔추千秋에 드리웟도다 금일今日

빗는 연셕에宴席 참예홈이여參與 오직 셩쥬를聖主 뫼셧도다ᄒ엿더라

曹彬이 ᄯㅗ 노ᄅㅣ를 을푸니 其歌曰 기가에왈

男兒人世 남의인셰에 許 쳐홈이여 몸을허ᄒㆍ여 人君 인군를 갑도다 웃듬으로 大功 ᄃㆍ공를 셰움이여

竹帛 일홈을 쥭빅에 드리웟도라 오ᄂㆍ리이 良辰 양신임이여 옛 人君 인군를 ᄆㆍ셧도라 연셕이두

期約 번을 긔약 기어려움이여 함ᄭㅔ모도여 노ᄅㆍㅎㆍ고 춤추니 平生 평성에 極盡 극진ᄒㆍ낙이로

다ᄒㆍ엿더라

徐達 셔달이 노ᄅㅣ를이어 을푸니 其歌曰 기가에왈

大丈夫 ᄃㆍ장부ㅣ 凱世 난셰에 남이여 功名 공명을 일워일홈이 빗나도다 四海 ᄉㆍ희를 말킴이여 텬

下가득 太平 평ᄒㆍ도다 醉 ᄒㆍ가ᄃㆍ니 ᄫㅣ장찻 취ᄒㆍ고 醉 취홈이여 平生 평성에 일을스스로 알이로다 ᄒㆍ엿

더라

紀信 慨然 긔신이 추연이 노ᄅㅣ를을푸니 其歌曰 기가에갈와스되

漢陽 청양를 급히 침이여 君臣 군신이 창황ᄒㆍ엿도다 謀臣賊口 모신이합구홈이여 勇士 용ᄉㆍㅣ 활를달

회도다 초나라를 속임이여 인군를人君 수화지즁에水火之中 구호엿도다救 용방를龍逢 죳ᄎ함

게놀미여名亞竹帛 명수쥭빅호여 빗남이 혁々호도다赫々 호엿더라

한셩이韓成 쳐연이凄然 노릭를 을푸니 기가에왈其歌曰

젹명의賊兵 형셰形勢 큼이여 인군를人가 빈싸에 구호엿도다救 니몸을 강쥬에더져江中 어복에魚腹

장홈이여悲 유ㅅ혼魂 혼이 훗터지ㅅ아니호엿도다 이제연셕를宴席 틔홈이여對 ㅅ또한슬

푸고ᄭ깃부도다ᄒᆞᆼ엿더라

장슌이張巡 눈물를드리오고 노릭를 을푸니 기가에가로되其歌

터럭갓흔 외로온셩이여城 거듭달빗이 빗처엿도다 밧그로 완급지병이업슴이여援急之兵

안호로籠中 한죠로양식이업도다飄食 농즁에 갓친시몸이여籠中 그물에걸인고기로다 나

라은혜를恩想 갑지못홈이여 몸이쥭으미 졀의가 속졀업도다ᄒᆞᆼ엿더라節義

허원이許遠 合淚 함누호고 노릭를 을푸니 기가에왈其歌曰

젹병이 셩를 핍박훔이여 형셰누란과 갓도다 晉陽에 三難之主—잠김이여 몸

이쥭어스니 수졀훔이 빅일을 충관호리로다호엿더라

번래고셩호여 노리를 을푸니 기가에 갈와스되

홍운에 옥결를들믹 급훔이 수유에 잇고 갈를쎄혀 춤을추니 위틱훔이 칭양

업도다 갈를 허리에 ᄯᅴ고 방픽를 엽헤싯고 장를거드치고 드러감이여목ᄌᆞ진

멸ᄒᆞ고 두발이 상지ᄒᆞ엿도다 항우보기를 밍호가 어린아ᄒᆡ봄 갓치ᄒᆞ민뉘아

나 두려ᄒᆞ리오 노룡를 구ᄒᆞ야 한에도라오도다ᄒᆞ엿더라

마원이 강키히 노리를 을푸니 기가에갈와스되

빅수를 헷날이고 변진를 탕소훔이여 쥭엄을 말가죽에 ᄡᅳ히여도라오도다

평싱소원이 속졀입슴이여 몸을그릇쳔 한은 쳔츄에 잇기가 어렵도다ᄒᆞ엿더

關公이 恨然
괵공이 창연이 노리를 을프니 기가에 왈 其歌曰

三人이 桃園 結義
숨인이 도원에 결의홈이여 死生 스싱을 한가지로ᄒᆞ려 盟誓 밍셔ᄒᆞ엿도다 漢室 한실을 밧

드러 統一 룡일ᄒᆞ러홈이여 奸黨 잔당의 作孽 작열홈이되엿도다 凡事 범사ㅣ 뜻과갓자아니홈이여

원한이 免恨 九泉 구천에 사못첫도다ᄒᆞ엿더라

조운이 趙雲 歎息 탄식ᄒᆞ며 노리를 을프니 其歌 기가에 갈와스되

한실이 漢室 장창어지러움이여 여러영웅이 英雄 별갓치이난도다 皇叔 황슉를 도음이여 몸

이 션봇이되엿도다 아두를 阿斗 長坂橋 장판교에셔 保護 보호홈이여 曹操 조ᄉᆞ의 百萬大兵 빅만티병을물니

치도다ᄒᆞ엿더라

금암이우연이 汲黯 喟然 노리를 을푸니 其歌曰 기가에 왈

면졀졍ᄌᆞ기을 面折廷爭 淮邑 조하홈이여 회읍에셔 맛참닉 終身ᄒᆞ엿도다 禁闥 금달을 기웁지

못ᄒᆞ고 失德 실덕ᄒᆞ난 過失 과실을 忠言 츙언으로 써쳥납게 鵬納 못홈이여 胸中之恨 흉즁지한이 千秋에 쳔츄에

泯滅 민멸치못ᄒ리로다 ᄒᆞ엿더라

岳飛慨然 악비츄연이 노릭를 읇프니 其歌 기가에 갈왓스되

奸臣 안으로 잔신의 무리 잇슴이여 밧그로 젹국의 근심이크도다 忠義 츙의를 任意 임의로

傾頹 써 베푸지못홈이여나라집이 경퇴ᄒᆞᆼ도다 秦檜 진회의 고기를먹지못홈이여 平生 평ᅟᅵᆼ성

遺恨 에유한이 사라지ᄉ 으니ᄒ엿도다 ᄒᆞ엿더라

韓微 위징이 朝然 낭연이 노릭를 읇프니 其歌 曰 기가에왈

立身報國 입신보국홈이여 四海安寧 사히안령ᄒ도다 盡忠竭力 진츙갈력홈이여 名垂竹帛 명수죽빅ᄒ리로다

邯鄲 에못고지를 파홈이여 한단에 숨를어덧도다 人君 인군를ᄯᅡ라 赴宴 부여ᄒᆞᆷ이여 秦平宴 퇴평연

會에 참예ᄒ도다 ᄒᆞ엿더라

長孫無忌浩然 장손무긔호연이 노릭를 읇프니 其歌 기가에 갈와스되 四海震動 鳳翼 龍鱗 봉의를 붓드니 일홈이 사히에 진동ᄒ고 後世 ᄯᅩ한 후셰에 드리웟

도다ᄒᆞ엿더라

이에 여러사람이 모다 노리옵기를 파ᄒᆞ민 [能] 만좌ㅣ 찬상ᄒᆞ기를 마지으니ᄒᆞ더니 [滿座 讃賞]

한고조ㅣ [漢高祖] ᄯᅩ 가로ᄃᆡ [可] 가히 일인을 ᄐᆡᆨᄒᆞ여셔 [一人 擇] 군신의 상당직을 졍ᄒᆞ게ᄒᆞᆷ이 엇더ᄒᆞ [群臣 相當職 定]

니잇고 좌즁이다 [座中] 묵ᄉᆞᄒᆞ거늘 [黙黙] 한문뎨 ᄃᆡ희ᄒᆞ여 [漢文帝大喜] 외과인의 신하에 [曰寡人 臣下] 동박삭이 일ᄌᆞ [東方朔]

황졍경를 익더니 [黃庭經] 그릇 인ᄌᆞ에 ᄶᅥ 강ᄒᆞ고로 [人間 謫降故] 션풍도골이 잇스며 [仙風道骨] 지긔과인ᄒᆞᆫ지라 [才器過人]

맛당히 이사람으로ᄒᆞ야금 군신의 상당직을 졍ᄒᆞ도록ᄒᆞᆷ이 [群臣 相當職 定] 가ᄒᆞ가ᄒᆞᆫ느니다 [可][漢]

고조ㅣ [高祖] 그말을 좃ᄎᆞ부르라 ᄒᆞ니 문뎨 즉시 동방삭를 명ᄒᆞ여 나오매 모다 보건ᄃᆡ [文帝 卽時東方朔命][한]

그사람이 눈셥에 강산졍긔를 ᄯᅴ엿고 [江山精氣] 흉즁에 졔셰지ᄌᆡ를 품엿더라 [胸中 濟世之才] 한고조ㅣ [漢高祖]

가로ᄃᆡ 드르니 경의 지조ㅣ 비상ᄒᆞ다ᄒᆞ니 [卿 才操 非常] 군신의 상당직을 졍ᄒᆞ손야 [群臣 相當職 定] 동방삭 [東方朔]

이 국츅ᄒᆞ손야 가로ᄃᆡ [鞠䠞退遜] 붓을잡고 고하를 졍ᄒᆞ기는 [高下 定] 쇼하와 [蕭何] 위징이 잇습고 [魏徵] 곤 [圖]

이외에 [以外] 군사를 이를킨ᄌᆞᆫ [軍士 者] 한신과 [韓信] 핑월의 유ㅣ 잇난지라 [彭越 類] 미옥을 노시고 [美玉] 완셕 [頑石]

取을취ᄒᆞ시도쇼이다 然연이나 臣신으로 群臣군신의 職직을 定졍ᄒᆞ라ᄒᆞ심이 對ᄃᆡᄒᆞᅌᅣ왈 비켯ᄃᆡ 鉸體교용이

泰山틱산을지고 일희슐위를멍에ᄒᆞᆷ파갓도쇼이다ᄒᆞ고 이에ᄃᆡ왈

臣신의어린 所見쇼견으로일을진ᄃᆡ 諸葛亮졔갈량으로 左丞相좌승상을ᄒᆞ이시고 蕭何쇼하로우승샹을

ᄒᆞ이시고 范仲淹범즁엄으로 左僕射좌복야를ᄒᆞ이시고 歐陽脩구양수로우복야을ᄒᆞ이시고 張良쟝냥으

로 太師ᄐᆡ사를ᄒᆞ이시고 霍光곽광으로 太尉ᄐᆡ위을ᄒᆞ이시고 李廣리광으로ᄐᆡ부를ᄒᆞ이시고 徐셔

達달노ᄐᆡ사마를ᄒᆞ이시고 曹彬조빈으로ᄐᆡ장군을ᄒᆞ이시고 韓信한신으로도원슈를ᄒᆞ이시

고 李靖리졍으로부원슈를ᄒᆞ이시고 關公관공으로집금오를ᄒᆞ이시고 范增범증으로경조윤

을ᄒᆞ이시고 龐統방통으로관찰사를ᄒᆞ이시고 彭越팽월노 節度使졀도사를ᄒᆞ이시고 董仲舒동즁셔로

어사ᄐᆡ부를ᄒᆞ이시고 魏徵위징으로간의대부를ᄒᆞ이시고 陳平진평으로상셔령을ᄒᆞ이시

고 鄧禹등우로 中書令셔령을ᄒᆞ이시고 褚遂良져슈량으로 廷尉졍위를ᄒᆞ이시고 李善長리션쟝으로 都尉도위를

ᄒᆞ이시고 法正법졍으로 司徒사도을ᄒᆞ이시고 韓愈한유로 司空사공을ᄒᆞ이시고 趙普조보로 大司農대사롱을

호이시고 산도(山嶠)로 대홍노(大鴻臚)를 호이시고 장대현(張齊賢)으로 공부시랑(工部侍郞)을 호이시고 방현령(房玄齡)으로 리부시랑(吏部侍郞)을 호이시고 두여회(杜如晦)로 호부시랑(戶部侍郞)을 호이시고 뉴긔(劉基)로 틴사(太史)를 호이시고 장완(蔣琬)으로 장사(長史)를 호이시고 정조(程子)로 틴학사(太學士)를 호이시고 육가(陸賈)로 함림(翰林)을 호이시고 급압(汲黯)으로 박사(博士)를 호이시고 범질(范質)노 사인(舍人)을 호이시고 모슈(毛遂)로 쥬셔(注書)를 호이시고 훈으로 죠의를 호이시고 리사(李斯)로 예를 호이시고 풍이(馮異)로 쥬부(主簿)를 호이시고 장창(張蒼)으로 시중(侍中)을 호이시고 비위(費褘)로 닉사(內史)를 호이시고 장비(張飛)로 좌션봉을 호이시고 됴운(趙雲)으로 우선봉을 호이시고 탁무(卓茂)로 제쥬(祭酒)을 호이시고 왕견(王浚)으로 익쥬사사(益州刺史)을 호이시고 호디히(胡大海)로 게양자사(揭陽刺史)를 호이시고 셕수신(石守信)으로 예쥬자사(豫州刺史)를 호이시고 곽자의(郭子儀)로 년쥬자사(兗州刺史)를 호이시고 로 옹쥬자사를 호이시고 장손무긔(長孫無忌)로 병쥬자사(非州刺史)를 호이시고 상우춘(常遇春)으로 양쥬자사(揚州刺史)를 호이시고 진숙보(秦叔寶)로 항쥬자사(杭州刺史)를 호이시고 마원(馬援)으로 쳥쥬자사(靑州刺史)를 호이시고 마쵸(馬超)로 서쥬자사(徐州刺史)를 호이시고 구순(寇恂)으로 양쥬자사(梁州刺史)를 호이시고 황츙(黃忠)으로 긔쥬자사(冀州刺史)를 호이시고

를ᄒᆞᆼ이시고 번쾌(樊噲)로 호위(虎衛)장군을ᄒᆞᆼ이시고 경감(耿弇)으로 용양(龍驤)장군을ᄒᆞᆼ이시고 경덕(敬德)

으로 무위(武衛)장군을ᄒᆞᆼ이시고 악비(岳飛)로 충열(忠烈)장군을ᄒᆞᆼ이시고 경포(臨布)로 양무(揚武)장군을ᄒᆞᆼ이

시고 가복(賈復)으로 절충(折衝)장군을ᄒᆞᆼ이시고 왕젼(王翦)으로 졍동(征東)장군을ᄒᆞᆼ이시고 잠감(岑彭)으로

졍셔(征西)장군을ᄒᆞᆼ이시고 위졍(衛靑)으로 진북(鎭北)장군을ᄒᆞᆼ이시고 몽염(蒙恬)으로 평남(平南)장군을ᄒᆞᆼ이

시고 용져로 샹호군(上護軍)을ᄒᆞᆼ이시고 왕량(王梁)으로 부호군(副護軍)을ᄒᆞᆼ이시고 곽거병(去病)으로 토로(討虜)

장군을ᄒᆞᆼ이시고 은긔소(殷開山)으로 진무(振武)장군을ᄒᆞᆼ이시고 역익긔(鄭食其)로 양평후(陽平侯)를ᄒᆞᆼ이시고

쥬발(周勃)노 강후(絳侯)를ᄒᆞᆼ이시고 긔신(紀信)으로 충후(忠侯)를ᄒᆞᆼ이시고 한초(韓楚)로 포긔(驃騎)장군을ᄒᆞᆼ이시고

허원으로 경순후를ᄒᆞᆼ이심이 맛당ᄒᆞ가ᄒᆞᄂᆞ이다

이에 군신의 상당직(群臣 相當職 定)을 졍하가를 맛치매 만좌(滿座)ㅣ 듯고 티쇼ᄒᆞ여 왈 차론(大笑 曰 此論 可合)이 가합ᄒᆞ다

ᄒᆞ더라 한고조(漢高祖)ㅣ ᄯᅩ 가로ᄃᆡ 이러흔 년회(宴會)난 가히 쳔지에 드문긔회(可 千載 奇會)라ᄒᆞ리니 원컨ᄃᆡ

한번 이 일(事實)을 가져 사(詩)를 지어써 으름다온 셩사(盛事)를 긔록(記錄)ᄒᆞ야 싯쳐 쳔추후셰(千秋後世)에 젼(顧 傳)ᄒᆞ

도록홈이ᄯᅩ한 美事(미사)라ᄒᆞ깃스나 다만한ᄒᆞᄂᆞᆫ바난 恨(한) 能(능)히지를사름이 업슬가ᄒᆞ나이다

宋太祖(송틱조)ㅣ 聰能(총능) 渾然(혼연)이티왈 對曰 韓愈(한유)가이에잇거늘 엇지글을사름이업다ᄒᆞ시눈잇가ᄒᆞ고

즉시근시를명ᄒᆞ여 即時近侍命 한필갑과 匹 빅옥지연을나오며 白玉之硯 珊瑚筆 取 산호필를취ᄒᆞ여 珊瑚筆 體硯 용연

한유의압헤버리고 韓愈 시를짓기를명ᄒᆞ니 詩 命 한유ㅣ부수쳥명ᄒᆞ고 韓愈 頓首聽命 산호필을드러

에먹을뭇쳐 일필휘지ᄒᆞ민 一筆揮之 문불가졈이라 文不加點 그시에갈와스되 詩

셩공은과 오상ᄒᆞ고 成功 過五常 　일운공은 오제에지나고

도덕은겸삼황이라 道德 兼三皇 　도덕은 삼황을겸ᄒᆞ도다

위령은진사히ᄒᆞ고 威令 振四海 　위엄과 호령은 사히에ᄯᅥᆯ치고

교화눈편만방이라 敎化 遍萬邦 　교화눈 만방에둘녓도다

용흥치상운이요 龍興 致祥雲 　용이일미 샹셔의구름를이루고

호소긔렬풍이라 虎嘯 起烈風 　범이수파람ᄒᆞ민 밉열ᄒᆞᆫ바람이 이는도다

明ᄉ龍楸上 명ᄉ용탑샹이요　발고발근 용탑우요

默ᄉ鷄班中 묵ᄉ완반즁이라　묵ᄉ훈 반열가온티로다

閤ᄉ金山寺 울ᄉ금산사에　울ᄉ훈 금산사에

濟ᄉ聚英雄 제ᄉ취영웅이라　제ᄉ히 영웅이모뒤엿도다

旌旗建紫微 졍기논데ᄌ미요　졍긔는 ᄌ미를가리오고

劍戟耀白日 검극은요빅일이라　검극은 빅일를바인난도다

子眞吹玉簫 ᄌ진은취옥소ᄒ고　ᄌ진의 옥소를불고

張英彈琴瑟 쟝영은탄금슬이라　쟝영의 거문고를타도다

香風引舞袖 향풍은인무수요　향긔로온바람은 무수를인도ᄒ고

淸歌隨妙曲 쳥가난슈묘곡이라　말근 노릭난 묘호곡조를ᄊ루도다

佳節屬九秋 가졀은속구츄요　ᄋ름다온졀은 구츄에붓쳣고

良辰月三更
낭신에 월슴경이라

어진떠난 달이슴경이로다

今日四美具
금일사미구ᄒᆞ고

오날々에 ᄉᆞ미가 々츄엇고

此宴二難并
차연이々란병이라

이연셕은 두번으오루기어렵도다

物色尙依舊
물식은 샹의구ᄒᆞᆫ데

물식은 오히려의구ᄒᆞᆫ데

此非수己非
차사금이비라

이일이 々대임의 그릇되도다

忽然記前朝
홀련긔 젼조ᄒᆞ니

홀련이 젼조일를긔록ᄒᆞ니

興盡還生悲
홍진에 환싱비라

흥이진ᄒᆞ미 도라여슬픔이나도다

故國誰是家
고국이슈사가오

옛나라가 이뉘집인고

大明揭光輝
티명양광휘라

티명이 광취를빗기도다

人情多翻覆
인졍이다번복ᄒᆞ니

사름의ᄯᅳᆺ이 만히번복ᄒᆞ니

興亡若波潮
흥망이약파란이라

흥망이 물결갓도다

微臣이 敢戱弄
미신이 감히현수ᄒᆞ니
千秋傳 世間
쳔츄젼에 셰간이라

미신이 감히현수ᄒᆞ니
쳔츄에 셰간에 젼ᄒᆞ리로다

韓愈ㅣ 이에 글를 쓰기를 맛치믹
皇이 돌여보기를 다ᄒᆞ고
座中 進呈
좌즁에 진졍ᄒᆞ온터 이ᄯᅢ에 데

傳者 報
득시 즈ㅣ보ᄒᆞ되
使臣 曹
사신이 견셔를 가져왓나이다ᄒᆞ거늘

신를 부르라ᄒᆞ니 이윽ᄒᆞ여 한군사ㅣ 드러와 글월를 밧드러 드리거늘 이에 ᄯᅥ여보

니 그글에 갈와스되

닉일직이 흥업지공이 잇ᄂᆞ니 엇지이 갓흔연셕에 가하참예치못ᄒᆞ리오 이졔빅
萬之衆 無禮
만지쥬을 거나리고 나아가 그무례홈을 뭇고져ᄒᆞᄂᆞ니 모롬이 만부ᄉᆞ당지용이
萬夫不當之勇 百

잇는 장사ㅣ 잇거든 ᄲᆞᆯ니나아와 즈웅을결ᄒᆞ게ᄒᆞ라ᄒᆞ엿더라
壯士

四位皇帝 輪鑒
사위황졔 윤감ᄒᆞ시기를다ᄒᆞ믹 말슴이피만ᄒᆞ고 사의가장불미ᄒᆞ지라 송티조ㅣ
慘慢 辭意 不美 宋太祖

빈齒ᄒ여 가로ᄃ 예로붓터 이르기를 조흔 일에 마가 잇고 아름다온 긔약에 막히기

십다ᄒ엿ᄂ니 졍히 이를 이름이로다ᄒ고 가장 질겨 아니ᄒ거늘 진시황이 분연히

가로ᄃ이 무리ᄂ는 비켜ᄃ기 암이와 갓흔 무리요 오합지졸이니 엇지 죡히 두려ᄒ리

오ᄒ고 일ᄒ오라 도긔 탄ᄒᄂ는 빗이 업더니 이윽고 씌ᄋᆯ이 창텬ᄒ고 함셩이 동지ᄒ

며 쳔병만마가 만산편야ᄒ여 풍우갓치 모라 드러 오ᄂ 지라 좌즁이 초시를 당ᄒ미

비록 운쥬유악지즁ᄒ야 결승천리지외ᄒᄂ눈 모사와 역발산긔셰ᄒ며 빅만지즁

예상쟝의 머리를 탐낭취물ᄒ듯ᄒ난 영웅이 모 뒤엿스나 그러ᄒ나 흉치가 발ᄉᄒ

든 즁에 졸련이 변을 만나미 창황실조ᄒ이 엄지 아니ᄒᄂ여 면々 상고ᄒ여 두셔를

졍치 못ᄒ나라 져진에 위ᄉ유ᄃ장이 쳥총마를 타고 용텬검을 빗거스미 위풍이 늠

々ᄒ고 호령이 엄々ᄒ니 이난 원나라ᄃ 조황졔라 좌션봉은 좌현왕이요 우션봉은

우현왕이며 기여 쟝졸이 젼후로 옹위ᄒ엿스니 이난 모다 오합지즁이요 어두귀

면의무리와 한가지로드러오니 그수를 이로혜지못ᄒᆞ너라 한고조ㅣ티로ᄒᆞ여가
（面　歡　漢髙祖　大怒）

로티 요마소적이 언감히 이갓치창궐ᄒᆞ리오 좌우둘도라보며또 가로티 뉘가ᄒᆞ나
（么麼小賊　焉敢　猖獗　左右）

아가 이도적을쳐 물니칠고 언미필에 진시황과한무졔 분연ᄒᆞ여나오며 가로티
（言未畢　秦始皇　漢武帝　忿然）

우리양인이 번틴거라인바 장졸로나아가파ᄒᆞ고 도라오리이다ᄒᆞ고 즉시장슈ᄇᆡᆨ
（兩人　本來　將卒　即時將帥百）

여원과 군ᄉᆞ숨만을 조발ᄒᆞ여나아갈ᄉᆡ 좌에난진시황이요 우에난 한무졔니 각
（餘員　軍士三萬　調發　左　秦始皇　右　漢武帝　各）

긔장졸를거나리고 일셩호령에 좌우로협공ᄒᆞ여 짓쳐나아가미 원틴조의거나린
（其將卒　一聲號令　左右夾攻　元太祖）

장졸이비록 용밍ᄒᆞ고흉영ᄒᆞ나 엇지진시황의츙텬지긔와 한무졔의산악지셰
（將卒　勇猛　匈獰　秦始皇　衝天之氣　漢武帝之山岳之勢）

를쪄당ᄒᆞ리오 일합이못ᄒᆞ여 ᄉᆞ산분궤ᄒᆞ여 일시에 믈결허여지듯ᄒᆞ믹 금산티
（抵當　一合　四散奔潰　一時　金山大）

병이병장기를 놀이지아니ᄒᆞ여 한번츌젼에 수고를 허비치아니ᄒᆞ고 긔가를불
（兵　出戰　虛費　凱歌）

너도라오니 ᄎᆞ시에만좌군신이 이쳡보를듯고 져마다 막불히열ᄒᆞ여 다시당즁
（此時滿座君臣　捷報　莫不喜悅　堂中）

에연셕를베풀고 풍악를갓초와 크게질길ᄉᆡ 수륙진찬이갓초고 비반이낭즈ᄒᆞ
（宴席　風樂　水陸珍饌　杯盤　狼藉）

더라 이럿트시 진환ᄒᆞᆷ이 어늬덧날이 부상에 오르고져ᄒᆞ고 산계가 악ᄉᆞᄒᆞᆫ지음
嘯歗　扶桑　山鷄

에 각위졔왕이 각기도라가니 거마병졀지셩이 유ᄉᆞ부졀이러니 아이오 츄풍이
各位諸王　各其　悠悠不絕　秋風

소슬ᄒᆞᄃᆡ 낙엽지셩에 홀연경각ᄒᆞ니 남가일몽이라 몽즁지ᄉᆞ를 다시ᄉᆡᆼ각ᄒᆞᆷ
落葉之聲　忽然驚覺　南柯一夢　夢中之事　生覺

셜연ᄒᆞᆫ 형상이 안젼에 合열ᄒᆞ고 풍악지음이 이변에 징ᄉᆞᄒᆞᆫᄆᆡ 인ᄒᆞ여 붓을들고
設宴　形狀　眼前　森列　風樂之音　耳邊　因

셰셰히 긔록ᄒᆞ여 후셰에 젼ᄒᆞ노라
細細記錄　後世傳

졍충셜악젼
精忠說岳傳

송고종즁흥시에 무안왕악비의 츙졀이 일월노 징광ᄒᆞ며 셩효난텬다감응ᄒᆞ며 의긔난
宋高宗中興時　武安王岳飛　忠節日月　爭光　誠孝　天地感應　義氣

ᄉᆞ람을심열셩복ᄒᆞ며 용밍은 오랑ᄏᆞ로 담경심젼ᄒᆞ여 ᄉᆞ히를평졍ᄒᆞ게되엿다가 역적
心悅誠服　勇强　膽鬪心戰　四海平定　逆賊

진회의 모히를입고 아들악가계승ᄒᆞ여 금을멸ᄒᆞ며 잔젹을소쳥ᄒᆞ고 진회난지옥에
岳飛　繼承　金滅　奸賊揜消　秦檜地獄

형벌을밧고 쳔만셰에 죄를속지못ᄒᆞ여 후인을권션징악이 잔곡ᄒᆞ기로 쳥군조의 구람
千萬世罪贖　後人勸善懲惡　懲曲　食君子讒

ᄒᆞ시기위ᄒᆞ야 인쇄즁이기로 ᄂᆡ용을 광포홈
爲　印刷中　內容廣佈

삼사긔 三士記

넷젹 낙양동촌에 셔 션빈 잇스니 (洛陽東村) 긔질이 동탕ᄒ고 (氣質) (洞岩) (風彩絕倫) 문장은 리두를 압(文章 李杜)두ᄒ고 필법은 왕요를 (筆法 王羲) 묘시 홈이 잇난지라 일쪽이 동문슈학ᄒ여 (同門受學) 졍의동포에 (情誼同胞) 니리지 아니ᄒ더니 맛참방츈화시 호시졀을 당ᄒ야 (芳春花時好時節當) 쳥녀를 (靑麵) 최져 두로 빈회ᄒ고 (佳佃題晌) 갓수 (江水) 쥬효를 날이고 (遊賞長安道) 부감장안도ᄒ야 ㅅ방경기를 완상ᄒ니 (四方景ㅅ 玩賞) 만학쳔봉은 젹ㅅㅇ고 (萬壑千峰) 갓수 난잔ㅅ흔티 (十里江山) 십니강산 버들입흔 광풍에 헛날이고 (狂風) 황금갓흔쇠 고리난 (黃金) 구십츈광을 (九十春光) 회롱ᄒ야 (叢ㅅ) 이리져리 왕리ᄒ고 (往來) 원앙시 비취금은 쌍ㅅ이 왕리ᄒ며 (慧慧) (鴛鴦) (翡翠錦) (往來) 각셕쵸목무셩혼 (各色草木茂盛) 참송은낙ㅅᄒ고 (蒼松 落ㅅ) 녹쥭은의ㅅㅎ며 (綠竹) 산유ㅈ、황양목、츅빅、총ㅅ들미목은 (山榴子 黃楊木 側柏) (中) ㅅㅅ 에ㅅㅎ고 (森ㅅ) 이화、도화、두견화며 (李花 桃花 杜鵑花) 각식꼿이자옥ᄒ중 (各色) 만장폭포말은물은 (万丈瀑布) 이골져골 합류ᄒ야 (合流) 구비ㅅㅅ 출녕ㅅㅅ 훌너가니 별건곤이여긔로다 (別乾坤) 숨인이 한가지로 (三人) 경기를 완상ᄒ며 (景槪 玩賞) 흥치도ㅅㅎ야 (興致陶ㅅ) 금쥰미쥬와 (金樽美酒) 옥반가효를 (玉盤佳肴) 셔로권ᄒ야 (勸) 권군깅진 (勸君更進)

금산ᄉ몽유록(金山寺夢遊錄) 影印

작자 미상, 국립중앙도서관 소장 국문활자본

여기서부터 영인본을 인쇄한 부분입니다. 이 부분부터 보시기 바랍니다.

右翼擊之㒳奴望風而走兵不血刃而勝凱歌而還滿坐大悅
而已天色將曉山鷄鳴喞聽諸皇大醉傾扶而起翻然驚覽
乃南柯一夢也卽下山徑故曉露滿洞咫尺不辨冷風淅瀝飛
沙揚石况然如一陣綾気亘宇宙也仍故家而述其大略云〻
耳

壬之仲夏里洞性軒草人謄書

35

竜興發祥雲明之　龍樓上彛　金平寺　金橋千日酒　設宴會衣冠
虎嘯起烈風擺之　鶹班中當　英雄徒　玉壺萬斛桃　登堂朝玉帛
栖欄香風引蝶袖　旌旗敝紫微　金風吹赤葉　午晋吹玉蕭　佳節屬九秋
稻稻清歌隨他曲　鋼戟耀白日　玉露滴縉月　灵妃彈琴瑟　良辰屬三更
味俱物色尚依旧　忽然起前朝　故国離氏家　人情多翻覆　　　此道二
離背世事今已非　奥盡还生悲　大明揚輝光　奥已蒼波瀾　　　聖臣
徹獻得頌星軒　詩成進呈坐間大讚不已忽有一使持戰書而來至其

文大祭曰多有鴻業之功不請勝宴之席吾辛諸蠻夷間罪錦山喜甚
悖慢亲皇戰慄曰妆事多魔佳期易阻正謂此也與彼相戰不
如和親始皇憤洪蟻聚之衆烏合之卒何足懼我俄而山外飛
塵蔽天金鼓動地鐵騎殼千蕭山遍野而來當先一人來青聰
馬橫龍天戰威風凛之歸令嚴之是大元師元太祖皇帝左先
鋒左賢王右先鋒右賢王中軍呼韓邪單于其餘將校衷厥契
丹冒頓頡利可汗鞣鞨等輩不可勝數漢王曰諡敢拒敵始皇
大怒與武帝簇兵百萬俞將千員憤洪而出左始皇右武帝左

34

州刺史冠恂爲徐州刺史禹趙爲白帝將軍薛仁貴爲龍驤將
軍耿弇爲武衛將軍蔚遲恭爲忠別將軍岳飛爲虎衛將軍英
睿爲龍驤將軍衛青爲破虜將軍章邯爲征西將軍賈復爲鎮
北將軍霍去病爲討虜將軍李漢超爲票騎將軍龍且爲上護
軍王梁爲揚威將軍黥布爲振威將軍韓世南爲平南將軍常
恬爲宗東將軍王霸爲新衛將軍許褚爲辦侯周勃爲忠候紀
信爲平原俟鄺食其爲貞順侯許遠爲文信俟蕭爲達成侯
陸遜爲淮南侯班列已畢滿坐大笑曰可合於職也漢皇曰願
爲一詩以記之遺傳於後世師亦一勝事也然但恨無人製作
宋皇曰韓愈在此何無製作之人乎漢皇曰思之不遠即俞之
待取會稽紫松烟子清溪處士中山毛置退之之前退之
府脣听俞一揮而就文不如黙其詩曰　道并德三皇教化過萬方
　　　　　　　　　聖切過五帝　威灵振四海
　　　　　　　　　　　　　　　　　　下上

徐達為大司馬曹彬為大將軍韓信為都元帥李靖為副元帥
雲長為執金吾范增為京兆尹龐統為觀察使彭越為節度
使董仲舒為御史大夫魏徵為諫議大夫陳平為尚書令禹
為中書令褚遂良為連尉李善長為都尉法正為司徒韓熙
為司空趙普為大司農山濤為大鴻臚張濟賢為工部侍即房
玄齡為吏部侍即張飛為左先鋒趙雲為右先鋒列基為太史
蔣琬為長史程子為太學士陸賈為翰林汲黯為博士范賢為
舍人第馮為奏書李斯為司隸馮異為主簿張倉為侍中戴宣
為校尉苗訓為尚侍郭嘉為監軍苟彧為參軍杜茂為祭
酒李昉為說事賈禄為內史萬花為荊州刺史王全斌為益州
刺史石守信為滕州刺史郭子儀為兗州刺史胡大海為雍州
刺史長孫無忌為并州刺史常遇春為楊州刺史陳叔寶為沅

32

辞振當時
其名後世

張巡揮淚而吟其歌曰<small>一髮報城 外無援兵 籠中之鳥 固圉守車 內無糧草 網裡之魚</small>

許遠含淚而歌曰<small>賊兵遍城 即墨未復 音陽捕況 三板冰 身死仔節 忠貫白日</small>

達高声而歌曰<small>大夫慮世 四名正
誓忠 吾將醉矣 天下太平兮 吾將醉矣 終天之
四海肅清 天下太平 天下太平兮 徐</small>

歌罷漢皇即命賜酒曰在外幾何危酒一生予歔別賜之

武帝曰寡人之座東方朔誤讀黄庭經 讀下人間有仙風道

骨矣前日對寡人論古今聖賢常當之戚無一錯誤今使付戚

群臣何如我高皇即命人乘其人眉攢江山之秀肯抱濟世之

才飄然如人中仙趙謁於攔前帝曰聞道卿言附職是耶方

朔踉蹌退避曰乗筆中書者蕭曹兩魏之徒提兵閫外韓彭

衛郭之類布列矣捨義玉取頑名也然使臣附職壁壘如青玆員

山蝤蠐拒轍也武帝曰何以為辭于方朔對宗非謙讓乃為右

忠小臣愚見孔明為左丞相蕭何為右丞相范仲淹為左僕射

31

無汗馬之戰攻
歷位相而理政改
斯于今也何夕韓信愀然而吟其歌曰
愀故主於宴席
思敬印漢於鶴門
佩金印芳於金壇
叩關中芳破三秦
欷趙望風芳群雄縮頸
屯鳥盡芳良弓藏
斬章邯於臘城下僡囂
須舟兒女之手
臣禽擇木而栖
素暗透明
投明發
忘之恨 陳平欣之而吟其歌曰
救居於儹死之降
從意逢而同姓
壽竹綿於千秋
馬援慷慨而醫
男兒處世芳書
貢復屬声而謌曰
諸葛亮慨然而吟其歌曰
紀信愀然而歌歎
白首邊庭萬革裹而
侍籠主宴會芳
共歌舞而懷景
兩章良表題走言遍場駕銳
桃源緒紫河皇歌
郭下登敬曹阿瞞
樂目山河阿瞞
關公愴然歌曰
趙雲慷慨而吟其歌曰
李靖朗然而吟其歌曰
擽鳳章蘇歌
長孫無忌浩然而吟其歌曰
高名虛成千載更待聖逍

安也痛哉稱讚不已曰孔明之言群臣明皇之論諸王錐有權度

輕重長短皆不足以逾此也明皇曰寡人欲定都邑未知何地可

漢皇曰山自崑崙水自黃河四海之內堯舜禹湯文武秦漢之都

四海之外南蠻北狄東夷西戎之國癰豫徐亥四州爲長安荊

蓋青楊四州爲金陵龍盤虎踞天府之王真所謂帝王之道都

緣三代以前帝王多出河北三代以後帝王多居河南獨有江南

空虛之地帝意在於金陵否明皇謝曰顧受教矣漢皇僉將相

忠智勇五行之人趙舞作歌第一隊張良蕭何韓信陳羃平紀信

第二隊馬援賈復諸葛亮關羽趙雲茅三隊李靖長孫無忌張

巡許遠徐達等風骨卓犖氣宇磊落張良朗〵而吟其歌曰

赤松蕭何欣然而吟其歌曰

殺蘢橫帕芳
滅蘢劉項兮
五世之讎報矣
功成身退國之月
紲遊遑昂之心
萬古遊

身爲帝師

服地圖而咶兮
圖樹本所給鈲鞱

退韓信於中遂
散封印芳將韜

罪無窮決東海之水流惡難盡討虐年紜二十身屈四海市橋
江東弟為少泊王殞身於匹夫之手可惜武至於之秀禍亂相
尋戰爭不息名為群臣宗為仇敵世降至此平亂極矣何足勝
言哉項王大叫曰論古今帝王足非之中吾豈不預乎明皇娭之
曰昔欲殺聞之何難之有哉但言之有愧听之掛盖項王曰願
聞其說乃曰背関中之約其一也籍殺卿子冠軍其二也敕齊
不報而擅劫諸侯其三也燒咸陽宮掘驪山塚其四也後秦降
王子嬰其五也坑秦降卒第二十萬其六也王諸將於善地徙
逐故主其也自都彭城地奪韓梁地其八也陰殺義帝於江南
其九也為政不平主約不信天下所不容大逆無道罪其十也漢
書云忠言逆耳利於行毒藥苦口利於病事勿口直為怩項王黙
然有滿面者慙明皇避席而言曰以庸才愚說妄論是非於心未

28

地內育強賊卒使蠶興播越生灵塗炭未有蓝花此時者此神
宗剗意圖治上慕唐虞與程子穡古正學與惠卿剏置新法用
舍二間安危所繫待賢士傾心奸臣以安徽危反治為乱使
天下之人翯然该其樂生之心殷堯舜之治予憲宗以君臣之功削
宗信奸匡屏逐忠賢養檜媍敎岳飛而若不聞此賈似道卒誤
邦国而以為忠岂復望其有三代之治乎君臣之功削
平藩雖終違大業陳王繼極之子昵隸之人踉足行伍之閒砠
起行陌之中華疲歟之卒将數百之衆新末為兵揭竿為旗天
下雲合而響應羸粮以影従若听六立国之後則未知鹿在誰
手美魏公治世之能臣乱世之奸雄寿權托命號令天下四方
咸服畏其威勢非其本心内侍諸親滿朝之威外近群雄来風
之勢憑呷龍宋恣生強近賀削天子戕彼国毋鳌南山之竹書

業未半中道而逝豈非天也太宗化家爲國偃武修文勵精求
治身致太平號爲英主然以君德論之則絨樂剌王妃其謬己
甚貽四海之羞爲百世之嗤也太祖末嘗爲學說好讀書鞭朴
不行於殿陛罵辱不及於公故卿臣下得以有爲而忠君愛國之心
油然而興美使舉德行孝弟之士以隆禮義廉耻之風洞開重
門少有邪曲則人皆見之所謂蕩蕩乎平之道矣晉武帝承文
己之業混一寰㝢必惕朋沈於遊宴怠於政事常樂羊車恣
其所之淫樂莫甚於此也元帝承喪亂之餘内無計束之棟標外
無匡扶之楨石然明敏有機斷故能以弱制強謀謨克復
大業也文帝天性嚴肅令行禁止勤於政事務於儉素猜忌哥
察信受讒言損害忠良乃至子弟皆如此敵此其所短也肅宗
偷一時之安不思永樂之患彈耳目之翫窮舞技之巧沉愛貴

26

陵宮室彈民財力盡等長城以竭人力之崇也寡人以爲不然
也詩書著聖賢之行豈燒之儒尤誦孔孟之道德盡坑之太子國
本放逐扶蘇誅立胡亥此乃速滅之機也始皇數曰明帝言寡
人之罪惡同而已然寡人君在宮中趙高不能謀逐章卽堂
能降楚乎嗟臍莫及歎之何益此也崇然也明皇曰高皇開寬
洪之路以近天下之英俊從諫如流綱紀三軍除苛法約法
三章豈與湯武同然淮而文也輕士慢馬是故古體不後古葉
不怵經亟始矣武帝窮兵黷武虐民事神而海內虛耗矣豈非
起秋風之悔有輪臺之詔繼亡秦之轍也光武念國家之將
亂憐宗社之傾危延攬英雄撫悅民心掃除蓬賊興復漢室肯
志於治能輔相亦非其人何勝惜哉昭烈結義桃源屈篇草廬
昌臣相得翼乎如鴻毛過明風沛若予如巨川從大業横戈劍

25

回辛勿堅執固辭以助一笑坐中之願也明皇曰先察氣像後論
是非矣周覽既畢乃言曰北風漸漲波濤洶湧始皇之氣像也
夏日照耀辟靂震動光武之氣像也玉宇寥廓秋霜凛烈
武帝之氣像也清風蕭蕭明月皎皎太宗之氣像也東方日出
西邊兩霏文帝之氣像也浩浩長江或凌或漲照烈之氣像也
曉色蒼蒼農星耿耿憲宗之氣像也崑崙白玉麗水黃金太祖
之氣像也淫淫駛雨丹五彩鳳神宗之氣像也疾風暴雨天地
震動伯王之氣像也狸寬削稿羊隱烟霧妮公之氣像也漢皇
大笑曰真所謂明心宝鑑締不言寡人之氣像何也明皇曰竜
得其兩變化無窮帝之度量與之也若論是非則始皇雄才大
昭舊六世之餘烈振長策而馭宇內六合爲家崤函爲宮自以爲
關中之固金城千里子孫帝王萬世之業也未及二世而亡何哉

24

献壽此三快也宋皇曰朕統天下豈有快營造新室墻垣蕭洒

九門開而四通八戶啓而五達眼底無礙心事谿然此亦一快

也諸王皆無狀李書蔡四臣有一狀胃瀆破謝破黃巾擒呂

布眼張魯襲編滅袁紹袁術降劉琮南至長江關艟千里旌幟

萬里一喬入郢睨吳越掌上觀東望夏口西望武昌曰浩波如練

明月如鏡烏飛鵲南之時橫槊賦詩此一狀也渙皇曰姑舍是

開衆不勝悲感顧謂明皇曰國非唐虞人非堯舜豈能盡善盡

美乎庭中帝王幾人得失幾許當時諫臣輔君王之不逮後

世史官難記百代之是非唐宗及漢皆在史筆之中者吳聞之

何益然亨國莅位必是長久也好善徵惡使其是非炳然不知

為法於後世亦何如恭明帝推辭曰先儒有言曰吾之於人誰

毀誰譽以聖人之心猶尚如此况庸口之才而輕毀譽分漢皇

23

兵三十萬拳長城而守藩雜胡人不敢南下而牧馬士不敢彎
弓而報怨此三快也高皇曰十年九死百戰百破壞下一戰僅
得天下豈有快于偃破顯布仁後故鄉會父老曰遊之時大風
揚雲起如鄉人之氣像起舞作歌此一快也洛陽南宮獻鳥於
太公上皇嘉日音年李畔田之時豈知令日之如此何無人子
之榮此二快也明皇有含淚悲懷之色漢皇曰丈夫何為兒女
子之慈乎明皇揮泪曰寡人孤篆人生幸有始皇快慮焉得獻
壽之樂于人非木石何不悽然于漢皇曰此乃孝誠之至也因
問唐宋皇曰各陳快事唐皇曰萬國會同之時四方皆集突厥
起舞吐蕃作歌越裳交趾獻鸚鵡大宛兩域貢駿馬此一快也
與魏徵論仁政使李勣作長城年豐民和三陸晏然此二快也
與群臣諸親置酒於麦烟閣上皇自彈琵琶寡人起舞公卿

22

左豈被涿鹿之擒乎國之兵强人之壽天是皆天也翻覆世上

流水光陰千古慨之一杯荒土滿座皆悽然稱有西遊一王潤

睽還眼倒醫形頂高群大叫曰灞門不用擧袂之謀暖不還適

眷席之患雖作九原之魂難忘吳江之恨東邊一皇曰吾有一言

諸皇側聽焉寡人夢見青衣童子與紅衣童子爭曰闆闆俄而

青衣童子僵臥於地紅衣童子捧日而去令見紅衣彷彿高祖青

衣依佛沼王又有童謹曰天將休勝人皆天教實非人力王決虛

勞謀臣之手寶劍空賣於將士之力也漢皇曰與亡勝敗姑合勿

論說快事確治道如何始皇曰秦有三快矣達王覇等擒六國

之君跪于阿房宮階下以天下之兵鑄金人立於閭閭門外此

一快也達西市等與童男女入海求三神山不死藥與安期生

同遊峒濟中銘功會稽嶺騁臺琅琊崖此二快也達蒙恬等卒

21

不知箕子耶吾陳鍾會非畏死貪生欲復漢室若無腹痛西蜀
之地不入司馬之後王之興不鷲許都之塵豈天不佑死爲寃
魂今日先生不許忠誠則此心何虜暴白年孔明曰懷伯約余
豈不知改之忠心乎終事不成留降名於千秋還不如守節死
義姜維太息而已高下已座間稱謂不已唐皇曰姉樂與衆樂
孰衆樂曰姉樂不如衆此聖賢之訓也請東西樓爲樂如何武
三帝曰此言善矣即遣使宋西樓請諸王赴宴會少頃皆至分
東西坐定近臣一人各侍於側陳勝曹操孫策坐於末席依俙
龍亞雲海彷彿碾巍深山威儀嚴之釰珮琤之釰舞於庭前
大絃彈於堂上酒半酣漢皇慷慨曰天地無窮人生有恨良亡
成敗輪回如日月之西傾若河海之東流豈能長享富貴之樂
乎賢者長守基業則三代豈承虞之後寡者久持形勢則金

20

會功盖山海韓世忠起自辛伍為中興名將致仕王侯阮釋兵
杜門謝客時跨驢攜酒徒二三援童從西湖以自樂韓擒虎
辛與百萬東梅渡海西拒邑蜀震五岳如阵視走萬里如鷹揚
宙為茅三持白旗揖趙且護幼主於長板截黃忠於漢水絕
倫之勇盖世之功耿弇身為大將寺征四方屠城四百標遊数
千張飛性如烈火身若猛市胛脱天地叱咤守宙斬將萬軍之
中如襄中取物蕭遷孩驍勇冠軍百戰成功當為茅一樊噲擁
看即八披帳而立怒髮衝冠目眥盡裂視羽如兜視軍如螘漯
苑太略鶡驍勇冠三軍賞復顏如天神勇如狀髑胡大海先
登乘石當為茅二黥布撼天地功盖守宙吳王黃忠百發
略冠世馬超步戰六將許褚倒拔殺半稠為帝王黃忠百發百
甲當為茅三以下文武不可勝紀傍有一人揮淚而大呼曰先生

19

巡臨敵應變出奇無窮芳令明賞罰信與士卒同甘苦寒暑至
於勢困城陷誓為屬兒歃職終不二心關公文讀春秋左氏傳武
使青龍偃月刀義結皇叔誓同生死懷君報國之忠振山如海
之勇封金印獨行千里威振華夏水淹七軍當為第一許達
力盡孤城勢如壘卵身死存忠岳飛背涅四字志存恢復誓聖
旺邳方台克裂口彘顧九旅當為第二黃自徵不悛丹心身死
報旺周關標甚十西埋伏江東子弟雜散者不知其數而終焉
叛心死於托軍之中當為第三持青㯭揮陳平四西冠玉身長
八尺六出奇計一統天下李靖才兼文出將入相周瑜氣欲吞
魏才餘伯吳始不遜翅終能奮翼烏林破賊赤壁慶吳功跡巍
燕斬名烈之壹瓜帝一陸遜用兵彷猁穰苴智謀叵測孫吳郭
嘉善於知彼知己鄧艾定西蜀成大功當為第二杜預平定吳

18

西突以盡犬馬之忠終成大業房玄齡竑之奉國知無不為當
為莽一曹恣一遇戆制王珪激濁揚清嫉惡好善莣惋臨藥梓
開當為莽二杜如晦剖決如流戴曹忠清恭直每忤顏執法言如
勇泉范增不得其主未展其意圖事撲累則君不其謀陳見帽
誠則上不知其信臂如鳳凰栖荊棘龍駒困鹽車當為莽三持
黑旗揖韓信四敗暗投明滅三秦必関中首建大謀為獲之勇
撥萬掃邊塵宛為裏革而故徐達有昕吳之謀略為獲之勇猛
當為莽一彭越反楚故漢立功樹勳位至公侯馮羮碓王蕹於斬
葦帙復漢裖王弼白首征老當益壯當為莽二郭子儀才德
乗任將相瀰危復險束封逆賊克復二京以迄至尊忠義精誠
俯質白日度量宏達無所不包毛頴清平雲南章師九戰甚一兵
當為莽三持黃旗揖紀信曰忠心激慶黃屋左纛許楚忘宛張

17

三分奇計一言而定是千秋智謀之人也晉武帝朝旅華推祚而

定取吳之計終成大業是百世豪傑之士也晉元帝朝周顗忠

義内激大罵王敦而死是萬古慷慨之士也隋文帝朝王通諳

闘獻策十二條見所還緋逆教授於河汾之間年子自遠至者

甚衆累徵不起曰樂廬廷以庇風雨薄田足以具饘粥讀書足

以為崇長嘯撫琴是以自樂是隱逸之士也唐肅宗朝李泌自

幼穎敏著聞當世白長事君終成中興因辭台職退居頴陽以

深性名是知機之士也唐憲宗朝韓愈崒如河海心似松栢恝

二懇懇於章奏之間是甚干之風必咪神宗朝程午永孔孟之

道統是聖賢之士也班列已畢持紈揖蕭何回取地圖知形勢

治関中固根本進韓信由四方霍光以周公負成王之道輔幼王

闘伊尹廢太甲之事逆宣帝廢昌邑長孫無忌扶三尺倒束闘

歐陽修王安石等皆去東樓其次陳王魏公討霧從者文武臣
郭嘉荀彧張遼許褚周瑜魯肅呂蒙黃盖陸遜等皆去西樓孔上
明日高皇朝張良淑女之面夫夫之心納順黃石公受學扵
道引徙遊赤松子是范蠡之友也太宗朝魏徵耻君不及堯舜
遯身沙丘西欲炎漢滅秦取項封萬戶侯爲帝子師從俄辟穀
以諫諍爲己任是干之徒也亲太宗朝曹彬下江南至城下
焚香約誓功勿暴掠一不妄殺還之日行李蕭然是呂尚之
傳也明太祖朝刱基望見金陵之氣加十年之後君鑑百代之後
是伊尹之徒也始皇朝莫見焦廢龍油器而諫視死如故是竟
進之侶也武帝朝東方朔讀書三年學得倒海翻江之辦吟風
咏月之才是一代賢士也光武朝鄧禹扶策故漢將兵專征爲
關國元勳是万古之英雄也昭烈朝麾統百日公事后時而斷

15

有江左之業衆神宗有三代之風顧庶此宴又有群臣在門外
無數大呼曰攻城畧地号令天下者何不預席乎是陳勝曹操
袁紹操策李密等滌皇四勝越壇斮十日之内補王操艾炎大
乱分天下有此八策割據江東視江海此三者可謂豪俊之
士也李密高群大呼曰吾大伏林陳勝乱臣賊子曹操車轍迎
夫滌策何謂英雄各景代公侯一時盟主何不為英雄敬青四表
紹疑滿腹衆難害肓不衆忠言不知賢士李密知識淺短矣
敗入關乃望以台司見處可謂金弓玉矢土牛尼馬駁此於彼
三人歆密紹皆憤然而去於是開門請入第一漢武帝侍衛之
臣董仲舒置光汲黯東方朝韓安國霍去病衛青李廣等第二
唐憲宗侍衛之臣韓愈陸贄裴度等第三晋元帝侍衛之臣周
顗王導陶侃刘琨等第四宋神宗侍衛之臣明道光先生沖溆

14

王師天歎曰天地轟震日月晦朝豈知劉季反為主人項羽空
為客子乎直向法堂孔明當前曰大王未有創業之功不得參
與此席矣項王天怒吾觀劉李如嬰兒且當時豪傑見吾之威
鼠風綷經。寬後世英雄間吾之各辨身戰膽寒誰敢非斥孔明顧
謂范增曰齊桓公會盟於一有變色數者孔旺屈於一人
之下伸於万乘之上者湯武是也以血氣之斷於人乶是非功
為大王不取也項王默然良久曰寧為鷄口無為牛後吾為西
樓之主人更設鴻門宴也去西樓坐曰孔明右手攬羽扇左手
執象笏立于中央曰此中或有亂國悖逆者皆去王莽董卓輩
去者十數人孔明泗天誓曰孔明不才無識奉皇命分列興
雄優芳或有一分之私嫣則皇天后土其所明鑒如此之際怱
一人報曰漢武帝有報讎之功唐憲宗有湖南之緝功晋元帝

13

斯菴集王勇右像悟章邺王貴晋武帝乘黃金輿執白玉珪飄

紅羅傘盖鳴画彩鼙鼓衣冠玲瓏死輝燦爛左張華衞瓙山濤

王濬右鄧艾鍾會羊祐杜預隋文帝乘白玉輦頂紫金冠旋頋

紛紜釰戟羅列氣像凜々文彩彬々左王導蘇威島頻右李淵

韓擒虎賀若弼始皇即入法堂乳明揖前諫曰是劉業之宴非

劉業之王不入法堂始皇怒回寡人並呑八荒威振四海何不

鴻業乎孔明曰前閻陛下懷古業引遺業吞二周滅六國功業

雖大以四理論之則當為中興小臣何敢拒乎夾斯曰孔明之

言是矣殿下叔先生自廢中興始皇隱忿而去東樓頂羽吐

下為驤手中鉄鞭勇略掀天壯氣貫日念然而來五芒增鍾雖

眜竜且右周關桓楚項往問曰主宴者是誰孔明對曰僕皇為

唐宋明三劉業之主談太平宴也不意大王來臨是所幸也項

12

以勝敢論英雄也以匡玻炎白玉号節命孔明出衆其人風度
絶倫舉止蕭洒目下傲視古今英雄曹中暗托天地造化之才
飄然若神仙也帝曰未有諸國群匠之班列卿後懸高下分
定次第孔明辭謝曰以臣之庸才何敢當如此重大之任也不
敢奉命帝曰卿其勿辭斯速行公孔明屢次拜謝帝終不聽孔明
謝息畢欲定坐次之際忽報曰秦始皇晉武帝隋文帝楚覇王
之檄書至矣孔明進達于座上高皇頭慝而言曰此非情之類
也郤之何如宋皇曰去者莫進來者莫拒不如因善遇之孔明
曰臣有一計使始皇去東樓令伯王去西樓則自然從容矣帝
曰其計甚妙遂招王羲之大書于旗五於門外其榜曰中興者
去東樓伯王去西樓非創業之主不入法堂頃之姓皇秦織雄
馬派太阿劒建翠鳳旗輦灵鼉之鼓歸令嚴整威風凜之左李

11

聖主之盛宴乎漢皇顧謂三帝曰此言有理各能任之人唐
皇嘉衆人之心蕭何宜當宋皇曰嘉人心李靖宜當也明皇
曰智一能何代無之必有業父之憶伊尹之賢伯彥之節龍逢
之忠經邦輔主如周公出將入相如太公者方可為此任也前
聞西蜀諸葛亮胄巖經天緯地之才腹隱安邦定吐之謀尚非
此人不可任也趙普諫曰鍾是三代上人物未有統一之功不
當此任也宋皇遽言曰智謀在人興亡在天心如鄕言子思盡
子遜不如籲羲張儀亍孔明道臥龍高卧南陽抱膝長嘯身將
少微心如浮雲苟全姓名不求聞達許由之淸水鏡之友也及
出草廬之時兵不滿千將不有十博望燒屯白河用水浸曹兵
德肝膽嘗曾無立錐之地而以成鼎峙之勢六出祈山仲達
祝眶七擒盖覆南人服心昊天不佑五丈星隕不可

10

後侍衞之臣諸葛亮關羽張飛趙雲馬趙黃忠寵德法正姜
維蔣琬費禕許靖等其三唐肅宗左右侍衞之臣李泌郭子儀
李光弼雷萬春南霽雲張巡許遠等其四宋高宗前後侍衞之
臣岳飛張浚趙鼎德秀韓世忠人似猛虎為如毒龍直入法
堂舒禮伸情甲去東樓坐之張良出班參曰群匡雜錯未有班
行願使將相忠智勇略者分列石行則雍容閑旋旇廳有次第之
鍊頗矣應中管曰至武言守郎令樊曾持五夫旗幟樹南樓上
三鼓三呼曰抱將相之才者皆出紅旗下佩將才者皆去黑旗
下懷忠義之士皆趙黃旗下眾人相顧無語終不出來又鼓又
呼曰皇命不可違緩奉舉速行魏趨出曰古今將相雖有將
相之才使其自薦者非礼待臣也可撐公不正直之士以寶賤
眾臣之優劣可也漢皇曰誰當此任也對曰知臣莫如主況

風懍之苗訓英氣堂之李助范質以助文彩王全斌李漢越外

剗群盜雖有人才寡人坐外有鼾臭之睡是何創業也漢皇曰

斬棘之時有虫无之乱弊之時有四方之徒奸臣反賊自古

及今焉不有也譬如此輩鸒鶒尚存一枝拔兎搄蔵三穴何之

介意曰問明皇群民荅曰功業未成才智未試然如古之人則

劉墓徐達訪彿張良李靖之智謀花雲竜韓成正似周介紀信

之忠誠孝善良席遇春此於曹彬蕭逢恭之雄猛毛顗胡大海

此於樊噲薛仁貴之勇烈此外文武若何三帝曰如此

勝宴古今未見顧請中興之主同樂者何矣多唐皇曰

漢皇卽恩遣随何請光武昭烈唐皇遣桑寂請庸宗皇遣李

助請高宗城傾門外有車馬斯闔之辨闔者奔入告曰四君至

矣其一光武左藏宮馬武馮異王霸鄧彤銚期等其二昭列前

右侍衛之臣鄧禹其次曹後王梁杜茂馬援寇恂耿弇

8

帝王是以剪亂倒項一我衣以天下不其然乎漢皇曰寡人橡

德沮功敢望三代乎創開漢室四百年基業掌者賓辟臣之力也

非寡人之能也張良運籌姬幄陳平伏計策蕭何固樹根本隨

何知形勢隨軍道其治乱廓食其辯勝廢張食迎律令故源

通劃禮義開寡人之心辭信戰必勝功必敢曹參善征伐灌嬰善

用兵縣布樊噲万夫不當之勇紀信周介千秋不拷之功彭越

後助威勢張身鑄兵罘罘襲寡人之威願聞諸君之能也周勃唐皇曰

寡人亦賴群臣之力長孫無忌竭忠試魏好直諫杜如晦臨

事善斷遂建發民憂國以輔寡人之不逮殷開山薛仁貴務臨

敵忘死陳叔宝蔚遲恭驍勇絶倫李靖曉於兵法封德彝柱國

事虜玄嶺屈突通足智多謀劉文靜李勣廣覽深知以勗寡人

之感朱皇曰趙晉智有餘曹彬勇略遜全石守信威壓外制

7

倚立於側漢皇曰三代之下王風委地正辯微芒五季七雄之
時朝聞暮息四海沸蕩群雄並起至於寡人創業之時賞知何
日為唐何日為宋何日為明也今日風景正好君臣相會此亦
勝事不可虛度也即命侍臣設宴於堂上燈炬輝煌威儀嚴肅
象樂迭奏觥籌交錯笙簫拂芳風管音交徹于青天酒至
數巡漢皇愀然長嘆曰大釖布衣奮起豐沛無一民寸土幸賴
群臣之忠烈終成大業誰知寡人之辛苦之心唐皇一戰定關
中宋皇一夜取天下然明皇之功業猶勝於吾三人矣宋皇問
於漢皇曰帝八闋中秋毫無犯約法三章此何意也答曰竊家
兒刑罰嚴酷殘害百姓思明若大旱之望雲霓久湯以思天
曰是故吾施仁惠布德政拯民於水火之中以救倒懸之意也
唐皇曰容達大慶任賢使旅各盡其心雜周之文武何喻於漢

帝之言若矢發天則命殞厥大慈技亂反正者非君而誰也幸
勿諫讓以成千載之佳會爲何如哉明帝不得已就座皐其文
武諸臣咨分東西而坐漢以謀臣則張良蕭何陳平鄧禹其陸
賁酈阿叔孫通武臣則韓信黥布曹參彭越王陵周勃樊噲灌
嬰紀信周介張耳唐家謀臣則魏徵長孫無忌玉珪房玄
齡杜如晦裵寂劉文靜褚遂良虞世南封德彝戴曹武臣則李
靖尉遲敬德李勣陳叔宝殷開山屈突通辥仁貴宋邦謀臣則
趙普范質杜鎬王佑張齊賢富驪李昉陶穀宋琪武臣則劉
石守信曹彬錢俶慕水明邦謀臣則劉基李善長
徐暉祖蔡雲竜宋濂黃自徵武臣則徐達常遇春胡大海花雲
竜李聞忠俞通海蕩花毛穎韓成正敬青人乙勇健簡乙英雄
發上傳呼張良魏微趙善劉基曰有旨即入來四臣趙道輸躬

5

瑤草掩暎於前後翠竹蒼松森列於左右清溪碧流之上復疊

梁梁樓閣巋巋仰見大書其榜曰金華寺朱甍彩欄縹緲於雲

漢之際繡戶繳窓照輝於斗牛之間歸然若魯靈光羨哉如漢

慶福真所謂水晶宮也生飢餒頗甚因卧禪室忽假寐之時警

蹕之聲自遠漸近少頃門外千軍萬馬動地而呼金鼓之聲震

天而鳴旌旗鈒戟羅列于前分瑋豹蝃紛紜於後中有兩黃金

轎次第而來第一轎上隆準龍顏美鬚髯是漢高祖第二轎上

龍鳳之姿天日之表是唐太宗第三轎上帝儀龍表方面大耳

是宋太宗第四轎上天威凜肅神彩動人是明太祖也頃着朝

天冠御絳紗袍金葉玉筍㩆曰玉梧而坐獨有明帝揖讓而辭

曰此座統一天下之主坐矣寡人則不然上有帝陽王列国泌

分稱王稱帝者非一非毎而何敢晏然攄此乎漢皇微笑曰明

4

金華寺夢遊錄

至正末有成生者名虛字誕山東儒士也性懶通徹博學多聞
氣質超邁任俠放薄遂有志於山川朝遊泰山之陽暮遊洞庭
之浪四海八荒足將遍焉於是北凟之业南越之南益八於眼
藍縣谷之西聘谷之東谿然於肓中矣是故自謂天地間一物
也歲在甲戌向金陵入錦山時維九月序屬三秋金風蕭瑟玉
宇崢嶸蕭山草木盡是綠煙之光遍野憙箚皆百黃雲之色訪
水守山不覺深入日落西嶺月出東岳進逆所抵退及不還徘
徊於高頂之上徃程於深谷之中西聞猿於玉峽南見鷹於衡
陽夜深三更之後萬籟俱沉群動寂然千峰白雲萬壑烟霧金
波動於九天衆星躍於三清上山八谷左眄右顧莫知所投焉
乃憩於岩上神清骨冷飄然羽化唫良久史前數里則琪花

3

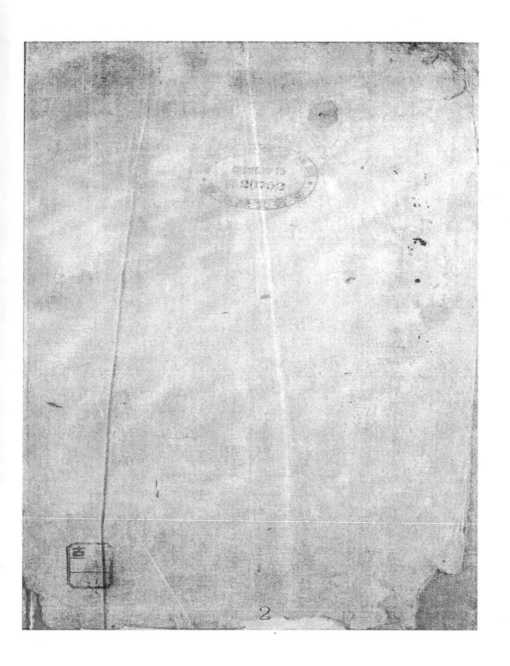

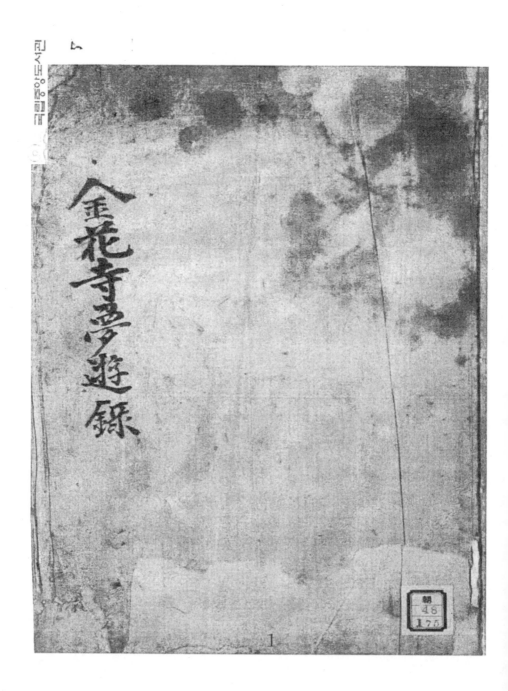

금화사몽유록(金華寺夢遊錄) 影印

작자 미상, 국립중앙도서관 소장 한문필사본

여기서부터 영인본을 인쇄한 부분입니다. 이 부분부터 보시기 바랍니다.